Zoran Drvenkar

LICHT UND SCHATTEN

ZORAN DRVENKAR

LICHT UND SCHATTEN

GULLIVER
von BELTZ & Gelberg

FSC
www.fsc.org
MIX
Papier aus verantwortungsvollen Quellen
FSC® C089473

Klimaneutral
Papier
ClimatePartner.com/13732-1910-1001

Dieses Buch ist erhältlich als:
ISBN 978-3-407-81283-4 Print
ISBN 978-3-407-74975-8 E-Book (EPUB)

in der Verlagsgruppe Beltz · Weinheim Basel
Werderstraße 10, 69469 Weinheim

Lektorat: Matthea Dörrich
Einbandgestaltung: Unimak GmbH, Hamburg, unter Verwendung
von Motiven von Rafael Trafaniuc, Slava Gerj/shutterstock
Satz/Gestaltung: Corinna Bernburg
Druck und Bindung: Beltz Grafische Betriebe, Bad Langensalza
Beltz Grafische Betriebe ist ein klimaneutrales Unternehmen
(ID 15985-2104-100).
Printed in Germany
1 2 3 4 5 26 25 24 23 22

Weitere Informationen zu unseren Autor_innen
und Titeln finden Sie unter: www.beltz.de

für Christina,
von einer Seele zur anderen

AREN

Mein Name ist Aren und meine Geschichte ist deine Geschichte ist unsere Geschichte. Sie ist der ewige Kampf des Guten gegen das Böse. Du kennst diesen Kampf, du hast ihn am eigenen Leib erfahren. Die hellen und dunklen Tage – das Glück, das dich tanzen lässt, und den Schmerz, der dich in die Knie zwingt. Der ewige Kampf kennt keine Ruhe. Jahrtausend um Jahrtausend um Jahrtausend bewegt er sich durch die Zeit wie ein Schiff, das keinen Hafen findet. Der Kampf legt keine Atempause ein, er ist immer anwesend und erwischt dich in den unerwartetsten Momenten.

Es ist mein, es ist dein, es ist unser Kampf.

Ich habe die Dunkelheit studiert und weiß, wie das Böse denkt, wie es angreift und verwundet. Ich weiß, wonach es hungert, wonach es sich sehnt und welche Ausmaße sein Hass annehmen kann. Über die Jahre hinweg habe ich gelernt, mich zu schützen, und will dir die richtigen Waffen in die Hand legen, damit auch du dich schützen kannst. Ich rede aber nicht von Äxten oder Messern. Du wirst auch nicht zu Schwertern oder Kanonen greifen müssen. Die Waffen sind wir, jeder Einzelne von uns.

Du und ich.

Unsere Gedanken und unsere Ideen.

Unser Mut und unser Glaube aneinander.

Mehr ist nicht nötig.

Vielleicht noch ein wenig Glück dazu, aber das werden wir schon haben.

Sobald ich diese Geschichte beendet habe, wird es an meine Haustür klopfen. Ich werde sie öffnen und der Kampf zwischen Gut und Böse wird sein Ende finden. Vor meiner Tür wird kein Engel stehen, es wird auch kein Prophet sein, kein Zauberer oder Bote des Himmels. Es wird jemand sein, den du auf den nächsten Seiten näher kennenlernen wirst. Aus diesem Grund nimmt diese Geschichte ihren Anfang auch nicht im Jetzt. Sie beginnt vor langer Zeit mit der Geburt der ersten reinen Seele, die uns schon damals Frieden gebracht hätte, wäre ihr Dasein nicht so schnell im Keim erstickt worden.

Und die erste Geburt beginnt und endet mit dem Tod.

DAS MÄDCHEN, DAS GEBOREN WERDEN WOLLTE

Der Tod ist ein Habicht, der auf dem Wipfel einer Kiefer sitzt und wartet. Er ist nicht hungrig, er verspürt keine Kälte, und würde man ihn fragen, würde der Habicht zugeben, dass er kein Habicht ist. Der Tod ist immer ein Teil des Landes, der Menschen, Pflanzen und Tiere. Er zeigt sich in der Nacht und im Sonnenschein, er atmet unter Wasser und schläft im Fels.

Dabei nimmt er diese und jene Form an.

Ein Habicht zu sein gefällt ihm besonders gut.

Der Tod mag das graue Gefieder, und wie der Vogel unsichtbar wird, sobald er sich reglos auf einem Ast niederlässt, oder wie er den Kopf neigt, als würde er ahnen, was als Nächstes geschieht. Dann sind da die Kraft seiner Flügel, das starke Herz und der scharfe Schnabel.

Der Tod findet, er hätte keine bessere Wahl treffen können. Er schließt die Krallen fester um den Wipfel der Kiefer und hält sein Gleichgewicht, als eine Windböe durch den Wald fährt und den Stamm zum Schwanken bringt. Der Tod schaut über das Land und beobachtet das erwachende Dorf, dessen Häuser wie hingeworfene Kieselsteine in der schneebedeckten Talebene liegen.

Bald ist es so weit, denkt er und neigt seinen Kopf mit der Eleganz eines Habichts, der alle Zeit der Welt hat.

In den langen Tagen vor der Geburt des Kindes versteckte sich die Sonne hinter einem Gebirge aus Wolken, sodass nur ein fahles Licht herabschien, das die Erde kaum wärmte. Unter dem Schnee war der Boden hart wie Granit, und wann immer der nahe liegende Fluss sich in seinem Winterschlaf bewegte, krachte das Eis so laut, dass die Bewohner in Warrosch aus ihren Träumen gerissen wurden.

Es war die Zeit der Finsternis, es war die Zeit der Wolken.

Nur in den Nächten öffnete sich der Himmel wie ein schwerer Samtvorhang und ließ den Mond auf die gefrorene Landschaft hinabschauen. Man erzählte sich, wer in diesen Stunden nackt im Mondlicht badete, dem würden Klauen wachsen und Zähne, scharf wie Messer. Natürlich trafen sich die mutigsten Kinder heimlich am Ufer des Flusses und jagten einander im Mondschein, aber ihre Zähne blieben, wie sie waren, und sosehr sie ihre Hände drehten und wendeten, sie verwandelten sich nicht in Klauen.

Es gab auch Männer, die sich in der Nacht aus dem Dorf schlichen. Sie standen mit ausgebreiteten Armen auf dem Eis und hofften, dass der Mond ihnen die Kraft und die Schlauheit eines Wolfes verlieh. Sie hatten es dringend nötig. Das Dorf hungerte seit Anbeginn des Winters. Die Jäger waren wochenlang unterwegs und kamen mit leeren Händen zurück. Es war eine harte, bittere Zeit, in der man sich erzählte, die Götter seien der Menschen müde geworden und hätten die Sonne ausgeblasen. Seitdem lag ein Bann über dem Menschengeschlecht, und solange die Sonne nicht neu entzündet wurde, solange würde kein Neugeborenes seinen ersten Schrei tun.

Die schwangere Frau glaubte nicht an den Zauber des Mondes oder an zornige Götter. Sie glaubte an das Leben, deswegen lag sie in dem Zimmer über der Schmiede und heulte wie ein verwundetes Tier. Ein Stockwerk darunter saß die Hebamme und hätte sich am liebsten die Ohren zugehalten. Müde und beschämt starrte sie in das Kaminfeuer, um das sich der Mann der Frau kümmerte. Der Aberglaube in Warrosch war groß. Es wurde erzählt, sollte das Feuer ausgehen, würde auch die Flamme im Körper der Frau verlöschen. Also brachten die Bewohner beim ersten Licht des Tages geschlagenes Holz, das der Mann mit einem dankbaren Nicken entgegennahm. Er hielt das Feuer am Leben und starrte dabei auf seine Hände und fühlte sich hilflos, denn er konnte spüren, dass die Hebamme seine Frau längst aufgegeben hatte. Ihr Wissen half so wenig wie alle Kräuter und Salben der Welt. Sie hatte alles getan, was in ihren Kräften lag, doch es war nicht genug. Aus diesem Grund blickte sie beschämt in das Feuer und schwieg, während die Schreie der schwangeren Frau das Dorf erschütterten.

Vor acht Tagen hatten die ersten Wehen eingesetzt, und nach dem Brauch wurde am neunten Tag das Südfenster der Hütte geöffnet. Egal wie das Wetter war, ob es schneite oder stürmte, der neunte Tag gehörte Taluk dem Fuchs, der sich im Morgengrauen auf den Weg machte, um das Ungeborene zu holen, sollte es bis dahin nicht seinen ersten Schrei getan haben. Auch wenn es die Bewohner des Dorfes nie zugegeben hätten, so warteten sie sehnsüchtig darauf, dass der Fuchs das Leiden der Frau beendete. Sie wollten in diesen bitteren Zeiten das Lachen ihrer Kinder hören und nicht die Schmerzensschreie einer Gebärenden.

»Ich gehe zu ihr«, sagte der Mann.

Die Hebamme wollte widersprechen, es war allein ihre Aufgabe, sie hatte sich zu kümmern, doch sie nickte nur erleichtert und flüsterte ein Gebet. Und so stieg der Mann mit schweren Beinen die Stufen nach oben und bereute es, dass sie in diesem abgelegenen Dorf gestrandet waren. Sie hätten auf die Schwestern seiner Frau hören und weiter nach Westen in eine der größeren Städte ziehen sollen. Aber seine Frau hatte den Kopf geschüttelt und gesagt, hier seien sie sicher, denn hier in der Einöde würde sie niemand vermuten.

Der Mann betrat das Zimmer und verspürte ein Ziehen im Herzen – die Liebe seines Lebens lag erschöpft auf dem Bett, und das Licht in ihren Augen erinnerte an die letzte Wärme, die von einem Feuer aufsteigt, bevor die Flammen in sich zusammensinken und sich der Dunkelheit ergeben. Die linke Hand der Frau strich über den geschwollenen Bauch und wob mit den Fingern ein Zeichen in die Luft. Der Mann kannte diese Geste, wie ihm auch die anderen Mudras vertraut waren, die seine Frau auf ihren Reisen gesammelt und niedergeschrieben hatte. Er wusste zwar nicht, welchen Namen dieses Mudra hatte, er wusste aber, dass es die Dunkelheit vertreiben und das Ungeborene schützen sollte. Für den Mann war es die traurigste Geste der Welt, denn es war nicht ihr erster Versuch, das Kind zu bekommen.

Es sollte ihr letzter sein.

»Ich vermisse dich«, sagte der Mann.

Die Frau schaute auf. Obwohl die letzten Tage der Schwangerschaft tiefe Furchen in ihr Gesicht gezeichnet hatten, lächelte sie, als würde die Anwesenheit ihres Mannes alles Leid von ihr nehmen. Ihre Hand kam auf dem Bauch zur Ruhe, mit der anderen Hand klopfte sie neben sich auf das Bett.

Der Mann setzte sich und strich ihr eine schweißfeuchte Haarsträhne aus der Stirn. Er sagte ihr, wie schön sie sei und wie sie in seinen Augen mit jedem Tag schöner wurde. Sie lächelte und fühlte sich alt und jung zugleich. Sie spürte, dass sie dabei war, sich von diesem Dasein zu verabschieden. Auch ihr Mann spürte das, und wie er sie so betrachtete, begriff er, dass nach ihrem

Tod eine lange Zeit der Einsamkeit folgen würde. Diese Erkenntnis erschütterte ihn bis ins Mark.

»Denk nicht daran«, sagte die Frau.

»Ich gebe mir Mühe«, sagte er.

Danach schwiegen sie und beobachteten einander wie zwei Wesen, die ohne Sprache sein können, dann stand der Mann auf und trat an das Fenster. Er zog den Vorhang auf, und das fahle Morgenlicht schien nur auf diesen Moment gewartet zu haben. Es schwappte über das Fensterbrett, ergoss sich lautlos über den Boden und füllte das Zimmer mit einem kalten, blauen Schein, der die Frau frieren ließ. Sie biss sich auf die Unterlippe und begann zu weinen. Sie brauchte keine Erklärung, der neunte Tag war angebrochen. Der Mann setzte sich wieder an ihre Seite und sprach beruhigend auf sie ein. Er sagte, sie habe ihr Bestes gegeben, er sagte, sie müsse nichts mehr tun.

»Aber unsere Tochter will ans Licht«, sprach seine Frau.

»Ich weiß«, sagte der Mann, »ich weiß.«

Und wie er das sagte, hörte die Frau seine Zweifel.

»Wenn nicht jetzt«, fügte der Mann schnell hinzu, »dann wird es das nächste Mal geschehen.«

»Und wie oft haben wir das jetzt schon gesagt?«, wollte die Frau wissen.

»Wir werden es so oft sagen, bis der Moment gekommen ist.«

Seine Worte sollten zuversichtlich klingen, sie taten es nicht, sondern rüttelten an der Verzweiflung der Frau. Noch nie war die Schwangerschaft so weit vorangeschritten, noch nie waren sie ihrem Ziel so nahe gewesen. Beide wussten, dass es kein Zurück mehr gab.

»Ich will das Kind aber *jetzt* haben«, sagte sie laut.

»Beruhige dich, wir – – –«

»Nein, ich beruhige mich nicht!«

Sie setzte sich auf und legte beide Hände um ihren Bauch, die Finger zeichneten ein neues Mudra auf die gespannte Haut. Es war die Geste, die Kraft und Hoffnung spenden sollte. Der Mann wollte seine Hände über ihre legen, wagte es aber nicht, das Mudra zu stören.

»Wir haben lange genug gewartet«, sagte die Frau entschieden. »Wir haben lange genug gehofft und gesehnt. Unser Kind ist ungeduldig, verstehst du?«

Der Mann verstand, und weil er nicht wusste, was er sagen sollte, sagte er das Banalste, was ihm in den Kopf kam:

»Die Leute im Dorf denken, dass dir Taluk helfen kann. Sie sagen, sie beten für dich.«

Die Frau lächelte, ihr Mann ähnelte in Momenten wie diesen einem Kind, das auf Wunder hofft. Sie reichte ihm die Hand, er nahm sie dankbar in seine.

»Taluk ist ein Fuchs, der die Toten holt und mit ihnen am Flusslauf spielt«, sagte sie. »Lass die Leute reden, lass sie ihren Aberglauben haben. Unser Kind ist nicht tot. Es lebt.«

Sie wollte mehr sagen. Sie wollte sagen, dass ihre Flucht hier und jetzt ein Ende finden würde, aber sie verstummte, als sie sah, wie der Mann ihrem Blick auswich. Er wusste alles, er musste nicht mehr hören, es gab keinen Grund, ihn zu belehren. Sie war ungeduldig und diese Ungeduld machte sie zornig. Sie wollte nicht zornig sein, weil ihr Zorn das Kind verschrecken könnte. Also zog sie ihren Mann näher zu sich heran, küsste ihn und entschuldigte sich mit leisen Worten. Er legte seine Wange auf ihren Bauch, sie strich ihm über den Kopf und schaute zum Fenster. Und so warteten sie beide, dass Taluk der Fuchs aus dem Morgengrauen hervortrat und sich zeigte.

Es war der neunte Tag und der Vorhang war geöffnet.

Und dann kam der zehnte Tag.

Und dann der elfte.

Und Taluk der Fuchs ließ sich nicht blicken.

Die Dorfbewohner legten kein Holz mehr vor der Hütte ab, die Hebamme kehrte in den Nachbarort zurück und die Tage wurden kälter. Der Mann sammelte sein eigenes Holz und kümmerte sich um das Feuer. Er ließ seine Arbeit ruhen und kochte für seine Frau, er wusch ihren erschöpften Körper und verbrachte jede Minute an ihrer Seite. Ihr unerschütterlicher Wille machte ihn stolz. Seine Frau bot Taluk die Stirn, und als würde er das spüren, ließ sich der Fuchs nicht blicken.

Am zwölften Tag waren alle Gespräche in Warrosch wie ein müdes Kohlenfeuer zu einem Flüstern heruntergebrannt. Die Nerven lagen blank und niemand fand Schlaf. Eine nervöse Rastlosigkeit ließ die Bewohner sich in ihren Betten von einer Seite zur anderen wälzen.

Kein Kind wagte sich zum Spielen nach draußen und die Hunde schlichen mit eingezogenen Schwänzen um die Häuser und schnappten nach ihren eigenen Schatten. Sie alle spürten die Anwesenheit des Todes, die wie ein feiner Schneefall durch die Dächer der Häuser drang und mit Nadelspitzen auf die Bewohner einstach. Wenn sie sich auf der Straße begegneten, wagten sie nicht, einander in die Augen zu sehen. Sie sagten, bald wäre es so weit und der Tod würde auf Taluk dem Fuchs angeritten kommen. Sie lauschten dem Tapsen seiner Pfoten, denn wenn der Tod an deinem Haus vorbeiritt, musstest du den Blick senken, sonst wurde er auf dich aufmerksam und kratzte an deiner Tür.

Und der Habicht saß reglos im Wipfel der Kiefer und wartete.

Am Morgen des dreizehnten Tages war es so windstill, dass die Schneeflocken reglos in der Luft hingen und an reife Früchte erinnerten, die darauf warteten, gepflückt zu werden. Die Frau schlief den Schlaf der Erschöpften, ihr Mann lag neben ihr und wachte über ihre Träume. Hin und wieder strich er über die Wölbung ihres Bauches, um die Wärme und die Kraft darunter zu spüren.

Als seine Frau erwachte, war ihr Blick klar und voller Zuversicht.

»Spürst du unsere Tochter?«, fragte sie.

»Ja«, antwortete der Mann und strich über ihren Bauch, »ich spüre sie, und ich weiß, sie will leben.«

Und wie er das sagte, seufzte die Frau erleichtert auf.

»Wir sind für immer«, sagte sie.

»Wir sind für immer und ewig«, versprach er.

Sie hielten sich an der Hand, sie waren für immer, sie waren für ewig.

Ein Schatten huschte am Fenster vorbei.

»Taluk der Fuchs kann uns nichts«, sagte die Frau und ihre Stimme war nur noch ein müdes Flüstern.

»Er hat es sich wohl anders überlegt«, sagte der Mann und lächelte.

Die Frau erwiderte sein Lächeln, atmete aus und starb.

Das Heulen des Mannes schnitt in die morgendliche Stille des Dorfes wie eine Axt in das Eis, wenn die Fischer zum Ende des Winters auf den Fluss traten, um das erste Loch zu schlagen. Das Heulen schreckte die Bewohner aus ihren Betten und ließ sie ihre Häuser verlassen. Barfuß standen sie im Schnee und ihre Blicke waren auf den Schornstein der Schmiede gerichtet, aus dem es zögerlich qualmte. Dann löste sich aus dem Rauch heraus ein Funkenregen und die Seele der Frau stieg in den Nachthimmel auf und drehte sich wie eine glitzernde Schwalbe, die ein letztes Mal das Morgenlicht auf ihren Flügeln einfangen will, ehe sie zwischen den Wolken verschwindet. Manche sagten, da sei ein Schatten gewesen und es sei der Schatten eines Habichts, der mit einem hohen Kreischen der Seele der Frau gefolgt war. Andere sagten, dass nur ein Teil der Seele aus dem Schornstein aufgestiegen sei, und so war es auch, denn der andere Teil blieb zurück und machte mit einem Gurren auf sich aufmerksam.

Auch der Mann hörte das Gurren und unterbrach sein Heulen.

Die Wolldecke auf dem Bett bewegte sich, und als der Mann sie zur Seite schlug, lag dort das Kind mit offenen Augen zwischen den Beinen der Frau und blickte zu seinem Vater auf. Es war noch ganz erschöpft von der Geburt und lehnte den Kopf müde an das Knie seiner Mutter, als wolle es noch einen Moment ausruhen, bevor das Leben begann.

»Da bist du ja endlich«, sagte der Vater leise und spürte, wie sein Körper vor Trauer und Freude schwach wurde. Er beugte sich über seine tote Frau und küsste sie zum Abschied. Wieder und wieder. Er flüsterte ihr ewige Liebe ins Ohr, ehe er sich dem Kind zuwandte und mit den Zähnen die Nabelschnur durchbiss. Vorsichtig nahm er das Neugeborene, öffnete sein Hemd und drückte sich das Kind an seine Brust, damit es warm und sicher gebettet war. Danach streckte er sich neben seiner Frau aus und zog die Wolldecke über seine Familie.

So wollte er für immer bleiben.

Der Name der Mutter war Yrma, der Name des Vaters Solomon, und ehe die Sonne an diesem Morgen neu entzündet werden konnte, war ein Kind zur Welt gekommen und sein Name sollte Vida sein.

Und genau da beginnt unsere Geschichte.

Es war ein eiskalter Wintertag im Jahre 1704.

DER WÄCHTER

In demselben Jahr, in dem Vida geboren wurde, war der Wächter so alt, dass die Zeit sich abwandte, sobald er ihren Weg kreuzte. Im Gegensatz zu Vida kam der Wächter nicht zur Welt. Er entwuchs aus der reinen Furcht heraus, und sein Dasein beruhte auf einer einzigen Bestimmung – Vida war sein Anfang und sein Ende. Ihre Geburt ersehnte er, ihren Tod wollte er.

Und so wartete der Wächter, dass sie geboren wurde.

Und wartete.

Und wartete.

Und wartete.

Während seiner langen Existenz war der Wächter mehrmals um die Welt gewandert. Er sah Länder und Städte zerfallen, Kulturen verschwanden vor seinen Augen und neue Kulturen wuchsen empor. Die Erdachse verschob sich, die Ozeane stiegen über die Ufer, das Leben bäumte sich auf und versank, um sich erneut aufzubäumen. All das beobachtete er und sah es dennoch nicht, weil es ihn nicht berührte. Denn was einen nicht berührt, ist wie Schattentheater, bei dem alle Figuren verschwinden, sobald das

Licht verlöscht. Der Wächter ignorierte den Wandel der Zeit, weil er seiner Bestimmung folgen musste. Deswegen griff er nicht ein, deswegen war er niemandem eine Hilfe und fristete sein Dasein nur für sich allein. Der Wächter kannte keine Moral, keine Sehnsüchte und keine Gefühle. Er war gezwungen worden, sein vorheriges Leben abzulegen, und erst mit der Erfüllung seiner Aufgabe würde er eine neue Existenz erlangen. Bis dahin war alles, was er war, nacktes Leid. Und so wanderte er über die Kontinente und ertrug dieses Leid, weil es ihn eines Tages zu seinem Ziel führen würde. Dabei zeigte er sich niemandem und verbarg sich so gut, dass selbst die Göttin, die ihn erschaffen hatte, ihn nicht aufspüren konnte. Wo auch immer sich der Wächter niederließ, blieb er ein unauffälliger Gast. Betrat er dein Haus, machte er es zu seinem Haus – deine Tasse, deinen Tisch, dein Bett und dein Leben dazu.

Ein alter Mann bewohnte im Herzen eines Waldes eine Hütte, die er selbst erbaut hatte. Seit mehr als fünfzig Jahren wurde er das Gefühl nicht los, müde zu sein. Als wäre die Hütte ein Ort, der ihm die Kraft aussaugte. Als würde die Hütte ihm alle Gedanken rauben und seine Erinnerung blank zurücklassen. Er hätte sich nicht schlimmer täuschen können.

Immer wieder gab es Tage, an denen er sich wie er selbst fühlte. An diesen Tagen verspürte er eine unfassbare Leichtigkeit. Er trat vor die Hütte und genoss das Sonnenlicht auf seinem Gesicht. Er lief zum Bachlauf, wo er mit Tränen in den Augen auf einem der Steine saß, die Elritzen im Wasser beobachtete und die Luft tief in seine Lungen einsog, als hätte er seit Monaten nicht geatmet. Manchmal wurde aus diesen Tagen eine ganze Woche. Es waren die schönsten Zeiten seines Lebens, die er mit niemandem teilte, denn es war niemand an seiner Seite.

Mit neunzehn Jahren verließ er den Hof seiner Eltern und verschwand in den Tiefen des Waldes. Er konnte nicht erklären, was ihn dazu trieb. Er baute sich eine Hütte mit Schlafraum und Küche, nach mehr verlangte ihm nicht. Im Sommer fischte er, im Winter legte er Fallen. Das ganze Jahr über schlug er Holz und verkaufte es an die umliegenden Höfe. Ansonsten sah er niemanden und bekam keinen Besuch. Und so wurde über die Jahrzehnte hinweg aus dem Jungen ein einsamer Mann und aus dem einsamen Mann ein alter Mann, der spurlos aus den Erinnerungen der Menschen verschwand. Er lebte sein Leben wie jemand, der die Einsamkeit liebt. Dabei wusste er nicht einmal, ob er die Einsamkeit liebte, er wusste nur, dass er nichts als die Einsamkeit besaß. Es ist immer leicht, etwas zu lieben, was einem keine Wahl lässt.

Hin und wieder erwischte sich der alte Mann, wie er in dem gesprungenen Spiegel neben der Haustür sein Gesicht betrachtete und sich wunderte, wie er nur so schnell gealtert war. Und hin und wieder saß er am Tisch und schnitzte aus Kirschholz eine Figur, und da konnte es geschehen, dass er inmitten der Bewegung erstarrte. Der Kopf sank ihm in den Nacken und er hörte auf zu atmen.

Wäre an solch einem Tag ein Wanderer durch den Wald spaziert und hätte zur Hütte geschaut, hätte er beobachten können, wie mit Anbruch der Dunkelheit eine Gestalt aus der Tür trat und sich reckte und streckte, ehe sie zwischen den Bäumen verschwand. Und wenn der Besucher noch ein wenig mutiger gewesen wäre, hätte er durch eines der Fenster schauen und den alten Mann sehen können, wie er am Tisch saß, Kopf im Nacken und die Augen an die Zimmerdecke gerichtet. Der alte Mann war in diesen Momenten so starr wie das Stück Holz in seiner Hand. Lange konnte er so sitzen, ohne sich zu rühren, länger, als es sich unsereiner vorstellen kann, dann durchlief plötzlich ein Zittern und Zucken seinen Körper, und er atmete zischend ein, senkte den Kopf und schnitzte weiter. Von da an erfüllte den alten Mann diese unfassbare Leichtigkeit, die so rar in seinem Leben war. Er fühlte sich unbändig frei. Diese Freiheit hielt nie lange an, sie endete stets an dem Tag, an dem die Gestalt zurückkehrte und ihren Platz wieder einnahm, denn der alte Mann war seit einem halben Jahrhundert das Zuhause eines Wächters.

DAS MÄDCHEN, DAS GUT HÖRTE

I

An diesem Morgen saßen Vater und Tochter beim Frühstück, lange bevor die ersten Vögel erwachten. Sie aßen Hafergrütze mit gerösteten Nüssen und tranken dazu schwarzen Tee, der mit Tannenhonig gesüßt war und einen malzigen Beigeschmack hatte. Es war die Stunde, in der sich im Tal der Nebel vom Boden löste und dem neuen Tag beinahe schon sehnsüchtig entgegenstieg. Vida war vier Jahre alt und jeden Morgen weckte ihr Vater sie mit denselben Worten. Sie waren wie ein Seil, das er in den Schlaf seiner Tochter hineinwarf und an dem sie sich aus den Tiefen ihrer Träume herausziehen konnte. Es gab Nächte, da wurde Vida von furchterregenden Gestalten gejagt, und dann gab es Nächte, da krallte sich etwas in ihrem Nacken fest und sie konnte es nicht abschütteln. Die Worte ihres Vaters ließen sie wissen, dass die Welt noch immer die Welt war, in der sie keine Gefahren erwarteten. Und so sagte er jeden Morgen zu ihr:

»Jetzt bist du wach.«

Und dann war sie wach.

Solomon hatte zwei Kerzen auf den Tisch gestellt und in dem warmen Licht sah er aus wie Mitte dreißig, aber seine Augen erzählten eine andere Geschichte. Sie hatten eine beunruhigende Tiefe, in der sich viele Leben spiegelten, denn er hatte mehr von dieser Welt und ihrem Leiden gesehen, als ein einzelner Mensch sich vorstellen konnte.

Manchmal konnte es geschehen, dass Solomon seine Tochter aus den Augenwinkeln betrachtete und sich fragte, wie anders alles wäre, würde ihre Mutter noch leben. Ihn plagte die Unsicherheit, dass er ihr als Vater allein nicht genügte. Seine Tochter kannte viele Geschichten über Yrma, doch Geschichten waren kein Ersatz für eine lebende Mutter. Solomon fragte sich, was er ohne die Anwesenheit der Tanten machen würde. Sie gaben seiner Tochter eine Basis, selbst ihm halfen sie nach Yrmas Tod, aufrechter durch den Tag zu gehen.

An diesem Morgen hatte Vida ein ganz eigenes Funkeln in den Augen. Schon seit einer Weile überlegte sie, wie sie ihre Frage stellen sollte. Seit Tagen dachte sie über nichts anderes nach, wälzte die Frage hin und her. Dementsprechend war ihre Stirn in winzige Falten gelegt, die Solomon schon das vierte Mal mit dem Daumen glattstrich.

»Du willst nicht wie eine alte Dame aussehen«, sagte er.

Vida gab sich Mühe, doch die Falten kehrten nach einigen Sekunden wieder zurück.

»Was quält dich?«, fragte ihr Vater.

»Die Tanten sagen, die Lüge ist der größte Feind der Wahrheit. Stimmt das?«

Solomon zuckte mit den Schultern. Es waren die Schultern eines Mannes, der den ganzen Tag an der Esse steht und den Hammer schwingt. Seit Yrmas Tod tat er kaum etwas anderes, als sich um Vida zu kümmern und in der Schmiede zu arbeiten. Die Arbeit lenkte seine Gedanken ab und ließ keine Erinnerungen zu, sie hielt auch die Sorge um Vida im Zaum, die ihn Tag und Nacht begleitete. Heute aber war die Esse nicht eingeheizt, denn Vater und Tochter hatten vor, in den Wald zu gehen und

Pilze zu suchen. Die zwei Körbe standen schon bereit und die halbmondförmigen Messer waren gewetzt. Nach der Pilzsuche wollten sie bei den Tanten vorbeischauen, um ihre Ausbeute zu teilen und sich mit einem zweiten Frühstück belohnen zu lassen. Doch erst mal musste Solomon seiner Tochter eine vernünftige Antwort geben.

»Wenn die Tanten sagen, dass die Lüge der größte Feind der Wahrheit ist, dann wird das stimmen.«

»Wer ist dann der größte Freund der Wahrheit?«, wollte Vida wissen.

Solomon grinste.

»Das war eindeutig deine Mutter. Die Wahrheit war ihre naheste Freundin, die sie immer mit am Tisch sitzen hatte und ohne die sie sich ein Leben nicht vorstellen konnte.«

Vida sah auf die Bank neben sich und stellte sich vor, wie ihre Mutter der Wahrheit einen Tee reichte und fragte, ob sie gut geschlafen habe. Sie hatte sogar den Klang ihrer Stimme im Ohr. Ohne ihre Mutter jemals gehört zu haben, wusste Vida, wie ihr Lachen klang und wie sie den Kopf schräg legte, wenn sie etwas nicht verstand, oder die Nase rümpfte, sobald ihr etwas missfiel. Solomon hatte Vida selbst die kleinsten Details beschrieben – wie ihre Mutter geschlafen hatte und wie sie erwacht war oder wie sie vor Enttäuschung den Mund fest zukneifen konnte, sodass nur ein weißer Strich zurückblieb. Vida hatte also ein sehr gutes Bild von ihrer Mutter, sie hatte aber kein Bild von der Wahrheit.

»Wie sieht die Wahrheit aus?«, fragte sie.

»Lass mich nachdenken.«

Solomon strich eine Strähne hinter Vidas Ohr. Er tat, als müsse er nachdenken. Er dachte nicht nach, er erinnerte sich.

»Die Wahrheit hat langes Haar«, sagte er nach einer Pause.

»Wie Mama?«

»Genau wie deine Mutter.«

»Und ist ihr Haar auch dunkelbraun?«

»Nein, schau aus dem Fenster.«

Vida schaute raus. Das erste Licht schob sich durch die Wolken.

»Es ist golden wie der Sonnenaufgang«, sagte sie.

»Richtig.«

»Oh.«

»Und die Wahrheit ist außerdem kleiner als deine Mutter.«

»Wie klein?«

»Größer als du, kleiner als ich.«

Vida sprang auf und streckte die Hand in die Luft.

»So?«

»Etwas größer.«

Vida stellte sich auf die Zehenspitzen und reckte sich, soweit es ging.

»So?«

»Ja, genau so.«

Vida merkte sich die Höhe. Nachdem sie sich wieder gesetzt hatte, nahm sie den Becher in beide Hände und überlegte. Dabei wanderte ihre Zunge über die Innenseite ihrer linken Wange. Solomon musste wegsehen. Seine Tochter erinnerte ihn in Momenten wie diesen so sehr an seine Frau, dass es ihn zu Tränen rührte. Er starrte in seinen Becher, in dem nur noch ein Bodensatz zu sehen war.

»Wo steckt die Wahrheit jetzt?«, fragte Vida.

»Niemand weiß das. Mal ist sie hier, mal ist sie da.«

»Ist die Wahrheit traurig?«

Solomon schaute auf.

»Wieso sollte sie traurig sein?«

»Weil Mama gestorben ist.«

Ihr Vater nickte, er suchte die richtigen Worte, er fand sie nicht in der leeren Tasse. Also goss er sich Tee nach.

»Du hast recht«, sagte er schließlich. »Die Wahrheit ist in die Welt hinausgewandert, weil sie traurig war, dass deine Mutter gestorben ist.«

»Ach, deswegen kenne ich sie nicht.«

»Richtig, deswegen kennst du sie nicht. Es war vor deiner Zeit.«

»Was war noch vor meiner Zeit?«

»Eine Menge. Die Welt hat sich zum Beispiel auf deine Geburt vorbereitet.«

Vida verdrehte die Augen.

»Papa, das ist doch ein Märchen.«

»Jedes Märchen entspringt einer Wahrheit«, gab Solomon zu bedenken. »Frag die Wahrheit, sie wird es dir bestätigen.«

Vida grinste, ihr gefiel der Gedanke – Teil eines Märchens zu sein, Teil der Wahrheit zu sein.

»Und wo ist die Wahrheit jetzt?«, fragte sie.

»Ich sagte doch, niemand weiß es.«

»Wirklich niemand?«

Solomon sah das ungeduldige Blitzen im Blick seiner Tochter. Die Augen hatte sie von ihm geerbt, der Rest kam von ihrer Mutter – insbesondere die Neugierde, die Energie und das unstillbare Verlangen, alles zu verstehen. Er wusste, dass sie ihren Tanten dieselben Fragen längst schon gestellt hatte. Wenn seine Tochter etwas wissen wollte, war sie unermüdlich. Deswegen fügte er hinzu:

»So manch einer hat sich auf die Suche nach der Wahrheit gemacht, doch niemand hat sie gefunden.«

»Wie schade.«

»Ja, es ist sehr schade.«

Solomon stand auf und begann den Tisch abzudecken.

»Unsere Zeit könnte ein wenig mehr Wahrheit vertragen«, sagte er zum Abschluss und konnte nicht wissen, was für eine Tür er mit diesen letzten Worten aufstieß.

Seine Tochter runzelte kurz die Stirn, dann fasste sie einen Entschluss – sie hatte nicht vor, die Wahrheit einfach nur aufzuspüren. Nein, Vida wollte sie mit nach Hause bringen und zu ihrer nahesten Freundin machen. Sie wollte mit ihr am Tisch sitzen, ihr Tee anbieten und ihr Haar ausbürsten. Vielleicht würde die Wahrheit auch ein wenig von ihrer Mutter erzählen.

Unter Freunden war ja alles möglich.

Unsere Zeit könnte ein wenig mehr Wahrheit vertragen, wiederholte Vida in ihrem Kopf die Worte ihres Vaters und machte sich mit vier Jahren auf die Suche nach der nahesten Freundin ihrer Mutter.

2

In den folgenden zwei Jahren erkundete Vida die Gegend um Warrosch herum, streifte durch den Wald oder verschwand in den Tiefen des Tals. Sie schlich durch die Maisfelder, ohne eines der Blätter zu berühren, und lief mit den Schafen um die Wette, als wäre sie eine von ihnen. Manchmal folgte sie dem Flusslauf und beobachtete die Libellen, wie sie über dem Wasser tänzelten und sie auf ihrer Wanderung zu begleiten schienen. Nichts und niemand konnte sie aufhalten. Sie fühlte sich unverwundbar. Wurde sie von einem Gewitter erwischt, hockte sie sich unter einen Felsvorsprung oder kroch zwischen die dichten Äste einer Tanne, die sie dann wie Flügel um sich herum schloss. Manchmal schlief sie bei den Tanten im Haus, manchmal bei den Pferden im Stall, doch ihr liebster Platz war die Küche im Haus ihres Vaters, dorthin kehrte sie immer zurück, denn dort wurde sie immer erwartet.

Solomon ahnte nichts von Vidas Suche nach der Wahrheit. Er ließ seiner Tochter freie Hand, denn so hätte es sich Yrma gewünscht. Keine Fesseln, keine Grenzen, reines Vertrauen. Dennoch befiel Solomon eine leichte Unruhe, wenn er am Morgen Vidas Bett leer vorfand. Er trat dann vor die Schmiede und blickte sich um, er grüßte die Nachbarn und tat, als würde er nicht nach seiner Tochter Ausschau halten, ehe er mit einem Seufzer in das Haus zurückkehrte, um den Tisch für das Frühstück zu decken.

Vida verpasste kein einziges Frühstück, und immer berichtete sie atemlos, wo sie gewesen war.

Kurz vor ihrem siebten Lebensjahr verschwand Vida spurlos. Sie blieb zwei Nächte lang unauffindbar, ehe Solomon sie in einer Schneehütte am gegenüberliegenden Flussufer entdeckte und an den Füßen rauszog. Vida hatte die Zeit vergessen, sie war durchgefroren, aber sehr glücklich.

»Ich habe es gesehen«, sagte sie bibbernd, während Solomon sie in seinen Mantel gewickelt über die Brücke nach Hause trug. »Ich habe gesehen, wie das Wasser zu Eis wird. Papa, ich habe es wirklich gesehen!«

»Du hättest da draußen erfrieren können.«

»Ich friere doch nie.«

»Und wieso klappern deine Zähne aufeinander?«

Vida drückte sich an ihren Vater.

»Der Winter passt doch auf mich auf.«

»Wer hat dir das gesagt?«

»Der Wind.«

»Der Wind redet eine Menge Blödsinn.«

»Nicht so laut«, warnte Vida, »sonst hört dich der Wind.«

Aber der Wind hatte den Schmied längst gehört und rüttelte an der Brücke, sodass Vater und Tochter beinahe ihr Gleichgewicht verloren.

»Der Wind und der Winter sind Cousins und alte Saufkumpane«, sprach Solomon ungerührt weiter. »Sobald der Herbst vorbei ist, ziehen die beiden über das Land und schlagen Türen ein, lassen die Hühner auf den Stangen erfrieren und lärmen die Nacht durch, als würde es keinen Morgen geben. Und dann lachen sie, dass es in den Bergen donnert. Sie lachen, bis ihnen die Tränen aus den Augen schießen. Und weißt du, was dann passiert?«

Vida schüttelte den Kopf.

»Unten steht Großmütterchen und fängt die Tränen auf.«

»Warum macht sie das?«

»Weil sie eine kluge Geschäftsfrau ist. Sie füllt die Tränen in Flaschen ab und stellt sie in ein Erdloch hinter ihrem Haus. Und wenn der Frühling kommt, holt sie die Flaschen wieder heraus und die Tränen schmecken dann scharf und sehen aus wie klares

Wasser. Aber es sind keine Tränen mehr, sie haben sich in reinsten Wodka verwandelt. Und was glaubst du, an wen Mütterchen die Flaschen verkauft, sobald die Bäume ihre Blätter verlieren?«

»An den Winter?«

»Richtig, an den Winter und seinen Saufkumpan, den Wind.«

»Und alles beginnt von vorne?«

»Und alles beginnt von vorne.«

Vidas Magen knurrte laut.

»Was hast du die letzten Tage über gegessen?«, fragte Solomon.

»Fisch.«

»Fisch?! Wo hast du bei dem Wetter Fisch gefunden?«

Vida schaute über die Schulter ihres Vaters zur Brücke zurück und erzählte, dass sie den Großteil der Zeit damit verbracht hatte, unten am Ufer zu sitzen und abzuwarten, dass sich der Fluss mit Eis überzog. Dabei hatte sie eine Stelle entdeckt, an der sich ein Fischschwarm unter den flachen Steinen versteckt hatte. Sie fing einen der Fische mit ihren bloßen Händen und aß ihn roh.

Ihr Vater schüttelte verwundert den Kopf.

»Ein Fisch für zwei Tage?! Du musst ausgehungert sein.«

»Ein wenig«, gab Vida zu und hielt Solomon ihre Hände vor die Augen.

Ihre Fingerspitzen waren leuchtend rot.

»Kurz bevor sich das Eis schloss, habe ich es berührt«, erzählte sie. »Und es war, als würde ich über die Haut des Flusses streicheln. Erst wurde das Wasser trübe, dann knackte und knarrte es und wurde weiß und fest, als hätte es sich in Marmor verwandelt.«

»Du weißt, wie Marmor aussieht?«

»Nein, aber Tante Eka hat ihn mir beschrieben. Du hättest dabei sein müssen, Papa, es hätte dir gefallen. Was glaubst du, was die Fische denken, wenn das Wasser zu Eis wird? Ich bin mir sicher, sie tauchen auf und stoßen dagegen und wundern sich, ob das Marmor ist oder nicht.«

Vida kicherte, ihre Fantasie war nicht zu bremsen. Manchmal überschlugen sich ihre Worte, weil ein Gedanke den nächsten jagte, und manchmal vergaß sie völlig, dass ihr Vater zuhörte, und verschwand in einem Selbstgespräch.

Solomon drückte seine Tochter fester an sich, als könne sie sich aus seinen Arme lösen und davonfliegen. Sobald er ihre Begeisterung erlebte, verflogen seine Sorgen und ihren Platz nahmen Stolz und Liebe ein. Solomon war kein Mann, der Strafen verteilte oder unter dessen Blick sich ein Kind duckte. Er war ein Vater, der wusste, dass seine Tochter ihren eigenen Willen besaß, den niemand brechen konnte und der dem Willen ihrer Mutter sehr ähnelte.

Und furchtlos war Vida dazu auch noch.

Sie fürchtete nicht die Dunkelheit oder wilde Tiere. Sie fürchtete keine Räuber oder Nachtmahre. Jedes Erdloch wurde erforscht, jeder Hügel bestiegen und keine Baumkrone war vor ihr sicher. Dabei kam sie nicht immer glimpflich davon.

In dem darauffolgenden Sommer kehrte Vida eines Tages vollkommen zerstochen in das Dorf zurück. Sie hielt in der linken Hand ein Stück honigtriefende Wabe. Auf die Entfernung hin dachte Solomon erst, seine Tochter hätte Blumen im Haar, als sie aber näher kam, erkannte er die toten Bienen, die sich in ihren langen Strähnen verfangen hatten.

»Siehst du überhaupt noch was?«, fragte er.

»Ich seh noch sehr gut«, sagte Vida und lief an der Schmiede vorbei.

Solomon holte sie ein. Die Augen seiner Tochter waren bis auf einen winzigen Spalt zugeschwollen und die Nase erinnerte an eine blühende Kartoffel. Solomon trug Vida in die Schmiede und kühlte ihr Gesicht mit Wasser, doch als er ihr eine aufgeschnittene Zwiebel auf die Stiche drücken wollte, protestierte Vida und wollte zu ihren Tanten.

»Zwiebeln helfen«, sagte Solomon.

»Die Tanten helfen besser«, sagte Vida.

Solomon legte die Zwiebel beiseite.

»Du weißt, sie werden dich auslachen«, gab er zu bedenken.

»Niemand lacht über mich«, widersprach ihm Vida und rutschte vom Stuhl, um ihrem Vater zu zeigen, dass ihre Augen zwar zugeschwollen waren, sie aber dennoch bestens sehen konnte. Solomon fing sie ab, bevor sie gegen den Herd laufen konnte.

»So werden wir nicht weit kommen«, sagte er und nahm seine Tochter auf den Rücken, ehe er den Bergpfad zum Haus der Tanten hinaufstieg. Den ganzen Weg über reckte Vida ihre Hand in die Luft, in der sie die Honigwabe wie eine Trophäe hielt.

Den drei Tanten war überhaupt nicht nach Lachen zumute. Sie erkannten ihre entstellte Nichte kaum wieder und waren besorgt, dass sie ihr Augenlicht verlieren könnte. Sie bestrichen die achtzig Stiche mit einer Salbe aus Nelkenöl und Arnika, danach klaubten sie die toten Bienen aus ihrem Haar, während Vida von dem Honig naschte und erklärte, was sie wolle, das wolle sie und da könne ihr keine Biene was.

Tante Asha zweifelte das sehr an.

»Bist du dir sicher, dass dir keine Biene was kann?«, fragte sie.

»Ganz sicher«, sagte Vida und leckte sich die klebrigen Lippen.

Da hielt ihr Tante Asha einen Spiegel vor das Gesicht. Ein langer Moment verging, in dem sich Vida in der Spiegelung wiederzuerkennen versuchte, dann jammerte sie los, dass sie für immer hässlich sein würde. Tante Riva tätschelte ihr tröstend den Kopf. Tante Eka unterdrückte ein Lachen.

»Das war nicht nett«, sagte Solomon.

»Wir müssen nicht nett zu ihr sein«, erwiderte Tante Asha darauf. »Deine Tochter muss lernen, dass alles seinen Preis hat. Selbst der Honig.«

»Aber der Honig war umsonst«, warf Vida ein.

»Willst du noch einmal in den Spiegel schauen?«, fragte Tante Riva.

Vida schüttelte schnell den Kopf, sodass sich eine letzte Biene aus ihrem Haar löste. Für Sekunden war es, als wäre das Insekt noch am Leben und würde sich auf dem Heimflug befinden. Dann geriet der kleine Körper ins Trudeln und fiel zu Boden. Tante Eka sammelte die Biene auf und trug sie nach draußen wie das traurigste Geschenk, das man dem Sommer machen konnte.

3

Die Tanten lebten in einem Haus, das in einer Höhe von zweihundert Metern in das Gebirge gehauen war. Die Wände und die Decke waren blanker Fels, der im Sommer kühlte und im Winter die Wärme des Kaminfeuers speicherte. Den Boden hatte Solomon mit Kiefernholz ausgelegt und so bearbeitet, dass er das Licht auffing und selbst im Dunkeln zu glühen schien. Vor dem Haus befand sich ein Felsplateau, vom dem aus man das Dorf überblicken konnte, vom Dorf aus sah man das Haus nur mit Mühe, so gut war es im Gebirge verborgen.

Wenn Vida aus der Schmiede trat und an der Felswand hochschaute, brauchte es eine Weile, ehe sie das Haus zwischen den Klüften und Rissen entdeckte. Die Bergspalten schienen mit dem wechselnden Lichteinfall zusammenzurücken, und wäre das Plateau nicht gewesen, das zwanzig Meter von dem Haus entfernt in die Landschaft hinausragte, hätte Vida Schwierigkeiten gehabt, es vom Tal aus ausfindig zu machen. Sie war immer besorgt, dass sich das Gebirge eines Tages aus einer Laune heraus schließen und das Haus verschwinden lassen würde. Nur in der Nacht, wenn die acht Fenster aufleuchteten, wusste Vida mit Bestimmheit, dass das Haus der Tanten am nächsten Morgen noch da sein würde.

Obwohl sie Schwestern waren, unterschieden sich die Tanten im Äußeren so sehr, dass sie niemand für Schwestern hielt. Rivas kurzes, rotes Haar reichte ihr bis zum Kinn und umschloss ihren Kopf wie ein Helm. Es war eine Frisur, die Vida bei sonst keiner Frau gesehen hatte und durch Zufall in einem Buch über die Ägypter entdeckte. Als sie ihrer Tante eine Zeichnung von Nofretete zeigte, strich diese mit dem Finger darüber und sagte, früher sei sie wie Nofretete gewesen, und weil sie diese Zeit schmerzlich vermisse, habe sie ihre Frisur seitdem nicht mehr geändert. Riva kannte sich mit der Vergangenheit so gut aus, dass ihr Vida jede historische Frage stellen konnte, die ihr in den Kopf kam, immer hatte Riva eine Antwort parat. Alles Gewesene, sagte sie, sei ihr Element und die Geschichte der Welt fließe durch ihr Blut.

Eka dagegen war erdverbunden und immer im Jetzt. Ihr Haar fiel in schwarzen Wellen bis auf ihre Hüften hinab und hatte weiße Spitzen, die Vida an den Schaum erinnerten, der sich auf dem Fluss bildete, wenn er von einem Sturm gepeitscht wurde. Eka war so mit der Fauna und Flora verbunden, dass sie von einem Moment zum anderen verschwinden konnte, ohne wirklich zu verschwinden. Vida hatte das schon mehrmals beobachtet und verstand nicht, warum ihr Eka diese Gabe nicht beibrachte. Ihre Tante musste nur die Augen schließen und auf Wanderung gehen. Mal war sie eine Ameise oder ein Tannenhäher oder ein Pferd. Mal wurde sie zu einem Grashalm, zu einer Wurzel oder zu einer Wolke, die gemächlich über den Himmel wanderte. Sie lehrte Vida, das Leben zu respektierem und zu verstehen, dass alles in Wechselwirkungen lebt und das eine ohne das andere nicht sein kann. Und sie pflanzte in ihren Kopf das Wissen, dass alles möglich ist, wenn man es möglich macht.

»Denn wenn die Wölfe heulen«, sagte sie, »dann tun sie es nicht, um sich zu verständigen. Sie heulen aus der reinen Freude heraus, weil für sie alles möglich ist und weil sie wollen, dass die Welt weiß, dass sie sich nie beugen. Kaum jemand hört noch auf ihr Heulen, aber wenn du konzentriert lauschst, wirst du die Wölfe verstehen und dich wundern, was sie dir alles zu sagen haben.«

Sobald alle Antworten ausgeschöpft waren und keiner mehr weiterwusste, wandten sie sich alle an Asha. Während ihre zwei Schwestern die Erde und die Vergangenheit im Auge behielten, hatte Asha ihren Fokus auf das Denken gerichtet. Sie war es, die alle Zeichen und Formeln kannte, sie war in den Gebieten der

Mathematik bewandert und konnte einen Gedanken in klare Zahlen umwandeln. Von ihr bekam Vida beigebracht, dass alles, was sie sah, alles, was sie berührte, und alles, was sie dachte und tat, auf Gleichungen reduziert werden konnte. Durch Formeln ließ sich jedes Rätsel lösen. Sie waren dafür verantwortlich, ob Regen fiel, Gänse ihre Eier legten oder ein Vulkan ausbrach. Asha wusste so viel von den Zusammenhängen, sie gab ihrer Nichte aber nie alle Antworten auf ihre Fragen, weil sie wollte, dass Vida selbst nach ihnen suchte. Asha war der Meinung, dass die Suche und das Verlangen nach einer Antwort das Wissen wachsen lassen und den Glauben an sich selbst stärken würde. Und wie ein klarer Gedanke, so war auch Ashas Aussehen – ihr Kopf war kahl geschoren und selbst im Winter sonnengebräunt. Sie hatte so feine Gesichtszüge, dass Vida sich schützend vor sie stellen wollte, sobald ein eisiger Wind wehte. Ashas Mimik verriet unverhohlen, was sie dachte, sodass ein Blick oder ein Schweigen ausreichte und jeder wusste, was in ihrem Inneren vor sich ging. Auch das brachte sie Vida bei – den Worten zu misstrauen und die Gesichter zu lesen wie ein Buch.

Die Schwestern verließen Sankt Petersburg an demselben Tag, an dem sie die Nachricht von Yrmas Tod erreichte. Sie traten die weite Reise in die Tiefen des Zarenreiches nicht nur an, weil Solomon sie darum gebeten hatte, sie erfüllten auch ihre Pflicht gegenüber Vidas Mutter. Die Schwestern hatten gewusst, dass Vida eines Tages geboren werden würde, so wie sie auch wussten, dass Yrma die Geburt des Kindes nicht überleben würde.

Nach ihrer Ankunft in Warrosch war das Haus innerhalb eines halben Jahres fertig gebaut. Keiner der Talbewohner wusste, wer die Schwestern waren, woher sie kamen und warum sie ausgerechnet inmitten des Gebirges wohnen mussten. Einige hielten sie für Hexenvolk, andere raunten, die Felsspalten hätten sie in einer Neujahrsnacht ausgespuckt und jeden Vollmond würde deswegen der Teufel bei ihnen vorbeischauen und sie zum Tanz auffordern.

Nichts davon kam der Wahrheit nahe.

Vida kannte mehr als nur die Wahrheit. Sie wusste, dass ihre Tanten die gesamte Welt bereist hatten. Sie waren zu Gast bei Kaisern und Königen gewesen, hatten Gärten und Wälder angelegt und waren mit Perlenfischern getaucht. Sie saßen Modell für berühmte Maler und ihre Körper wurden in Marmor gemeißelt. In Malaysia kochten sie für den Maharadscha und seine sechs Frauen und in Paris brachten sie einer Prinzessin das Balletttanzen bei, ehe sie für drei Monate mit einer Karawane durch die Wüste zogen. Es schien keinen Ort zu geben, an dem sie nicht gewesen waren. Ihre Abenteuer hätten Bücher füllen können. Wohin sie aber auch gereist waren, sie taten es immer unter falschem Namen und wechselten mit jedem Kontinent ihre Identität. So waren sie überall bekannt, ohne dass jemand wusste, wer sie wirklich waren.

»Aber warum habt ihr das getan?«, wollte Vida wissen.

»Weil es niemanden angeht, wer wir in Wahrheit sind«, sagte Asha.

»Und wer seid ihr in Wahrheit?«

»Das weißt du doch.«

»Meine Tanten?«

»Richtig, deine Tanten.«

»Dann darf also keiner wissen, dass ihr meine Tanten seid?!«

Asha beugte sich vor und küsste Vida auf den Kopf.

»Wie immer genau auf den Punkt gebracht«, sagte sie.

»Aber was heißt *das*?«

»Das erfährst du noch früh genug.«

Vida war verblüfft.

»Du verrätst es mir nicht?«

Asha verriet es ihr nicht. Sie saßen um den Sofatisch herum,

Riva war dabei, einen Riss an ihrem Kragen zu flicken, und zog einen Faden durch das Nadelöhr, Eka las ab und zu Passagen aus einem Roman vor. Vida wollte keine Literatur hören, sie wollte Antworten. Und weil sie in der einen Richtung nicht vorankam, schlug sie eine andere Richtung ein.

»Wenn ihr schon überall gewesen seid«, sagte sie, »dann müsstet ihr ja uralt sein.«

»Oh, ist dir das aufgefallen?!«, fragte Eka und blickte von ihrem Buch auf.

»Ich bin ja nicht dumm.«

Vida legte den Kopf schräg und versuchte die Geschichten der Tanten, ihre vielen Reisen und Abenteuer in Jahren zusammenzuzählen. Die Zahlen überschlugen sich in ihrem Kopf. Sie gab mit einem Seufzer auf.

»Wie alt seid ihr nun?«, fragte sie.

»Wenn du so alt bist, wie wir es sind, beginnt die Zeit ihre Bedeutung zu verlieren«, antwortete ihr Eka. »Deswegen haben wir beschlossen, nicht mehr zu altern. So wie wir sind, so sind wir richtig.«

»Du siehst, es ist alles eine Frage der Entscheidung und des Willens«, fügte Asha hinzu.

»Und Papa?«

»Auch er altert nicht.«

»Und ich? Was ist mit mir?«

Die Schwestern sahen sie an.

»Wie entscheidest du dich?«, fragte Riva.

Vida dachte nach und blickte dann kritisch an sich hinab.

»Ich will älter werden, denn ich will nicht für immer eine Zwergin sein.«

»Das ist eine weise Entscheidung«, sagte Eka.

»Denn so wie du bist«, sagte Asha, »können wir auf keinen Fall mit dir auf einen Ball gehen.«

»Wir gehen auf einen Ball?!«, rief Vida.

»Eines Tages schon.«

»Und wann ist eines Tages?«

»Wenn du die richtige Größe erreicht hast, meine Liebe«, antwortete ihr Riva, ohne von ihrer Handarbeit aufzublicken.

Einmal im Jahr ritt Solomon mit dem Anbruch des Winters auf die Rückseite des Gebirges, um in der Handelsstadt Tavolski Most die Postsäcke für die Schwestern abzuholen. Da nur sehr wenige Menschen wussten, wo die Schwestern sich seit Yrmas Tod aufhielten, wurden die Postsäcke an das Postamt in Tavolski Most zugestellt, wo sie bis zu dem Tag, an dem Solomon sie abholte, gelagert wurden. Die Säcke waren immer gefüllt mit Briefen, Pralinen und Schmuck, exquisiten Stoffen und Büchern. In den Briefen wurden die Schwestern gefragt, wohin sie verschwunden waren und wann sie gedachten zurückzukehren. Die Welt lockte, aber die Schwestern widerstanden ihrem Ruf. Ihre Aufgabe war es nicht nur, Solomon bei der Erziehung seiner Tochter zur Seite zu stehen, sondern auch, Vida zu unterrichten und ihr das Wissen ihrer Mutter näherzubringen. Solomon war den Tanten sehr dankbar dafür, denn er war weder ein Lehrer, noch hatte er das Wissen, diese Lehren weiterzugeben. Wenn es nötig war, konnte er ein Krieger sein, aber das letzte Mal, dass er in den Kampf gezogen war, lag schon sehr lange zurück und er hoffte, es würde nie wieder dazu kommen. Der Krieger in seinem Inneren befand sich in einem tiefen Winterschlaf, der Schmied hatte seinen Platz eingenommen und jetzt war Solomon ein Vater und mehr wollte er nicht sein.

Er schmiedete Pflüge, Sensen und Äxte. Er erwachte am Morgen, band sein Haar zusammen und stand dann von früh bis spät in der glühenden Hitze, während der Blasebalg pumpte und der Schlag des Hammers wie ein Glockenspiel durch das Dorf hallte. Wer sich in seiner Schmiede umsah, konnte leicht erkennen, worin Solomons große Begabung lag – an den Wänden hingen in einer ordentlichen Reihe Schwerter, die er im Verlauf des Jahres hergestellt hatte. Sie waren feiner und leichter geschmiedet als übliche Waffen, brachten aber dieselbe Schlagkraft mit sich. Solomon schuf sie nicht für den Angriff, er sah sie als Waffen der Verteidigung, mit denen man leicht parieren konnte. Um an das richtige Metall zu gelangen, vertraute Vidas Vater nicht auf die fahrenden Händler, die sporadisch nach Warrosch kamen und mindere Ware anboten. Deswegen reiste er zum Anbeginn des Winters nicht nur nach Tavolski Most, um die Postsäcke zu holen, sondern insbesondere, um ausgewählte Metalle einzukaufen und um seine Schwerter auf dem Markt anzubieten, der selbst Händler aus China und Indien anlockte und in der Winterzeit so überlaufen war, dass die Besucher in Zelten übernachten mussten, weil es in den Gasthäusern keine freien Zimmer mehr gab. Seit Yrmas Tod unternahm Solomon die Reise stets allein, doch es war ausgemacht, dass ihn Vida begleiten durfte, sobald sie zehn Jahre alt war.

Vida sehnte sich sehr nach dieser Reise. Sie wollte an einem Strand erwachen und in einem Korallenriff baden, sie wollte die Kontinente bereisen, von einem Schiffsdeck spucken und in unterirdischen Höhlen nach Spuren aus der Vergangenheit suchen. Oft stand sie im Wohnraum der Tanten vor dem Globus, der ihr bis zur Schulter reichte, und wanderte mit den Fingerspitzen über die Ozeane und Landstriche. Innerhalb von Sekunden segelte sie vom Nord- zum Südpol, verweilte einen Moment in Afrika, wühlte die Wellen im Pazifik auf und landete zum Schluss an der japanischen Küste, sodass ihr ganz schwindelig wurde und sie das Salz auf den Lippen schmecken konnte. Am liebsten sollte alles gleichzeitig geschehen. Und zwar jetzt.

»Seid ihr schon hier gewesen?«, fragte sie und drehte den Globus. »Und hier? Oder hier?«

Um ihre unersättliche Neugierde zu befriedigen, brachten ihr die Tanten über die Jahre hinweg nicht nur Lesen, Schreiben und Rechnen bei. Sie eröffneten ihr auch die Welt mit ihren Wundern und Rätseln. Vida konnte das Wetter anhand der Wolken bestimmen und sie kannte den Einfluss des Mondes auf Tiere und Menschen. Sie wusste, wann es gut war, zu säen und zu ernten, welche Pflanzen sich miteinander vertrugen und welche Mineralien die Wurzeln stärkten. Die Tanten ließen sie mit den Händen arbeiten, damit ihr die Natur vertraut wurde. So schlug sie Figuren aus Stein, lernte, Holz zu bearbeiten, und beobachtete die Wespen, Hornissen und Hummeln beim Nestbau. Jeden Vogelruf ahmte sie perfekt nach, jede Tierspur war ihr vertraut und sie konnte sich lautlos anschleichen und den rauen Pelz eines schlafenden Fuchses berühren, wenn ihr danach war. Die Tanten lehrten sie, zu riechen und zu schmecken, sie brachten ihr bei, genauer hinzuschauen und sich Zeit zu nehmen, damit sie sah, was nicht gesehen werden wollte.

»Vieles entgeht uns, weil es sich verbirgt«, sagte Eka. »Deswegen solltest du die Welt mit den Augen eines Falken sehen und dabei wie eine Schnecke denken.«

»Wie denkt eine Schnecke?«

»Gemächlich. Sie hat ein Ziel, und sie denkt nur daran, dass sie an ihr Ziel kommen möchte. Zeit spielt für sie dabei keine Rolle. Auch für dich sollte Zeit nie eine Rolle spielen. Sei wie die Schnecke, denn mit Ungeduld kommst du nicht weit. Sobald die Schnecke sich in Bewegung gesetzt hat, kann nichts ihre Zielstrebigkeit aufhalten. Deswegen entgeht ihr auch nichts, deswegen kommt sie immer an ihr Ziel.«

Vida war acht Jahre alt, als sie das erste Mal mit dem Wissen ihrer Mutter in Berührung kam. Es geschah an einem milden Herbsttag. Die Tanten waren nach dem Frühstück mit Körben voller Wäsche den Bergpfad heruntergekommen und hatten Vida abgeholt. Der Fluss war um die frühe Morgenstunde noch verlassen, sodass sie sich die beste Stelle am Ufer aussuchen konnten. Seite an Seite schrubbten sie die Wäsche an den Felsen, rieben sie mit Seife ein, schrubbten sie erneut und wuschen sie aus. Danach saßen sie auf der Wiese und erholten sich von der Arbeit, während der Wind durch ihre Kleidung fuhr und den Schweiß auf ihrer Haut trocknete. Dabei beobachteten sie zwei Graureiher, die von ihrem Kurs in den Süden abgekommen waren und auf dem anderen Ufer im flachen Wasser landeten. Der eine Reiher erinnerte Vida an den Scherenschleifer, der immer von einem heiseren Husten geschüttelt wurde. Letzte Woche hatte Vida in einem von Ekas Büchern das erste Mal von Viren und Bakterien gelesen. Jetzt wunderte sie sich laut, ob sich an einer Krankheit erkennen ließ, was sie ausgelöst hatte.

Eka schüttelte den Kopf und sagte:

»Viren und Bakterien sind nicht die Ursache für die Krankheiten. Sie sind eine Begleiterscheinung.«

Vida runzelte die Stirn.

»Aber in dem Buch stand, dass eine Infektion zu Krankheiten führen kann.«

»So ist es auch, aber auch eine Infektion ist nur eine Begleiterscheinung. Ich wünschte, deine Mutter wäre hier, sie könnte dir das besser erklären.«

»Warum erklärt ihr es mir nicht?«

Die Schwestern wechselten einen Blick.

»Ich kann sehen, was ihr denkt«, sagte Vida. »Sagt jetzt nicht: *Das erfährst du noch früh genug, Vida.*«

Die Entscheidung fiel an diesem Tag. Die drei Schwestern hatten diesen Moment schon seit einer Weile hinausgezögert und sich immer wieder gefragt, ob es nicht zu früh sei, Yrmas Lehren an ihre Tochter weiterzugeben. Insgeheim hatten sie darauf gewartet, dass Vida die richtigen Fragen stellte.

»Gut«, sagte Asha. »Was wir dir jetzt erzählen werden, ist ein

Teil deines Erbes und ich möchte nicht, dass du mit deinem Vater darüber sprichst. Noch nicht. Kannst du uns dieses Versprechen geben?«

»Warum darf er es nicht erfahren?«

»Weil dein Vater immer um dich besorgt ist und dir deine Kindheit lassen will, solange es geht. Wir wollen das auch, aber wir sind deine Lehrerinnen, wir haben andere Pflichten als dein Vater. Vielleicht hat er recht, vielleicht ist es zu früh. Wir werden sehen, wie du mit dem Wissen umgehst. Unsere Aufgabe ist es, dass du annimmst und verstehst, was für eine Bedeutung die Lehren deiner Mutter haben. Du kannst etwas nur verstehen, wenn du es mit deinem vollen Bewusstsein annimmst und offen dafür bist.«

»Ich weiß«, sagte Vida.

»Ich weiß, dass du das weißt, dennoch sage ich es noch mal, denn manchmal sind deine Gedanken wie Schneeflocken, mit denen der Wind macht, was er will.«

»Ich werde mich konzentrieren«, versprach Vida.

»Gut.«

Asha sah von einer Schwester zur anderen, ehe ihr Blick zu Vida zurückkehrte.

»So, wie deine Tante Eka eine Lehrerin des Lebens ist, lehrte deine Mutter den Tod. Eine ihrer Lehren war, dass alle Krankheiten ihren Ursprung in der Angst haben.«

»Alle?«

»Alle«, antworteten die Tanten im Gleichklang.

»Selbst ein Schnupfen?«

Die Tanten nickten.

»Jede Schwäche des Körpers ist eine Schwäche der Seele«, sprach Eka weiter. »Jeder Mensch ist in seinem Kern gesund, sobald aber das Böse einen Einlass in seinen Körper findet und Wurzeln schlägt, blühen die Krankheiten auf wie giftige Pilze, die im Schatten gedeihen. Erst dann finden Viren und Bakterien ein Zuhause, erst dann kommt es zu einer Infektion.«

Vida schaute an sich hinab.

»Und wo findet das Böse einen Einlass?«

»Erinnerst du dich, was wir dir über Chakren beigebracht haben? Sie sind die Fenster und Türen zu deiner Seele, durch sie fließt die gesamte Energie, die deine Wesenheit schützt und im Gleichgewicht hält. Besonders auf diese zwei Chakren musst du achten, denn sie sind am meisten gefährdet und benötigen deinen Schutz.«

Sie legte ihre Hand auf Vidas Solarplexus und danach auf ihre Stirn.

»Du bist jetzt acht Jahre alt und deine Chakren sind noch verschlossen«, sprach sie weiter. »Erst mit dem Ende deiner Kindheit öffnen sie sich der Welt gegenüber. Auf diesen Moment lauert das Böse wie ein Rudel tollwütiger Hunde. Es giert nach deiner Energie und wird sich dir in der Form von Flüchen und Verwünschungen nähern, es wird deine Ängste schüren und dir falsche Versprechungen machen, um dich zu schwächen, denn es hat immer nur ein Ziel vor Augen – es sucht einen Einlass in dein Innerstes, um von deinen Kräften zu zehren. Um dich zu schwächen, belegt es deine Chakren und unterbricht die Verbindung zwischen deinem Körper und deiner Aura. Wenn sich das Böse erst einmal diesen Zugang verschafft hat, breitet es sich in deinem Körper aus wie ein glimmendes Feuer.«

»Aber wie genau verschafft es sich einen Zugang?«, fragte Vida.

»Durch deine Angst«, sagte Eka. »Angst ist die Waffe, die dich schwächt, Angst ist das kalte Feuer, das deinen Schutz niederbrennt. Deswegen ist die Angst auch der Ursprung aller Krankheiten, denn sie ist es allein, die dem Bösen die Fenster und Türen zu deiner Seele öffnet.«

»Das heißt, wenn ich mich nicht fürchte, kann mich das Böse nicht erreichen?«

»Genau das heißt es.«

Vida grinste.

»Gut, dass ich keine Angst kenne.«

»Ja, das ist sehr gut«, sagte Riva und lächelte.

»Aber was tun die Menschen, die sich fürchten?«

»Viele von ihnen werden in ihrer Furcht missgünstig und gierig. Die Geschichte der Menschheit ist davon geprägt. Viele suchen die Schuld bei anderen oder verschreiben sich dem Bösen, um ihr eigenes Leiden zu lindern. Sie lassen sich täuschen und blenden. Aber sie tun es auch, um über andere zu triumphieren. Das Böse ist darin sehr geschickt, ein gutes Geschäft zu seinen Gunsten zu machen. Es reicht den Hilflosen die Hand, um den Schaden zu beheben, den es selbst verursacht hat, während es mit der anderen Hand neuen Schaden zufügt. Merk dir das, Vida, das Böse gibt nie, ohne dass es nimmt.«

»Nie?«

»Nie.«

»Aber warum?«

»Warum was?«

»Warum macht das Böse all das? Warum lässt es uns nicht in Ruhe?«

Einer der Graureiher breitete in diesem Moment die Flügel aus und flog über den See davon. Der andere Reiher schaute ihm hinterher und schien sich zu überlegen, ob er folgen sollte. Riva übernahm den Faden von ihrer Schwester.

»Das Gute und das Böse haben sich früher nicht unterschieden, sie waren eins. Es gab keine Schatten, es gab nur Licht und dieses Licht war rein. Es existierte kein Funken Missgunst zwischen ihnen, sie waren unzertrennlich, wie die zwei Kraniche es bis eben gewesen waren. Und wie die Kraniche wanderten sie von einem Ort zum anderen, formten Welten und waren eins miteinander. Zumindest bis zu dem Tag, an dem es zu einem Bruch kam. Eines der Lichter entdeckte die Dunkelheit und wandte sich ihr zu. So kam es zur Trennung, so enstanden Gut und Böse. Seitdem herrscht ein erbitterter Krieg zwischen diesen beiden

Kräften. Dieser Krieg tobt überall auf dieser Welt. Kein Kontinent ist verschont. Auch hier in Russland gibt es Unruhen, und du kannst es selbst in unserem abgelegenen Warrosch beobachten, wie die Menschen streiten und stehlen, betrügen und einander Schmerz zufügen. Das Böse schwingt eine Axt aus Gier und ein Schwert aus Neid, kaum jemand kann ihm widerstehen, und weil das Böse so unermüdlich ist, verliert das Gute mit jedem Tag mehr und mehr an Boden.«

Vida konnte spüren, wie trocken ihr Mund war. Aus einer einfachen Lehrstunde war etwas geworden, das sie bedrängte und die Welt vollkommen anders sehen ließ.

»Ist das Gute so schwach?«, fragte sie.

»Nein, das Gute ist gerecht«, antwortete ihr Riva. »Es lässt sich zwar täuschen, es ist weich und nachgiebig, wie es seiner Natur entspricht, aber es ist nicht schwach. Das Böse dagegen kennt keine Nachgiebigkeit. Es ist eine mächtige Herrscherin, die die Gerechtigkeit verlacht und alle Regeln des Daseins ignoriert. Es verwandelt mit einem Wort jedwede Liebe in Hass und sät mithilfe seiner Lakaien Verrat und Missgunst. Dem Bösen zur Seite steht ein Heer von Untertanen. Viele nennen sie Dämonen oder Teufel, aber wir rufen sie bei ihrem alten Namen, weil ihr alter Name sie bindet und schwächt. Sie sind die Zegechem und sie sind Wesen ohne Licht, die sich in das Denken und Tun der Menschen einschleichen und ihnen Schaden zufügen, indem sie lenken und täuschen. Wenn du hinter die Missetaten eines Menschen schaust, kannst du in den Schatten immer die Zegechem lauern sehen, wie sie ihre Fäden ziehen.«

»Zegechem«, wiederholte Vida leise und mochte es, wie das *ch* in ihrer Kehle kratzte. Und wie sie das Wort wiederholte, wanderte eine Gänsehaut ihren Rücken hinab, als würde jemand hinter ihr stehen und die Zähne fletschen. Vida drehte sich um und schaute den verlassenen Pfad hoch, der zum Dorf führte. Dort stand niemand.

»Hast du es gespürt?«, fragte Eka. »Wann immer du ihren wahren Namen aussprichst, spitzen die Zegechem ihre Ohren. Sie lauschen immer, denn sie sind jederzeit auf Beute aus.«

»Ich habe keine Angst vor irgendwelchen Zegechem«, sagte Vida.

»Gut, denn wir wollen auf keinen Fall, dass du dich fürchtest. Aber du solltest der Gefahr respektvoll gegenübertreten und deinen Feind verstehen lernen, bevor du ihm begegnest, weil er sich in den kleinsten Details verbirgt und alle deine Schwächen und Unsicherheiten ausnutzt. Wer Angst hat, liefert sich ihm aus.«

»Und ihr?«, fragte Vida. »Fürchtet ihr euch nie?«

Die Tanten schüttelten den Kopf.

»So wie wir das ewige Leben gewählt haben, ist es auch eine bewusste Entscheidung, ob du die Furcht wählst. Alles in deinem Dasein führt zu diesem Punkt, und nur du allein triffst die Entscheidung. Wir Schwestern haben uns dagegen entschieden, was aber nicht bedeutet, dass uns das Böse deswegen verschonen würde. Sein Heer hat uns so viele Wunden geschlagen, dass wir sie nicht zählen können, Vida, aber die schmerzhafteste aller Wunden war der Tod deiner Mutter.«

Plötzlich saß Vida ganz still. Wann immer das Gespräch auf ihre Mutter kam, öffnete sich ein Raum in ihrem Kopf und die Welt wurde so gewaltig groß und ungreifbar, dass es ihr schwindelte.

»Vermisst ihr sie auch so sehr?«, fragte sie leise.

Riva strich ihrer Nichte über den Kopf, Asha legte einen Arm um ihre Schultern, Eka nahm Vidas Hand aus dem Gras und verwob ihre Finger miteinander.

»Natürlich vermissen wir sie«, antwortete sie. »Jede Stunde, jede Minute, jede Sekunde. Deine Mutter hatte die schwerste Aufgabe von uns allen auf sich genommen, als sie entschied, dich zur Welt zu bringen. All ihr Wissen schläft in dir, und mit der Zeit wirst du dieses Wissen aufwecken und deinem Leben eine neue Richtung geben, denn genau das ist es, was Yrma für dich wollte. Doch das Erbe deiner Mutter ist ein Geschenk und eine Last zugleich.«

Vida überlegte, wie ein Geschenk zugleich eine Last sein konnte, dabei beobachtete sie den Graureiher, der sich nicht von der Stelle gerührt hatte und anscheinend wartete, dass sein Kompagnon zurückkam. Eine Gruppe von Frauen aus dem Dorf schritt den Pfad zum Flussufer herunter und wandte den Blick ab, als sie Vida und die Tanten auf dem Gras sitzen sah. Vida hätte ihnen gerne zugerufen, dass sie keine Angst haben sollten, denn wer sich fürchtet, lädt das Böse ein, aber sie schwieg und spürte das Erbe ihrer Mutter auf sich lasten. Ihr kam ein Gedanke, und der Gedanke war so erschreckend klar wie der Fluss zum Beginn des Winters, bevor ihn das Eis überzog.

»Hat das Böse meine Mutter krank gemacht?«, fragte sie.

Die Tanten atmeten aus, als hätten sie die Luft angehalten.

»Deine Mutter war nicht krank«, sagte Asha.

»Aber sie ist doch gestorben.«

Bevor eine der Tanten darauf reagieren konnte, sprang Vida auf und warf einen Stein nach dem Graureiher. Der Stein verfehlte den Vogel und klatschte neben ihm ins Wasser. Der Reiher sah sich verwundert um, dann stieß er sich vom Flussboden ab und flog davon. Vida wusste nicht, warum sie das getan hatte. Der Graureiher war wie ein Gedanke gewesen, der sie schon lange plagte. Jetzt war der Gedanke davongeflogen, doch ein Echo von ihm saß noch immer in Vidas Kopf fest und schlug aufgeregt mit den Flügeln. Und so wandte sie sich wieder an die Tanten und sprach den Gedanken aus.

»Wenn meine Mutter nicht krank war, dann bin ich also alleine schuld an ihrem Tod.«

Die Tanten glaubten, sich verhört zu haben.

»Wer hat dir das erzählt?«, wollten sie wissen.

»Die Frauen auf dem Marktplatz. Sie sagen, wann immer eine

Mutter bei der Geburt stirbt, ist das Kind für ihren Tod verantwortlich. Sie sagen auch, in schlimmen Zeiten wird ein Leben gegen das andere getauscht. Wir leben doch in schlimmen Zeiten?«

Riva klopfte neben sich ins Gras. Vida blieb stehen.

»Deine Mutter starb nicht *wegen* dir«, sagte sie betont langsam, damit sich jedes Wort bei Vida einprägte. »Deine Mutter ist *für* dich gestorben, verstehst du das?«

Vida schüttelte den Kopf.

»Niemand sollte für jemand anderen sterben«, sagte sie.

»Das ist wahr, aber in diesem Fall war es der einzige Weg, um deine Seele zu retten.«

»Aber … ich war doch noch nicht einmal geboren.«

Die Tanten schwiegen.

»War ich denn in Gefahr?«, fragte Vida.

»Sehr, sehr lange Zeit«, sagte Eka. »Wir haben um dich gebangt, wir alle hätten unser Leben für dich gegeben, wenn wir gekonnt hätten. Doch es lag allein in den Händen deiner Mutter. Sie wusste, was ihr bevorstand, es war ihre alleinige Entscheidung, dich zur Welt zu bringen. Und jetzt sieh dich an, sie hat erreicht, was sie wollte. Du lebst, du bist hier.«

»Aber meine Mutter ist tot.«

»Ja, sie ist tot, doch das ist nicht immer das Ende. Und das reicht für heute.«

Asha kam auf die Beine.

»Wir sollten nach Hause zurückkehren und die Wäsche aufhängen. Außerdem bin ich am Verhungern.«

Ehe Vida protestieren konnte, sammelten die Schwestern die Wäsche von den Felsen zusammen und machten sich auf den Heimweg. Vida folgte ihnen mit zwei Metern Abstand. Ihr Kopf war voller Gedanken, die sich überschlugen. Sie hatte das Gefühl, dass ihr die Tanten so viel und dennoch so wenig verraten hatten.

Etwas fehlte.

Und so war es auch, denn Vida war nicht nur die Tochter und das Erbe ihrer Mutter, sie war auch die Waffe, die über lange Zeit hinweg in Yrmas Körper geschmiedet worden war, damit sie eines Tages gegen das Böse in den Kampf ziehen konnte.

4

Die Kinder im Dorf fürchteten das Mädchen mit den langen, schwarzen Haaren, das sich kleidete, als würde es jeden Moment auf Reisen gehen. Vida trug immer einen Dolch am Gürtel und kniehohe Stiefel, die mit einer silbernen Schnalle geschlossen waren. Sie konnte mit einer Schnur und einem Stück Holz Feuer machen, Spuren lesen und das Heulen eines Wolfes so nachahmen, dass es die Kinder schüttelte. Sie erzählte von Erdtrollen, die unter dem Wurzelwerk der Kiefern schliefen und darauf warteten, dass jemand über ihre Füße stolperte, und sie kannte auch die sechzehn geheimen Namen vom Knochenschneider, der in den Nächten zwischen den Häusern herumstrich und bei den Kindern Maß nahm, denen er die Knochen stehlen wollte.

Natürlich übertrieb Vida und natürlich gab sie mit ihrem Wissen an.

Sie hatte von ihren Tanten gelernt, dass jede Pflanze und jedes Tier eine Gottheit besaß, die Deva genannt wurde. Manche dieser Devas waren Wesen, die gerade mal die Höhe eines Kienapfels erreichten, andere waren so gewaltig, dass sie quer über den Fluss einen Schatten werfen und die Sterne berühren konnten, wenn ihnen danach war. Vida hatte noch nie eine der Devas gesehen, dennoch tat sie, als würden ihr die Gottheiten andauernd über den Weg laufen und nach ihrer Meinung fragen. Wann immer Vida eine Pflanze berührte, wünschte sie der Deva einen guten Tag oder summte ihr ein Lied. Sie fragte die Gottheiten, was sie denn heute vorhätten und ob sie wüssten, wo die besten Beeren zu finden waren. Die Kinder kniffen die Augen zu Schlitzen zusammen und versuchten zu sehen, was Vida sah. Sie hatten natürlich unendlich viele Fragen an die Devas, aber Vida zuckte nur mit den Schultern und erklärte, Gottheiten seien wählerisch und sehr launisch und beantworteten nicht jeden Unsinn.

»Und wieso kannst ausgerechnet du sie hören?«, wollte einer der Jungen wissen.

»Weil ich so kleine Ohren habe«, sagte Vida.

»Kleine Ohren sind blöd«, sagte eines der Mädchen, das selbst große Ohren hatte.

»Nur wer kleine Ohren hat, hört auch die kleinen Dinge«, sagte Vida.

Sie hörte nicht wirklich mehr als die anderen Kinder, aber das sollte sich bald ändern.

Erst waren es nur die Vögel, die zu ihr sprachen, dann kam der Regen dazu, der auf den Wiesen jeden Grashalm wie eine Harfensaite anschlug. Selbst das Reiben der Kiefernnadeln hatte eine Sprache, und die Maiskolben raunten von besseren Zeiten, sobald der Wind sie bewegte. Am geschwätzigsten war der Fluss, während er über die Felsen rollte, doch Vida mochte am liebsten das Knistern der Flammen, wenn es in Zwiesprache ging mit dem Holz, das es verbrannte.

Alles lebte, alles atmete, alles war voller Erinnerungen und Geschichten.

Vida wurde neun Jahre alt und hörte zu.

Und dann begannen die Toten nach ihr zu rufen.

Die Toten sprachen nicht. Ihr Ruf erinnerte Vida an das Geräusch aus einem Bienenstock, dessen Bewohner sich auf den Winter vorbereiten. Es ähnelte auch einem Gesang, der aus der Weite des Raumes erklingt und keinen Sinn macht. Natürlich kannte Vida die Geschichten, die man sich über die Toten erzählte – dass sie die Lebenden zu sich lockten und ihnen Fallen stellten. Die Kinder im Dorf flüsterten von Leichen, die in der Wolfsstunde aus den Gräbern krochen und in ihre Betten zurückkehren wollten, und wer nicht aufpasste, der erwachte eines Morgens und da lag ein Toter neben ihm und nagte ihm das Ohr weg.

»Wieso sollte ein Toter an einem Ohr nagen?«, fragte Eka.

»Vielleicht, weil er hungrig ist«, sagte Vida.

Eka schnippte ihr spielerisch gegen das linke Ohr.

»Das macht doch keinen Sinn, Vida. Die Toten hungern nicht.«

»Warum rufen sie dann?«

»Ihr Ruf erzählt von der Trauer und dem Schmerz, den sie empfinden, weil sie nicht mehr unter den Lebenden sein können. Es ist ihr Abschied vom Leben und dafür sind keine Worte nötig, also singen sie und das ist der Ruf, den auch du eines Tages hören wirst, sollte dein Gehör besser werden.«

Vida nickte und behielt für sich, dass ihr Gehör längst schon so fein war, dass sie selbst die Unruhe der Regenwürmer hören konnte, wenn ein Vogel nach ihnen pickte.

»Hörst du denn die Toten rufen?«, fragte sie.

Eka schüttelte den Kopf.

»Deine Mutter hat sich allein um die Welt der Toten gekümmert. Manchmal stand sie einfach nur da und lauschte ihnen. Sie sagte immer, die Toten brauchen unsere Hilfe, denn sie sind verwirrt und ratlos.«

Vida lachte verunsichert, auch wenn sie nicht wollte, machten die Toten sie ein wenig nervös, denn so wie Eka von ihnen sprach, klangen sie sehr lebendig.

»Die Toten sind doch tot«, sagte sie. »Wie können sie da verwirrt und ratlos sein?«

»Weil viele von ihnen nicht wissen oder nicht glauben, dass sie tot sind.«

Eka sah die Ratlosigkeit in Vidas Gesicht und machte eine Geste, die den Raum um sie herum umfassen sollte.

»Die Toten sind überall, ohne dass wir sie sehen können«, sprach sie weiter, »sie existieren auf einer anderen Ebene. Deine

Mutter hörte diese Seelen nicht nur, sie sah auch diese Ebene und konnte dadurch mit den Toten kommunizieren und ihnen helfen. Daher wusste sie, dass die Toten in unserer Welt weiterexistieren, ohne ein Teil von dieser Welt zu sein. Sie sind verloren in ihrem Dasein. Eben haben sie geatmet, eben schlug noch ihr Herz und sie hatten eine Zukunft vor sich, und plötzlich war da nichts mehr.«

»Und wie hilft man einem Toten?«

»Du beruhigst ihn und lässt ihn wissen, dass er sein altes Dasein loslassen kann.«

»Und dann?«

»Dann führst du ihn ins Licht.«

Vida hatte sofort ein Bild vor Augen. Es war eine verschlossene Tür, durch deren Ritzen ein helles, strahlendes Licht schien. Sie versuchte sich den Raum dahinter vorzustellen, aber es gelang ihr nicht.

»Einige nennen es das Jenseits oder die Zwischenwelt«, sprach Eka weiter, »doch für uns ist es einfach das Licht, wo alles einen Neuanfang findet. Wir kommen aus dem Licht, wir sind Licht und wir kehren dorthin zurück, wenn unser Dasein ein Ende findet. Das Licht ist der Funke, der jedes Leben entfacht. Es ist all das, was die Dunkelheit verabscheut, denn sie erschafft kein Leben, sie versklavt und zerstört es. Das Licht ist der Wendepunkt für die Seele. Sie kann dort ruhen und muss nicht mehr stark sein. Im Licht wird die Seele darauf vorbereitet, in das Leben zurückzukehren und wiedergeboren zu werden, denn eine Seele ist wissbegierig und will Erfahrungen sammeln.«

»Jede Seele?«

»Jede Seele.«

»Dann war ich auch schon mal hier auf der Welt«, folgerte Vida.

»Nein, du nicht.«

»Wie? Ich nicht?«

»Du nicht.«

»Und ihr schon?«
»Auch wir nicht.«
»Oh.«
Vida war verwirrt.
»Und Papa?«
»Ja, Solomon war schon öfter hier.«
Bevor Vida weiterfragen konnte, sprach Eka weiter:
»Eine Seele kehrt so oft in dieses Leben zurück, bis sie mit sich selbst zufrieden ist. Der Tod ist nicht das Ende, jede Seele feiert eine Rückkehr. Asha kann dir das besser erklären, denn sie hat die richtigen Worte dafür.«
»Und meine Seele war wirklich noch nicht hier?«
»Deine Seele ist ein Neuanfang, Vida.«
Eka sah das Blitzen in den Augen ihrer Nichte. Jetzt hatte Vida begriffen.
»Wenn der Tod nicht das Ende ist …«
»… dann kehrt die Seele deiner Mutter irgendwann zurück«, sprach Eka für sie zu Ende.
Eine Leichtigkeit brandete in Vida auf.
»Sie kommt *wirklich* zurück?«, fragte sie atemlos.
»Wir wissen nicht, wann es geschehen wird, aber sobald deine Mutter zurückkehrt, wirst du es als Erste erfahren, da kannst du dir sicher sein.«
Die Leichtigkeit ließ Vida beinahe schweben. Sie glaubte zu spüren, wie sich ihre Füße vom Boden lösten, und hielt sich schnell am Tischrand fest.
Hoffnung, dachte Vida, *so muss sich die Hoffnung anfühlen.*

Ein halbes Jahr verging nach diesem Gespräch und in dieser Zeit hörte Vida immer wieder den Gesang aus weiter Ferne nach ihr rufen. Sie wartete, dass die Toten sich ihr zeigten, aber ganz besonders wartete sie auf die Rückkehr ihrer Mutter. Und so lauschte sie den Stürmen und dem Schnee, wenn er sich von den

Gebirgswänden löste, sie lauschte dem Erwachen des Frühlings und hörte dem Sommerwind zu, wie er durch die Maisfelder strich. Selbst dem müden Käuzchenschrei schenkte sie Beachtung. Denn vielleicht würde ihre Mutter nach ihr rufen, vielleicht verbarg sich ihr Rufen im Rauschen des Regens oder in dem Hämmern des Spechts, der nach Nahrung suchte.

Alles war möglich.

5

Vier Monate vor Vidas zehntem Geburtstag kristallisierte sich klar und deutlich ein einzelner Ruf aus der Ferne heraus. Als Vida ihn hörte, saß sie am Flusslauf in der Krone einer Kastanie, auf deren Ästen sich die Kinder aus dem Dorf niedergelassen hatten. Es war ein staubtrockener Augusttag. Die Bauern warteten seit Wochen auf Regen und die Dorfbewohner hatten schon zum wiederholten Male das Seil an dem Brunneneimer verlängert, um das schwindende Wasser zu erreichen. Sie waren sich einig, dass der Sommer seinen Höhepunkt hinter sich gelassen hatte, und schauten jeden Morgen sehnsüchtig Richtung Norden, von wo aus sie die ersten kühlenden Winde erwarteten. Nur die Kinder interessierte das Wetter nicht.

Die Jungs pulten Borke vom Stamm und kauten auf ihr herum, während die Mädchen einander Zöpfe flochten und taten, als würden sie auf eine Kutsche warten, die sie zu einem großen Fest entführte. Da Vida es nicht mochte, wenn jemand an ihrem Haar herumfummelte, war sie bis in die Baumkrone gestiegen und hatte dort ein verlassenes Nest entdeckt, in dem eine Schlangenhaut lag. Beim Abstieg erstarrte Vida plötzlich und ließ das Nest fallen. Sie lehnte sich gegen den Baumstamm und drückte beide Hände auf die Ohren. Auch das ängstigte die Kinder – niemand will sich mit einem Mädchen abgeben, das sich mitten im Spiel die Ohren zuhielt.

»Was hörst du?«, fragten sie.

Vida nahm die Hände herunter.

»Da singt jemand.«

Die Kinder sahen sich um, als wäre ein feindlicher Reitertrupp auf dem Weg, um das Dorf niederzubrennen. Der Ruf war für sie nicht hörbar, er kam aus der Steppe und klang in Vidas Ohren nah und fern zugleich. Wie eine Frage, die auf eine Antwort wartet.

»Es sind die Toten«, sagte sie. »Sie rufen nach mir.«

Einer der Jungen fing an zu weinen, eines der Mädchen sprang vom Baum und rannte nach Hause, nur die Brüder Cuk und Dimir überlegten, ob sie Vida runterstoßen sollten. Sie waren zwei Jahre älter und mit dem Aberglauben ihrer Mutter groß geworden. Bei Gewitter hielten sie sich einen Weidenzweig über den Kopf und wechselten die Straßenseite, sobald eine schwarze Katze ihren Weg kreuzte. Über die Toten wurde in ihrem Haus nur flüsternd gesprochen.

»Red nicht so laut«, sagten sie beinahe gleichzeitig.

»Ich rede, wie ich will«, erwiderte Vida und hielt sich den Zeigefinger an die Lippen.

Für eine lange Minute schaute sie in Richtung Westen, die Kinder folgten ihrem Blick und schraken zusammen, als Vida plötzlich weitersprach.

»Hört ihr nicht? Die Toten rufen und wollen, dass wir zu ihnen kommen. Sie sind so einsam, sie brauchen uns.«

Vida zwinkerte Cuk und Dimir zu.

»Auch Brüder sind willkommen«, schob sie hinterher.

Die anderen Kinder schüttelten sich vor Grauen. Cuk und Dimir griffen vergeblich nach Vida, die einer Katze gleich vom Baum verschwand.

Nein, so machte man sich keine Freunde.

Vida erwähnte den Ruf ihren Tanten und ihrem Vater gegenüber mit keinem Wort. Sie wusste mit Bestimmheit, wer da nach ihr rief, und wollte nicht gesagt bekommen, dass sie sich täuschte. Niemand will hören, dass er sich täuscht, wenn ihm der Körper vor Hoffnung wieder einmal ganz leicht geworden ist.

Vielleicht ist es Tante Eka, die sich täuscht, dachte Vida, *vielleicht irrt die Seele meiner Mutter doch verloren herum und weiß nicht, wie sie ins Licht kommen soll.*

Oder vielleicht will sie zu mir.

Und so eilte Vida nach Hause.

Und so packte sie einen Rucksack mit Proviant und fühlte sich genauso wie vor fünf Jahren, als sie sich auf die Suche nach der Wahrheit gemacht hatte.

Nach einem kurzen Zögern band sie sich ein Schaffell um die Hüfte, denn obwohl der Herbst ihr weit entfernt schien, wusste sie, dass die Nächte in der Steppe bitterkalt werden konnten. Als der Vater seine Tochter in die Schmiede treten sah, lachte er und fragte, wohin sie reisen wolle. Vida zeigte in Richtung der Steppe.

»Und was ist, wenn ich Nein sage?«, fragte Solomon.

»Sag mal lieber Ja«, antwortete ihm Vida und rückte den Rucksack zurecht, pustete ein Schafhaar von ihrer Nasenspitze und umarmte ihren Vater einmal kräftig, ehe sie sich auf den Weg machte.

6

Schon nach einem Tag verwandelte sich der fruchtbare Boden unter ihren Stiefeln und wurde karg und rissig. Hier hatte der Sommer mit glühender Hand gewütet, es hatte vereinzelte Brände gegeben und ein Teil der Waldregion war in Asche verwandelt worden.

Am zweiten Tag ihrer Wanderschaft passierte sie den Ausläufer des Gebirges und vernahm ein dumpfes Rauschen, das zwischen den Felsen hindurch zu hören war. Sie zögerte einen Moment und entschied sich dann doch dagegen, das Geräusch zu erkunden. Was auch immer das Gebirge verbarg, es konnte warten. Irgendwo in der Ferne rief ihre Mutter nach ihr und Vida wollte sie nicht warten lassen.

Sobald die Dämmerung anbrach, suchte sie sich einen Schlafplatz und machte ein Feuer. Dabei war ihr Rücken immer geschützt. Solomon hatte ihr das beigebracht.

»Im Rücken den Fels, vor der Nase das Feuer und niemand kann dir was.«

Vida liebte es, ganz still zu sitzen und die Dämmerung zu beobachten, wie sie langsam zur Nacht wurde. Ganz besonders der Flug der Fledermäuse gefiel ihr, wie sie Haken in der Luft schlugen und immer bedrohlich nahe über das Feuer hinweghuschten, als würden sie die Flammen herausfordern. Wenn sich dann die Sterne klar und deutlich am Himmel abzeichneten, zog Vida das Schaffell enger um sich und schloss die Augen. Der Ruf begleitete sie bis in den Schlaf hinein und wartete geduldig, dass sie erwachte.

Vida hatte das Gefühl, ihn jeden Tag deutlicher zu hören.

In der vierten Nacht schreckte sie kurz vor dem Morgengrauen aus dem Schlaf, weil sie sich beobachtet fühlte. Das Feuer war erloschen und der Frost biss in ihre Fingerspitzen. Vida spürte, sie war nicht mehr allein, doch als sie sich umsah, war niemand zu sehen. Da sie nicht mehr einschlafen konnte, schürte sie die Glut und legte Äste nach, bis das Feuer zu neuem Leben erwacht war. Danach starrte sie zu den Sternen hoch und wunderte sich, wie lange sie noch dem Ruf folgen sollte. Vier Tage waren vergangen und vielleicht hatte sie sich doch getäuscht. Ihre Sehnsucht war so immens groß gewesen, dass sie in jedem Knacken und jedem Wispern ihre Mutter vermutet hatte. Und wie sie das dachte, sah sie aus den Augenwinkeln heraus eine Bewegung und erblickte durch die Flammen hindurch eine Gestalt, die ihr gegenüber auf einem Stein saß. Sie flimmerte wie eine Luftspiegelung und schien aus Rauch zu bestehen. Vida kniff die Augen zu und öffnete sie wieder.

Das Flimmern war verschwunden, die Gestalt aber geblieben. Sie stützte sich mit beiden Händen auf eine Lanze, die senkrecht vor ihr im Boden steckte. Jetzt konnte Vida deutlich erkennen, wer da vor ihr saß. Der Mann war von Kopf bis Fuß verdreckt. Seine Lederrüstung hing in Fetzen herab, ein Schnitt klaffte auf seiner Wange und der linke Stiefel fehlte ihm, sodass Vida seine nackten Zehen sehen konnte.

»Was hast du hier verloren?«, fragte der Soldat. »Weißt du nicht, wie gefährlich es ist, sich auf dem Schlachtfeld aufzuhalten?«

Als Vida seine Stimme hörte, hätte sie beinahe losgeheult.

»Du bist das«, sagte sie.

»Ich bin was?«

»Der Ruf, du bist das.«

Der Soldat schaute überrascht.

»Du hast mich singen hören?«

Vida nickte.

»Dann hast du aber gute Ohren.«

Vida fühlte sich elendig. Sie hatte sich bodenlos getäuscht. Sie war zwar ihrer Sehnsucht gefolgt, aber ihre Sehnsucht hatte sie an diesen einsamen Ort inmitten der Steppe geführt, der nichts mit ihrer Mutter zu tun hatte. Der Soldat betrachtete sie mit müden Augen und verstand nicht, weswegen ihr plötzlich Tränen über die Wangen liefen.

»Wieso heulst du, Mädchen?«

»Ich dachte, meine Mutter wäre hier.«

Der Soldat schüttelte den Kopf.

»Frauen haben doch nichts auf dem Schlachtfeld verloren.«

»Und du?«, fragte Vida zurück und wischte sich die Tränen von der Wange. Sie wollte alles tun, nur nicht über sich selbst reden. »Was hast du hier verloren?«

»Nenn mich Bayan Akh. Ich bin ein Reiter des Khans. Heute Nacht rasten wir, ehe es weiter Richtung Westen geht. Wir haben gute Kämpfe hinter uns. Große Siege. Frag jeden, frag ruhig. Unser Volk ist nicht aufzuhalten. Ich habe schon am Tisch des Khans gesessen. Zweimal.«

Er hielt Zeige- und Mittelfinger hoch, der Daumen und der kleine Finger fehlten.

»Der Khan hat über mich gesprochen. Hörst du, Mädchen? Bayan Akh, hat er gesagt, das ist ein Mann, dem ich vertraue. Und ich durfte sein Pferd satteln. Der Khan weiß mich wahrlich zu schätzen. Er vertraut mir, wie man einem Waffenbruder vertraut. Deswegen sitze ich hier und halte Wache, damit niemand das Lager überrascht und meinem Herrn zu nahe kommt. Du solltest also nicht hier sein, es ist zu gefährlich.«

Er blickte sich um, als wollte er sichergehen, dass keine Gefahr drohte. Vida folgte seinem Blick. Sie wusste, die Zeiten des Khan wären schon lange vorbei.

»Welcher Khan führt dich an?«, fragte sie.

Bayan Akh lachte über ihr Unwissen.

»Wie kannst du fragen, Mädchen?!«, wollte er wissen. »Wir reden nicht über irgendeinen Khan, wir reden über den Khan der Khane. Wir reden vom größten Feind der Tataren, dem Blutfeind der Merkiten, dem Schwert der Schwerter! Er hat unser Volk zusammengeführt. Wie die fünf Finger einer Hand, die zur Faust werden. Hast du wirklich noch nie von ihm gehört?! Sein ehrenvoller Name ist Dschingis Khan, den ich meinen Herrn und Beschützer nenne. Ich stehe ihm zur Seite und meine Söhne werden seinen Söhnen zur Seite stehen, denn für unser Volk leben und sterben wir. In diesem wie im letzten Jahrhundert.«

Vida wusste jetzt, von wem der Soldat sprach. Riva war eine sehr strenge Lehrerin, die sie in den Lehrstunden bis zu den Wurzeln der Vergangenheit führte, damit Vida die Gegenwart besser verstand. So wusste sie auch, auf welche Weise das Mongolische Reich in die Knie gezwungen worden war.

Dein Herr war also der große Dschingis Khan, dachte sie und fragte sich, was für ein Gesicht der Soldat machen würde, wenn sie ihm verriet, dass die Knochen seines Khans längst zerfallen waren und auch er selbst schon lange nicht mehr lebte. Vida bereute den Gedanken sofort und presste die Lippen fest zusammen, damit ihr kein falsches Wort entwich. Sie erinnerte sich, dass Eka sie gewarnt hatte – viele Tote wussten nicht, dass sie tot waren. Ehe sie ein Wort hervorbringen konnte, sprach der Soldat weiter:

»Wenn meine Kameraden sehen, dass du hier sitzt, werden sie nicht freundlich sein. Sie werden mich fragen, was ich mir denke. Bayan Akh, werden sie sagen, verflucht seien deine Ahnen, was denkst du dir nur?! Und dann werden sie ihre Hunde auf dich hetzen, Mädchen, also geh lieber und such deine Mutter woanders, denn hier wirst du sie nicht finden.«

Der Soldat verstummte und kniff die Augen zusammen, als würde er in die Sonne blicken.

Dann sah er sich erneut um.

»Ich verstehe das nicht«, sprach er weiter und da war nackte Ratlosigkeit in seiner Stimme. »Wohin sind sie alle nur verschwunden? Hier stand doch mein Zelt, siehst du, genau hier. Und dort hinten ...«

Bayan Akh kam auf die Beine und legte eine Hand über die Augen. In der Ferne gab es nichts zu sehen. Die Landschaft lag flach und verlassen im Sternenlicht. Der Soldat setzte sich wieder.

»Es wird schon seit einer Weile nicht mehr hell«, sprach er weiter. »Es ist immer Nacht um mich herum. Findest du das nicht auch bedenklich? Als hätte ich mir die Sonne zum Feind gemacht. Und wo sind meine Kameraden nur hin? Der Khan ist doch nicht ohne mich weitergezogen, oder?«

Vida sprach die folgenden Worte ganz vorsichtig aus.

»Bayan Akh, ich glaube, du bist nicht mehr am Leben.«

»Was?«

»Ich sagte---«

»Ich habe dich gehört, Mädchen«, unterbrach sie der Soldat und umklammerte die Lanze so fest mit beiden Händen, dass sie zitterte. Er wollte Vida widersprechen, sein Mund bewegte sich, kein Laut kam heraus. Eine Hand kratzte an der Wunde auf seiner Wange. Sosehr er auch in seinem Kopf suchte, er fand keinen klaren Gedanken.

Und stand wieder auf.

Und setzte sich.

Und ließ die Lanze fallen und vergrub das Gesicht in den Händen.

Eine Minute verging, dann nahm er die Hände herunter und sagte mit einem Flüstern:

»Ich wusste, dass irgendwas nicht stimmt. Wie lange bin ich schon tot?«

An die fünfhundert Jahre, dachte Vida.

»Schon eine Weile«, sagte sie.

»Was ist eine Weile, Mädchen?«

»So an die fünfhundert Jahre.«

Bayan Akh stöhnte auf, als er weitersprach, war seine Stimme nur ein Krächzen.

»Und der Khan …«

»… lebt auch nicht mehr«, sprach Vida für ihn zu Ende. »Und sein Sohn auch nicht. Und dessen Sohn auch nicht. Und …«

Vida verstummte, als der Soldat aufsprang.

»Nein, das ist Unsinn. Natürlich lebe ich, wir alle sind noch am Leben …«

Er stampfte mit dem Fuß auf.

»… denn das ist die Steppe und die Steppe lügt nie. Du siehst mich, also bin ich. Du siehst die Sterne, also sind die Sterne. Vielleicht bist du es, die gestorben ist, und du weißt es nur nicht.«

Er lachte und reckte trotzig sein Kinn vor.

»Halt mal deine Hand ins Feuer«, bat ihn Vida.

Der Soldat streckte zögerlich seinen Arm aus und berührte das Feuer.

»Oh.«

Er zog den Arm zurück und sah seine Finger an.

»Das heißt noch nichts«, sagte er.

Vida schwieg und erinnerte sich an die Schriften ihrer Mutter, die Asha sie hatte lesen lassen. In einem Kapitel schrieb Yrma über die Lehre der Höflichkeit gegenüber den Verstorbenen. Es war wichtig, zuzuhören und ihnen Zeit zu geben, denn die Erkenntnis über das eigene Dasein konnte ihnen niemand beibringen. Sie selbst hatten sie zu entdecken. Es war aber auch wichtig, bestimmt zu sein und keine Zweifel zuzulassen.

»Sprich doch, was geschieht nur?«, fragte Bayan Akh nach einer Weile.

Und dann erklärte ihm Vida, dass er unbesorgt sein solle.

Und dann nahm sie den Soldaten an der Hand und führte ihn ins Licht.

Und so kam es, dass sie auf ihren ersten Toten traf.

7

Auf ihrer Rückreise blieb Vida am Ausläufer des Gebirges stehen und folgte dem Rauschen, das sie auf dem Hinweg gehört hatte. Die Leichtigkeit war von ihr gewichen. Die Hoffnung, ihre Mutter zu finden, war so groß gewesen, dass sie sich jetzt verloren und leer fühlte.

Wie eine Tote, die nicht weiß, dass sie tot ist, dachte Vida, während sie sich durch die Felsspalte quetschte. Nach einigen Metern war das Rauschen betäubend laut und sie sah zwischen dichten Dornenhecken einen Wasserfall, der auf einen kleinen, von Felsen eingeschlossenen See herabprasselte. Als sie an sein Ufer trat, stieg mit einem schrillen Schrei ein Adler von einem der Felsen auf. Vida schaute ihm so lange hinterher, bis er hinter dem Berggipfel verschwunden war, dann erst löste sie den Rucksack von ihren Schultern. Es war heiß und windstill. Vida zog sich aus und lief nackt in den See hinein. Nach wenigen Schritten aber blieb sie stehen, weil das Wasser so eisig war, dass sich ihre Waden vor Schreck verkrampften. Vida wollte umdrehen und einfach nur eine Weile am Ufer auf den heißen Steinen sitzen, als sie sich aber vorstellte, wie ihr die Jungs aus dem Dorf zuriefen, sie sei doch nur ein Mädchen, das die Kälte nicht wie ein echter Junge ertragen könne, legte sie die Hände um den Mund und rief laut in den Tag hinein, damit man sie bis Warrosch hören konnte: »Ich *bin* ein Mädchen!«

Und dann ließ sie sich fallen.

Im Wasser froren ihre Gedanken sofort ein, sodass sie einfach nur reglos unter der Oberfläche lag und in die Tiefe hinabblinzelte. Das Wasser war so klar, dass sie den steinigen Grund sehen konnte. Dann verging der Schock und ihr Körper erwachte wieder zum Leben. Vida tauchte auf und schnappte nach Luft.

Mit ausgebreiteten Armen ließ sie sich auf dem See treiben, lauschte dem Prasseln des Wasserfalls und kicherte, wenn die Fische an ihrem Körper vorbeistrichen. Es war so schön, an diesem geheimen Ort zu sein, dass ihr die Augen zufielen und sie beinahe eingeschlafen wäre.

Ein paar herabfallende Steine ließen Vida aufschrecken. Sie schlugen wie Hagelkörner auf das Wasser ein und verfehlten sie nur um Zentimeter. Als Vida an den Felsen hochschaute, sah sie in einer Höhe von zwanzig Metern den Wasserfall aus dem Fels schießen und drumherum vereinzelte Höhlen, die wie leere Augen zu ihr herabschauten. Sie wartete, dann huschte vor einer der Höhlen ein Schatten vorbei und weitere Steine lösten sich und fielen herab.

Der Schatten gehörte einem Bärenjungen, das am Höhlenausgang entlangstrich und nicht wusste, was es tun sollte – hinter dem Bärenjungen gähnte der Abgrund, vor ihm stand seine Mutter und hatte sich auf die Hinterbeine gestellt, um ihre Brut zu verteidigen.

Es war der zweite Tag der Jagd.

Das Wolfsrudel war den Braunbären durch die Steppe bis in das Gebirge gefolgt. Sie wussten, dass die Jagd sich ihrem Ende näherte und dass sie von nun an besonders vorsichtig sein mussten. Ein Prankenhieb konnte tödlich sein und die Wut der Bärenmutter das ganze Wolfsrudel zerreißen. Und weil sie das wussten, hielten sie respektvollen Abstand, ohne wirklich zurückzuweichen.

Auch die Bärenmutter war vorsichtig. Wäre sie alleine gewesen, hätte sie sich dem Rudel längst gestellt, so aber schützte sie ihr Junges und dachte nicht daran, sich auf einen Kampf einzulassen – sie würde die Stellung so lange halten, bis den Wölfe ein Fehler unterlief.

Es kam andersherum.

Ein schriller Schrei erklang, den Vida selbst über das dröhnenden Prasseln des Wasserfalls hören konnte. Der Adler war zurückgekehrt und empört, dass sich Vida noch immer in seinem Territorium aufhielt. Er segelte die Felsen hinab und strich so nahe über die Wasseroberfläche, dass seine Flügelspitzen zwei Narben in das Wasser ritzten, ehe er vor dem Ufer wieder Aufwind bekam und in den Tag hinauf verschwand.

Für einen Moment wurde die Bärenmutter von dem Schrei des Adlers abgelenkt und sah sich nach ihrem Bärenjungen um. Die Wölfe nutzten die Chance und griffen an. Der Mutigste von ihnen traf die Bärin mit den Vorderpfoten vor die Brust, doch bevor er sich in ihre Kehle verbeißen konnte, hatte die Bärenmutter ihre Arme um den Angreifer gelegt und war bereit, den sehnigen Körper an ihrer Brust zu zerquetschen, dabei verlor sie das Gleichgewicht und zog den Wolf mit sich nach hinten und beide stießen gegen das Bärenjunge.

Vida verstand nicht wirklich, was da oben vor sich ging. Erst war da nur ein Schatten, dann rieselten noch mehr Steine herab und plötzlich stürzten zwei Bären und ein Wolf auf sie herunter. Vida hörte auf, mit den Beinen zu treten, stieß die gesamte Luft aus ihren Lungen und hob die Arme. Kaum war ihr Kopf unter Wasser, sank sie wie ein Lot hinab und sank und sank, und genau in dem Moment, in dem ihre Füße den steinigen Grund berührten, schlugen der Wolf und die Bären direkt über ihr auf das Wasser auf, und es war eine Explosion, die den gesamten See erschütterte.

Der Wolf trieb als Erster in einer Wolke aus Luftblasen an Vida vorbei. Seine offenen Augen schauten überrascht und das Maul war wie zu einem Heulen aufgerissen. Er begegnete Vidas Blick und bewegte eine Pfote, als wolle er sie erreichen, dann verdrehten sich seine Augen nach oben und er sank auf den Seegrund nieder. Die Bärenmutter folgte kopfüber auf der anderen Seite und rührte sich überhaupt nicht, ihre Augen waren geschlossen, der Sturz hatte ihr das Genick gebrochen. Vida spürte, wie sich ihr Herz mit Trauer füllte. Der Tod war plötzlich so vertraut nahe an sie herangerückt, dass sie ihn berühren konnte.

Sie wartete, dass das Bärenjunge als Nächstes herabsank.

Nichts geschah.

Vida stieß sich vom Grund ab und tauchte auf.

Der Bär trieb reglos auf dem Wasser. Er lag auf dem Rücken und dümpelte wie ein Korken vor sich hin. Vida schwamm an ihn heran und gab ihm einen Stoß. Das Bär reagierte nicht, also schwamm ihm Vida vor die Schnauze und öffnete mit den Fingern eines seiner Augen.

Der Bär blickte an ihr vorbei in den Himmel.

Er war nicht tot, aber so richtig am Leben war er auch nicht.

Vida griff dem Bären in das Fell und zog ihn hinter sich her zum Ufer. Es war eine mühsame Arbeit, sie zerrte und schleppte und beschwerte sich dabei, der Bär sei viel zu schwer und ob er sich nicht leichter machen könne. Mehrmals rutschte sie an den Felsen ab und kratzte sich das Knie auf, dann hatte sie das Tier halb aus dem Wasser gehievt und fragte sich, was sie als Nächstes tun solle.

»Du könntest langsam aufwachen«, sagte sie. »Ich habe dich doch schon gerettet.«

Sie klopfte dem Bären auf die Stirn und fragte, ob sein Deva nicht zu Hause sei. Keine Gottheit ließ sich blicken, der Bär lag stumm auf den Felsen, und wie Vida da so neben ihm hockte, begann sie zu frieren und blickte an sich hinab und sah, dass sie nackt war. Ihr Vater hätte jetzt den Kopf geschüttelt, denn es war nicht sehr schicklich, auf diese Weise vor einem Bären zu hocken.

Vida zog sich an und dabei erinnerte sie sich, wie letztes Jahr beinahe ein Mädchen im Fluss ertrunken wäre. Einer der Fischer hatte sie gerettet, indem er ihr das Wasser aus der Lunge gepumpt hatte. Vida kletterte dem Bären auf die Brust, setzte sich auf seinen Bauch und machte es dem Fischer nach. Sie pumpte mit beiden Händen. Es brachte wenig, sie war viel zu schwach, um auch nur eine Delle in die Bärenbrust zu drücken. Also beschloss sie, den Bären ein wenig anzubrüllen.

»He, Bär, werd wach!«

Sie klopfte ihm auf die Schnauze.

»He, hörst du mich?!«

Der Bär lag da und wurde nicht wach.

»Wenn du mir stirbst«, sagte Vida, »dann spreche ich nie wieder mit dir, hast du verstanden?!«

Auch das beeindruckte den Bären kein bisschen, er blieb ohnmächtig.

Vida fand einen flachen Stein, der so schwer war, dass sie ihn kaum mit beiden Händen tragen konnte. Sie hob ihn auf ihre Schulter und blieb neben dem Bären stehen. Langsam ließ sie den Stein von ihrer Schulter gleiten. Er landete mit einem satten Laut auf dem Bauch des Bären, der unter dem Gewicht zusammenzuckte und die Augen erschrocken aufriss. Für einen Moment sah er Vida an, als sei sie von allen guten Geistern verlassen, aber der Stein tat seine Wirkung – der Bär drehte sich zur Seite und ein Schwall Wasser schoss ihm aus dem Maul. Danach kam er auf alle viere und schüttelte sich, sodass sich ein Regenschauer aus seinem Fell löste. Er hockte sich auf die Felsen am Ufer und sah auf den See hinab, dann schaute er nach oben zum Höhlenausgang, aus dem er herabgestürzt war, dann schaute er wieder auf den See. Vida setzte sich neben ihn und wusste, was er dachte.

»Sie ist tot«, sagte sie.

Der Bär seufzte und glaubte ihr nicht. Er war gerade mal ein Jahr alt und wollte nicht annehmen, dass seine Mutter einfach so verschwinden konnte.

Er richtete sich auf und lief in das Wasser, um nach ihr zu suchen.

Vida blieb sitzen und wartete.

Der Bär tauchte unter und tauchte auf.

Der Bär tauchte unter und tauchte auf.

Der Bär stieg aus dem Wasser und setzte sich neben Vida.

Und so sahen Tier und Mensch auf den See und lauschten dem prasselnden Wasserfall. Erst als die Dämmerung hereinbrach, beschloss Vida, dass es an der Zeit war, dass sie sich auf den Weg nach Hause machte. Sie stand auf und streckte sich.

Der Bär schaute zu ihr hoch, Vida schaute zu ihm runter.

»Sie kommt nicht wieder«, sagte sie bestimmt. »Selbst wenn du sie suchen gehst, kommt sie nicht wieder. So ist das nun mal, da kannst du nichts tun. Mal kommt man, mal geht man und manchmal kommt man nicht wieder. Vielleicht in einem anderen Leben, das weiß ich nicht so genau, aber ich wünsche es dir.«

Der Bär rieb sich die Schnauze und nieste zweimal.

»Leb wohl«, sagte Vida.

Der Bär schaute ihr hinterher, wie sie über die Felsen stieg und zwischen der Dornenhecke verschwand. Er sah wieder auf den See und dachte an seine Mutter, die reglos auf dem Grund lag. Dann gab er sich einen Ruck und tauchte hinab.

Vida beobachtete ihn heimlich durch die Dornenhecke.

Es war sehr traurig, zu sehen, dass er ihr nicht geglaubt hatte, aber Vida verstand ihn, denn wenn sie an seiner Stelle gewesen wäre, hätte sie genau dasselbe getan. Sie wäre getaucht und getaucht und noch einmal getaucht.

DER BÄR

Er verstand die Welt nicht.

Er saß am Steinufer des Sees und verstand gar nichts mehr.

Seine Mutter lag auf dem Grund des Sees und rührte sich nicht.

Der Wolf lag auf dem Grund des Sees und rührte sich nicht.

Und dann war da dieses Mädchen.

Der Bär wusste bis zu dem Zeitpunkt nicht, dass Menschen existierten. Er kannte Wölfe. Er kannte Vögel und Rehe, Waschbären und Fische. In der Steppe war er vielen Tieren begegnet, aber ein Wesen wie das Mädchen war ihm vollkommen fremd.

Ohne Fell.

Ohne Krallen.

Er verstand die Welt nicht mehr.

Ein Tag verging.

Ein zweiter folgte.

Der Bär tauchte in den See und sah nach seiner Mutter. Er fraß Fische. Er lag am Ufer und wartete. Er wartete auf so vieles – dass seine Mutter sich vom Grund löste und zurückkehrte, dass das Mädchen durch die Dornenhecke trat, dass sich die

Wölfe anschlichen. Sein Instinkt hielt ihn an diesem Ort fest. Immer wieder sah der Bär zu dem Höhlenausgang hinauf, von dem sie alle herabgestürzt waren. Mehrmals versuchte er hochzusteigen, er rutschte immer wieder ab und hinterließ nur Kratzer auf den Felsen. Hätte er gekonnt, hätte er sich in die Höhle gesetzt und gewartet, denn dort hatte ihn seine Mutter beschützt, dort war die letzte Erinnerung an sie.

Keiner der Wölfe ließ sich blicken.

Der Bär wartete auf sie. Sein Instinkt bannte ihn. *Der Kampf ist noch nicht vorbei,* raunte er dem Bären zu. Er sagte auch, dass die Mutter bald vom Grund aufsteigen würde. Sein Instinkt sollte recht und unrecht haben.

Das Wolfsrudel hatte sich aufgeteilt, nachdem einer von ihnen mit den Bären abgestürzt war. Ein Teil des Rudels hatte den Verlust mit einem Kopfschütteln abgetan und war wieder in die Steppe zurückgekehrt. Drei der Wölfe waren neugierig geblieben. Sie schlichen um den Felsen herum, denn auch sie vertrauten auf ihren Instinkt. Er führte sie zu der Spalte und von da aus zur Dornenhecke. Sie rochen das Mädchen und zögerten, sie lagen einen Tag lang auf der Lauer, dann quetschten sie sich durch die Dornenhecke und stiegen über die Felsen. Wenn sie schon die Bärenmutter als Beute verloren hatten, so wollten sie zumindest das Bärenjunge erlegen.

Der Bär sah sie auf den Felsen warten, als er mit einem Fisch im Maul aus dem See auftauchte. Die Wölfe ließen ihn auf die Felsen steigen und wussten, dass der Bär eine leichte Beute sein würde. Er war klein und gedrungen, aber auch wenn man es nicht sehen konnte, war er in diesen letzten Tagen gewachsen. Die Verzweiflung und Trauer um seine Mutter hatten ihn größer gemacht. Der Bär hatte gelernt, dass es niemanden mehr gab, hinter dem er sich verstecken konnte. Es gab nur ihn und irgendwo ein Mädchen, das ohne Fell und ohne Krallen durch die Gegend lief. Er musste immer wieder an dieses Mädchen denken. Nicht, weil sie ihn gerettet hatte, sondern weil sie in seiner Einsamkeit da gewesen war.

Der Bär erschrak nicht, als er die Wölfe auf den Felsen sah.

Sein Instinkt hatte ihm recht gegeben.

Was ist, ist. Was nicht ist, wird sein.

Der Bär dachte das nicht, der Bär fühlte es.

Die Wölfe kamen näher.

Der Bär zeigte keine Furcht, seine Furchtlosigkeit machte die Wölfe stutzig. Sie hatten gesehen, wie er mit seiner Mutter durch die Steppe geflohen war. Seine Angst war an dem Tag als eine duftende Fahne hinter ihm hergeweht. Alles, was die Wölfe jetzt rochen, waren Kraft und Entschlossenheit. Sie wurden vorsichtiger. So wie die Furcht das Verderben anlockt, ist sie auch ein Lockmittel für die, die auf der Jagd sind. Kraft und Entschlossenheit sind keine Lockmittel, niemand folgt ihnen, denn wenn eine Beute Kraft und Entschlossenheit zeigt, stutzen die Jäger. Nur die Furcht lässt sie Zuversicht schöpfen.

Die Wölfe mussten eine Entscheidung treffen, einer von ihnen mußte als Erster angreifen.

Der Bär nahm ihnen die Entscheidung ab.

Er hatte nicht Rache im Sinn.

Er wollte einfach nicht mehr fliehen.

Und so stellte er sich auf die Hinterbeine und brüllte.

Ein Wolf versprühte vor Schreck einen Strahl Urin auf die Felsen. Ein anderer zog den Schwanz ein und schnappte nach der Luft, als würde der Geist der Bärenmutter vor ihm stehen. Der Bär wartete nicht auf die Reaktion des dritten Wolfes. Er landete wieder auf allen vieren und setzte sich in Bewegung.

Sie rissen ihm Wunden und fügten ihm Schmerzen zu, doch keiner der Wölfe kam in diesem Kampf ungeschoren davon. Zum

Schluss blieb der Bär alleine auf den Felsen zurück, während die Wölfe durch die Dornenhecke flohen. Ihre Überzahl hatte ihnen wenig gebracht. Der Bär war klug gewesen und hatte immer den See in seinem Rücken gehalten, sodass sich kein Wolf hinter ihm anschleichen konnte. Auf diese Weise hatte er seine Angreifer in Schach gehalten, auf diese Weise gelang es ihm, sich zur Wehr zu setzen.

Und jetzt war der Bär erschöpft.

Er glitt in den See und ließ sich die Wunden kühlen. Stolz machte sich in seinem Herzen breit, Stolz und Zufriedenheit. Der Bär drehte sich im Wasser und tauchte ein letztes Mal zu seiner Mutter hinab. Über ihm färbte sich das Wasser rot.

Der Bär verließ den See als ein stärkeres Wesen.

Er wusste jetzt, dass Flucht keine Lösung war.

Wer floh, der stürzte ins Wasser und starb.

Wer floh, verlor sich.

Der Bär zwängte sich durch die Dornenhecke und an den Felsen vorbei. Als er auf der anderen Seite herauskam, schien der Mond und badete den Bären in ein heilendes Licht.

Er sah nach links, er sah nach rechts.

Er musste nicht lange überlegen, er hörte auf seinen Instinkt. Das Mädchen war im tiefsten Moment seiner Trauer für ihn da gewesen. Der Bär wandte der Steppe den Rücken zu und begann ihrer unsichtbaren Spur zu folgen.

DAS MÄDCHEN, DEM KEINER GLAUBTE

Kaum war sie wieder in das Tal zurückgekehrt, erzählte Vida überall herum, dass sie einem Bären das Leben gerettet hatte. Natürlich glaubte ihr keiner. Kein Kind und kein Erwachsener, nicht einmal die verrückte Draga nahm sie ernst, obwohl sie selbst die unglaublichsten Geschichten spann. So betrat Vida die Schmiede recht missgelaunt und musste dennoch lächeln, als sie der herbe Duft des glühenden Metalls umschloss. Jetzt erst spürte sie, wie sehr sie ihr Zuhause vermisst hatte.

Die Esse war eingeheizt und Solomon dabei, einen Axtkopf zu bearbeiten. Sein Haar war im Nacken zuammengebunden, der Bart kurz gestutzt und von roten Haaren durchzogen, die Vida immer an die Erzadern erinnerte, die sie einmal gesehen hatte, als Solomon sie zum Bergwerk mitnahm. Eine Weile stand Vida im Türrahmen und beobachtete ihren Vater, wie er auf das glühende Metall einschlug. Erst als er den Axtkopf im Wassertrog abkühlte, rief ihm Vida über das Zischen hinweg zu, dass sie wieder da sei.

Solomon rutschte das Metallstück vor Schreck aus der Zange und verschwand blubbernd in dem Trog.

»War das nötig?«, fragte er.

»Ich dachte, du hörst mich sonst nicht.«

»Wahrscheinlich haben dich sogar deine Tanten gehört.«

Vida drückte sich an ihren Vater.

»Ich habe dich vermisst, Papa.«

»Ich würde mich auch vermissen, wenn ich acht Tage lang weg gewesen wäre«, sagte er und hockte sich hin. Er schob Vida auf Armlänge von sich weg und betrachtete sie prüfend von Kopf bis Fuß. Sie hatte von der Dornenhecke Kratzer an den Armen und im Gesicht und ihr Kleid war an mehreren Stellen zerrissen.

»Hast du dich wieder geprügelt?«

Vida schüttelte den Kopf.

»Hast du wieder nur Fisch gegessen?«

»Ich hatte Brot und Käse dabei.«

Solomon strich ihr eine Strähne aus der Stirn, richtete sich auf und sagte mit einem Lächeln, er freue sich auch sehr, seine lang verschollene Tochter wiederzusehen.

Ein Außenstehender hätte in diesem Moment nicht einmal geahnt, wie sehr er sich gesorgt hatte. Solomon lebte nach seiner eigenen Philosophie: Wenn Vida stürzte, sollte sie stürzen und sich wieder aufrappeln; wenn sie in die falsche Richtung lief, sollte sie es von allein merken und dann umkehren. Er verbarg seine Besorgnis hinter einem Gleichmut, den Vida ihm mühelos von den Augen ablesen konnte.

»Schau nicht so«, sagte sie. »Ich komme doch immer wieder.«

»Und wo genau hast du dich dieses Mal herumgetrieben?«

»Ich habe einem Bären das Leben gerettet.«

»Einem Bären?!«

Solomon schaute an Vida vorbei nach draußen und wirkte ernsthaft erschrocken.

»Hast du ihn etwa mitgebracht?«

»Natürlich nicht.«

»Puh«, machte Solomon und fischte den Axtkopf aus dem Trog.

»Was heißt denn *Puh*?«, fragte Vida

»Das heißt, da haben wir ja noch einmal Glück gehabt.«

»Dachtest du wirklich, ich bringe einen Bären mit nach Hause?«

»Erinner dich an die Aaskrähe.«

»Sie war verletzt.«

»Sie war benommen oder was auch immer Aaskrähen sind, wenn sie gegen einen Felsen fliegen. Erst ist sie durch die Schmiede und dann durch das ganze Haus getobt, sie hat Teller und Becher zerschlagen, ehe wir sie erwischen konnten. Ich traue dir alles zu. Bären, Drachen, und selbst wenn du mit einem Riesen ankommen würdest, wäre ich nicht überrascht. Also mach nicht so ein Gesicht und setz dich lieber. Ich habe Bohnen gebraten, du musst ja ausgehungert sein. Lass mich nur schnell diese Arbeit hier abschließen, bevor das Feuer in der Esse herabbrennt.«

Mehr hatte ihr Vater nicht zu ihrer Rückkehr zu sagen. Er hielt den Axtkopf wieder in die Glut und setzte seine Arbeit fort. Dabei pfiff er sogar ein wenig vor sich hin, was Vida ausgesprochen unverschämt fand. Sie konnte es nicht fassen, dass selbst ihr Vater wie alle anderen reagierte. Sie hatte einem Bären das Leben gerettet, hörte ihr denn keiner zu? Für einen Moment bereute sie es, den Bären nicht mitgebracht zu haben, dann stürmte sie aus der Schmiede und marschierte im Eilschritt den Bergpfad hoch. Sie erreichte das Haus der Tanten schwer atmend, doch selbst dort wurde sie nicht ernst genommen.

»Hast du diesen Bären etwa mitgebracht?«, fragte Asha im selben Tonfall wie Solomon.

»Lass ihn bloß nicht rein«, sagte Eka und lachte.

»Für einen Bären ist hier wirklich kein Platz«, sagte Riva.

»Hört mir denn überhaupt keiner zu?«, fragte Vida. »Ihr wisst, ich lüge nie.«

»Das ist wohl wahr«, gab Eka zu. »Du gibst aber gerne an.«

»Na und.«

»Vielleicht war es ja ein Waschbär.«

»Ein Ameisenbär wird es nicht gewesen sein«, sagte Asha, »die sind hier recht rar.«

»Und einen Koalabär vermutet man auch nicht in der Steppe«, sagte Riva.

Vida konnte sehen, wie das Lachen in ihren Tanten aufbrodelte, und ehe es ausbrechen konnte, machte sie auf dem Absatz kehrt und rannte wortlos aus dem Haus. Sie hatte zwar vorgehabt, ihren Tanten auch von dem toten Soldaten zu erzählen, verwarf den Gedanken aber, denn wer sie nicht ernst nahm, der verdiente es nicht, mehr von ihren Abenteuern zu hören. Mit großen Schritten und vor sich hin meckernd kehrte sie in das Dorf zurück und beschloss, nie wieder irgendjemandem irgendwas zu erzählen.

Und sie beschloss auch, dass es an der Zeit war, dass sie ihr erstes eigenes Schwert hatte.

Solomon schrak zusammen, als seine Tochter plötzlich wieder in der Schmiede stand.

»Willst du mich zu Tode erschrecken?«, fragte er.

»Ich will mein eigenes Schwert schmieden«, sagte Vida.

»Jetzt?«

»Jetzt und sofort.«

Sie krempelte die Ärmel hoch.

»Wo fange ich an?«

»Nirgendwo.«

»Aber–––»

»Kein Aber«, unterbrach sie ihr Vater, »du bist zu jung und zu schwach, um mit dem Metall umzugehen.«

»Was? Ich bin doch nicht schwach!«

»Außerdem könntest du das Schwert nicht mit einer Hand führen.«

Vida schnappte sich das erstbeste Schwert aus einem Gestell

und versuchte, es mit einer Hand anzuheben, doch daraus wurde nichts. Es fiel auf den Boden und schien sie auszulachen.

»Dann nehme ich beide Hände«, sagte sie.

Solomon hob das Schwert auf und stellte es an seinen Platz zurück.

»Meine Schwerter sind für eine Hand gedacht«, wies er sie zurecht. Und damit war die Diskussion für ihn beendet.

Vida begriff nicht, was heute los war. Keiner nahm sie ernst, und alle taten, als wäre sie nur ein Kind, das sich Geschichten über Bären ausdachte. Erneut stürmte sie aus der Schmiede und schaute sich um. Niemand war zu sehen, der trübe Himmel erinnerte an die Haut von Fischen, die zu lange in den Netzen gelegen hatten. Vida fand, es war das schlimmste Wetter am schlimmsten Tag im schlimmsten Jahr des schlimmsten Lebens, das man leben konnte. Sie zog sich auf den mannshohen Findling, der neben dem Eingang der Schmiede stand. Ihr Vater hatte den Stein mithilfe von acht Dorfbewohnern vom Fluss hierhergerollt, weil er fand, dass vor jeder Schmiede ein Findling stehen müsse. Vida saß auf dem Stein und war eine müde Kriegerin, die darauf wartet, dass etwas geschieht.

Es fing an zu regnen.

Vida schaute nach oben und nieste dreimal hintereinander und wunderte sich, ob sie wohl noch in hundert Jahren hier sitzen würde. Sie konnte nicht wissen, dass ihr in diesem Leben nur noch ein Bruchteil dieser Zeit blieb. So wie sie auch nicht wissen konnte, dass die Flügel des Todes längst ausgebreitet waren, wie damals, als sich während ihrer Geburt ein Habicht auf dem Wipfel einer Kiefer niedergelassen hatte, um auf die Seele ihrer Mutter zu warten. Der Tod ist ein geduldiger Dieb, der auf den richtigen Moment wartet, um sich zu holen, was ihm nicht gehört.

DER BÄR

Der Regen machte ihn langsam, der Regen machte ihn träge, der Regen war überall. Der Bär fand kaum Futter und erst nach einer Woche kam er an das Ufer eines Flusses. Dort fraß er sich an den Fischen satt, danach schlief er und lief weiter. Selbst im Schlaf war er dem Mädchen auf der Spur. Die fremde Landschaft und der Regen konnten ihn nicht aufhalten, sein Instinkt führte ihn.

Die Gruppe von Reitern tauchte später am Tag hinter ihm auf. Es waren Jäger mit ihren Söhnen. Sie hatten ihre Beute an den Sätteln hängen und duckten sich in dem strömenden Regen, sie waren aber durchweg bester Laune, denn trotz des schlechten Wetters war die Ausbeute gut gewesen. Doch kaum sahen sie den Bären auf dem Weg laufen, war ihre gute Laune wie weggefegt und sie brachten die Pferde zum Stehen. Ein Mann zog ein Widderhorn hervor und blies hinein, um den Bären zu verscheuchen. Keiner der Jäger wollte sich auf diesem schlammigen Boden mit einem wilden Tier anlegen.

Der Bär wandte sich um und betrachtete die Reiter durch den Regen hindurch. Er dachte keinen Moment daran, zu fliehen, denn er hatte einen Entschluss gefasst. Flucht war keine Lösung. Und so blieb er, wo er war.

Die Reiter berieten sich, dann näherten sie sich vorsichtig.

Sein Aussehen brachte sie zum Lachen, sie schlugen sich auf die Schenkel, sie johlten.

Das Tier war einfach nur ein junger Bär, der an ein fettes, nasses Schaf erinnerte, das eben aus einem Bachlauf gestiegen war. Nein, vor diesem Tier musste sich keiner fürchten. Die Jäger winkten ab und beschlossen, den Bären einfach Bär sein zu lassen.

Da meldete sich einer der Jungen.

Sein Name war Izzo und seine Stimme klang schief und hoch, weil er sich mitten im Stimmbruch befand. Izzo war es leid, immer noch als Kind angesehen zu werden. Die Männer lachten immer über sein Gekrächze, sodass er kaum ein Wort rausbrachte. Jetzt aber holt Izzo tief Luft und sagte:

»Ich will den Bären haben.«

Keiner der Männer lachte, sie sahen zum Vater des Jungen.

»Dann musst du ihn auch selbst einfangen«, sagte dieser.

Izzo bekam einen Schluckauf und bereute es, den Mund so weit aufgerissen zu haben. Er war sechzehn Jahre alt und hatte noch kein eigenes Tier erlegt. Er tat, was die anderen Jungs taten – sammelte die Beute und die Pfeile ein, kümmerte sich um das Feuerholz und lernte, wie man ein Tier ausnimmt und die Eingeweide verscharrt. Als Izzo den Bären im Regen stehen sah, wusste er, dass sein großer Moment gekommen war. Dieser Entschluss geriet ins Wanken, als sein Vater lapidar feststellte, er solle den Bären selbst einfangen. Izzo hatte sich das anders vorgestellt. Er dachte, die Männer würden mit ihm zusammen das Tier einkreisen und bändigen. Die Männer dachten nicht daran. Izzo sah zu den anderen Jungen, sie schauten woandershin, nur einer erwiderte seinen Blick. Tomos war im selben Alter wie Izzo und sie verstanden sich an diesem Tag ohne Worte. Wie auf ein geheimes Zeichen glitten sie von ihren Pferden und bewaffneten sich jeder mit einem Netz.

Izzo verlor an diesem Tag sein rechtes Auge, Tomos trug eine Narbe davon, die seinen linken Mundwinkel zu einem ewigen Lächeln nach oben verzog. Die Jungen brauchten eine gute Stunde, dann waren sie dreckverschmiert und bluteten aus unzähligen Wunden, aber sie hatten den Bären eingefangen. Seine Schnauze banden sie zu, Beine und Arme fesselten sie aneinander, erst danach kümmerten sich die Väter um die Wunden ihrer Söhne. Niemand bedauerte den Schaden, es war der Tribut, den ein Junge zahlen musste, um seinem Vater ebenbürtig zu sein. Und auch wenn Izzo die Tränen aus dem heilen Auge liefen, hörte ihn keiner jammern.

Eine junge Weide wurde gefällt und entastet. Sie fesselten den Bären an den Stamm, sodass sein Rücken Zentimeter über dem Boden schwebte. Der Bär sah kopfüber in den verregneten Himmel, der verregnete Himmel spuckte auf ihn herab, als würde er ihn für seine Niederlage verachten.

Die Gruppe der Jäger setzte ihren Heimritt fort.

Der Regen endete am darauffolgenden Morgen und die Sonne schien nach einer elendig nassen Woche das erste Mal wieder auf das Tal herab. Es war der längste Regenfall seit Langem gewesen. Die Kleidung der Jäger dampfte in der plötzlichen Hitze, sodass sie an Gespenster erinnerten. Sie durchquerten zwei Dörfer und die Bewohner traten auf die Straße, um sich ihren großen Fang anzusehen, der an dem Weidenstamm hing wie ein Wildschwein, das sich bald über dem Feuer drehen sollte. Um die Mittagsstunde herum erreichten die Jäger Warrosch und hielten vor Solomons Schmiede, um die Pflugschar abzuholen, die einer von ihnen bestellt hatte. Während sie den Karren vor die Pferde spannten, betrachtete Solomon den Bären.

»Was habt ihr mit ihm vor?«, fragte er.

Izzos Vater wollte eben antworten, da platzte es aus Izzo heraus.

»Ich habe ihn ganz allein gefangen!«, rief er und seine Stimme brach dabei an so vielen Stellen, dass seine Worte einem Krächzen gleichkamen.

Sein Vater schlug ihm gegen den Hinterkopf.

»Rede vernünftig mit dem Schmied«, mahnte er.

Izzo senkte den Blick.

»Verzeiht, Herr«, sprach er. »Ich bin sehr aufgeregt, der Bär ist meine erste Beute.«

»Unsere«, meldete sich Tomos.

»Unsere«, berichtigte sich Izzo und wurde rot.

Dem Stolz der zwei Jungen konnte Solomon nichts entgegensetzen, er wusste, wie wichtig die Jagd für die Talbewohner war. Ein Mann war erst ein Mann, wenn er sich vor den anderen Männern behauptet hatte. Solomon konnte an den blutigen Verbänden sehen, dass die Jungen für ihre Beute teuer bezahlt hatten.

»Ein Bär sollte nicht in Gefangenschaft leben«, sagte er.

»Ein Schmied sollte sich um seine Arbeit kümmern«, sagte einer der Jäger.

Solomon gab ihm sein bestes Lächeln.

»Meine Arbeit ist getan«, sagte er und streckte die Hand aus.

Izzos Vater trat vor und reichte ihm einen Beutel mit Münzen. Solomon bedankte sich und steckte den Beutel ein, ohne nachzuzählen. Der Bär sah Solomon verkehrt herum vor der Schmiede stehen. Solomon schüttelte bedauernd den Kopf.

Es tut mir leid, dachte er, *ich kann nichts für dich tun.*

Die Jäger setzten ihren Heimweg fort.

Sie ritten auf den Fluss zu, der vom Regen über die Ufer getreten war. Eine Weile lang suchten sie konzentriert eine sichere

Passage, an der sie das Wasser überqueren konnten, deswegen bemerkten sie auch nicht das Mädchen, das hundert Meter entfernt in den Fluss gewatet war, um die Äste einer Weide auseinanderzubiegen. Der Bär aber nahm ihren Geruch wahr und wurde unruhig, er verdrehte den Hals, um einen Blick auf das Mädchen zu erhaschen. Einer der Reiter schlug ihm mit seiner Peitsche auf die Schnauze, bis der Bär den Kopf wieder hängen ließ und sich nicht mehr rührte.

Nach einer weiteren Tagesreise erreichten sie die Kreisstadt Sbon, die um eine Burg herum am Talende erbaut worden war. Izzo und Tomos warfen eine Münze, wer den Bären mit nach Hause nehmen durfte. Izzo gewann und führte das Tier stolz seinen Geschwistern vor. Die Mutter klagte und weinte um das verlorene Auge. Die Schwestern klatschten begeistert in die Hände und wollten den Bären füttern. Er bekam einen Platz auf dem Hof der Familie. Ein Pflock wurde in den Boden getrieben und eine Kette daran befestigt. Die Wachhunde knurrten, wagten sich aber nicht näher an den Bären heran. Izzos Vater sagte, sein Sohn habe das gut gemacht. Er sagte nicht, was für Pläne er mit dem Tier hatte. Er würde den Bären verkaufen und wusste sogar schon, an wen. Izzo hatte umsonst sein Auge verloren, dafür waren Tomos und er jetzt Männer.

Der Vater dachte sich: *Es ist eine gute Lehre für den Jungen.*

Der Vater dachte auch: *So ist das Leben.*

DAS MÄDCHEN, DAS DIE ZUKUNFT SAH

I

Eine unglaublich langweilige regnerische Woche verging, in der Vida es aus ihrer Sturheit heraus nicht über sich bringen konnte, ihre Tanten zu besuchen. Jeden Morgen schaute sie am Gebirge hoch und hoffte, ihre Tanten vom Plateau aus winken zu sehen, jeden Abend beobachtete sie die Lichter im Haus mit Wehmut.

Und es regnete und regnete.

Der Fluss stieg über die Ufer, plötzlich wurde es kühl und windig, als hätte sich der Sommer den Mantel des Herbstes übergeworfen. Vida fragte sich, ob der Regen jemals enden würde. Sie stellte sich vor, wie das Wasser das ganze Tal in einen Fjord verwandelte. Die Tanten hatten ihr die nordischen Sagen zu lesen gegeben und seitdem wünschte sich Vida nicht nur ein Pferd, das sie von einem Land in das andere trug, sie wünschte sich auch Flügel, dann könnte sie wie ein Adler über den Fjord hinweggleiten und würde unter sich Warrosch auf dem Grund schlummern sehen und sich dabei an die elendig lange Zeit erinnern, als es immerzu geregnet hatte und sie zu stur war, ihre Tanten zu besuchen.

Die Langeweile war das Schlimmste.

Vida vermisste die Geschichten der Tanten und dass sie sie immer herausforderten mit neuen Büchern, Formeln und Gleichungen, Rätseln und Fragen, auf die die Tanten manchmal selbst keine Antworten hatten. Solomon brachte ihr zwar geduldig sein Handwerk bei und ließ sie in der Schmiede helfen, doch auch das wurde ihr irgendwann zu langweilig. Also las Vida seine Bücher über Astrologie, Physik und Kartografie, die sie nur zur Hälfte verstand, aber es war besser, als dem Regen beim Regnen zuzuschauen.

Als am Nachmittag des siebten Tages der Ruf erklang, war er so leise, dass Vida ihn über das Prasseln des Regens beinahe überhört hätte. Ihr Vater beendete gerade die Arbeit an einer Pflugschar, die ein Gutsherr in Auftrag gegeben hatte und später am Tag abholen wollte. Es gefiel Solomon sehr, dass seine Tochter ihm Gesellschaft leistete. Er hatte ihr in einer Ecke der Schmiede einen Platz frei gemacht, an dem sie ihr eigenes Werkzeug liegen hatte. Dort saß sie jetzt und schlug mit Hammer und Meißel feine Muster in eine Schieferplatte. Den Meißel hatte Solomon speziell für sie angefertigt, sodass er gut in ihrer kleinen Hand lag. Mitten in ihrer Arbeit legte Vida den Kopf schräg und lauschte. Solomon verharrte in der Bewegung.

»Was hast du?«, fragte er.

»Da ruft jemand«, antwortete Vida und trat aus der Schmiede.

Dieses Mal war es kein Toter, der nach ihr rief.

Es war jemand in Not.

Die Hauptstraße war ein schlammiger Bachlauf, der von tiefen Furchen durchzogen war. Alle paar Meter lagen Holzplanken aus, auf denen man von einer Straßenseite zur anderen gelangen konnte, ohne bis zu den Knien im Matsch zu versinken. Doch die Planken fanden kaum Halt auf dem unebenen Boden und hatten sich nach kurzer Zeit unter der Feuchtigkeit verzogen. Mehrmals am Tag blieben die Karren stecken und wurden mit Mühe rausgeschoben, doch bei dem strömenden Regen fuhren keine Karren mehr und niemand war bis zu den Knien im Schlamm versunken oder rief um Hilfe.

Vida lauschte, der Ruf war verstummt. Sie schaute in die Wolken. Ein paar vereinzelte Tropfen lösten sich und dann kam nichts mehr. *Jetzt könnte die Sonne wieder scheinen,* dachte sie und zog sich auf den nassen Felsen hoch, als könne sie auf dieser Höhe besser hören.

»Wie ist die Luft da oben?«, rief Cuk.

»Kannst du den Rand der Welt sehen?«, fragte Dimir und lachte.

»Oder vielleich einen Bären?«, fügte Cuk hinzu.

Die Brüder standen auf der gegenüberliegenden Straßenseite und plusterten sich auf wie erkältete Zwerghähne. Dimir war elf, Cuk zwölf und beide hatten unentwegt verrotzte Nasen. Ihre Mutter schickte sie jeden Tag mit einem Korb voller Äpfel los. Das Dorf war klein und bestand aus sechzehn Häusern und vier großen Höfen. Die Brüder hassten es, immer an denselben Türen zu klopfen, um ihre schrumpeligen Äpfel anzubieten. Cuk trug den Korb und Dimir hielt eine Mütze in den Händen, die für seinen Kopf zu groß war. Mehr als die Mütze war den Jungen nicht von ihrem Vater geblieben, der vor zwei Jahren auf der Jagd nach einem Hirsch gestorben war – das Tier brach durch das Eis und der Vater folgte ihm, weil er seine Beute nicht dem Fluss überlassen wollte. Nur seine Mütze blieb auf dem Eis zurück. Sie war der größte Schatz, den die Brüder sich teilten. Cuk trug sie im Haus, Dimir trug sie außerhalb und hielt sie den Leuten entgegen, damit sie Geld hineinlegten. Seit Wochen schon blieb die Mütze leer, weil niemand für schrumpelige Äpfel bezahlen wollte. Wann immer die Brüder nicht unterwegs waren, standen sie vor ihrem Haus und riefen Vida alles zu, was ihnen in den Kopf kam. Meistens waren es Beleidigungen oder Scherze, über die nur die Brüder lachen konnten.

»Oder siehst du wieder die Toten?«, rief Cuk und nieste.
»Nein, sie singen für sie«, rief Dimir.
Die Brüder lachten.
»Die Toten singen nicht wirklich«, sagte Vida. »Sie rufen.«
Die Brüder lachten und lachten.
»Auch euren Vater höre ich.«
Das Lachen der Brüder verstummte.
»Was ... was sagt er?«, fragte Dimir verunsichert.
»Euer Vater erzählt von dem Eis, unter dem er begraben liegt.«
»Du lügst doch!«, rief Cuk.
»Warum sollte ich lügen?«, fragte Vida ruhig zurück.
Die Schultern der Brüder sackten herab, sie hatten keine Antwort auf Vidas Frage, und weil sie keine Antwort hatten, wurden sie wütend. Cuk wechselte den Korb in die linke Hand und überlegte, ob er einen der Äpfel werfen sollte, entschied sich dann aber doch für einen Stein.

Der Stein verfehlte Vida um einen Meter und schlug mit einem hohlen Laut gegen die Lehmwand der Schmiede. Im selben Moment trat Solomon nach draußen. Normalerweise wären die Brüder sofort davongerannt, an einem Tag wie diesem aber mussten sie das nicht tun. Sie grinsten und taten, als wären sie furchtlos. Sie wussten, dass der Schmied auf keinen Fall ihretwegen durch den Schlamm waten würde. Nicht in seinen sauberen Stiefeln. Solomon wusste das auch und betrachtete die Brüder, als wären sie ein grobes Stück Metall, das er in die richtige Form bringen wollte. Er war gerade dabei, sie mit ein paar Flüchen zu verscheuchen, da sprang Vida vom Felsen und lief über die Straße.

Es wäre schön, sagen zu können, dass sie wie eine Gazelle von einer Planke zur anderen sprang und die Sohlen ihrer Stiefel dabei kein einziges Mal beschmutzte.
Solomon hätte sich das sehr gewünscht.
Seine Tochter war alles andere als elegant, wenn die Wut in ihr aufkam. Und dass sie wütend war, konnte jeder sehen – ihr Mund

hatte sich in einen schmalen Strich verwandelt und die Wangen glühten. Sie raffte ihr Kleid zusammen, sodass ihre zerkratzten Knie zu sehen waren, und marschierte durch den Schlamm, als würde es die ausgelegten Holzplanken nicht geben. Einmal stolperte sie und versank bis zu den Waden in einer Furche, wobei sie ihren linken Stiefel im Schlamm verlor und beim Rausziehen beinahe nach hinten gefallen wäre. Nachdem sie die andere Straßenseite erreicht hatte, kippte sie den Schlamm aus dem Stiefel und zog ihn mit einem Ruck wieder an, bevor sie sich vor den Brüdern aufbaute.

»Du!«

Sie stieß Cuk mit beiden Händen vor die Brust. Der Junge taumelte nach hinten und ließ den Korb fallen, sodass die Äpfel über den Boden rollten. Ehe sein Bruder reagieren konnte, hatte sich Vida auch vor ihm aufgebaut und zischte ihm ins Gesicht:

»Und du!«

»Was ich?«, fragte Dimir erschrocken.

»Die Toten lachen über dich.«

»Haha«, lachte darauf Dimir unsicher. »Und ich lache über die Toten.«

Ehe Vida ihn auch schubsen konnte, kam er ihr zuvor und stieß sie vor die Brust. Vida aber war wie der Findling vor der Schmiede ihres Vaters. Sie wich nicht, sie taumelte nicht und konnte spüren, dass ihre Füße Wurzeln schlugen. Dimir stieß sie erneut, Vida wich nicht.

»Wie machst du das?«, fragte er verwirrt.

»Ich bin ein Baum!«

»Du bist bescheuert!«

»Ja, du bist bescheuert!«, rief auch Cuk und stellte sich wieder neben seinen Bruder.

Vida sah auf ihre Stiefel hinab. Ja, sie war ein Baum. Sie war eins mit dem Boden, denn der Boden gab ihr Halt und Sicherheit. Eka hatte gesagt: *Wenn der Wille stark wird und sich in Entschlos-*

senheit verwandelt, dann schlägt er Wurzeln. Vida bemerkte jetzt erst den Dreck auf ihrem Kleid, der Saum hing nass und schwer herunter. Als sie wieder aufblickte, gab sie den Brüdern ihr bestes Lächeln. Ja, sie war ein Baum, die Brüder konnten das jetzt auch sehen.

»Einen Apfel für die Toten«, sagte sie und streckte die Hand aus.

Solomon konnte von der gegenüberliegenden Straßenseite aus den Wandel beobachten, der mit den Jungen vor sich ging. Manchmal sprach seine Tochter in einem Tonfall, der keinen Widerspruch zuließ. Es war wie ein Zauber, der niemanden unberührt ließ. Vida konnte sagen, jetzt gehe ich in die Steppe, und dann ließ man sie gehen. Oder sie konnte einen Jungen vor die Brust stoßen und dann nach einem Geschenk verlangen.

Cuk hob einen der Äpfel vom Boden auf und wischte ihn an seinem Ärmel sauber, ehe er ihn Vida reichte.

»Und einen für mich, weil ich ein Baum bin«, sagte Vida und streckte die andere Hand aus.

»Du bist kein Baum«, sagte Dimir.

»Du bist nur ein Mädchen«, sagte Cuk.

»Ich warte«, sagte Vida.

Es war Dimir, der den zweiten Apfel aufhob. Die Brüder verstanden nicht, wie ihnen geschah. Ein Teil von ihnen wollte dieses Mädchen durch das Dorf jagen und an den Haaren durch den Schlamm ziehen, der andere Teil hätte alles für sie getan, wenn sie es sich nur gewünscht hätte. Die Brüder waren wie ein Eimer am Brunnen, der darauf wartet, gefüllt zu werden.

Vida bedankte sich mit einem Knicks und biss in einen der Äpfel, sie drehte sich um und ging davon, als wäre es genau das richtige Wetter für einen ausgiebigen Spaziergang.

2

Der Hilferuf erklang wieder, als hätte er nur darauf gewartet, dass Vida das Dorf verließ. Er war dringlicher geworden, er kam aber nicht aus dem Wald, wie Vida vermutet hatte. An der Flussbiegung lief sie eine Weile am Ufer entlang und aß den zweiten Apfel, als sie entdeckte, wer da rief – ein Rabe hatte sich in den Ästen einer gestürzten Weide verfangen. Sein Kopf war nach oben gereckt, sein Blick fand ihren Blick und der Ruf verstummte. Im selben Moment war ein heller Klang zu hören, der von allen Seiten gleichzeitig zu kommen schien und Vidas Körper durchflutete, als wäre er aus Licht gemacht. Eine Sekunde später hatte sich der Klang aufgelöst und nur das Gurgeln des Flusses und der Flügelschlag des Raben waren zu hören.

Der starke Regenfall hatte das Wasser über die Ufer treten lassen, Bäume entwurzelt und Büsche mit sich gerissen. Vida konnte sehen, dass der Rabe in dem steigenden Fluss ertrinken würde, wenn sie ihm nicht zu Hilfe kam. Sie zögerte keine Sekunde und fühlte sich dabei wie jemand, der um die Welt reist und alle Tiere retten muss. Nachdem sie ihre Jacke ausgezogen hatte, streifte sie die Stiefel ab und knotete sich ihr Kleid über dem Bauch zusammen. Die Strömung war so stark, dass sie beinahe weggerissen wurde. Als sie die Weide erreicht hatte, lehnte sie für eine Weile an dem entwurzelten Stamm und sammelte ihre Kräfte, dann begann sie, die Äste aufzubiegen. Sie waren widerspenstig und unnachgiebig, sodass sie einen nach dem anderen abzubrechen begann, bis ihre Hände ganz taub waren und der Rabe aus seinem Gefängnis fliegen konnte. Er landete am Ufer auf einem Baumstumpf, wo er sein Gefieder ausschüttelte, während Vida gegen die Strömung aus dem Fluss watete.

»Es wurde aber auch Zeit«, sagte der Rabe.

Vida griff sich einen Erdklumpen und warf ihn nach dem Vogel.

Sie fühlte sich betrogen, weil er außer ihrer Reichweite gelandet war. Sie hatte gehofft, sein Gefieder zu berühren oder sich an seinen Krallen festzuhalten zu dürfen und ein wenig mit ihm herumzufliegen. Auf jeden Fall hatte sie mit etwas mehr Dankbarkeit gerechnet.

»Ich helfe doch keinem dummen Raben mehr«, sagte sie und setzte sich, um den Schlamm von ihren nackten Fußsohlen zu wischen. Danach zog sie ihre Stiefel an und schlüpfte in die Jacke. Sie war bis auf den Kopf vollkommen durchnässt und wollte in die Wärme der Schmiede zurückkehren, um ein neues Muster in die Schieferplatte zu ritzen. Der Rabe war für sie so spannend wie ein zerbrochener Ast.

Der Rabe sah das anders und versperrte ihr den Weg.

»Du könntest ruhig ein wenig freundlicher sein«, sagte er.

»Und du könntest mal Danke sagen.«

»Wofür? Ich wäre da auch alleine rausgekommen.«

Vida lachte ihn aus.

»Wieso hast du dann um Hilfe gerufen?«, fragte sie.

Der Rabe seufzte und gab zu, dass er schon seit einer Weile in den Ästen festgehangen und gedacht hatte, das sei es gewesen und er werde jetzt einsam und elendig ertrinken.

»Welcher Rabe lässt sich denn von einer Weide fangen?«, fragte Vida.

»Ein müder Rabe, der lange gereist ist. Aber jetzt ist es getan und ich habe dich gefunden.«

Vida dachte, sie hätte sich verhört.

»Du bist wegen mir hier?!«

»Wegen dir allein, denn …«

Der Rabe verstummte und sah Vida an, als hätte er sie eben erst richtig bemerkt.

»Moment mal. Wieso bist du so klein?«

Vida sah an sich herab.

»Ich bin *nicht* klein!«

»Du siehst aus wie ein Kind.«
»Ich *bin* ein Kind.«
»Oh.«
Der Rabe hüpfte näher an Vida heran, die sofort einen Schritt zurückwich.
»Komm mir nicht zu nahe!«
Vida wusste, wie scharf der Schnabel eines Raben sein konnte. Solomon hatte ihr im Wald die vernarbten Stämme gezeigt, an denen die Vögel ihre Schnäbel wetzten.
»Jetzt bleib stehen«, bat sie der Rabe, »und sieh mir in die Augen.«
Vida beugte sich vorsichtig vor. Die rechte Pupille des Raben war grau, die linke ein pechschwarzer Schlitz, der an eine tiefe Felsspalte denken ließ. Vida blinzelte, der Rabe blinzelte nicht. Er hob den Schnabel und stieß von unten gegen ihr Kinn.
»Zeig deine Zähne her!«
Vida bleckte ihr Gebiss.
»Du bist ja erst neun!«, rief der Rabe entsetzt.
Vida schüttelte den Kopf.
»Meine Zähne lügen. Ich bin zehn.«
»Zähne können nicht lügen«, widersprach ihr der Rabe und jetzt war es an ihm, zurückzuweichen. Plötzlich war sein Blick unruhig und er schaute sich um wie jemand, der aus einem Traum erwacht ist.
»Ich denke, ich bin hier falsch«, sagte er.
Mit diesen knappen Worten wandte er sich ab und breitete seine Flügel aus.
»Halt!«
Vida packte ihn an seinen Schwanzfedern, sodass der Rabe das Gleichgewicht verlor und mit dem Schnabel voran im Schlamm landete.
»Was soll das denn?!«, kreischte der Rabe und schlug mit den Flügeln. »Lass sofort los, du dämliches Kind!«

Vida ließ seine Schwanzfedern los, der Rabe drehte sich um und sah entsetzt, dass er eine Feder verloren hatte. Sein Gemecker war bis nach Warrosch zu hören. Der Rabe beruhigte sich nur langsam wieder und schüttelte den Schlamm von seinem Gefieder. Er war so erbost, dass er zweimal ansetzen musste, ehe er deutlich sprechen konnte.

»Greife niemals, hörst du, *niemals* einem Raben an seine Schwanzfeder!«

»Entschuldige.«

»Niemals, hörst du?!«

»Ich merke mir das.«

Der Rabe wollte sich gar nicht beruhigen.

»Da reißt sie mir eine Feder aus! Willst du, dass ich kahl dastehe?«

»Es ist doch nur eine Feder.«

Der Rabe plusterte sich auf.

»*Nur* eine Feder? *Nur* eine Feder!?«

Für eine Sekunde dachte Vida, dass er sie angreifen würde. Seine Augen blitzten, die Schultern hoben und senkten sich, als würde er Anlauf nehmen. Dann atmete der Rabe durch und beruhigte sich wieder.

»Und warum sollte ich, bitte schön, warten?«, wollte er wissen.

»Du kannst doch nicht einfach wieder wegfliegen ...«

»Natürlich kann ich das.«

»... wenn du nur wegen mir hergekommen bist«, beendete Vida ihren Satz.

Der Rabe dachte darüber nach, dann betrachtete er seine ausgerissene Feder und sagte, ohne Vida dabei anzusehen:

»Verzeih, so was nennt man am richtigen Ort zur falschen Zeit sein.«

»Was wäre denn die richtige Zeit?«

»So in sechzehn Jahren«, sagte er kleinlaut.

Vida klappte der Mund auf.

»Du wolltest mich erst in sechzehn Jahren aufsuchen?!«, rief sie entsetzt. »Aber dann bin ich ja uralt.«

»Na, übertreib mal nicht.«

»Was passiert denn in sechzehn Jahren?«

»Ich übergebe dir deine Zukunft.«

Vida legte den Kopf schräg.

»Wieso schaust du so skeptisch?«, fragte der Rabe. »Ich dachte, du tanzt und lachst vor Freude, wenn du das hörst. Ich kenne Könige, die mir ihre Töchter und die Hälfte ihres Königreichs für einen Blick in die Zukunft überlassen würden. Möchtest du denn gar nicht wissen, was dich erwartet?«

Wenn Vida ehrlich war, interessierte sie die Zukunft kein Stück. Jeder Tag war für sie ein neues Wunder, da war sie nicht besonders erpicht, zu erfahren, was in ihrem weiteren Leben noch geschehen sollte, da sich dieser eine Tag allein schon wie ein Jahr anfühlte. Außerdem hatte sie keine guten Erfahrungen mit der Zukunft gemacht. Als ein Zigeunertrupp durch das Dorf gezogen war, hatte Solomon einer Wahrsagerin dabei geholfen, ihr Wagenrand zu reparieren. Danach hatte die Wahrsagerin als Dankeschön die Zukunft aus Vidas Hand gelesen und gesagt, Vida werde bald einen Brief bekommen und sie solle sich vor Gänsen in Acht nehmen. Vida fand das sehr albern, in dem ganzen Dorf gab es keine einzige Gans und der Brief war bis heute nicht angekommen.

»Warum sollte ich dir glauben?«, fragte Vida. »Du kannst mir alles erzählen.«

»Ich kann dir zwar alles erzählen, doch lügen kann ich nicht.«

»Und wer sagt, dass das die Wahrheit ist?«

Der Rabe schnaufte verächtlich und blickte sich um, als wollte er prüfen, ob sie beobachtet wurden. Dann beugte er sich vertraulich vor.

»Du willst wissen, wie die Wahrheit aussieht?«

Er pickte mit dem Schnabel in den Schlamm.

»Drück da deine Hand hinein und du wirst die Wahrheit sehen.«

Für einen Moment dachte Vida, er würde über die naheste Freundin ihrer Mutter sprechen, die sie nirgends hatte finden können. Doch das war natürlich Unsinn. Also hockte sich Vida hin und drückte ihre linke Hand in den Schlamm. Sie konnte spüren, wie kalt und saftig der Boden war. Als sie die Hand wieder zurückzog, füllte sich der Abdruck mit Wasser. Nach einigen Sekunden glänzte im Schlamm eine Pfütze in der Form von Vidas Hand.

»Schau«, sagte der Rabe.

Vida beugte sich über die Pfütze und erblickte in der Spiegelung den Himmel mit dahinziehenden Wolken und den Kopf des Raben, der sich mit ihr über den Handabdruck beugte. Mehr geschah nicht und Vida wunderte sich in all ihrer Ungeduld, was das für ein alberner Zauber sein sollte, als sie plötzlich begriff, dass sie selbst nicht in der Spiegelung zu sehen war.

»Warum sehe ich mich nicht?«

»Weil das nicht das Jetzt ist«, sagte der Rabe. »Das hier ist ein Blick in deine Zukunft, den ich mit dir teile, und er ist so wahr, wie die Zukunft nur wahr sein kann.«

Der Himmel in der Pfütze wurde dunkel, dann verschwand der Kopf des Raben und ein Rattern und Schnarren erklangen. Buchstaben erschienen in der Pfütze und waren wie fliehende Ameisen im Schnee. Metallstäbe hoben und senkten sich, Papierbögen glitten vorbei. Vida war beeindruckt.

»Ich glaube, das sind Druckmaschinen«, sagte sie leise.

Die Tanten hatten ihr von Druckereien erzählt, die Bücher und Zeitschriften herstellten. Sie hatte in ausländischen Zeitungen geblättert und war mit den Fingern über die Schrift gestrichen. Jeder Buchstabe war als leichte Erhebung auf dem Papier zu spüren gewesen.

Vida versuchte, die vorbeihuschende Schrift in der Pfütze zu lesen, doch es war ihr nicht möglich. Sie wollte den Raben gerade fragen, ob sie sich in der Zukunft nicht selbst mal sehen könnte, da erblickte sie ein Mädchen. Sie sah sie nur von hinten, und obwohl das Mädchen helles, lockiges Haar hatte, das zu einem Zopf zusammengebunden war, wusste Vida sofort: *Das da bin ich.* Kaum hatte sie das gedacht, tauchte Solomon neben dem Mädchen auf. Er trug einen Kittel und eine Mütze, und als er sprach, klang er nicht wie er selbst.

»*Qu'est-ce qui se passe?*«, fragte er.

Das Mädchen blickte auf, als hätte sie von weit oben ein Geräusch gehört. Sie schaute zu Vida hoch und schien überhaupt nicht überrascht zu sein, dass jemand aus der Vergangenheit auf sie herabschaute. Ihre Haut war tief gebräunt und das Gesicht breiter als Vidas, auch ihre Stirn lag höher, was zu der kleinen Nase passte. Das Mädchen hatte grüne Augen, einen Leberfleck auf der Wange und Lippen, die so voll waren, als würde sie andauernd auf ihnen herumbeißen. Wie genau Vida auch schaute, sie sah dem Mädchen kein bisschen ähnlich. Der Blickkontakt hielt nicht lange an, das Fenster in die Zukunft verschwand und wurde wieder zu einer Pfütze, in der sich nur noch Vidas Gesicht spiegelte.

»Das da war mein Vater«, sagte sie. »Aber das war nicht ich.«

»Bist du dir sicher?«

»Ich erkenne mich doch wohl wieder!«

Der Rabe dachte nach und kam auf eine logische Schlussfolgerung.

»Da ich nicht lügen kann, musst du dich täuschen.«

Vida wusste nicht, ob der Rabe einen Scherz gemacht hatte.

»Haben wir beide dasselbe gesehen?«, fragte sie. »Das Mädchen *sah* nicht nur anders aus. Ihre Haut war dunkler und ihr Haar gelockt. Und sie war viel älter als ich!«

»Vielleicht wirst du bald eine Druckerei besuchen«, sagte der Rabe lahm.

»Hörst du schlecht, Rabe? Ich war das nicht!«

»Du musst nicht schreien, ich höre dich schon.«

Vida betrachtete ihn ratlos.

»Und wieso hat mein Vater so komisch gesprochen?«

»Das war nicht komisch, das war Französisch.«

Vida lachte.

»Mein Vater kann doch kein Französisch!«

»In der Zukunft schon.«

»Und wann wird diese Zukunft sein?«

Der Rabe zuckte mit den Flügeln, was sehr merkwürdig aussah, als wäre er ein Vogel, der einen Menschen spielt, der mit den Schultern zuckt.

»Besuchst du viele Leute und zeigst ihnen eine Zukunft, die ihnen gar nicht gehört?«, wollte Vida wissen.

»Natürlich nicht, niemand erfährt mal so eben seine Zukunft, wo würden wir denn da hinkommen?«

»Und warum bringst du sie dann mir?«

»Weil mich deine Mutter darum gebeten hat.«

Vidas Herz setzte zwei Schläge aus.

»Du … du *kanntest* meine Mutter?«, stammelte sie.

»Bist du auf den Kopf gefallen? Natürlich kannte ich deine Mutter. Wie soll sie mich sonst gebeten haben, dir deine Zukunft zu bringen? Es ist ihr Geschenk an dich.«

Vida konnte nicht mehr stehen und setzte sich in den Schlamm.

»Was ist denn jetzt los?«, fragte der Rabe erschrocken. »Wirst du etwa ohnmächtig?«

Vida schüttelte den Kopf und begann zu weinen.

»Was geschieht hier nur?«, wollte der Rabe wissen.

»Ich vermisse meine Mutter.«

»Kleines, heul mal nicht mehr. Wenn deine Mutter wüsste, dass du hier sitzt und heulst, wäre sie zu Tränen gerührt und was würde ich dann machen?«

Vida schluchzte, es machte nicht viel Sinn, was der Rabe eben gesagt hatte, aber seine Worte beruhigten sie.

»Heul mal nicht mehr«, wiederholte der Rabe. »Ich komme doch bald wieder, sechzehn Jahre vergehen wie im Flug, du wirst dich wundern.«

Vida wischte sich die Tränen von den Wangen und hinterließ Schlammspuren bis zu ihrem Kinn hinunter.

»Ich will nicht sechzehn Jahre warten«, sagte sie. »Wenn meine Zukunft ein Geschenk von meiner Mutter ist, will ich es sofort haben. Willst du, dass ich sechzehn Jahre heule?«

Der Rabe schüttelte den Kopf.

»Bitte«, sagte Vida.

Der Rabe seufzte.

»Deine Tanten werden mir das niemals verzeihen.«

»Du kennst *auch* meine Tanten?!

»Oje«, sagte der Rabe und dachte nach, und weil er kein Herz aus Stein hatte und noch nie mit Drama umgehen konnte, tat er das Dümmste, was ein Rabe tun kann, der durch die Zeit reist – er gab dem Drängen einer Neunjährigen nach. Sein Schnabel näherte sich Vidas Ohr und er wisperte und erzählte ihr die Zukunft, die sie erst in sechzehn Jahren erfahren sollte. Minute um Minute lauschte Vida, dann trat der Rabe zurück und war sehr zufrieden mit sich.

»Wie?«, fragte Vida. »Was war denn das?«

»Deine Zukunft, was hast du gedacht?«

»Aber … ich habe kein Wort verstanden.«

»Wie, du hast kein Wort verstanden?«

»Was war das für eine Sprache?«

»Sumerisch.«

»Ich spreche doch kein Sumerisch.«

»Woher soll ich denn wissen, dass du kein Sumerisch sprichst?«

»Wer spricht schon Sumerisch?«

»Eine Menge Leute. Ich habe deine Zukunft auf Sumerisch von deiner Mutter erhalten, also übergebe ich sie dir auf Sumerisch.«

»Bitte«, bat Vida, »übersetz sie mir ins Russische.«

Der Rabe seufzte erneut und wollte die Zukunft eben ins Russische übersetzen, da überkam ihn ein eisiger Moment der Einsicht, in dem er mit einem Schrecken begriff, wie dumm er eben gehandelt hatte.

Vida bekam davon nichts mit. Sie hielt ihm längst ihr Ohr entgegen, als wäre ihr Ohr ein leeres Glas und er sollte es mit ihrer Zukunft füllen. Der Rabe schaute sich um, er war in Not und brauchte dringend eine Hintertür, durch die er mit seiner neu gewonnenen Einsicht verschwinden konnte. Also tat er, was so viele vor ihm taten, wenn sie sich in die Ecke gedrängt fühlten – er schaute an Vida vorbei und rief:

»Oh, wer kommt denn da?«

Vida blickte sich um, da war niemand, sie sah den Fluss hinunter, wo in weiter Ferne ein Jagdtrupp die reißende Strömung zu überqueren versuchte. Auch den Jagdtrupp konnte der Rabe nicht gemeint haben, dafür war er zu weit entfernt.

»Da kommt niemand«, sagte Vida und wandte sich um.

Der Rabe war längst schon in der Luft und nur noch ein dunkler Punkt, der sich auf die Sonne zubewegte. Vida konnte es nicht fassen, dass sie so reingelegt worden war. Sie stand auf und stampfte empört mit dem Fuß auf. Die sumerischen Worte klangen in ihrem Kopf nach und machten keinen Sinn. Und wie sie da stand und den Sätzen nachlauschte, fiel ihr Blick auf die ausgerissene Feder, die wie ein matter Kohlesplitter auf dem Boden glänzte. Vida hob sie auf und roch an ihr. Der Duft von Wald und Winter. Vida steckte sich die Feder in ihr Haar und machte sich auf den Weg zu den Tanten. Der Rabe hatte sich ihr nicht erklären wollen, jetzt waren die Tanten an der Reihe.

DER WÄCHTER

Der Wächter war immer wachsam und wartete, dass die erste der Schalen angeschlagen wurde. Er war nicht der Einzige. Viele dunkle Seelen taten es ihm gleich. Es gab Nächte, da schreckten sie schweißgebadet aus dem Schlaf, weil sie glaubten, den Klang der Schale gehört zu haben. Dabei wusste keiner von ihnen, wie die erste Schale klingen würde, da sie noch nie zu hören gewesen war.

Von vielen wurde dieser Klang gefürchtet, doch vom Wächter wurde er herbeigesehnt.

Sieben Schalen wurden erschaffen, um das Ende der Dunkelheit einzuläuten. Jede Schale barg in sich ihre eigene Bedeutung und stand für eine Ära. Die erste Schale läutete das Erwachen und die zweite den Aufstieg ein, die dritte Schale stand für die Ära der Zweifel und die vierte für die Ära des Unterganges. Die fünfte Schale kündigte das Verschwinden an, die sechste die Rückkehr. Erst mit der siebten Schale kam der Kampf zwischen Gut und Böse zu einem Finale, denn diese Schale stand für den Sieg.

Kein Hammer, keine Hitze und keine Macht konnte diese Schalen zerstören, denn sie waren aus einem Material geschaffen worden, das kein Bergbau hervorbringen konnte. Es wurde erzählt, die Zukunft habe die Essenz der Zeit eingeschmolzen und sie mit ihren bloßen Händen zu diesen Schalen geformt. Es wurde auch erzählt, dass sie eine Gefangene der Dunkelheit gewesen sei und aus ihrer Gefangenschaft heraus die sieben Schalen erschaffen habe, damit sie das Licht verkündeten.

In dem Moment, in dem Vida sich der Weide näherte und von dem Raben erblickt worden war, wurde die erste der Schalen angeschlagen. Ihr Klang machte sich auf die Reise und wanderte über die Ozeane und Kontinente. Mit ihm wurde die Ära des Erwachens eingeläutet, und als die Welt diese Botschaft hörte, atmete sie erleichtert auf. Der Klang berührte Pflanzen, Tiere und Menschen, sodass in jedem eine Hoffnung aufkam, die seit Jahrmillionen keiner mehr verspürt hatte.

Für einen langen klaren Moment war in der Tiefe der Dunkelheit ein Lichtfunke zu sehen.

Der Klang der ersten Schale erreichte auch ein entlegenes Waldstück, in dem die Nacht gerade zu Ende ging. Der Ruf eines Käuzchens verstummte mit einem Schlag, als hätte jemand ihm den Atem geraubt; ein Wiesel spuckte seine Beute aus und scharrte mit den Hinterpfoten, während eine Spinne im Bau ihres Netzes erstarrte und ihren Körper zusammenzog, bis er nur noch ein schwarzer Punkt war.

Der Klang verstummte und es blieb eine Stille zurück, aus der heraus eine aufgeregte Bewegung entwuchs, die durch den Wald huschte und die Blätter zum Rascheln brachte. Eine dunkle Masse aus Federn, Schnäbeln und Krallen löste sich aus den Baumkronen und begab sich in den freien Fall.

Ihr Ziel war eine dunkle Hütte.

Der Wächter bekam nichts davon mit. Der Tod hatte unbemerkt seine Hütte betreten und die Seele des alten Mannes mit sich genommen. Seitdem lag der Leichnahm wie erstarrt auf dem Bett, die linke Hand hing herunter und die rechte war um die Brust verkrampft, als wollte sie das Herz davon abhalten, seinen letzten Schlag zu tun. Doch es war vergeblich, denn das Herz schlug schon seit Monaten nicht mehr. Der Magen hatte sich aufgebläht und war wieder in sich zusammengesunken, die Wangen waren eingefallen und ein fauliger Geruch umgab den alten Mann. Aber die Insekten hatten sich ferngehalten, denn selbst die Aasfresser wagten sich nicht an einen Wirtskörper heran.

Es war nicht das erste Mal, dass dem Wächter einer seiner Wirtskörper wegstarb, es war aber das erste Mal, dass der Wächter es so lange nicht mitbekam. Er war in der beruhigenden Dunkelheit seines Bewusstseins gebettet und verweilte in den Erinnerungen an sein vorheriges Leben. Dieser Zustand endete üblicherweise immer, sobald der Wirtskörper erwachte.

Dieses Mal wurde der Wächter durch ein Klopfen aus der Tiefe seines Bewusstseins geholt. Das Klopfen hallte in seinem Wirtskörper wider, die Augen des alten Mannes öffneten sich mühevoll und er sah durch den trüben Schleier des Todes einen Specht, der auf seinem Gesicht saß und auf seine Stirn einhämmerte. Der Wächter hob eine Hand und wollte nach dem Specht greifen, doch die Bewegung war so langsam, dass der Vogel aufflog und verschwand, ehe ihn die Finger packen konnten. Der Wächter wischte sich mit den Handballen den Schleim von den Pupillen und setzte sich auf. Der Körper des Toten reagierte schwer und träge.

Was passiert nur? Warum höre ich nichts?

Der Wächter schlug sich mit der flachen Hand gegen das Ohr und neigte den Kopf zur Seite, etwas trübe Flüssigkeit floss heraus, dann hörte er wieder, und was er hörte, war ein aufgeregtes Rascheln.

Bin ich ...

Der Wächter sah auf die Verwesungsflecken, die sich auf den Händen und den Armen ausgebreitet hatten. Jetzt stieg auch der Geruch in seine Nase und ließ ihn das Gesicht verziehen. *Ich werde alt,* dachte der Wächter angewidert und wollte den toten Körper verlassen, da erklang wieder das Rascheln und ließ ihn aufschauen.

Sie waren überall. Eng an eng hockten sie nebeneinander, als wären sie ein Mosaik aus Federn. Sie bedeckten die Balken und die Wände der Hütte, sie hatten Löcher in das Dach und die verhangenen Fenster gerissen, sodass die Sonne flackernd hereinschien. Sie waren alle vertreten: Sperling und Amsel, Spatz und Kohlmeise, Rotkehlchen und Specht. Hunderte von ihnen hatten sich in der Hütte niedergelassen und das Erwachen des Wächters erwartet. Ihre Augen beobachteten ihn aus jedem Winkel und da erklang wieder dieses Rascheln, als ein Windzug durch das löchrige Dach wehte und ihnen durch das Gefieder fuhr. Der Wächter roch verwundert den Herbst in der Luft. Als sich der alte Mann das letzte Mal niedergelegt hatte, stand der Sommer in voller Blüte. Der Wächter bereute es sehr, sich nicht früher einen neuen Körper gesucht zu haben. Er musste sich mehrmals räuspern und einen Schleimklumpen ausspucken, bevor er sprechen konnte.

»Was wollt ihr?«, fragte er.

Eine Amsel löste sich von einem Querbalken und landete vor ihm auf einer Stuhllehne.

»Du wirst alt, Iskar«, sagte sie.

»Ich *bin* alt.«

»Du hast in einem Toten gelebt.«

»So was geschieht. Also, was wollt ihr?«

»Sie ist angekommen, Iskar, sie ist da.«

»Unsinn!«

»Du hast die Schale nicht gehört!«

»Ich höre alles ...«

»... aber die Toten haben keine Ohren, Wächter!«, rief die Amsel triumphierend und die anderen Vögel stimmten in den Lärm ein, sodass es wie eine Kakofonie klang.

Der Wächter reagierte nicht, die Vögel beruhigten sich.

»Sie ist da, Iskar«, wiederholte die Amsel. »Sie ist angekommen und du hast es nicht gehört.«

Der Wächter widerstand dem Drang, nach dem arroganten Späher zu schnappen und ihn zwischen seinen Händen zu zermalmen.

Sie ist da, dachte er.

Endlich, dachte er.

»Sag mir ihren Namen.«

»Sie heißt Vida, sie ist neun Jahre alt und---«

»Warte. Wie kann sie neun Jahre alt sein?«

Die Amsel hatte darauf keine Antwort. Sie sah zu den anderen Spähern, niemand hatte eine Antwort parat.

»Sie kann unmöglich neun Jahre alt sein«, sagte der Wächter bestimmt.

»Sie *ist* neun, Iskar«, widersprach ihm die Amsel. »Sie ist die Tochter---«

»Ich weiß, wessen Tochter sie ist«, unterbrach sie der Wächter. »Sag mir, wo ich sie finde!«

Die Amsel nannte den Namen des Dorfes. Iskar nickte und hatte keine weiteren Fragen. Er wusste, er sollte dankbar sein. Er war auf die Späher angewiesen. Sie waren seine Augen und seine Ohren in der Welt da draußen. Dennoch konnte er seine Dankbarkeit nicht aussprechen. Er fühlte sich albern genug, so lange in dem toten Körper des alten Mannes versunken gewesen zu sein.

Mit einer knappen Bewegung ließ er die Späher gehen.

Die Amsel neigte den Kopf, im selben Moment breitete der Vogelschwarm seine Flügel aus und verließ das Haus.

Iskar blieb auf dem Bettrand sitzen und lauschte dem sich entfernenden Flattern. Er betrachtete die Kotspuren auf dem Boden und sah auf die verlassene Stuhllehne, während die Worte der Amsel in seinem Kopf nachklangen.

Neun Jahre, neun verdammte Jahre.

Und ich habe die erste Schale nicht gehört.

Der Wächter presste die Handflächen auf die Oberschenkel, legte den Kopf in den Nacken und starrte an die Dachbalken der Hütte. Sein Mund öffnete sich so weit, dass Ober- und Unterkiefer aushakten. Auf diese Weise saß der Körper des alten Mannes eine Weile mit dem Kopf im Nacken, dann bewegte sich die Haut an seinem Hals und eine Kralle reichte aus seiner Kehle empor. Sie umklammerte den Unterkiefer und zog den Rest des Körpers hinterher.

Erst zeigte sich ein schuppenbedeckter Kopf, der sich zwischen den Zähnen hervorpresste, ihm folgte eine ölige, schwarze Mähne und dann der Körper des Wächters selbst, der sich Zentimeter um Zentimeter aus dem Hals des alten Mannes hervorzuschälen begann.

Muskeln und Sehnen, Sehnen und Muskeln.

Mit jedem Zentimeter schien der Wächter zu wachsen.

Als Iskar den Wirtskörper vollständig verlassen hatte, landete er auf allen vieren auf dem Boden. Der Mund des Toten schloss sich mit einem Zusammenklacken der Zähne und sein Körper sank auf dem Bett zusammen, als würde er sich einem letzten tiefen Schlaf hingeben.

Iskar trat nach draußen und richtete sich zu seiner ganzen Größe auf. Seine Lungen weiteten sich, die Gelenke knackten und da war der beißende Schmerz auf seinem Rücken, den er genoss. Es war lange her, dass er seine Flügel geöffnet hatte. Seitdem er ein Wächter war, hatten sie ihre Funktion verloren und fühlten sich gleichzeitig fremd und vertraut an. Einst peitschten sie den Nachthimmel, einst konnte Iskar auf die Sonne zufliegen, ohne Schaden zu nehmen. Kein Leid und kein

Schmerz. Und dann hatte man ihm alles genommen und ihn zu dem gemacht, was er jetzt war.

Seine Flügel breiteten sich zu ihrer vollen Größe aus, Iskar schloss sie wieder und machte sich auf die Suche. Dabei blieb er im Schatten der Bäume, vermied Lichtungen und zuckte zurück, wenn ihn ein Sonnenstrahl streifte. Seine Bestimmung erwartete ihn, doch er war sich bewusst, dass er das Mädchen nicht in seiner wahren Gestalt suchen gehen konnte. Auch wenn er es verabscheute, sich hinter fremder Haut und fremden Knochen verstecken zu müssen, war der Schutz notwendig. Das Licht war der einzige Feind, der ihm Schaden zufügen konnte, und so blieb ihm nichts anderes übrig, als die Körper der Menschen zu nutzen. Es war eine Kunst, die kein anderes Wesen so gut beherrschte – ein fremdes Leben einzunehmen, es zu führen und zu leiten, um dann spurlos zu verschwinden.

Der Wächter machte sich auf die Suche. Er hatte genug Zeit mit Warten vergeudet.

Drei Millionen Jahre, dachte er, *drei Millionen Jahre sind lange genug.*

Iskar fand den neuen Wirtskörper eine Stunde entfernt vor einem niedergebrannten Lagerfeuer schlafen. Der Junge war ein Wanderbursche, der nach seiner Ausbildung als Fassbinder über das Land zog und sein Handwerk für Kost und Logis anbot. Er bekam nicht mit, wie der Wächter seinen Mund öffnete und sich in seinen Körper schlängelte. Nach wenigen Minuten begann er sich unruhig im Schlaf zu bewegen, während der Wächter sein ganzes Wesen einnahm, dann erwachte der Wanderbursche mit einem Schrecken und hustete. Er sah sich um, rieb sich das Gesicht und war von einer Sekunde zur anderen nicht mehr er selbst. Sein Bewusstsein und Denken verschwanden in den Hintergrund.

Iskar lächelte, der Wandersbursche lächelte, sie waren eins.

Die Sonne schien auf einen neuen Tag, aber sie konnte dem Wächter keinen Schaden mehr zufügen.

Iskar stand auf und schulterte den Rucksack und das Werkzeug des Jungen. Auch wenn seine Bestimmung auf der anderen Seite der Welt lag, ließ ihn das nicht zögern. Die Späher würden ihn führen, und es gab keinen Weg, den der Wächter nicht gehen konnte. Er wartete einen Moment, dann strich ein Eichelhäher über ihn hinweg und Iskar folgte ihm. Sein Ziel hatte sich nach der langen Zeit endlich offenbart. Niemand musste erfahren, dass er die Schale nicht gehört hatte, auch musste niemand wissen, wie alt der Wächter sich bei jedem Schritt fühlte, den er tat.

DAS MÄDCHEN, DAS SICHTBAR WURDE

1

Ich bin wieder da!«, rief Vida, als sie das Haus betrat.

Nur das Schweigen der Tanten antwortete ihr. Es war nicht die Reaktion, die Vida nach einer Woche Abwesenheit erwartet hatte. Sie hatte sich vorgestellt, ihre Tanten würden vor Freude ihren Namen rufen und wären überglücklich, sie endlich wiederzusehen. Die Tanten waren alles andere als überglücklich.

Hätte Vida gewusst, dass die Ursache für die Missstimmung der Klang der ersten Schale war, den sie unten am Flussufer gehört hatte, hätte sie verwundert den Kopf geschüttelt.

Seitdem warteten die Tanten, dass Vida zu ihnen kam. Ihre Herzen waren bleiern, die Gesichter steinern ernst. Als Vida eintrat, starrten sie auf die Feder in ihrem Haar, als wäre die Feder ihr größter Feind.

»Ihr macht ja Gesichter«, sagte Vida.

Die Tanten versuchten nicht einmal, zu lächeln.

»Woher hast du die Feder?«, fragte Eka.

»Freut ihr euch gar nicht, mich wiederzusehen?«

»Wir freuen uns sehr, aber woher hast du die Feder?«

»Ich habe einen Raben vor dem Ertrinken gerettet«, antwortete Vida und konnte es sich nicht verkneifen, hinzuzufügen: »So wie ich schon mal einen Bären gerettet habe, aber das wolltet ihr mir ja nicht glauben.«

»Hat dir der Rabe die Feder gegeben?«

Vida schüttelte den Kopf.

»Als er wegfliegen wollte, habe ich ihn festgehalten und dabei hat er sie verloren.«

»Und wieso hast du ihn festgehalten?«

»Er hat sich nicht bei mir bedankt.«

»Also konnte der Rabe sprechen?«

»Hätte ich ihn sonst festgehalten?«

Vida fühlte sich recht schnippisch und grinste.

Eka winkte sie näher zu sich heran und nahm sie bei den Händen.

»Woher wusstest du, dass der Rabe in Not war?«, fragte sie.

»Er hat um Hilfe gerufen.«

Eka wandte sich ab und stieß einen Fluch aus, Riva schüttelte den Kopf, Asha vollführte so schnell ein Mudra, dass Vida nicht sah, was für eines es war. Eine Klarheit füllte den Raum, jeder Gegenstand schien plötzlich schärfer umrissen zu sein, selbst die Luft schmeckte reiner. Vida hatte keine Ahnung, was hier passierte.

»Habe ich was falsch gemacht?«, fragte sie.

»Nein, kein bisschen«, beruhigte sie Riva.

»Warum seid ihr dann so ernst?«

Die Tanten ignorierten ihre Frage.

»Du weißt, dass der Rabe nicht wirklich ein Rabe war, oder?«, fragte Asha.

Vida lachte.

»Natürlich war er ein Rabe.«

Sie nahm die Feder aus ihrem Haar.

»Seht doch, ich habe ihm eine Feder ausgerissen.«

»Das ist keine Feder«, erklärte ihr Asha. »Du siehst nur, was du sehen willst.«

Vida starrte auf die Feder.

»Schau genauer hin«, sagte Asha.

»Ich schaue doch!«

»So wird das nichts.«

Asha bat Vida sich umzudrehen und strich ihr mehrmals mit der flachen Hand von den Schultern hinunter bis zu den Kniekehlen, als würde sie Staub entfernen. Nachdem die Aura gereinigt war, wandte sich Vida um und Asha sagte:

»Versuche es jetzt noch mal. Schließ die Augen und lade die Klarheit zu dir ein. Stell dir dann einen Baum vor, der sich einem Sturm beugt. Warte, bis der Sturm nachlässt und der Baum wieder gerade steht, dann schau noch einmal.«

Vida schloss die Augen und da war der Baum. Sie konnte den Sturm spüren und sah, wie er den Stamm beugte und zum Knarren brachte. Dann ließ der Sturm nach und der Baum richtete sich wieder auf. Als Vida die Augen öffnete, gab sie einen leisen Schrei von sich – in ihrer Hand lag ein Zopf, der so fest geflochten war, dass er sich wie ein Stock anfühlte.

»Verstehst du jetzt?«, fragte Asha.

»Kein Rabe trägt Zöpfe«, antwortete ihr Vida, ohne den Blick von dem Zopf zu nehmen. Sie betrachtete ihn so intensiv, dass ihr die Augen zu tränen begannen. Schließlich blinzelte sie und der Zopf war wieder eine Feder.

»Wenn er kein Rabe war, was war er dann?«, fragte sie.

Die Tanten wechselten einen Blick, Eka gab sich als Erste einen Ruck.

»Ich bereite uns jetzt einen Tee zu«, sagte sie, »dann setzen wir uns zusammen und beantworten dir alle deine Fragen. Es ist an der Zeit, dass du erfährst, wer du wirklich bist und was von dir erwartet wird.«

2

Auf dem Beistelltisch stand ein Teller mit Keksen, die Vida in ihren Tee tunkte und dann langsam im Mund zerfallen ließ. Sie saß auf dem Sofa und wartete, dass ihre Tanten die Arbeit beendeten. Jeden Morgen wurde in ihrem Haus der Schutz an den Fenstern und der Tür neu errichtet. Sie hatten Vida nie erklärt, warum sie das taten, sie sagten nur, es sei ein Ritual aus alten Zeiten, an dem sie festhielten. Danach legte Riva zwei Holzscheite auf das Feuer und Asha entzündete ein Bündel Steppensalbei, um die Luft zu reinigen, während Eka um Vida herum eine Decke feststeckte, als würde diese frieren. Erst danach machten es sich die Schwestern gegenüber auf den Sesseln bequem. Alle drei wirkten angespannt und ihre dampfenden Teebecher blieben unangerührt auf dem Tisch stehen.

Vida nahm sich noch einen Keks.

Dass die Feder keine Feder war, hatte sie sehr überrascht, jetzt wartete sie neugierig darauf, was sie als Nächstes erfahren würde. Ganz besonders freute sie sich auf die Reaktion ihrer Tanten, wenn sie ihnen von der Zukunft erzählte, dir ihr der Rabe ins Ohr geflüstert hatte. Auch von dem Toten in der Steppe ahnten sie noch nichts.

Ihr denkt, ihr habt Überraschungen auf Lager, dachte Vida, *wartet mal ab, was ich zu erzählen habe.*

»Nun, wer bin ich jetzt wirklich?«, fragte sie.

»Die Tochter deiner Mutter«, antwortete Asha. »Die Tochter deines Vaters und unsere Nichte.«

Vida runzelte die Stirn.

»Das weiß ich doch, das ist nichts---«

»Du bist auch die Bedrohung, die die Dunkelheit mit Furcht erwartet«, sprach Asha weiter. »Du wurdest geboren, um das Licht auf die Welt zurückzubringen. Du bist unser aller Hoffnung.

Aus diesem Grund umgibt dich mehr Gefahr als je einen Menschen zuvor.«

Vida wusste nicht, wie sie reagieren sollte.

»Oh«, sagte sie nach einem Moment des Schweigens, »damit habe ich jetzt nicht gerechnet.«

»Womit *wir* nicht gerechnet haben«, sprach Asha weiter, »das ist das plötzliche Auftauchen des Raben, der kein Rabe ist. Sind dir seine Augen aufgefallen?«

»Eines war schwarz«, anwortete Vida, »das andere grau.«

Asha nickte.

»Das graue Auge gehört nicht ihm, es hat ihn aber zu dem gemacht, was er jetzt ist. Sein Name ist Ezekiel und er ist der Architekt der Zeit. Er allein kann sich zwischen der Vergangenheit, Gegenwart und Zukunft bewegen. Dummerweise befindet er sich seit einigen Jahrtausenden in einem andauernden Zustand der Verwirrung. Er ist zu lange hier auf der Erde gefangen, sodass ihm die Zeit zu entgleiten beginnt. Er bringt Ereignisse durcheinander und verliert sich in seinem Denken. Obwohl wir wissen, wie unberechenbar er ist, hat keine von uns geahnt, dass er sich dir hier und jetzt zeigen würde. Wir hätten wachsamer sein müssen, aber ich glaube, selbst wenn wir das gewesen wären, hätte es an eurem frühzeitigen Zusammentreffen nichts geändert.«

»Wem gehört das graue Auge?«, fragte Vida.

»Unserer Schwester Marra.«

»Dann habe ich noch eine Tante?!«

Die Schwestern lächelten.

»Mein Liebes«, sagte Asha und und strich ihr über die Wange, »wenn du wüsstest.«

Ehe Vida nachhaken konnte, was ihr Asha damit sagen wollte, fragte Riva, ob der Architekt ihr die Zukunft übergeben hatte. Vida dachte, sich verhört zu haben. *Da verschwindet eine meiner Überraschungen,* dachte sie und begann von dem Fenster in der Pfütze zu erzählen und wie sie zwar ihren Vater, aber sich selbst nicht darin gesehen hatte. Sie beschrieb das Mädchen und gestand, dass sie den Raben danach überredet hatte, ihr die Zukunft zu übergeben.

»Du hast ihn *überredet*?«, sagten die Schwestern gleichzeitig.

»Was sollte ich sonst tun? Er wollte erst in sechzehn Jahren wiederkommen. Aber keine Sorge, ich habe eh kein Wort verstanden, denn er sprach Sumerisch.«

Die Schwestern atmeten erleichtert aus.

»Zumindest etwas«, sagte Asha.

»Nehmt ihr mir meine Zukunft jetzt wieder weg?«

Die Schwestern schüttelten den Kopf.

»Es ist egal, in welcher Sprache du sie gehört hast«, beruhigte sie Asha, »deine Zukunft ist jetzt ein Teil von dir, selbst wenn du sie nicht verstehst. Niemand kann sie dir wegnehmen. Aber sei dir bewusst, dass sich deine Zukunft nur verwirklichen kann, wenn du sie beschützt. Und genau da beginnt das Problem. Es hatte schon seinen Grund, warum deine Mutter beschlossen hat, dass dir deine Zukunft erst an deinem fünfundzwanzigsten Geburtstag überreicht werden sollte. Bis dahin wärst du bei uns in die Lehre gegangen und stark genug gewesen, diese Zukunft selbst zu beschützen. All das ist hinfällig geworden, als du dem Architekten begegnet bist. In derselben Sekunde, in der er dich erblickt hat, wurdest du sichtbar und---«

»Sichtbar?«, unterbrach sie Vida. »Ich bin doch die ganze Zeit sichtbar.«

»Für uns, ja, aber nicht für die Welt da draußen.«

Vida sah ihre Tante an, als hätte sie Sumerisch gesprochen.

»Seit deiner Geburt haben wir dich vor diesem Wissen bewahrt«, sprach Eka weiter, »denn du bist noch lange nicht so weit, dich deiner Zukunft zu stellen. Du bist ungeschützt, Vida, deine Kräfte schlummern noch und du weißt nicht, wer du wirklich bist. Durch das Auftauchen des Architekten wurde uns das Schicksal aus der Hand genommen. Alle Blicke richten sich von heute an auf dich. Die richtigen und die falschen. Mit diesem Tag eröffnet die Dunkelheit ihre Jagd.«

»Die Jagd auf was?«

Eka beugte sich vor und legte ihre Hand über Vidas.

»Die Jagd auf deine wunderbare Seele, meine Kleine.«

Vida begann unmerklich zu zittern und war dankbar, dass Eka ihre Hand hielt.

»Wer macht denn Jagd auf meine Seele?«, fragte sie leise.

»Sein Name ist Iskar, er ist ein Wächter und wurde nur geschaffen, um dich zu finden. Während wir reden, hält er Ausschau nach dir, während wir uns ausruhen, ist er dir unermüdlich auf der Spur. Nichts kann ihn aufhalten. Sollte er deine Spur aufnehmen, werden wir einen Weg finden müssen, um dich und deine Seele zu schützen. Du wirst in den nächsten Wochen und Monaten viel lernen müssen, Vida, denn es kann Jahre dauern, ehe du dich dieser Macht erwehren kannst. Kraft und sehr viel Geduld werden von dir erwartet.«

»Ich kann geduldig sein«, sagte Vida und schob leise hinterher: »Auch wenn es nicht leicht ist.«

»Der erste Schritt zu dir selbst ist, dass du erfährst, woher du kommst«, übernahm Riva. »Und damit meine ich nicht Warrosch. Du solltest wissen, wer deine Mutter gewesen ist und wer wir sind. Deswegen fangen wir damit an, dir die Geschichte dieser Welt zu erzählen.«

Sie tippte mit dem Zeigefinger auf den Tisch.

»Denn alles dreht sich um diese Welt und das, was sie geworden ist. Soll ich beginnen?«

Vida nickte und Riva begann zu erzählen:

»Die Geschichte dieser Welt beginnt damit, dass wir Schwestern auf diesen Planeten kamen. Und mit *wir* meine ich nicht nur Eka, Riva, deine Mutter oder mich. Du hast mehr Tanten, als du dir vorstellen kannst, Vida, aber ich will nicht vorgreifen. Lass mich der Reihe nach erzählen und mit unserer Ankunft beginnen – wir waren die Dreiundzwanzig Mütter und wir kamen vor sieben Millionen Jahren auf diese Erde.«

»Ihr kamt … *was*?«

Vida klappte die Kinnlade herunter. Sie hatte bisher alle Informationen verarbeiten können – redende Raben, die keine Raben waren, Architekten, die durch die Zeit reisten, eine weitere Tante, die keiner erwähnt hatte, und dann gab es noch einen Wächter, der sie jagte. Sie kam auch damit klar, dass sich ihre Seele in Gefahr befand, aber das …

»Ich weiß, das ist jetzt etwas viel«, sagte Riva.

»Vielleicht hättest du anders anfangen müssen«, sagte Asha.

»Es war ein guter Anfang«, sagte Eka. »Vida muss das erst mal verarbeiten.«

Vida sah von einer Tante zur anderen, als würde sie die drei Frauen zum ersten Mal sehen. Sie musste sich räuspern, ihre Stimme klang weit entfernt.

»Ihr seid wirklich sieben Millionen Jahre alt?!«

»Nein, wir *kamen* vor sieben Millionen Jahren hierher«, korrigierte sie Riva. »Wir sind um einiges älter. Vor sieben Millionen Jahren erreichten wir diesen Planeten, Vida. Damals hatten wir noch nicht die Gestalt, die du jetzt siehst.«

»Was … was für eine Gestalt hattet ihr?«

»Wir waren Licht.«

»Licht?«

»Jede von uns ist eine der dreiundzwanzig Spektralfarben, von denen der Großteil dem menschlichen Auge noch nicht bekannt ist. Wenn wir uns zusammenschließen, siehst du ein klares, strahlendes Licht. Auf diese Weise kamen wir auf diesen Planeten – als eine Einheit. Die Erde war zu dem Zeitpunkt nicht, wie du sie jetzt kennst. Sie war Chaos und Zerstörung, die Atmosphäre brodelte und die Natur war im Aufruhr und dabei, sich unentwegt selbst zu verschlingen. Wir löschten die Vulkane und brachten Frieden in die Meere. Wir lenkten die Winde um und rafften die Wolken zusammen, sodass Regen fiel und den ausgedörrten Boden schwer und fruchtbar machte. Wo uns der Weg durch Gebirge versperrt wurde, zermalmten wir den Stein. Wir fluteten die Ebenen und schufen Gärten; wir rissen Täler und Schluchten auf, damit die Meere sich verbinden konnten. Zum Schluss zogen wir den Mond näher an die Erde heran und gaben damit der Erde einen ruhigen Kreislauf. Erst als wir mit unserer Arbeit zufrieden waren, ruhten wir, um unser Werk zu bewundern. Knapp zwei Millionen Jahre hatten wir gebraucht, um diesem Planeten ein Gleichgewicht zu geben.«

Eines der Holzscheite knackte und etwas Glut sprühte über den Holzboden, als wolle das Feuer am Gespräch teilnehmen. Eka schob die Glut mit der Schaufel zusammen und warf sie zurück in die Flammen, Asha goss Tee nach und Riva nahm die Augen nicht von Vida, die vollkommen reglos dasaß.

»Ihr seid Farben gewesen?«, sagte sie nach einer Weile.

»In unserer ursprünglichen Gestalt sind wir noch immer Spektralfarben«, antwortete ihr Asha.

»Was genau heißt das? Ich meine, wer seid ihr *wirklich*?«

»Wir sind Wesen, die ein Gleichgewicht in die Welten bringen«, antwortete ihr Asha. »Es ist nicht der erste Planet, den wir zum Leben erweckt haben. Es gab auch Planeten, da haben wir versagt. Wo wir können, sorgen wir für eine Balance. Wir lassen das Leben blühen, wenden unsere Lehren an und ziehen weiter. Wir kamen also nicht hierher, um zu bleiben.«

»Aber ihr seid noch hier.«

»Ja, wir sind noch hier«, sagte Asha. »Und es hat viel mit dem zu tun, was uns widerfahren ist.«

»Und es hat sehr viel mit dir zu tun«, fügte Eka hinzu.

Vida konnte die Blicke ihrer Tanten auf sich spüren und ein Schuldgefühl brandete in ihr auf.

»Du hast keine Schuld«, beruhigte sie Riva. »Nichts davon hat mit Schuld zu tun.«

»Zwingt euch denn jemand, zu bleiben?«

»Uns wurde keine Wahl gelassen«, sagte Riva. »Am Anfang gab es niemanden über uns und es gab niemanden unter uns. Wir Mütter waren alle gleich und so war es richtig, denn jedes Dasein sollte auf einer Ebene sein. Ohne Demut oder Furcht. Wir waren eins mit uns und dem, was wir taten. Wir brachten dieser Welt eine blühende Fauna und Flora und dann beobachteten wir, wie sie wuchs und gedieh. Wir hatten nie vor, diese Welt zu leiten. Es war unsere Aufgabe, das Wunder des Lebens zu säen, die Ernte wurde dem Planeten selbst überlassen. Zumindest sah so der Plan aus. Zu unserer Überraschung aber entwickelte sich aus dem Überfluss des Lebens heraus ein ganz besonderes Tier, und aus diesem Tier wuchs der Mensch empor und begann, sich von den anderen Lebewesen zu unterscheiden. Auch wenn er uns nicht sehen konnte, spürte er unsere Anwesenheit und begegnete ihr mit Neugierde und Interesse. Kein Lebewesen hatte bisher so reagiert. Und wie sich der Mensch uns zuwandte, gaben wir ihm Geschenke, die ihn zu dem werden ließen, was er jetzt ist. Jede der Dreiundzwanzig Mütter vertritt ihre eigenen Lehren und diese Lehren begannen wir, mit den Menschen zu teilen. Um unsere Lehren müheloser weiterzugeben, nahmen wir die menschliche Gestalt an und wurden zu Fleisch und Blut, zu Worten und Taten. Wir teilten unsere Existenz mit den Menschen und lebten unter ihnen, sodass unsere Lehren bald ein fester Teil ihres Daseins wurden. Sie begannen, sich umeinander zu sorgen, sie wurden gütig, liebten und lebten im Einklang miteinander; sie waren respektvoll, ohne Missgunst und Neid, sie waren schöpferisch und innovativ und stellten niemanden unter sich.«

»Und was ganz wichtig ist«, fügte Asha hinzu, »sie waren ohne Furcht.«

»Richtig«, sprach Riva weiter, »sie respektierten die Gefahren um sich herum, aber die Angst an sich war ihnen fremd, wie jedem Menschen Angst fremd sein sollte. Der Tod war damals ein natürlicher Teil des Lebens, der mit Verständnis angenommen wurde, sobald der Körper sich erschöpfte und müde wurde. Keine Krankheiten plagten die Menschheit in diesen Zeiten, keine Kriege und kein Leid, denn noch war sich der Mensch nicht der Wunden bewusst, die ihm durch die Angst geschlagen werden konnten. Er war in Harmonie mit der Natur, er war kein Jäger, sondern ein Sammler, der von der Erde lebte und nur in Zeiten der Not auf die Jagd ging. Du lächelst?«

»Es klingt so schön.«

»Es war wunderschön, es war federleicht. Und wenn du diese Welt jetzt vor Augen hast, kannst du verstehen, dass wir länger auf diesem Planeten verweilten, als wir es uns vorgenommen hatten. Es war eine Freude, die Menschen und ihre Neugierde zu beobachten. Sie erschufen Kunst und Lieder, sie schrieben Bücher und entdeckten das Philosophieren. Ihrem Dasein schienen keine Grenzen gesetzt zu sein. Und genau da beginnt die Geschichte deiner Eltern, und genau da beginnt auch deine Geschichte.«

Eka unterbrach die Erzählung ihrer Schwester, indem sie Vida mit der Hand über den Rücken strich.

»Was meinst du, sollen wir jetzt lieber eine Pause einlegen?«

Vida schüttelte den Kopf.

»Ich will mehr hören, ich kann später nachdenken.«

Eka atmete schwer aus und nickte, erst da begriff Vida, dass nicht sie die Pause brauchte.

»Tante Eka, was hast du?«, fragte sie.

»Es ist die Erinnerung«, antwortete sie. »Ich sehe deine Eltern noch genau vor mir, als wäre es gestern gewesen. Sie sind sich auf einem Marktplatz am Kaspischen Meer begegnet. Damals war dein Vater noch kein Schmied, sondern arbeitete mit seinen Brüdern in einer Backstube. An diesem Tag stand er an einem Steinofen und knetete Fladenbrot, das er mit Koriander und

Nüssen füllte. Dein Vater ahnte nicht, dass deine Mutter stehen geblieben war und darauf wartete, dass er sie bemerkte. Die Menschen liefen ehrfürchtig an ihr vorbei. Wir wurden damals mit sehr viel Respekt behandelt und unsere Gesichter waren den Menschen vertraut. Es gab Statuen und Gemälde, auf denen wir dargestellt wurden. Deine Mutter sollte an dem Abend auf Einladung des Statthalters auf demselben Marktplatz, auf dem dein Vater seine Backwaren anbot, über den Tod sprechen. Wir lehrten kaum noch, da unsere Arbeit getan war und das Dasein der Menschen seinen eigenen Lauf genommen hatte. Jede von uns lebte auf die Welt verteilt in ihrem eigenen Domizil, jede von uns hatte ihr eigenes Land auserkoren, das sie mit ihrem Wissen bereicherte. Es war uns bewusst, dass wir bald gehen mussten. Wir wurden erwartet, wir hatten Aufgaben. Zwei Millionen Jahre hatten wir darauf verwandt, diesen Planeten aufzubauen, einige Hunderttausend Jahre hatten wir uns der Entwicklung der Menschen gewidmet und es war an der Zeit, dass wir die Erde verließen. All diese Gedanken gingen deiner Mutter durch den Kopf, als sie auf das frisch gebackene Brot deines Vaters wartete. Als es so weit war, zog Solomon die Fladen aus dem Ofen und drehte sich um. Sie sahen sich an …«

»… und wussten, sie gehörten zusammen«, sprach Vida für sie zu Ende.

Die Tanten lächelten.

»Wie oft hat dir dein Vater von ihrer ersten Begegnung erzählt?«, wollte Riva wissen.

»Mindestens hundertmal.«

»Er hat dir aber nie verraten, was für eine Besonderheit dieses Zusammentreffen für uns andere Schwestern darstellte«, sprach Riva weiter. »Du musst wissen, es war die erste Liebe zwischen einem Menschen und einer der Mütter. Als sich deine Eltern an diesem Tag begegnet sind, erfuhren wir von diesem Zusammentreffen im selben Moment. Damals existierte noch eine beständige Verbindung, die sich zwischen uns Schwestern bewegte wie ein lebendiger Strom, der all unser Wissen mit sich führte. Wir nannten diesen Strom den Impuls. Er verband uns miteinander, sodass eine jede von uns wusste, wo sich die andere befand, was sie dachte und was sie tat. Wir konnten den Impuls auch stilllegen, aber da wir keine Geheimnisse voreinander hatten, teilten wir unser Dasein immer offen. Auf diesem Weg erfuhren wir, was deine Mutter empfand, als sie deinem Vater begegnete. Es war, als hätte sie ein Zauber überkommen, und wir durften diesen Zauber mit ihr teilen. Aber was aus diesem Zauber dann resultierte, sollte zu unserem Untergang führen.«

Vida runzelte die Stirn.

»Das verstehe ich nicht, ihr seid doch nicht untergegangen.«

»Oh doch, meine Liebe«, widersprach ihr Riva. »Was du hier vor dir siehst, sind drei Mütter, die kläglich versagt haben und die sich vor ihresgleichen verstecken müssen. Seit Jahrmillionen sitzen wir auf diesem Planeten fest, weil wir uns blenden ließen und keine Gegenwehr zeigten. Aber ich greife vor. Wo war ich?«

»Der Zauber zwischen meinen Eltern«, sagte Vida.

»Richtig, wir alle spürten diesen Zauber und genossen die Veränderungen, die er in deiner Mutter auslöste. Besonders für unsere jüngste Schwester Solea hätte es eine große Freude sein müssen, denn sie war der Quell dieser neuen Liebe. Solea lehrte die Emotionen, von ihr kamen die Nähe, die Neugierde und die Verbundenheit. Alles, was deine Mutter zu deinem Vater zog, entsprang Soleas Lehren. Sympathie und Anziehungskraft, Verlangen und Zärtlichkeit. An diesem Tag aber geschah etwas Eigenartiges. Wir alle spürten, dass mit unserer jüngsten Schwester eine Veränderung stattfand, die nichts mit großer Freude zu tun hatte. Seit dem Anbeginn unserer Zeit trug Solea ihre Lehre von einem Planeten zum anderen, ohne dass jemals eine Emotion dazugekommen war. Und plötzlich wuchs ein Schmerz in ihr heran, den es so noch nicht gegeben hatte – Solea wünschte sich, an Yrmas Stelle zu sein. Sie wollte die Gefühle, die deine Mutter für deinen Vater empfand, allein für sich besitzen. Sie wollte, dass er sie ansah, nur sie allein. Und weil sie all das nicht haben konnte, wurde die erste negative Emotion in ihr geboren. Wir bekamen sie nicht nur zu spüren, wir nahmen sie sofort mit in unser Wesen auf und es erschütterte uns. Denn so, wie wir die Gedanken miteinander teilten, teilten wir auch die Gefühle. Etwas Kaltes breitete sich an diesem Tag in unserem Dasein aus. Es war die Geburt der ersten negativen Emotion, es war die Geburt der Eifersucht.«

Vida konnte sich das schlecht vorstellen.

»Du meinst, es gab vorher keine Eifersucht?«, fragte sie.

»Es gab keinen Neid und keine Gier«, antwortete ihr Riva, »es gab keine Scham und auch keine Eifersucht. Es war die friedlichste Erdenzeit, die du dir vorstellen kannst. Kein Hass, keine Verachtung, kein Misstrauen. Unsere jüngste Schwester brachte mit ihrer neuen Schöpfung ein enormes Ungleichgewicht in unser Dasein. Zwar konnten wir die Eifersucht ablehnen, doch sie wurde zu einem Teil unserer Wesenheit, ob wir wollten oder nicht. Wir baten Solea, die Eifersucht gehen zu lassen, aber sie weigerte sich, denn sie war stolz auf ihre Schöpfung. Kannst du dir vorstellen, wie fassungslos wir waren? Alle unsere Entscheidungen waren gemeinsame Entscheidungen. Seit Jahrmillionen war das so und jetzt löste Solea den Bund der Dreiundzwanzig Mütter auf, indem sie ihren Impuls kappte. Sie verwehrte jeglichen Dialog und verschwand von der Erde. Mit ihrem Verschwinden wurde unser Untergang eingeläutet, Vida. Unsere jüngste Schwester hätte uns nicht härter verletzen können. Und das reicht für heute, denn ich bin es müde, mich zu erinnern, und kann spüren, dass es deinen Tanten nicht besser geht. Wir müssen für eine Weile allein sein, Vida. Vorher begleite ich dich aber nach Hause, denn ich bin mir sicher, dass du mehr als nur ein paar Fragen hast.«

3

Vida lief neben ihrer Tante Riva den Bergpfad hinunter, dabei sprachen sie kein Wort miteinander. Vida war sehr dankbar für das Schweigen, denn ihr Kopf summte von den Geschichten und da war eine Aufregung in ihrem Herzen, die sie bei jedem Schritt beinahe laut aufjuchzen ließ.

Ich laufe neben einem Wesen, das diese Welt mitgeformt hat, dachte Vida und fragte sich, was das aus ihr machte und ob vielleicht dieselben Kräfte in ihr steckten. Sie fragte sich auch, wie ihr Vater all diese Geschichten vor ihr verborgen halten konnte.

»Riva, wie kann ein Mensch so alt werden?«, fragte sie. »Falls Papa ein Mensch ist.«

»Er war ein Mensch und lebte ein normales Leben, bis er deiner Mutter begegnet ist. Sie hat nicht nur ihre Liebe und ihr Dasein, sie hat auch ihre Unsterblichkeit mit ihm geteilt. So wie sie jetzt ihre Unsterblichkeit mit dir teilt.«

»Dann lebe ich jetzt für immer?«

»Für immer und ewig.«

Vida griff sich an den Hals, als hätte ihr die Unendlichkeit eine Schlinge umgelegt.

»Du bist nicht unverletzbar«, gab Riva zu bedenken. »Du kannst sterben, aber deine Seele ist grenzenlos. Es ist die einzige Form der Unsterblichkeit, die einen Sinn macht.«

»Gibt es noch andere Formen?«

»Mehr, als du dir denken kannst.«

Vida durchflutete eine Zuversicht. Es war das plötzliche klare Wissen, dass sie für immer sein würde, egal, was ihr widerfuhr. *Für immer und ewig.* Vida hatte in dem Moment ein recht einfaches Bild von der Unendlichkeit im Kopf. Leiden und Qualen gehörten nicht dazu, auch nicht Trauer und Schmerz. Sie sah eine weite Landschaft vor sich, die in die Ferne führte und kein Ende nahm. Sie war recht naiv in ihren Vorstellungen, und es ist das Glück der Neunjährigen, dass sie diese Naivität leben dürfen.

Vida drückte die Hand ihrer Tante. Im selben Moment spürte sie, wie ihre andere Hand ergriffen wurde. Sie schaute nach links, doch da war niemand.

»Was ist?«, fragte Riva.

Für einen Moment war sich Vida sicher gewesen, ihre Mutter würde neben ihr laufen und sie an der Hand halten. Und wie sie an ihre Mutter dachte, dachte sie an ihre Reise in die Steppe und begann von dem Ruf zu erzählen, dem sie vier Tage lang gefolgt war.

»Ich dachte, meine Mutter würde nach mir rufen.«

Riva verstand nicht.

»Warum sollte Yrma das tun?«

»Weil sie vielleicht einsam ist.«

»Kleines, deine Mutter ist nicht einsam.«

»Aber sie ist doch tot ...«

»... das heißt nicht, dass sie einsam ist.«

»Oh.«

»Wieso hast du uns nicht gefragt?«

»Ich wollte selbst herausfinden, wer da ruft.«

»Und wer war es?«

So erfuhr Riva von dem mongolischen Soldaten und wie natürlich es für Vida gewesen war, ihn ins Licht zu führen. Als sie zu Ende gesprochen hatte, blieb ihre Tante stehen und nahm das Gesicht ihrer Nichte zwischen ihre Hände.

»Deine Mutter wäre so stolz auf dich gewesen, weißt du das? Ihr seid euch so ähnlich. Ich bin wirklich beeindruckt, wie du deinen eigenen Weg gehst. Ich weiß nicht, wie Eka und Asha darauf reagieren werden, aber für mich hast du alles richtig gemacht. Du musst neugierig bleiben, Vida, du musst Grenzen überschreiten, damit du sie respektieren lernst. Versagen gehört zum Leben dazu, und du wirst immer wieder versagen, ehe du an dein

Ziel kommst. Dennoch solltest du aufpassen, welchem Ruf du folgst. Du bist jetzt für die Welt sichtbar und das heißt von heute an, dass Vorsicht deine oberste Priorität ist. Sie ist die wichtigste Grenze, die du respektieren musst. Ohne Wenn und Aber. Du bist nicht mehr Vida, die durch Warrosch rennt und Eisblumen von den Fenstern leckt oder mal so eben in der Steppe verschwindet, um Bären vor dem Ertrinken zu retten. Du bist das Erbe deiner Mutter und die Welt erwartet, dass du das Licht in ihr Dasein zurückbringst. Auch wenn du deine Zukunft noch nicht verstehen kannst, klingt sie jetzt schon in dir nach und beginnt dich zu führen und zu leiten. Vielleicht gelingt es uns ja, den Fehler des Architekten in etwas Gutes zu verwandeln, wir werden sehen. Und jetzt kannst du aufhören zu grinsen.«

Vida umarmte ihre Tante und bemerkte die Spannung nicht, die Riva umgab, seitdem sie das Haus verlassen hatten. Sie bekam auch nicht mit, wie ihre Tante sich umsah und versuchte, die Umgebung im Auge zu behalten.

»Danke«, sagte Vida und löste die Umarmung.

»Und jetzt«, sagte Riva und setzte den Weg fort, »wollen wir uns mal anhören, was dein Vater zu sagen hat. Er war noch nie gut auf den Architekten zu sprechen. Ich höre ihn jetzt schon fluchen.«

4

Solomon hatte die eine Hälfte der Bohnen zerstampft, die andere ganz in den Topf gegeben, dazu kamen Knoblauch, getrocknete Tomaten und zwei Hände voll Sauerkraut. Eben war er dabei, alles mit einer Brühe abzulöschen, als er durch das Küchenfenster schaute und seine Tochter mit einer ihrer Tanten die Dorfstraße hochkommen sah. Es war kein normales Bild, denn die Schwestern traten immer zusammen auf. Solomon konnte sich an keinen Tag erinnern, an dem eine von ihnen mit Vida alleine vom Berg herabgestiegen war.

Er löschte das Essen ab, gab einen Esslöffel Rauchpaprika und dieselbe Menge Kümmel hinzu, ehe er zu rühren begann. Als Vida und Riva auf zwanzig Meter herangekommen waren, bemerkte Solomon, dass sich Rivas linke Hand öffnete und schloss. Er nahm den Topf vom Herd, zog seine Stiefel an und trat nach draußen. Ein unangenehmes Gefühl hatte sich in seinem Magen ausgebreitet und der Appetit war ihm vergangen.

Es war dasselbe Mudra, das Yrma ausgeführt hatte, als sie schwanger im Bett lag und die noch ungeborene Vida mit der Geste schützte. Solomon sah die schnelle Bewegung ihrer Finger vor sich, jede Geste wirkte wie gewoben, er sah ihr Lächeln und diesen fragenden Blick, der immer wissen wollte, ob es ihm gut ging, ob er glücklich war. Seine Zeit mit Yrma fühlte sich plötzlich weit entfernt und gleichzeitig so nahe an, als wäre sie eben erst geschehen. Es gab Tage, da konnte Solomon diese Sehnsucht ertragen und dankbar sein für die kleine Ewigkeit, die er mit Yrma verbringen durfte; und dann gab es unendlich lange Tage, da umschloss ihn die Sehnsucht schon am frühen Morgen mit ihren dornigen Armen und er wollte am liebsten nicht aus dem Bett aufstehen.

Ihre Flucht hatte sie damals auf den Himalaja geführt, wo sie in einem tibetischen Kloster Unterschlupf gesucht hatten. Solomon half bei den Tee-Ernten und beim Bau von Häusern, während Yrma die Mönche unterrichtete. In dem Kloster freundete sie sich mit der Meisterin Yeshe Tsogyal an, die von Yrma die folgenden sechzehn Jahre in der Lehre der Toten unterrichtet wurde. Yeshe Tsogyal brachte Yrma im Gegenzug die Mudras bei, die ihr bis dahin fremd gewesen waren. Sie wurden in dem Kloster als Erbrecht gehandelt und von Familie zu Familie weitergegeben. Solomon hatte noch genau den Abend vor Augen, an dem ihm Yrma stolz ihr erstes Mudra präsentiert hatte. Es war Frühjahr gewesen und Solomon konnte den Duft der Zypresse riechen, die vor dem Klosterfenster in roter Blüte stand; und er sah erneut den Tanz von Yrmas Fingern und konnte die Wucht spüren, die von der Geste ausging.

Aus am Anfang recht einfachen Mudras waren Kunstwerke entstanden, die eine ganz eigene Kraft in sich trugen und Yrma über die folgenden Jahrtausende faszinierten. Aus ihnen heraus entwickelte sie nicht nur das Mudra der Zeit und des Schutzes, sondern auch die zwölf Mudras der Verbannung. In der richtigen Reihenfolge ausgeführt, besaßen diese Gesten mehr Kraft als ein Schwert und ein Schild zusammengenommen.

Eines der schützenden Mudras führte Riva auf dem Weg zur Schmiede aus. Sie hatte die Hände über dem Bauchnabel zu einer Brücke zusammengelegt, dabei waren die Daumen nach innen gebogen. Es war das Mudra der Zuversicht und Hoffnung. Riva schenkte sich selbst Kraft.

Kraft wofür?, fragte sich Solomon.

Als hätte sie seinen Blick bemerkt, löste Riva das Mudra auf und nahm Vida bei der Hand. Das unangenehme Gefühl in Solomons Magen wuchs zu einem Schwindel an, als er die Feder in Vidas Haar bemerkte. Seitdem seine Tochter laufen konnte, schleppte sie nicht nur verletzte Aasgeier oder Otter an, die sie aus den Stromschnellen befreit hatte, sondern auch Steine, Tierknochen und einmal sogar ein Hornissennest. In ihrem Zimmer hingen getrocknete Kräuter und Blumen, sie hatte eine zwei Meter lange Schlangenhaut und in einer Ecke wuchs in einem Topf eine Kiefer. Solomon war es gewöhnt, dass Vida halb Sibirien nach Hause brachte, doch irgendwas an dieser Feder war anders.

Fünf Minuten später wusste er mehr, als ihm guttat.

Sie saßen in der Küche und er hatte nicht nur gehört, was Vida unten am Fluss widerfahren war, er wusste jetzt auch, dass seine Tochter die Geschichte der Dreiundzwanzig Mütter kannte. Daraufhin musste sich Solomon erst mal setzen, und da saß er dann und konnte die Augen nicht von Vida nehmen, die ihn ansah, als würde sie ihn nicht kennen.

»Ich bin noch immer ich«, sagte er.

»Und über vier Millionen Jahre alt«, sagte Vida.

»Ungefähr.«

»Du weißt nicht, wie alt du wirklich bist?!«

»Irgendwann hörst du auf zu zählen.«

»Aber …«

Vida wollte fragen, wie er all das vor ihr geheim halten konnte, begriff aber, wie albern die Frage war. Also fragte sie, ob ihr Vater gar nicht müde sei vom Leben.

»Keine Sekunde. Auch wenn ich mich seit dem Tod deiner Mutter immer wieder wundere, wie farblos diese Welt ist, gibst du meinem Dasein einen Sinn. Und ich weiß, ich hätte dir das längst erzählen müssen, aber glaube mir, es wäre zu früh gewesen. Auch deine Mutter hat sich gewünscht, dass wir warten, bis du älter bist. Sie hat sich gesorgt, dass du dich mit dem Wissen über deine Zukunft in Gefahr bringst.«

»Mir kann doch keiner was.«

»Sag so was nicht, Vida, da draußen sind Wesen, die mit einer Berührung dein Denken anzapfen und verschlingen können. Weißt du, was wir uns für eine Mühe gegeben haben, deine Existenz verborgen zu halten? Vor *und* nach deiner Geburt. Wir leben nicht aus Spaß in dieser Einöde, und jetzt hat dieser Idiot von einem Architekten …«

Solomon verstummte und starrte auf den Boden und die Stiefel, die er vergessen hatte auszuziehen.

»Es tut mir leid«, sagte er. »Ich hätte besser aufpassen müssen.«

»Niemand konnte das kommen sehen«, sagte Riva.

»Außer der Architekt.«

Riva lächelte.

»Ich glaube, er hat sich dieses Mal selbst überrascht.«

Solomon schüttelte den Kopf und sah Riva beinahe schon flehend an.

»Riva, wir können nicht schon wieder fliehen, ich will nicht mehr davonrennen.«

»Wir werden nicht fliehen.«

»Was willst du dann tun?«

»Wir werden Vida wappnen.«

Vida fühlte sich unwohl in ihrer Haut. Es war ihr immer unangenehm, wenn über sie gesprochen wurde, obwohl sie mit am Tisch saß. Als wäre sie ein Besucher in ihrem eigenen Leben. Sie war es auch nicht gewöhnt, ihren Vater so besorgt zu sehen.

»Aber sie ist jetzt sichtbar«, sagte er.

»Aber nur für die, die sie sehen können«, wandte Riva ein.

»Hört bitte auf, immer *sie* zu sagen«, ging Vida dazwischen. »Ich sitze doch vor euch.«

Sie sahen sie erstaunt an, als hätten sie ihre Anwesenheit wirklich vergessen.

»Verzeih«, sagte ihr Vater.

»Vida, du hast recht«, sagte Riva. »Du bist jetzt ein Teil des Ganzen, daran führt nichts vorbei. Wir werden alle Spuren verschwinden lassen, die zu dir führen. Es ist uns einmal gelungen, es wird uns erneut gelingen. Und dir, Solomon, verspreche ich, dass du nicht mehr die Flucht ergreifen musst. Wenn wir gehen, dann aus freiem Willen. Vertrau auf uns.«

»Ich vertraue auf euch«, sagte Solomon, »dennoch wünschte ich mir, Yrma wäre hier.«

Kaum hatte er diese Worte ausgesprochen, spürte er, wie die Angst aus dem Boden emporwuchs und sich um seine Fußknöchel schlängelte. Ehe sie sein Herz erreichen konnte, beugte sich Riva vor und berührte ihn am Arm – die Angst wich zurück wie das feige Wesen, das sie ist.

»Keine Angst«, sagte sie, »ihr zwei seid nicht allein.«

Sie stand auf und küsste Vida auf den Scheitel.

»Ich verspreche dir, wir werden deine Stärken hervorholen, sodass du nichts und niemanden fürchten musst. Und ich weiß, was du jetzt sagen willst. Du fürchtest eh nichts und niemanden, aber leider hast du keine Ahnung, was Furcht ist, so wie du keine Ahnung hast, welche Wege die Dunkelheit geht, um dich zu bezwingen. Ich will nicht, dass du jetzt besorgt bist, Vida, ich will nur, dass du dir der Gefahren bewusst bist. Und jetzt lasse ich euch allein.«

Sie küsste Vida erneut und verließ die Schmiede.

Vater und Tochter sahen sich an.

»Du bist über vier Millionen Jahre alt«, sagte Vida.

»Und du bist erst neun«, erwiderte Solomon. »Da kannst du dir halbwegs vorstellen, was dich noch alles erwartet.«

Obwohl ihr Vater scherzte, konnte Vida sehen, dass er nichts von alledem leicht nahm. Sie beugte sich über den Tisch und griff nach seiner Hand. Sie musste sich ein wenig strecken, Solomon kam ihr auf halbem Weg entgegen.

»Weißt du, wie merkwürdig es ist, dir all das zu erzählen? Du bist meine Kleine und plötzlich schütten wir die ganze Welt über dir aus. Ich hoffe, dass dich all das Wissen nicht überfordert, sondern stärker macht. So wie mich deine Mutter gestärkt hat. Wenn sie ihr Leben nicht mit mir geteilt hätte, wärst du nie geboren worden, und ich wäre nur ein Häufchen Staub. Gleichzeitig weiß ich, wenn deine Mutter mir nicht begegnet wäre, wäre diese Welt jetzt eine andere. Solea hätte nie die Eifersucht entdeckt und sich von ihren Schwestern entfernt.«

»Vielleicht hätte sie einen anderen Grund gefunden, eifersüchtig zu sein.«

»Deine Mutter hat dasselbe gesagt.«

»Du musst dich nicht schuldig fühlen.«

»Auch das hat deine Mutter gesagt.«

Solomon schaute auf Vidas kleine Hand, die seine hielt.

»Weißt du, wohin Solea damals verschwunden ist?«, fragte Vida.

»Nein, auch keine deiner Tanten weiß es. Wir vermuten, dass sie eine andere Welt aufgesucht hat. Wo auch immer sich Solea niedergelassen hat, es muss ein Ort der Schatten gewesen sein, so wie die Erde ein Ort des Lichts war, bevor sich die zwei Welten überschnitten haben. Aber bevor ich dir jetzt mehr davon erzähle, lass uns erst mal essen. Ich bin hungrig und durstig. Danach zeige ich dir, wie Soleas Rückkehr ausgesehen hat.«

Sie deckten den Tisch und Solomon tat ihnen den Bohneneintopf auf. Zum Nachtisch öffnete er ein Glas Kompott und sie aßen die süßen Birnen auf warmem Griesbrei. Während Vida den Tisch abräumte, ging Solomon nach oben und kehrte mit einer ledernen Rolle zurück, der er einen Papierbogen entnahm. Er strich den Bogen auf dem Tisch glatt und legte Hufnägel auf alle vier Ecken, damit sich das Papier nicht zusammerollte. Es war vom Alter verfärbt, aber der Strich der Feder und die braune Tinte hatten nichts von ihrer Kraft verloren. Vida hatte noch nie so eine detallierte Zeichnung gesehen. Die Motive schienen zu atmen und das Bild sich mit jedem Atemzug zu bewegen.

»Es kommen immer wieder Zeiten«, sagte Solomon, »da verfängt sich die Vergangenheit in den Träumen der Künstler und führt dazu, dass Maler, Dichter und Musiker mit einer Vision erwachen, die sie ängstigt und gleichzeitig inspiriert. Sie zeichnen, sie schreiben, sie komponieren, um die Last ihrer Träume loszuwerden, aber auch, um die Dunkelheit zu vertreiben. Einer dieser Maler war Pieter Bruegel der Ältere. Deinen Tanten gerieten auf einer ihrer Reisen seine Zeichnungen in die Hände. Sie besuchten Pieter 1554 in Rom und sahen, wie getrieben der arme Kerl war. Pieter hatte plagende Träume vom Untergang der Welt, von Dämonen und den Lastern, mit denen sie die Menschen befielen. Deine Tanten beruhigten ihn und nahmen ihm die Furcht. Erst dann verrieten sie ihm, was für eine Bedeutung seine Träume hatten und worin ihr Ursprung lag. Dabei träumte Pieter nicht vom Untergang der Welt, er träumte von der Zeit, in der die Welt von der Dunkelheit überflutet wurde. Nach dem Zusammentreffen mit deinen Tanten änderte sich seine Malerei. Auf der einen Seite widmete er sich weiter seiner Kunst, auf der anderen Seite trat er den Kampf gegen das Böse an, indem er seine Visionen auf Papier und Kupferplatten, Leinwand und Holz festhielt. Viele Zegechem wurden auf diese Weise gebannt und sind seitdem in diesen Bildern gefangen. Die Zeichnung vor dir ist von 1558. Pieter hat sie mir zum Geschenk gemacht.«

»Dir?«

»Du klingst überrascht.«

»Ich *bin* überrascht. Wen kanntest du noch?«

»In vier Millionen Jahren lernt man eine Menge Leute kennen.«

»Kanntest du Dschingis Khan?«

»Natürlich.«

»Und Moses?«

»Ach, der arme Mann. Auch ihn kannte ich.«

»Und Nofretete?«

»Wie kommst du auf Nofretete?«

»Tante Riva sieht ihr so ähnlich.«

»Das ist mir noch gar nicht aufgefallen.«

»Ich dachte, vielleicht *war* sie Nofretete.«

»Nein, das war sie nicht.«

»Kanntest du Nofretete?«

»Deine Mutter hat sie mir vorgestellt. Sie war schon immer die Geselligere von uns beiden. Und wenn ich jetzt so darüber nachdenke, muss ich dir recht geben, Nofretete hatte wirklich Ähnlichkeit mit Riva. Auch vom Temperament her.«

Wie Solomon das sagte, betrachtete er die Zeichnung, als würde er darin etwas suchen.

»Als dieses Bild entstand«, sprach er nach einer Weile weiter, »wohnten wir in einem Haus Wand an Wand mit Bruegel. Das hier ist eines von sechs Bildern, die in dieser Zeit entstanden sind. Er zeichnete damals wie im Wahn. Sieh es dir an, er hat das Chaos perfekt eingefangen, und ich finde, er hat mich gut getroffen.«

Vida folgte seinem Finger, der auf eine Gestalt am Bildrand zeigte, die ein Schwert erhoben hielt.

»Du hast kurzes Haar«, sagte Vida, »und Flügel!«

»Die Flügel sind natürlich Dekoration. Pieter meinte, in der Bildecke würde mehr Magie fehlen und ob ich etwas dagegen hätte, ein paar Flügel zu tragen. Deine Tanten muss ich dir nicht zeigen und ...«

»... meine Mutter auch nicht«, sprach Vida für ihn zu Ende.

Sie hatte Yrma auf der linken Bildseite zwischen den Schwestern entdeckt. Sie war auf dem Papier zwar nur so klein wie eine Perle, dennoch wusste Vida ohne Zweifel, dass es ihre Mutter war. *Mama,* dachte sie und wollte sich vorbeugen und einen Kuss auf die Zeichnung drücken. Sie wusste, wie albern das ausgesehen hätte, also zählte sie die Gestalten um ihre Mutter herum. Es waren einundzwanzig Frauen, die auf einer Klippe standen. Links von ihnen tobte das Meer und rechts vor ihnen öffnete sich eine weite Ebene, auf der ein Kampf stattfand.

»Nachdem Solea sich geweigert hatte, die Eifersucht abzulegen«, sprach Solomon weiter, »kappte sie den Impuls, damit ihr niemand folgen konnte. Von diesem Tag an war es den Schwestern unmöglich, an ihren Ursprung zurückzukehren. Nur zusammen konnten sie zu Licht werden, denn nur als Einheit konnten sie die weite Reise nach Hause antreten. Sie hatten also zu warten, dass Solea zurückkehrte.«

»Wie lange hat das gedauert?«

»Zwei Millionen Jahre.«

Vida sah ihn an, als hätte er einen Scherz gemacht.

»Sie haben zwei Millionen Jahre darauf *gewartet,* dass Solea zurückkommt?«

Solomon zuckte mit den Schultern.

»Was blieb ihnen übrig?«

»Aber ... wer hält denn das so lange aus?«

»Du darfst die Zeit nicht missverstehen«, sagte ihr Vater. »Zwei Millionen Jahre sind wie der Wechsel einer Jahreszeit, wenn die Ewigkeit vor dir liegt. Wir wissen nicht, warum Solea so lange verschwunden war oder an welchem Ort sie sich aufgehalten hatte. Vielleicht wollte sie ihre Schwestern strafen oder vielleicht ist das einfach die Zeit, die eine der Mütter braucht, um ihre eigene Schöpfung zu kreieren. Ich weiß es wirklich nicht. Solea erschuf in dieser Zeit das Gegengewicht zu ihren eigenen Lehren – jeder guten Emotion wurde eine schlechte an die Seite gestellt, und als Solea mit ihrem Tun zufrieden war, kehrte sie zur Erde zurück. Dieses Bild hier erzählt von ihrer Rückkehr und was der Welt danach widerfahren ist.«

Vida sah auf das Szenario hinab. Auf dem Papier war eine gewaltige Schlacht zu sehen. Jede Gestalt schien in Bewegung zu sein – Waffen und Klauen, weit aufgerissene Augen und Münder, erhobene Fäuste und geduckte Körper, die Schutz suchten. Die Federzeichnungen waren so fein und dennoch so intensiv, als wären sie in das Papier eingeritzt. Vida sah auf dem Schlachtfeld

Hunderte von Frauen, Männern und Kindern, und sie sah das erste Mal ein Abbild der Zegechem, die über diese Menschen herfielen, sich in ihnen verkrallten, sie peinigten und schlugen. Die Zeichnung wirkte so lebendig, dass Vida die Hilfeschreie der Menschen und das Kreischen der Dämonen zu hören glaubte.

»Wie du sehen kannst, kehrte Solea nicht alleine zur Erde zurück«, sprach Solomon weiter. »An ihrer Seite war ihre Schöpfung. Und damit meine ich nicht nur die Zegechem.«

Solomon zeigte auf die rechte Bildseite. Auch da ragte eine Klippe in das Bild und auf ihr hatte sich eine Frau in einem wehendem Umhang postiert.

Solea, dachte Vida.

Die jüngste der Dreiundzwanzig Mütter hatte die Pose einer Herrscherin eingenommen, die geballte Faust lag auf der Brust, die andere Hand hatte sie auf das Schlachtfeld gerichtet und auf ihrem Handrücken saß ein Falke. Um Solea herum standen Gestalten, die wie Edelmänner und Edelfrauen gekleidet waren. Sie hatten nichts Furchteinflößendes an sich, bis Vida näher an das Bild heranging und ihre Gesichter deutlicher sah. Pieter Bruegel hatte so detailliert gezeichnet, dass jedes Gesicht einen anderen Ausdruck zeigte – fünfundvierzig Fratzen, und nur Soleas Gesicht wirkte zufrieden.

Solomon zeigte auf die einzelnen Gestalten in der Zeichnung.

»An ihrer linken Seite siehst du die Ungeduld und die Apathie, die Verachtung und den Hass, auf ihrer rechten Seite stehen die Schuld und das Leiden und ganz nah bei ihr die Eifersucht. Solea nannte sie die Herrschaften, denn sie sollten in ihrem Namen über die Welt herrschen.«

»Und was sind die Zegechem?«, fragte Vida.

»Ich weiß nicht, vom wem sie erschaffen wurden. Wahrscheinlich von den Herrschaften selbst. Die Zegechem sind ihr Fußvolk und führen ohne Rücksicht auf Verluste jeden Befehl aus, der ihnen von den Herrschaften aufgetragen wird. Sie ernähren sich von der Energie der Menschen, nisten sich in ihren Seelen ein und halten das kalte Feuer des Bösen am Brennen. Sie denken nicht, sie handeln nur. Dabei sind sie so nichtig in ihrem Dasein, dass sie die Menschen nicht berühren können, noch von ihnen gesehen werden. Mit dem Auftauchen der Herrschaften und ihres Fußvolkes fiel die Leichtigkeit des Lebens von der Menschheit ab und die Furcht begann um sich zu greifen. Kein Ort auf der Welt wurde von ihrem Angriff verschont, kein einziger Mensch übersehen. Der schlimmste Krieg aller Zeiten währte einen einzigen Tag lang und in dieser Zeit richteten sich die Herrschaften ein. Sie traten in die Villen und Paläste, sie suchten sich die edelsten Frauen und die stärksten Männer und wurden eins mit ihnen, sodass diese niedersanken, als wären sie von einer unsichtbaren Faust gefällt worden. Als sie sich wieder aufrichteten, waren sie mächtiger und stolzer als zuvor, aber sie waren nicht mehr sie selbst – sie waren die Herrschaften in einem neuen Gewand. In dieser Gestalt traten sie auf die Balkone der Paläste, wanderten über die Lande und ließen die Welt wissen, dass die Macht jetzt in ihren Händen lag. Aus dem Edelmann wurde ein König, aus der Edelfrau eine Kaiserin und die Menschen beugten das Haupt. Die Zahl der Herrschaften war fünfundvierzig und diese fünfundvierzig legten der Welt Zügel an und befehligten die Zegechem und waren die Schöpfung einer selbsterklärten Göttin, die ihre Schwestern und alles, was sie geschaffen hatten, in die Knie zwingen wollte. Ich glaube, Solea ist nur zurückgekehrt, um den Müttern zu zeigen, dass ihre eigene Lehre des Bösen mehr Einfluss auf die Menschheit haben konnte als alle Lehren der Mütter zusammengenommen.«

Vida wandte sich vom Bild ab, für einen Moment flimmerte es vor ihren Augen.

»Was hat Solea ihren Schwestern angetan?«

»Sie hat ihre Naivität ausgenutzt.«

»Aber sie haben sich doch gewehrt.«

Solomon schüttelte den Kopf.

»Die Schwestern haben keinen Moment lang Gegenwehr gezeigt, denn wie willst du dich einer Macht erwehren, wenn Gegenwehr für dich noch nie eine Option gewesen ist? Sie wurden regelrecht überrollt, aber nicht von den Zegechem. Kannst du dir denken, was passiert ist?«

Vida warf einen Blick auf die Zeichnung, sie sah Solea und ihren wehenden Mantel und erinnerte sich an den alten Hund des Tischlers in Warrosch, der von einem Tag auf den anderen die Tollwut bekommen hatte und nicht mehr er selbst gewesen war.

»Sie hat sie infiziert«, sagte Vida. »Als Solea wieder eins mit ihnen wurde, hat sie die Mütter mit den negativen Emotionen infiziert.«

»Richtig«, sagte Solomon, »Solea stellte den Impuls wieder her, und als dieser in beide Richtungen floss, kam es zu der größten Schandtat, die sie ihren Schwestern antun konnte: Alle ihre negativen Emotionen trafen die Schwestern wie eine Flutwelle. Keine von ihnen konnte sich dagegen wehren. Innerhalb von Sekunden brach ein Krieg der Gefühle in ihrem Inneren aus. Doch darauf ließ es Solea nicht beruhen. Sie wusste, dass ihre Schwestern sich wieder fangen würden. Sie waren mächtig und ihre Macht war Soleas ebenbürtig. Es wäre für die Mütter ein Leichtes gewesen, sich den Herrschaften in den Weg zu stellen und sie von der Erde zu verbannen. Aber Solea hatte nicht vor, ihre Schöpfung in Gefahr zu bringen oder sich mit ihren Schwestern auseinanderzusetzen. Damit begann das große Verschwinden.«

Solomon verstummte, dann gab er sich einen Ruck und rollte die Zeichnung zusammen. Vida konnte sehen, dass er mit seinen Gedanken noch in der Vergangenheit festhing, deswegen stellte sie keine Frage und wartete, dass ihr Vater zu ihr in die Gegenwart zurückkehrte. Er verstaute die Zeichnung in der Rolle, trank einen Schluck Wasser, und als er sich seiner Tochter wieder zuwandte, waren Tränen in seinen Augen.

»Wir wissen bis heute nicht, wohin sie die Schwestern verschwinden ließ«, sagte er. »Ihre Impulse verloschen. Es war, als wären sie nie gewesen. Von den zweiundzwanzig Müttern haben nur fünf schnell genug reagiert und ihre eigenen Impulse gekappt, sodass Solea keinen Zugriff auf sie hatte und sie nicht finden konnte. Auf diese Weise gelang es auch deiner Mutter, sich vor ihr zu verstecken.«

»Wer war die fünfte Mutter?«

Solomon lächelte.

»Du hast dich schon auf die Suche nach ihr gemacht«, sagte er.

Vida sah ihn ratlos an.

»Ich habe *was*?«

»Ihr Name ist Isym und sie stand deiner Mutter so nah, dass diese sie immer als ihre naheste Freundin bezeichnet hatte, die sie---«

Vida schlug mit der flachen Hand auf den Tisch.

»Isym ist die Wahrheit?«, unterbrach sie ihn aufgeregt.

»Isym ist die Wahrheit«, stimmte ihr Solomon zu und lächelte.

»Ich wusste doch, dass ich sie eines Tages finde!«

Vidas Augen leuchteten.

»Und Marra?«, fragte sie.

»Du weißt von Marra?«, fragte Solomon überrascht zurück.

»Die Schwestern sagten, der Architekt hätte ein Auge von ihr und wäre so der Architekt geworden.«

Solomon nickte.

»So wie Riva die Vergangenheit lehrte«, sagte er, »war Marra eine Lehrerin der Zukunft. Sie ist mitverantwortlich dafür, dass du sichtbar geworden bist, denn sie hat die erste der sieben Schalen angeschlagen, als ...«

Solomon unterbrach sich selbst und lachte.

»Du müsstest dein Gesicht jetzt sehen«, sagte er. »Du hast keine Ahnung, von welchen Schalen ich rede, nicht wahr?«

»Nicht wirklich«, gab Vida zu.

DIE ZUKUNFT

Marra erwachte auf einem Steinboden und roch das Meer. Sie befand sich in einem quadratischen Gebäude, das zwanzig Meter hoch war und auf einer steinigen, baumlosen Insel stand. Es gab keine Eingangstür, und keine Treppe führte in das einzige Stockwerk. Es gab nur ein Zimmer mit vier Fenstern, die auf die Himmelsrichtungen hinausgingen. Der Raum war weiß gekalkt und der Ausblick immer derselbe – kein Land in der Ferne, nur die Weite des Meeres.

Marra verstand nicht, wie sie an diesen Ort gelangt war. Sie wusste nichts von dem Verschwinden ihrer Schwestern und erinnerte sich nur an den Kampf, der ausgebrochen war, als Solea mit ihrer Schöpfung zurückkehrte.

Da war die Flut von negativen Emotionen gewesen, die ihr Innerstes überschwemmt hatten. Ihre Sinne hatten verrücktgespielt, alles in ihr war im Widerstand gewesen. Dann waren die Zegechem über sie hergefallen und eine der Herrschaften war ihnen vorangeritten, ein Mann in einem Fellmantel, der eine Axt schwang …

Marra berührte ihren Hals, die Erinnerung kehrte langsam zurück. Sie glaubte, die Klinge zu spüren, wie sie in ihr Fleisch eindrang, sie glaubte sich zu erinnern, wie sie sich an den Fellmantel geklammert und den Reiter vom Pferd gerissen hatte, mehr wusste sie nicht.

Sie fand keine Verletzungen an sich, sie konzentrierte sich und versuchte über einen Impuls, ihre Schwestern zu lokalisieren, aber es war vergeblich, jegliche Verbindungen waren gekappt und ihr eigener Impuls so schwach, dass er es nicht einmal aus einem der offenen Fenster hinaus schaffte.

»Solea, was hast du nur getan?«, fragte Marra.

Während sich ihre Schwester orientiert hatte, hatte die jüngste der Mütter den Raum durchwandert. Sie hatte hier eine Wand berührt, sodass sich ein Kamin öffnete und ein Feuer zu brennen begann, sie hatte dort ein Regal mit Büchern emporwachsen lassen – eine Küche, ein Bett, einen Schrank mit Kleidung.

»Ich mache es dir gemütlich«, antwortete Solea. »Ich habe dieses Gebäude nur deinetwegen erschaffen.«

»Ich rede nicht von diesem Gebäude«, sagte Marra. »Ich will wissen, was du unseren Schwestern angetan hast? Ich finde sie nirgends. Wo sind sie?«

»Oh, da suchst du vergeblich. Ich habe eine neue Ordnung geschaffen. Ich habe---«

»Ich fragte, wo sie sind«, unterbrach sie Marra.

»Sie sind in Sicherheit, denn ich würde unseren Schwestern nie etwas antun, das weißt du doch.«

Marra ballte die Fäuste.

»Könntest du bitte endlich stehen bleiben!«, verlangte sie.

Solea blieb stehen.

»Wut kleidet dich gut«, sagte sie. »Deine Wangen sind ganz rot. Es ist aufregend, nicht wahr?«

Marra sah auf ihre Fäuste. Sie hatte nicht einmal mitbekommen, dass die neue Emotion freien Lauf hatte und ihren Körper und ihr Bewusstsein kontrollierte. Es kostete sie Mühe, die Hände zu öffnen. Solea sprach weiter.

»Sieh dich um. Wie gefällt es dir? Das hier ist von heute an dein neues Zuhause. Hier wirst du mir dienen, wie es sich für die Schwester einer Göttin gehört.«

Marra legte den Kopf schräg, denn sie glaubte, sich verhört zu haben.

»Du kannst dich nicht zu einer Göttin krönen«, sagte sie. »Wir sind Mütter, wir nehmen das Geschick einer Welt nicht in die Hand. Was ist nur in dich gefahren?«

»Meine Schöpfung, würde ich sagen«, antwortete Solea und lachte über ihren Scherz, dann trat sie nahe an Marra heran und begann ihre Wange zu streicheln: »Kannst du die Aufregung nicht spüren, Schwester? Spürst du nicht, wie deine Sinne reagieren und deine Lust brodelt? Ich weiß, dass du es spürst. Diese besonderen Gefühle sind mein Geschenk an dich – der bittere Geschmack der Verzweiflung, die Schärfe der Schuld und die brennende Verärgerung, weil ihr Schwestern nicht besser aufgepasst habt und so naiv gewesen seid, mich unvoreingenommen zu empfangen. Sag, sind das nicht köstliche Emotionen, die wir jetzt alle miteinander teilen?«

Marra schlug ihre Hand zur Seite.

»Ich will wissen, wo unsere Schwestern sind«, sagte sie.

»Und ich will nicht, dass du das weißt«, erwiderte Solea trocken. »Gib dir keine Mühe, die Impulse existieren nicht mehr. Du bist hier isoliert, weil ich dich ganz allein für mich brauche, damit du meine Zukunft behütest. Doch bevor wir dazu kommen, möchte ich dir meine mir liebste Schöpfung vorstellen. Du sollst wissen, wem ihr euren Niedergang zu verdanken habt. Ich habe meine Lehren in Fleisch und Blut verwandelt und bin nie dazu gekommen, sie euch persönlich vorzuführen.«

Die Eifersucht erschien in einem blauem Kleid, das bis zum Bauchnabel ausgeschnitten war. Ihr Haar war hochgesteckt, das Gesicht wie polierter Marmor mit großen Augen, die Marra neugierig betrachteten. Die Eifersucht setzte sich an eines der

Fenster und beobachtete die zwei Schwestern, als würde sie einem Schauspiel beiwohnen.

»Denkst du, ich bin beeindruckt?«, fragte Marra. »Erwartest du Lob oder Bewunderung? Ich kann aus einer Handvoll Sand mehr intelligentes Leben schaffen, Solea. Wie konntest du uns das nur antun? Wie konntest du dich gegen uns wenden?«

Solea schüttelte den Kopf.

»Da verstehst du etwas falsch, Schwester«, sagte sie mit kalter Stimme. »Ich habe mich *nicht* gegen euch gewandt, ich ging einfach nicht mehr *mit* euch, was ein feiner Unterschied ist. Ihr seid es, die meine Schöpfung abgelehnt habt, ihr allein. Dabei müsstest du als Lehrerin der Zukunft wissen, wie wichtig es ist, für Veränderungen offen zu sein.«

Sie lächelte, die Eifersucht lächelte, Marra verzog das Gesicht nicht.

»Ich lehre das Gute«, sagte sie mit gepresster Stimme. »Was du aber erschaffen hast, ist …«

»… das Böse«, sprach Solea für sie weiter. »Ich weiß, ich bin mir dessen bewusst. Deswegen soll das Böse von heute an die Krönung meiner Lehre sein. Ich werde es in die Welt hinaustragen, Schwester, und du wirst dabei mein Werkzeug sein. Wie du spüren kannst, ist eine meiner Schöpfungen das Misstrauen, und wie es sich für ihre Natur gehört, ist sie ein beharrliches Wesen. Seitdem ich sie erschaffen habe, schürt sie meine Unruhe und ich habe zu fürchten begonnen, dass mir die Macht eines Tages genommen wird. Meine Herrschaften sind keine gnädigen Untertanen. Sie sind intrigant und verlogen, sie fürchten mich zwar, würden mich aber, ohne zu zögern, stürzen, wenn sich ihnen die Möglichkeit bieten würde.«

»Das ist nicht wahr, Gottmutter«, meldete sich die Eifersucht.

»Lüge nicht, meine Liebe, denn Lügen stehen dir nicht. Natürlich ist es wahr. Wie alle Kinder wollt ihr euch aus dem Bannkreis dessen ziehen, der euch erschaffen hat. Aber ich bin jetzt unbesorgt, denn ich habe ja meine Schwester, die mir zur Seite stehen wird. Verrate mir, woher die Bedrohung kommt, Marra, wirst du das für mich tun?«

Marra hatte längst verstanden, was Solea von ihr wollte.

»Ich kann die Zukunft nicht für dich öffnen«, sagte sie.

»Können oder wollen?«

»Ich kann nicht, Solea, die Gefahr ist zu groß.«

»Siehst du«, wandte sich die Eifersucht an Solea, »ich habe doch gesagt, sie wird sich weigern.«

Solea betrachtete ihre Schwester lange.

»Gut«, entschied sie, »es gibt auch andere Wege.«

Ehe Marra wusste, was geschah, war die Eifersucht hinter sie getreten und hatte ihre Arme um sie geschlungen. Sie schmiegte sich an Marras Rücken, sodass diese ihren hageren Körper spüren konnte. Eine ungeahnte Schwäche überkam sie. Marra lehnte wie betäubt an der Eifersucht und konnte sich nicht rühren. Solea trat vor ihre Schwester und nahm ihr Gesicht zwischen die Hände.

»Erinnerst du dich?«, fragte sie.

»Nicht, Solea.«

»Sehe ich da Furcht?«

Marras Füße scharrten vergeblich über den Boden.

»Solea, ich bitte dich, nicht.«

»Sehe ich da Panik?«

Marra biss die Zähne zusammen, um ruhig zu bleiben.

»Erinnerst du dich, wie wir damals gestaunt haben?«

Natürlich erinnerte sich Marra. Als die Dreiundzwanzig Mütter zum ersten Mal ihre Menschengestalt annahmen, hatte Marra entdeckt, dass sie mit den Augen sehen konnte, was zuvor nicht für sie sichtbar gewesen war: Sie erblickte die Fäden der Zeit, die sich mit der Zukunft verwoben. Die Fäden stiegen aus dem Erdboden auf und reichten bis in den Kosmos hinauf, alles Lebendige war in dieses Gewebe verwoben, denn alles Lebendige war eins. Um diese Entdeckung mit ihren Schwestern zu teilen, überließ Marra einer jeden von ihren Schwestern für einen Moment ihre Augen, damit sie sehen konnten, was sie sah.

»Lass mich wieder staunen, Schwester«, sagte Solea.

Marra schüttelte den Kopf, Solea seufzte.

»Ich war zumindest so höflich, dich zu fragen«, sagte sie.

Marra versuchte den Wechsel zu verhindern und war im nächsten Moment von Dunkelheit umschlossen. Nur langsam klärte sich diese Dunkelheit, nahm Farben und Formen an und dann sah Marra sich selbst, wie sie mit weißen Augenhöhlen an der Eifersucht lehnte.

»Gefällt es dir, dich selbst zu sehen?«, fragte Solea.

Marra kam nicht dazu, ihr zu antworten. Der Blick schwenkte von ihr weg, als sich Solea an eines der Fenster stellte und aufs Meer hinausschaute. Sie sah aber nicht das Meer oder die tiefe Wolkenfront am Horizont, sie sah jetzt die Fäden der Zeit, die sich wie ein Sternengespinst über ihr spannten. Solea wusste von der Gefahr, die Marra davon abgehalten hatte, der Zukunft zu folgen. Die Vergangenheit und die Gegenwart waren kein Problem, ihre Pfade ließen sich mit Leichtigkeit durchwandern, aber die Zukunft verlangte ihren Tribut. Da sie immer im Wandel war, verbrauchte sie Unmengen von Energie, um das Gewebe der Zeit im Gleichgewicht zu halten. Sie fraß Sonnen und Sterne, sie war unersättlich, und wer sich ihr näherte, konnte in nackte Materie verwandelt werden. Solea empfand keine Furcht. Sie nutzte Marras Energie, ein Pfad nach dem anderen öffnete sich vor ihr und sie folgte ihnen, um zu sehen, was sie erwartete und wovor sie sich schützen musste.

Und was sie erblickte, erfüllte sie mit Freude.

Solea sah Kulturen und Zivilisationen stürzen, falsche Götter und Propheten stiegen aus der Asche der Kriege auf und ganze Völker verloschen in ihrem Namen. Religionen bildeten sich, Tyrannen schrien, Kaiser bluteten und Könige versuchten, sich die

Welt zu eigen zu machen. Sie alle versagten kläglich und es war für Solea ein Genuss, sie dabei zu beobachten. Sie waren nur ein Spielball in ihren Händen und über allem standen ihre Macht, ihre Schöpfung und ihr Triumph über das Gute. Jahrtausende zogen vorbei, es schien kein Ende nehmen zu wollen, Solea vergoss Tränen, so gerührt war sie von ihren bevorstehenden Erfolgen, und als sie sich eben abwenden wollte, nachdem sie durch Jahrmillionen gereist war, als sie eben zufrieden in das Jetzt zurückkehren wollte, um ihre Schwester an ihrem Triumph teilhaben zu lassen, bemerkte sie den Lichtfunken, der in der Tiefe der Dunkelheit aufleuchtete.

Nur kurz, aber da war er.

Solea taumelte vom Fenster weg und zurück in die Gegenwart. Sie stützte sich an der Wand ab. Plötzlich fror sie, ein dünner Blutfaden floss aus ihrem linken Ohr, die Muskeln schmerzten am ganzen Körper und zuckten unkontrolliert, plötzlich fühlte sie sich menschlich schwach. Der Moment verging und sie trat erneut auf Marra zu, umklammerte ihren Nacken mit beiden Händen und drückte die Stirn ihrer Schwester mit Empörung gegen ihre eigene.

Marra blinzelte, das Licht in ihren Pupillen flackerte und sie konnte wieder mit ihren eigenen Augen sehen. Die Zukunft hatte nicht gewartet und sich längst schon ihren Tribut geholt: Marras menschlicher Körper hatte dem Hunger der Zukunft beinahe nicht standgehalten, noch ein paar Minuten und sie wäre zusammengebrochen. Jetzt war Marra abgemagert und hohlwangig, auch ihre Muskeln zitterten und die Sehnen waren wie entzündet. Sie konnte spüren, dass sich einige Zähne in ihrem Mund gelöst hatten, und spie sie aus. Dann sank sie auf einen Sessel und wusste, dass es eine lange Zeit dauern würden, ehe sich ihr Körper regeneriert hatte.

Während Solea die Zukunft mit Marras Augen erforscht hatte, war ihr Marra gezwungenermaßen wie ein Schatten gefolgt und hatte zu sehen bekommen, was Solea sah – nicht nur den Lichtfunken in der Dunkelheit und woher er kam, sondern auch, dass ein Kind geboren werden sollte, ein Kind aus ihren eigenen Reihen, und dass sich eine der Mütter dafür opfern würde, denn dieses Kind sollte nicht nur das Licht auf die Erde zurückbringen, es sollte auch zum Sturz der selbsternannten Göttin führen und ihre Herrschaften und die Zegechem dorthin zurückschicken, woher diese gekommen waren.

»Du hast es auch gesehen!«, zischte Solea, als wäre es Marras Schuld.

Marra nickte, sie behielt aber für sich, dass sie auch beobachtet hatte, welche der Schwestern Soleas Zugriff entkommen waren. *Ich bin nicht allein,* dachte Marra.

»Gut, dann weißt du, was das bedeutet«, sagte Solea.

Die Schwestern sahen sich an, Marra schüttelte den Kopf.

»Du kannst die Zukunft nicht aufhalten«, sagte sie.

»Oh, du hast vergessen, dass ich jetzt eine Göttin bin. Ich kann tun, was ich will, und wenn ich etwas will, dann geschieht es auch. *Eine* Zukunft, Marra, es ist nur *eine* Zukunft, in der es geschieht. Und es gibt ihrer so viele. Du siehst, ich war dir eine gute Schülerin, ich kenne deine Lehren, ich weiß von den Pfeilern, die die Zeiten im Gleichgewicht halten, und ich weiß, was eine kleine Veränderung für Auswirkungen haben kann. Deswegen werden wir den Pfeiler umstoßen, der diese eine Zukunft aufrechterhält. Ich werde Yrma aufspüren und sie davon abhalten, jemals ein Kind zu gebären. Dann werde ich zu dir zurückkehren und mir mit deinen Augen und deiner Energie erneut ansehen, wie die Zukunft in neue Bahnen gelenkt ist. Ich will eine perfekte Dunkelheit und keinen einzigen Lichtfunken darin, verstehst du? Und ich werde dich und deine Kraft so oft benutzen, bis ich zufrieden bin.«

Solea nickte zu ihren eigenen Worten und griff nach der Hand der Eifersucht. Im nächsten Moment war Marra allein in ihrem

Gefängnis. Sie starrte auf die Stelle, auf der die beiden eben noch gestanden hatten, und versuchte ihnen zu folgen, doch es war ihr unmöglich, Raum und Zeit zu durchqueren – ihre eigenen Kräfte waren nur noch ein entferntes Flackern, denn sie stand unter Soleas Bann, der sie wie ein Panzer umschloss und ihr nicht erlaubte, dass sie Energien von außen sammelte.

Es gab nur einen Weg, sich von diesem Bann zu lösen.

Marra rutschte erschöpft von dem Sessel auf den Boden und da saß sie dann und ihre Hände begannen, ein Mudra in die Luft zu weben, und mit dem Mudra holte sie das Meer zu sich herein. Die Wellen stiegen an den Mauern ihres Gefängnisses hoch, schwappten durch die Fenster herein und löschten das Feuer im Kamin. Sie umgaben Marra wie ein Schutzwall, ohne sie dabei zu berühren. Unter diesem Schutz begann sie, ihre Kräfte neu zu sammeln. Tage und Wochen vergingen. Als sie sich stark genug fühlte, schmolz sie die Essenz der Zeit ein und formte mit ihren bloßen Händen sieben Schalen, die die Ankunft des Kindes einläuten sollten – jede Schale stand für eine Ära, die das Licht auf die Erde zurückbringen würde. Danach schuf sie einen letzten Impuls. Sie wusste, ihr blieb nicht viel Zeit. Sobald der Impuls ausgesandt war, würden ihn nicht nur ihre Schwestern empfangen, sondern auch Solea.

Und dann wird sie sichergehen, dass ich für immer verschwinde, dachte Marra.

Der Impuls erzählte von der Zukunft, die Marra gesehen hatte – von dem Mädchen, das geboren werden würde, um die Dunkelheit niederzuschlagen, und von der Mutter, die dafür ihr Leben niederlegen musste. Er erreichte die Schwestern am selben Tag in ihren geheimen Verstecken und auf diese Weise erfuhren sie von Marras Gefangenschaft und auch von den sieben Schalen, die sie aus der Essenz der Zeit geformt hatte. Die Schwestern erfuhren auch, wie danach die Wellen zurückwichen und Marra sich an eines der Fenster stellte und zufrieden war mit ihrer Arbeit. Sie hatte mit dem Impuls ihren Schwestern nicht nur die Zukunft gezeigt, sondern ihnen auch Hoffnung und eine Bestimmung gegeben.

Schickt das Kind in die Welt hinaus.

Und wie Marra dort stand, genoss sie zum letzten Mal den Ausblick auf das Meer und prägte sich die Wellen, die Farben und das Tageslicht ein, danach riss sie sich erst das linke und dann das rechte Auge aus, denn sie wollte kein Werkzeug für Solea sein. Das linke Auge warf sie in die Wellen und es sank wie ein Stein auf den Grund hinab, wo es darauf warten würde, dass Marra es eines Tages zurückholte, um ihr Dasein fortzusetzen. Auch das rechte Auge landete im Meer, es wurde aber von einem Schwertfisch verschlungen und auf diese Weise in die Geschichte der Welt hinausgetragen.

DAS MÄDCHEN, DAS WIE EIN WOLF HEULTE

I

Die Ernten wurden eingefahren und die Äcker ein letztes Mal vor dem Winter umgepflügt, sodass sich der Geruch der rohen Erde mit dem Duft von verbranntem Laub vermischte und wie ein Parfum des Abschieds über dem Tal lag.

Der Herbst verschwand mit gesenktem Kopf und leuchtenden Wangen.

Die ersten Stürme kamen und kratzten mit ihren stumpfen Krallen über die Dörfer, schnappten nach Fingern und Nasen und ließen die Tränen in den Augenwinkeln gefrieren. Die Menschen rüsteten sich gegen die Kälte, und sie taten es in Eile, denn kaum war der November angebrochen, trat der Winter mit seinem Saufkumpan, dem Wind, die Türen der Häuser ein und ihr Atem bedeckte die Fensterscheiben mit Eisblumen, sodass die Menschen näher zusammenrückten. Die Boote wurden an Land gezogen und die Netze geflickt, der Fluss gefror über Nacht und die Fische sanken auf den Grund hinab und waren vollkommen reglos, nur das langsame Öffnen und Schließen ihrer Kiemen verriet, dass sie noch am Leben waren.

Jeden Morgen erwachten die Alten mit einem Seufzer und einem Reißen in ihren Knochen. Viele von ihnen ergaben sich ihrem Schicksal und traten ungeschützt in den Schnee hinaus. Sie waren müde davon, jahrein und jahraus gegen die Kälte anzukämpfen. Andere dagegen zogen die Schultern hoch, fletschten ihre zahnlosen Gebisse und boten dem Winter die Stirn, weil es nie anders gewesen ist und nie anders sein würde. Die Jungen verfielen den Fischen gleich in eine natürliche Starre und träumten vom nächsten Sommer und der großen Liebe, während die Neugeborenen mit weit aufgerissenen Augen in den Himmel hinauf staunten und den Schneefall für ein Wunder hielten.

Es war ein guter Monat, um Geburtstag zu haben.

2

Vida war schon lange vor dem Morgengrauen erwacht und saß am Fenster. Sie beobachtete das Gebirge und wartete, dass die Lichter im Haus ihrer Tanten angezündet wurden. Endlich war es so weit.

Das erste Licht flackerte auf, kurz darauf stieg ein kerzengerader Rauchfaden aus dem Schornstein und Vida atmete schwer aus, weil ihr das viel zu langsam ging.

Eka erwachte immer als Erste. Sie entzündete die Öllampen, heizte ein und setzte Wasser für Tee auf. Riva und Asha kamen im Verlauf der nächsten Stunde dazu. Sie würden Brot backen und sich anziehen, ehe sie die Lichter wieder löschten und die Haustür öffneten.

Vida bekam vor Aufregung einen Schluckauf, als sie ihre Tanten nach draußen treten sah.

Die Schwestern trugen bodenlange Mäntel mit hochgeschlagenen Kapuzen und darunter Kleider aus dickem Samt, die kein Wind durchdringen konnte. In ihren Körben lagen Gebäck, Kuchen und frisches Brot, das noch so heiß war, dass eine dampfende Fahne hinter den Tanten herwehte, während sie im Morgenlicht den Gebirgspfad hinunterliefen.

Vida beobachtete jeden ihrer Schritte. Auch wenn ihre Gestalten auf die Entfernung hin winzig waren, so glaubte sie die Tanten unterscheiden zu können. Asha lief ganz vorne, hinter ihr kam Eka und dann Riva. Vida hätte beinahe das Fenster aufgerissen, um ihren Tanten zuzurufen, dass sie doch schneller machen sollten, denn sie wäre doch endlich zehn. Aber sie war nicht nur aufgeregt, weil sie Geburtstag hatte, es war auch der Tag, an dem sie mit ihrem Vater nach Tavolski Most reisen würde. Schon vor einer Woche hatte sie ihren Rucksack gepackt und die braunen Stiefel eingefettet, die sie nur zu besonderen Anlässen trug.

Als die Tanten das Ende des Bergpfads endlich erreicht hatten, hielt es Vida nicht mehr aus. Sie steckte sich die Feder ins Haar und schlich auf Zehenspitzen am Zimmer ihres Vaters vorbei. Sie kannte jede knarrende Stufe. Auf dem untersten Treppenabsatz blieb sie erstarrt stehen, denn die Küche war von Kerzen festlich erleuchtet und Solomon saß vor dem Kamin. Er hatte die Füße auf einen Stuhl hochgelegt und ein aufgeschlagenes Buch auf dem Schoß liegen. Er war nicht wirklich überrascht, seine Tochter herumschleichen zu sehen.

»Dachtest du wirklich, ich schlafe noch?«, fragte er.

»Aber ich war so leise.«

»Leise ist, wenn man dich nicht hört. Du bist seit Stunden wach und stromerst durch dein Zimmer wie ein Dachs in Gefangenschaft.«

Vida wurde rot, dann wanderte ihr Blick zu dem gedeckten Frühstückstisch und sie musste einen Freudenschrei unterdrücken, was ihr mehr oder weniger nicht gelang.

»Alles für mich?!«

»Deine Tanten und ich hoffen sehr, dass du ein wenig mit uns teilst.«

Vida fiel ihrem Vater um den Hals, dabei hätte sie ihn beinahe mit dem Stuhl umgeworfen. Es war eine so wunderbar warme Geste, dass Solomon sie fest an sich drückte und nicht mehr loslassen wollte. In den letzten Monaten hatte er seine Tochter nur zu später Stunde zu sehen bekommen. Alles Kindliche hatte sich Stück für Stück von ihr abgelöst wie die Borke von einer Platane, die zu schnell in die Höhe schießt. Solomon vermisste seine Tochter sehr, er vermisste ihre Nähe und unermüdliche Energie, aber ganz besonders vermisste er die konzentrierte Ruhe, die Vida umgab, wenn sie an einem Stück Holz schnitzte oder einfach nur lesend am Fenster saß und, fernab von allem, dennoch seine Nähe teilte. Seitdem sich der Architekt in der Zeit geirrt hatte, verlangten die Schwestern viel von Vida, und sie verlangten es jeden Tag. Morgen für Morgen war Vida lange vor dem Hahnenkrähen wach und lief den Bergpfad hinauf, um sich unterrichten zu lassen. Ihre Tanten ließen ihr keine freie Minute mehr. Alles war wichtig, kein Bereich wurde mehr gefördert als der andere. Von Geometrie zu Physik, von Biologie zu Geologie. Auch an den Sprachen kam Vida nicht vorbei und lernte Latein als Basis und dazu Spanisch, Niederländisch und Französisch. Natürlich wollte sie, dass ihr die Tanten Sumerisch beibrachten, und natürlich taten ihr die Tanten nicht den Gefallen – die Zukunft hatte unter Verschluss zu bleiben, bis Vida so weit war, sich selbst beschützen zu können.

Vida lernte, wie sie ihren Schlaf vertiefen, neue Energie wecken und oberflächliche Wunden heilen konnte. Sie kümmerten sich um ihre Balance und eine aufrechte Körperhaltung, die notwendig war, damit ihre neu erweckten Kräfte richtig flossen. Auch wenn die Tanten sagten, sie müssten sie wappnen, nahm Vida in diesen Monaten keine einzige Waffe zur Hand. Selbst der Stockkampf wurde ihr nicht beigebracht, sosehr sie es sich auch wünschte. Asha gab ihr ein Mantra, das sie in ihrem Denken verankern sollte.

Ich brauche keine Waffe, denn ich bin die Waffe.

Der Unterricht endete jeden Abend mit den zwölf Mudras der Verbannung. Vida führte die Gesten so fließend aus, dass sie zu einer einzigen Bewegung verschmolzen. Aber wie sehr sie auch übte, was sie in dieser Zeit auch lernte, es änderte nichts an der Tatsache, dass sie noch immer zu jung war, um von der Welt gesehen zu werden. Dieses Problem sorgte bei den Tanten für schlaflose Nächte und machte Solomon ausgesprochen nervös. Sie alle wussten, irgendwo da draußen hielt der Wächter Ausschau nach Vida, irgendwo lauschte er und wusste von ihrer Existenz und versuchte ihre Spur aufzunehmen. Keine der Schwestern sprach darüber. Auch Solomon nicht, der jeden Abend die Tür zur Schmiede verschloss und immer ein Schwert zur Verteidigung bereithielt. Wahrscheinlich wäre alles anders gekommen, wenn Vida von der Sorge gewusst hätte, die ihre Familie plagte.

»Glaubst du wirklich, deine Tanten werden schneller hier sein, wenn du ihnen entgegenläufst?«, fragte Solomon.

»Natürlich«, sagte Vida.

»Worauf wartest du dann noch?«

Sie küsste ihn auf die Wange, sie drückte ihn noch einmal, dann zog sie sich ihre Stiefel an, schnappte sich ihren Mantel und riss die Haustür auf. Fünfzig Schritte später fiel sie ihren Tanten in die Arme und ließ sich zum Geburtstag gratulieren. Sie war so aufgeregt, dass sie um die drei Frauen herumtanzte und immer wieder fragte, wieso sie so lange gebraucht hätten. Arm in Arm legten sie den restlichen Weg zur Schmiede zurück, wo die Tanten ihre Mäntel abstreiften und die Körbe auf Stühlen abstellten, da auf dem Tisch kaum noch Platz war. Erst dann überreichten sie Vida ihre Geschenke – zwei Bücher, einen dunkelgrünen Wollschal und eine verzierte Schatulle aus Kirschholz, in der ein Päckchen lag, das mit einem weißen Seidenband verschnürt war.

»Bevor du es öffnest«, sagte Riva, »müssen wir dir etwas sagen.«

Vida wurde ganz still und kratzte mit einem Finger an der Schleife.

»Du weißt, dass wir lange darauf gewartet haben, dass du geboren wurdest«, sprach Riva weiter. »Während wir gewartet haben, hielten wir in der ganzen Welt Ausschau nach den Geschenken, von denen wir hofften, dass sie dir eines Tages zur Seite stehen könnten. Eines dieser Geschenke haben wir in Konstantinopel entdeckt. Es ist sechshundert Jahre alt und heißt Khamsa. Erinnerst du dich, was Khamsa im Arabischen bedeutet?«

»Es ist die Zahl fünf.«

»Richtig, Khamsa wird auch durch die Hand der Fatima symbolisiert. Wir …«

Vida konnte einfach nicht mehr zuhören, sie riss die Schleife weg und schlug das Leinentuch auf.

»... hoffen, dass dir unser Geschenk ein wenig den Schutz bietet, den du brauchst«, sprach Riva ihren Satz zu Ende.

Das Amulett war aus Ton gebrannt und hatte die Größe von Vidas Daumen. Es zeigte eine Hand mit einem blauen Auge in der Mitte der Handfläche. Die Hand war weiß angemalt, das Auge selbst aus strahlend blauem Glas geschliffen, das das Kerzenlicht reflektierte.

Vida schaute zu ihren Tanten auf.

»Wovor schützt es mich?«, fragte sie.

»Vor dem bösen Blick, dafür wurde es geschaffen«, antwortete ihr Eka. »Aber es wird dir auch eine Hilfe im Kampf gegen die Herrschaften sein. Achte auf dieses Blau, es ist ihre Farbe.«

»Nicht Rot?«

»Rot ist zu auffällig. Die Herrschaften wollen nicht auffallen, sie wollen täuschen. Kalt und blau ist die Farbe ihrer Augen, kalt und blau und nicht von dieser Welt. Diese Farbe verrät sie. Trage das Amulett immer bei dir, Vida, versprich es uns.«

»Ich verspreche es.«

»Und wenn dir die Herrschaften begegnen ...«

»... dann renne ich weg«, sprach Vida zu Ende und schaute auf das Amulett, damit die Tanten ihr die Lüge nicht von den Augen ablesen konnten. Sie dachte nicht daran, vor irgendwem davonzurennen. Sie war nicht umsonst die Tochter von Yrma und Solomon, das einzige Mädchen im ganzen Land mit einem Dolch am Gürtel, Stiefeln bis zu den Knien und der Zukunft im Kopf, die Welt von der Dunkelheit zu befreien.

»Jetzt wird es aber Zeit, dass du *mein* Geschenk auspackst«, sagte Solomon und trat nach draußen.

Und kam nicht zurück.

»Du solltest ihm folgen«, sagte Riva.

»Und denk an deinen Mantel«, sagte Eka.

»Kommt ihr nicht mit?«
»Natürlich kommen wir mit«, sagte Asha.
Solomon erwartete sie auf dem Findling sitzend.
»Schenk mir bitte nicht diesen Stein«, sagte Vida, als sie mit den Tanten nach draußen getreten war.
»Wo denkst du hin, der gehört mir«, erwiderte ihr Vater und tätschelte den Stein. »Mein Geschenk ist ein wenig kleiner und ein wenig leichter. Leider hat es sich geweigert, die Küche zu betreten.«
Solomon gab einen Pfiff von sich. Ein Klappern war zu hören und dann trabte ein Hengst hinter der Schmiede hervor und nahm Kurs auf Solomon.
»Bleib mir vom Hals«, sagte er und zeigte auf Vida. »Sie ist deine neue Herrin.«
Der Hengst schwenkte um und begegnete Vidas Blick. Er kam ihrem Gesicht so nahe, dass er sie mit seinen Nüstern berührte. Vidas Herz raste vor Aufregung.
»Hallo«, sagte sie leise, um das Tier nicht zu erschrecken.
»Sein Name ist Raigur Tamotewinski«, ließ Solomon sie wissen. »Und ich glaube, er ist ein wenig kurzsichtig.«
Die Tanten lachten. Vida schaute zu dem Hengst hoch.
»Raigur Tamotewinski?! Das ist doch kein Name.«
Vida sah, wie der Hengst sie abwartend betrachtete.
»So kann ich dich nicht nennen«, sagte sie.
»Ich habe mir den Namen nicht ausgedacht«, sagte Solomon.
Riva strich dem Hengst über den Rücken.
»Raigur Tamotewinski klingt wie ein alter König, der sechzig Frauen hat«, stellte sie fest.
Der Hengst schnaubte. Vida wich ein wenig zurück, damit ihr sein Atem nicht ins Gesicht wehte.
Sie beschloss, ihn Rai zu nennen.
»Was sagst du dazu, Rai?«
Der Hengst richtete die Ohren auf. Vida wollte ihm auch über

den Rücken streicheln und musste sich strecken, was ihr ganz gut gefiel, denn niemals hätte sie ein Pony ernst nehmen können. Rai war weiß wie der Schneefall und hatte schwarze Sprenkel zwischen den Augen. Vida ließ ihn an ihrer Hand riechen, dann stellte sie sich auf die Zehenspitzen und rieb ihm über die Sprenkel.

Solomon rieb sich die Hände und sagte, Vida habe später noch genug Zeit, ihr Pferd näher kennenzulernen.

»Das Frühstück steht auf dem Tisch, lasst uns feiern!«

»Einen Moment noch«, bat Asha.

Am Klang ihrer Stimme konnte Solomon heraushören, was jetzt kam. Er wünschte sich, er könnte in die Schmiede verschwinden und Wasser für Tee aufsetzen. Die Schwestern hatten ihm angekündigt, dass sie darüber nachdenken würden, und er wusste, dass es unnütz war, ihnen zu widersprechen. Sie schätzten die Situation besser ein, als er es mit seinem überschwänglichen Vaterherzen tat.

»Wir haben nachgedacht«, sprach Asha weiter und wandte sich an Vida. »Du hast über die Maßen viel gelernt, aber es ist nicht genug, um dich in die Welt hinauszuschicken. Wir sind mit deinem Unterricht an einem wichtigen Punkt angelangt und deswegen der Meinung, es wäre klüger, wenn du dieses Jahr noch zu Hause bleibst und nicht nach Tavolski Most fährst.«

»Was?!«

Wäre der Hengst nicht an ihrer Seite gewesen, wäre Vida nach hinten getaumelt. So stieß sie nur gegen seine Brust. Rai wich keinen Zentimeter zurück und stützte sie. Ihre Tanten schwiegen, Vida sah ihren Vater an.

»Wusstest du davon?«

»Deine Tante und ich haben darüber---«

»Du *wusstest* also davon«, unterbrach ihn Vida. »Und du hast mir nichts gesagt?«

»Ich wollte dir den Geburtstag nicht verderben.«

Vida konnte es nicht glauben, sie schaute von einer Tante zur anderen.

»Ich freue mich auf diese Reise, seit ich sprechen kann, das wisst ihr.«

»Es tut uns leid«, sagte Riva, »wir wollten nicht---«

»Ich denke, ich habe genug gelernt«, unterbrach Vida ihre Tante. »Ich denke, ich bin alt genug, um das selbst einzuschätzen. Ich *will* heute nach Tavolski Most fahren. Ich habe mir das verdient.«

Riva schüttelte den Kopf.

»Das entscheidest nicht du. Wir sind deine Lehrerinnen. Du hast versprochen, auf alles zu hören, was wir dir sagen, erinnerst du dich?«

»Da war ich vier!«

»Jetzt bist du zehn und solltest zu deinem Wort stehen.«

»Und was ist, wenn ich nicht will?«

Riva wollte antworten, aber es war Asha, die einen Schritt näher an Vida herantrat.

»Du weißt, wir würden nie gegen deinen Willen gehen. Er ist dein kostbarstes Gut, darum möchte ich, dass du nicht mit deinem Bauch denkst, denke mit deinem Kopf. Du bist *nicht* gewappnet, um auf diese Reise zu gehen. Wir haben lange darüber nachgedacht. Du würdest dich und deine Zukunft in Gefahr bringen. Bitte sei vernünftig und hör auf uns.«

Darauf konnte Vida nichts erwidern. Ihr Körper bebte vor Wut und Enttäuschung. Sie schnappte nach Luft, als wäre sie den Bergpfad ohne Rast hochgerannt. Ihr Kopf war ausgeschaltet, der Bauch tobte. Auf Rivas Worte konnte sie rein gar nichts erwidern, sie nahmen ihr alle Entscheidungen aus der Hand. Vida suchte verzweifelt Ekas Blick. Die Meinung ihrer Tante lag ihr besonders am Herzen. Eka lobte sie und erinnerte Vida immer an ihre Stärken, wenn sie sich schwach fühlte. Vida hatte unter den Lehren ihrer Tante eine tiefe Verbindung zu Pflanzen und

Mineralien entwickelt. Wenn jemand wusste, wie stark sie war, dann war es Eka. Als ihre Tante dann sprach, zogen ihre Worte Vida beinahe die Beine unter dem Körper weg.

»Es tut mir leid«, sagte sie. »Du bist nicht stark genug für die Gefahren, die dich erwarten. Ich muss deinen Tanten zustimmen, die weite Welt hat noch ein wenig auf dich zu warten. Und jetzt …«

Sie zeigte mit dem Kinn zur Schmiede.

»… sollten wir frühstücken, bevor das Brot kalt wird.«

Die Schwestern wandten sich ab und klopften ihre Stiefel am Türrahmen ab, als wäre nichts gewesen. Sie zogen ihre Mäntel aus und betraten die Schmiede, ohne sich noch einmal nach Vida umzusehen, die fassungslos mit Solomon draußen stehen blieb. Rai schnaubte, irgendwo am Ende der Straße kippte jemand einen Eimer aus und der dumpfe Laut des Wassers auf dem Schnee war wie ein Schlag in Vidas Gesicht. Sie konnte sehen, dass es ihrem Vater leidtat, was eben geschehen war, aber leidtun hatte noch nie jemandem geholfen.

»Nächstes Jahr fahren wir früher nach Tavolski Most«, sagte er. »Vielleicht schon im September, dann …«

Vida hörte ihn nicht bis zum Ende an, sie krallte sich mit beiden Händen in die Mähne des Hengstes, der den Kopf sofort zur Seite neigte, damit Vida leichter aufsteigen konnte. Dann schwang sie sich auf seinen Rücken und ritt davon wie eine Heldin, die ihre erste große Niederlage eingesteckt hatte.

3

Solomon trat alleine und voller Sorge seine Reise nach Tavolski Most an, ohne sich von Vida verabschieden zu können. Er wartete über eine Stunde, dass sie mit Rai zurückkehrte, danach spannte er die Pferde vor den Karren und machte sich auf den Weg.

Als er elf Stunden später die Rückseite des Gebirges erreicht hatte und in der verschneiten Dunkelheit die Stadtmauer der Handelsstadt vor sich aufragen sah, saß Vida längst schon im Haus der Tanten und las im Licht von zwei Öllampen eine Abhandlung über die Heilwirkung von Moos. Sie war den ganzen Tag über wortkarg gewesen, hatte schweigend ihren Geburtstagskuchen gegessen, ohne ihn wirklich zu schmecken, und getan, worum sie die Tanten baten. In einer Pause stieg sie den Bergpfad hinunter, um ihren Hengst zu umsorgen, der in dem Stall neben der Schmiede untergebracht war. Vida klagte Rai ihr Leid und ritt mit ihm bis zum Wald und zurück. Es war besser, als nichts zu tun. Und dann kehrte sie an ihre Arbeit zurück.

Die Dämmerung legte sich wie ein gewebter Mantel aus Silber über das Tal. An jedem anderen Tag hätte Vida ihre Tanten nach draußen gezogen, um ihnen diesen Anblick zu zeigen. Heute gönnte sie dem Tal keinen zweiten Blick. Ihre Enttäuschung war ein fester Knoten in ihrem Hals, der ihr das Atmen erschwerte. Wann immer sie über den Büchern saß und die Schrift vor ihren Augen zu verschwimmen begann, blinzelte sie die Tränen weg und tat, als sei nichts gewesen. Es machte alles keinen Sinn. Sie war stark, sie kannte über hundert Mudras und besaß ein Amulett, das sie vor dem Bösen schützte. Und sie wusste, sie hatte sich diese Reise verdient.

»Ich kann doch nicht fünfzehn Jahre lang in Warrosch sitzen und nichts tun«, sagte sie zu ihren Tanten.

»Das verlangt auch keiner«, erwiderten sie. »Nächstes Jahr sehen wir, wie weit du bist.«

»Und wer entscheidet, wie weit ich bin?«

»Wir natürlich.«

»Und wenn ich beschließe, dass ich weit genug bin?«

»Dann hören wir dich, es heißt aber nicht, dass du recht hast.«

Vida wusste, es war der elendigste Geburtstag, den ein zehnjähriges Mädchen je erlebt hatte.

Kurz vor Mitternacht legte sie eine Lage Kohle in den Ofen, damit die Wärme bis zum Morgen gespeichert wurde, und begann ihren Schreibtisch aufzuräumen. Die Tanten wünschten ihr einen erholsamen Schlaf und begaben sich in ihre Zimmer. Vida schloss die Bücher und drehte das Tintenfass zu, danach hockte sie sich mit dem Messer vor den Kamin und spitzte den Federkiel für den nächsten Tag an. Als sie so in die Flammen starrte, bereute sie es sehr, sich nicht von ihrem Vater verabschiedet zu haben. Sie vermisste ihn und der Gedanke der Reue verwandelte sich und wurde unbewusst zu einem Impuls, der sehr dem Impuls ähnelte, von dem die Tanten erzählt hatten. Obwohl er sehr schwach war, besaß der Impuls eine ganz eigene Energie, die ihn durch das dichte Gestein des Gebirges hindurchwandern und auf der Rückseite durch den Fels austreten ließ. Von da an bewegte er sich zielgerichtet über die Schneelandschaft hinweg auf Solomon zu, der in Tavolski Most mit seinem Freund Ljod in einer Gaststätte saß.

»... ist er aufgetaucht und seitdem herrscht bei uns das Chaos«, sprach Solomon zu Ende.

»Dem Architekten habe ich noch nie getraut«, sagte Ljod. »Wenn du mich fragst, dann ist er ein Idiot, der nicht geradeaus laufen kann.«

»Ich würde diesem Idioten wirklich gerne meine Meinung sagen«, sagte Solomon und schaute in seinen Becher. Das Bier war von seiner Hand warm geworden, er schob es von sich und blickte auf. Der kahle Kopf seines Freundes erinnerte ihn ein wenig an den Vollmond, wenn der Vollmond einen Bart hätte, der zu einem Zopf geflochten war.

»Seit wann trägst du diesen Bart?«, fragte er.

Ljod strich sich über den Zopf.

»Wenn deine Frau dir den Bart flicht, tust du gut daran, die Finger davon zu lassen«, antwortete er.

Solomon lachte, es tat ihm gut, in Gesellschaft seines Freundes zu sein. Ljod legte ihm den Arm um die Schultern.

»Weißt du, was nächstes Jahr geschieht?«

»Sag es mir.«

»Du bringst Vida mit dir nach Tavolski Most und dann bleibt ihr, solange ihr wollt, in meinem Haus. All das hier wird vergeben und vergessen sein. Vida wird sich nicht einmal erinnern, was in diesem Jahr gewesen ist.«

Solomon glaubte das nicht.

»Du hättest ihr Gesicht sehen müssen, sie hat mich---«

Genau in dem Moment erreichte Solomon der Impuls und ließ ihn verstummen.

»Was geschieht?«, fragte Ljod.

»Sie ... sie denkt an mich.«

»Wer?«

»Vida. Es ... es tut ihr leid, dass sie einfach so verschwunden ist.«

Die Männer sahen sich an.

»Natürlich tut es ihr leid«, sagte Ljod. »Wie sollte es anders sein?«

Solomon verstand nicht, wie das möglich war. Ein Impuls über die Entfernung hinweg war ein Ding des Unmöglichen und sehr gefährlich. Vida wusste nicht, was sie tat. Die Panik war sofort an Solomons Seite und krallte sich in seinen Rücken. Die Gedanken begannen sich zu jagen.

Wenn Solea den Impuls mitbekommt …

Dafür ist er zu schwach.

Aber wenn sie ihn mitbekommt.

Was soll ich tun?

Solomon wäre am liebsten auf den Karren gestiegen und zurück nach Hause geritten. Er hatte vorgehabt, drei Tage in der Handelsstadt zu bleiben, Stahl einzukaufen und seine Schwerter auf dem Markt anzubieten. Am letzten Tag würde er die Postsäcke abholen und nach Warrosch zurückkehren.

»Noch ein Bier?«, fragte Ljod.

Solomon schüttelte den Kopf. Die zwei Männer kamen etwas schwankend auf die Beine, legten einander stützend einen Arm um die Schulter und machten sich auf den Weg zu Ljods Haus. Es lag nahe der Stadtmauer auf einer Anhöhe und bot einen Blick auf das Südviertel und den Park mit Kastanienbäumen. Jetzt waren die Baumkronen mit Schnee bedeckt und erinnerten im Dunkeln an schwebende weiße Inseln. Ljods Frau hatte das Gästehaus für Solomon hergerichtet. In einem der Fenster brannte eine Kerze und auf dem Kissen hatte sich eine Katze zusammengerollt, die sich überhaupt nicht davon stören ließ, dass ein Mann in das Zimmer kam und sich auszuziehen begann. Solomon schob die Katze vom Bett, drehte das Kissen um und versank mit einem Seufzer in einem bodenlosen Schlaf.

Zur gleichen Zeit warf sich Vida ihren Mantel über und trat nach draußen.

Sie war von einer inneren Unruhe erfüllt, sie konnte nicht schlafen oder lesen, und einfach nur in das Feuer zu starren, machte sie noch unruhiger. Für eine Weile stand sie auf dem Plateau und schaute über die dunkle Landschaft. Wo sie auch hinschaute, nur im Dorf entdeckte sie einen Lichtpunkt, der flackerte und Funken versprühte. Eine Gruppe von Dorfbewohnern saß um ein Feuer herum und vereinzelt perlte ihr Lachen die Gebirgswand hoch. Vida befiel ein trostloses Gefühl der Einsamkeit, der Knoten in ihrem Hals schien angeschwollen zu sein und schmerzte beim Schlucken. Und wie sie dort stand und sich selbst bemitleidete, erinnerte sie sich, was Eka vor langer Zeit zu ihr gesagt hatte. *Wenn der Wille stark wird und sich in Entschlossenheit verwandelt, dann schlägt er Wurzeln.*

Ob bewusst oder unbewusst, Eka hatte dieses Wissen damals in Vidas Kopf gepflanzt und jetzt erwachte es und schlug Wurzeln.

Alles ist möglich, dachte Vida, *wenn ich es möglich mache.*

Es war ein guter und es war ein klarer Gedanke. Er wollte in die Tat umgesetzt werden. Vidas Mund machte sich selbstständig und ein langes, befreiendes Heulen stieg aus ihrem Inneren auf und wanderte in die Nacht.

Danach drückte sich Vida erschrocken die Hand auf den Mund. Ihre Kehle brannte, aber der Knoten in ihrem Hals hatte sich gelöst, als hätte sie ihn mit ihrem Geheule ausgespien. Eka hatte auch gesagt, dass die Wölfe aus der reinen Freude heraus heulen würden, weil für sie alles möglich war und weil sie wollten, dass die Welt wusste, dass sie sich ihr nie beugten. Vida fühlte sich den Wölfen sehr verbunden, auch sie wollte sich nicht beugen und so lauschte sie ihrem eigenen Heulen nach. Es hatte die Stimmen um das Feuer verstummen lassen. Für einen Moment glaubte Vida, die Blicke der Dorfbewohner auf sich zu spüren. Das war natürlich Unsinn, niemand konnte sie hier oben stehen sehen.

Denn ich bin hier so sicher wie---

Ein Heulen antwortete aus dem Tal, dem sich weiteres Geheul anschloss, sodass es wie ein Wolfsrudel klang, das mit schnappenden Zähnen und feurigen Augen durch das Tal eilte. Das Heulen klang wie eine Antwort auf alle Fragen, die sich Vida gestellt hatte.

Alles ist möglich, wenn ich es möglich mache.

Der Gedanke machte Vida größer und stärker. Sie fasste in diesem Moment einen Entschluss. Sie wollte unaufhaltbar sein, also würde sie unaufhaltbar sein. Sie würde ihren Tanten zeigen, dass sie wusste, was sie tat, und ihre Tanten würden sie verstehen. Der Gedanke wurde zu einer Zuversicht, die sich wie ein schützender Mantel um Vida legte. Sie schaute in den Nachthimmel und war eine Wölfin, die die Welt wissen ließ, dass alles möglich ist und dass sie sich nie beugen würde.

Und so heulte sie die Welt an.

Und die Welt legte den Kopf in den Nacken und heulte zurück.

DER WÄCHTER

I

Ein Außenstehender hätte es für eine Ironie des Schicksals gehalten. Ein Tag früher, ein Tag später und alles wäre anders verlaufen. Aber der Wächter hielt nichts von dem Schicksal, denn er trug die Arroganz seines Daseins tief in seinem Herzen. Für ihn war das Schicksal wie das Glück und der Zufall. Drei Geschwister, auf die man sich nicht verlassen konnte. Der Wächter hatte ja keine Ahnung, wie nachtragend das Schicksal sein kann. Es findet überhaupt keinen Gefallen daran, ignoriert zu werden. Es überlässt nichts dem Glück oder dem Zufall und mag es gar nicht, mit den beiden in einen Topf geworfen zu werden. Denn das Schicksal handelt mit seiner ihm ganz eigenen Eleganz, auf die es sehr stolz ist und die keine Kompromisse kennt. Und von Ironie hält das Schicksal rein gar nichts.

Zur selben Stunde, in der Solomon durch das Haupttor von Tavolski Most ritt, überschritt der Wächter in der Gestalt des Wanderburschen die Dorfgrenze nach Warrosch. Auf der Hauptstraße herrschte Stille, der Nachmittag war angebrochen und die Dunkelheit hatte die Leute in ihre Häuser eingeschlossen, wo sie um den Kamin herumsaßen und dem Schneefall lauschten.

Iskar begegnete niemandem auf dem Weg zur Schmiede.

Die Tür war unverschlossen. Der Wächter trat ein und legte die Hand auf den Ofen. Hier war seit dem Morgen nicht mehr eingeheizt worden. Er sah sich in der Küche um und sog die eisige Luft prüfend durch die Nase ein, doch die Gerüche irritierten ihn – Bienenwachs, Kräuter, ein Schinken hing von der Decke herab und aus der anliegenden Kammer roch es nach Geräuchertem. Er fand den Duft des Mädchens nicht, doch sie war da, er konnte es spüren, als würde sie sich zwischen den Gerüchen verstecken.

Iskar stieg die Treppe hoch, dabei protestierten seine Muskeln bei jedem Schritt. Der Körper des Wanderburschen rebellierte schon seit einer Weile gegen die Anstrengungen, denen er die letzten Monate ausgesetzt worden war. Die Beine waren schwach und die Waden verkrampft. Iskar musste sich mehrmals an der Wand abstützen, um einen Sturz zu verhindern.

Als er das Zimmer des Mädchens betrat, wusste er, dass er am richtigen Ort war. Er schloss die Tür hinter sich. Das Zimmer war klein und erfüllt von ihrer Anwesenheit. Die Späher hatten ihn richtig geführt, es gab keine Zweifel mehr.

Auf einem Regal sah Iskar ihre Bücher, von der Decke hingen getrocknete Blumen und das einzige Fenster ging auf das Gebirge hinaus. Iskar öffnete es und ließ die kalte Luft zu sich in das Zimmer herein. Er schaute auf die raue Gebirgswand, die in einer Entfernung von hundert Metern emporragte, und sah nur Felsen und Spalten, doch das Haus der Schwestern sah er nicht. Noch war es nicht dunkel genug, noch hatten sie keine Lichter in die Fenster gestellt.

Iskar wandte den Blick ab und das Schicksal verlachte ihn.

Seit drei Monaten war der Wächter unterwegs. Er hatte Ozeane überquert, dicht gedrängt mit anderen Reisenden im Stauraum eines Segelschiffs. Er war auf Landstraßen und Feldwegen gelaufen und war dabei nur einer von vielen Wanderburschen gewesen, die ihr Glück in der Welt suchten. Einmal nahm ihn ein Bauer mit, aber die Anwesenheit des Wächters machte die Pferde so scheu, dass Iskar von da an nur noch zu Fuß weiterreiste. Wegelagerer versuchten ihn auszurauben und einmal wollte ein Trupp Soldaten ihn gefangen nehmen. Russland führte Krieg gegen Schweden und das Zarenreich suchte verzweifelt Freiwillige, die es an die Front schicken konnte. Iskar tötete die Männer mit seinen bloßen Händen und setzte seine Reise fort.

Auf seiner langen Reise aß er nur Wurzeln und Beeren, er blieb den Ortschaften fern und mied die Gesellschaft anderer Wanderer. Sein Wirtskörper magerte in dieser Zeit ab, die Augen wirkten erloschen, der Bart und die Haare waren verfilzt. Seine zerlumpte Kleidung stank und sein Schuhwerk war notdürftig mit Lappen zusammengebunden. Wer ihm begegnete, schlug einen Bogen um ihn. Viele hielten ihn für einen Schwachsinnigen und einige dachten, er sei ein Pilgerer, den auf der Suche nach Gott der Wahnsinn befallen habe.

Der Wächter hätte viel dafür gegeben, in seiner wahren Gestalt reisen zu können. Er wollte seine Kräfte spüren und nicht in diesem schwächlichen Wesen gefangen sein. Dabei verhielt er sich vollkommen unlogisch. Obwohl er ohne den Wirtskörper nicht sein konnte, vernachlässigte er ihn bis an die Grenzen der Vernunft – am Tag ließ er ihn nur zwei Stunden lang schlafen, mehr Ruhe gönnte er ihm nicht. Es war also kein Wunder, dass der Wanderbursche wie ein Halbtoter herumlief. Doch wer konnte es Iskar übel nehmen, dass er ungeduldig war? Drei Millionen Jahre sind eine lange Zeit des Wartens.

Iskar setzte sich auf das Bett und sank nach hinten, er war hier richtig, er hatte ihr Zuhause gefunden. So lag er da und starrte an die Decke und schloss für einen Moment die Augen.

Ich werde wirklich langsam alt, dachte er und wollte sich aufrichten, doch die Erschöpfung war zu groß, sie begrub jegliche Bewegung in einer wohltuenden Starre, während sich das Schicksal vorbeugte und dem Wächter ins Gesicht lachte.

2

Ein Heulen riss den Wächter aus dem Schlaf. Das Heulen ließ ihn vom Bett aufspringen und sich ducken, als würde er einen Angriff erwarten. Für einen langen Moment wusste er nicht, wo er sich befand. Dann bemerkte er die getrockneten Kräuter über sich an der Decke, die sich im Luftzug drehten. Die Klarheit kehrte in seinen Kopf zurück.

Ich bin hier, hier ist das Mädchen.

Weiteres Geheul erklang von draußen, dann kehrte wieder Stille ein, sodass Iskar für einen Moment glaubte, sich getäuscht zu haben. Doch da kehrte das erste Heulen wieder und Iskar begriff, warum es so tief in sein Bewusstsein eingedrungen war – er hatte die Stimme des Mädchens zwar noch nie gehört, dennoch konnte er sie unterscheiden. Das Mädchen war genau wie er von einer der Dreiundzwanzig Mütter erschaffen worden. Beide waren sie von derselben Energie erfüllt.

Iskar stand mit schräg gelegtem Kopf am Fenster und lauschte.

Von der Dorfstraße waren Stimmen zu hören, Iskar blendete sie aus und konzentrierte sich ganz auf die Nacht. Dann bemerkte er das Licht. Es war wie ein entfernter, flackernder Stern, der sich an die Felsen klammerte.

Es verging eine Weile, ehe er begriff, was er da sah.

Ein Licht, da ist ein Licht mitten im Stein.

Iskar versuchte, mehr zu erkennen, aber die Augen des Wanderburschen waren müde und nutzlos. Also trat der Wächter einen Schritt vom Fenster weg und begann, sich aus dem elendigen Körper zu befreien. Drei Monate lang hatte er sich verstecken müssen, den Wanderburschen jetzt zu verlassen war wie neu geboren werden. *Es ist das allerletzte Mal,* dachte Iskar und landete auf allen vieren auf dem Boden und hörte hinter sich, wie der Körper des Wanderburschen in sich zusammensank.

Iskar richtete sich zu seiner vollen Größe auf. Er streckte und dehnte sich, er strich mit den Krallen über die Zimmerdecke und hinterließ tiefe Schrammen im Holz. Seine Muskeln zuckten und pumpten sich voller Blut, seine Bewegungen wurden geschmeidig.

Und so trat Iskar wieder an das Fenster.

Seine Pupillen weiteten sich, das Gebirge war plötzlich greifbar nahe, jeder Stein deutlich erkennbar. Das Licht im Fels kam von einer Öllampe, die in einem Fenster brannte.

Ein Haus im Gebirge, dachte Iskar und erkannte die Details im Mauerwerk. Das Haus war perfekt getarnt, selbst die hölzerne Eingangstür hatte die Maserung der Steine angenommen.

Dann verlosch das Licht und die Tür schwang auf.

Iskars Klauen öffneten und schlossen sich, als das Mädchen vor das Haus trat. Sie hatte eine Laterne in der Hand, die sie von unten beschien. Er erkannte eine Feder in ihrem Haar und konnte den Atem sehen, der weiß aus ihrem Mund aufstieg. Das Mädchen entfernte sich mit schnellen Schritten von dem Haus und lief einen Bergpfad hinunter. Dabei hielt sie die Laterne vor sich, sodass ihr Schatten wie ein dunkler Geist über die Felsen huschte. Der Wächter beobachtete jeden ihrer Schritte – wie sich ihr offener Mantel bauschte, wie sie zweimal den Fels mit der Hand berührte, um einen Sturz zu vermeiden. Erst als er mit Gewissheit wusste, dass sie auf dem Weg zu ihm war, trat er vom Fenster zurück.

3

Vidas zehnter Geburtstag sollte auch der Tag sein, an dem sich Cuk das erste Mal wie ein Mann fühlte. Der Junge war heimlich aus dem Fenster gestiegen, ohne seinen Bruder zu wecken. Er war zu der Kreuzung und den vier Männern hinübergeschlendert, als würde er das jede Nacht machen. Ein Zwölfjähriger mit Rotz unter der Nase und einem viel zu kurzen Wintermantel.

»Wer kommt denn da?«

»Ist das der kleine Cuk?«

»So klein ist er nun auch nicht mehr.«

»Aber auch nicht richtig groß.«

Die Männer lachten und hielten sich den Bauch. Sie trafen sich jeden Abend an dieser Ecke und saßen bis in die frühen Morgenstunden zusammen. Sie hatten Flusssteine zu einem Kreis zusammengelegt, in dem ein kleines Feuer brannte, das sie wärmte. Sie selbst saßen auf Holzklötzen, ließen eine Flasche mit Fenchelschnaps und Einmachgläser mit sauren Pfeffergurken herumgehen. Sobald alle anderen schliefen, wurden diese Männer zu den Herren des Dorfes. Und sie schienen nur auf Cuk gewartet zu haben.

»Komm her, du kleiner Scheißer«, sagten sie.

»Setz dich hin und sei ein Mann«, sagten sie.

»Weiß deine Mutter überhaupt, dass du hier bist?«

Cuk schüttelte den Kopf und das war den Männern Antwort genug. Sie zogen den schlaksigen Jungen auf einen der Holzklötze und drückten ihm die Flasche in die Hand. Sie lachten, als der Schnaps ihm Tränen in die Augen trieb, reichten ihm das Glas mit Gurken und lachten erneut, als die Säure ihn husten ließ. Aber er spuckte nicht aus, sondern wischte sich nur die Tränen aus den Augen, wie es sich für einen richtigen Kerl gehörte, der schon Schlimmeres durchlebt hatte. Einer der Männer zog eine Maultrommel aus seiner Jacke, einer sagte, er hätte schon lange nicht unter einen Rock geschaut, worauf ein Dritter meinte, da bräuchte er erst mal eine Frau, sonst gäbe es da nichts zu schauen. Da lachten sie alle zusammen und auch Cuk lachte mit ihnen, obwohl er nicht wusste, was daran so witzig war. Die Pfeffergurken ließen ihn aufstoßen und der Alkohol brodelte unter seiner Schädeldecke, sodass ihm die Gedanken davonhuschten, bevor er sie in Worte formen konnte. Cuk hatte das Gefühl, dass jeder dieser vier Männer sein verstorbener Vater sein könnte. Und wie er das dachte, überrollte ihn die Sehnsucht und neue Tränen trübten seinen Blick. Die Männer lasen ihn wie ein offenes Buch.

»Junge, jetzt flenn mal nicht.«

»Dein Alter war einer der Guten.«

»Keiner konnte die Forellen so räuchern wie er.«

»Nicht einer!«

»Nee, nicht einer!«

»Du vermisst ihn, was?«

Cuk nickte und bekam die Flasche gereicht. Bald schon versiegten seine Tränen, als er den Geschichten der Männer zu lauschen begann. Sie prahlten und logen, und er wünschte sich, die Nacht würde nie enden. Die Männer legten Holz in das Feuer und standen immer wieder auf, um ein paar Schritte entfernt in den Schnee zu pissen. Sie zermalmten die Gurken krachend mit ihren Backenzähnen und spuckten die Pfefferkörner in die Flammen. Und wie sie da in der Kälte saßen und fabulierten, war für Cuk jedes Wort, das sie sagten, wahr und richtig. Er stellte sich vor, wie es wohl wäre, jeden Tag von dieser Kameraderie umgeben zu sein, und wollte den Männern gerade gestehen, wie glücklich er in seinem Herzen war, da zerschnitt ein Heulen die Nacht. Die Männer erstarrten, das Lachen verstummte, sie wandten alle den Kopf und schauten zum Gebirge hoch.

»Das sind die Hexen«, zischte einer.

»Ein ganzes Rudel«, sagte ein anderer.

»Und bestimmt ohne Röcke«, sagte ein Dritter und machte große Augen.

Da gröhlten sie wieder vor Lachen und stießen einer nach dem anderen ein Heulen aus, das sich zu einem hallenden Gesang verband, dem auch Cuk nicht widerstehen konnte, sodass er mit seinem eigenen Jaulen einstimmte, das an einen Welpen erinnerte. Danach waren sie atemlos und die Stille legte sich wieder über das Dorf und die Männer waren zufrieden mit sich.

»Bestimmt sind jetzt alle wach«, sagte einer.

»Da kommt noch was«, sagte ein anderer.

Sie warteten ein wenig länger und wurden nicht enttäuscht.

Das zweite Heulen klang anders. Es schien direkt aus der Seele des Gebirges aufzusteigen.

Cuk hätte schwören können, dass dort ein Wolf nach seinem Rudel rief. Dieses Mal reagierten die Männer nicht und schwiegen ehrfurchtsvoll. Sie waren sich einig, darauf durfte man nicht antworten. Sie hoben die Flaschen und prosteten dem Gebirge zu.

»Wenn da mal nicht die Dunkelheit vor Gericht geführt wird«, sagte einer von ihnen.

»Hoffentlich sind die Ställe verschlossen«, sagte ein anderer und warf ein Holzscheit in die Flammen. »Füttert das Feuer, denn um die Gottlosen kümmert sich nur Gott allein.«

»Wen nennst du hier gottlos?«

»Dich, du Sohn einer Hure!«

Die Männer holten ihre Pfeifen heraus und dachten an den Winter vor vier Jahren, der schlimmer und grausamer gewesen war als je ein Winter zuvor. Eine halbe Stunde später war Cuk so angetrunken, dass ihn jedes Wort Mühe kostete. Die Maultrommel setzte wieder ein und ihr Klang erinnerte ihn an die Frösche, die sich im Sommer im Schilf verstecken und verstummen, sobald man sich ihnen nähert. Der Rhythmus ging Cuk in die Beine, plötzlich wollte er tanzen, und so begann er, mit dem Fuß auf den Boden zu stampfen, und war kurz davor, aufzuspringen, als sich eine Gestalt mit einer Laterne aus der Dunkelheit hervorschälte und einige Meter von ihnen entfernt vorbeilief. Außer Cuk schien niemand sie gesehen zu haben – die Gestalt trug einen Mantel und hatte eine Feder im Haar, sie wirkte so zielstrebig, dass alles um sie herum zurückzuweichen schien. Als Cuk nach einer gefühlten Ewigkeit seinen Mund endlich aufbekam und ihren Namen sagte, rollte dieser wie ein Kiesel über seine Zunge und erinnerte an das Gebrabbel eines Mannes, dem alle Zähne fehlen.

»Vida?!«

Sie hörte ihn nicht und nahm weiter Kurs auf die Schmiede. Unter dem Schatten des Türbogens blieb sie stehen und drehte die Laterne so weit runter, dass die Flamme mit einem letzten Aufflackern verlosch.

Dann war sie verschwunden.

Cuk rieb sich die Augen.

Er verstand nicht, wo Vida abgeblieben war.

4

Der Wächter saß in der Dunkelheit der Schmiede auf einem Hocker und wartete. Es kostete ihn viel Beherrschung, nicht aus dem Haus zu stürmen und das Mädchen an sich zu reißen. Was ihm an Würde geblieben war, wollte er so kurz vor seinem Ziel nicht aufgeben. Er war keine Bestie. Seine Pranken öffneten und schlossen sich, ohne dass er es mitbekam. Nein, er war keine Bestie.

Hier wartete der Wächter und da kam seine Bestimmung.

Es würde das perfekte Finale sein.

Er lauschte und hörte die Stimmen von der Straße. Sie redeten und lachten, sie waren Betrunkene, die es nicht besser wussten. Der Wächter lauschte weiter und konnte hören, wie das Mädchen den Bergpfad verließ und das Dorf betrat. Mit jedem Meter, den sie sich ihm näherte, glaubte er ihre Aura zu spüren, die sie wie einen stählernes Schild vor sich hertrug.

So jung und so stark, dachte er.

Der Wind wusste, wer sie war, der Schnee sang ihren Namen. Ihre Schritte donnerten auf den gefrorenen Holzplanken und ihr Geruch wanderte durch die Ritzen in den Wänden zu Iskar herein.

Er wusste, es würde schnell gehen. Viel zu schnell für die Ewigkeit, die er diesen Moment erwartet hatte, aber so war es nun mal. Es interessierte ihn nicht, wie das Mädchen reagieren würde, ob sie etwas zu sagen hatte oder was in ihrem Kopf vor sich ging. Auch wenn er ihren Namen kannte, dachte er ihn nicht, denn sie war für ihn keine Person, sie war seine Bestimmung und nicht mehr und nicht weniger. Iskar würde ihre Zukunft beenden und dafür seine Zukunft beginnen lassen. Das war der Handel. Er würde ihr die Seele rauben und ihren Körper zurücklassen wie die Hülse eines Korns, die keine Bedeutung mehr hatte.

Iskars Pulsschlag war ein Donnern, seine Pupillen weiteten sich und ein glitzernder Speichelfaden lief ihm aus dem Maul und tropfte auf den Boden.

Die Schritte des Mädchens verstummten vor der Schmiede.

Endlich.

5

Einer der Männer spuckte ins Feuer, einer fragte, ob jemand wisse, wo er seinen Tabaksbeutel hingelegt hatte, dann erklang ein Rascheln und Vida kam aus dem Stall geritten. Sie hatte ihren Hengst gesattelt und preschte an dem Feuer vorbei, nicht ohne Cuk breit grinsend zuzuwinken.

Den Männern verschlug es die Sprache.

»Ist das nicht ...«

»Ich dachte, die wäre ...«

»Die reitet ja wie der Teufel!«

»Seit wann hat der Teufel lange Haare?«

Cuk atmete erleichtert auf. Er hatte schon befürchtet, Dinge zu sehen, die nicht da waren. Dann sah er aber, was nicht da sein sollte. Es war, als hätten die Männer die Gestalt mit ihren Worten heraufbeschworen. Die Tür der Schmiede flog auf und der Teufel stürmte heraus.

Er war zwei Meter groß und hatte Flügel, die an verkohlte Äste erinnerten. Sein Körper war mit Schuppen bedeckt, die Hände furchterregende Klauen. Er starrte sie an. Vierzig Schritte trennten sie voneinander und dennoch spürte Cuk den Blick des Teufels, als würde dieser direkt vor ihm stehen. Zwei der Männer kamen wortlos auf die Beine und rannten in die Nacht hinaus. Der Mann links von Cuk fiel von seinem Holzklotz und kauerte sich hin. Er bedeckte dabei seinen Kopf, als würde der Himmel auf ihn herabkommen, und begann, auf allen vieren wegzukriechen. Nur der Mann rechts von Cuk blieb an Ort und Stelle. Sein Name war Bovomir. Er wollte nicht feige vor dem Jungen dastehen, also griff er sich eines der brennenden Holzscheite und hielt es wie ein Schwert vor sich.

Der Teufel beachtete den Mann und den Jungen mit keinem Blick. Er reckte seine Schnauze der Dunkelheit entgegen. Seine

Pupillen waren so strahlend blau, als hätte sich ein Wintertag in seinen Augenhöhlen niedergelassen. Cuk hatte noch nie so ein Maul gesehen. Die Lefzen waren gelb, die Zähne erinnerten an nadeldünne Armeen und die Ohren konnte Cuk nicht erkennen, denn an ihrer Stelle sah er nur eng anliegende Dornen, die den ganzen Schädel bedeckten. Als hätte der Teufel bemerkt, dass ihn Cuk beobachtete, wandte er sich ihm zu. Die Dornen stellten sich auf und die Nüstern blähten sich. Cuk senkte den Blick. Der Teufel wandte sich an Bovomir, der noch immer das qualmende Holzscheit vor sich hielt. Er fragte nach dem Mädchen, ohne dabei sein Maul zu öffnen.

In welche Richtung ist sie verschwunden?

Obwohl Cuk kein Wort hörte, erklang die Stimme das Teufels wie das Brechen von Knochen in seinem Kopf und wanderte als ein hungriges Biest durch seinen Körper, ehe es sein Herz umklammerte. Bovomir erging es nicht besser, er griff sich mit der einen Hand an die Brust, mit der anderen hielt er weiterhin das Holzscheit und zeigte damit in die entgegengesetzte Richtung, in der Vida verschwunden war. Cuk wäre beinahe ohnmächtig geworden, als er das sah. Er wusste, wer den Teufel anlügt, der ist für immer verdammt.

Der Teufel schien auf die Lüge hereinzufallen. Er spuckte aus und verschwand wieder in der Schmiede.

»Das war aber knapp«, sagte Bovomir erleichtert und lachte nervös.

»Über den Teufel lacht man nicht«, sagte Cuk.

»Ich lache über jeden, der so hässlich ist«, erwiderte Bovomir mit betrunkenem Übermut und warf das Holzscheit wieder in die Flammen. »Hast du gesehen, wie ich ihn reingelegt habe? Dem Kerl habe ich einen Bären aufgebunden, Junge, so macht man das.«

»Aber … wie konntest du nur lügen?«

Plötzlich klang Bovomir ganz nüchtern.

»Was wir in diesem Leben haben, ist nicht viel. Sieh dich um, sieh dir dieses erbärmliche Dorf an, das wir unser Zuhause nennen. Wir haben nicht einmal ein Gasthaus und müssen in der Scheißkälte sitzen und tun, als wäre es gemütlich. Wenn man dir dann die letzte Würde nimmt, weißt du, wenn man sich deines Willens bemächtigt, dann hast du gar nichts mehr, vergiss das nicht. Siehst du das?«

Er zeigte auf seinen Schritt, die dicke Wollhose war bis zu den Knie nass.

»Ich piss mir zwar vor Angst ein, was aber nicht heißt, dass ich meine Würde oder meinen Willen verliere. Niemals.«

Mit diesen Worten hob Bovomir die umgekippte Flasche aus dem Schnee auf und trank den letzten Rest aus. Die Tür der Schmiede schwang erneut auf und dieses Mal war es nicht der Teufel, sondern ein hagerer Wanderbursche, der nach draußen trat. Sein Haar war wild, der Mund bebte und die Lippen waren rissig und bluteten. Der Wanderbursche taumelte, als hätte auch er getrunken.

»Wer bist du denn?«, fragte Bovomir.

»Der, der dich deiner Lügen straft«, antwortete der Wanderbursche.

Cuk erkannte die Stimme sofort wieder. Sie war sanfter, aber in ihr klang das Echo von brechenden Knochen nach. Bovomir dagegen begriff nicht, dass der Teufel nur sein Aussehen verändert hatte. Er schüttelte den Kopf.

»Mich straft niemand«, sagte er. »Selbst der Teufel war hier und ich habe ihn verscheucht.«

»Ist das so?«, fragte der Wanderbursche zurück.

»So ist das, mein Junge.«

»Wenn das so ist, dann greif dir ein Holzscheit.«

Cuk konnte den Wandel nicht sehen, er spürte ihn nur – etwas verschwand und es waren der Wille und die Würde, die Bovomir gelobpreist hatte.

Bovomir hob das Holzscheit auf, das neben dem Feuer lag.

Der Wanderbursche schüttelte den Kopf.

»Nimm eines, das wohlig brennt«, sagte er.

Bovomir zögerte, dann beugte er sich vor und griff ins Feuer, um mit der bloßen Hand eines der Holzscheite herauszuheben. Die Glut lag dick, rot und wabernd auf dem Holz. Cuk hörte das Zischen, als die Hitze die Haut verbrannte, und er hörte Bovomirs Wimmern.

»Du wirst dieses Holzscheit so lange in deiner Hand behalten, bis die Glut erloschen ist«, sagte der Wanderbursche. »Hast du mich verstanden?«

Bovomir nickte, Tränen und Schweiß tropften von seinem Kinn, er saß da und zitterte und bebte und hielt das Holzscheit, als würde sein Leben davon abängen.

Der Wanderbursche wandte sich an Cuk.

»Ich frage noch mal: In welche Richtung ist sie verschwunden?«

Cuk konnte den Blick nicht von diesen strahlend blauen Augen nehmen. Er wollte fliehen oder sich mit dem Kopf voran in eine Schneewehe eingraben. Doch das war es nicht, was der Wanderbursche von ihm verlangte hatte. Cuks Arm setzte sich wie von selbst in Bewegung und er zeigte in die Richtung, in die Vida geritten war.

Der Wanderbursche wandte sich ab und verschwand in der Dunkelheit.

Zurück blieben Cuk und Bovomir. Keiner von ihnen rührte sich. Bovomir wimmerte und heulte und umklammerte das Holzscheit mit einer bis auf die Knochen verbrannten Hand, die keine Hand mehr war. Cuk konnte das Wimmern nicht mehr ertragen und hielt sich die Ohren zu. Er senkte den Blick und begann auch zu weinen. Um Vida und um sich, weil er so feige gewesen war.

6

Dem Wächter war es ein Rätsel, wieso das Mädchen mitten in der Nacht davongeritten war. Sie konnte unmöglich gewusst haben, dass er sie in der Schmiede erwartet hatte. Für einen Moment überlegte er, ob er die Verfolgung in seiner wahren Gestalt aufnehmen sollte, entschied sich aber dagegen, denn wenn der Morgen kam, wäre er schutzlos vor dem Licht. Auch ein anderer Körper kam nicht infrage. Er hatte den Jungen und den Mann in Erwägung gezogen. Der eine war ihm zu jung, der andere zu betrunken. Iskar hasste es, in den Körper des Wanderburschen zurückzukehren.

Da auch kein Pferd infrage kam, da das Tier vor ihm zurückscheuen und ihn keine zehn Meter weit tragen würde, blieb dem Wächter keine andere Wahl.

Er folgte dem Mädchen zu Fuß.

Und natürlich blies ihm der Wind entgegen, und natürlich war der Schnee wie eine Wand, gegen die er anrannte. Schon nach einem Kilometer war sein Wirtskörper in Schweiß gebadet und das Haar hing ihm schwer vom Eis in die Augen. Iskar rannte gegen die Schwäche des Wanderburschen an, dabei war er noch immer blind für jegliche Logik. Er hätte auch auf einen der Späher warten und sich dann führen lassen können, doch das war keine Option für ihn. Er wollte nicht mehr zögern, er war zu nahe an seinem Ziel und verließ sich lieber auf sich selbst. Und so rannte und rannte er ohne Rast von der Nacht in den Tag hinein und verlor dabei nie die Spuren des Mädchens aus den Augen.

DAS MÄDCHEN, DAS ERWARTET WURDE

I

Die zwei Männer auf der Stadtmauer froren erbärmlich. Sie waren fünfundzwanzig Meter voneinander entfernt und bestätigten sich immer wieder durch laute Zurufe, wie sehr sie es bereuten, diese Nachtwache übernommen zu haben. Zwar wurden sie besser bezahlt, doch schon während der ersten Stunde hatten sie zu spüren bekommen, dass die zusätzlichen Kopeken das Frieren nicht wert waren. Sie standen vollkommen ungeschützt auf der Brüstungsmauer und verfluchten den Winter, den Wind und ihre Dummheit. Eben hatten sie den fahlen Sonnenaufgang beobachtet, von dem kein einziger Funken Wärme ausgegangen war. Die Wachen hießen Habat und Leopold, sie waren Cousins und diskutierten, wer von ihnen auf diese unsinnige Idee gekommen war, sich für die Nachtwache eintragen zu lassen.

»Du hast nur das Geld gesehen«, sagte Habat.

Leopold lachte.

»Du etwa nicht?«

»Wieso höre ich immer nur auf dich?«

»Weil ich älter und klüger bin.«

Habat spuckte aus.

»Du hast gesagt, wir könnten hier oben stehen und Karten spielen.«

»Wenn das Wetter besser wäre, könnten wir genau das tun.«

»Wenn das Wetter besser wäre, hätten sie uns diese Wache nie angeboten.«

»Da sagst du was Wahres.«

Habat beugte sich vor, um an der Stadtmauer hinunterzuschauen.

»Siehst du was?«, fragte Leopold.

In einer Tiefe von dreißig Metern sah Habat nichts als Schnee und noch mehr Schnee. Ihre Aufgabe war es, darauf zu achten, dass sich niemand dem Stadttor unbemerkt näherte oder versuchte, die Mauern zu stürmen, anzuzünden oder ihnen sonstigen Schaden zuzufügen. So hatte es ihnen der Hauptmann erklärt, so sollte es also sein, auch wenn sich Habat nicht vorstellen konnte, dass das jemals passieren würde. Die Stadtmauer wirkte uneinnehmbar. Habat starrte in die Tiefe und unterdrückte den Schwindel.

»Fall mir nicht runter.«

»Fall selber nicht runter.«

Nein, es war keine gute Nacht gewesen, um Wache zu schieben. Der Wind hatte die beiden mit seinem Jaulen und Ächzen nervös gemacht. Immer wieder warf er sich gegen das Haupttor wie ein gewaltiges Tier, das eine Schwachstelle sucht. Er gab keinen Moment lang Ruhe. Habat und Leopold sehnten sich nach dem Frühling, denn dann würden sie nach Hause zurückkehren, um auf den Höfen den Schaden des Winters zu reparieren und die Felder zu bestellen. Erst zu Hause würden sie wieder zu den Menschen werden, die sie in Wirklichkeit waren – zwei Bauern, die wegen ihren hungernden Familien gezwungen waren, im Winter in die Stadt zu ziehen und Arbeit zu finden.

Habat seufzte.

»Glaubst du, der Wind könnte uns wegtragen?«, rief er.

»Wenn der Wind könnte, hätte er uns längst in Stücke gerissen«, rief Leopold zurück.

Sie schwiegen und stellten sich mit einem Schaudern vor, wie der Wind sie in Stücke riss.

Stunde um Stunde verging und die Cousins bibberten und froren und hatten sich nichts mehr zu sagen. Habat gähnte viel, Leopold gähnte noch mehr. Sie sehnten das Signal des Trompeters herbei, das zum Mittag den Wechsel der Wachen ankündigte, dann würden sie von der Mauer hinabsteigen und mit steifen Gelenken in den Wachraum zurückkehren, wo sie ein Becher mit Glühwein und eine Schale Borschtsch erwarten würden. Und natürlich das Kohlefeuer.

»Yussuf kommt durch!«

Das Rufen aus dem Hof schreckte sie auf. Zahnräder setzten sich in Bewegung und das Rasseln der Ketten schmerzte nach dem monotonen Zischen des Windes in ihren Ohren. Das Haupttor wurde geöffnet und eine Kutsche verließ die Stadt. Auf dem Kutschbock saß in einen dicken Mantel gehüllt Yussuf. Er winkte breit grinsend zu Habat und Leopold hoch, sodass sie seine schlechten Zähne sehen konnten, sie winkten zurück.

»Der arme Kerl«, rief Habat, »so viel Leid in einem Haus. Mit so wenig Gehirn versteht er wahrscheinlich nicht einmal, was seiner Herrin widerfahren ist.«

»Ich bedaure ihn überhaupt nicht«, sagte Leopold. »Ich wünschte, ich wäre an seiner Stelle, denn im Moment bin ich sehr ungern ich. Mir ist kalt, ich habe nichts zu tun und morgen Nacht stehe ich schon wieder hier. Und was macht Yussuf? Er darf mit Madame an die Bucht fahren.«

»Wieso an die Bucht?«

»Die Stadt spricht seit zwei Tagen von nichts anderem, ist dir das entgangen? Der Hausrat der Madame ist aufgelöst. Sie verlässt Tavolski Most und zieht zu ihrer Schwester. Ich würde eine

Menge dafür geben, neben ihr in dieser Kutsche zu sitzen. Sie braucht einen neuen Mann, der–––«

Ein Schneeball traf Leopold am Kopf.

»Was sollte das?!«, rief er.

»Sei kein Unmensch. Madame hat kurz hintereinander Mann und Kind verloren, ihr ganzes Leben wurde ihr genommen und du willst um ihre Aufmerksamkeit buhlen?«

»Das habe ich nicht gesagt.«

»Das hast du gedacht.«

Leopold schaute der Kutsche hinterher, wie sie in Richtung der Jenisseibucht verschwand. Er fand, es wäre am besten, das Thema zu wechseln.

»Erinnerst du dich an den Winter vor vier Jahren?«, fragte er und wischte sich über die Nase. »Wir hatten den Kamin fertig gebaut und der Mörtel war zu feucht, sodass der Stein wegen der Kälte–––«

»He, haltet mal die Klappe da oben!«, schallte die Stimme des Hauptmannes aus dem Hof zu ihnen hoch. »Hier unten sind Wachen, die eure Gespräche ausgesprochen langweilig finden.«

Die Cousins schwiegen und spuckten über die Mauer in die Tiefe. Zumindest das Spucken würde ihnen keiner verbieten. Sie starrten auf die weiße Landschaft und wagten es nicht, dem Hauptmann Widerworte zu geben, dafür respektierten sie ihn zu sehr. Er hatte ihnen die Stelle besorgt, ohne dass sie ihn bestechen mussten. Es gab wenige Männer unter den Wachen, die Bauern einstellten oder sich überhaupt mit ihnen unterhielten.

»Es muss doch schon Mittag sein«, jammerte Leopold halblaut und schaute zur blassen Sonne, als könnte er die Uhrzeit an ihr ablesen.

»Vielleicht haben sie vergessen, die Stunde auszurufen«, sagte Habat. »Vielleicht sollten wir runtergehen und–––«

Er verstummte und schwankte plötzlich so sehr, dass der Wind ihn beinahe doch noch umgeweht hätte.

»Was hast du?«

Habat kniff ein wenig die Augen zusammen und antwortete nicht. Da war eine unmerkliche Bewegung in der Weite der Landschaft gewesen. Dann erklang ein Heulen.

»Hörst du das?«, fragte er.

»Siehst du das?«, fragte Leopold zurück.

»Was soll das sein?«

»Kein Mensch und auch kein Tier, würde ich sagen.«

»Sollen wir Alarm schlagen?«

»Unsinn. Lass es näher kommen.«

Das Wesen wühlte sich wie ein gewaltiger Lindwurm durch den Schnee. Als es auf zwanzig Meter herangekommen war, erkannten die Wachen, wer da vor dem Tor stand. Es war unmöglich, zu sagen, wo das Pferd endete und sein Reiter begann. Das Eis hatte die beiden in einen Umhang aus Schnee gekleidet. Das Pferd schnaubte, aber der Reiter rührte sich nicht, ein Knacken und Knarren erklang, dann hob er langsam den Kopf und schaute zu den Wachen hoch. Habat und Leopold sahen das lange Haar mit den Eiszapfen an den Spitzen und sie sahen das leuchtend rote Gesicht, und dann lachten sie.

»Kleines, was tust du hier draußen?«, rief Habat.

»Hast du dich verirrt?«, rief Leopold.

Vida schaute mit offenem Mund zu ihnen hoch.

»Seid ihr echt?«, fragte sie.

Auf den letzten Kilometern hatte sie befürchtet, dass die Stadtmauer nur eine Traumgespinst war. Und weil sie keinem Traumgespinst traute und die Stadtmauer nicht aus den Augen verlieren wollte, hatte sie alle hundert Meter ein Heulen von sich gegeben, um sicherzugehen, dass sie nicht schlief und träumte. Vida hatte auf ihrer langen Reise so vieles gesehen, was unmöglich war: Ein Wolfsrudel hatte auf ihr Heulen geantwortet und war eine Weile auf einer Höhe mit dem Hengst gelaufen, ohne ihn zu verschrecken; der Winter saß wie eine jahrhundertealte

Kiefer auf einem Hügel und strich sich durch den Bart, dass es donnerte; und einmal verwandelte sich der Schneeboden in einen Pfad aus Holzplanken, auf denen Rais Hufe sicheren Halt fanden, sodass sie schneller vorankamen.

Vida konnte die Realität nicht mehr von der Fantasie unterscheiden. Sie hatte jegliches Gefühl für die Zeit verloren, und als dann nach der ewigen Nacht die Sonne über der Landschaft aufgegangen war und die Dunkelheit zu einem sanften Lila verblassen ließ, glaubte sie, schon seit Monaten unterwegs zu sein. Sie war nicht mehr Vida, sie war ein namenloses Mädchen auf dem Rücken eines Hengstes inmitten einer schneeweißen Landschaft, die nicht enden wollte.

Und plötzlich tauchte dieses Stadttor vor ihr auf.

»Seid ihr wirklich echt?«, wiederholte sie lauter.

»Wir sind echt«, antwortete Leopold, »aber wir sind uns nicht sicher, wie echt du bist.«

»Ich friere«, sagte Vida, »und ich muss pinkeln.«

»Das klingt echt«, musste Habat zugeben.

2

Natürlich ließen sie Vida nicht durch das Haupttor herein. Der Aufwand wäre für einen einzelnen Reiter viel zu groß gewesen und sie hatten keine Lust, sich die Beschwerden der Torwachen anzuhören, die die Ketten bedienen mussten. Also lehnten sich die Cousins über die Stadtmauer und dirigierten Vida zu dem schmalen Durchgang.

»Noch ein wenig weiter nach rechts!«, rief Habat.

Vida lenkte Rai hinein. Der Durchgang war gerade mal so hoch, dass sie sich auf Rais Rücken ducken musste, dann hatte sie die sechs Meter dicke Stadtmauer passiert und stand vor dem nächsten Tor. Da sich Vida nicht rühren konnte, trat Rai mit dem Vorderhuf zweimal gegen das Holz. Eine Luke glitt ratschend auf und ein Augenpaar schaute auf die Reiterin und ihr Pferd.

»Mädchen, wie siehst du nur aus?«

Vida konnte ihm nicht antworten. Alles an ihr zitterte, aber nicht nur wegen der Kälte, sondern vor Erleichterung, endlich in Tavolski Most angekommen zu sein. Vida hatte nicht damit gerechnet, dass der Wind auf der Rückseite des Gebirges so schneidend sein konnte und mit einer ganz besonderen Wucht toben würde. Sie hatte sich ihre Reise einfacher vorgestellt.

Das Augenpaar verschwand, der Schlitz schloss sich und die Wache ließ sie herein. Rai wurde bei den Zügeln genommen und zu den Ställen geführt, wo die Wache versuchte, Vida aus dem Sattel zu heben. Doch das wurde nichts. Der Sattel war an Pferd und Reiter festgefroren, nicht einmal ein Bein konnte Vida heben. Die Torwache beschloss, den Hauptmann zu holen.

»Rühr dich nicht von der Stelle«, sagte sie.

»Sehr witzig«, knurrte Vida.

Der Hauptmann war ein kleiner Mann mit ernsten Augen und

einem grauen Lockenkopf, der dreimal um Vida und Rai herumging, ehe er sich Vida vorstellte.

»Mein Name ist Deka Mani«, sagte er. »Wie heißt du?«

Vidas Lippen bewegten sich, die Zähne schlugen aufeinander, sie musste ihren Namen wiederholen, ehe ihn der Hauptmann verstand.

»Wir werden dich jetzt mit warmem Wasser vom Sattel loslösen«, sagte er. »Es wird ein wenig schmerzen, aber du wirst es ertragen. Wir machen das nicht zum ersten Mal. Sei also unbesorgt, deinem Pferd geschieht nichts.«

Die Wachen schleppten einen Kessel mit dampfendem Wasser heran, Deka Mani prüfte die Temperatur, dann hielt er den Hengst an den Zügeln fest und sprach ihm beruhigend ins Ohr. Langsam begannen die Wachen, das heiße Wasser über Vidas Schoß und den Sattel zu gießen. Rai scheute einen Moment, dann stand er wieder still. Vida kniff die Augen zu und genoss die Wärme und pinkelte sich ein. Sie konnte es nicht zurückhalten und niemand bekam es mit, da das Wasser alles wegspülte. Kurz darauf konnten die Wachen sie aus dem Sattel heben. Sie legten eine Decke um ihren schlotternden Körper, setzten sie auf einen Hocker und drückten ihr einen Becher Tee in die Hände. Da niemand wusste, was man mit dem frierenden, nassen Mädchen anfangen sollte, fasste Deka Mani einen Entschluss und befahl seinen Männer, den Gaul abzureiben und im Stall zu versorgen, während er sich des Mädchens annahm.

»Wir machen einen kleinen Spaziergang«, sagte er und hob Vida mitsamt der Decke vom Hocker.

»Du hast ja überhaupt kein Gewicht«, stellte er fest.

»Ich bin schwerer, wenn ich nicht so müde bin«, sagte Vida.

Deka Mani nickte, als würde das Sinn machen, dann wandte er dem Stadttor den Rücken zu und lief mit Vida auf seinen Armen in die Stadt hinein.

3

Vidas Plan war kein richtiger Plan gewesen. Sie hatte das Haus der Tanten verlassen, um in ihrem eigenen Bett zu schlafen und in der Nähe von Rai zu sein, denn es kam nicht alle Tage vor, dass sie ein Pferd geschenkt bekam. Als sie dann vor der Schmiede stand, wurde ihr bewusst, dass sie allein zu entscheiden hatte, was als Nächstes geschah.

Alles ist möglich, wenn ich es möglich mache.

Es war ihr erstes eigenes Mantra, und es war ihre erste Rebellion. Sie wusste, dass sie im Recht war, so wie sie auch wusste, dass ihr Vater toben würde, wenn er sie plötzlich durch die Straßen von Tavolski Most spazieren sah. Es war ihr gleich. Sie konnte sich erklären, denn sie war die Tochter ihrer Mutter und besaß ihren eigenen Willen. Ihr Vater sagte das immer zu ihr. Und als Tochter ihrer Mutter war sie dem Wunsch gefolgt, alleine nach Tavolski Most zu reisen.

Natürlich musste niemand erfahren, wie sehr sie sich überschätzt hatte.

Dreizehn Stunden auf dem Rücken eines Pferdes zu sitzen war eine Erfahrung, die Vida noch nie gemacht hatte und nicht erneut machen wollte. Ihr Körper schmerzte, als hätte ihr jemand ein Seil um die Hüfte gebunden und sie durch die Steppe geschleift. Als sie die Stadtmauer in der Ferne erblickt hatte, waren ihr Tränen der Erleichterung über das Gesicht geflossen; und wie sie jetzt von Hauptmann Deka Mani durch die Handelsstadt getragen wurde, hätte sie am liebsten erneut losgeheult. *Es gibt ja wohl nichts Besseres,* dachte sie, *als den eigenen Willen durchgesetzt zu haben und an seinem Ziel angekommen zu sein.*

Trotz ihrer Erschöpfung war Vida furchtbar aufgeregt und konnte sich nicht sattsehen. Nach dem kühlen Weiß der Landschaft waren die Häuser ein Feuerwerk aus Farben und Formen.

Die Fassaden leuchteten in grünen, gelben und blauen Lehmtönen, Muster und Symbole verzierten die Türen. Die Gebäude selbst waren bis zu drei Stockwerke hoch und durch schmale Gassen voneinander getrennt. Sie neigten sich einander leicht zu, als würden sie die Gesellschaft des Nachbarn suchen.

Und alles wirkte so sauber.

Die Pflastersteine waren gefegt und der Schnee war an den Straßenecken zu niedrigen Hügeln zusammengekehrt. Kein Abfall lag herum, kein Nachttopf wurde achtlos aus dem Fenster auf die Straße gekippt und hinterließ gelbbraune Spuren auf den Fassaden. Das kleine Warrosch mit seiner schlammigen Hauptstraße erschien Vida dagegen wie ein Viehstall. Selbst die Bewohner leuchteten hier auf eine eigene Art und Weise. Zwar waren auch sie für den Winter gekleidet, doch keiner von ihnen duckte sich vor der Kälte, stattdessen präsentierten sie stolz ihre Mäntel, Schals und Mützen, als wären sie zu einem großen Fest geladen. Die Frauen hatten dekorative Filzblumen an ihre Hüte gesteckt, die Männer trugen Einstecktücher aus Seide. Nein, was man hier auch tat, den Winter fürchtete niemand.

Deka Mani beobachtete Vida aus den Augenwinkeln und wunderte sich, was das Mädchen wohl alles sah. Durch die Decke und ihren Mantel hindurch glaubte er ihren aufgeregten Herzschlag zu spüren.

Entweder hat sie noch nie eine Stadt gesehen, dachte er, *oder sie ist ein wenig verrückt.*

Was auch immer Vida war, sie gefiel ihm. Er mochte ganz besonders das Funkeln in ihren Augen und wie sie ihm vertraute, als wäre er kein Fremder, der sie mal eben auf den Arm genommen und weggetragen hatte.

Deka Mani verließ die überfüllte Hauptstraße und bog in eine Gasse ein. Er hielt vor einem herrschaftlichen Haus und wurde eingelassen. Eine angenehme Hitze umschloss Vida und ließ sie gähnen. Eine Bedienstete trat an Deka Manis Seite und nahm ihm das nasse Mädchen ab. Von da an bekam Vida nicht mehr viel mit. Ihre Augen schlossen sich und die Wärme um sie herum war wie die sanfte Umarmung einer Mutter, die den ganzen Tag darauf wartet, dass ihr Kind nach Hause kommt.

4

Vida erwachte in dampfendem Wasser. Die Holzwanne stand mit dem Kopfteil unter einem Fenster und an ihrem Ende saß eine junge Frau mit an die Brust gezogenen Knien auf einem Stuhl und betrachtete Vida.

»Du warst sehr erschöpft«, sagte sie.

»Habe ich lange geschlafen?«

»Stunde um Stunde.«

Vida sah, dass ihre Fingerspitzen schrumpelig waren, und als sie einen Fuß aus dem Wasser hob, leuchtete ihre Haut rot von der Hitze.

»Sie haben sich gut um dich gekümmert«, sprach die junge Frau weiter. »Sie haben heißes Wasser nachgegossen und Öle dazugegeben. Sie wollten dich nicht wecken. Ist das nicht aufmerksam?«

Die junge Frau lächelte, es war ein merkwürdiges Lächeln. Sie lächelte so unsicher wie jemand, der nicht mehr weiß, wie man lächelt. Dann zeigte sie mit dem Kinn auf einen Hocker, der in Vidas Armweite neben der Wanne stand. Dort lagen ein Schwamm, ein Stück Lorbeerseife und ein Handtuch. Vida nahm den Schwamm und schäumte die Seife auf, dann stand sie auf und rieb sich den Körper ab. Erst als sie sich abgetrocknet und das Handtuch umgebunden hatte, sah sie die junge Frau wieder an, die sich keinen Zentimeter von dem Stuhl gerührt hatte. Ihre Beine waren noch immer an die Brust gezogen, als würde sie dem Boden nicht trauen.

»Warum sitzt du so komisch?«

»Weil ich das will.«

Der Blick der jungen Frau war plötzlich zornig. Vida wurde das Gefühl nicht los, dass sie ihr das Bad und die Aufmerksamkeit missgönnte.

»Ich bin Vida«, sagte sie. »Ich---«

»Ich weiß, wer du bist«, unterbrach sie die junge Frau. »Sie reden von dir, sie reden alle von dir, denn sie erwarten dich schon so lange. Sie sagen, mit dir würde alles zu einem Ende kommen. Sie sprechen über nichts anderes mehr. Ich wünschte, man würde auch nur eine Minute lang auf diese Weise über mich reden. Das würde mir gefallen. Aber niemand spricht über mich. Nur noch meine Eltern. Der Rest der Welt vergisst so schnell.«

In dem Moment begriff Vida, wer vor ihr saß. Die junge Frau konnte ihr die Erkenntnis vom Gesicht ablesen und versuchte erneut zu lächeln.

»Du siehst mich als das, was ich geworden bin«, sagte sie. »Mein Name ist Gisele. Meinen Vater kennst du schon, meine Mutter wirst du noch kennenlernen. Sie ist krank. Sie liegt meinetwegen seit zwei Jahren im Bett. Vater sagt, sie ist wie eine Pflanze, die die Sonne fürchtet und kein Wasser trinken will. Aber das stimmt nicht. Sie trinkt heimlich, und sie trinkt kein Wasser. Wenn sie also wirklich eine Pflanze wäre, wäre sie längst verdorrt. Vielleicht kannst du ihr helfen. Vielleicht bist du ja deswegen hierhergekommen.«

Das Mädchen legte den Kopf schräg, ihre Augen blitzten herausfordernd.

»Oder willst du meinen Platz einnehmen?«

»Nein, niemals würde ich deinen Platz einnehmen wollen.«

»Was führt dich dann hierher?«

»Ich bin weggerannt.«

»Vor wem?«

»Vor der Ungerechtigkeit.«

Gisele lachte.

»Vor der Ungerechtigkeit kannst du doch nicht davonrennen, Mädchen.«

»Zumindest habe ich es versucht«, sagte Vida und sah sich nach ihrer Kleidung um.

»Ruf die Bedienstete«, sagte Gisele. »Ihr Name ist Amik. Mein

Vater hat sie von einem Sklavenhändler freigekauft. Sie ist nicht besonders klug, aber sie kann gut putzen, und wenn du sie anlächelst, lächelt sie richtig zurück.«

»Nicht wie du?«

»Nein, nicht wie ich.«

»Wieso lächelst du nicht richtig?«

»Weil ich es verlernt habe.«

Vida wusste, dass Gisele log. Sie lächelte nicht mehr richtig, weil sie verbittert war. Anders als der mongolische Soldat, dem Vida in der Steppe begegnet war, wusste Gisele genau, dass sie nicht mehr lebte. Vida hatte es in den Lehren ihrer Mutter gelesen. Einige Tote trotzten dem Tod. Bewusst.

»Du bist nicht wirklich da«, sagte sie.

»Ich *bin* hier«, widersprach ihr Gisele. »Oder siehst du mich etwa nicht?«

»Ich sehe dich, aber du bist nicht wirklich hier.«

Gisele rührte sich nicht vom Stuhl, nur aus ihrer linken Hand wurde eine Faust. Vida wusste, dass die Tote sie am liebsten geschlagen hätte. Nur langsam öffnete Gisele wieder ihre Hand.

»Ruf Amik«, sagte sie. »Sonst wird dir kalt.«

Vida rief nach der Bediensteten, die sofort hereinkam, als hätte sie vor der Tür gewartet. Eine feine Tätowierung zierte Amiks rechte Wange und erinnerte Vida an die Spuren einer Katze im Schnee. Amik hatte Vidas Sachen gewaschen und getrocknet. Es war ein wunderbares Erlebnis, in die noch warme Kleidung zu schlüpfen. Die Bedienstete beachtete Gisele mit keinem Blick. Sie führte Vida den Flur hinunter zu Deka Mani, der in der Wohnstube saß und mit sich selbst Schach spielte. Er schaute erleichtert von seinem Spiel auf, als Amik mit Vida eintrat.

»Wir fürchteten schon, du löst dich im Wasser auf«, sagte er und zeigte auf den gedeckten Tisch. »Amik hat dir Essen zubereitet. Iss und trink und erzähl uns, was ein Mädchen in deinem Alter dazu bringt, mitten im Winter durch die Einöde nach Tavolski Most zu reisen. So, wie du unsere Stadt bestaunt hast, würde ich sagen, bist du nicht von hier.«

Vida setzte sich an den Tisch und trank den ersten Becher Sauermilch durstig mit einem Schluck leer, dann erst schaute sie sich um und war nicht überrascht, Gisele nirgends zu sehen. *Die Toten sind nicht oft zu Gast bei den Lebenden,* dachte sie und begann zu essen und zu erzählen. So erfuhr Deka Mani, woher sie kam, und von dem Verbot der Tanten und wie Vida das Haus im Gebirge verlassen hatte, um sich ihren lang ersehnten Wunsch zu erfüllen, Tavolski Most an ihrem zehnten Geburtstag zu besuchen. Amik hatte sich während der Erzählung zu ihnen an den Tisch gesetzt und gab hin und wieder ein schnalzendes Geräusch der Überraschung von sich.

»Und deswegen bin ich hier«, schloss Vida ihre Geschichte und erwartete, dass Deka Mani sie fragte, ob sie noch ganz bei Sinnen sei. Der Hauptmann nickte nur und stellte fest, das sei recht mutig von ihr gewesen, vielleicht nicht ausgesprochen klug, aber mutig, das müsse er schon zugeben.

»Mein Vater wird es anders sehen«, sagte Vida. »Er wird denken, ich habe falsch gehandelt.«

»Wenn du falsch gehandelt hast, dann machst du es eben wieder gut«, erwiderte Deka Mani. »Anders lernst du nicht dazu, anders kommst du nicht durch das Leben. Nimm meine Tochter als Beispiel, sie war kein bisschen wie du. Sie war immer ängstlich und hat sich gesorgt. Ich wünschte, sie hätte deinen Mut gehabt.«

Amik räusperte sich und Vida hörte zum ersten Mal die Stimme der Bediensteten.

»Dein Vater wird sich freuen, wenn er dich sieht.«

Sie machte eine kleine Pause und fügte dann hinzu:

»Und deine Tanten werden dir im Nachhinein verzeihen.«

»Da kennst du meine Tanten nicht«, sagte Vida.

»Ihr seid Familie, Familie vergibt immer, denn Familie versteht immer.«

Deka Mani nickte und wiederholte Amiks Worte, als wären sie ein Gesetz:

»Familie vergibt immer, denn Familie versteht immer.«

»He, du!«

Vida sah aus den Augenwinkeln, dass Gisele im Türrahmen lehnte.

»Willst du meine Mutter gar nicht kennenlernen?«, fragte sie.

Vida gab sich Mühe, nicht zu der Toten rüberzuschauen. Sie spülte den letzten Bissen Brot mit der Sauermilch hinunter und fragte wie nebenbei, ob sie vielleicht die Herrin des Hauses begrüßen dürfe. Deka Mani stand auf.

»Meine Frau ist zwar krank, aber sie wird sich bestimmt freuen, dich kennenzulernen. Ich habe ihr von dir erzählt. Vielleicht weckt dein Besuch ihre Lebensgeister ein wenig auf.«

Vida folgte ihm durch das Haus. Er blieb vor einem Torbogen stehen und zögerte, dann schob er den Vorhang auf und sie traten ein. Das Zimmer war grün gestrichen, ein Ofen bullerte vor sich hin und der Duft von Eukalyptus kühlte die Luft. Deka Manis Frau schien zu schlafen, neben ihr auf dem schmalen Bett lag Gisele und hatte den Kopf an den Hals der Mutter geschmiegt.

»Ivena, das hier ist Vida«, sagte Deka Mani.

Die Mutter erwachte. Erst waren ihre Augen ganz trübe vom Schlaf, dann sah sie Vida am Bettende stehen und ihr Blick klärte sich.

»Sie ist das Mädchen, von dem ich dir erzählt habe«, sprach Deka Mani weiter. »Sie ist jetzt aufgetaut und wollte dich begrüßen.«

Der Hauptmann wandte sich an Vida und senkte die Stimme.

»Bleib nicht zu lange, und sollte sie anfangen zu weinen, ruf mich bitte.«

»Warum sollte sie weinen?«

Deka Mani senkte seine Stimme zu einem Flüstern.

»Sie hält jedes Mädchen für Gisele. Wir haben unsere Tochter vor zwei Jahren an die Wölfe verloren, seitdem hat meine Frau keinen Lebenswillen mehr. Sie lässt mich noch immer nach Gisele Ausschau halten.«

»Hast du mir deswegen geholfen?«, fragte Vida.

Deka Mani sah sie überrascht an.

»Nein, nicht im Entferntesten«, sagte er. »Unsere Tochter war siebzehn, als sie starb, und sie sah dir überhaupt nicht ähnlich. Ein Mensch sollte einem Menschen in der Not immer zur Seite stehen, so sind meine Gedanken zum Leben. Ich hätte mir gewünscht, jemand wäre da gewesen, um meiner Tochter zur Seite zu stehen. Als ich dich so erbärmlich auf deinem Pferd sitzen sah, konnte ich dich keinesfalls an dem Tor zurücklassen. Wenn wir nicht ein wenig Güte zeigen, verliert das Leben seinen Wert. Nicht alles, was wir tun, tun wir für uns, verstehst du das?«

Vida nickte.

Deka Mani sagte, er werde in der Wohnstube auf sie warten, dann ließ er Vida mit seiner Frau allein, die in der Zwischenzeit die Augen wieder geschlossen hatte. Vida konnte sehen, dass sich die tote Tochter so fest an ihre Mutter drückte, dass diese nur schwer zu Atem kam.

»Du hast einen freundlichen Vater«, sagte sie.

»Ich weiß«, antwortete Gisele, ohne aufzuschauen, »und ich vermisse es, dass er mich sieht.«

»Weiß deine Mutter, dass du da bist?«

»Sie spürt es, deswegen will sie nicht aufstehen. Sie denkt, dass ich für immer verschwinde, wenn sie mich noch einmal gehen lässt. Es ist so wie früher, wenn ich an ihrer Seite einschlief. Wir werden für immer so bleiben. Sie hier, ich hier.«

»Aber du weißt, dass das nicht ihr Leben ist«, widersprach ihr Vida.

»Jetzt ist es ihr Leben, denn es ist auch mein Leben.«

»Es ist auch nicht dein Leben.«

Gisele setzte sich plötzlich auf.

»Was weißt du schon?«, zischte sie. »Du kannst dich mitten in der Nacht auf dein Pferd schwingen und einfach davonreiten. Du kannst essen und trinken, du kannst den Jungs zulächeln und, wenn dir danach ist, den ganzen Tag in einer Wanne liegen. Was du auch möchtest, kannst du tun, was weißt du also schon von einem Leben, das kein Leben mehr ist?«

»Nicht viel«, gab Vida zu. »Ich weiß aber einiges über die Toten, die nicht tot sein wollen.«

Gisele duckte sich, als hätte Vida nach ihr geschlagen, dann presste sie sich wieder eng an ihre Mutter. Sie begann ihr ins Ohr zu flüstern. Nach einer Weile öffneten sich die Augen der Frau und sie betrachtete das Mädchen an ihrem Bettende, als würde sie Vida das erste Mal sehen.

»Wer bist du?«, fragte sie.

»Ich bin das Mädchen, das auf dem Pferd festgefroren war.«

Ein Lächeln wanderte über die Lippen der Mutter.

»Ich erinnere mich, Vida ist dein Name. Mein Mann hat mir erzählt, wie er dich mit heißem Wasser vom Sattel lösen musste. Es passiert öfter. Deka Mani hat immer viele gute Geschichten zu erzählen, wenn er von der Arbeit kommt. Von den Leuten, die kommen und gehen. Wie lange warst du unterwegs, Vida? Und wieso reist du ganz allein im Winter? Entweder bist du sehr tapfer oder ein wenig verrückt.«

»Meine Tanten würden sagen, ich bin sehr ungehorsam.«

»Und was sagt deine Mutter?«

»Meine Mutter lebt nicht mehr.«

»Oh, du armes Ding.«

Die Mutter klopfte neben sich auf den Bettrand. Vida setzte sich und erzählte ihr, was sie nach Tavolski Most geführt hatte, dabei beobachtete sie, wie Gisele sich enger und enger an den Körper ihrer Mutter drückte.

»Erzähl mir von deiner Tochter«, bat Vida.

»Ach, meine Gisele«, seufzte die Mutter. »Sie war mir so nahe, sie war allen Menschen so nahe und es hat uns das Herz zerrissen, als sie nicht mehr zurückkam. Sie sagten, es seien die Wölfe gewesen, deswegen fand man ihren Körper nicht. Ich hätte sie gerne beerdigt, Vida, doch so ist es, wenn jemand stirbt. Wir bleiben zurück und trauern und erinnern uns. Nur wenn wir anfangen zu vergessen, nimmt uns der Tod die Erinnerung und somit alles, was uns geblieben ist. Ich fürchte mich davor, meine Gisele zu vergessen. Und jetzt liege ich hier und will nicht mehr sein, ist das nicht albern?«

»Nichts daran ist albern«, sagte Vida, »es ist nur traurig.«

Den nächsten Satz wollte sie nicht sagen, weil sie wusste, dass er die Tote in Wut versetzen würde, doch ehe sie nachdenken konnte, war er ihr über die Lippen gerutscht.

»Wenn Gisele hier wäre, was würdest du ihr sagen?«

Gisele erstarrte an der Seite ihrer Mutter und sah Vida zornig an. Ihre Mutter reagierte ganz anders und begann zu weinen. Gisele presste sich jetzt so eng an sie, dass der Geist des Mädchens beinahe mit dem Körper der Mutter verschmolz.

»Ich weiß, dass sie da ist«, flüsterte die Mutter Vida zu. »Ich spüre, wie sie sich an mich schmiegt und eins mit mir sein will. Ich sterbe mit ihr und so werden wir beide im Tod zusammenfinden, nicht wahr?«

Vida nickte und ihr Nicken trieb der Frau erneut die Tränen in die Augen. Sie wandte den Kopf ab, damit Vida ihre Trauer nicht sah. Eine ganze Minute verging, dann löste sich Gisele zögerlich von ihrer Mutter und richtete sich auf. Sie stand im Raum und ihr falsches Lächeln war verschwunden und nackte Trauer verdunkelte ihre Gestalt.

»Meine Mutter lässt mich gehen«, sagte sie, »aber ich will sie nicht loslassen, dennoch lässt sie mich gehen.«

»Es ist richtig so«, sagte Vida.

»Ich hasse Besserwisser«, sagte Gisele.

»Niemand mag Besserwisser«, gab Vida zu.

Gisele sah zu ihrer Mutter, die mit geschlossenen Augen dalag und weinte.

»Ich dachte, ich könnte sie mitnehmen«, sagte Gisele. »Ich dachte, wir könnten für immer zusammen sein, aber sie will nicht wirklich. Sie liebt das Leben.«

»Alle Lebenden lieben das Leben.«

»Wieso lieben dann die Toten nicht den Tod?«

»Weil er nicht zum Leben gehört. Deswegen ...«

Vida umfasste mit einer Handbewegung den Raum.

».... ist hier auch nicht mehr dein Ort.«

»Und wohin soll ich deiner Meinung nach gehen?«

»Ich zeige es dir.«

Vida stand auf und reichte Gisele die Hand. Die Tote zögerte kurz, dann griff sie zu. Ihre Berührung war wie ein Wimpernschlag. Vida konzentrierte sich und ließ eine Tür an der Zimmerdecke entstehen. Gisele blinzelte in das Licht, das an den Rändern hindurchschimmerte. Sie spürte den Sog, ihre Füße begannen sich vom Boden zu lösen, aber Vida hielt sie zurück.

»Darf ich dich noch was fragen?«

»Du machst es aber wirklich spannend«, antwortete Gisele.

»Du hast nicht deine Eltern gemeint, als du sagtest, sie würden mich schon lange erwarten und über mich sprechen, oder?«

»Meine Eltern wussten bis heute nichts von dir«, antwortete Gisele. »Es sind die Toten, die über dich reden. Sie sagen, du seist die Herrscherin, die kommt und bleibt und nicht mehr weicht. Sie erzählen, dass du von der Zukunft gesehen wurdest. Seitdem ist alles anders. Und jetzt lass mich bitte gehen.«

Die Traurigkeit aus Giseles Blick war verschwunden und eine Sehnsucht hatte ihren Platz eingenommen. Vida löste den Griff und die Seele der Toten stieg der Tür an der Zimmerdecke entgegen, die lautlos aufschwang, sodass Giseles Seele in das Licht gleiten konnte wie ein Fisch, der nach langer Gefangenschaft ins Meer zurückgeworfen wird.

5

Deka Mani stand auf, als Vida in die Wohnstube zurückkehrte.

»Hat sie mit dir gesprochen?«

Bevor ihm Vida antworten konnte, trat Giseles Mutter hinter ihr in die Stube und Deka Mani sank auf den Stuhl zurück, als hätte ihn eine unsichtbare Kraft vor die Brust getroffen. Es war seit dem Tod seiner Tochter das erste Mal, dass seine Frau das Bett verließ. Sie sagte, er solle doch nicht weinen. Da wischte sich Deka Mani verwundert über das Gesicht. Im selben Moment kam Amik mit einem Arm voller Holz von draußen herein und ließ es fallen, als sie ihre Herrin sah.

»Was für eine Freude!«, rief sie.

»Wahrlich, was für eine Freude!«, sagte Deka Mani und schloss seine Frau in die Arme.

Vida wandte ihnen den Rücken zu und schaute aus dem Fenster auf die Gasse und beobachtete einen Müller, der einen Handkarren mit Säcken beladen hinter sich herzog. Sein Haar war weiß vom Mehlstaub und auch die Haut schimmerte fahl, als wäre er einem Grab entstiegen. Er bemerkte Vida am Fenster und lächelte ihr zu. Vida lächelte zurück. Der Müller konnte nicht wissen, warum ihr Gesicht so leuchtete.

Er dachte sich: *Was für ein freundliches Mädchen, das wird ein guter Tag werden.*

Und Vida dachte: *Was auch immer mein Vater sagen wird, für diesen Besuch hier hat sich die Reise gelohnt.*

Eine halbe Stunde später stand Vida auf dem Hauptplatz von Tavolski Most und Deka Mani ließ sie wissen, dass sie sich keine Sorgen um ihren Hengst machen solle. Rai sei sicher im Stall am Haupttor untergebracht.

»Finde du erst mal deinen Vater, das hat Vorrang.«

Er hatte Vida beschrieben, in welchen Straßen die Schmiede ihre Waren ausgelegt hatten. Er hätte sie gerne begleitet, aber er musste zum Stadttor zurückkehren, er war ja nicht umsonst der Hauptmann der Wachen.

»Ich bin sehr froh, dich mit nach Hause genommen zu haben«, sagte er.

»Es hat mich auch sehr gefreut«, sagte Vida und stellte sich auf die Zehenspitzen, um ihm einen Kuss auf die Wange zu drücken.

MADAME

Während sich ihre Kutsche von Tavolski Most entfernte, betrachtete Madame Dujon nachdenklich ihre rechte Hand und wunderte sich, wann sie sich den Fingernagel eingerissen hatte. Sie entnahm ihrem Necessaire eine Feile und bearbeitete den Riss, bis der Fingernagel wieder glatt war. Dabei weinte sie ohne Pause, aber aus ihren Augen kamen nur noch ölige Tränen, da ihre Drüsen erschöpft waren. Madame weinte nicht um ihren Fingernagel, ihre Tränen galten allein ihrem kleinen Nikolai, der im Alter von drei Jahren verstorben war, und ihre Tränen galten auch ihrem Ehemann, der einen Monat nach dem Tod des Kindes unachtsam und in seiner Trauer gefangen die Straße überquert hatte und unter einen Ochsenkarren geraten war. Madame weinte auch um das Leben, das sie zurücklassen musste. Nichts als Trauer war ihr geblieben und sie ertrug die Fröhlichkeit der Handelsstadt nicht mehr. Ihr Bruder hatte sie in seinen Briefen gedrängt, das Geschäft ihres Mannes zu verkaufen und ihre zwei Geliebten auf dem Friedhof zurückzulassen. Der Priester hatte ihr versprochen, er werde die Gräber pflegen, und nahm ihr dafür eine Summe ab, die so manche Familie ein Jahr lang ernährt hätte.

Madame verstaute die Feile wieder im Necessaire und tupfte sich die Tränen mit einem spitzenbesetzten Taschentuch von den Wangen. Sie blickte aus dem Fenster auf die vorbeiziehende Landschaft und wurde das Gefühl nicht los, als würde sie ein Elend gegen das andere eintauschen. Die Jenisseibucht war um die Winterzeit ein unwirtlicher Ort mit einem permanent zugefrorenen Hafen, der nur im Sommer als Kurort überrannt wurde. Zumindest wäre sie dort nicht allein. Ihre Verwandtschaft samt Nichten, Neffen und Schwägerin erwartete sie. Madame hoffte sehr, ein wenig Schutz in der Familie ihres Bruders zu finden. *Alles ist besser als das, was ich hinter mir lasse,* dachte sie und lehnte sich zurück und schloss dabei die Augen, als wäre sie nicht mehr am Leben und würde nur darauf warten, dass ein Totengräber sie mit Erde bedeckte. Und so bekam sie nicht mit, wie Vida auf ihrem Hengst an der Kutsche vorbei durch den Schnee trabte und in Richtung Tavolski Most verschwand.

Dem Diener Yussuf dagegen entging die schneebedeckte Reiterin nicht, ihm entging kaum etwas. Er winkte ihr zu und war überrascht, dass sie ihn keines Blickes würdigte. Die Augen des Mädchens waren so zielstrebig nach vorne gerichtet, dass sie blind für ihre Umgebung war. Sie verschwand mit einem Heulen in Richtung der Handelsstadt und Yussuf schüttelte verwundert den Kopf. Er besaß ein sonniges Gemüt, was für einen Mann mit seinem Aussehen eine Errungenschaft war. Yussuf kannte die dunklen Seiten des Lebens. Er hatte sie überlebt und sah keinen Grund, sich unentwegt an sie erinnern zu müssen. Aus diesem Grund hatte er auch aufgehört, um die Familie der Madame zu trauern.

Yussuf hob die Peitsche und trieb die Pferde an. Er saß breitbeinig auf dem Kutschbock und bleckte die Zähne, als würde er den Winter zu einem Kampf herausfordern wollen. Sein Mantel war dick und schwer und erinnerte an einen Flickenteppich. Yussuf hatte ihn einem fahrenden Händler abgekauft, der auf das Leben seiner Mutter schwor, der Mantel sei aus dem Bestand des türkischen Sultans. Yussuf gefiel der Gedanke sehr. Woher der Mantel auch wirklich stammte, seitdem er sich mit ihm kleidete, ertrug er die Kälte und den Wind viel besser.

Er liebte es, Madame durch die Gegend zu kutschieren. Es war seine ganz eigene Art, die Einsamkeit zu genießen, denn wenn jemand so aussah wie Yussuf, dann war die Einsamkeit sein bester Freund. Kurz nach seiner Geburt hatte ihn seine Mutter eine Minute lang betrachtet, ehe sie sich abwandte und ihn nie wieder ansah. Am selben Tag brachte der Vater das Neugeborene zu einem von Nonnen geleiteten Heim, das Yussuf erst mit sechzehn Jahren wieder verließ, als ihn Monsieur Dujon einstellte. Er gab ganz offen zu, dass er für seinen Schutz einen Diener brauchte, vor dem sich alle anderen fürchteten. Yussuf war sein Mann und stieg sehr schnell vom Diener zum Fahrer zum persönlichen Begleiter der Madame auf. Er war es, der vor dem Zimmer stand, als der kleine Nikolai geboren wurde, und er war es, der den kleinen Sarg auf seinen Schultern trug, als man das arme Kerlchen zu seiner letzten Ruhestätte brachte. Yussuf kannte die Geheimnisse und Sehnsüchte der Familie Dujon, er wusste von ihrem französischen Ursprung und von den Weinbergen, die sie besaßen, und auch, dass der Herr des Hauses nicht einfach so vor einen Karren gelaufen war – die Trauer um den Sohn und zwei Flaschen Wodka waren dafür verantwortlich gewesen. Madame sollte das nie erfahren.

Wenn der Mensch lebensmüde wird, legt sich seine Seele nieder, dachte Yussuf, der zu seinen vielen Qualitäten auch eine Ader für die Philosophie zählte. Er hatte sich selbst das Alphabet beigebracht und nutzte jede Möglichkeit, Aushänge und Zeitungen zu lesen, da er mit Vorliebe über das Weltgeschehen grübelte und seine Meinung liebend gerne teilte. Leider war es schwierig, jemanden mit einem offenen Ohr zu finden, der die Meinung seines Gegenübers wissen wollte, wenn dieses Gegenüber alle dreißig Sekunden die Augen zusammenkneifen musste, weil seine linke Pupille zur Seite wanderte. Yussufs Mund war unentwegt zu einem sarkastischen Lächeln verzogen, als könnte nichts seine Laune trüben – nicht die nach unten gekrümmte rechte Schulter, die ihn schief laufen ließ, und nicht die träge Zunge, die seine Aussprache behinderte, sodass er lallte wie jemand, der zu viel getrunken hatte. Alle seine Leiden wog Yussuf durch seine Aufmerksamkeit auf. Er war höflich, hilfsbereit und übersah nichts. Hätte er an diesem Tag gewusst, dass die übertriebene Aufmerksamkeit sein Leben beschließen würde, hätte er sich garantiert entschieden, die Pferde mit zusammengekniffenen Augen anzutreiben. So aber sah er Stunden später, was seinem Blick nicht entgehen wollte, und das Schicksal beugte das Haupt und seufzte.

Auch Madame erging es nicht besser. Sie hätte ihrer Trauer nachgeben, sich tiefer in ihren Nerzmantel vergraben und ihren Tränendrüsen ein wenig Ruhe gönnen sollen. So aber schreckte sie verfrüht aus dem Schlaf, blickte auf die Landschaft hinaus und beobachtete das Flackern der Sonnenstrahlen zwischen den vorbeihuschenden Tannen. Dabei überkam sie eine überraschende Leichtigkeit, die sie dachte für immer abgelegt zu haben. Ihre Stimmung wandelte sich und es überkam sie das Gefühl, keine falschen Entscheidungen getroffen zu haben.

Von einem Moment zum anderen war sie voller Hoffnung.

Wie zauberhaft das Licht doch ist, dachte Madame und schaute vorgebeugt aus dem Fenster, Ellenbogen auf den Knien und das Kinn auf die Hände gestützt. Als sie noch ein Kind war, mahnte ihr Vater sie immerzu, sie würde wie eine Bäuerin dasitzen und deswegen eines Tages auch einen Bauern heiraten. *Wenn du mich jetzt sehen könntest,* dachte sie, *jetzt bin ich ohne Mann und Kind und sitze da, wie ich will.*

Madame musste über ihren eigenen Trotz lächeln und in genau diesem Moment erblickte sie die Hand, die wie ein welker Baumtrieb aus einer Schneeverwehung hervorragte. Madames Reaktion war kein Erschrecken, ihre erste und einzige Reaktion war: *Hoffentlich hat Yussuf das nicht bemerkt.*

Sie hoffte vergeblich.

Yussuf brachte die Kutsche nach dreißig Metern zum Stehen, sprang in den Schnee und klopfte an die Tür der Kutsche. Er war stets höflich. Madame öffnete den Vorhang, den sie eben schnell geschlossen hatte, und betrachtete ihren Diener durch das schmale Fenster. Sie dachte nicht daran, die Tür zu öffnen. Sie wusste, was passieren würde, wenn sie auch nur ein klein wenig nachgab.

»Oh weh, Madame!«, rief ihr Diener. »Da liegt einer.«

»Fahr weiter, Yussuf.«

»Aber habt Ihr gesehen, Madame?«

»Ich habe ihn gesehen, und wer auch immer da liegt, er liegt dort schon eine Weile und ist so tot, wie man nur tot sein kann. Ich will keine Toten mehr in meinem Leben, Yussuf. Steig also wieder auf den Kutschbock, ich bitte dich.«

Yussuf konnte heraushören, dass Madame es nicht so meinte, und er konnte sehen, dass eine Hoffnung in ihren Augen aufgeflammt war, die zum Anbeginn der Reise nicht zu sehen gewesen war. Yussuf gefiel das, er strahlte seine Herrin durch das Fenster an, als hätte sie ihm ein Kompliment gemacht.

»Soll ich mal schauen?«, fragte er.

»Ach, Yussuf«, seufzte Madame.

»Nur ganz kurz, damit wir wissen, ob wir nicht doch eine Hilfe sein können.«

»Mach aber schnell«, lenkte Madame ein.

Yussuf verschwand. Madame saß zwei lange Minuten einfach nur da und zupfte an dem Vorhang, während sie wartete, dass ihr Diener zurückkam. Schließlich übermannte sie die Neugierde. Sie warf einen letzten kritischen Blick auf ihren Fingernagel und verließ die Kutsche.

Der Mann war noch ein Junge, höchstens zwanzig Jahre alt, dürr und abgemagert. Das zottelige, lange Haar klebte in Locken an seinem Gesicht, der struppige Bart verbarg den Mund völlig. Yussuf hatte die Leiche vom Schnee befreit und hockte neben ihr wie ein Künstler, der sein enthülltes Werk kritisch betrachtet und sich wundert, was er falsch gemacht hat.

Der Tote trug einen zerschlissenen Mantel und war ohne Schuhe. Seine Füße waren in Lumpen gewickelt und blutig gelaufen. Madame seufzte erneut. Der Tote erinnerte sie an die vielen Armen vom Lande, die wegen der Kälte in die Stadt fliehen wollten und denen es nicht gelang, Tavolski Most vor Einbruch der Dunkelheit zu erreichen. Sobald das Tauwetter einsetzte, schossen die Leichen der Unglücklichen wie Pilze aus dem Schnee und wurden von den Straßenwachen aufgesammelt.

»Der arme Junge«, sagte Madame.

»Wahrscheinlich will er gar nicht hier sein«, sagte Yussuf und lächelte auf den Toten hinab, als könne er sein Dilemma verstehen. Die getrübten blassblauen Augen starrten an ihm vorbei, und Yussuf war sehr versucht, sie zu schließen. Es war nicht die erste Leiche, die er sah, dennoch fand er den Blick des jungen Mannes ausgesprochen beunruhigend. Als wüsste der Tote mehr als alle Lebenden zusammen und wäre noch nicht bereit, mit seinem Wissen ins Jenseits zu gehen.

»Die Straßenwachen werden sich um ihn kümmern«, beschloss Madame und wollte sich abwenden, da sah sie aus den Augenwinkeln, wie Yussuf den Kopf schüttelte.

»Seine Seele«, seufzte er und das Lächeln auf seinen Lippen blieb das unerschütterliche Lächeln, das die Welt in die Knie zwingen könnte, würde Yussuf nur ein wenig besser aussehen.

»Was ist mit seiner Seele?«

»Sie will nach Hause.«

»Und du weißt, wo sein Zuhause ist?«

Yussuf schüttelte den Kopf.

»Nicht hier«, sagte er. »Woanders.«

Madame wusste, wohin das Gespräch führte.

»Nein, denk nicht einmal daran«, warnte sie.

»Ich versuche es, Madame, aber es ist zwecklos, ich kann nicht aufhören, daran zu denken.«

»Yussuf, wir können ihn nicht mitnehmen.«

»In der Kutsche ist noch Platz.«

»Ich sagte, wir *können* ihn nicht mitnehmen!«

»Aber seine Seele ...«

»... ist längst entflohen. Sieh ihn dir doch mal an. Natürlich ist seine Seele längst entflohen, denn wer bleibt schon freiwillig in diesem gefrorenen Elend?«

Yussuf und Madame schauten auf den toten Jungen hinab, der mit dem struppigen Bart wie ein Kind wirkte, das einen Erwachsenen spielt.

Oder wie mein kleiner Nikolai, dachte Madame, *der sich am Ende des letzten Winters zur Masleniza verkleidet hatte und in viel zu großen Stiefeln durch die Gegend gestakst ist.*

»Ich kann seine Seele spüren«, sagte Yussuf.

»Ich auch«, gestand Madame und fügte dann halblaut hinzu, »aber ich will ihn nicht in der Kutsche haben, hast du mich verstanden?«

Yussuf nickte und machte aus Dankbarkeit eine leichte Verbeugung. Madame wandte sich ab und kehrte auf ihren Platz zurück. Yussuf wartete, bis sie sich wieder gesetzt hatte, erst dann schleifte er die gefrorene Leiche zur Kutsche und band sie mit Seilen auf dem Dach fest. Er mochte zwar nicht das hellste Licht auf der Erde sein, aber er glaubte daran, wenn er einer Seele in Not half, würden ihm Tausende von Seelen zur Seite stehen, sollte er sich selbst einmal in Not befinden. Dabei dachte er keinen Moment daran, dass es solche und solche Seelen gab. Doch mit einer Feststellung hatten Madame und er richtiggelegen: Diese Seele hier war nicht entwichen, sie wartete geduldig.

DAS MÄDCHEN, DAS NICHT STERBEN WOLLTE

I

Wohin Vida auch sah, das Leben brodelte und die Straßen von Tavolski Most bebten unter dem Tritt der Stiefel, dem Rollen von Wagenrädern und dem unermüdlichen Trappeln der Hufe auf dem Kopfsteinpflaster – Pferde und Kühe, Ochsen und Ziegen zogen vorbei und ihr Meckern erfüllte die Luft. Noch nie hatte Vida so viele Menschen und Tiere auf so engem Raum gesehen. Das Vieh rieb seine Körper an den Hausecken und Mauern und wich auf die mit Brettern ausgelegten Gehwege aus. Von dort wurde es mit Tritten und Flüchen wieder verscheucht, sobald es den Kohlenfeuern und den Tischen zu nahe kam, die trotz der Kälte draußen standen, weil es im Inneren der Wirtschaften so überfüllt war, dass die Gäste nach draußen treten mussten, um ihren heißen Grog in Ruhe zu trinken.

Ein Mann führte ein klapperdürres Yak an einem Seil und rief laut seinen Preis aus. Dann war da eine Gruppe von Bauernjungen, die eine Schweineherde vor sich hertrieben. Die Schweine stießen sich an, als würden sie etwas aushecken, und schnappten nach den herumlaufenden Hühnern. Ihr Grunzen erinnerte Vida an das entrüstete Schnauben der Weiber aus ihrem Dorf, wenn ihnen jemand widersprach. Überall wurde laut gehandelt und gestritten, getrunken und gelacht. Viele der Sprachen waren Vida fremd, doch die russischen Dialekte waren in der Überzahl und vermischten sich mit dem Niederländisch und Französisch zu einem Kauderwelsch, das in Vidas Ohren kleine Feuerwerke auslöste. Sie hätte vor Freude am liebsten gejuchzt, denn sie war endlich ein Teil des Geschehens und fühlte sich wie ein Blatt, das vom Wind mitgerissen wird. Sie berührte Kleiderstoffe und roch an ihr unbekannten Früchten und Kräuterbündeln. Immer wieder wurde ihr auf die Füße getreten oder man schob sie beiseite, weil sie im Weg stand. Sie bemerkte es kaum, duckte sich unter Markisen, belauschte Gespräche und erfuhr nicht nur, wie es den Bewohnern der Stadt ging, sondern auf welche Weise Peter der Große den Nordischen Krieg führte und dass der Preis für Mais erschreckend hoch gestiegen sei.

Einmal glaubte sie einen Raben auf einem Schild sitzen zu sehen, als sie aber ein zweites Mal hinschaute, war der Rabe verschwunden und das Schild wankte im frostigen Wind, der die vereinzelten Schneeflocken in der Luft hielt, als wollte er nicht, dass sie den Boden berührten.

Vida trat in eine Straße, die von gewachsten Planen überdacht war und sie zum Kunsthandwerk führte. Der Lärm nahm hier eine andere Form an. Während die Marktfrauen ihre Ware laut anboten und die Fischhändler sich mit Obszönitäten zu überbieten versuchten, herrschte in der Straße des Kunsthandwerks eine angenehme Ruhe und das Gedränge nahm ab. Auf langen Tischen waren hier die Waren angeordnet. Schalen, Teller und Becher, Töpfe und Pfannen, flache und tiefe Woks, geschnitzte Löffel und Gabeln. Stoffbahnen lagen auf Stoffbahnen und erinnerten an farbige Gesteinsschichten, Messer und Werkzeuge funkelten geölt. Über allem schwebte der satte Geruch von Bienenwachs, der von den gegossenen Kerzen aufstieg, die so appetitlich aussahen, dass Vida in sie reinbeißen wollte. In dieser Straße ließen sich die Käufer mehr Zeit und stellten den Händlern Fragen. Viele strichen mit den Fingerspitzen über die Waren, als würden sie ihre eigene Erinnerung berühren und sich wundern, ob dieses oder jenes zu ihnen passte.

Auch Vida begegnete auf diese Weise einer Erinnerung.

Obwohl sie nie die Nähe ihrer Mutter gespürt hatte, wusste sie, wie sich Yrmas Haar anfühlte und wie es roch. In der Schmiede gab es eine Truhe, in der Solomon neben Yrmas Schmuck auch ihre Bücher, Kleider und eine ihrer Haarlocken aufbewahrte. Das Haar war weich und duftete nach Rosmarin. Wann immer Vida die Locke in die Hand nahm, fühlte sie sich lebendig an. In diesem Moment aber dachte sie nicht an das Haar ihrer Mutter, sondern an ihren Schmuck.

Vida blieb am Stand eines Goldschmieds stehen, der sie misstrauisch beäugte, während ihre Fingerspitzen über den Schmuck strichen. Der Goldschmied hatte seine Ware auf einem schwarzen Samttuch ausgebreitet. Zwischen Spiegeln, Kämmen und Ohrringen entdeckte Vida eine außergewöhnliche Brosche. Das Silber schlang sich in feinen Fäden um einen Mondstein und mündete in einem eleganten Knoten. Vida beschloss, wenn sie eines Tages ihre eigene Schmiede hätte, würde sie genau solche Broschen herstellen. Waffen interessierten sie nicht, sie wollte Metall formen, das nicht nur dem Auge gefiel, sondern auch einen anderen Zweck erfüllte. *Das Böse schwingt eine Axt aus Gier und ein Schwert aus Neid,* hatte Riva gesagt. Genau dagegen wollte Vida etwas unternehmen. Sie berührte das Amulett in ihrem Mantel und beschloss, sie würde von diesem Tag an Schmuck erschaffen, der das Böse abwehrt und die Axt aus Gier und das Schwert aus Neid zersplittern lässt.

Eine Stimme riss Vida aus ihren Gedanken.

»Denk bloß nicht daran, mir irgendwas zu stehlen.«

Vida sah auf. Der Goldschmied saß wie der König des Kunsthandwerks auf einem Hocker und hatte das bärtige Kinn trotzig vorgeschoben, als wolle er Vida zu einem Kampf herausfordern.

Er hatte keine Mütze auf und war so kahl wie Asha, nur dass ihm im Gegensatz zu Vidas Tante die Haare ausgefallen waren. Sein Leinenhemd war dünn und er trug keine Jacke darüber.

»Es ist Winter«, sagte Vida.

Der Goldschmied schaute an sich hinab.

»Ich kenne keine Kälte«, sagte er, »fühl selbst.«

Er hielt Vida seine Hand entgegen, sie streckte sich und berührte seine Finger, die glühend heiß waren.

»Du dagegen könntest ein Paar Handschuhe vertragen.«

Vida vergrub ihre Hände im Mantel und umschloss das Amulett. Sie stellte sich vor, sie könnte sehen, was der Goldschmied sah – ein zehnjähriges Mädchen mit einer Feder im Haar und hellen, wachen Augen, das in dem dicken Mantel und dem Wollschal beinahe völlig verschwand. Die Handschuhe hatte sie in die Satteltasche von Rai geschoben, nachdem die Torwachen sie von seinem Rücken gehoben hatten.

»Jeden Morgen nehme ich ein eiskaltes Bad«, sprach der Goldschmied weiter und strich sich über seinen geflochtenen Bart. »Sieh mich an, ich bin eine Naturgewalt, mir kann die Kälte nichts. In mir brennen so viele Feuer, da erblasst die Sonne.«

»Du frierst also nie?«, fragte Vida.

»Nie.«

»Dann sind wir ja gleich.«

»Wieso macht uns das gleich?«

»Ich stehle nie.«

Dem Goldschmied gefiel die Antwort, dennoch zuckte er nur mit den Schultern, als wäre das nicht sehr glaubhaft. Vida hätte ihm in dem Moment am liebsten etwas gestohlen.

»Und wenn ich dir etwas stehlen würde«, schob sie hinterher, »würdest du es nicht einmal merken.«

»So geschickt bist du?«

»So geschickt bin ich.«

»Aber du stiehlst nie?«

»Nein, ich stehle nie.«

»Dann lass mich die höfliche Frage stellen, was du an einem Tag wie diesem, wo die Kinder ihren Eltern bei der Arbeit zur Seite stehen, vor meinem Stand verloren hast?«

»Ich lerne«, sagte Vida, »denn ich bin jemand, der das und das und das da ...«

Sie zeigt auf drei der Ketten.

»... bald schon selber machen wird.«

Der Goldschmied hob überrascht die Augenbrauen.

»Wie soll ich mir das vorstellen?«, fragte er.

»Ich werde Metall so spinnen, dass es sich wie Haar anfühlt.«

»Niemand kann Metall spinnen.«

»Ich schon.«

»Es ist Metall, es ist keine Wolle.«

»Das ist mir egal«, sagte Vida mit einer Ernsthaftigkeit, die den Goldschmied zum Lachen brachte. Ein gewaltiger Atembausch stieg aus seinem Mund auf und schwebte träge davon. Dann beugte er sich vor, um sich dieses Mädchen näher anzusehen, das gerade mal über seine Theke schauen konnte. Es dauerte keine fünf Sekunden, dann weiteten sich seine Augen und sein Gesicht leuchtete auf. Im nächsten Moment schlug er mit der Faust auf die Theke, dass der Schmuck einige Zentimeter in die Luft flog.

»Bei Taluk und seiner Brut und seinen achtzig Hunden!«, rief er.

Vida war verwirrt.

»Wieso hat Taluk achtzig Hunde?«, fragte sie.

»Hat er nicht?«

»Taluk ist ein Fuchs.«

»Auch ein Fuchs kann Hunde haben«, gab der Goldschmied zu bedenken und kam auf die Beine. Er trat so schnell hinter seinem Stand hervor, dass Vida froh war, ihm nichts gestohlen zu haben. Er packte sie links und rechts an den Oberarmen und hob sie in die Luft.

»Mädchen, erkennst du mich nicht wieder?«

»Du tust mir weh«, sagte Vida.
Der Goldschmied schüttelte sie ein wenig.
»Ich habe an deiner Wiege gestanden, da warst du gerade mal eine Woche alt! Ich habe dir vorgesungen, erinnerst du dich überhaupt nicht?!«
»Das ist zehn Jahre her«, sagte Vida.
»Ja, aber dennoch, ich habe dich erkannt!«
»Lass mich mal wieder runter«, bat ihn Vida.
Der Goldschmied stellte sie wieder ab. Die Feder in ihrem Haar war verrutscht und Vida rückte sie wieder gerade.
»Erst gestern«, sprach der Goldschmied weiter, »haben wir über dich gesprochen. Dein Vater hat mir erzählt, wie schlimm es für ihn war, ohne dich auf die Reise zu gehen. Also haben es sich deine Tanten anders überlegt.«
Er sah sich suchend um.
»Wo stecken sie?«
Vida biss sich auf die Unterlippe, dem Goldschmied entging das nicht.
»Oh, du bist alleine hier? Wie bist du hergekommen?«
»Auf meinem Pferd.«
»Ah, Raigur Tamotewinski.«
»Du kennst mein Pferd?«
»Was denkst du, wer dir das Tier ausgesucht hat?«
Er schlug sich gegen die Brust, dass es donnerte.
»Ich war das. Wie gefällt dir sein Name?«
»Ich nenne ihn Rai.«
»Was war an Raigur Tamotewinski falsch? Es war der Name meines Vaters.«
»Mein Pferd heißt jetzt anders.«
»Ich verstehe. Und wo ist der gute Rai jetzt?«
»Beim Hauptmann der Torwache, er passt für mich auf ihn auf.«
Der Goldschmied betrachtete Vida mit schräg gelegtem Kopf.
»Du bist also wirklich abgehauen? Du hast dich auf dein Pferd

gesetzt und hast Warrosch hinter dir gelassen?! Ach, Kleines, weißt du, wie sehr du mich an deine Mutter erinnerst? Sie hätte genau dasselbe getan, nichts und niemand konnte sie halten, wenn sie sich---«

»Du kanntest meine Mutter?«, unterbrach ihn Vida.

»Höre ich recht? Du fragst, ob ich sie *kannte*?!«

Der Goldschmied fuhr sich in gespielter Verzweiflung mit beiden Händen über den kahlen Schädel.

»Kenne ich meine linke Hand?«, fragte er. »Kenne ich meine Zehen? Weißt du noch immer nicht, wer ich bin? Jeden Winter kommt dein Vater zu mir, jeden Winter bestelle ich dir Grüße.«

»Du musst Ljod sein«, sagte Vida.

Der Goldschmied atmete erleichtert aus.

»Da bin ich aber froh, dass du dich erinnerst, denn du siehst nicht aus wie jemand, der auf den Kopf gefallen ist. Natürlich bin ich Ljod, und natürlich kannte ich deine Mutter! Als ich noch meine Schmiede in Odessa hatte, lebten deine Eltern eine Weile in meinem bescheidenen Haus. Deine Mutter studierte immer diese Bücher, die so schwer waren, dass sie sie nur mit beiden Händen anheben konnte. Jeden Morgen saßen wir zusammen beim Frühstück. Sie aß Kefir mit Früchten und dazu trank sie Tee, gesüßt mit Tannenhonig. Ich weiß das alles noch, als wäre es gestern. Kein Elefant hat so ein Gedächtnis. Deine Mutter auf meiner Terrasse beim Frühstück, stell dir das mal vor, denn das war ein Bild, das ich nie vergessen werde. Und da saßen wir und blickten aufs Meer hinaus und redeten über dich, so war das.«

»Über mich?«

»Spreche ich heute so undeutlich? Natürlich redeten wir über dich. Deine Mutter hatte dich immerzu im Kopf. Wo sie auch konnte, spann sie dich mit ins Gespräch ein. Jeder wusste von dir, lange bevor du geboren wurdest.«

Während der Goldschmied weitersprach und von seiner Schmiede in Odessa und dem Strand erzählte, nahm Vida einen der geschliffenen Quarzsteine in die Hand. Sie hätte dem Goldschmied stundenlang zuhören können. Doch je länger er redete, umso mehr öffnete sich eine Melancholie in ihrem Inneren. *Er kannte meine Mutter,* dachte sie, *er hat mit ihr gefrühstückt und gelacht*. Vida lauschte und studierte den Quarzstein, als wären alle Antworten dieser Welt in ihm verborgen.

»Möchtest du deine Mutter sehen?«, hörte sie Ljod schließlich fragen.

Vida hatte die Frage zwar gehört, sie klang aber so unsinnig, dass sie nicht einmal aufblickte, sondern weiter den Quarzstein in ihrer Hand drehte und wendete.

»Hörst du mir noch zu?«

Vida schaute auf.

»Möchtest du deine Mutter sehen?«, wiederholte Ljod.

»Sehen?«

»Ja, sehen.«

»Jetzt?«

»Jetzt ist besser als später.«

»Dann jetzt.«

»So soll es sein.«

Der Goldschmied holte unter der Theke eine armlange Schatulle hervor, auf die ein Wappen mit einem zweiköpfigen Greif eingeprägt war. Er entnahm ihr einen Bogen Büttenpapier und schob den Schmuck und die Edelsteine beiseite, um das Papier auf der Theke auszubreiten.

»Hier handelt es sich um etwas sehr Wertvolles«, erklärte er. »Dieses Büttenpapier wird in der Mühle Mali Losiny hergestellt. Das ist ein Ort in Böhmen, aus dem ich all meine Bögen beziehe. Ich würde lügen, wenn ich sagte, es wäre nicht die beste Papiermühle der Welt. Meine Kunden kommen nicht nur, weil ihnen mein Schmuck gefällt. Unter ihnen findest du auch Künstler und Maler, die ihre Skizzen nur auf diesen Papierbögen anfertigen. Und jetzt ...«

Er holte einen Griffel hervor, in den ein Grafitstab eingespannt war.

»... wollen wir deine Mutter zum Leben erwecken.«

Seine Hand setzte sich in Bewegung und das Grafit summte über das Papier. Eine Viertelstunde lang stand Vida reglos vor der Theke und beobachtete Ljod beim Zeichnen. Dabei registrierte sie jede seiner Bewegungen, ohne das ganze Bild zu sehen, denn immer wieder huschte seine Hand über das Blatt und fügte neue Striche hinzu. Als eine gefühlte Ewigkeit vergangen war und Vida es kaum noch aushalten konnte, legte Ljod den Stift beiseite und hob das Papier an. Er blies darüber, sodass der Grafitstaub davonwehte.

»Bist du bereit?«

Vida nickte und Ljod legte den Papierbogen vor ihr auf den Tisch.

Es war wie ein Wiedersehen. Es war, als wäre Yrma nur kurz weg gewesen und zurückgekehrt, um ihre Tochter durch ein Fenster im Büttenpapier anzusehen. Jedes Detail stimmte, selbst das Funkeln in ihren Augen war das Funkeln, das Solomon seiner Tochter beschrieben hatte. Und dann dieses Grübchen im Mundwinkel und dann diese Falte zwischen den Augen, die an einen Schatten erinnerte und nie wich. Und die Brauen und der Schwung der Lippen, die leicht geöffnet waren, als wollte Yrma eine Frage stellen.

Und die Ohren.

Und natürlich das lange Haar.

Hätte die Zeichnung sprechen können, hätte Vida die Stimme ihrer Mutter sofort erkannt.

»Mama«, sagte sie und brach in Tränen aus.

2

Manche Männer können aufs Kriegsfeld ziehen und ihre Kameraden sterben sehen und nichts geschieht. Manche Männer stehen am Bett ihrer kranken Eltern und nehmen Abschied und nichts geschieht. Denselben unerschütterlichen Kerlen bricht es aber das Herz, wenn sie ein Kind weinen sehen.

Ljod gehörte nicht zu diesem Schlag von Männern. Als Vida zu weinen begann, versuchte er, etwas Fröhliches zu sagen, aber außer einem Knurren kam nichts aus seinem Mund. Dann hatte er die Idee, noch mehr über Yrma zu erzählen – wie gerne sie schwamm, wie das Sonnenlicht sich in ihrem Haar brach oder wie sie das Gesicht verzog, wenn sie Quitten aß –, darauf schluchzte Vida erst richtig los. Zum Schluss griff Ljod nach einer Kette, in die Goldplättchen eingelegt waren, und ließ sie vor Vidas Gesicht baumeln, als wäre sie zwei Jahre alt und müsste abgelenkt werden.

»Sieh dir das mal an«, sagte er. »Diese Kette ist mir in einem Traum eingefallen.«

Der Trick funktionierte überraschenderweise. Vida war so verblüfft von der Feinheit der Kette, dass sie die Tränen hinunterschluckte und mit den Fingern über die Goldplättchen strich.

»Nimm sie ruhig in die Hand«, sagte Ljod erleichtert.

»Sie fühlen sich an wie Fischschuppen«, sagte Vida.

»Richtig. Ich hatte von einer Forelle geträumt.«

Vida hielt die Kette näher an ihre Augen.

»Aber das ist nicht über Nacht entstanden«, sagte sie.

»Drei Wochen habe ich daran gearbeitet«, sagte Ljod mit Stolz. »Jedes Plättchen habe ich einzeln gehämmert. Und wenn ich ganz ehrlich bin …«

Vida sah zu ihm auf.

»… bin ich sehr erleichtert, dass du nicht mehr weinst.«

Vida gab die Kette an ihn zurück und sah auf die Zeichnung. Zwei lange Minuten vergingen. Als der Goldschmied nach dem Papier greifen wollte, hielt es Vida mit einem Finger am Rand fest.

»Darf ich deine Zeichnung behalten?«, fragte sie.

»Natürlich. Ich werde sie dir sicher einpacken, damit du sie mit nach Hause nehmen kannst, und du solltest mir im Gegenzug einen Gefallen tun und deinen Vater so schnell wie möglich aufsuchen, bevor er dir zufällig über den Weg läuft. Ich würde ja gerne sein Gesicht sehen, wenn er erfährt, dass du alleine nach Tavolski Most geritten bist. Du bist mir schon eine! Wir werden heute Abend zusammen essen und dann stelle ich dir meinen Sohn vor. Er ist in deinem Alter, und wenn dir danach ist, kannst du ihm ja schöne Augen machen.«

»Ich mache niemandem schöne Augen«, sagte Vida.

»Vielleicht macht er ja dir schöne Augen, alles ist möglich.«

Vida wurde rot und nahm den Finger von der Zeichnung, die Ljod daraufhin in der Schatulle verstaute.

»Und jetzt geh und finde deinen Vater«, sagte er. »Und was du auch tust …«

Er legte eine Pause ein und breitete die Arme aus.

»… vergiss nicht, wer dich als Neugeborenes auf seinen Armen gehalten hat!«

»Du«, sagte Vida und lächelte plötzlich.

»Ich und noch mal ich«, bestätigte Ljod.

3

Vida hatte keine Eile, ihren Vater zu finden. Sie schlenderte durch die Straßen von Tavolski Most und ließ sich ziellos treiben. Bei den Webern beobachtete sie, wie ein Schaf geschoren wurde, und bewunderte die schnellen Finger der Frauen, die die großen Scheren führten, als wären diese gewichtslos.

Der Duft aus einer Bäckerei lockte Vida an. Sie wartete geduldig mit einigen Mägden vor dem Stand, dass die Brote aus dem Ofen gezogen wurden. In ihrem Mantel hatte sie einen Lederbeutel mit fünf Rubeln und dreißig Kopeken. In den letzten Jahren hatte sie sich das Geld durch kleine Arbeiten verdient, die ihr Solomon aufgetragen und aus seiner eigenen Tasche bezahlt hatte, damit sich seine Tochter wie eine wohlhabende Dame fühlen konnte, wenn sie durch Tavolski Most spazierte.

Vida kaufte einen kleinen Laib, der mit Kümmel und Salz bestreut war. Das Brot war glühend heiß und dampfte, als sie es aufbrach; und so stand sie in der Nähe einer Feuerschale, die ihr den Rücken wärmte, aß das Brot und schaute dabei dem Schneefall zu, der in immer dickeren Flocken herabkam. Innerhalb kürzester Zeit verschwand das gefegte Kopfsteinpflaster unter einem Teppich aus Schnee, und die Geräusche und Stimmen wurde zu einem Raunen herabgedämpft.

»Siehst du sie?«

»Ich sehe sie.«

»Irgendwas stimmt nicht mit ihr.«

»Ja, ich spüre es.«

Vida hatte sich eben vorgebeugt, um an einem der Brunnen ihren Durst zu stillen, als sie über das Gemurmel und Hufgetrappel hinweg diese Worte hörte. Sie schaute sich um. Die Leute liefen weiter, ihre Münder bewegten sich, aber wie sehr Vida auch suchte, sie fand nicht heraus, zu wem die zwei Stimmen gehörten.

»Schade, dass wir die Hunde nicht dabeihaben.«
»Möchtest du sie jagen?«
»Gegen eine Jagd hätte ich nichts einzuwenden, aber nicht in diesem Kleid.«
»Wir können ja später wiederkommen.«
»Es wäre schade, wenn sie uns entkommt.«
Vida verrenkte sich beinahe den Hals. Sie trat von der Straße und der Menschenmenge weg und stellte sich in den Eingang einer schmalen Gasse. Die zwei Stimmen waren so deutlich, als würden sie einen Meter von ihr entfernt erklingen. Doch da war niemand, und niemand schaute zu Vida hinüber.
»Wo seid ihr?!«, rief sie laut.
Eine Frau sah sie erschrocken an und zog ihren Mann weiter. Eine Gruppe von Mädchen in Begleitung einer Nonne hielt sich lachend die Hände vor den Mund. Niemand blieb stehen und niemand zeigte sich. Der Schneefall wurde dichter. Die Stimmen sprachen ungestört weiter.
»Das erbärmliche Wesen trägt nicht einmal Handschuhe!«
»Siehst du, wie verloren sie dasteht?«
»Die Verlorenen sind mir die Liebsten.«
»Ich sehe aber auch ihren Stolz.«
»Stolz kann man brechen.«
Vidas Herz begann schneller zu schlagen. Sie stellte sich vor, wie sie den Tanten von den Stimmen erzählte, und als sie das dachte, erinnerte sie sich, was Eka zu ihr gesagt hatte. *Du siehst nur, was du sehen willst. Lade die Klarheit zu dir ein.* Vida kniff die Augen zu und ließ den Sturm in sich aufkommen und sah den Baum, der sich beugte. Sie lud die Klarheit ein und wartete, sie ließ den Sturm vorbeiziehen und wartete noch ein wenig länger, dass sich der Baum aufrichtete.
Sekunden später öffnete sie die Augen.
Nichts hatte sich verändert.
Da war die Straße, da waren die vielen Menschen und …

Inmitten der dahineilenden Menge standen eine Dame und ein Herr vollkommen reglos und schauten zu Vida herüber. Das Gesicht des Herrn war rissig und erinnerte Vida an die Erde im Sommer, nachdem es wochenlang nicht geregnet hatte. Er trug eine schmale Brille mit getönten Gläsern, hinter denen seine Augen wie Tintenkleckse schwammen. Der Umhang und die Hose waren von einem dunklen Blau, die Stiefel liefen spitz zu und hatten Messingbeschläge an den Spitzen. Die Dame an seiner Seite wirkte dagegen wie eine zarte Pflanze, die zweimal am Tag gewässert werden musste. Das lange, blonde Haar lockte sich auf den Schultern, ihr graues Ballkleid war weit geschnitten und reichte bis zum Boden. An ihren Händen trug sie weiße Seidenhandschuhe, die den Griff eines Schirmes hielten, der sie vor dem Schneefall schützen sollte. Ihre Pelzstola war aus Kaninchenfell und ihr Hut hatte einen Schleier an der Krempe, der ihr Gesicht vollkommen verbarg.

Vida hatte noch nie so fein gekleidete Menschen gesehen. Es erweckte den Anschein, als wären sie auf dem Weg zu einem Ball. Sie standen dreißig Schritte von Vida entfernt, dennoch hörte sie in der schmalen Gasse jedes ihrer Worte.

»Irgendwas stimmt nicht mit ihr«, sagte die Dame.

»Sie ist nur ein Mädchen«, sagte der Herr.

»Nein, irgendwas stimmt nicht. Sieh doch, wie sie zu uns rüberschaut.«

»Vielleicht hört sie uns.«

»Das ist nicht, was mich stört.«

»Willst du sie dir näher ansehen?«

»Ich will mir ihr Herz näher ansehen.«

»Und dann?«

»Dann werde ich es ihr herausreißen.«

Der Herr lachte, es klang wie Wasser auf einem heißen Stein.

»Hier und jetzt? Das wagst du nicht!«

»Dann lass dich überraschen, mein Lieber.«

Mit diesen Worten hakte sich die Dame beim Herrn unter und sie nahmen Kurs auf Vida.

Die Menschenmenge teilte sich. Die Leute unterbrachen ihre Gespräche und traten zur Seite, viele verbeugten sich mit gesenktem Blick und schienen vergessen zu haben, was sie auf der Straße verloren hatten. Niemand sah der Dame oder dem Herrn direkt in die Augen. Ein Pferd scheute und drückte sich gegen einen Stand mit Tongefäßen, der ins Wanken geriet und dann umstürzte. Ein Kind ließ seine Süßigkeit fallen und rannte heulend davon, während ein Hund nach den Schneeflocken schnappte und sich dann selbst ins Hinterbein biss.

Die Dame und der Herr kamen direkt auf Vida zu, die vollkommen ratlos war, wie sie reagieren sollte. Sie wich erst einen, dann einen zweiten Schritt zurück. Seit ihrem sechsten Geburtstag stand sie an der Esse ihres Vaters und ertrug die Hitze mit zusammengebissenen Zähnen. Sie war in ihrem ganzen Leben noch nie vor einer Herausforderung zurückgeschreckt und selbst die Toten fürchtete sie nicht. Aber was Vida in diesem Moment dringend brauchte, war nicht Stärke oder Mut. Ihre Klugheit war gefragt, und so kratzte sie alle Klugheit zusammen, die sie finden konnte, drehte sich um und rannte davon.

Das Lachen der Dame folgte ihr.

»Sie rennt ja wie ein Hase«, hörte Vida den Herrn sagen.

»Aber schau, sie hat etwas verloren«, sagte die Dame.

Vida kam schlitternd zum Stehen und wäre beinahe gefallen. Als sie sich umdrehte, sah sie einige Meter hinter sich die Rabenfeder im Schnee liegen. Die Dame und der Herr traten näher.

»Ist das …«

»Das kann nicht sein …«

Vida war innerhalb von Sekunden bei der Feder und wollte sie aufheben, da erblickte sie den Saum des grauen Kleides vor sich auf dem Boden.

Vida blickte auf.

Sie standen direkt vor ihr.

Die Dame war noch immer beim Herrn untergehakt, der Schirm ragte wie ein schwarzer Mond hinter ihr auf. Sie waren Berge, Vida fühlte sich wie ein Maulwurfshügel, der mit einem Tritt niedergetrampelt werden konnte.

»Wollen wir doch mal sehen, was dir so wichtig war, dass du zurückkommen musstest«, sagte die Dame und tippte mit der Spitze ihres Stiefels gegen die Feder, die im Schnee von einer Seite zur anderen rollte und keine Feder mehr war.

»Oh«, machte die Dame.

»Quelle surprise«, sagte der Herr.

Vida schnappte sich den Zopf und drückte ihn an ihre Brust.

»Der gehört mir«, sagte sie und wich zurück.

»Dir?!«

Der Herr gab ein raues Lachen von sich, die Dame schüttelte den Kopf, ihr Schleier bewegte sich wie eine Qualle unter Wasser.

»Nein, mein Kind«, sagte sie. »Dieser Zopf gehört einem Mann, der schon lange nicht mehr richtig im Kopf ist. Und du? Zu wem gehörst du?«

Vida dachte nicht daran, der Dame zu antworten. Sie wollte an den beiden vorbei aus der schmalen Gasse fliehen. Der Herr trat einen halben Schritt zur Seite und versperrte ihr den Weg.

»Du weigerst dich?«, fragte er und beugte sich vor. »Du willst der Dame nicht antworten?«

Vida spürte seinen Blick durch die getönte Brille hindurch und sah in dem matten Glas ihre eigene Spiegelung, die ihr winzig vorkam. Eine Gänsehaut wanderte ihren Rücken hoch. Sie fror und gleichzeitig brach ihr der Schweiß am ganzen Körper aus. Der Herr registrierte ihr Unwohlsein mit einem Lächeln.

»Lass mich dich kosten«, sprach er, und ehe Vida zurückschrecken konnte, hatte er mit seinem Zeigefinger über ihre Stirn gestrichen und sich den Finger in den Mund gesteckt.

»Ach«, entwich es ihm und er richtete sich abrupt auf, als wollte er Abstand zwischen sich und Vida bringen. »Sie ist es.«

Die Dame trat einen Schritt zurück.

»Du scherzt!?«

»Es gibt keine Zweifel, Adiana. Schweiß lügt nicht, sie ist es.«

Der Herr wandte sich an Vida.

»Deine Mutter war Yrma und dein Vater ist Solomon, er hat dich in einem Dorf namens …«

Der Herr spürte dem Geschmack des Schweißes nach.

»… Warrosch versteckt. Du bist gestern …«

Er lachte.

»Du bist gestern zehn Jahre alt geworden! Und dich hat …«

Er riss die Augen weit auf und lachte erneut.

»… der Architekt der Zeit hat dich aufgesucht, um dir deine Zukunft zu geben. Drei Monate ist das her, deswegen bist du erst seit drei Monaten sichtbar.«

Er schüttelte bedauernd den Kopf.

»Das Beste daran ist, dass du kein Wort von deiner Zukunft verstanden hast, weil Sumerisch für dich eine vollkommen fremde Sprache ist, habe ich recht?«

»Du hast unrecht«, sagte Vida.

»Ich habe *was*?!«

Das Gesicht des Herrn verwandelte sich in eine Fratze.

»Wagst du es, mich einen Lügner zu nennen?«, zischte er und schlug Vida ins Gesicht.

Sie taumelte gegen die Mauer der Gasse und richtete sich wieder auf. Sie schmeckte Blut im Mund und ihre Augen flossen vor Wut über. Der Herr hob die Hand für einen zweiten Schlag, die Dame hielt ihn zurück.

»Ruhig«, sagte sie, »du willst doch nicht der Tochter von Yrma wehtun.«

Obwohl es Vida durch den Schleier nicht sehen konnte, glaubte sie, dass die Dame bei diesen Worten lächelte. Sie klappte ihren Schirm zusammen und reichte ihn dem Herrn. Danach betrachtete sie Vida einen langen Moment und winkte sie zu sich.

»Komm doch einen Schritt näher«, sagte sie.

Vida dachte nicht daran, aber dann hob sich ihr linker Fuß wie von selbst und sie trat einen Schritt vor.

»Wie amüsant«, sagte die Dame, »dachtest du wirklich, du könntest dich meinem Willen widersetzen? Für mich bist du durchsichtig wie Glas. Es fällt mir so leicht, deine Gabe zu sehen. Ein Mädchen, das mit den Toten spricht. Wie fühlt sich das an? Du musst mir nicht antworten. Die Seelen, die du ins Licht geführt hast, spiegeln sich in deinen Augen. Du bist wahrlich die Tochter deiner Mutter. Aber verrate mir, wie konnte dein Vater dich nur zehn Jahre lang so gut versteckt halten? Als die erste Schale vor drei Monaten angeschlagen wurde, dachten wir alle, es sei der Tag deiner Geburt. Wie konnten wir uns nur so täuschen lassen? Weißt du überhaupt, wie lange wir schon auf dich warten, Tochter von Yrma?«

»Äonen«, sagte der Herr.

»Weißt du, was Äonen sind? Deine Mutter hat uns eine lange, lange Zeit das Leben schwer gemacht. Sie und dein Vater waren ein Albtraum. Wie viele Zegechem haben wir an sie verloren, Dohos?«

»Ich habe aufgehört, mitzuzählen.«

»So viele sind es also, dass man irgendwann aufhört, mitzuzählen«, sagte die Dame.

»Meine Eltern waren kein Albtraum«, widersprach ihr Vida.

»Ah, denkst du das wirklich? Lass mich dich eines Besseren belehren: Deine Mutter war eine Plage und dein Vater eine Geißel. Wegen ihnen haben wir Städte niedergebrannt und Völker ausgelöscht, wir haben Herrscher gestürzt und Menschen ans Kreuz genagelt, doch keiner, hörst du, kein Einziger hat deine Eltern verraten. Wie erstaunlich ist das? Doch dir ist bewusst, dass wir nicht wirklich sie, sondern dich gejagt haben, oder? Weißt du, was man sich über dich erzählt? Soll ich es dir verraten? Du bist jetzt die Plage, die alle fürchten. Du bist das wahre Erbe deiner Mutter.«

Plötzlich lachte die Dame.

»Und jetzt sind ausgerechnet wir über dich gestolpert! Aber jetzt mal ehrlich, sieh dich an, wer soll jemanden wie dich fürchten? Ich hatte schon länger den Verdacht, dass du nur ein Mythos bist. Die Zeit verdreht die Wahrheit, aus einem Hügel wird ein Berg wird ein Gebirge. In meinen Augen bist du wie ein Schaf, das---«

»Ich bin kein Schaf«, unterbrach sie Vida, »ich bin auch keine Plage. Ich bin ich. Und ich hasse es, wie du redest.«

Die Dame nickte bedächtig, als würde sie über Vidas Ausbruch nachdenken.

»Du widersprichst gerne, nicht wahr?«

»Ich sage nur die Wahrheit«, antwortete Vida, und wie sie diese Worte aussprach, stieg eine Wut in ihr auf, die sie noch nie so verspürt hatte. Als wäre die Dame ihre Erzfeindin, als würde eine uralte Fehde zwischen ihnen ausgefochten. Die Tanten hatten Vida beigebracht, dass die Wut nie ein Freund ist, den man zu sich einladen sollte. *Wut brennt wie Birkenholz,* hatte Eka gesagt, *heiß und hell und viel zu schnell.* Doch jetzt überrollte Vida die Wut und setzte ihre Gedanken in Brand und das war gut so, denn erst im kalten Feuer der Wut begriff Vida, wer ihr da gegenüberstand. Sie hatte die Zeichen ignoriert – die Luft ließ sie schwerer atmen und dann war da diese lastende Stille, die sich wie eine Glasglocke über alles legte, sodass keine Geräusche von außen hereindrangen. Vidas Hand glitt in den Mantel und schloss sich um das Amulett. Es hatte längst reagiert und war so glühend heiß, dass es an Vidas Fingern schmerzte. Vida zog das Amulett aus ihrem Mantel und hielt es der Dame entgegen.

»Oh nein!«, rief der Herr mit gespieltem Schrecken. »Sie greift uns an!«

Die Dame machte eine Handbewegung, Vidas Finger verloren den Griff am Amulett und es fiel zu ihren Füßen, wo es ein Loch in den Schnee schmolz.

»Damit bannst du zwar einen Zegechem«, sagte die Dame, »aber doch nicht uns, Tochter von Yrma. Oder weißt du etwa nicht, wer wir sind?«

Vida nickte mit einem trockenen Mund.

»Ihr seid die Herrschaften.«

»Was für ein kluges Mädchen du bist! Aber weißt du, wer wir wirklich sind? Das hier ist der ehrenwerte Dohos, er ist der Hass und die Ursache dafür, dass die Kriege nie ein Ende finden und die Menschen sich zerreißen und einander Wunden schlagen. Mich darfst du deine Kraljica nennen, denn mir gehört diese Stadt, wie mir das Fürstentum und ganz Sibirien gehört. Aber erst wenn du hinter meinen Schleier schaust, wirst du sehen, wer ich in Wahrheit bin. Möchtest du das? Bist du neugierig?«

Der Herr räusperte sich.

»Adiana, wir sollten aufpassen«, warnte er. »Du weißt nicht, wozu sie fähig ist.«

Die Kraljica legte den Kopf schräg, als müsste Sie über die Worte des Herrn nachdenken.

»Dohos hat recht«, sagte sie, »ich weiß wirklich nicht, wozu du fähig bist. Möchtest du es mir zeigen, Tochter von Yrma? Wollen wir einen Blick auf deine Zukunft werfen? Ich kann sie dir aus dem Sumerischen übersetzen, damit du endlich weißt, was dich erwartet, möchtest du das?«

Ohne eine Antwort abzuwarten, hockte sich die Kraljica hin, um mit Vida auf einer Höhe zu sein. Ihr Kleid raschelte und breitete sich wie eine ölige Pfütze um sie herum aus. Vida roch ihren Atem durch den Schleier hindurch. Es war der Geruch von verbrannter Erde.

»Lass mich deine Zukunft sehen«, sagte die Kraljica und ergriff Vidas Kinn mit der rechten Hand. Ihre Finger waren eisig und die Berührung so fest, dass Vida den Kopf nicht abwenden konnte. Wie aus weiter Ferne glaubte sie die Worte ihres Vaters zu hören: *Da draußen sind Wesen, die mit einer Berührung dein Wissen anzapfen und verschlingen können.*

Vidas Hände zuckten.

»Keine Mudras mehr für dich«, sagte die Kraljica und schob mit der anderen Hand Vidas Mantel auf, um ihr die Handfläche auf den Solarplexus zu legen. Es fühlte sich an, als würde sie durch den Wollstoff hindurch Vidas Lungen umschließen. Ein Zittern durchfuhr Vida. Sie hörte wie aus weiter Ferne, dass die Kraljica zu ihr sprach. Ihre Stimme war weich und freundlich.

»Oh, schau doch, was für leuchtende Zeiten dich erwarten, Tochter von Yrma. Deine Seele ist so strahlend rein, dass sie mich blendet. Wie stark, wie mutig. Bald schon wirst du der Liebe deines Lebens begegnen, sag, ist das nicht aufregend? Und mit jedem neuen Tag wird sich das Wissen ein wenig mehr um dich herum versammeln wie ein Bienenschwarm um seine Königin. Dieses Wissen wird dir große Macht verleihen und deine stärkste Waffe sein. Ich gratuliere dir! Und siehe da, du wirst die Menschheit mit deinen Worten verändern und Frieden in die Länder bringen, die nur Krieg kennen. Du allein wirst die Dunkelheit verbannen und ein neues Zeitalter einläuten. Und wir, wir werden dich fürchten und von dieser Welt fliehen, weil du uns vertreiben wirst. Ach, was für eine Zukunft dir bevorsteht! Es ist wahr, was sie sich über dich erzählen, jedes Wort ist wahr. Und was sehe ich da? Eins, zwei, drei, nein, schau doch, vier Kinder wirst du gebären! Was sagst du dazu?«

Die Kraljica zog ihre Hand zurück und löste den Griff um Vidas Kinn. Sie richtete sich auf, als müsse sie Abstand schaffen. Vida war endlich wieder frei und wich zurück. Sie fühlte sich schwach und müde, gleichzeitig war da eine unerwartete Freude, denn Vida war berauscht von ihrer Zukunft.

»Das alles kannst du sehen?«, fragte sie.

»Ich sehe das alles und mehr. Und weißt du, was das bedeutet?«

Vida schüttelte den Kopf.

»Es bedeutet, dass es wahr und wirklich wird.«

»Alles?«

»Alles.«

»Und weißt du, was *das* bedeutet?«

Erneut schüttelte Vida den Kopf.

»Es bedeutet, dass es unmöglich ist«, sagte die Kraljica und ihre Stimme verlor die Weichheit und wurde scharf: »Denkst du wirklich, ich überlasse dich einer Zukunft, die unser aller Untergang sein könnte? Für wie dumm hältst du mich? Die Zeit des Lichts ist vorbei, es regiert die Dunkelheit, ihr allein gehört dieses Dasein, und deswegen ist deine Zukunft unmöglich, Tochter von Yrma. Dafür hast du doch Verständnis, oder?«

»Aber ... du hast gesehen, was mich erwartet«, sagte Vida kläglich.

»Ja, bis eben war es deine Zukunft, aber jede Zukunft kann gebogen und gebrochen werden. Wenn ich könnte, würde ich dich sofort sterben lassen, Tochter von Yrma, aber dein Tod würde niemandem etwas nützen, denn deine Seele ist es, die ausgelöscht werden muss. Leider ist sie in ihrem gegenwärtigen Zustand so rein, dass eine einzige Berührung mich vernichten würde. Noch bist du unantastbar und nur der Wächter kann dir die Seele rauben, denn deine Reinheit kümmert ihn nicht. Sei also froh, dass ich kein Wächter bin. Doch dieser Umstand soll dich nicht beruhigen, denn sobald ich mit dir fertig bin, wirst du darum betteln, dass dich der Wächter von deinen Qualen befreit.«

Die Kraljica legte sich eine Hand auf die Brust, als würde sie einen Schwur ablegen.

»Dreizehn ist der Anfang der Dunkelheit«, sagte sie. »Dreizehn wird dein Ende sein, so werde ich es geschehen lassen. Denn auf diese Weise schreibe ich deine Zukunft um, und das ist die Verdammung, die ich dir auferlege: An dem Tag, an dem du zur Frau wirst, werde ich dich aufsuchen, egal, wo du dich versteckst, und ich werde dir die Seele aus dem Körper zerren, wie man ein Tier aus einem Bau zerrt. Und du wirst nichts dagegen tun können.«

Vida starrte sie nur reglos an. Die Kraljica hatte eine andere Reaktion erwartet.

»Du glaubst mir nicht?«, fragte sie verblüfft.

»Meine Tanten werden mich schützen«, antwortete Vida. »Sie werden---«

»Oh, ich weiß«, unterbrach sie die Kraljica, »auch dein Vater wird dir Schutz bieten, doch es wird vergeblich sein, denn bis zu dem Tag, an dem du zur Frau wirst, bleiben dir noch drei Jahre. Ich allein werde dafür sorgen, dass du in dieser Zeit mehr leidest als jemals ein Mensch zuvor. Niemand wird dich beschützen können. Ich werde dich zu einem Leuchtfeuer machen, Tochter von Yrma, einem Leuchtfeuer, das jeder Tote sehen kann. Du wirst an der Gabe deiner Mutter verbrennen, und so, wie sie dir deine Zukunft geschenkt hat, sieh dies als mein Geschenk an dich: Ich werde das Tor in das Totenreich öffnen und nichts und niemand wird es schließen können. Nicht deine Tanten, nicht dein Vater. Die Toten werden dir auflauern, sie werden dir die Luft zum Atmen nehmen und selbst deinen Schlaf mit dir teilen. Nun sprich, was sagst du zu meinem Geschenk? Findest du nicht, dass ein Dankeschön angebracht wäre?«

»Das ist Sarkasmus«, sagte Vida.

»Oh, du weißt, was Sarkasmus ist?«

»Selbst unsere Ziegen wissen, was Sarkasmus ist.«

»Aber eure Ziegen wissen nicht, was echtes Leid ist. Vielleicht bringst du es ihnen bei, während du die nächsten Jahre um deinen Tod bettelst.«

Vida sprach zwischen zusammengebissenen Zähnen und betonte jedes Wort.

»Ich werde nicht betteln, denn ich habe keine Angst vor der

Zukunft. Ich bin die Tochter meiner Mutter und meine Mutter hat mich geboren, damit ich ewig lebe.«

Die Kraljica applaudierte.

»Wie aufregend, du bist wahrlich ohne Furcht. Wenn du so furchtlos bist, dann tritt doch näher und lüfte meinen Schleier. Decke auf, wer ich wirklich bin, und lass mich sehen, aus was für einem Holz die Tochter von Yrma geschnitzt ist.«

Vida konnte spüren, dass der Zopf in ihrer Hand kein Zopf mehr war. Sie steckte sich die Feder wieder ins Haar und atmete durch. Ein kaltes, enges Band lag um ihren Hals. Sie dachte nicht daran, sich vor den Herrschaften eine Blöße zu geben oder als Feigling dazustehen. Sie fürchtete niemanden, ganz besonders nicht diese Kraljica, die sie jetzt mit vorgebeugtem Oberkörper erwartete. Vida trat auf sie zu und krallte ihre Finger in den Schleier. Im selben Moment sprang die Verdammung der Kraljica unbemerkt auf Vida über und nistete sich in ihrer Brust ein, um sich von da aus in ihrem ganzen Körpern zu verbreiten.

Der Schleier löste sich mit einem sanften Wispern vom Hutrand.

Und dahinter war nichts.

Und dahinter wartete eine pechschwarze Leere.

Und hinter der Leere wartete noch mehr Leere an der Stelle, an der das Gesicht der Kraljica sein sollte. Vida glaubte in dieser Leere eine Bewegung zu erkennen, als würde sich etwas auf sie zubewegen. Weit entfernt hörte sie die Stimme der Kraljica, doch die Worte machten keinen Sinn. Vida wollte mit der Hand nach der Leere greifen und sie beseiteschieben, doch ihre Hand bewegte sich nicht und die Leere umfloß sie und löschte alle Lichter, bis es dunkel wurde. Aus dieser Dunkelheit heraus hörte Vida ein Rufen und dann landete ein Schlag in ihrem Gesicht. Für einen Moment glaubte sie, dass der Herr auf sie einprügeln würde, aber sie täuschte sich.

Solomon stand über ihr und klang wütend.

»Hörst du mich nicht? Was tust du hier? Wieso kniest du im Schnee? Und wie bist du auf die dumme Idee gekommen, alleine nach Tavolski Most zu reisen?«

Vida blinzelte verwirrt. Ihr Vater flimmerte, als wäre er aus einem trüben Licht gemacht. Er erinnerte Vida an den toten Soldaten aus der Steppe. Vida sah durch Solomon hindurch bis zum Ende der Gasse und eine Panik kam in ihr auf, dass ihr Vater einer der Toten war.

»Was glaubst du, wie mein Herz gerast hat, als mir Ljod erzählt hat, du seist an seinem Stand gewesen?«, sprach Solomon weiter. »Was hast du hier nur verloren, Vida? Bist du weggerannt? Wissen deine Tanten, dass du hier bist?«

Vida konnte ihm nicht antworten, sie konnte ihn nicht einmal ansehen, sondern starrte auf die Stelle, auf der die Herrschaften eben noch gestanden hatten. Sie verstand nicht, was hier geschah – das Tageslicht war verschwunden und die Nacht angebrochen. Es mussten Stunden vergangen sein. Die Straße vor der Gasse war verlassen, kein Mensch ließ sich blicken und nur eine Ratte huschte an der Mauer entlang wie ein Traum, der sich davonstiehlt.

Vida fragte sich, wie sie ihrem Vater die Begegnung erklären sollte. Sie sah an sich hinab, sie kniete wirklich im Schnee und ihre rechte Hand war so fest zu einer Faust geballt, dass sich ihr Arm leblos anfühlte. Solomon folgte ihrem Blick und bemerkte jetzt erst, was da zwischen ihren Finger hervorragte.

Das darf nicht sein, dachte er und zog Vida auf die Beine.

Er legte die Arme um sie und strich ihr über den Kopf.

»Lass es fallen«, sagte er in Vidas Ohr hinein. »Lass es einfach fallen, hörst du?«

Vida drückte ihre Stirn fest an seine Brust und öffnete ihre Faust. Der Schleier der Kraljica schwebte zu Boden wie ein trockenes Blatt. Vida konnte den Blick nicht abwenden. Der Schleier war kein Schleier mehr. Wie die Rabenfeder sich in einen Zopf verwandelte, wenn man genauer hinsah, war der Schleier ein Gesicht. Vida registrierte jedes Detail – die Wangen, den Mund und die Nasenflügel, die zu beben schienen, als würde das Gesicht atmen. Ein Zittern schüttelte ihren Körper, sodass Solomon dachte, sie würde frieren. Er kam nicht darauf, dass seine Tochter von einer unfassbaren Furcht durchflutet wurde, weil das Böse einen Zugang in ihr Innerstes gefunden hatte.

Es war Vidas erste Niederlage.

Es war das erste Mal, dass sie erkrankte.

»Es ist nur eine Maske«, sagte Solomon und schob mit dem Fuß Schnee über das Gesicht, danach zog er seinen Mantel aus und wickelte Vida darin ein. Ihre Arme schlossen sich um seinen Hals und sie drückte sich zitternd an ihren Vater, der einen Moment lang zögerte, dann beugte er sich hinunter und hob das Gesicht aus dem Schnee auf. Er verstaute es in seiner Manteltasche, ehe er sich abwandte und mit seiner Tochter aus der Gasse in eine Zukunft trat, die ihnen beiden vollkommen fremd war.

DIE GÖTTIN

Die Göttin trank einen Schluck von ihrem Kaffee und schaute auf den Südpazifik, der bis zum Horizont hin still und kobaltblau vor ihr ausgebreitet lag, als würde er nur darauf warten, dass sie an sein Ufer trat und über das Wasser lief. Solea hatte nichts dergleichen vor. Sie saß auf einer Terrasse und genoss den kühlen Morgenwind. Die Villa wurde von einem alten Pärchen bewohnt. Ihre Bediensteten hatten in allen Zimmern Blumen gestreut und den Pfad zum Strand geharkt. Innerhalb kürzester Zeit hatten sie alles für den Besuch herrichten lassen und hielten sich jetzt im Hintergrund, um der Göttin jeden Wunsch zu erfüllen. Dabei verlangte Solea nicht viel von ihnen, sie wollte nur ihre Demut spüren und den Ausblick genießen, ehe sie ihre Wanderung fortsetzte.

Auf einem Beistelltisch standen eine Karaffe mit Weißwein und ein Teller mit rohem Fisch, der am selben Morgen gefangen und mit Limettensaft für sie angerichtet worden war. Die Göttin hatte gegessen und getrunken und sich Kaffee bringen lassen.

Nichts war, wie es sein sollte.

Die Welt lag ihr zu Füßen, der Pazifik schien mit jedem Wellenschlag um ihre Aufmerksamkeit zu betteln und der Kaffee war genau nach ihrem Geschmack, dennoch fiel es der Göttin schwer, ihre Gedanken zu ordnen. Seitdem die erste Schale angeschlagen worden war, befand sich die Göttin auf Wanderschaft. Drei Monate waren seitdem vergangen, Tausende von Schritten war sie gelaufen. Sie befand sich in tiefer Trauer, weil sie wusste, dass die erste Schale nicht nur die Geburt des Kindes, sondern auch Yrmas Tod angekündigt hatte. Es konnte nur Dreiundzwanzig Mütter geben, es war unmöglich, die Zahl zu überschreiten, das galt in diesem Universum und jedem anderen Universum. Mit der Geburt ihrer Tochter musste Yrma ihre Existenz aufgeben, denn das Kind einer Mutter ist eine Mutter. Dreiundzwanzig durften es sein, keine mehr und keine weniger. Solea hatte alles getan, um die Geburt des Kindes zu verhindern. Auch ihrer Schwester zuliebe, die sie nicht verlieren wollte, aber hauptsächlich sich selbst zuliebe, um die bevorstehende Zukunft zu brechen.

Ihre Bemühungen waren vergeblich gewesen. Sie wusste nicht, dass Yrma schon seit zehn Jahren nicht mehr lebte, so wie sie auch nicht wusste, wie gut ihre Schwestern das Kind behütet hatten.

Sie wusste sehr wenig für eine Göttin.

Die letzten Monate hatte sie versucht, sich mit ihrem Versagen auszusöhnen. Sie hatte die Gebirgsbögen der Anden zu Fuß überquert, und wo sie auch hinkam, räumten die Bewohner ihre Häuser für sie. Zwei Tage zuvor begann die Göttin, den Pazifik zu vermissen und wünschte sich diese spezielle Sorte von rotem Kaffee, der nur in Lima geröstet wurde.

Jetzt hatte sie das Meer und den Kaffee, doch es ging ihr nicht wirklich besser. Manchmal fühlte sie sich wie einer von diesen Sternen am Firmament, die hell leuchten, aber schon lange nicht mehr existieren. In Momenten wie diesen vergaß sie ihre Unendlichkeit und wurde von einer Melancholie gepackt, die sie ruhelos werden ließ. An solchen Tagen musste sie sich daran erinnern, was sie zur Göttin gemacht hatte – sie war die Dunkelheit, die das Licht verdrängt und das Böse auf diese Welt gebracht hatte. Sie war alles, alles war sie. Wegen ihr wurden Kriege geführt, Lügen gesät und Intrigen geschmiedet, aber sie war gleichzeitig auch eine große Inspiration, denn jede Zerstörung zog einen Aufbau nach sich.

Und ich bin dafür verantwortlich, dass eine meiner Schwestern ihr Leben geopfert hat, um meine Göttlichkeit zu stürzen, dachte sie und beschloss, dass ihr der Pazifik nichts mehr zu bieten hatte, und vom Kaffee hatte sie auch genug. Sie wollte wieder zurück in die Anden. Dort oben lebte sie zwischen Wolken und Fels, wie es sich für eine Göttin gehört, die niemanden über sich duldet. Dort oben würde sie den Wächter empfangen. Er würde vor ihr niederknien und ihr die Seele des Mädchens überreichen.

Alles wird dort ein Ende finden.

Solea trat an das Ufer und wartete, dass die Wellen zurückwichen, ehe sie ihre Hand in den feuchten Sand drückte. Es war, als würde sie ein wildes Tier berühren. Der Impuls war sofort geschaffen und die Göttin wurde ein Teil ihrer Schöpfung – die Dunkelheit sprach zu ihr, sie sprach über jede Intrige und jeden Verrat, sie sprach über jede Schandtat, über jeden Mord und jede Lüge der Menschen.

Solea interessierte sich nicht dafür, sie suchte einen Hinweis, der ihr die Existenz des Mädchens bestätigte. Seitdem die erste Schale angeschlagen worden war, hatte sie täglich gelauscht, konnte aber nicht herausfinden, an welchem Ort sich das Mädchen befand. Sie wußte zwar auch nicht, wo sich der Wächter aufhielt, doch damit war Solea zufrieden, denn so hatte sie seine Existenz angelegt – Iskar war ein Pfeil, der abgeschossen wurde und immer sein Ziel fand. Er war unberührbar und besaß eine Macht und Freiheit, von denen die Herrschaften nur träumten. Obwohl die Göttin ihn nicht ausfindig machen konnte, wusste sie, dass er wachte und lauschte. Es war immer dieselbe

Frage, die sie ihm stellte, und es war immer dieselbe Antwort, die sie von ihm zurückbekam.

Wann?

Bald.

Es beunruhigte die Göttin sehr, dass sie das Kind nicht finden konnte. Sie wusste, dass ihre Schwestern dafür verantwortlich waren. Es gab Tage, da vermisste sie ihre Gesellschaft und ihre Wärme, ihr Wissen und die Klarheit, die sie umgab. Ihre Sehnsucht wurde dann so groß, dass es die Göttin tief in der Seele schmerzte und sie eine befremdliche Scham überkam. Niemand wusste davon, niemand sollte es erfahren. Dann kehrte die Göttin sehr schnell in ihr altes Element zurück und war bereit, die Erde in zwei Hälften zu reißen, weil ihr die Schwestern immer wieder entglitten. Sie wartete, dass ihnen ein Fehler unterlief. Mehr brauchte sie nicht. Ein Fehler und sie würde sie finden und dann verschwinden lassen, wie sie es mit ihren anderen Geschwistern getan hatte. Es wäre das Ende der Mütter. Es wäre der Anfang ihrer Ewigkeit.

Wann?

Bald.

An diesem Tag aber war es kein Fehler der Schwestern, der Solea aufhorchen ließ, es war eine Botschaft, die im Meeressand darauf wartete, dass die Göttin sie berührte. Es war eine gute und schlechte Botschaft zugleich. Solea lauschte, richtete sich wieder auf und war erbost, sie war aber nicht wütend, denn wenn sie wütend wurde, sah das anders aus. Ihre Erbostheit löste sich von ihr und wanderte wie als Druckwelle von ihrem Kopf zu ihren Füßen und von da aus in den Boden und auf den Pazifik hinaus. Zehn Kilometer weit verendete alles Leben unter und über dem Wasser, und eine Gruppe von Walen stieg leblos an die Oberfläche, sodass es aussah, als wäre vor der Küste von Lima eine neue Landschaft aus dem Pazifik gewachsen.

Die Göttin schaute an sich hinab. So konnte sie nicht in die

Kälte reisen. Sie hätte natürlich das Wetter in Sibirien verändern können, aber der Aufwand wäre zu groß gewesen, und da sie ohnehin nicht vorhatte, lange zu bleiben, entschied sie sich für eine passende Kleidung.

Eine Handbewegung reichte und die Luft vor ihr begann zu vibrieren.

Solea trat durch das Portal und befand sich in dem Bekleidungsgeschäft *Oskop & Son.* Es war Nachmittag in Stockholm und zwei Fräulein wurden gerade von dem Geschäftsführer beraten, der ihnen von seiner Verkäuferin die neueste Kollektion vorführen ließ. Die Fräulein saßen auf einer Ottomane und nippten aus winzigen Likörgläsern, während der Geschäftsführer laut in die Hände klatschte und die Verkäuferin drängte, sie solle sich schneller umziehen. Sie alle schreckten zusammen, als die Göttin plötzlich barfuß und in ihrem dünnen Seidenkleid am Ende des Ganges auftauchte. Bevor sie etwas sagen konnten, schlossen sich ihre Münder, da die Göttin keine Stimmen hören wollte. Nur der Besitzer durfte sich rühren, und er tat es mit der Anmut eines Otters, der ins Wasser gleitet. Er ging auf ein Knie hinunter und senkte den Kopf, sodass die Göttin auf seinen präzisen Scheitel schauen konnte.

Sie ließ ihn wissen, was sie brauchte.

Als sie zehn Minuten später das Geschäft verließ, war sie neu eingekleidet und bereit für die sibirische Kälte. Im Geschäft blieb ein lastendes Schweigen zurück, sie alle starrten auf den Teppich, auf dem die sandigen Spuren der Göttin zurückgeblieben waren.

Eine Sekunde darauf und fünftausendfünfhundert Kilometer entfernt schaute die Göttin in den Nachthimmel von Tavolski Most. Es war Nacht, es war windstill und der Schneefall legte sich angenehm kühlend auf ihr Gesicht. Eine Kirchenglocke schlug und entfernt stritten zwei Betrunkene lauthals. Dann kam ein Laternenanzünder um die Ecke. Der Göttin gefiel, wie der Mann auf sie zuschlenderte. Sie ließ ihn die Tür der Gaststätte für sie öffnen und gab ihm als Geschenk, den Rest seines Lebens von ihr zu träumen und in ihrem Gedenken Sonette zu verfassen. Der Laternenanzünder würde im selben Jahr seinen Beruf niederlegen und Sibirien verlassen. Er würde nach Moskau reisen und dort zu einem angesehenen Schriftsteller heranwachsen, den die Sehnsucht nach der Göttin bis zu seinem späten Tod inspirieren würde.

Niemand beachtete Solea, als sie die Gaststätte betrat, weil niemand sie sah. Sie war wie ein eisiger Wind, der durch den Saal fegt und die Leute schaudern lässt. Solea zeigte sich nur denen, denen sie sich zeigen wollte. Zum Beispiel den zwei Herrschaften an dem Tisch nahe dem Kaminfeuer.

Die Kraljica hatte den Hut abgelegt, ihr blondes Haar leuchtete in dem trüben Licht, das vom Pfeifenrauch und dem Qualm der rußenden Kerzen durchzogen war, sodass um den Kopf eines jeden Gastes ein nebliger Heiligenschein lag. Das wahre Gesicht der Kraljica hatte hohe Wangenknochen und leicht nach oben gebogene Augen, die an einen Luchs erinnerten. Sie redete ausgelassen mit dem Herrn, der in der Hitze der Gaststätte schwitzte und sich immer wieder mit einem Taschentuch die Stirn abtupfte. Sie hatten gegessen, sie tranken jetzt Wein und waren in guter Stimmung, doch das sollte sich bald ändern.

Die Wirtin trat mit einem Stuhl an den Tisch heran. Die Herrschaften schauten verblüfft und wollten fragen, was sie sich dabei denken würde, da sahen sie die Göttin näher kommen. Der Herr saß plötzlich aufrecht und wirkte ernüchtert, die Kraljica schob den Weinbecher von sich weg und senkte den Blick.

Die Göttin blieb neben dem Stuhl stehen, streckte die Arme zur Seite aus, damit ihr die Wirtin den Hermelinmantel abnehmen konnte. Nachdem die Göttin sich gesetzt hatte, schlug sie die Beine übereinander und zupfte die Handschuhe von ihren Fingern.

Alle Gespräche in der Gaststätte waren verstummt, niemand wagte es, zu dem Tisch am Kamin zu schauen. Die Gäste starrten in ihre Gläser oder betrachteten ihre Spielkarten und qualmenden Pfeifen, als könnten sie daraus die Zukunft lesen.

Die Göttin nahm die Pelzmütze von ihrem Kopf und legte sie auf ihren Schoß, erst dann sprach sie, und sie sprach Sumerisch, weil es die erste Sprache war, die die Mütter den Menschen geschenkt hatten.

»Was hast du nur getan, Adiana?«

Die Kraljica wagte es nicht, den Blick zu heben. Damit die Göttin nicht sah, wie sehr ihre Hände zitterten, verschränkte sie die Finger fest ineinander.

»Dachtest du wirklich, ich bekomme das nicht mit?«, fragte die Göttin. »Und du?«

Sie sah den Herrn an. Er gab sich große Mühe, nicht zurückzuschrecken.

»Wieso hast du sie nicht aufgehalten?«

»Ich …«

Der Herr verstummte, denn die Göttin hatte sich wieder der Kraljica zugewandt. Der Herr wusste, dass es einem Todesurteil gleichkam, die Göttin anzusprechen, wenn sie einen nicht ansah.

»Was ist nur in dich gefahren, Adiana? Dachtest du, du wärst besonders klug? Dachtest du, deine Geschwister würden zu dir aufschauen, wenn sie sehen, was du alles wagst, nur um in meiner Gunst zu steigen? Was für eine Gunst hast du dir erhofft? Seit Jahrmillionen versuche ich die Geburt dieses Kindes aufzuhalten, seinetwegen erschuf ich den Wächter, und dann stolperst du mit Dohos über das Kind und lässt es davonkommen, weil du nicht glaubst, dass es gefährlich ist?!«

Die Kraljica versuchte, dem Blick der Göttin zu begegnen.

»Wage es nicht, mich anzusehen«, zischte Solea.

Die Kraljica starrte wieder auf den Tisch.

»Darf ich sprechen?«, fragte sie.

»Sprich.«

»Das Kind ist keine Gefahr mehr.«

»Wer entscheidet das?«

»Ich habe es gesehen, sie ist keine Gefahr mehr, weil ich sie verdammt habe.«

Die Göttin lachte ungläubig.

»Ich will ihre Seele und du strafst sie mit einer Verdammung?!«

»Ich weiß, Mutter, verzeiht, bitte.«

Solea war überrascht.

»Obwohl du es wusstest, hast du so gehandelt?«

Die Kraljica starrte weiter auf die Tischplatte.

»Sieh mich an, Adiana.«

Sie schaute auf, es war der Blick eines ungehörigen Hundes, der seine Strafe erwartet.

»Was genau hast du getan?«

»Da ich das Kind nicht töten konnte, habe ich es mit meiner Verdammung belegt. Sie wird bis zu dem Tag verdammt sein, an dem sie zur Frau wird. Dann werde ich sie aufsuchen und ihr die Seele rauben, falls Ihr es mir erlaubt. So bitte ich Euch, Gottmutter, lasst mich ihr Dasein beenden, lasst mich ihre Zukunft brechen und ihre Seele ernten.«

Für einen langen Moment wusste die Göttin nicht, was sie sagen sollte. Auf eine unmerkliche Weise fühlte sie sich berührt. Solea war es gewohnt, dass ihre Schöpfung um ihre Aufmerksamkeit buhlte, sie war es nicht gewohnt, dass sie selbstlos Risiken einging.

»Das ist sehr nobel von dir«, sagte sie, »und wärst du nicht die Verachtung, würde ich dich sogar loben. Aber was denkst du, weswegen ich den Wächter erschaffen habe? Seine Existenz hängt von der Erfüllung dieser Aufgabe ab und er würde dich in der Luft zerreißen, wenn er von deiner Verdammung wüsste. Er allein ist dem Kind auf der Spur, verstehst du das? Außerdem will ich nicht jahrelang auf die Seele dieses Kindes warten, nur weil du dich beweisen willst. Das Ende ihres Daseins ist jetzt wichtig, denn jetzt muss der Faden der Zukunft durchtrennt und neu gewoben werden. Wie lange ist euer Aufeinandertreffen her?«

Der Herr klappte seine Taschenuhr auf.

»Vier Stunden«, sagte er.

»Und wie hat es geendet?«

Die Kraljica wagte es nicht, zu antworten, der Herr sagte:

»Wir haben das Mädchen in der Gasse zurückgelassen.«

»Ihr habt *was*?!«

Die Göttin hatte genug von ihrer Schöpfung und zog sich ihre Handschuhe über, setzte die Fellmütze auf und schob sie auf ihrem Kopf zurecht. Kein Laut war aus der Gaststätte zu hören. Alle Pfeifen waren verloschen, niemand wagte es, sich zu rühren, und einige Gästen hatten schmerzverzerrte Gesichter vom Stillsitzen. Als die Göttin aufstand, war die Wirtin sofort mit dem Mantel zur Hand. Während sich Solea den Mantel zuknöpfte, sagte sie zur Kraljica:

»Du wirst wiedergutmachen, was du verbrochen hast. Befehlige deine Soldaten und stelle Tavolski Most auf den Kopf. Finde das Mädchen, bevor meine Schwestern sie wieder spurlos verschwinden lassen. Und wenn du sie gefunden hast, wirst du ihr kein Haar krümmen. Erwarte den Wächter. Du wirst ihm das Mädchen überlassen. Solltest du versagen, wirst du das Elend der Elenden teilen und dein weiches Lager gegen die Gosse eintauschen und von da aus zusehen, wie Dohos deinen Platz einnimmt. Er hat sich die Position redlich verdient hat, als er mich wissen ließ, was du hier angerichtet hast.«

Die Kraljica sah den Herrn an, trotzig begegnete er ihrem Blick.

»Du solltest ihm danken«, sprach die Göttin weiter. »Wer weiß, was ich dir angetan hätte, wenn ich erst später hiervon erfahren hätte. Aber sag ...«

Sie wandte sich an den Herrn.

»... ist das Kind wirklich schon zehn Jahre alt?«

»Es ist die Wahrheit, Gottmutter, ich habe ihren Schweiß gekostet. Ich weiß auch, wo die Schwestern sie seit ihrer Geburt versteckt haben. Es ist ein Dorf auf der anderen Gebirgsseite. Wir könnten---«

»Vernichtet das Dorf«, unterbrach ihn die Göttin, »brennt es nieder und vertreibt die Bewohner, die dem Kind Schutz gegeben haben. Aber solltet ihr auf meine Schwestern treffen, rührt sie nicht an, sie gehören mir allein.«

»Und was ist mit dem Vater?«, fragte die Kraljica.

»Oh, mit ihm könnt ihr verfahren, wie es euch beliebt, doch seid achtsam, Solomon ist kein Sterblicher und er hat mir mehr Wunden zugefügt, als ich zählen kann.«

Mit diesen Worten wandte sich die Göttin ab. Sie trat durch ein Portal und hörte den Ruf eines Kondors über sich und im nächsten Moment stand sie im Sonnenlicht. Nach dem Gestank der Gaststätte atmete die Göttin dankbar die frische Morgenluft ein und wurde vierzehntausend Kilometer von Tavolski Most entfernt von dem Frieden der Anden umschlossen.

Sie war wieder daheim, und es war, als wäre sie nie fort gewesen.

SOLOMON

Vater und Tochter erreichten ihr Zuhause am Abend des nächsten Tages.

Oder das, was von ihrem Zuhause noch übrig war.

Solomon zog mit aller Kraft an den Zügeln und brachte den Karren zum Stehen.

Sie befanden sich auf einer Anhöhe und unter ihnen lag das schneebedeckte Tal. Solomon begriff nicht, was er da sah. Er war durchgefroren, die Arme schmerzten bis hoch zu den Schultern und seine Beine fühlten sich an wie zwei gefällte Baumstämme, die den Winter über im Wasser gelegen hatten. Nachdem er Vida kniend in der Gasse vorgefunden hatte, war er zu Ljod nach Hause geeilt. Sie riefen nach einem Arzt, doch der betrachtete hilflos den zitternden Körper und schlug Wadenwickel, Tinkturen und Kräuteraufgüsse vor. Doch nichts half. Vidas Zähne klapperten aufeinander und sie erbrach, was auch immer sie ihr einzuflößen versuchten. Nach vergeblichen Stunden des Wartens hatte Solomon beschlossen nach Warrosch aufzubrechen. Ohne eine einzige Rast einzulegen, hatte er die ganze Fahrt über gestanden und die Pferde angetrieben. Wann immer er seiner Tochter einen Blick zuwarf, machte ihn die Besorgnis schwindelig. Vidas Zittern hatte sich in ein Fieber verwandelt, ihr Gesicht glühte und glänzte trotz der Kälte schweißfeucht. Solomon wollte so schnell wie möglich das Haus der Schwestern erreichen. Sie würden das Fieber senken, sie würden wissen, was zu tun war.

Falls es sie noch gibt, dachte Solomon und versuchte zu verstehen, was da unten im Tal geschehen war – unter ihm lag der gefrorene Fluss, da war der Wald und alles schien wie immer zu sein, wenn nicht der dunkle Fleck im Schnee gewesen wäre, wo sich einst Warrosch befunden hatte.

Das Dorf mit seinen Höfen und Häusern war vollkommen ausgelöscht. Als der Wind sich drehte, wehte der Gestank von verbranntem Fleisch die Anhöhe herauf, sodass die Pferde scheuten und nervös auf der Stelle zu tänzeln begannen. Eine beunruhigende Stille lag in der Luft. Kein Hund kläffte, kein Vieh war zu hören. Solomon gab den Pferden die Zügel frei und sie setzten sich widerwillig in Bewegung.

Die Räder des Karrens rollten über Möbel, Geschirr und Kleidung. In dem Straßengraben lag totes Vieh, das gnädig vom Schneefall bedeckt wurde, aber Menschenleichen sah Solomon keine. Der Überfall konnte noch nicht lange her sein. Eine krankhafte Hitze waberte über dem Dorf und trieb Solomon den Schweiß auf die Stirn. Einige der Holzbalken glühten noch und überall hatte der geschmolzene Schnee Pfützen hinterlassen, die mit dunklem Eis überzogen waren.

Auch Solomons Schmiede war nicht verschont geblieben. Das Dach hing schief auf die Straße herunter und nur eine der hinteren Mauern stand noch aufrecht. Solomon dachte an die Truhe seiner Frau, an ihre Bücher und die Erinnerungen, die er über die letzten zehn Jahre hinweg gut behütet hatte. Sein Herz wurde so schwer, dass er sich abwenden und diesen verbrannten Ort verlassen wollte. Hier war ihr Zuhause gewesen, hier war Yrma gestorben und Vida geboren worden.

Hier ist nicht mehr, dachte Solomon und sprang vom Karren. Kaum hatte er den Boden berührt, gaben seine Knie nach und er stürzte in den Schnee. Sein Blutkreislauf war eingeschlafen und von dem starren Griff an den Zügeln hatte er aufgeplatzte Blasen an den Händen. Auch den Pferden sah man die Tortur an – ihre Flanken bebten und ihr Atem kam abgehackt, als würden sie nicht genug Luft bekommen. Niemals würden sie den Anstieg zum Haus der Schwestern schaffen.

Solomon zog sich auf die Beine und sah am Gebirge hoch.

Die blanken Felsen erwiderten seinen Blick schweigend. Kein Licht brannte dort oben und nichts deutete darauf hin, dass die Schwestern von dem Angriff verschont worden waren. Für einen Moment betrachtete Solomon den zitternden Körper seiner Tochter. Sie war in Felle eingewickelt und nur ihr Kopf schaute heraus. Während der ganzen Fahrt war sie kein einziges Mal aufgewacht und hatte auch keinen Laut von sich gegeben.

Solomon strich ihr über die Stirn und machte sich an die Arbeit. Nachdem er aus den Überresten des Stalls Heu zusammengesammelt hatte, rieb er die Pferde ab und breitete Decken über ihnen aus. Danach kehrte er zu Vida zurück und hob sie vom Karren.

Und so begann er den Aufstieg zum Haus der Schwestern.

Der Wind kam von allen Seiten und schien ihm den Weg versperren zu wollen. Mehrmals stolperte Solomon, mehrmals sank er vor Erschöpfung auf die Knie, um sich dann mühevoll aus dem hüfthohen Schnee hochzukämpfen. Da er befürchtete, vom Pfad abzukommen und in den Abgrund zu stürzen, lief er so eng an der Felswand entlang, dass er sie immer wieder schmerzhaft mit den Schultern streifte. Er erinnerte sich an den Tag, an dem Vida von Kopf bis Fuß mit Bienenstichen bedeckt nach Hause gekommen war. Auch damals hatte er sie zu den Schwestern hochgetragen, und Vidas einzige Sorge war gewesen, ob ihre Tanten sie auslachen würden oder nicht. Drei Jahre waren seitdem vergangen, doch Solomon kam es vor wie die Erinnerung an ein anderes Leben.

»Gleich haben wir es geschafft«, flüsterte er Vida ins Ohr, »gleich sind wir oben.«

Als er aber den Blick hob und den Bergpfad hinaufsah, hatte er gerade mal ein Drittel der Strecke hinter sich gebracht. Die Enttäuschung ließ ihn schwanken. Er lehnte sich gegen die Felswand und wollte kurz ausruhen, dann würde er weitergehen und …

… erwachte von dem Knacken eines Astes.

Solomon lehnte nicht mehr an der Felswand, er lag im Haus der Schwestern auf einem Bett und blickte an eine gemaserte Holzdecke, die er mit seinen eigenen Händen bearbeitet hatte. Er konnte sich nicht erinnern, wie er hergekommen war. Er hatte vergessen, dass er eine Weile lang laut die Namen der Schwestern gerufen hatte, so wie er auch vergessen hatte, dass sie ihm auf dem Bergpfad mit einem Schlitten entgegengeeilt kamen und Vida und ihn zum Haus gezogen hatten.

Das Kaminfeuer brannte drei Schritte von ihm entfernt und Solomon wäre am liebsten in die Hitze hineingekrochen. Dicke Wolldecken lagen über ihm, dennoch fror er erbärmlich und war so geschwächt, dass er nicht einmal eine Hand heben konnte. Solomon sank in das Kissen zurück und lauschte. Aus dem Nebenzimmer hörte er die Stimmen der Schwestern. Er wollte sie wissen lassen, was Vida in der Hand gehalten hatte, als er sie in der Gasse fand, aber die Erschöpfung war zu groß und die Augen fielen ihm zu.

MADAME

Nachdem sie den Gebirgszug passiert hatten und zweihundert Kilometer in Richtung Westen geritten waren, kam die Kutsche erneut zum Stehen. Madame war weggenickt und wurde mit einem Ruck nach vorne geworfen. Sie fing den Sturz mit den Händen ab und konnte spüren, wie sich ihr Fingernagel im Polster verhakte und wieder einriss.

»*Merde.*«

Madame setzte sich an die Wandseite, die sie von dem Kutschbock trennte, und klopfte dagegen. Sie stellte sich vor, dass Yussuf die nächste Leiche im Schnee entdeckt hatte und ihr aufgeregt davon berichten würde.

Yussuf reagierte nicht auf ihr Klopfen.

Madame sah aus dem Fenster.

Der Schneefall hatte wieder eingesetzt und die Nacht war angebrochen, sie wog bleiern schwer, sodass nichts an der Landschaft mehr zauberhaft wirkte. Ein schneidender Wind rüttelte an der Karosserie der Kutsche und Madame konnte spüren, wie die Kälte durch die Ritzen hereinschlich und ihr in die Fußknöchel biss. Sie rückte ihr Kleid zurecht und wartete, dass sich Yussuf meldete. Sie wartete vergeblich, vom Kutschbock kam kein

Geräusch. Also raffte Madame den Mantel um sich herum zusammen und stieg aus.

Vielleicht hat eines der Pferde den Geist aufgegeben, dachte sie und trat nach vorne.

Die Pferde waren nicht das Problem.

Niemand saß auf dem Kutschbock.

Madame sah sich um und suchte nach Spuren.

Sie fand nichts.

Und dann schlugen hinter ihr zwei Körper auf dem Boden auf.

Madame wandte sich erschrocken um und da lagen Yussuf und die Leiche des Jungen einige Meter von ihr entfernt im Schnee, als hätte der Himmel sie ausgespuckt. Yussufs Augen waren offen und starr wie die des Toten, auch der Blick des Jungen war nach oben gerichtet, doch das Blau seiner Pupillen war verschwunden und einem matten Grau gewichen. Madame verstand die Welt nicht mehr. Sie schaute zum Dach der Kutsche und dann zu den zwei Leichen und wieder zum Dach, aber dort oben war niemand. Madame war allein mit den Toten.

Nicht wirklich allein, dachte sie.

Jemand beobachtete sie, die Blicke brannten auf ihrer Haut, sie strichen über ihr Haar und zupften an ihrer Kleidung. Jemand beobachtete jede ihrer Bewegungen. *Ich spüre es,* dachte Madame und wich zurück, bis sie gegen eines der Pferde stieß. Sie zögerte, dann stieg sie auf die Kutsche und griff unter den Kutschbock. Yussuf führte immer einen Degen und einen Knüppel mit sich, sollten sie Wegelagerern begegnen. Madame fand den Degen und stieg wieder von der Kutsche. Sie wollte kein Feigling sein. Der Tod hatte ihr Mann und Kind genommen, jetzt sollte er sich ihr persönlich stellen, wenn er ihr Leben auch noch haben wollte.

Vorsichtig umkreiste Madame die Kutsche und suchte nach Spuren im Schnee. Sie fand nur ihre eigenen Stiefelabdrücke und konnte noch immer spüren, dass die Blicke nicht von ihr wichen, sie stachen wie Nadeln auf ihre Haut ein.

»Ich bin bewaffnet!«, rief sie laut.

Niemand antwortete ihr. Madame fand, dass es eindeutig an der Zeit sei, eine Entscheidung zu treffen, und so beschloss sie, sich ganz schnell in Sicherheit zu bringen. Sie würde die Kutsche selbst fahren und die restliche Strecke bis zur Jenisseibucht ohne Rast hinter sich bringen. Dort angekommen, würde sie der Hauptwache berichten, was auf der Strecke von Tavolski Most geschehen war. So stellte sich Madame das vor.

Ein Rascheln ließ sie aufschauen.

Der Nachthimmel war durchzogen von grauschwarzen Wolkenstreifen, die an zerfledderte Fahnen erinnerten, hinter denen sich der Mond duckte. Nein, da oben war nichts. Kein Vogel und auch kein Engel, der einen guten Rat für sie hatte. Aber da war ein Schatten, den Madame erst für eine Wolke hielt, doch als der Schatten herabsank, gab es keinen Zweifel mehr – keine Wolke bewegte sich so schnell.

Der Schatten landete zwei Schritte von Madame entfernt. Der Schnee stob auf und stach in ihrem Gesicht, die Pferde wieherten hysterisch und traten aus, dann richtete sich der Schatten auf und war Auge in Auge mit Madame.

Bitte nicht, dachte sie.

Der Degen in ihrer Hand begann im Rhythmus ihres panischen Herzens zu zittern. Alles an dem Wächter jagte ihr Furcht ein – seine Größe, die Flügel, das Blitzen seiner Zähne und diese trostlosen, strahlend blauen Augen, die sie beobachteten, wie man etwas beobachtet, das wertlos ist und keine Gnade verdient. Der Wächter kam nicht näher, sondern streckte einen erschreckend langen Arm aus und überbrückte damit den Abstand, der ihn von Madame trennte. Seine Klaue strich über ihr Gesicht und schabte über ihre Wange, dann verhakte sie sich in ihrem Mundwinkel und zog die Unterlippe herunter. Madames Mund öffnete sich. Sie wollte schreien und nach der Klaue schlagen. Sie tat nichts. Ihr Blick war auf die Augen des Wächters gerichtet.

Sie war ein Schiff, das auf Grund gelaufen war. Sie kam nicht von der Stelle. Die Kralle des Wächters wanderte über ihre perlweißen Zähne, als wären sie Tasten eines Cembalos, dann teilte er sie und die Kralle wurde schmal und glich einer Schlange, während sie über die Zähne glitt und tiefer und tiefer in den Mund der Madame wanderte, ihren Mundraum füllte und von dort die Kehle hinabfloss wie schwarzes Quecksilber, das nirgends anhaftet. Auf diese Weise begann der Wächter in Madames Inneres hineinzukriechen, während sie dastand und in ihrer Hilflosigkeit die Augen nach oben verdrehte, sodass das Weiß zu sehen war. Der Degen landete mit einem Knirschen im Schnee und die Pferde wandten bei dem Geräusch nervös die Köpfe und verstanden nicht, was sie da sahen – da stand nur Madame bebend im Schnee und konnte sich noch immer nicht rühren.

Der Wächter aber war verschwunden.

DER WÄCHTER

Iskar war in die Wärme der Madame gehüllt und starrte in die Dunkelheit. Er saß auf dem Kutschbock und wartete auf einen der Späher und bereute es sehr, hier gestrandet zu sein.

Irgendwann hatten der Wind und der Schnee die Spuren des Mädchens verschwinden lassen, irgendwann war Iskar nur noch seinem Gespür gefolgt und dann hatte das Herz des Wanderburschen versagt. Es war ohnehin ein Wunder, dass sein ausgemergelter Körper nicht viel früher den Geist aufgegeben hatte. Der Wächter war inmitten der trostlosen Schneelandschaft gestrandet und hatte sich entschieden, im Körper des Wanderburschen und damit an Ort und Stelle zu bleiben, da ihm das Risiko zu groß war, am Morgen der aufgehenden Sonne ausgesetzt zu sein.

Stunden um Stunden vergingen, dann war die Kutsche gekommen.

Der missgestaltete Yussuf erwies sich als kein geeigneter Körper für den Wächter. Madame dagegen passte ihm sehr gut. Sie war jung und mit einem Willen ausgestattet, der viel stärker war, als er es von den Männern kannte, die er benutzt hatte. Es erstaunte ihn, es erstaunte ihn sehr. Diese Frau gab sich nicht ihrem Schicksal hin, sie wollte leben. Er erstickte ihren Willen im Keim, setzte sich auf den Kutschbock und starrte in die Dunkelheit.

Das Warten endete mit der Ankunft des Spähers, der mit ausgebreiteten Flügeln vom Nachthimmel herabsegelte und auf dem Dach der Kutsche landete. Das Gefieder des Uhus war cremig weiß und mit einem dunklen Streifenmuster durchzogen. Seine Federohren zitterten im Wind, der Schnabel war im Vergleich zu den großen Augen klein und unauffällig. Auch wenn der Uhu dem Wächter noch nie begegnet war, wusste er, wem er diente. Der zarte Körper der Madame täuschte ihn nicht.

»Wo ist das Mädchen?«, fragte Iskar.

Der Uhu neigte den Kopf in die Richtung, aus der Iskar gekommen war.

»Wie kann das sein?«, fragte er.

»Sie hat Tavolski Most aufgesucht«, antwortete der Uhu, »dann hat sie die Stadt wieder verlassen.«

»Und du täuschst dich nicht?«

»Ich täusche mich nie.«

Iskar ergriff die Zügel und wendete die Kutsche.

Der Späher war schon längst in der Luft und wies ihm den Weg.

DIE SCHWESTERN

I

Innerhalb eines Tages wurde das Haus im Gebirge in eine heilende Stätte verwandelt. Der Duft von Zirbelkiefer und Petitgrain lag wie eine kühlende Brise in der Luft und die Wirkung der Öle beruhigte die fiebernden Körper von Vater und Tochter.

Während Solomon innerlich zu erfrieren schien, war Vida in einen Dämmerzustand versunken, der von Albträumen erfüllt war und sie die Laken durchschwitzen ließ. Solomons Krankheit konnten die Schwestern nachvollziehen, er hatte sich auf der Rückreise so verausgabt, dass sein Körper der Erschöpfung erlegen war; Vida dagegen war ihnen ein Rätsel. Ihr Puls raste und die Pupillen weiteten und zogen sich zusammen, als würde sie versuchen etwas zu sehen, das ihrem Blick immer wieder entwich.

Die Schwestern wussten nicht, dass Vida zwischen zwei Welten festhing.

Da war auf der einen Seite die Realität, die aus dem Fokus geriet, sobald Vida die Augen öffnete und sie festhalten wollte. Die Realität wirkte unscharf und farblos. Ihre Tanten schienen sich viel zu langsam zu bewegen und waren von demselben Flimmern umgeben, das Vida gesehen hatte, als ihr Vater sie in der Gasse fand. Und dann war da die andere Seite der Realität. Sie wirkte klar, fokussiert und Furcht einflößend.

»Weg!«, rief Vida und schlug um sich. »Geht!«

Sie sprach nicht zu den Tanten, sie sprach zu den Toten, die sie umgaben. Sie waren lebendig und ohne Substanz wie der Duft der heilenden Öle – anwesend und dennoch nicht greifbar. Die Toten strömten durch die Wände und schoben sich durch die Tanten hindurch, als wären diese Geisterwesen. Sie murmelten und brabbelten, sie quetschten sich durch die verschlossene Zimmertür und sanken von der Zimmerdecke herab. Ein Toter stürzte über den anderen. Sie bedrängten Vida und flüsterten ihr zu und wollten beachtet werden.

Lass uns hinein, sagten sie.

Lass uns dein Dasein teilen, bettelten sie.

Rette uns, erhoben sich ihre Stimmen, *rette uns.*

Es waren ihrer so viele, dass das Licht ihrer verblassenden Seelen das Zimmer erhellte wie ein Feuer unter Wasser – ein kühles, graues Licht umschloss Vida, es war ein Licht ohne Wärme.

Vielleicht bin ich gestorben, dachte sie müde, *vielleicht ist es mein Geist, der hier im Bett liegt.*

Als sich Riva über sie beugte, um ihr den Schweiß von der Stirn zu wischen, schnappte einer der Toten nach ihr. Die fahle Hand verschwand in Rivas Brust, der Tote kreischte begeistert. Vida wollte ihrer Tante eine Warnung zurufen, aber ihre Gedanken waren faserig und wirr, als wäre ihr Kopf von einem feinmaschigen Käfig umschlossen, der jeden Gedanken einsperrte. Ihre Lippen bewegten sich, Vida hob den Kopf ein wenig vom Kissen, mehr gelang ihr nicht. Riva roch ihren fiebrig trockenen Atem. Sie brachte ihr Ohr nahe an ihren Mund und lauschte kurz, ehe Vida erschöpft in das Kissen zurücksank.

Die Schwestern traten aus dem Zimmer und schlossen die Tür hinter sich.

»Was hat sie gesagt?«, fragte Asha.

»Sie sagte, das Tor ist offen«, antwortete Riva. »Und sie sagte, sie kann es nicht schließen.«

»Welches Tor?«

»Ich habe keine Ahnung.«

Eka schüttelte den Kopf.

»Ich sage euch, das ist kein normales Fieber. Nichts an ihrem Zustand ist normal. Ich wünschte, Solomon würde erwachen. Wenn er---«

»Scht!«, unterbrach sie Asha.

Sie hielt sich einen Zeigefinger an die Lippen und sah zur Haustür.

Die Schwestern wurden still und lauschten.

Das Blut wich aus ihrem Gesicht.

Asha sprach es schließlich aus.

»Er ist da.«

»Bist du dir sicher?«, fragte Riva.

»Ganz sicher.«

Eka schloss die Augen.

»Ich spüre ihn auch«, sagte sie.

Die Schwestern fragten sich nicht, wie der Wächter sie gefunden hatte.

Sie fragten sich eher, ob sie bereit für ihn waren.

»Ich bin bereit«, sagte Riva entschlossen.

»Ich auch«, sagten ihre Schwestern gleichzeitig

Sie lauschten weiter und hörten keinen Laut von draußen.

Minuten vergingen in absoluter Stille.

Die Schwestern spürten, wie sich ihr Puls zu beruhigen begann.

Und dann kam es.

Ein leises Klopfen.

Pause.

Das Klopfen wiederholte sich.

Riva zögerte nicht, sie trat auf die Tür zu und zog sie auf.

2

Die Frau wirkte so zerbrechlich, als wäre sie aus hauchdünnem Porzellan gemacht. Sie war erschreckend blass und nur zwei rote Flecken auf ihren Wangen verrieten, dass warmes Blut durch ihre Adern floss. Sie trug einen taillierten Nerzmantel, der bis zu den Fußknöcheln reichte und an einem Paar schwarzer Stiefeletten endete, die ihr den Aufstieg zum Haus bestimmt nicht leicht gemacht hatten.

»Bonjour«, sagte die Frau in der höflichen französischen Form, die in Russland in den vornehmen Kreisen benutzt wurde, »ich bin Madame Dujon. Ich ... ich glaube, ich befinde mich auf der Durchreise, aber ich bin mir nicht sicher, diese frostige Luft lässt mich nur mühevoll denken, dazu schmerzt mein Kopf. Ich glaube, wir hatten einen Unfall, *un petit malheur,* das hört sich doch richtig an, oder? Die Achse der Kutsche ist gebrochen, deswegen haben wir in dem Dorf da unten Halt gemacht. Oder in dem, was einst ein Dorf war.«

»Wie können wir Ihnen behilflich sein, Madame?«, fragte Riva.

»Vielleicht mit einer Tasse Tee, während ich warte, dass mein Kutscher nach mir ruft? Falls das nicht zu unverschämt ist um diese späte Uhrzeit.«

Die Schwestern mussten sich nicht verständigen.

Sie lügt, dachte Eka.

Sie will was, dachte Asha.

Riva machte eine einladende Geste.

»Kommen Sie doch herein, Madame Dujon«, sagte sie.

3

Madame war ratlos. Sie wusste nicht, was sie auf diesem Gebirge oder vor dem Haus verloren hatte. Es kam ihr vor, als wäre sie eine Schneeflocke, die ihre Richtung mit dem Wind ändert. Eben war sie dort, jetzt war sie hier. Sie trug diese Verwirrung mit Würde.

»Oh, wie gemütlich«, stellte sie fest.

Ihr fielen die Kränze aus getrockneten Kräutern auf, die über den Fenstern hingen, und die geschwungenen Symbole, die um den Rahmen der Eingangstür mit Tinte aufgemalt waren. Normalerweise wäre es das Letzte, was ihr auffallen würde. Sie verstand nicht, wie verändert ihre Wahrnehmung war.

»Und was haben wir hier?«

Madame blieb vor einem der Fenster stehen. Die Schwestern sahen in der Spiegelung, wie sie die Stirn runzelte und mit dem Zeigefinger über die Wurzel strich, die sich um das Fenster herumrankte, als wäre sie aus dem Mauerwerk gewachsen.

»Erle«, sagte Eka.

»Ach, Erle«, sagte Madame.

Ein Husten war zu hören.

Die Schwestern schauten zu Vidas Zimmertür. Der kurze Moment reichte völlig. Madame schob zwei Finger unter die Wurzel und unterbrach den Schutz mit einer knappen Bewegung. Dunkelgrüner Staub löste sich aus dem Riss und landete auf ihrem Handrücken. Madame versuchte ihn wegzuwischen. Es war ihr peinlich, was sie getan hatte. Hinter sich hörte sie die Schwestern sprechen.

»Soll ich nach ihr sehen?«

»Es war nur ein Husten.«

»Ich schau dennoch kurz.«

»Und ich hole unserem Gast einen Becher Tee.«

Als sich Madame umdrehte, war sie mit Eka alleine im Wohnzimmer.

»Lassen Sie mich Ihren Mantel nehmen«, bot ihr Eka an.

Madame sagte, das sei sehr aufmerksam. Während sie die Knöpfe öffnete, trat Eka hinter sie und bewegte in einer fließenden Bewegung die Hände einmal von Madames Scheitel bis zu ihren Füßen hinunter und durchkämmte dabei die Luft mit ihren Fingern, ohne Madame zu berühren. Die Reinigung dauerte keine zehn Sekunden. Ekas Finger entfernten beim Durchkämmen alle fremden Einflüsse, die auf der Aura der Madame lagen. Ein leises Knistern war zu hören, das an Tannennadeln erinnerte, die im Feuer verbrannten. Dabei wurde Eka von einer Welle der Übelkeit überrollt und gab sich Mühe, nicht zurückzuschrecken, als sie auf die Anwesenheit des Wächters traf. Er war unverrückbar im Bewusstsein der Madame verankert wie ein lebenswichtiges Organ. Als Riva mit dem Tee hereinkam, wechselten sie einen kurzen Blick.

Sie ist zwar in Gefahr, sie ist aber selbst keine Gefahr.

Wartet er draußen?

Ja, er wartet.

Madame bekam von diesem Dialog zwischen den Schwestern nichts mit.

»So ist es besser«, sagte Eka und nahm ihr den Mantel ab.

»*Merci.*«

Madame ließ sich auf dem Sofa nieder. Riva reichte ihr den Teebecher und setzte sich ihr gegenüber auf einen Sessel. Auch Eka nahm Madame gegenüber Platz und betrachtete sie wie eine ganz besondere Spezies. Sie schätzte die Frau auf Mitte zwanzig. Als sie ihre Aura gereinigt hatte, erfuhr Eka, was für eine Last auf der Frau lag – ein totes Kind und ein verunglückter Mann. Ekas Mitgefühl öffnete sich sofort gegenüber diesem Leid. Sie wollte die Frau trösten und ihr versprechen, dass jetzt alles besser werden würde.

»Das tut gut«, sagte Madame und stellte den Becher ab, ohne von ihm getrunken zu haben.

Asha kam aus dem Zimmer und sagte, Vida würde tief schlafen.

»Ach, Sie haben Kinder«, stellte Madame fest.

»Unsere Nichte«, sagte Eka.

Madame lächelte und kratzte sich den Handrücken, dann zeigte sie mit dem Kinn auf Ashas kahlen Kopf.

»Wird es da oben nicht kalt?«

»Ich denke viel, da hilft die Abkühlung. Aber wie geht es Ihrem Kopf, Madame? Fühlen Sie sich etwas klarer?«

»Als wäre ich eben erwacht und noch nicht salonfähig.«

Wieder dieses Lächeln, wieder diese Nervosität.

»Wissen Sie, was Sie hierhergeführt hat?«, fragte Asha weiter.

»Nicht wirklich«, gab Madame zu.

»Sind Sie allein gekommen?«

Madame hob die Schultern.

»Sie wissen es nicht?«

Madame dachte nach und erinnerte sich, dass da ihr Kutscher gewesen war, und wie sie das dachte, wurden ihre Augen dunkel. Sie schaute auf und wirkte wie ein Kind, das nach langer Zeit aus dem Schatten getreten ist und vom Licht geblendet wird.

»Ich ... Ich weiß nicht, wo mein Kutscher ist. Sein Name ist Yussuf. Ich weiß so wenig, ich ...«

Sie schaute an den Schwestern vorbei zur Haustür und versuchte sich zu erinnern. Eka vollführte mit einer Hand das Mudra der Erleichterung, Madame entspannte sich und rieb sich über die Augen, als wäre sie erwacht. Eka legte den Kopf schräg und sah ihre Schwestern fragend an.

Ich verstehe das nicht, warum hat er sie vorgeschickt?

Weil er keine Möglichkeit hat, selbst hereinzukommen.

Mich macht das nervös. Kümmer du dich um die Madame, Eka, wir erledigen den Rest.

Eka nickte, ihre Schwestern standen auf und begannen wortlos, die Treppe und die Türen zu den anliegenden Zimmern zu sichern, wonach sie den Teppich vor dem Kamin zusammenrollten und zur Seite stellten.

»Was geschieht hier?«, fragte Madame verwundert.

»Wir treffen Vorsichtsmaßnahmen«, erklärte Eka und setzte sich neben Madame. »Geben Sie mir Ihre linke Hand, Madame, und seien Sie ohne Furcht, ich tue Ihnen nichts. Hören Sie mir jetzt gut zu. Sie werden jetzt mit mir aufstehen und Ihren Mantel anziehen. Hier.«

Eka hielt ihr eine schwarze Bohne vor die Augen. Madame sah winzige silberne Zeichen, die in die Haut eingeritzt waren.

»Nehmen Sie die Bohne in den Mund«, sprach Eka weiter, »schlucken Sie sie aber nicht hinunter, Madame. Behalten Sie sie einfach nur auf der Zunge und Sie werden geschützt sein.«

»Geschützt? Vor wem?«

»Vor dem, was Ihnen schon widerfahren ist, meine Liebe«, antwortete Eka mit so viel Mitgefühl, dass Madame sofort Tränen in die Augen traten.

Eka zog sie auf die Beine.

»Kommen Sie, wir müssen uns beeilen. Verlassen Sie das Haus und schauen Sie dabei nicht nach rechts oder links. Wer auch immer da draußen wartet und Sie anspricht, heben Sie nicht den Blick, hören Sie? Lassen Sie sich nicht aufhalten. Behalten Sie die Bohne im Mund und gehen Sie den Bergpfad hinunter, setzen Sie sich in die Kutsche und fahren Sie ... Wohin waren Sie unterwegs?«

»Nach Bratomir an der Jenisseibucht.«

»Dann fahren Sie nach Bratomir, Madame, und erst wenn Sie den Hafen vor sich sehen, erst dann dürfen Sie die Bohne ausspucken. Haben Sie das verstanden?«

»Aber---«

»Kein Aber«, unterbrach sie Eka. »Sie müssen es nicht verstehen, Sie müssen sich nicht erinnern, Sie müssen nur auf mich hören. Es ist der einzige Weg, wie Sie diesen Ort hier lebend verlassen werden, Madame. Ihre Zukunft erwartet Sie.«

Madame schüttelte unmerklich den Kopf.

»Ich habe keine Zukunft«, sagte sie leise.

»Da täuschen Sie sich.«

Eka strich ihr eine Strähne aus der Stirn.

»Ihre Zukunft wird sich Ihnen wieder öffnen«, versprach sie ihr. »Gehen Sie jetzt und … Was haben Sie?«

Madame war rot geworden und starrte auf die Bohne in ihrer Hand.

»Es tut mir leid«, brachte sie schließlich hervor und hielt Eka die geschlossene Hand mit der Bohne entgegen. Der Handrücken war rot gekratzt. Ein grünlicher Fleck war auf der Haut zu sehen.

»Ich weiß nicht, warum ich das getan habe«, sprach Madame weiter und blickte an Eka vorbei zu dem Fenster. Eka folgte ihrem Blick und verstand nicht, wovon sie sprach.

»Wir sind so weit«, sagte Asha hinter ihr.

»Wieso ist Madame noch hier?«, fragte Riva.

Ehe Eka antworten konnte, explodierte das ungeschützte Fenster mit einem berstenden Laut nach innen. Schnee und Scherben wehten herein, die Kerzen auf dem Tisch verloschen und der Wind brachte die hängenden Öllampen zum Schwingen. Ein dumpfer Aufschlag war zu hören, etwas Dunkles rollte über den Boden und blieb an der einen Zimmerwand liegen. Langsam begann es sich zu entfalten.

Gelenke knackten, ledrige Haut rieb an ledriger Haut, Zähne malmten aufeinander.

Madame reagierte als Erste und schrie los.

4

Er hatte lange gewartet. Über eine Stunde stand der Wächter vor dem Haus und suchte einen Zugang. Er war noch nie zuvor an einem dermaßen geschützten Ort gewesen. Jedes Fenster und jede Tür waren gesichert, selbst der Fels um das Haus herum war für ihn unantastbar. Er konnte es nicht glauben und hatte mit Madames delikaten Fingern über das Türholz gestrichen. Er war fasziniert gewesen, was für einen Schmerz diese simple Berührung bei ihm hervorrufen konnte. Und da dem Wächter Schmerzen bis zu diesem Tag fremd gewesen waren, testete er die Grenzen aus und ließ Madame ihre Handflächen flach auf das Türholz drücken. Ein Steppenfeuer schien durch den Körper der Frau zu wandern und verbrannte auch Iskar, der aber das Leid auskostete, während der Körper der Madame vor Schmerzen zuckte.

Iskar ließ sie vom Haus wegtreten. Er war beeindruckt, dass ihm der Einlass verwehrt wurde, und es war ihm ein Rätsel, wer sich hinter diesen Mauern verbarg, der solch eine Macht besaß.

Wer es auch immer war, er hielt das Mädchen versteckt.

Der Wächter ließ Madame auf die Knie sinken und löste sich aus ihrem Körper. Für Minuten verlor sie das Bewusstsein, und als Madame wieder zu sich kam, war sie vollkommen desorientiert. Sie richtete sich aus der knienden Haltung auf und rieb den Schnee von ihrem Nerzmantel, dann sah sie sich um.

Nicht nur war ihre Kutsche verschwunden, Madame stand jetzt vor einem hell erleuchteten Haus, das in ein Gebirge gehauen war. Iskar verharrte fünf Meter von ihr entfernt auf einem Felsen und war für ihre Augen wie der Schneefall. Ohne feste Konturen. Er beobachtete jede ihrer Bewegungen, und er hörte ihre Gedanken, als würde sie laut sprechen.

Was habe ich hier verloren?

Er sagte ihr, was sie hier verloren hatte, denn er war noch immer ein Teil ihres Bewusstseins.

Und dann ließ er sie an der Tür klopfen.

Und dann ließ er sie das Haus erforschen.

Und dann verschaffte sie ihm einen Zugang.

Es war so einfach.

Der Wächter breitete seine Flügel aus und stieg auf.

Er genoss die Kälte, die ihn in einer Höhe von fünfzig Metern umwehte. Für Sekunden stand er still in der Luft, dann ging er in den Sturzflug über und brach durch das Fenster in das Haus ein.

5

Das Zerbrechen von Glas schreckte Vater und Tochter aus ihrer Ohnmacht. Solomon sah sich verwirrt um, drehte sich auf die andere Seite und schlief weiter. Vida lag im Zimmer daneben und spürte selbst durch ihren Fieberwahn hindurch die Nähe der Gefahr. Sie schwang die Beine aus dem Bett und stand auf, war aber so schwach, dass sie gefallen wäre, wenn die Toten ihr nicht zu Hilfe gekommen wären. Sie drängten sich um Vida herum, stützten und hielten sie im Gleichgewicht. Sie waren wie Katzen, die sich an ihre Herrin schmiegten. Vida spürte bei jeder Berührung die Sehnsucht, die von ihnen ausging. Sie alle wollten ins Licht, und ein zehnjähriges Mädchen sollte sie führen.

Ich kann das nicht, dachte Vida, *ihr seid zu viele.*

Ihr Protest kümmerte die Toten nicht. Sie waren da, sie würden bleiben, denn Vida war nach langen Zeiten des Wartens ihre einzige Hoffnung, um aus dem verlorenen Dasein herauszukommen. Sie allein konnte die Toten ins Licht führen, sie allein war ihre Rettung und ihr Heil.

Vida bewegte sich durch die Toten hindurch, als würde sie eine Nebelwand durchschreiten. Sie erreichte die Zimmertür und zog sie auf. Schnee und Wind trafen sie mit Wucht. Die Tanten standen einige Meter von ihr entfernt wie eine schützende Wand und hatten Vida den Rücken zugewandt.

Sie waren nicht allein.

Der Wächter stand da, als misstraue er dem Raum um sich herum. Er war uralt und dürr, sein Hinterkopf streifte die Zimmerdecke. Vida wurde bei seinem Anblick an einen knorrigen Baum erinnert, der all seine Kräfte konzentrieren muss, um sich des kommenden Winters zu erwehren. Doch kein Baum hat Zähne, und kein Baum hat Flügel, die in Krallen enden.

Vielleicht schlafe ich noch, dachte Vida, *vielleicht bin ich ...*

Weiter kam sie in ihren Gedanken nicht, denn der Wächter hatte sie bemerkt. Sein Kopf neigte sich zur Seite und die Pupillen weiteten sich. Die Schwestern bemerkten, dass sich der Fokus des Wächters verschoben hatte. Eka blickte über ihre Schulter und entdeckte Vida im Türrahmen.

»Geh zurück und schließ die Tür hinter dir!«, rief sie ihr zu.

Vida konnte sich nicht rühren. Die Augen des Wächters bannten sie, und es war wie bei dem Herrn in der Gasse, der sie mit seinem Blick gefesselt hatte.

Rühr dich nicht!

Und dann spürte Vida ein Ziehen. Sie strich sich über den Nacken, aber da war nichts, da war nur ein taubes Gefühl, als hätte sie ein Insekt gestochen.

Und da war es wieder.

Etwas zupfte an ihrem Nacken, etwas suchte einen Einlass.

Komm näher.

Vida gehorchte und trat vor, sie schaffte es bis über die Türschwelle, da wurde sie an den Haaren, Armen und Beinen gepackt und flog rückwärts in das Zimmer zurück.

Die Tür schlug so fest zu, dass der Holzrahmen nachbebte.

Vida saß auf ihrem Hintern und sah sich überrascht um.

Das zupfende Gefühl an ihrem Nacken war verschwunden.

Die Toten starrten sie an.

Wir brauchen dich, sagte einer von ihnen.

Du kannst dich nicht einfach in Gefahr begeben, sagte ein anderer.

Du bist unser Heil, sagte ein Dritter.

Der Wächter sah das Mädchen rückwärts in das Zimmer stürzen und zögerte nicht. Er ignorierte die Schwestern und sprang an der Wand hoch. Mit der Schnelligkeit einer Raubspinne stieg er bis zur Decke und über die Köpfe der Schwestern hinweg, ehe er sich vor der Zimmertür des Mädchens wieder fallen ließ. Es ging so schnell, dass die Schwestern noch immer auf die Stelle starrten, an der er eben gestanden hatte. Als sie sich umdrehten, rammte der Wächter schon die Zimmertür mit seinem ganzen Gewicht.

Und prallte ab.

Und prallte ab.

Iskar schüttelte benommen den Kopf. Er hob eine Klaue und schlug zu. Er sah von der Tür zu seiner Klaue und wieder zur Tür. Er hatte nicht einmal einen Kratzer in das Holz geschlagen. Der Wächter verstand nicht, wie das möglich war. Er hatte Äonen durchlebt und war nie einem Widersacher begegnet, der ihn in seine Grenzen gewiesen hatte. Niemand sagte Nein zu ihm. Und jetzt war da dieses gesicherte Haus. Und jetzt war da diese Tür, die seinem Ansturm widerstand. *Wo bin ich hier nur?,* fragte er sich und wollte die Dielung aufreißen, um von unten in das Zimmer des Mädchens zu gelangen, doch seine Klauen fanden auch da keinen Halt, denn selbst der Boden war geschützt.

Iskar brüllte und rammte das Türholz erneut mit der Schulter.

Und erstarrte mittendrin.

Langsam begann er zu begreifen, dass er ein ganz anderes Problem hatte.

Die drei Frauen haben nicht geschrien, als sie mich sahen, dachte er. *Sie haben sich mir in den Weg gestellt, als wüssten sie, wer ich bin. Sie zeigten keine Furcht, keine Panik, keine ...*

Und dann kam das vernichtende Fazit.

Sie haben mich erwartet.

Iskar schnellte herum.

6

Die Schwestern hatten den Wächter mehr als nur erwartet, sie hatten ihn herbeigesehnt, weil es nichts Schlimmeres gibt, als auf das Unausweichliche zu warten. Natürlich waren sie besorgt, natürlich plagten sie Zweifel und sie wären sehr dankbar gewesen, wenn Vida sich nicht im Nebenzimmer befunden hätte. Aber sie waren bereit.

Während der Wächter gegen die Zimmertür antobte, erneuerte Eka den Schutz um das zerbrochene Fenster herum und verschloss wieder alle Zugänge, damit der Wächter ihnen nicht entfliehen konnte. Danach gingen die Schwestern in Position, dabei bewegten sie sich wie Tänzerinnen in einer Choreografie, bei der jeder falsche Schritt bestraft wird.

Und jeder Schritt drehte sich um den Wächter, der sich im selben Moment von der Zimmertür abwandte und zu verstehen begann, dass hier nichts dem Zufall überlassen wurde. Er sah es an den Blicken der Schwestern, die ihm auswichen, sie wussten also von seiner Macht – ein Augenkontakt würde genügen und er könnte sie kontrollieren und ihnen unvorstellbare Dinge antun. Er versuchte auch, an das Chakra in ihrem Nacken heranzukommen, es war geschützt und verschlossen.

Sie sind auf mich vorbereitet, dachte Iskar.

Aber jemand war es nicht.

Jemand konnte die Augen nicht von dem Wächter nehmen.

7

Madame hatte sich hinter dem Sofa versteckt, als der Wächter durch das Fenster in das Haus eingedrungen war. Der Schneefall folgte ihm und schien sich in alle Richtungen gleichzeitig zu verteilen. Madame dachte an Federn, sie dachte an ihren Sohn, sie kniff die Augen zu und machte sich ganz klein. Dann hörte sie ein Hämmern und als wieder Ruhe eingekehrt war, öffnete sie die Augen und schaute auf die eingeritzte Bohne hinab, die schweißfeucht in ihrer Handfläche lag. Madame zögerte nicht und legte sich die Bohne auf ihre Zunge. Sie überlegte, ob es klug wäre, jetzt zur Haustür zu laufen und nach draußen zu verschwinden, wie es ihr Eka geraten hatte.

Vorsichtig schaute Madame über den Sofarand. Sie sah die Schwestern in einem Halbkreis stehen, und sie sah den Wächter, der nur darauf gewartet zu haben schien, dass sie sich zeigte.

Er wandte sich ihr zu.

Sie waren sechs Meter voneinander entfernt.

Der Blickkontakt hielt den Bruchteil einer Sekunde.

Madame duckte sich wieder, kniff erneut die Augen zu und begann zu beten.

8

Iskar hatte nicht vor, die Schwestern zu töten. Er wollte eine von ihnen dazu bringen, den Schutz von der Zimmertür zu nehmen. Er hatte auch schon die richtige Schwester ausgewählt, denn er sah die Schwächen und Stärken der drei Frauen, als wären sie ihnen auf die Haut tätowiert – eine von ihnen war klar und nüchtern, eine war kriegerisch und präzise. Sie nützten ihm nichts. Iskars Wahl fiel auf die dritte Frau, deren Mitgefühl und Wärme er ausnutzen wollte. Während er sich Eka näherte, bekam er nichts von der Kommunikation zwischen den Schwestern mit.

Er wird mich als Erste angreifen, er denkt, ich bin die Schwächste.

Was er auch tut, lass ihn nicht ausbrechen.

Wie weit bist du, Asha?

Ich brauche noch einen Moment.

Der Wächter legte den Kopf schräg, sein Wille wurde zu einer Axt und er versuchte, eine Bresche in Ekas Schutz zu schlagen. Und wurde abgewehrt. Er versuchte es erneut. Eka wich keinen Zentimeter, obwohl ihr die Anstrengung in das Gesicht geschrieben stand und ihr Herz raste, hielt sie die Barriere zwischen sich und dem Wächter aufrecht.

Iskar war irritiert von dem Verhalten der Schwestern. Sie waren unbewaffnet und griffen ihn nicht an, obwohl über dem Kamin zwei Schwerter hingen. Stattdessen umringten sie ihn, als wäre ihre Anwesenheit ihnen Waffe genug. Sie folgten jeder seiner Bewegungen mit einer Gegenbewegung. Iskar verstand den Tanz nicht und brauchte einen Moment, ehe er begriff, dass sie ihn an einer Stelle festhielten – einige Schritte vom Kamin entfernt und im Zentrum des Wohnraums. Der Wächter sah an sich hinab, da war nur polierter Holzboden. Was auch immer die Schwestern von ihm wollten, er hatte genug mitgespielt und es war an der Zeit, dass er die Regeln änderte.

Er will wieder über die Decke fliehen.

Asha, mach schneller, er steht richtig.

Es geht nicht schneller.

Es war eine Schneeflocke, die den Wächter zögern ließ.

Er verstand nicht, was er da sah.

Und dann bemerkte er noch eine Schneeflocke.

Und noch eine.

Danke, Asha.

Danke, Asha.

Gern geschehen.

Seitdem das Fenster zerbrochen war, waren die Schneeflocken überall. Sie hatten sich in den Zimmerecken gesammelt, sie bedeckten das Sofa und die Sessel und wehten von draußen herein. Dann setzte der Wind plötzlich aus und die Schneeflocken standen als weiße Tupfer im Raum.

Ohne zu fallen, ohne zu steigen.

Sie waren genau so in dem Augenblick eingefroren wie der Körper des Wächters. Selbst seine Pupillen gehorchten ihm nicht mehr und waren starr auf Eka fixiert, die kein Problem damit hatte, sich weiterhin zu bewegen. Iskar konnte sehen, dass sie den Daumen und den kleinen Finger der linken Hand zu einem Kreis zusammengeführt hatte, Mittel- und Ringfinger waren durch den Kreis geschoben und ruhten auf dem Handballen, der Zeigefinger war gestreckt. Auch Riva hielt ihre linke Hand in derselben Geste, während sie an Iskar vorbeiging und sich gegen seinen Rücken stemmte.

Er konnte nichts dagegen tun.

Riva schob den Wächter einen halben Schritt auf Asha zu.

Seine Krallen scharrten über den Holzboden.

Und er konnte noch immer nichts tun.

Ashas Augen waren als Einzige geschlossen und ihre Hände in einem Mudra verwoben, das Vida schon oft und vergeblich geübt hatte. Das Mudra der Zeit brauchte viel Erfahrung und die richtige Konzentration, die Vida noch nicht besaß. Unzählige Male hatte sie versucht, ihre Finger in der richtigen Abfolge zu bewegen, die Zeit hatte sich davon unbeeindruckt gezeigt. *Ein Mudra ist wie ein Glockenschlag,* hatte ihr Asha erklärt, *wenn du die Glocke anschlägst, muss ihre Schwingung durch deinen ganzen Körper wandern und in deinem Inneren widerhallen, sonst ist es kein Mudra, sondern nur eine Geste, die jeder ausführen kann.*

Eine Minute verging.

Asha hielt das Mudra konzentriert. Sie hielt die Zeit nicht an, sondern verdichtete das Zeitgewebe so sehr, dass es unpassierbar wurde. Der Wirkungsradius des Mudras lag bei zehn Metern und ging durch Stein und Holz.

Riva hörte auf, sich gegen den Wächter zu stemmen, und trat zurück.

Er steht jetzt richtig.

Ich bin bereit, Asha, lass ihn gehen.

Asha hörte auf ihre Schwester und beendete das Mudra. Sie ließ die Arme sinken und öffnete die Augen. Es war das erste Mal, dass eine der Schwestern dem Blick des Wächters begegnete. Sie trotzte seiner Macht, sie zeigte ihm, wer die Stärkere war.

Iskar erbebte regelrecht.

Es war ein Furcht einflößender Moment für jemanden, dem Furcht fremd ist.

Wer sind diese Frauen nur?, fragte er sich erneut, als sich im selben Moment die Schneeflocken wieder bewegten und die Starre von dem Wächter abfiel. Er machte sich zum Sprung bereit, als ein Rattern erklang und der Holzboden sich unter ihm öffnete.

9

Die Schwestern waren wie erstarrt und sahen auf das Loch, das sich im Boden aufgetan hatte. Eine Weile lang rührten sie sich nicht von der Stelle, dann begannen sie zu reden und ihre Stimmen klangen übertrieben laut nach der Stille ihrer Gedanken. Nicht der Wind und nicht das Schneetreiben störten sie. Sie fielen sich in die Arme und bebten vor Erschöpfung. Seitdem der Wächter erschaffen worden war, hatten sie diesen Tag gefürchtet. Ihre Gesichter leuchteten vor Aufregung. Sie wischten sich den Schnee aus den Haaren, sie waren so stolz, dass ihnen die Worte fehlten. Asha riss sich als Erste zusammen.

»Wir sollten nachsehen«, sagte sie.

Vorsichtig traten sie an den Schacht heran und schauten in die Tiefe. Eine reglose Dunkelheit erwiderte ihre Blicke und der Wind erzeugte einen hohlen Ton, während er über die Öffnung des Schachtes hinwegstrich. Von unten war nichts zu hören und keine Bewegung zu sehen.

»Sechzig Meter sollten reichen«, stellte Riva fest und spuckte dem Wächter hinterher.

»Sehr undamenhaft«, sagte Asha.

»Er hat Vida Angst gemacht«, erklärt Riva, »da höre ich auf, eine Dame zu sein.«

»Er hat uns allen Angst gemacht«, sagte Eka.

»Das ist ja auch der Sinn seines Daseins«, sagte Madame hinter ihnen.

10

Seitdem Madame dem Blick des Wächters begegnet war, saß sie mit zugekniffenen Augen hinter dem Sofa und betete. Die Bohne in ihrem Mund war so leicht, dass sie befürchtete, sie aus Versehen zu verschlucken.

Bitte, Jesus, rette mich, bitte, bring mich hier weg, rette mein Leben, rette mein Dasein, ich bitte dich.

Sie bekam nicht mit, dass die Zeit einfror.

Sie bekam nur mit, wie danach etwas ihr Gesicht berührte.

Für einen hoffnungsvollen Moment erwartete Madame, Jesus vor sich zu sehen, der ihr mit einem Lächeln die Hand reichen und sie aus dem Haus und diesem Schicksal fortführen würde. Fort zu ihrem Kind und ihrem Mann, fort von dieser Welt, die ihr seit dem Tod ihrer Liebsten keine Gnade mehr erwiesen hatte. Sie hätte ihre Seele dafür gegeben.

Madame öffnete die Augen und sah den Wächter vor sich hocken. Die knochigen Knie ragten bis zu seinen Ohren empor, die blauen Augen betrachteten Madame abschätzend.

Erinnerst du dich, wer ich bin?

Madame schüttelte den Kopf, sie hatte dieses Wesen zum ersten Mal gesehen, als es durch das Fenster eingebrochen war, doch noch während sie den Kopf schüttelte, öffnete sich ein Spalt in ihrer Erinnerung und sie sah sich selbst neben der Kutsche stehen und da waren zwei Leichen im Schnee und aus dem Himmel herab kam ein Schatten herab, um ihren Mund zu öffnen und …

Madame zog sich der Hals zusammen, sie würgte, sie bekam keine Luft.

Der Wächter nickte, sie hatte sich richtig erinnert.

Er hielt seine Kralle unter ihr Kinn.

Spuck sie aus.

Madame weigerte sich und wollte nach den Schwestern rufen,

sie wollte aufstehen und durch die Haustür in die Nacht verschwinden. Iskar umschloss mit einer Pranke ihr Gesicht und drückte die Wangen zusammen. Die Bohne fiel aus ihrem Mund und auf die Handfläche des Wächters, wo sie sich mit einem zischenden Laut in Rauch auflöste.

Iskar verstärkte den Griff seiner Kralle, sodass Madame den Mund weiter öffnen musste.

Es war schlimmer als zuvor, weil Madame dieses Mal nicht in Ohmacht fiel, weil sie dieses Mal jeden Zentimeter bewusst mitbekam, während der Wächter lautlos in sie hineinkroch. Sie würgte, sie weinte und hörte aus dem Hintergrund die Schwestern sagen:

»Er hat Vida Angst gemacht, da höre ich auf, eine Dame zu sein.«

»Er hat uns allen Angst gemacht.«

Und wie sie das hörte, trat ihr eigenes Bewusstsein in den Hintergrund und sie richtete sich hinter dem Sofa auf. Ihr Mund bewegte sich und formte einen Satz, den sie vorher nicht gedacht hatte.

»Das ist ja auch der Sinn seines Daseins«, sagte sie.

Die Schwestern drehten sich um.

Madame war verändert. Ihre Haltung war aufrecht, wie man es von einer Adligen erwartet, die durch die französische Schule gegangen ist. Ihr Kleid spannte über der Brust und das Kinn war stolz erhoben. Nur das Blut passte nicht. Einer ihrer Mundwinkel war eingerissen. Sie wischte mit dem Handrücken darüber und verschmierte das Blut über ihre Wange. Als sie begriff, was sie getan hatte, lächelte Madame entschuldigend. Die Schwestern ließen sich keine Sekunde täuschen.

Wie hat er das gemacht?

Ich weiß es nicht.

Lasst sie nicht zu nah herankommen.

Madame trat um das Sofa herum. Die Schwestern wichen zurück. Madame ging an ihnen vorbei und blieb vor dem Schacht stehen. Sie blickte in die Tiefe, und als sie sprach, hatte ihre Stimme einen rauen, kehligen Unterton, der nichts Damenhaftes mehr an sich hatte.

»Es ist ganz einfach«, sagte der Wächter. »Ich bin Luft und Erde zugleich. Ich steige als Staubkorn zu den Wolken auf und komme als Regen herab. Da könnt ihr doch nicht glauben, dass ein Loch im Boden mir Schwierigkeiten bereiten würde, oder? Ich bin, was ich gedenke zu sein, darum hält mich keine Falle. Und wie ihr seht ...«

Er warf den Schwestern einen Blick über die Schulter zu.

»... fürchte ich euch nicht. Versucht es, stoßt mich hinein und ich fresse mich durch das Gebirge wieder hinaus. Aber das werdet ihr nicht tun, denn ihr wollt das Leben dieser armen Frau ...«

Er strich mit einer Hand über Madames Brust.

»... nicht in Gefahr bringen, oder? Sie und ich sind jetzt eins. Und als eins werden wir dieses Haus verlassen. Doch bevor ich gehe, bitte ich euch, stillt meine Neugierde und verratet mir, wie es kommt, dass ihr meine Ankunft erwartet habt?«

»Wir waren auf dich vorbereitet«, sagte Eka.

»Dann wisst ihr, wer ich bin?«

»Ja, wir wissen, wer du bist, Wächter.«

Iskar drehte sich um. Er war verwirrt.

»Wenn ihr wisst, wer ich bin, dann wisst ihr auch, dass mich nichts und niemand aufhalten kann. Nicht Waffen, nicht Magie oder Gesten, die die Zeit einfrieren. Ihr folgt keiner Logik. Besonders du nicht.«

Er wandte sich an Asha.

»Von dir hätte ich erwartet, dass du meine Kraft verstehst und ihr den gehörigen Tribut zollst. Du bist mit Logik vertraut, du müsstest es besser wissen. Ich bin unantastbar. Wozu also die Mühe? Das hier ...«

Er zeigte zu der Zimmertür, hinter der sich Vida befand.

»... ist doch nur eine vorübergehende Sicherheit. Ich bin geduldig, ich habe Jahrmillionen an Geduld und kann warten. Da ich nicht denke, dass ihr mir das Mädchen heute überlassen wollt, werde ich einen Kompromiss eingehen: Löst den Schutz an der Haustür und lasst mich gehen.«

»Damit du morgen wieder zurückkehrst?«, sagte Riva.

Der Wächter ließ Madame lächeln.

»Natürlich kehre ich zurück. Natürlich werde ich warten, bis ihr eine Schwäche zeigt. Lasst mich jetzt gehen und im Gegenzug überlasse ich euch die Frau. Ihr wollt sie retten, ich kann das riechen, euer Mitgefühl stinkt bis hierher.«

Die Schwestern starrten Madame an, als würden sie auf einen Hinweis von ihr warten. Madame erwiderte ihre Blicke stumpf und leer, es war nichts Menschliches in ihren Augen zu sehen. Eka gefiel das überhaupt nicht.

»Wer sagt, dass sie noch am Leben ist?«, fragte sie.

Iskar war erstaunt über diese dumme Frage und dachte an den alten Mann im Wald, in dessen totem Körper er unbewusst Monate verbracht hatte.

»Ihr glaubt, ich trage ihren Körper wie ein Puppenspieler seine leblose Puppe?«, fragte er.

Die Schwestern sahen ihn nur an.

»Gut«, lenkte der Wächter ein, »überzeugt euch selbst.«

Der Wechsel geschah übergangslos. Die aufrechte Haltung der Madame verschwand, sie blinzelte, ihre Schultern sanken herab und dann trat Panik in ihre Augen. Ihre Stimme war wieder ihre Stimme, als sie sagte:

»Ich ... ich konnte mich nicht wehren. Er hat mich die Bohne ausspucken lassen. Ich konnte nicht ...«

Sie fing an zu weinen, dann wischte sie sich mit dem Handballen die Tränen aus den Augen, straffte die Schultern und lächelte die Schwestern an.

»Wie wunderlich Tränen doch sind«, sagte der Wächter.

»Mir genügt das nicht«, sagte Eka. »Gib uns einen Moment länger mit ihr. Madame ist voller Furcht und sie soll wissen, dass du ihr nichts antun wirst.«

»Ihr Menschen«, sagte der Wächter verächtlich.

Madames Schultern sanken wieder nach vorne, die Stimme der Madame war ein Flüstern, ihre Augen glänzten erschreckend wach.

»Was geschieht nur?«, fragte sie.

»Er wird dich gehen lassen«, sagte Eka.

»Er wird aber wiederkommen«, sagte Madame. »Ich weiß es.«

»Wir wissen das auch«, sagte Eka beruhigend. »Wir werden darauf vorbereitet sein.«

Madame schüttelte vehement den Kopf.

»Ihr solltet mich nicht gehen lassen.«

»Es gibt keinen anderen Weg«, sagte Asha. »Wir denken an deine Seele---«

»Das reicht!«, fuhr die Stimme des Wächters dazwischen.

Madame verschwand nicht, sie klammerte sich an ihr Bewusstsein.

»Denkt nicht an meine Seele«, sagte sie fordernd. »Denkt an euch---«

»Genug, sagte ich!«, zischte die Stimme des Wächters.

»Ja«, seufzte Madame und ihre Augen schlossen sich, »genug ist genug.«

Mit diesen Worten ließ sie sich nach hinten in den Schacht fallen.

Innerhalb des Bruchteils einer Sekunde hatte der Wächter die Kontrolle über den Körper der Madame wieder übernommen. Im Fall streckte er den rechten Arm aus und griff nach dem Rand des Schachtes. Nur die Fingerspitzen hielten Madames Körper vor einem Sturz ab.

Die Schwestern hörten den Wächter aus dem Schacht lachen.

»Trau keinem Menschen«, sagte er.

Sie traten an den Rand und schauten hinab, Iskar schaute zu ihnen herauf.

»Oh, wie lästig dieses Dasein für manchen sein muss«, sprach er und hatte dabei nur Augen für Eka. »Wie enttäuschend und mühevoll. Da wählt Madame den Freitod, kann man das glauben? Was für eine ängstliche Seele. Aber seien wir ehrlich, ohne Mann und Kind steht ihr nur ein trostloses Leben als Witwe bevor. Dabei ist sie so jung. Sie könnte einen Mann finden und noch ein weiteres Kind in diese Welt bringen. Wollt ihr sie wirklich so gehen lassen? Nein, ich denke nicht. Seid mir also eine Hilfe und holt mich hier raus.«

Es war wie ein Reflex. Lange bevor ihre Schwestern auch nur nur erahnten, was sie tun würde, kniete sich Eka nieder und ergriff Madames Hand. Riva und Asha packten Eka an den Schultern, um sie wegzuziehen, beide waren zu langsam. Die Reaktion des Wächters war wie der Biss einer Schlange, die auf den richtigen Moment lauert. Die linke Hand der Madame schnellte aus der Tiefe hoch und ergriff Ekas Handgelenk. Es gab einen Ruck und Eka wäre beinahe kopfüber in den Schacht gestürzt. Sie versuchte den Griff abzuschütteln, ihre Füße verloren den Halt auf dem Boden und sie landete auf dem Bauch und begann auf den Schacht zuzurutschen. Die Schwestern umklammerten ihre Beine und endlich lag Eka still – ihr Oberkörper hing über dem Schacht und Madames gesamtes Gewicht zog an ihrem Arm. Für einen Augenblick dachte sie, der Wächter würde sie mit sich in den Abgrund ziehen wollen, aber dem war nicht so.

Iskar hatte andere Pläne.

Der Mund der Madame öffnete sich und eine Klaue des Wächters wand sich aus ihrer Kehle und packte Eka an derselben Stelle, an der Madames linke Hand sie umklammert hielt. Eka konnte hören, wie ihr Gelenk unter dem festen Griff des Wächters brach, der Schmerz schoss durch ihren Körper und ließ sie aufschreien.

Haltet mich!

Ich halte dich.

Wieso warst du nur so dumm?

Eka konnte ihren Schwestern nicht antworten. Schmerzenstränen schossen ihr aus den Augen. Mit Grauen beobachtete sie, wie sich der Wächter einem Aal gleich an ihrem Arm aus Madame herauszuziehen begann – der Kopf und die Schultern des Wächters quetschten sich als Nächstes aus dem Mund.

Iskar blickte jetzt Eka direkt an und die Verbindung war geschaffen. Es war keine Gnade in seinen Augen, nur reine Zufriedenheit. Ekas Herzschlag begann sich zu verlangsamen und die Gedanken entglitten ihr. Endlich begriff sie, was der Plan des Wächters war.

Er sucht ...

Sie konnte den Gedanken nicht beenden. Sie kniff die Augen zu, um sich zu fokussieren. Die Berührung des Wächters brannte auf ihrer Haut und flammte das gebrochene Handgelenk hinauf. Als sie die Augen wieder öffnete, füllte seine Klaue ihr gesamtes Blickfeld und kam näher und berührte ihre Unterlippe und verschob sie nach unten.

... einen neuen Wirtskörper.

Ekas Mund öffnete sich so weit, dass ihr Kiefer knackte. Ihre freie Hand tastete panisch nach hinten und lag dann auf dem Boden, als würde sie um ein Almosen betteln.

Riva? Asha?
Wir hören dich.
Ein … Messer … ein … Schwert …

Asha legte sich mit ihrem vollen Gewicht über Ekas Körper, damit er nicht weiter in den Schacht rutschte, während Riva auf die Beine kam und eines der Schwerter von der Wand riss. Sie drückte den Schwertgriff in die wartende Hand ihrer Schwester.

Eka war bewusst, dass nichts dem Wächter Schaden zufügen konnte. Er ließ sich zwar durch Runen und Mudras schwächen und aufhalten, aber wirklich verletzen konnte ihn nichts. Obwohl sie all das wusste, zog Eka die Klinge nach vorne und stach zu.

Der Wächter verlachte sie. Da die untere Hälfte seines Körpers noch immer in Madames Körper festhing, konnte er den Stichen zwar nicht ausweichen, dennoch lachte er, denn die Klinge glitt an seinem Schädel ab und traf mit einem Funkenschlag auf die Schachtwand. Iskar ließ sich davon nicht aufhalten. Seine Klaue bewegte sich ungehindert tiefer in Ekas Mund hinein. Sie spürte die schuppige Haut auf ihrer Zunge, sie würgte und war einer Ohnmacht nahe und stach erneut zu. Auch dieser Angriff glitt an Iskar ab und schnitt in Madames Schulter, sodass ihr Blut in den Schacht hinabregnete.

Es ist sinnlos, du kannst ihn nicht verletzen.
Er ist unantastbar, Eka.

Ich weiß, wollte sie ihren Schwestern antworten, doch sie kam nicht dazu, denn die Klaue hatte sich eben in ihre Kehle geschlängelt und war ihre Speiseröhre hinuntergeglitten und kurz davor, den Magen zu erreichen.

Ekas Atmung setzte aus, ihr Wille begann sich aufzulösen. Sie hob ein letztes Mal das Schwert und wusste, ihr blieb nur dieser eine Schlag. Und weil sie das wusste, durchtrennte sie ihren eigenen Arm an der Stelle, an der der Wächter sie gepackt hatte.

11

Plötzlich umklammerte der Wächter Ekas abgetrennten Arm und er war der einzige Halt, der ihm geblieben war. Er verstand nicht, wie das möglich war. Er verstand nicht, welcher Mensch sich den eigenen Arm abschlug, um sich seiner zu entledigen.

Es war lächerlich.

Er stürzte.

Und im Sturz glitt seine Klaue aus Ekas Magen und rutschte durch ihre Kehle und aus ihrem Mund heraus, dann hörte er ihren Schmerzensschrei über sich und der Schrei folgte ihm in die Tiefe hinab, während über ihm die Öffnung des Schachtes kleiner und kleiner wurde.

Sie lernen überhaupt nicht dazu, dachte der Wächter und versuchte erneut, der Falle zu entfliehen, aber dieses Mal war es ihm unmöglich, ein Staubkorn oder ein Regentropfen zu sein, denn seine eine Hälfte steckte noch immer im Körper der Madame fest und er konnte sich nicht schnell genug befreien, sosehr er sich auch Mühe gab.

Iskar fiel und fiel. Er kämpfte um jeden Meter. Seine Krallen schabten über die Lehmwände und rutschten ab. Zwar verlangsamte er dadurch seinen Sturz, doch er konnte ihn nicht aufhalten. Das Gewicht von Madames Körper war wie ein Senklot, das ihn in die Tiefe zog.

Die zwei Körper schlugen hart auf dem Grund des Schachtes auf, einige Rippen der Madame brachen, doch das war nicht der Schmerz, der Iskar aufbrüllen ließ. Panisch kroch er aus dem Wirtskörper und stand auf dem Boden des Schachtes und bebte. Jede Berührung schmerzte ihn, es gab hier unten keine einzige Stelle, die nicht geschützt war. Die Wände um ihn herum schimmerten, Muster und Symbole waren in den Lehm geritzt und mit Tinte nachgezogen worden. Goldene Schriftbahnen und Formeln liefen über Boden und Wände und glühten auf, sobald der Wächter sie berührte. In einem verzweifelten Versuch öffnete er seine Flügel, was bei dem engen Raum nicht einfach war. Er stieg taumelnd aus der Tiefe auf und stieß dabei immer wieder mit seinen Flügeln gegen die Wände. Der Schmerz war unfassbar, doch er ertrug ihn und entdeckte auf dem Weg nach oben, dass es auf den sechzig Metern keinen Millimeter gab, der nicht gesichert war.

Als Iskar oben ankam, war die Luke verschlossen und versiegelt. Er konnte sie nicht berühren, er konnte sie nicht öffnen.

Der Wächter sank wieder auf den Grund des Schachts hinab.

Wann haben sie das alles vorbereitet?, fragte er sich.

Vor Ewigkeiten, lautete die Antwort und dann ...

DIE GÖTTIN

... verschwand der Wächter spurlos.

Solea spürte sein Verschwinden durch den Boden hindurch, während sie auf einer Anhöhe stand und den Pflanzen zufrieden zusah, wie sie sich dem Sonnenlicht entgegenstreckten.

Es war später Nachmittag in Bolivien. Vor zwei Nächten war die Göttin aus Tavolski Most zurückgekehrt und wartete seitdem auf die Nachricht, dass die Kraljica das Mädchen ausfindig gemacht hatte. Gerade war Solea dabei gewesen, Lavendelfelder auf der kargen Südwand des Illimani wachsen zu lassen. Dafür hatte sie die Wolken beiseitegeschoben und die Winde umgelenkt, sodass die Sonne ungehindert den Boden aufwärmen konnte. Die Temperatur stieg um zwanzig Grad und Solea war sehr zufrieden mit sich – ein Moosteppich breitete sich über den Felsen aus und der Lavendel begann zu blühen. Es war immer wieder ein Wunder für die Göttin, was ein wenig Zuneigung für Veränderung hervorrufen konnte.

Inmitten dieses Moments der vollkommenen Zufriedenheit spürte sie, dass etwas geschehen war. Als würde sich ein Beben durch den Boden bewegen. Solea blieb vor einer Zwergtanne stehen und legte ihre Hand auf die Rinde. Der Impuls wanderte durch das Holz, durch die Wurzeln in die Erde und breitete sich auf der Welt aus.

Wann?

Der Wächter schwieg.

Das Schweigen ließ Solea die Fingernägel in das Holz krallen.

Sie wartete, sie wartete.

Wann?

Nichts kam zurück.

Ihre Befürchtung war richtig gewesen.

Die Verbindung hatte aufgehört zu existieren.

Wann?!

Nur die Stille antwortete.

Es war das erste Mal in dem langen Dasein des Wächters, dass er nicht auf ihren Impuls reagierte. Solea nahm die Hand von dem Baum und wandte sich enttäuscht ab. Die Zwergtanne blieb zurück und verkümmerte mehr und mehr mit jedem Schritt, den sich die Göttin von ihr entfernte. Zum Schluss neigte sich der Baum so weit zur Seite, dass sich seine Wurzeln vom Boden lösten und sein Stamm hart auf die Erde schlug.

DAS MÄDCHEN, DAS EIN LEUCHTFEUER WAR

I

Ekas Schmerzensschrei riss Solomon aus seinem erschöpften Schlaf. Er schnappte gierig nach Luft und setzte sich auf. Er fühlte sich, als hätte jemand seinen Kopf unter Wasser gehalten. Vor gut zwanzig Stunden war er mit Vida aus Tavolski Most zurückgekehrt und hatte seitdem ohne Unterbrechung geschlafen. Der Rücken schmerzte ihn vom Liegen, sodass er sich kaum aufrichten konnte. Er taumelte, wie es Vida beim Erwachen getan hatte, nur dass keine Toten an seiner Seite waren, die ihn auffingen. So sank er wieder auf das Bett zurück und schloss die Augen, um sein Gleichgewicht zu beruhigen.

Und schlief wieder ein.

Als er ein zweites Mal erwachte, war eine Stunde vergangen.

Solomon stand auf und lehnte sich gegen die Wand, er atmete durch und zog dann die Tür auf. Was er sah, ließ ihn daran zweifeln, ob er wirklich wach war – Eka saß in einem blutbefleckten Kleid am Küchentisch und hatte einen Verband um den rechten Arm, der unter ihrem Ellenbogen endete. In der Luft hing der Geruch von verbranntem Fleisch und Branntwein.

»Wo ist dein Arm?«, fragte Solomon.

»Ich hatte einen Unfall.«

»Was?!«

»Solomon!«

Asha kam aus der Küche, sie wirkte zehn Jahre älter und da waren tiefe Schatten um ihre Augen herum. Sie umarmte Solomon und er konnte ihre Anspannung spüren.

»Hast du dich ausgeruht?«, fragte sie.

Solomon blickte sich verwirrt um. Ehe er fragen konnte, was hier nur passiert war, trat Riva aus Vidas Zimmer.

»Endlich bist du wach!«, sagte sie.

Solomons Blick kehrte zu Eka zurück.

»Was ist hier nur passiert? Wo ist dein Arm?«

»Wir hatten Besuch«, sagte Eka. »Er muss Vida und dir gefolgt sein.«

»Er?«

Schon während er nachfragte, begriff Solomon, von wem Eka sprach.

»Du hättest sehen müssen, wie es hier vor einer Stunde ausgesehen hat«, sprach Eka weiter. »Sei froh, dass du das verschlafen hast, denn wir---«

»Moment mal«, unterbrach sie Solomon und senkte seine Stimme, als wollte er nicht wirklich fragen: »Ihr hattet den Wächter im Haus und habt mich nicht geweckt?!«

»Es war unnötig«, sagte Eka.

»Unnötig?!«

»Ja, unnötig.«

»Aber Eka, dir fehlt ein Arm!«

»Ich weiß, Solomon.«

Genau da begriff er, was sie getan hatten.

Solomon ging zum Kamin und schlug den Teppich zurück.

Der runde Schachteingang besaß einen Durchmesser von drei Metern und war an den Rändern so poliert, dass er sich kaum vom Boden unterschied. Nachdem die Schwestern nach Warrosch gezogen waren und das Gebirge als ihr Zuhause ausgewählt hatten, ließen sie den Fels aushöhlen und schufen Platz für ein Haus mit acht Zimmern. Ein natürlicher Spalt im Felsen wurde während der Arbeiten zu dem senkrechten Schacht erweitert, der eine Tiefe von sechzig Metern hatte und von innen mit Lehm verkleidet wurde. Als Solomon hörte, dass die Schwestern dem Wächter eine Falle stellen wollten, war er dagegen gewesen. Er fand es zu riskant, und sollte es ihnen wirklich gelingen, wollte er den Wächter nicht in der Nähe des Dorfes wissen. Erst als er erfuhr, wie sie den Schacht sichern wollten, lenkte Solomon ein und konstruierte ihnen ein Gestell, mit dem sich die Schwestern in die Tiefe abseilen konnten. Über die nächsten Jahre sicherten sie die Lehmschicht mit Symbolen, die den Wächter bannen sollten.

»Ich kann es noch immer nicht fassen, dass ihr mich nicht geweckt habt«, sagte Solomon und sah sich im Wohnraum um, als würden sich irgendwo Überreste des Wächters verstecken. Die Schneepfützen waren aufgewischt und das zerbrochene Fenster war abgedichtet worden. Die Schwestern hatten alle Spuren beseitigt, die an das Auftauchen des Wächters erinnerten, nur gegen die Kratzer an der Holzdecke konnten sie nichts ausrichten.

Solomon fiel auf, dass nur noch ein Schwert über dem Kamin hing.

»Eines meiner Schwerter fehlt«, stellte er fest.

»Sieh im Schacht nach«, sagte Riva.

»Und wenn du schon da unten bist«, fügte Eka hinzu, »dann bring doch bitte meine Hand mit, vielleicht lässt sich noch was retten.«

Solomon sah die Schwestern überrascht an, sie verzogen keine Miene.

»Humor?«, fragte er.

»Humor«, antworteten sie.

2

Solomon erfuhr, was seit Madames Ankunft geschehen war. Während die Schwestern erzählten, konnte er sehen, wie sehr es sie schmerzte, dass es ihnen nicht gelungen war, die arme Frau zu retten.

»Und das Dorf?«, fragte Solomon zum Schluss. »Wer hat es niedergebrannt?«

»Am Vortag ist ein Soldatentrupp unter der Flagge des Fürstentums eingeritten«, antwortete ihm Riva. »Nachdem sie die Häuser in Brand gesteckt hatten, töteten sie das Vieh und verschleppten die Bewohner. Wir glauben, sie sind nur wegen uns gekommen. Wir haben sofort Vorsichtsmaßnahmen getroffen. Wenn wir nicht gesehen werden wollen, sieht man uns nicht. Vida muss diese Gabe von uns erlernt haben, denn keine von uns bekam mit, dass sie das Haus verlassen hat, um dir nachzureisen.«

Solomon schaute zur Zimmertür. Er wäre am liebsten zu seiner Tochter gegangen und hätte sie wachgerüttelt, nur um ihr für einen Moment in die Augen zu sehen. Riva holte ihn in den Moment zurück.

»Was ist euch in Tavolski Most widerfahren?«

»Ich zeige es euch.«

Solomon holte seinen Mantel aus dem Flur und zog das Gesicht aus der Tasche. Die Schwestern wichen unmerklich zurück, als er es auf den Tisch legte. Eka wandte den Kopf ab und Rivas Hände vollführten ein Mudra des Schutzes, während Asha sich den Nacken rieb, als hätte sie dort einen Schlag abbekommen. Das Gesicht lag wie ein Spuk zwischen ihnen und schaute mit leeren Augenhöhlen zu ihnen auf.

»Es scheint, als wäre es aus Seide gemacht«, sagte Solomon.

Riva beugte sich über das Gesicht.

»Nein, das ist keine Seide. Ich kann die Poren sehen, das ist Haut. Und es ist nicht das Werk irgendeines Zegechem, das hier ist das Werk der Herrschaften. Hat dir Vida gesagt, woher sie die Maske hat?«

Solomon erzählte ihnen, wie er Vida kniend in einer der Gassen vorgefunden hatte.

»Nachdem ich sie aus dem Schnee aufgesammelt hatte, ist sie sofort in meinem Arm eingeschlafen und dann brach das Fieber aus. Ich wusste nicht, was ich tun sollte, also habe ich einen Arzt gerufen, aber der wusste auch nicht weiter ...«

Eka legte ihre Hand über seine.

»Es ist gut, dass du so schnell gekommen bist. Wir werden ihr Fieber senken und dann wird sie uns erzählen, was ihr widerfahren ist. Mach dir jetzt keine Gedanken.«

Sie wandte sich an ihre Schwestern.

»Wir könnten das Gesicht zu seiner Besitzerin zurückverfolgen, aber wenn wir das tun ...«

Sie sprach nicht weiter, ihre Schwestern wussten, was sie sagen wollte. Sie besaßen alle drei Kräfte, die sie über bestimmte Grenzen nicht einsetzen durften. Kräfte wie den Impuls. Wenn sie die Maske zurückverfolgten, wüsste Solea sofort, wo sie sich befanden.

»Es ist zu gefährlich«, sagte Riva.

»Ich weiß.«

Sie starrten auf das Gesicht, dessen matte Haut das Licht der Kerzen reflektierte.

»Lass uns erst mit Vida reden«, beschloss Asha, »dann sehen wir weiter. Für heute haben wir genug erlebt.«

Die Schwestern umarmten Solomon und gingen schlafen. Der Schmied blieb alleine am Tisch zurück. Er starrte auf die Maske und war sehr versucht, sie in das Feuer zu werfen. Er verstaute sie wieder in seinem Rucksack, löschte die Lichter und blieb ein letztes Mal über dem Schacht stehen. Er glaubte den Wächter unter sich zu spüren. Danach rollte er den Teppich auf seinen Platz und kehrte in das Bett zurück. Er war sich sicher, dass er keinen Schlaf finden und bis zum Morgengrauen wach daliegen würde. Eine Minute später schlief er tief und fest.

3

Riva erwachte drei Stunden später, weil sie spürte, dass sie beobachtet wurde. Für einen grausamen Moment glaubte sie, der Wächter sei aus dem Schacht gestiegen und würde an ihrem Bettende stehen, dann erkannte sie in dem schwachen Licht Vidas schmächtige Gestalt.

»Tante Riva, ich brauche Hilfe.«

Riva setzte sich auf und riss ein Zündholz an. Das Kerzenlicht zeigte ihr, wie elendig es ihrer Nichte ging. Sie war fahl im Gesicht und sah aus, als hätte sie seit der Rückkehr aus Tavolski Most keine Sekunde geschlafen. Riva streckte die Hand aus, damit ihre Nichte näher kam. Vida blieb, wo sie war.

»Wie kann ich dir helfen?«, fragte Riva.

»Das Tor ist offen und ich kann es nicht schließen.«

»Welches Tor meinst du, Kleines?«

Vida schien sie nicht zu hören.

»Ich versuche alles«, sprach sie weiter. »Ich führe sie ins Licht, wieder und wieder, einen nach dem anderen, aber es sind zu viele, es nimmt kein Ende.«

Vida schaute sich um, als sie ihre Tante wieder ansah, war in ihrem Blick so viel Verzweiflung, dass es Riva im Herzen schmerzte. Sie wollte ihre Nichte in die Arme schließen, aber um Nähe und Wärme ging es Vida im Moment nicht. Sie brauchte eine andere Hilfe.

»Welches Tor meinst du?«, fragte Riva erneut.

»Siehst du es nicht?«, fragte Vida zurück.

»Es tut mir leid, ich sehe nichts.«

»Dann zeige ich es dir.«

Vida wandte sich ab und verließ das Zimmer.

Sie zogen sich Mäntel und Stiefel an und traten nach draußen. Sie stapften durch den Schnee und blieben auf dem Plateau stehen, wo Vida ihre Tante bis zum Rand führte.

»Siehst du es jetzt?«

Riva sah auf das Tal hinab – da lag das verbrannte Dorf und erinnerte an eine verschorfte Wunde, mittendrin stand die Kutsche der Madame. Riva beschrieb ihrer Nichte, was sie sah, da begann Vidas Unterlippe zu zittern, als wäre sie den Tränen nahe. Sie verstand die Welt nicht mehr.

»Gib nicht auf«, sagte Riva. »Hier, nimm meine Hand und zeig mir, was du siehst.«

»Aber ich kann nicht, ich---«

»Konzentrier dich«, unterbrach sie Riva sanft.

Vida ergriff die Hand ihrer Tante, ihre Kräfte waren wie verschüttet, es fiel ihr schwer, sich zu konzentrieren.

»Lass dir Zeit«, sagte Riva.

Vida lehnte sich dankbar an ihre Tante, ihre Gedanken brachen immer wieder weg und wollten keine Richtung einhalten. Sie gab sich Mühe, Riva zu zeigen, was sie ...

Es geschah so plötzlich, dass Riva zurückwich.

»Du siehst es?«, fragte Vida hoffnungsvoll.

»Ich sehe es«, sagte ihre Tante.

Für Riva war es, als hätte sich das enge Geflecht der Realität aufgelöst. Das Tal und das Land drumherum, jede schneebedeckte Wiese, jeder schneebedeckte Weiher, die Straße zur nächsten Stadt, jeder Weg und jede Anhöhe, alles war überflutet von den Toten. Soweit das Auge auch reichte, schien es nichts anderes mehr zu geben. Über den Fluss hinaus und bis hinter die Wälder, wo der Mond wie eine gefrorene Münze über der Landschaft hing und den Marsch der Toten beleuchtete. Sie kamen von überall her und strömten als graue Masse aus der Steppe auf das Gebirge zu. Kein Flecken Schnee oder Stein war mehr zu sehen, denn die Toten waren überall und sie waren dabei vollkommen lautlos. Auch den schmalen Bergpfad überfluteten sie, drängten sich und klammerten sich an den Felsen fest, während der Großteil von ihnen hilflos hinabstürzte und sich wieder einreihte in die Schlange, die nach oben wollte. Viele kletterten direkt am Felsen hoch und scheuten keinen Weg, um zu Vida zu kommen. Aber das war nicht das Erschreckendste.

Als sich Riva umdrehte, sah sie, dass die Toten auch aus der Tür und den Fenstern des Hauses nach draußen strömten.

Sie waren längst angekommen.

Vida muss sie die ganze Zeit ertragen haben, dachte Riva und versuchte, die Toten um sich herum mit den Händen fernzuhalten, aber es war vergeblich, ihre Arme glitten durch sie hindurch. Riva existierte für die Toten nicht. Sie hängten sich an Vida, klammerten sich an ihrem Mantel fest, drückten sich gegen ihren Körper und flüsterten ihr ins Ohr, dass sie ins Licht geführt werden wollten.

Wie hält sie das nur aus?, fragte sich Riva und löste ihre Hand aus Vidas. Sofort überkam sie eine Erleichterung, als das Gewimmel der Toten vor ihren Augen verschwand.

»Ich dachte, sie gehen von alleine weg, wenn ich sie ins Licht führe«, sagte Vida, »doch sie werden immer nur mehr und mehr und ...«

Sie sah sich ratlos um, dann trat ein Wandel ein und plötzlich rief sie wütend:

»Es reicht! Ich will mit meiner Tante reden, gebt mir Raum. Nur ein wenig mehr Raum, hört ihr?!«

Ihre Stimme hallte aus dem Tal wider, Riva konnte es zwar nicht mehr sehen, sie spürte aber die Veränderung – die Toten erstarrten.

»Bitte«, schob Vida mit letzter Kraft hinterher.

Die Toten wichen zurück und gaben ihr den gewünschten Raum.

Es war nur eine kurze Gnade.

Und dort auf dem Plateau begann Vida zu erzählen, was ihr in Tavolski Most widerfahren war. Sie beschrieb ihrer Tante die Herrschaften und wie der Herr ihren Schweiß gekostet und die Dame in ihre Zukunft geschaut hatte.

»Sie ist die Kraljica von Sibirien«, sagte Vida. »Sie hat gesagt, sie würde das Tor öffnen und mich zu einem Leuchtfeuer für die Toten machen. Und dass ich so sehr leiden würde, dass ich mir wünschte, ich wäre nie geboren worden. Aber es wird nicht passieren, denn sie kann mich verdammen, wie sie will, ich ertrage das. Ich werde---«

»Warte!«, unterbrach Riva ihren Redefluss. »Die Kraljica hat dich verdammt?!«

Vida nickte. Riva schloss hilflos die Arme um ihre Nichte und drückte sie an sich, damit Vida ihr Gesicht nicht sehen konnte. Es war schlimmer, als sie gedacht hatte. Das war kein Fieber, das war keine Krankheit. Sie lauschte in Vidas Körper hinein und jetzt, wo sie wusste, wonach sie suchen musste, konnte sie die Verdammung spüren, die sich auf alle Organe ausgebreitet hatte und auch Vidas Herz umklammert hielt. Und wie sie ihre Nichte an sich drückte, begann diese in ihrer Umarmung zu zittern.

»Sie sind wieder da«, sagte Vida leise und presste sich so fest an ihre Tante, als könne sie ihr Schutz vor den Toten bieten.

4

Die folgende Woche versuchten die Schwestern, die Toten von Vida fernzuhalten und die Verdammung zu lösen. Sie verbrannten Weihrauch und ließen Vida bittere Elixiere trinken, die sie aus Kräutern und Mineralien mischten. Ein Elixier half für eine Viertelstunde, dann tobten die Toten wieder um Vida herum. Jeden Morgen reinigte Asha ihre Aura, jeden Abend stand sie verzweifelt an Vidas Bett und sah keine Besserung.

Vida fand keinen Schlaf und war unentwegt erschöpft. Der Ansturm der Toten ließ nicht nach, sie buhlten um ihre Aufmerksamkeit und waren ungeduldig, weil sie spürten, dass dieses Mädchen nicht mehr lange unter den Lebenden sein würde. Sobald Vida hundert Tote ins Licht geführt hatte, rückten dreihundert Tote nach. Sie kamen von überall her – aus China und der Mongolei, aus Finnland und Kasachstan. Sie schwammen über den Pazifischen Ozean und stiegen aus dem Schwarzen Meer. Ihre Flut nahm kein Ende, es war, als würde sich das Totenreich über Warrosch entleeren.

Zwischendurch verfiel Vida in einen erschöpften Dämmerzustand, doch es war kein echter Schlaf. Sie aß wenig und magerte ab. Weiße Strähnen woben sich durch ihr schwarzes Haar und ihre Hände zitterten wie bei einer alten Frau. Ihre Lippen waren unentwegt rissig und der Glanz aus ihren Augen war einer trüben Resignation gewichen. Es fiel ihr immer schwerer, die Sätze zu beenden, und sie verlor mitten im Gespräch den Faden.

Riva studierte ihre Bücher und suchte in der Vergangenheit nach ähnlichen Verdammungen, während Eka mit Solomon unterwegs war und Wanderungen machte, um in der Winterlandschaft nach Mitteln zu suchen, die die Toten von Vida bannen sollten. Es war vergeblich. Keine Verdammung aus der Vergangenheit erwies sich als hilfreich, keine Tannennadeln oder Wurzeln halfen. Asha blieb als Einzige an Vidas Seite. Sie sprach mit ihr und studierte ihren unruhigen Schlaf, und als sie genug Wissen gesammelt hatte, besprach sie sich mit Solomon und ihren Schwestern, ehe sie Vida den Vorschlag machte, die Gegenwart zu verlassen.

»Deinen Tanten und mir fällt nichts Besseres mehr ein«, sagte sie eines Morgens, während Vida auf ihrem Schoß lag und sich die verschwitzte Stirn mit einem nassen Tuch kühlen ließ. »Deine Kräfte schwinden mit jedem Tag. Wir müssen die Last der Toten von dir nehmen, denn ich mache mir Sorgen um dein Herz und dass es zu sehr geschwächt wird. Du bist nur noch ein Schatten deiner selbst, meine Liebe, du schläfst nicht, und wenn du mal wegdämmerst, ist dein Schlaf so von Unruhe durchzogen, dass du erschöpft erwachst. Da wir die Toten nicht davon abhalten können, dass sie dich belagern, ist es an der Zeit, dass du verschwindest.«

Vida blickte zu ihr auf, ihre Augen waren trübe.

»Und wohin soll ich verschwinden?«

»An einen sicheren Ort.«

Vida lächelte schwach, der Gedanke gefiel ihr.

»Und wie mache ich das?«, fragte sie.

Asha tippte ihr auf die Stirn.

»Such dir einen Ort in deinem Kopf«, sagte sie.

»In meinem Kopf ist ein Ort?«

»Jeder Verstand hat sein eigenes Refugium. Nur du alleine kannst diesen Ort aufsuchen.«

»Und wenn sie mir folgen?«

»Niemand hat einen Zugang zu deinem Refugium, selbst wir können dir dahin nicht folgen.«

»Refugium«, sagte Vida, »ich mag das Wort. Und was ist …«

Ihre Augen flackerten, es fiel ihr schwer, konzentriert zu bleiben.

»… was ist, wenn ich den Ort gefunden habe?«

»Dann bleibst du dort. Solange du willst.«

»Ohne meinen Körper?«

»Ganz ohne deinen Körper. Wir werden hier auf ihn aufpassen und deine Rückkehr erwarten. In der Zwischenzeit werden wir versuchen, diese Verdammung aufzulösen. Möchtest du es versuchen?«

Vida nickte.

»Dann schließ die Augen und geh auf die Suche.«

Vida fielen die Augen wie von selbst zu. Riva konnte beobachten, wie sich ihre Pupillen unter den geschlossenen Lidern zu bewegen begannen. Vida musste nicht lange suchen, denn schon als sie das Wort Refugium gehört hatte, wusste sie, wo sich dieser Ort befand.

Er lag zwei Tagesreisen entfernt am Ausläufer des Gebirges und hatte nur einen schmalen Zugang, der von Dornenhecken geschützt war. Es war der sicherste Platz, den sich Vida denken konnte. Sie trat durch die Dornenhecken und lief über den Fels und glitt in das Wasser des Sees. Alles war, wie sie es zurückgelassen hatte. Die Fische, das Licht, die Luft. Dort trieb sie mit ausgebreiteten Armen auf der Oberfläche und hörte das Rauschen des Wasserfalls und sah dem Mond, den Wolken und der Sonne zu, wie sie über sie hinwegwanderten. Niemand konnte ihr folgen, keine Toten und keine Kraljica, keine Göttin und kein Wächter konnten sie hier ausfindig machen, denn sie war jetzt fernab von einer Welt, die sie plagte und zerstören wollte. Sie war in Sicherheit.

Tag für Tag, Woche für Woche, Monat für Monat und dann …

5

… öffnete Vida die Augen, weil jemand ihren Namen sagte.

Über ihr glomm der Nachthimmel wie ein entferntes Gewitterleuchten und aus diesem Leuchten heraus sanken schwere Schneeflocken herab, als hätten sie nur darauf gewartet, dass Vida erwachte und zu ihnen aufschaute. Das Refugium mit seiner rauschenden Ruhe war gewichen und an seine Stelle war eine unfassbare Stille getreten – kein Gemurmel von den Toten, keine Geschichten von Krankheiten und Plagen, einfach nur die Stille einer Winternacht.

Vida lag unter einer dicken Lage von Schaffellen und starrte in die Dunkelheit über sich. Sie sah zwei Sternschnuppen parallel zueinander über den Himmel wandern und verlöschen. Es war so still, dass sie glaubte, die Schneeflocken zu hören, wie sie sich in der Luft berührten und aneinanderrieben.

»Vida?«

Da war erneut diese Stimme.

Vida fürchtete sich davor, nach rechts zu schauen. Sie wollte keine rastlose Seele mehr ins Licht führen. Sie zögerte, sie zögerte noch ein wenig länger, dann wandte sie vorsichtig den Kopf und ein stechender Schmerz schoss ihre Wirbelsäule hinunter, sodass sie die Zähne zusammenbeißen musste, um nicht laut aufzustöhnen.

Jetzt sah sie, dass sie auf dem Plateau vor dem Haus der Tanten lag. Links von ihr breitete sich das Tal aus, rechts von ihr war das hell erleuchtete Haus, aber wohin Vida auch schaute, sie sah keinen einzigen Toten, da hockte nur ein Junge neben ihrem Lager, und so wie er fror, konnte sie sicher sein, dass er einer der Lebenden war. Er trug ein dünnes Hemd mit kurzen Ärmeln und keine Mütze. Seine Wangen leuchteten rot, und während ihn Vida betrachtete, wurde der Junge von einem Kälteschauer durchgeschüttelt. Er stand kurz vor dem Erfrieren, dennoch lächelte er Vida an, als würde es ihn freuen, hier in der eisigen Kälte zu hocken und sie zu wecken. Vida wollte ihn fragen, wieso er bei dem Wetter nichts Wärmeres trug, aber ihre Zunge lag schwer wie ein Stein in ihrem Mund und so brachte sie kein Wort hervor.

»Jetzt bist du wach«, sagte der Junge.

Sein Russisch war miserabel und klang unsicher. Vida runzelte die Stirn, weil es dieselben Worte waren, die ihr Vater immer jeden Morgen zu ihr gesagt hatte, wenn sie in der Nacht von Albträumen geplagt wurde. Diese Worte erleichterten sie damals, diese Worte erleichterten sie auch jetzt, obwohl sie den Jungen verwundert anblickte. Sie hatte das Gefühl, ihn zu kennen. *Und er kennt mich,* dachte sie, und kaum hatte sie das gedacht, hörte der Junge auf zu lächeln und wurde plötzlich ernst, dann beugte er sich vor und gab ihr einen Kuss auf den Mund. In dem Moment, in dem seine Lippen ihre berührten, riss Vida erschrocken die Augen auf und eine schamvolle Hitze stieg aus ihrem Bauch empor. Sie sahen sich an und waren sich im Kuss so nahe, dass sie einander nur verschwommen erkannten. Keiner von ihnen rührte sich, dann schlossen sie gleichzeitig die Augen, um den Moment nicht zu vergessen.

Es war Vidas erster Kuss, es war der erste Kuss des Jungen.

Auch so kann eine Liebe beginnen.

»Vida?«

Als sie die Augen wieder öffnete, war der Junge nicht mehr an ihrer Seite, dafür hockte Eka neben ihr und hatte die Hände um ihre Wangen gelegt. Sie rief nach Solomon und ihren Schwestern, dann brach sie vor Glück in Tränen aus und sagte Vidas Namen, wieder und wieder, als wäre ihre Nichte nicht wirklich anwesend, als müsste Eka ihren Namen laut wiederholen, damit sie nicht verschwand.

»Ich bin doch hier«, brachte Vida endlich hervor und ihre Stimme klang dabei kratzig und alt.

»Ich weiß«, sagte Tante Eka und konnte sich gar nicht beruhigen, »ich weiß doch.«

Und dann kamen sie alle.

Asha und Riva und Solomon.

Und dann hoben sie Vida aus dem Schnee und trugen sie in das Haus hinein.

Und dort erfuhr Vida, dass sie drei Jahre lang geschlafen hatte.

Und dort erfuhr Vida, dass die Welt sich ohne sie weitergedreht hatte.

DER BÄR

In den drei Jahren, in denen Vida nicht aus ihrem Schlaf erwachte, wuchs sie sechzehn Zentimeter und nahm elf Kilo zu. Der Bär vervierfachte in derselben Zeit sein Gewicht und erreichte auf den Hinterbeinen stehend eine Höhe von einem Meter neunzig. Während Vida den Großteil ihrer Zeit liegend auf dem Plateau verbrachte, saß der Bär in den ersten zwei Jahren seiner Gefangenschaft in einem Käfig und hatte unter sich einen Gitterboden und über sich eine schmale Dachluke, die nur einen Splitter des Himmels preisgab. In diesem Käfig wurde er gefüttert, gequält und mit Wasser abgespritzt.

Im Gegensatz zu Vida hatte der Bär keinen einzigen Tag Ruhe.

Er wurde in einer Wandermenagerie über die Lande gefahren und als Attraktion auf Jahrmärkten vorgeführt. Nicht Feuer, Schwerter oder kreischende Kinder konnten ihm etwas anhaben. Er war furchtlos und schluckte jedweden Schmerz hinunter. Der Schausteller schätzte ihn sehr dafür und deswegen legte er ihm tagsüber mehr Ketten an als jedem seiner Bären zuvor, da ihn die nagende Furcht plagte, dass sich dieses wilde Tier eines Tages auf der Bühne befreien und über ihn herfallen würde. Niemand hätte es dem Bären verübelt, denn er litt sehr. Sein Leiden war ein Preis, den der Schausteller mit gutem Gewissen bezahlte, denn er verdiente königlich an dem Tier und hoffte sehr, dass es ihm nicht so schnell wegsterben würde, wie es die anderen sechs Bären zuvor getan hatten.

Und so sah die Attraktion aus: Es gab zehn Silberlinge für jeden, der die Bestie aus den Tiefen der Steppe zur Weißglut treiben und ihm ein Brüllen entlocken konnte. Also zwickten und stachen sie ihn durch sein dichtes Fell, sie bewarfen ihn mit fauligem Obst, schrien ihm in die Ohren und schlugen auf seine Schnauze ein. Doch der Bär blieb still und senkte den Kopf. Er war ein Gefangener, der darauf wartet, dass sein Gefängniswärter einen Fehler begeht. Ein solcher Fehler sollte nie passieren, denn der Schausteller verhielt sich ungemein vorsichtig.

Der Bär wartete weiter.

In den zwei Jahren seiner Gefangenschaft war der Bär unfassbar geduldig. Er wuchs, er wurde stärker und vergaß kein einziges Gesicht. Wann immer er auf die Bühne geführt wurde, beobachtete er die Menschen, als würde sein Leben davon abhängen. Er merkte sich ihre Mimik und ihre Gesten, selbst ihren Worten lauschte er. Der Bär behielt sie alle im Auge – die, die ihn bestaunten, und auch die, die ihn auslachten und herauszufordern versuchten. Er ertrug ihre Grausamkeiten, weil er mit Bestimmtheit wusste, dass er irgendwann dem Mädchen wiederbegegnen würde. Um an dieses Ziel zu gelangen, zahlte er gerne jeden Preis.

Sie war sein Licht, sie war seine Hoffnung.

Das trostlose Leben des Bären änderte sich eines Morgens auf dem Marktplatz von Bolje, einem Städtchen an der Grenze zu China. Vida lag zur selben Zeit in ihrem langen Schlaf und wurde von den Schwestern umsorgt, während Solomon jeden Tag den Bergpfad hinunterlief, um das Dorf wieder aufzubauen. Morgen für Morgen fragte er sich, wie lange seine Tochter wohl noch aus diesem Dasein verschwunden bleiben würde, Abend für Abend kehrte er zurück, saß an ihrem Lager und erzählte, wie sein Tag in dem neuen Warrosch gewesen war.

An diesem Morgen hatte Asha ihre Nichte in das Haus getragen und gewaschen. Sie ahnte nicht, dass sich elf Tagesreisen entfernt eine Menschenmenge auf dem Marktplatz von Bolje versammelt hatte, um einen Bären zu piesacken.

Die Leute knabberten geröstete Kürbiskerne und spuckten die Schalen auf den Boden. Sie brachen in Jubel aus, als nach den Papageien und dem Strauß endlich der Bär vom Schausteller angekündigt wurde. Es war die erste Vorstellung des Tages, zum Mittag hin würde der Marktplatz voll und der Lärm ohrenbetäubend sein. Doch jetzt schon war das Kreischen für den Bären unerträglich und alles schien wie immer.

Fast alles.

Denn einmal sah er auf und erkannte in der Menge ein Gesicht. In der hinteren Reihe stand ein junger Mann mit schräg gelegtem Kopf und einem Blick in den Augen, als würde er sich fragen, ob der Bär noch wüsste, wer er war. Der Bär wusste es. Er hatte in seinem kurzen Leben schon viele Gesichter gesehen, aber es waren wenige einäugige Männer dabei gewesen. Auch der Mann an der Seite des Einäugigen war dem Bären bekannt. Er trug ein ewiges Lächeln in seinem Mundwinkel, seitdem der Bär ihm seine Klaue durchs Gesicht gezogen hatte.

Der einäugige Bärenfänger Izzo war zu einem Mann herangewachsen. Mit siebzehn verließ er den Hof der Eltern und ritt mit seinem treuen Kompagnon Tomos in die Welt hinaus. Sie wollten keine Jungfrau vor dem Drachen retten, sie hatten nicht vor, Schätze nach Hause zurückzubringen oder den Heiligen Gral zu finden.

Nein, das letzte Jahr lebten die Jungs nur für einen Wunsch – sie wollten den Bären finden, der rechtmäßig ihre Beute war.

An dem Tag, an dem sein Vater das Tier an einen Schausteller verkauft hatte, war das Glück der zwei Bärenfänger durch die Hintertür des Hauses davongeschlichen und hatte sich kein einziges Mal nach ihnen umgewandt. Izzo und Tomos waren von da an vom Pech verfolgt – die Mädchen ihrer Träume wurden an andere Männer verheiratet, eines ihrer Pferde erlag einem Schlangenbiss, das andere brach sich das Hinterbein, und zum Ende des Jahres verstarb Izzos jüngste Schwester an der Schwindsucht und Tomos verlor seinen Vater bei der Jagd auf einen Eber.

Die jungen Männer fühlten sich unter der Last des Unglücks wie zwei alte Männer, die das Licht des neuen Tages scheuten, weil sie wussten, dass es ihnen nur noch mehr Leid bringen werde. Sie verstanden die Welt nicht mehr. Sie hatten einen Bären mit bloßen Händen gefangen, da sollte man doch Lieder und Gedichte über sie schreiben, stattdessen erinnerte sich niemand daran, was sie vollbracht hatten. Es war also keine Überraschung, dass die zwei Männer verbittert waren. Besonders Izzo verzieh seinem Vater nie, dass er den Bären an den erstbesten Schausteller verkauft hatte. Zwei Jahre lang hielt er diesen Vorwurf in sich gefangen. An dem Tag, an dem er sein Zuhause verließ, sprach er ihn endlich aus.

»Ich habe wegen des Bären ein Auge verloren«, sagte er.

»Dann sollte dir das eine Lehre sein«, erwiderte der Vater.

»Und was für eine Lehre soll das bitte schön sein, Vater?«

»Nichts ist ein Auge wert, Junge, das ist die Lehre.«

In der Nacht zu seinem siebzehnten Geburtstag tat sich Izzo mit Tomos zusammen und sie zogen in die Welt hinaus. Die Freunde wollten genau an der Stelle weitermachen, an der ihr Ruhm seinen Anfang genommen hatte – sie wollten den Bären finden und ihn erneut bezwingen. Aber es musste genau dieser eine Bär sein, sonst wäre es keine wahre Herausforderung. Izzo wollte sich aus dem Fell einen Mantel schneidern lassen, während Tomos sich in den Kopf gesetzt hatte, dass die Bärenzähne ihm Schutz und Macht verleihen würden. Es ist nicht schwer, zu sehen, dass die Freunde tief in ihren Herzen noch immer Kinder waren, die sich einen Zauber wünschten, der ihr dröges, unglückliches Leben veränderte und sie in die Helden verwandelte, für die sie sich immer gehalten hatten. Und Kindern ähnelten sie auch ein wenig – beide hatten einen schmächtigen Körperbau, dazu waren sie blass und kurzsichtig, sodass sie immer verträumt in die Gegend schauten. Obwohl ihre Familien nicht miteinander verwandt waren, hielten viele sie für Brüder. Izzos Augenklappe war eine große Hilfe, um den einen vom anderen zu unterscheiden. Aber aus welchem Blickwinkel man die Freunde auch betrachtete, sie waren keine Helden und würden es auch nie sein.

Und so zogen sie los, um den Bären zu finden, der ihr Schicksal wieder auf die richtige Bahn lenken sollte. Sie reisten von Stadt zu Stadt, sie fragten nach Schaustellern und gefährlichen Bären. Als kein Rubel mehr in ihren Taschen war, erledigten sie kleine Arbeiten in Tischlereien und beim Hausbau, denn beide waren geschickt mit den Händen, doch keine Arbeit hielt sie lange an einem Ort fest.

Nach einem erfolglosen Jahr hörten sie während eines Kneipengesprächs von einer Wandermenagerie mit einem furchtlosen Bären, die sich weiter Richtung Süden an der Grenze zu China aufhalten sollte. Sofort brachen sie dorthin auf und erreichten am frühen Morgen des sechsten Tages das beschauliche Städtchen Bolje. Und da war wahrhaftig ihr Bär und wurde von einem Kind mit fauligen Tomaten beworfen. Der Bär hob den Kopf und sah die zwei Bärenfänger an, die beinahe losgejuchzt hätten, obwohl sie die Größe des Bären ein wenig in Schrecken versetzte und an ihrem ganzen Vorhaben zweifeln ließ. Als sie aber beobachteten, wie passiv das Tier sich seinen Peinigern gegenüber verhielt, dachten sie: *Wenn ein Bär von so einer Größe keinen Widerstand leistet, muss es doch ein Leichtes sein, ihn erneut zu bezwingen.*

Mehr Sorgen als der Bär bereitete ihnen der Schausteller. Er war wie eine spanische Kanone gebaut und hatte den Bart in zwei Zöpfen geflochten, sodass er mit seinem langen Gesicht und den permanent geröteten Augen an einen Ziegenbock erinnerte. Auch die sechs kupfernen Ohrringe waren den Freunden mehr als unheimlich. Sie hielten den Schausteller für einen Piraten, und über die Piraten sagte man ja nichts Gutes. Die zwei Helden beschlossen, dass es klug war, erst mal den Schausteller zu überlisten, ehe sie es wagten, sich mit dem Bären anzulegen.

Der Name des Schaustellers ist hier nicht wichtig, weil er auf den nächsten Seiten spurlos aus dieser Geschichte verschwinden und sich nicht mehr blicken lassen wird. Mehrmals hatte man schon versucht, ihm eine seiner Bestien zu stehlen. Neben dem Bären hielt er in seinen Käfigen einen Puma, vier Boas constrictor, einen Strauß und sechs Papageien. Sein Herzstück aber brauchte keinen Käfig, denn es war ein zorniger Brillenlangur, der nach jeder Vorstellung durch die Reihen sprang und auf den Schultern der Zuschauer haltmachte, um mit einem Hut in der Hand nach Geld zu verlangen. Das Äffchen wurde wütend geboren und deswegen war es unentwegt mies gelaunt. Es besaß eine hohe, schrille Stimme, die ihm selbst auf die Nerven ging, und Manieren fehlten ihm völlig. Oft gaben ihm die Leute ihr Kleingeld, damit er ihnen fernblieb. Je nach Laune spuckte und stahl das Äffchen. Nur in Momenten der Langeweile kam es zur Ruhe und fummelte an seinem Geschlecht herum und klang dabei wie ein Matrose, der Himmel und Erde beschimpfte. Der Schausteller bezeichnete den Brillenlangur liebevoll als seinen kleinen Satan und in den Nächten ließ er ihn draußen frei herumlaufen, denn das Äffchen war flink und hatte gute Augen. Auf diese Weise bewachte es die Wandermenagerie und hielt neugierige Besucher fern. Wenn Gefahr drohte, brach der kleine Satan in ein markerschütterndes Kreischen aus, das schon so manchen Dieb in die Flucht geschlagen hatte.

Der Schausteller war also unbesorgt, niemand würde es wagen, ihm seine Bestien zu stehlen.

Izzo und Tomos sollten es nicht leicht haben.

»Es wird ganz leicht gehen«, sagte Izzo. »Wir pirschen uns an, wir binden den Käfig an deinem Gaul fest und ziehen ihn weg, und wenn wir ihn weit genug weggezogen haben, brechen wir den Käfig auf und lassen den Bären raus, und dann ringen wir ihn nieder und ziehen ihm das Fell ab.«

»Und die Zähne«, gab Tomos zu bedenken.

»Natürlich, die ziehen wir ihm auch.«

»Bringen wir den Käfig zurück?«

»Nein, den lassen wir genau da, wo er ist.«

»Dann brauchen wir nur noch ein Messer.«

Izzo lachte überlegen, griff in seinen Mantel und zog einen gebogenen Dolch hervor, den er aus der Waffenkammer seines Vater gestohlen hatte. Er gestand, dass der Dolch nicht besonders scharf war, also suchten sie einen Scherenschleifer auf, und während sie in einer Gaststätte darauf warteten, dass ihr Messer geschliffen wurde, beruhigten sie ihre Nerven mit Krügen voller Bier. Auch nachdem der Scherenschleifer ihnen das geschärfte Messer gebracht hatte, blieben sie an dem Tisch sitzen und wunderten sich, wie ihr Abenteuer wohl ausgehen würde. Erst als sich die Gaststätte leerte und die Wirtin sie rauswarf, stiegen die zwei Helden auf ihre Pferde und ritten aus der Kleinstadt. Sie hatten sich überlegt, den Käfig des Bären vor Tomos' Gaul zu spannen, weil sein Hengst mehr Kraft besaß als Izzos Stute, außerdem war er es gewohnt, eine Pflugschar hinter sich herzuziehen. Die Freunde hatten auch an das Hanfseil gedacht, mit dem sie den Käfig abschleppen wollten; ein Hammer durfte auch nicht fehlen, mit dem wollten sie das Schloss aufbrechen. Sie fanden, sie waren gut ausgerüstet.

Die Käfige der Wandermenagerie standen auf einer sumpfigen Wiese vor dem Städtchen und in Sichtweite der Stadtmauer. Der Schausteller selbst schlief in einem Wagen, der bunt bemalt war und sich in gehörigem Abstand von den Bestien befand, weil der Gestank aus den verdreckten Käfigen einfach unerträglich war. Als die zwei Helden die Wandermenagerie erreicht hatten, war weit und breit niemand zu sehen, selbst die Wachen auf der Mauer lehnten um diese Stunde schlafend aneinander oder wärmten ihre Hände über einem Kohlefeuer. Kurz rümpften die zwei Helden ihre Nasen, dann hatten sie sich an den Geruch gewöhnt und machten sich auf die Suche nach dem richtigen Käfig. Sie schauten durch die schmalen Schlitze, und als sie den Bären entdeckt hatten, war es ein wenig, als würde er ihnen zuzwinkern.

»Er zwinkert«, sagte Tomos.

»Er kann nicht zwinkern«, sagte Izzo. »Er schläft.«

»Was ist, wenn er nur so tut?«

»Warum sollte er nur so tun?«

»Weil er sich an uns erinnert.«

»Das ist ein Bär, der hat doch kein Gedächtnis.«

»Aber du hast gesehen, wie er uns angeschaut hat. Vielleicht wartet er schon seit zwei Jahren darauf, dass wir ihn finden. Vielleicht hat er ein Gedächtnis wie deine Tante Orana, die sogar weiß, wie das Wetter vor Jahrzehnten war.«

»Sag mal, bist du jetzt ein Bärenfänger oder nicht?«

»Ich bin einer.«

»Ich auch, also lass diese blöden Fragen.«

Mit diesen Worten kroch Izzo unter den Wagen und band das Seil um die Achse. Als er wieder neben Tomos stand, wollte dieser seinen Gaul antreiben, aber Izzo hielt ihn zurück, denn er hatte eine Bewegung auf dem Dach des Käfigs gesehen.

Den zwei Helden rutschte das Herz in die Hose.

Der kleine Satan hockte da oben wie eine Galionsfigur und starrte zu ihnen herunter. Seine Augen waren so weit aufgerissen, dass sie an zwei Fenster in die Hölle erinnerten. Das Äffchen war ungemein aufgeregt, denn es war schon eine Weile her, dass sich jemand in der Nacht heimlich den Bestien genähert hatte. Und während der kleine Satan überlegte, ob er kreischen oder mit Fäkalien schmeißen sollte, flog das Messer auf ihn zu. Das Äffchen verschwand so flink vom Dach des Käfigs, als wäre es nie da gewesen. Izzo lobte seine eigene Wurftechnik und betonte, dass er mit dem Messer selbst eine Fliege aus der Luft schießen könne.

»Jetzt hast du aber ein Messer weniger«, sagte Tomos.

»Niemals, ich hole es mir nachher.«

»Du willst zurückkehren?!«

»Klar. Wenn wir den Bären erlegt haben, sind wir echte Helden und der Schausteller wird sich freuen, uns kennenzulernen. Vielleicht zahlt er uns eine Belohnung, vielleicht nimmt er uns auch als Attraktion mit und wir können in jeder Stadt mit einem anderen Bären ringen und berühmt werden.«

»Das klingt nicht übel«, sagte Tomos. »Man würde Gedichte über uns schreiben.«

»Vielleicht auch Lieder.«

»Ja, vielleicht auch Lieder.«

Den zwei Helden gefiel diese neue Zukunft. Tomos gab seinem Pferd die Zügel frei und trieb es an. Der Käfig des Bären kam mit einem Ruck in Bewegung, ein Knarren und Ächzen war zu hören, dann rührten sich auch die anderen Käfige.

Tomos brachte seinen Gaul zum Stehen und schaute zurück.

»Was passiert hier?«, fragte er.

Izzo legte sich flach auf den Bauch und schaute unter den Wagen, doch da ließ sich nichts machen – er hatte übersehen, dass die Käfige durch Ketten miteinander verbunden waren. Es gab keine andere Möglichkeit, als die ganze Wagenkolonne zu stehlen.

Schon nach drei Metern brach Tomos' armes Pferd beinahe zusammen, also stieg Izzo von seiner Stute und spannte sie auch vor. Langsam, ganz langsam setzte sich die Wandermenagerie wieder in Bewegung. Die zwei Helden liefen neben ihren Pferden her und gratulierten einander zu dem Raub.

In der Zwischenzeit war der kleine Satan nicht untätig gewesen. Nachdem er durch eines der angeklappten Fenster in den Wagen des Schaustellers geschlüpft war, rüttelte er kreischend an dem Bettgestell. Der Schausteller verschluckte vor Schreck beinahe seine Zunge und erwachte hustend. Er brauchte keine Erklärung. Ohne zu zögern, griff er sich seine Flinte und lud sie mit Schrot, dann schlüpfte er in seine Stiefel, stürmte im Nachthemd aus dem Wagen und fror regelrecht ein, als er die verlassene Stelle sah, auf der seine Wandermenagerie bis eben gestanden hatte. Das Äffchen zupfte an seinem Nachthemd und zeigte von dem Städtchen weg in die Landschaft. Der Schausteller verstand und setzte sich in Bewegung.

Izzo und Tomos wunderten sich, was sie mit den anderen Käfigen anfangen sollten. Sie hatten den Puma auf dem Marktplatz gesehen, wie er ruhelos an den Gitterstäben entlanggestrichen war, und auch die Boas constrictor hatten ihnen gehörigen Respekt eingejagt. Da man solche gefährlichen Wunderwesen nicht einfach auf der Straße aussetzen sollte, beschlossen die zwei Helden, bis zur nächsten Stadt zu reiten und die Bestien dort an den Meistbietenden zu verkaufen.

»Für den Puma gibt es mindestens hundert Silberstücke«, sagte Izzo.

»Wenn nicht mehr«, sagte Tomos.

»Ja, wenn nicht mehr.«

Sie freuten sich jetzt sehr über ihre Ausbeute, aber vorher wollten sie haltmachen und mit dem Bären kämpfen. Izzo stellte sich vor, wie er wohlhabend und mit dem Bärenfell bekleidet auf dem Hof seiner Eltern einritt und ihnen Geschenke aus der ganzen Welt brachte. Tomos sah die Zukunft weniger rosig, deswegen schlug er vor, einen Umweg zu machen und erst mal an die Küste zu fahren, um dort ein Schiff oder gleich eine Fregatte zu kapern. Die zwei Helden überdachten ihre Pläne, und als dann der Schuss erklang und eines der Pferde um Haaresbreite verfehlte, ließen sie sich gleichzeitig auf den Boden fallen. Die Gäule scheuten und zogen die Käfige weiter. Die Helden lagen Seite an Seite auf der Erde und hatten ihre Köpfe mit den Armen bedeckt. Da kam auch schon der Schausteller mit großen Schritten angerannt. Sein Nachthemd flatterte und die Stiefel machten knarzende Geräusche. Die leer geschossene Flinte schwang er wie eine Keule und seine Stimme hallte laut über die Landschaft.

»IHR WAGT ES, MEINE BESTIEN ZU STEHLEN!?«

Er blieb über den zwei Helden stehen, das Gewehr über dem Kopf erhoben und den kleinen Satan auf der Schulter.

»IHR RÄUBER, SEHT MICH AN!«, brüllte er.

Izzo wagte es als Erster, aufzuschauen.

»Verzeiht«, sagte er.

Der Schausteller dachte, er hätte sich verhört.

»WAS?! WAS SOLL ICH?!«

»Verzeiht mir auch«, meldete sich Tomos.

Da hatte der Schausteller genug und war bereit, die Jungs mit seinem Flintenlauf zu verprügeln, bis sie blau und grün waren, und so wäre es auch gekommen, wenn die Gäule nicht laut wiehernd auf sich aufmerksam gemacht hätten. Sie waren mitsamt den Käfigen ein paar Meter durch die Gegend getrottet und in einen Graben gelaufen, wo die fünf Käfige Schlagseite bekamen und einer nach dem anderen langsam umkippte. Es knallte und dröhnte, die Achsen brachen, das Seil riss und die Pferde waren frei und liefen davon, um nach hundert Metern wieder stehen zu bleiben und an einem Ginsterstrauch zu knabbern. Sie warfen keinen einzigen Blick zurück auf die Wagenkolonne mit den aufgebrochenen Käfigen.

Nach einem Moment der Stille war das laute Brüllen des Pumas zu hören, ihm folgte das Gemecker der Papageien und dann brüllte der Puma erneut.

Der Schausteller hätte nicht schneller reagieren können – er machte auf dem Absatz kehrt und rannte mit weit ausholenden Schritten zu seinem Wagen zurück, in dem er sich einschloss und unter dem Bett versteckte. Erst als die Turmwachen ihm um die Mittagsstunde herum hoch und heilig versicherten, dass kein Puma und kein Bär um seinen Wagen herumschleichen würde, wagte sich der Schausteller wieder heraus und verschwand kurz darauf spurlos aus dieser Geschichte.

Auch die zwei Helden ergriffen die Flucht, bevor die wilden Tiere sich auf sie stürzen konnten. Sie zogen ihre Gäule vom Ginsterstrauch weg und schwangen sich in die Sättel. Sie ritten in die Nacht hinein, ohne ein Wort miteinander zu sprechen, und waren es plötzlich sehr müde, Helden zu sein.

Auch sie wurden nie wieder gesehen.

Der Puma verließ seinen Käfig als Erster. Er schaute sich misstrauisch um, gähnte und stieg auf einen Baum. Eine Weile sah er in die Gegend und seine Geduld wurde belohnt, denn es war der Strauß, der sich als Nächster aus den Trümmern befreite. Es gab einen kurzen Blickkontakt, dann sauste der Vogel davon und der Puma sprang vom Baum und jagte hinter ihm her.

Die vier Boas folgten als Nächste und verschwanden in Richtung eines Bachlaufes. Nur die sechs Papageien blieben unentschlossen. Nachdem sie die Trümmer ihres Käfigs verlassen hatte, hüpften sie von einem Wagen zum anderen und stritten sich, was diese plötzliche Freiheit zu bedeuten hatte. Schließlich breiteten sie ihre Flügel aus und segelten dem Morgen entgegen.

Der Bär blieb alleine zurück und hatte die größten Schwierigkeiten, in die Freiheit zu kommen. Sein Käfig war nur einen Spalt aufgebrochen. Niemals würde er da durchpassen. Dann hörte er ein Ächzen und sah das Äffchen, das an einem der Bretter zerrte.

Es krachte und das Brett gab nach.

Jetzt sah der Bär den Himmel über sich und stemmte sich gegen die Wandseite und erweiterte so das Loch. Nachdem er sich durch den Spalt gequetscht hatte, ließ er sich in das Gras fallen und wollte einfach nur liegen und das Gefühl der Erde unter seinem Rücken genießen.

Zwei kohlrabenschwarze Augen betrachteten ihn.

Der Bär runzelte die Stirn, das Äffchen tat es ihm nach.

Der Bär schnüffelte die Luft, das Äffchen tat es ihm nach.

Hätten sie lachen können, hätte die beiden in dem Moment gelacht.

Der Bär kam auf die Beine und schlug sich auf die Schulter.

Der kleine Satan zögerte und blickte dabei in Richtung der Stadt, als würde er schauen, ob ihn der Schausteller erwarten würde, dann furzte er einmal und gackerte, machte zwei Sprünge und kletterte am Bären hoch. Als er oben saß, tätschelte er ihm den Kopf und zeigte von dem Städtchen weg. Es war eine beliebige Richtung, er hätte genauso gut in den Himmel zeigen können.

Der Bär setzte sich in Bewegung. In der Ferne glaubte er den Duft des Mädchens zu riechen, was leider ein Missverständnis war. Manchmal sind unsere Hoffnungen und Sehnsüchte so groß, dass wir uns einbilden, jeder Schritt würde uns näher an unser Ziel heranführen. Der Wächter hatte es erlebt, dem Bären erging es nicht besser. Woher sollte er auch wissen, dass Vida viel weiter im Norden auf einem Felsplateau lag und noch ein weiteres Jahr tiefsten Schlafes vor sich hatte. Das Schicksal treibt mit jedem von uns sein ganz eigenes Spiel. Ob Mensch, Tier oder Pflanze, kein Wesen wird von seinen Launen verschont.

Und so marschierte der Bär Richtung Süden und hatte ein Äffchen auf seiner Schulter, das mit seinen Ohren spielte und ihm hier und da eine Locke in das Fell drehte, während auf dem Wipfel einer Tanne ein Habicht saß und den Kopf schüttelte, weil er schon lange nicht mehr so etwas Albernes gesehen hatte.

DAS MÄDCHEN, DAS PLÖTZLICH DREIZEHN WAR

I

Es war Winter, als die Kraljica ihre Verdammung ausgesprochen hatte, und es war Winter, als Vida aus ihrem Refugium zurückkehrte. Drei lange Jahre waren vergangen und ihr Körper hatte sich in dieser Zeit so sehr verändert, dass sie ihre eigenen Hände nicht wiedererkannte. Ihre Beine waren wie junge Grashalme, die in den ersten warmen Tagen des Frühjahrs aus dem Boden schossen und sich von der kleinsten Brise beugen ließen. Vida war so schwach, dass sie die Arme nicht über den Kopf heben konnte.

»Wo bist du nur so lange gewesen?«, war die erste Frage, die ihr Solomon stellte, nachdem er sie in die Arme geschlossen und an sich gedrückt hatte, als wolle er sie nie wieder loslassen.

Vida erzählte von dem See und dem Wasserfall. Sie erzählte, was für eine Ruhe in ihrem Refugium geherrscht hatte. Keine Toten und kein Wächter. Dabei sah sich Vida im Haus ihrer Tanten um und war verblüfft, weil sich nichts verändert hatte. Alles war wie an dem Tag, an dem sie aus der Gegenwart verschwunden ist.

»Drei Jahre?«, sagte sie leise und die verstrichenen Jahre hingen wie eine müde Fahne in der Luft und waren mehr als tausend Tage lang und vergangen und unwiederholbar. Umso mehr erschütterte es Vida, als sie erfuhr, dass ihre Tanten der Auflösung der Verdammung nicht näher gekommen waren.

»Nicht ein bisschen?«, fragte sie.

Die Tanten schüttelten den Kopf.

Vida sah zum Fenster, sie musste das Thema wechseln, bevor ihr die Tränen kamen.

»Und ich habe wirklich jede Nacht auf dem Plateau verbracht?«

»Jede Minute«, sagte Asha.

»Selbst als es regnete?«

»Selbst dann«, sagte Eka.

Vida sah ihre Tanten wieder an.

»Aber warum?«

Im ersten Monat ihres langen Schlafes hatte sich Vida so rastlos in ihrem Bett herumgewälzt, dass die Schwestern nicht wussten, wie sie sie beruhigen sollten. Solomon blieb eines Nachts im Wohnraum über der Luke zum Schacht stehen und stampfte mit dem Fuß auf.

»Auch wenn der Wächter isoliert ist«, sagte er, »so befindet er sich dennoch sechzig Meter unter uns. Ihr könnt ihn zwar bannen, aber sein Hunger nach Vida strömt dennoch in das Haus hoch, spürt ihr es nicht?«

Die Schwestern waren keinen Moment auf den Gedanken gekommen, dass das möglich sein konnte. Eka hockte sich neben Solomon und legte eine Hand auf die Luke. Sie lauschte in die Tiefe, dann blickte sie auf.

»Du hast recht.«

»Warum spüren wir dann nichts?«, fragte Riva.

»Weil wir nicht sein Ziel sind«, sagte Asha.

Die Schwestern überlegten, was für einen Schutz sie um Vida legen könnten. Solomon ging den praktischen Weg und befreite kurzerhand das Plateau vom Schnee, legte Strohmatten aus und auf die Matten kamen Schaffelle. Danach trug er Vida nach draußen und bettete sie auf das Lager.

Ihr Körper entspannte sich sofort.

Nach ihrem Erwachen beschloss Vida, weiterhin draußen zu schlafen. Sie vermied es, länger als nötig im Haus zu sein. Ihr kurzes Zusammentreffen mit dem Wächter hatte sich tief in ihr Bewußtsein eingebrannt. Hätten die Toten sie nicht in das Zimmer zurückgezogen, wäre sie auf ihn zugetreten, so stark war der Bann gewesen. Nein, Vida wollte sich der Nähe zum Wächter nicht mehr aussetzen. Für sie lag eine dunkle Wolke über dem Haus, die kein Licht auflösen konnte. Aber natürlich gab es auch einen anderen Grund, weswegen sie ihren Platz auf dem Plateau nicht aufgeben wollte. Sie hoffte, dass der Junge wiederkehren werde.

Nacht für Nacht lauschte sie, ob er noch einmal ihren Namen sagte.

Vida hatte niemandem von seinem Besuch erzählt, weil sie befürchtete, dass er als Hirngespinst abgetan werden würde.

Da war ein Junge, er hat mich geweckt und dann geküsst und dann ist er verschwunden. Und er hat übrigens meine Feder mit sich genommen.

Seit ihrem Erwachen steckte die Feder nicht mehr in ihrem Haar. Ihre Tanten dachten, der Wind hätte sie weggerissen, doch Vida glaubte das nicht.

Ob der Junge jetzt echt war oder nicht, für sie war er da gewesen. Der Kuss füllte ihren Kopf noch immer mit einem Rausch, und es hatte diesen kurzen Moment der Nähe gegeben, über den sie nicht sprechen wollte.

Bald schon lebte der Junge in ihrem Bewusstsein wie ein verblassender Traum, aber insgeheim wusste Vida, dass es dieser Traum gewesen war, dem sie ihre Rückkehr in die Gegenwart zu verdanken hatte.

2

Als sie nach über zwei Monaten wieder richtig laufen und ohne Hilfe stehen konnte, stellte sich Vida vor den Spiegel und betrachtete ihren Körper. Gute fünf Minuten starrte sie nur und verstand nicht, was sie da sah. *Wer bist du?*, dachte sie und berührte ihr Gesicht, als würde sich darunter ihr altes Gesicht verbergen.

»Es ist viel Zeit vergangen«, sagte Riva hinter ihr.

Ihre Blicke begegneten sich im Spiegel. Riva lehnte im Türrahmen und nippte an einem Becher Tee, das Licht der Öllampe fing das Feuer in ihrem Haar auf.

»Das ist unheimlich«, sagte Vida und zeigte mit dem Kinn auf ihr Spiegelbild. »Ich bin unheimlich.«

»Du bist nicht unheimlich, du bist gewachsen.«

»Ich habe mich so sehr verändert.«

»Wir haben uns alle verändert.«

»Nicht ihr, ihr seht aus wie immer.«

»Sag das deiner Tante Eka, es wird sie freuen.«

Eka hatte sich einen neuen Unterarm samt Hand konstruieren lassen, der mit Riemen an ihrem Armstumpf befestigt war. Solomon war mit der Skizze nach Tavolski Most gereist, wo Ljod die Feinarbeit übernahm. Er schmiedete die Hand aus Silber und verzierte sie mit Mustern und Symbolen, die Vida von seinem Schmuck wiedererkannte. Die Hand war die einzige Veränderung, die Vida an Eka auffiel, auch ihr Vater schien keinen Tag gealtert zu sein, nur die Besorgnis hatte sein Wesen verändert. Er wirkte nicht mehr wie der freundliche Schmied, da war eine Wachsamkeit in seinen Augen, die Vida an den Blick eines Falken denken ließ. Ihr Vater hatte in den drei Jahren nicht nur den Schutt aus den niedergebrannten Häusern weggeschafft und den Brunnen gereinigt, in den die Soldaten Tierkadaver versenkt hatten, um das Wasser zu vergiften, er war auch von einem Dorf zum anderen gereist und hatte die vertriebenen Bewohner nach Warrosch zurückgeholt. Mit ihrer Hilfe verwandelte Solomon das zerstörte Dorf in ein kleines, blühendes Städchen. Er betrachtete es als eine Wiedergutmachung und die intensive Arbeit lenkte ihn über die Jahre hinweg von der Sorge um seine Tochter ab, die jetzt vor dem Spiegel stand und sich überhaupt nicht mit ihrem neuen Anblick anfreunden konnte.

»Ich sehe aus wie ein Rehkitz«, sagte sie und konnte es nicht fassen, wie dünn ihre Beine waren. Nichts an ihr schien, wie es sein sollte. Das Gesicht war schmaler und die Nasenspitze hatte sich ein wenig nach oben gerichtet. Alles war in die Länge gezogen, selbst die Ohren wirkten fremd.

»Und jetzt habe ich auch noch Brüste«, sagte sie.

»So ist das nun mal.«

»Aber ...«

Vida wusste nicht, wie sie es aussprechen sollte, ohne dass es dumm klang.

»... ich bin doch noch ein Kind.«

»Nein, das bist du nicht mehr.«

Sie sah wieder auf ihre Brüste.

»Aber ich bin auch keine Frau, ich bin irgendwas dazwischen.«

Sie wandte sich ihrer Tante zu,

»Gefällt es dir, eine Frau zu sein?«

»Es ist das, was ich jetzt bin«, antwortete Riva. »Du fragst dein Herz auch nicht, ob es ihm gefällt, dein Herz zu sein. Du wirst erwachsen, du wirst eine Frau, du lebst.«

»Nicht du«, sagte Vida. »Du bist nie erwachsen geworden. Du hast diese Form als Frau freiwillig angenommen, um unter den Menschen zu sein. Du *bist* nicht wirklich diese Form.«

»Nach Jahrmillionen bin ich sie, ob ich will oder nicht«, widersprach ihr Riva. »Dieser Körper ist mein. Aber du hast recht, ich weiß nicht, wie es ist, erwachsen zu werden und in den Spiegel zu schauen und sich zu fragen, wo meine Kindheit abgeblieben ist.«

»Vermisst du es sehr, Licht zu sein?«

»Ich vermisse es sehr, mich mit meinen Schwestern zu verbinden. Meine Seele verlangt jeden Tag nach dieser Freiheit, und jeden Tag verwehre ich sie ihr, weil Solea sonst wüsste, wo wir zu finden sind.«

»Was würde sie euch antun?«

»Uns verschwinden lassen, damit wir ihr nicht im Weg stehen, während sie die Welt nach ihren Wünschen gestaltet. Doch wir wissen, dass alles eines Tages zu dem zurückkehren wird, wie es einst gewesen ist, denn wir haben dich, meine Kleine, mit dir an unserer Seite werden wir uns wieder verbinden und dann ...«

Sie lächelte.

»... wirst du etwas Außergewöhnliches erleben: die Gemeinschaft deiner Familie. Deswegen tun wir alles, damit du an dein Ziel kommst. Denn nur du – mit deinen Rehkitzbeinen, deinen leuchtenden Augen und dieser unbeschreiblichen Energie – wirst uns dorthin führen.«

Vida begegnete ihren eigenen Augen im Spiegel, sie sah die Zweifel und senkte den Blick.

»Und was ist, wenn ich anfange zu bluten?«, fragte sie leise.

»Wir werden dich schützen.«

»Aber ...«

Vida verstummte, sie wollte ihre Tante erinnern, dass drei Jahre vergangen waren und sie keinen Schritt mit der Verdammung weitergekommen waren. Sie wagte es nicht, die Worte auszusprechen, denn sie wusste, es war falsch, an ihren Tanten zu zweifeln.

»Was aber?«, fragte Riva nach.

Vida spürte den Blick ihrer Tante.

Sie weiß, was ich denke.

»Was ist, wenn es euch nicht gelingt, mich zu beschützen?«

»Sei unbesorgt«, beruhigte Riva sie. »Wir werden Warrosch

bald verlassen und hätten uns schon früher auf den Weg gemacht, wenn du nicht in deinem Refugium gewesen wärst. Jetzt sind wir bereit und nichts steht der Abreise im Weg. In einer Woche bricht der Frühling an und dann werden wir von hier abgeholt.«

»Von wem?«

»Wir wollten kein Risiko eingehen, also hat man uns eine Eskorte geschickt.«

Vida lachte.

»Eine Eskorte? Für uns?«

»Sie kommt direkt von der Großfürstin.«

Vida runzelte die Stirn, ihre Tanten hatten noch nie eine Großfürstin erwähnt.

»Welche Großfürstin soll das sein?«

»Sie ist eine der Töchter des Zaren«, antwortete Riva, »und sie erwartet dich sehnsüchtig. Während du in deinem Refugium warst, haben wir uns Briefe geschrieben. Sie weiß so viel, Vida, und wir glauben, es wird ihr gelingen, die Verbindung zwischen der Kraljica und dir zu kappen. Außerdem ist es an der Zeit, dass du nach Sankt Petersburg kommst. Wir haben dir vor langer Zeit versprochen, mit dir auf einen Ball zu gehen, solltest du die passende Größe erreicht haben. Wie es aussieht, ist es endlich so weit oder was meinst du?«

Vida sah in den Spiegel. Sie musste die Frage nicht beantworten, sie war eindeutig so weit.

3

Es war genau die richtige Zeit, um das Alte hinter sich zu lassen und sich dem Neuen zuzuwenden. Vida tat es mit ganzem Herzen. Nachdem sie sich vor dem Spiegel von ihrer Kindheit verabschiedet hatte, stieg sie das erste Mal seit ihrem Erwachen den Bergpfad hinunter und nahm Abschied von ihrem Geburtsort, der nicht mehr so war, wie sie ihn in Erinnerung hatte. Es gab keine Hauptstraße mehr, die im Schlamm versank, es gab keine geflickten Fenster, die im Wind flatterten. Kein Haus erinnerte an die Häuser von damals. Alles wirkte sauber und größer. Zwei neue Straßen führten nach Warrosch und dadurch verschlug es mehr Händler in die Gegend. Die Kinder hatten aufgehört Kinder zu sein, sie waren jetzt Jugendliche, die an der Seite ihrer Eltern arbeiteten und Vida wie eine Fremde betrachteten. Auch die Brüder hätte Vida beinahe nicht wiedererkannt. Cuk war fülliger geworden und hatte einen dunklen Flaum auf der Oberlippe, während Dimir genau wie Vida in die Höhe geschossen war und mit seinen leicht vorstehenden Augen sehr an seinen verstorbenen Vater erinnerte. Sie nickten nur, als sich Vida von ihnen verabschiedete.

Solomon hatte die Schmiede samt den Werkzeugen an einen Müller verkauft, der gerne mal etwas anderes machen wollte. Als Vida durch die Tür trat, sah sie ihren Vater vor der Esse stehen und diese betrachten, als würde er überlegen, ob er sie nicht doch mitnehmen sollte.

»Alles ist so fremd«, sagte Vida.

Solomon nickte.

»Es ist auf jeden Fall nicht, wie es zuvor war«, gab er zu.

»Kannst du Mama noch hier spüren?«

Solomon schüttelte den Kopf.

»Was von ihr da war, hat sich mit dem Feuer aufgelöst. Wir werden sie woanders finden, Vida, und wir werden uns neue Erinnerungen schaffen, das verspreche ich dir.«

Er wandte sich von der Esse ab.

»Ich wäre dann so weit. Schau doch in den Stall, was du noch mitnehmen willst.«

»Ich dachte, alles ist verbrannt.«

»Ich konnte ein paar Kleinigkeiten retten.«

Vida trat nach draußen. Solomon hörte sie die Stalltür öffnen und dann erklang der Schrei. Er grinste und folgte seiner Tochter, die den Hals des Hengstes mit beiden Armen umschlossen hatte.

»Pass auf, du erwürgst ihn sonst noch«, sagte Solomon.

»Und ich dachte, ich hätte ihn verloren!«

Vida strahlte so sehr, dass jegliche Wehmut von ihrem Vater wich.

»Wann hast du ihn hergeholt?«, fragte sie.

»Ljod hat ihn mitgebracht, als er Ekas neue Hand fertig gebaut hatte. Ich soll dir von ihm und von Deka Mani und insbesondere von seiner Frau die besten Grüße bestellen. Das ist jetzt eine Weile her, aber ich denke, die Grüße gelten noch immer. Ich habe Cuk gebeten, regelmäßig mit Rai auszureiten, damit dein Pferd auch genug Bewegung hat.«

Vida strich Rai über den Hals. Sie kam sich merkwürdig vor, mit ihm plötzlich auf Augenhöhe zu sein.

»Ich bin gewachsen«, sagte sie zu ihm, »und du bist derselbe geblieben.«

Sie sah zu ihrem Vater.

»Darf ich?«

»Es ist dein Pferd, du darfst alles.«

Und so schwang sie sich auf Rais Rücken.

Und so war fast alles wie zuvor.

4

Die Eskorte bestand aus drei Reitern und sie bewegten sich wie dahingleitende Schiffe durch den Nebel, der zum Ende des Winters das ganze Tal bedeckte und das Gebirge bis zu einer Höhe von hundert Metern hinter einem Dunstschleier verbarg. Die Pferde der Reiter waren größer und stärker als Rai. Sie hatten die letzten Jahre nicht damit verbracht, in einem Stall zu warten, sondern waren durchtrainiert und scheuten vor keinem Kampfgefecht zurück. Die Züchtung kam vom Ufer des Don und brachte eine Ausdauer mit sich, die kaum ein anderes Pferd vorweisen konnte. Am Tag legten sie neunzig Kilometer zurück und waren nach wenigen Stunden wieder bereit, die nächsten neunzig Kilometer hinter sich zu bringen. Kein Sturm und kein Feuer schreckten sie, auch scheuten sie nicht davor zurück, in einen reißenden Strom hineinzuwaten. Nur der Nebel machte sie ein wenig nervös.

Die drei Reiter ignorierten Warrosch und die neugierigen Blicke der Bewohner, sie ritten den Bergpfad hinauf, der für ihre gewaltigen Pferde beinahe zu schmal war. Nur das Pochen ihrer Hufe und das Knarren der Ledermäntel waren durch den Nebel hindurch gedämpft zu hören. Die Reiter sprachen beim Aufstieg kein Wort, sie waren einen ganzen Monat lang quer durch Russland gereist und so wachsam, dass sie sich nur unterhielten, wenn sie Rast machten. Der Winter war nicht gut zu ihnen gewesen, sie hatten gekämpft und sie hatten gehungert. Ohne den Schutz ihrer Pferde wären sie längst erfroren. Zweimal waren sie durch das Eis eines Flusses gebrochen und einmal hätte eine Wildkatze beinahe eine ihrer Stuten gerissen. Die Reiter wussten, dass die Rückreise mehr Zeit in Anspruch nehmen würde; so wie sie auch wussten, dass einer von ihnen die Rückkehr nach Sankt Petersburg nicht überleben würde. Sie hatten es schriftlich. Die Großfürstin hatte ihnen diese Nachricht vor der Abreise überreicht. Sie war in ihrer zierlichen Handschrift verfasst und mit ihrem Wappen versiegelt. Die Großfürstin hatte in der Nachricht nicht verraten, wer von ihnen sterben würde, und alle drei waren dankbar dafür.

Als sie das Plateau erreichten und vor dem Haus der Schwestern hielten, blieben die Reiter auf ihren Pferden sitzen. Eine Krähe landete auf einem der Felsen und schaute auf sie herab.

»Nicht«, sagte Generalleutnant Uljan.

Major Geromir nahm die Hand von seinem Bogen, Husar Lenko lachte und sagte, eine Krähe weniger sei besser als eine Krähe mehr. Danach schwiegen die Reiter wieder und warteten, dass man ihre Ankunft bemerkte. Der Nebel umschloss sie und die Feuchtigkeit begann, ihre Kleidung zu durchdringen. Da die Männer es nicht gewohnt waren, regungslos an einem Ort zu verweilen, wurden sie recht schnell unruhig.

Zehn Minuten vergingen.

Generalleutnant Uljan knöpfte seinen Mantel auf und entnahm ihm eine Feldflasche. Er war ein Mann von sechzig Jahren, der selbst in der größten Not stolz und aufrecht im Sattel saß und großen Wert darauf legte, dass seine Stiefel glänzten und die Orden poliert waren. Er war älter als seine Begleiter und stand im Rang über ihnen, weswegen er auch die Eskorte anführte. Uljan ritt vorausschauend und entschied, wann sie ruhen und wann sie ihre Reise fortsetzen sollten. Eine alte Wunde ließ ihn hinken und die Erfahrungen auf dem Schlachtfeld ließen ihn mürrisch dreinblicken. Er war keiner, neben den man sich an einem Sommernachmittag setzt, um ein kleines Schwätzchen zu halten. Er war jemand, den man um Hilfe bat, wenn man nicht mehr weiterwusste. Das Gefecht, die Strategie und die Pferdezucht waren seine Passionen.

Nachdem er einen Schluck aus der Feldflasche genommen hatte, reichte er sie an Major Geromir weiter. Der Generalleutnant und er waren Brüder, und während Uljan von einem Abenteuer in das nächste marschierte, war Geromir recht zufrieden damit, jeglichem Feuergefecht fernzubleiben. Er hatte ein gutes Auge und eine ruhige Hand, die ihn zu einem ausgezeichneten Schützen machten. Doch selbst wenn er den Rang eines Majors innehatte, war Geromir nicht für das Militär geschaffen. In seiner Brust brannte eine poetische Seele, die ihn beim Anblick eines Lagerfeuers in Melancholie versinken und Lieder anstimmen ließ, die alle von einer hübschen Marina mit schwarzen Locken handelten, die ihr Brot nur für sich selbst buk und nie an ihn dachte. Geromir kannte keine Marina, er war aber schon Dutzende Male verliebt gewesen.

»Danke«, sagte Geromir und nippte von dem Portwein.

Als Uljan von der Großfürstin erfahren hatte, dass sie dabei war, eine Eskorte zusammenzustellen, die die weite Reise nach Sibirien antreten sollte, kam dem Generalleutnant sofort sein Bruder in den Kopf. Er tat es nicht nur für den Ruf der Familie – er schätzte die Gesellschaft von Männern, denen er vertrauen konnte. Sein Bruder war einer davon, der Dritte im Bunde leider nicht.

Der dritte Mann war ein großer knorriger Kerl namens Lenko von Bornstein, der aus dem bayerischen Husarenregiment kam und ein gebrochenes Russisch sprach, das seinem erbärmlichen Französisch sehr vorzuziehen war. Nach der Schlacht bei Poltawa im Sommer 1709 war der Zar auf Lenko und seinen leidenschaftlichen Kampfeinsatz aufmerksam geworden und hatte ihn nach Russland eingeladen, damit dieser das erste russische Husarenregiment ausbildete. Neun Jahre später besaß Russland mehr als genug Regimenter und der Zar hatte keine Verwendung mehr für den Husaren. Lenko hatte sich in der Zeit einen dubiosen Ruf eingehandelt, weil er dem Roulettetisch nicht fern bleiben konnte. Er war gefürchtet für seine Gelage, die fast immer damit endeten, dass einer der Gäste vom Husaren zum Duell herausgefordert wurde. Sechsundvierzig Duelle später hatte Lenko noch immer keinen Kratzer davongetragen. Von der Garde des Zaren selbst wurde er durchweg respektiert, denn er hatte viele von ihnen zu Männern ausgebildet. Aber mit Respekt allein kam ein Husar in diesen Zeiten nicht weit. Die Spielschulden wurden durch seinen Charme nicht weniger, sodass er schon seit einer Weile entschieden hatte, in seine ehemalige bayrische Heimat zurückzukehren. Doch da war das pompöse Leben, von dem er sich nur schwer trennen konnte. Es ließ ihn im Dunstkreis des Zarenhofs verweilen und die Prinzessinnen und Baronessen hofieren, die einen Narren an seiner Waghalsigkeit und seinem gebrochenen Russisch gefressen hatten.

Niemals wäre Generalleutnant Uljan von sich aus an den Husaren herangetreten, um ihn als Reiter für die Eskorte auszuwählen. Es war die Großfürstin gewesen, die diese Entscheidung traf und Lenko ein großzügiges Angebot machte. Der Husar reagierte darauf mit dem typischen Aplomb eines Bayern, dem die arrogante Empörung in die Wiege gelegt wurde.

»Dreitausend Kilometer quer durch Russland reisen, um dann umzudrehen und dreitausend Kilometer zurückzureisen?! Und alles wegen eines Mädchens, das sich noch im Winterschlaf befindet und so wichtig zu sein scheint, dass es eine Eskorte benötigt, die ausgerechnet von mir unterstützt werden soll?! Also mit Verlaub, meine Großfürstin, wie soll ich da Nein sagen?!«

Seine Ironie half ihm wenig. Selbst wenn er gewollt hätte, hätte er den Auftrag nicht ablehnen können, denn die Großfürstin gehörte zu der Sorte von Damen, die kein Nein akzeptierten. Außerdem wusste der Husar, dass es das Beste war, was ihm widerfahren konnte. Nicht nur wurde ihm eine stattliche Summe versprochen, er kam auch für eine Weile aus der Hauptstadt heraus und konnte auf diese Weise den Gläubigern entgehen, die fast täglich an seine Tür hämmerten. Doch jede Münze hat zwei Seiten. Hätte Lenko gewusst, dass ein Generalleutnant die Eskorte anführen würde, der gar nichts von Husaren hielt, die aus Bayern kamen und sich mit jedem duellierten, der ihnen querkam, hätte er viel ausführlicher mit der Großfürstin über seinen Lohn diskutiert.

»Wir müssen uns nicht mögen«, begrüßte ihn Generalleutnant Uljan am Tag ihrer Abreise.

»Ich mag jeden, der für das Gute kämpft«, sagte Husar Lenko und dachte: *So ein Schnösel.*

Major Geromir bemerkte mit seiner zarten Seele sofort die Anspannung zwischen den beiden und ging dazwischen.

»Mir sind Vorurteile unbekannt«, stellte er fest und reichte dem Husaren die Hand.

»Dann wirst du wahrscheinlich als Erster fallen«, erwiderte Lenko und drückte seine Hand so fest, dass Geromir das Gesicht verzog.

»Sachte«, warnte Geromir.

Der Husar löste den Griff, drehte Geromirs Hand um und betrachtete die Innenfläche, als wolle er schauen, ob er Schaden angerichtet hatte.

»Es gibt kaum eine Frau mit so zarten Händen«, stellte er fest.

»Es gibt auch kaum eine Frau, die sich so gut um ihre Hände kümmert«, erwiderte Geromir.

Die Männer sahen sich an, dann lachten sie los. Uljan dagegen verzog nicht einmal die Miene. Sie waren kein perfektes Team, sie waren aber jeder für sich genau passend für die Aufgabe, die sie erfüllen sollten. Loyal, misstrauisch und eigensinnig zugleich. Auf diese Weise machten sie sich auf den Weg nach Sibirien und saßen jetzt vor einem Haus, das ins Gebirge gehauen war, tranken Portwein aus einer Feldflasche und warteten, dass man sie bemerkte.

»Nicht übel«, sagte Lenko, als er gekostet hatte.

»Die Portugiesen wissen, wie man den Wein richtig behandelt«, sagte Uljan und nahm die Flasche entgegen.

»Soll ich anklopfen?«, fragte Geromir.

Uljan schüttelte den Kopf.

»Wir warten.«

Aus den zehn Minuten wurden zwanzig.

Der Husar stieg von seinem Gaul und stellte sich an den Rand des Plateaus, um sich zu erleichtern. Unter ihm war keine Spur der Landschaft zu sehen. Der Nebel war so dicht, als wären sie über den Wolken. Jeder Laut wurde verschluckt. *Ich könnte am Rand der Welt stehen,* dachte Lenko und trat einen vorsichtigen Schritt vom Abgrund zurück.

Der Generalleutnant ließ das Haus keine Sekunde aus den Augen. Er tätschelte dabei seiner Stute den Hals und überlegte, ob er sich einen Zigarillo anzünden sollte. Im Kopf plante er schon die Rückreise. Zwei der Dörfer, die sie passiert hatten, wollte er meiden, und er hatte sich auch gemerkt, in welcher Gegend sie gutes Wild geschossen hatten und wo sich leicht zugängliche Badestellen befanden.

Major Geromir dagegen war mit seinen Gedanken ganz woanders. Er hatte sein Notizheft aufgeschlagen und wollte eben ein Sonett über den Nebel verfassen. Er kam zwei Zeilen weit, da schwang die Haustür auf und ein Mädchen schaute heraus.

Sie war groß gewachsen und schlank, sie trug Stiefel und ein rotes Kleid, das ihre Schultern frei ließ. Husar Lenko verrenkte sich beinahe den Hals, als er sich nach ihr umschaute. Alle drei Männer seufzten hörbar auf. Genau dieser Anblick hatte ihnen auf der langen Reise gefehlt – etwas, was die Augen beruhigt; etwas, was ein gutes Leben verspricht.

Als wenn du an einem Sommermorgen traumlos auf einer Wiese erwachst, dachte Geromir.

Dem Husar kam beim Anblick des Mädchens kein poetischer Gedanken in den Kopf, denn er stand hilflos am Plateau und konnte seine Blase nicht dazu bringen, eine Pause einzulegen. Dementsprechend waren seine Gedanken recht nüchtern.

Ausgerechnet jetzt!

Nur der Generalleutnant war gedankenlos. Er musste sich zwingen, den Mund zu schließen, der ihm wie bei einem Idioten aufgeklappt war. Ein fremdes Gefühl tobte plötzlich in seiner Brust und überflutete ihn. Es war das Gefühl, endlich angekommen zu sein. Er verstand nicht, wie der Anblick eines fremden Mädchens ein Gefühl dieser Art auslösen konnte. Als endlich ein Gedanke kam, war er so unpassend, dass ihn der Generalleutant mit einem Kopfschütteln vertrieb.

Sie ist ein Kind, aber es fühlt sich an, als wäre sie die Mutter der Mütter.

»Sie sind da!«, rief das Mädchen in das Haus hinein, und dann trat sie nach draußen und kam mit einem Hüpfer auf die drei Reiter zu. Die Männer wollten sie begrüßen und von ihr angesehen werden, aber das Mädchen hatte kein Interesse an ihnen. Sie streckte ihre Hand Uljans Stute entgegen, die daran schnupperte und zufrieden schnaubte.

Uljan räusperte sich.

»Wir kommen von der Großfürstin«, sagte er.

»Wir sind die Eskorte«, sagte Geromir.

»Verzeiht, ich bin gleich fertig«, sagte Lenko.

»Très chic«, sagte das Mädchen und hüpfte in das Haus zurück.

Die Tür fiel ins Schloss, die Eskorte hatte sich keinen Zentimeter von der Stelle gerührt.

Uljan schaute verwirrt zu seinem Bruder.

»Très chic?«, wiederholte er.

»Auf jeden Fall meinte sie nicht uns«, sagte Geromir.

Lenko lachte und erklärte, er wäre schon schlimmer beschimpft worden.

Uljan spürte die Sturheit in sich aufkommen. Er beschloss, so lange auf seinem Pferd sitzen zu bleiben, bis er eine vernünftige Begrüßung erhalten hatte. Eine weitere Minute verging. Geromir blickte in sein Notizbuch und schrieb den Satz über den

Sommermorgen nieder, während Lenko seine Hose zuknöpfte und hoffte, dass die Röte aus seinem Gesicht gewichen war.

Die Tür schwang erneut auf. Das Mädchen schaute raus, als hätte sie etwas vergessen.

»Ich übe gerade Französisch«, rief sie, *»et mon nom est Vida.«*

DER BÄR

W*enn zwei unterwegs sind, braucht es immer einen, der die Ideen hat,* schrieb ein spanischer Dichter des 16. Jahrhunderts, der wahrscheinlich noch nie einem Bären und erst recht nicht einem zornigen Brillenlanguren in die Augen geschaut hatte. Hätte er das getan, wäre der Dichter überrascht gewesen, wie gut seine Worte auch auf Tiere zutrafen.

In dem letzten Jahr, in dem Vida in ihrem Refugium verweilte, wanderte der Bär mit dem Äffchen durch Russland und war auf auf der Suche nach dem Mädchen, das in der Stunde der Not für ihn da gewesen war. Und bei jedem Schritt saß der kleine Satan auf seiner Schulter. Es war keine leichte Zeit, weil es wohl nie eine leichte Zeit in der Weltgeschichte gab, in der ein Bär ungestört mit einem Äffchen durch Russland wandern konnte. Das Jahr 1716 machte da keine Ausnahme.

Aber ein Mönch und sein verrücktes Äffchen, das war ein ganz anderes Bild.

Als sie ein halbes Jahr nach dem Ausbruch aus der Menagerie noch immer auf freiem Fuß waren, weckte das Äffchen den Bären eines Morgens mit lautem Gemecker. Es zupfte an seinem

Ohr, es zog an seinem Arm. Die zwei Freunde hatten die Nacht in einer Höhle verbracht, und als der Bär aus dem Schlaf geschreckt wurde, nahm er für einen Moment an, wieder im Käfig des Schaustellers zu sitzen. Er hob die Pranke und war kurz davor, dem kleinen Satan einen Schlag zu verpassen, der ihm wahrscheinlich den Kopf weggerissen hätte. Das Äffchen sah den Schlag kommen und sprang auf ein Kleiderbündel, das es mühsam in die Höhle geschleppt hatte. Der Kleidung entwich der süße Geruch von Myrrhe. Es war ein Duft, der dem Bären gefiel und ihn an die Steppe denken ließ. Vor ihm lagen zwei Kutten aus grober Schafwolle, die in einem dunklen Erdton gefärbt waren. Das Äffchen riss eine der Kutten aus dem Haufen und warf sie dem Bären über. Mit viel Herumgehüpfe begann es, das Kleidungsstück an seinem Körper zurechtzuzupfen, und erst beim vierten Versuch hörte der Bär auf, sich zu wehren, und saß einfach nur still. Nachdem der kleine Satan auch die zweite Kutte über ihm ausgebreitet hatte, erinnerte der Bär an einen süßlich duftenden Nachtmar, der in braune Wolle gekleidet war.

Der Bär sah an sich herab und schüttelte den Kopf, die Aufmachung gefiel ihm nicht. Das Äffchen biss eine der Kapuzen entzwei, damit sie über den wuchtigen Schädel des Bären passte. Dann trat es zurück und betrachtete sein Werk. Es war begeistert und applaudierte sich selbst. Der Bär dagegen saß auf seinem Hintern und fühlte sich ausgesprochen dämlich. Sein Gemütszustand besserte sich auch nicht, als ihm der kleine Satan eine Kette mit einem goldenen Kreuz um den Hals hängte.

Der Blick des Bären sagte: *Jetzt wirklich?*

Der Blick des Äffchens sagte: *Hab dich nicht so.*

Dann begann der kleine Satan, den Bären auf die Beine zu ziehen. Das Kreuz blitzte im Sonnenlicht, das Äffchen gab keine Ruhe, zog und zog. Langsam dämmerte dem Bären, was der kleine Satan von ihm wollte. Er richtete sich auf die Hinterbeine und schaute erneut an sich hinab. Füße und Arme verschwanden unter dem weiten Stoff der Kutte, sodass der Bär an einen fetten Mönch erinnerte, der wenig Glück im Leben gehabt hatte, da er mit einer animalischen Hässlichkeit geschlagen war. Und während der Bär sich selbst betrachtete, sprang der kleine Satan ihm auf die Schulter und lenkte ihn aus der Höhle hinaus.

Der Bär ließ sich wieder auf alle viere fallen und die Wanderung wurde fortgesetzt.

Ihre Feuerprobe war eines der Dörfer, um das sie sonst einen Bogen geschlagen hätten, wie sie alle bewohnten Orte mieden. Auch wenn der Bär anfangs an einen betrunkenen Seemann erinnerte, wandelte sich sein aufrechter Gang mit der Zeit. Ihm kam zugute, dass er die Menschen in seiner Gefangenschaft ausführlich studiert hatte. Sobald er auf den Hinterbeinen stand, ahmte er die Körperhaltung eines müden Mannes so gut nach, dass sich selbst das Äffchen wunderte, wer da unter der Kutte steckte.

Der Bär marschierte direkt auf den Dorfplatz.

Die Bewohner wichen zurück, viele bekreuzigten sich, aber niemand wagte es, sich dem gewaltigen Mönch zu nähern, der sich mit schweren Schritten die Straße hinaufbewegte und dabei brabbelnde Laute von sich gab. Der Bär fand langsam Gefallen an dem Spiel, es war eine sanfte Form von Rache für das, was ihm die Menschen angetan hatten. Er täuschte sie alle, und er täuschte sie ausgesprochen gut.

Als sie an einem Brunnen vorbeikamen, eilte eine Frau heran und bediente die Pumpe. Es war ein verwirrender Moment. Das Wasser lief und lief und der Bär blieb misstrauisch stehen, denn er war es nicht gewöhnt, auch nur einen Funken Freundlichkeit zu erleben.

»Segnet mich«, bat die Frau.

Der Bär knurrte und beugte vorsichtig seinen kapuzenbedeckten Kopf vor, um seine Schnauze unter den Wasserstrahl zu halten. Er begriff, dass oftmals das, was die Menschen nicht sahen, ihnen mehr Furcht bereitete als das, was sie sahen. Die Dorfbewohner waren sehr gläubige Menschen und schon der Anblick des Kreuzes ließ sie ehrfurchtsvoll den Blick senken. Auch wenn das Äffchen sie ein wenig irritierte, spürten sie die Macht, die von dem Mönch ausging.

Kraft, Beständigkeit und der reine Wille.

»Segnet mich«, wiederholte die Frau.

Der Bär machte eine Geste, die Frau wandte sich mit strahlenden Augen ab.

Und so breitete sich in der gesamten Region das Gerücht aus, dass ein hoher Mönch mit seinem Äffchen auf Reisen war. Jedes Dorf, das sie durchquerten, füllte die Anekdoten mit eigenen neuen Geschichten – unerwartete Heilungen fanden statt, Kinder wurden gesund und lachend geboren, Hühner legten mehr Eier und noch nie gab es so ertragreiche Ernten. Innerhalb eines Monats war es, als hätte es den Mönch schon immer gegeben. Die Bewohner stellten Essen an den Straßenrand. Wenn der Bär knurrte, warfen sie sich auf den Boden, wenn er seine Schnauze vorschob, hielten sie sich die Augen zu. Aus der Bestie war ein Heiliger geworden, der die Geißel Gottes auf seiner Schulter trug und Segnung brachte. Niemand kam den zwei Reisenden zu nahe, und niemand fragte, wohin sie unterwegs waren. Sie hätten auch keine befriedigende Antwort erhalten.

Während der Bär auf der Suche nach dem Mädchen war, hatte der kleine Satan sein Ziel längst schon erreicht: Er lebte in der Gesellschaft seines besten Freundes und war ausgesprochen glücklich darüber. Und so wären die beiden wahrscheinlich noch ein Jahrzehnt lang durch den Süden Russlands gewandert, wenn ihnen nicht eines Tages am Ufer des Ob ein Junge entgegengetreten wäre.

Es war zur frühen Abendstunde und die untergehende Sonne färbte die Landschaft honigfarben. Der Bär und das Äffchen hatten sich am Flussufer niedergelassen, als der Junge zwischen zwei Buchen hervortrat und dem Bären wortlos eine Feder entgegenhielt. Das Äffchen kreischte sofort los, der Bär brachte es mit einer knappen Geste zum Schweigen und beugte sich vor, um an der Feder zu schnuppern.

Ein Feuerwerk ging in seiner Nase hoch.

Der Bär war so erschrocken über den Geruch, dass er einen Schluckauf bekam, dann weiteten sich seine Augen und er betrachtete den Jungen, als hätte er noch nie einen Menschen gesehen. Auch das Äffchen war ganz still geworden, weil es spürte, dass an diesem Besuch etwas anders war.

Der Junge ließ eine Minute verstreichen, dann wandte er sich ab und zeigte mit der Feder in Richtung Westen. Er musste nichts sagen, der Bär und das Äffchen hätten ihn eh nicht verstanden.

Der Bär schaute ein wenig ratlos von der Feder auf den Weg, den sie ihm wies, und dann wieder auf die Feder. Das Äffchen hatte längst begriffen, was von ihnen verlangt wurde. Und so wurde der kleine Satan zum Ruder und der Bär war das Schiff, das sich in Bewegung setzte. Sie ließen den Jungen mit seiner Feder zurück und segelten über das Land in Richtung Westen und auf Sankt Petersburg zu.

DAS MÄDCHEN, DAS FRAGTE

I

Der Nebel war gewichen, das Tal lag offen und blank unter ihnen. Nichts regte sich, nur aus dem breiten Schornstein des Bäckers stieg eine Rauchfahne auf, die über den Häusern zerfledderte und das harzige Aroma von Tannenholz mit sich brachte. Keine Katze und kein Hund streunte über die Straße, niemand bekam ihre Abreise mit. Das Geräusch ihrer Hufe klang so einsam, dass es Vida wehmütig machte. Wehmütig und aufgeregt zugleich. Alle paar Meter warf sie einen Blick über ihre Schulter, als wollte sie sich vergewissern, dass Warrosch ihr nicht folgte. Als sie den Fluss erreicht hatten, kam der endgültige Abschied – Vida schaute ein letztes Mal zum Gebirge und versuchte zu erkennen, wo sich das Haus der Tanten befunden hatte.

Sie tat es vergeblich, das Haus war verschwunden.

Die Schwestern hatten nicht vor, jemals wieder nach Warrosch zurückzukehren. Ihr Leben hier war abgeschlossen und sie hatten dem Gebirge zurückgegeben, was ihm gehörte. Die Fenster und Türen des Hauses waren eins geworden mit dem Fels, selbst der Tisch und die Bänke vor dem Haus gab es nicht mehr. Der blanke Stein reflektierte das Sonnenlicht, und es sah aus, als wäre das Haus nie gewesen.

Die Schwestern verschwendeten keinen zweiten Blick auf das Gebirge. Sie saßen in der Kutsche und spielten Karten. Endlich ging es ihnen gut, das Haus war versiegelt und der Schacht mit seinem Gefangenen unerreichbar. Mit jedem Hufschlag entfernten sie sich weiter von dem Verlangen des Wächters, der selbst in seiner Gefangenschaft nach Vidas Seele gierte. Die Schwestern waren mit ihrer Abreise eine große Last losgeworden, die ihnen die letzten drei Jahre wie ein Mühlstein um den Hals gehangen hatte. Jetzt waren sie unbesorgt. Zwar hatten sie dem Wächter keinen Schaden zufügen können, aber sie hatten ihn aus diesem Dasein verschwinden lassen. Das Gebirge war sein Gefängnis und sein Grab zugleich.

Generalleutnant Uljan ritt voran und trennte sich immer wieder von der Gruppe, um die Umgebung zu erkunden und seinem Pferd Freilauf zu geben. Ihm folgte die Kutsche mit den Schwestern und Solomon auf dem Kutschbock. Hinter der Kutsche lenkte Lenko den wuchtigen Karren, der bis obenhin mit Büchern und Kleidung beladen war. Geromir bildete das Schlusslicht.

Vida ritt neben der Kutsche her und fühlte ein wenig, als würde sie die Reisegruppe allein anführen. Da waren die Landschaft und der warme Wind, der schon eine Spur Frühling mit sich brachte. Und da war eine Zukunft, die sie erwartete und von ihr entdeckt werden wollte. Vida empfand eine ungeahnte Freiheit, deswegen dachte sie auch keinen Moment daran, sich mit ihren Tanten in die Kutsche zu quetschen. Solomon hatte ihr prophezeit, dass sie am Abend einen wunden Hintern haben würde. Er warnte sie zweimal, Vida lachte zweimal laut.

»Ich kann zehn Tage so reiten«, sagte sie, »und dann reite ich noch mal zehn Tage.«

Die erste Nacht verbrachten sie an einem Bachlauf. Nachdem sie Feuerstellen errichtet hatten, wuschen sie sich und mussten dabei Vidas Jammern ertragen. Nicht nur war ihr Hintern wund, auch die Innenseiten ihrer Oberschenkel leuchteten rot. Riva trug eine Salbe auf und verbot Vida, sich die nächsten Tage in den Sattel zu setzen. Solomon grinste und Vida sagte, sie würde ganz genau sehen, dass er grinste.

Und so ging der erste Tag zu Ende.

In der folgenden Woche verfielen sie in einen Rhythmus, der sie den Rest der Reise begleiten sollte – sobald sie Rast machten, ging Geromir auf die Jagd und bereitete danach das Essen zu, Lenko kümmerte sich um das Feuerholz und machte sich mit der Umgebung vertraut, während Solomon und Uljan einen Schlafplatz herrichteten und die Pferde versorgten. Die Schwestern setzten ihren Unterricht fort. Vida schrieb Aufsätze, wurde Vokabeln abgefragt und las in den Büchern der Tanten, bis ihr die Augen zufielen. Zum Abend hin wurde meistens wenig geredet, denn sie waren alle müde und gelangweilt von der Reise und wussten, dass es so die nächsten zwei Monate weitergehen werde. Mit Sonnenschein, Regen und Sturm. Mit der Weite der Landschaft und einem Himmel, der sich über ihnen spannte, als sei er unendlich.

Am neunundzwanzigsten Tag war Vida so ausgelaugt von der Langeweile und dem Unterricht, dass sie nach dem Essen zu den Männern hinüberschlenderte, die an dem zweiten Feuer saßen und rauchten. Sie nahm ungefragt zwischen ihnen Platz und wollte wissen, warum sie Soldaten geworden waren.

Geromir schaute sie überrascht an und Lenko vergaß, an seiner Pfeife zu ziehen. Uljan reagierte, so wie Uljan eben reagierte, und schüttelte den Kopf. Er hatte jetzt einen knappen Monat mit diesem Mädchen verbracht und wurde noch immer nicht schlau aus ihr. Er fühlte sich fast schon unangenehm wohl in ihrer Nähe und dennoch wehrte sich ein Teil von ihm weiterhin dagegen, freundlich zu ihr zu sein.

»Du fragst, warum wir Soldaten sind?«, sagte er. »Warum bist du ein Mädchen?«
»Weil es das ist, was ich bin.«
»Dann kennst du jetzt die Antwort.«
»Das ist doch keine Antwort.«
»Sieh es, wie du willst.«
»Und du?«
Vida sah Geromir an.
»Bist du ein Soldat, weil du bist, was du bist?«
»Ich kann nichts anderes«, antwortete ihr der Major und blickte dabei seinen Bruder entschuldigend an. »Manche Männer werden so, manche werden anders geboren. Uljan und ich kamen als Soldaten zur Welt.«
»Du kannst aber auch kochen«, sagte Vida.
»Das ist wahr«, gab Geromir zu, da er auf seine Eintöpfe stolz war und immer einen Beutel mit getrockneten Peperoni und gemahlenen Steinpilzen in seinem Gepäck mit sich führte. »Aber stell dir vor, du betrittst ein Gasthaus und da erwartet dich einer wie ich hinter der Theke und kocht dir was?«
»Ich kann mir Schlimmeres vorstellen«, sagte Vida, die noch nie ein Gasthaus betreten hatte, »doch du schreibst auch Gedichte. Wieso bist du kein Dichter?«
»Weil niemand von Gedichten leben kann«, ging Uljan dazwischen.
»Außerdem bin ich kein guter Dichter«, gab Geromir zu. »Ich schreibe nur gerne.«
Vida überlegte, ob sie sich ein Gedicht vortragen lassen sollte, überlegte es sich anders und wandte sich an Lenko.
»Und du? Wieso bist du ein Husar?«
Lenko wurde flau im Bauch. In den letzten Tagen war ein Wandel in ihm vor sich gegangen. Vida brachte ihn mit ihrer Zielstrebigkeit zum Nachdenken. Sie gehorchte ihrem Vater und den Tanten, obwohl sie gleichzeitig gegen sie rebellierte. Es war ein

merkwürdiges Wechselspiel. Lenko hatte noch nie erlebt, dass jemand mit einem Lächeln Nein sagen konnte. Vida tat, was sie wollte, und was sie nicht wollte, gab sie offen zu und tat es dann doch, aber auf ihre Art und Weise. Wollte sie aber etwas vehement nicht, kam niemand an ihrem Nein vorbei. Lenko wünschte sich, er könnte öfter Nein sagen. Er wünschte sich auch, er hätte Ziele und Entschlossenheit. Er hatte keine Ahnung, wann ihm beides verloren gegangen war. Und wie er so über sein Husarentum grübelte, fragte ihn dieses Mädchen ausgerechnet, wieso er ein Husar war. Es erschreckte Lenko bis ins Mark. Er starrte Vida an, Vida wartete. Als der Husar endlich ein paar Worte hervorbrachte, waren sie nicht besonders ausgefeilt.

»Hör auf Geromir, er hat recht«, sagte er. »Unser Schicksal wird uns in die Wiege gelegt. Mein Vater war Husar, ich tue es ihm gleich. Wir werden als Soldaten geboren, wir sterben als Soldaten. Sieh dir unseren Generalleutnant an. Da ist die Natur ohne Gnade gewesen, solche Männer werden wie Bullen gezüchtet und ziehen in den Krieg.«

»Danke für das Kompliment, Husar«, sagte Uljan.

»Nichts zu danken, Generalleutnant.«

Vida genügte die Antwort nicht.

»Kannst du denn nichts anderes?«, fragte sie.

»Ich ... was?! Ich kann eine Menge«, antwortete Lenko empört und überlegte, was er alles konnte. »Ich tanze ausgesprochen gut und mir gelingt es spielend leicht, den ganzen Abend an einem Roulettetisch zu sitzen und mein ganzes Geld zu verlieren.«

»*Das* nenne ich ein Talent haben«, sagte Geromir.

»*Das* nenne ich ein Idiot sein«, sagte Uljan.

Lenko lächelte.

»Und ich kann Bier brauen.«

»Bier?!«, fragten Geromir und Uljan zugleich.

»Dunkles Bier ist meine Spezialität. Mein Bruder hat in Regensburg eine Brauerei. Direkt an der Donau. Kaum jemand braut besseres Bier in der Gegend. Malzig und herb. *Peters Dunkles Gold* wird es genannt. Es ist eine alte Familientradition, die ich durchweg beherrsche.«

»Dann sind wir ja im Geschäft«, sagte Geromir. »Du braust das Bier und ich schenke es in meiner Gaststätte aus.«

Die Männer nickten sich zu, das gefiel ihnen, auch Uljan konnte sich ein Grinsen nicht verkneifen, obwohl er ein wenig beleidigt war, weil Vida nicht wissen wollte, was sein geheimes Können war. Kaum hatte er das gedacht, richtete sie ihren Blick auf ihn.

»Und du?«

»Ich kann nichts anderes«, antwortete Uljan viel zu schnell.

»Jeder kann was.«

»Was kannst du denn?«

Vida grinste.

»Fragen stellen.«

»Das ist keine Gabe.«

»Ich kann auch mit den Toten reden.«

Uljan wusste nicht, ob sie scherzte oder nicht. Geromir bekreuzigte sich, Lenko zog die Unterlippe in den Mund und biss darauf.

»Nun?«, hakte Vida nach. »Was kannst du?«

Uljan sah Hilfe suchend zu den Schwestern, die zwar zuhörten, aber nicht daran dachten, sich einzumischen. Auch Solomon war dem Generalleutnant keine Hilfe. Er lächelte ihm nur aufmunternd zu.

»Ich bin gut auf dem Eis«, sagte Uljan schließlich.

»Du fährst Schlittschuh?!«

»Hin und wieder.«

Und wie Uljan *Hin und wieder* sagte, befand er sich plötzlich auf dem Eis und sah in der Ferne seine Frau und die zwei Kinder auf dem blauen Schlittenwagen, den er für sie gebaut hatte. Sie saßen zwischen den Fellen, tranken Tee und der Dampf aus den Bechern vermischte sich mit ihrem Atem und wehte dem Ufer entgegen. Uljan glaubte, den eisigen Wind zu spüren und das Lachen seiner Kinder zu hören. Er wunderte sich, was ihn ausgerechnet hierher nach Sibirien verschlagen hatte und wieso er nicht bei seiner Familie war.

Eka las ihm das Unwohlsein vom Gesicht ab und unterbrach das Gespräch, indem sie die Kanne nahm und rundum Kaffee einschenkte. Die Männer hatten sich noch nicht wirklich an ihre silberne Hand gewöhnt und schauten viel zu offensichtlich darauf.

»Ihr müsst unserer Nichte verzeihen«, sagte Eka. »Sie ist in ihrem Herzen eine wahre Revolutionärin, die keine Grenzen kennt und alle Naturgesetze umstoßen will.«

»Nicht alle«, warf Vida ein.

»Sie mag sein, wie sie will«, gab Uljan zu. »Selbst eine Revolutionärin ist mir recht, aber diese Männer hier sind Soldaten, sie können nichts anderes und das kann ein Fräulein wie sie nicht verstehen.«

»Ich bin doch kein Fräulein«, erboste Vida.

»Du *solltest* ein Fräulein sein«, wies Uljan sie zurecht, »denn wohin wir dich bringen, wird eine bestimmte *étiquette* von dir erwartet.«

Vida konnte nicht aufhören, ihm zu widersprechen.

»Ich brauche keine *étiquette*«, sagte sie.

»Ich habe nicht gesagt, dass du eine brauchst, ich sagte, sie wird von dir erwartet.«

»Darf ich fragen, was du bist, wenn du kein Fräulein bist?«, fragte Geromir neugierig.

»Ich bin eine Kriegerin.«

Keiner der Männer lachte.

»Was macht dich zu einer Kriegerin?«, fragte Lenko.

Vida sah zu ihrem Vater, der auf seine Hände hinabschaute, weil er ahnte, welche Antwort sie geben werde. Vida wusste viel und gleichzeitig so wenig über seine Vergangenheit. Es gab eine Zeit, da wurde ihr Vater als ein Krieger gefürchtet, dem kein

Schild standhalten konnte. Solomon war ihr Vorbild, sie sah seinen Mut, sie sah seine Geduld und wusste, dass eine Kombination von beiden der beste Weg war, den man in diesem Leben gehen konnte. Aus diesem Grund gab es nur eine Antwort auf Lenkos Frage, was Vida zu einer Kriegerin machte.

»Ich kenne keine Furcht«, sagte sie.

Die Soldaten schüttelten die Köpfe, die Antwort genügte ihnen nicht.

»Mehr hast du nicht zu bieten?«, fragte Uljan und spürte, was für eine Freude es ihm bereitete, Vida herauszufordern.

»Da brennt ein Feuer in mir«, antwortete sie ihm, »das kann niemand löschen.«

»Diese Antwort ist schon besser«, gab Uljan zu. »Was für ein Feuer ist das?«

»Ein gutes.«

»Was für ein Feuer ist das?«, wiederholte Uljan.

»Eines, das die Dunkelheit verbrennt«, antwortete ihm Vida und konnte spüren, wie ihre Stimme mit jedem weiteren Wort stärker wurde. »Eines, das nie verzweifelt. Eines, das sich nie beugt. Eines, das zwischen Gut und Böse unterscheidet. Eines, das selbst in der schlimmsten Kälte wärmt.«

Vida holte Luft, ihr Vater sah sie jetzt direkt an, Vida schloss mit:

»Eines, das nicht einmal der Tod löschen kann. So ein Feuer brennt in mir.«

Keiner hatte darauf eine Erwiderung. Die Soldaten saßen da und dachten nach. Die Tanten wechselten einen erstaunten Blick und nippten von ihrem Kaffee. Solomon war dermaßen stolz, dass er die Augen nicht von seiner Tochter nehmen konnte. Dann kam Bewegung in die anderen Männer – Lenko hielt das brennende Ende eines Astes an seine verloschene Pfeife und Geromir schlug sein Notizbuch auf und begann zu schreiben, während Uljan in seinen Becher starrte, als hätte er noch nie Kaffee gesehen. Er wusste als Einziger der Eskorte, dass dieses Mädchen das kostbarste Gut dieses Zeitalters sein sollte. Daraus hatte er skurrilerweise geschlossen, dass Vida ein uneheliches Kind des Zaren war, das die letzten Jahre in der Ferne gelebt hatte und jetzt nach Hause zurückkehren sollte. Diese Theorie hatte er nach einem Tag an Vidas Seite gänzlich verworfen. Trotz seines Widerwillens begriff er nach Vidas Rede langsam, dass ihr Herz für die Freiheit und den Frieden brannte. Darin bestand jetzt sein größter Konflikt, denn für ihn gab es nichts Nobleres, als sich für den Frieden und die Freiheit einzusetzen. Uljan hatte in seinem Leben viele falsche Entscheidungen getroffen, er konnte aber mit Stolz behaupten, nie auf der Seite der Gier und Missgunst gestanden zu haben. In seinen Adern floss ein Ehrenkodex, den er oftmals verzweifelt in seinen Mitmenschen suchte. Deswegen war er kurz davor, diesem vorlauten Mädchen ein Kompliment auszusprechen, doch dazu kam es nicht, da Major Geromir von seinem Notizbuch aufblickte und aus dem Nichts heraus sagte:

»Da fällt mir ein Lied ein.«

Das Lied handelte von einer Frau, die Marina hieß und manchmal Brötchen und manchmal Brot buk, die aber niemanden davon kosten ließ. Geromirs Stimme war so sanft, dass selbst das Lagerfeuer ruhiger brannte. Überraschenderweise hatte Marina in dieser Version des Liedes keine schwarzen Locken mehr, sondern ein Haar wie Flammen und Glut. Riva brauchte nicht lange, um zu begreifen, dass der gute Geromir über sie sang. Als er ihren Blick bemerkte, wurde er rot und das Lied endete in einem Hüsteln. Das Schweigen danach war angenehm und keiner lachte über Geromirs plumpe Romantik.

Bevor sie sich eine halbe Stunde später schlafen legten, löste sich Geromir von der Gruppe und folgte Vida zum Bachlauf, an dem sie die Kaffeebecher ausspülte.

»Kannst du wirklich mit den Toten reden?«, fragte er.

»Ich kann das«, antwortete Vida, »aber ich mache es nicht gerne.«

Geromir senkte die Stimme.

»Verzeih, wenn ich darum bitte, aber könntest du mit unserer Mutter sprechen? Könntest du ihr sagen, dass es Uljan und mir das Herz gebrochen hat, dass wir uns nicht von ihr verabschieden konnten, ehe sie starb?«

Vida versprach, sie werde schauen, was sich da machen lasse. Noch während sich Geromir bedankte, spürte sie die Anwesenheit seiner Mutter und die Nähe, die diese zu ihren zwei Söhnen hatte. Geromir legte sich schlafen, und in derselben Nacht kam seine Mutter zu ihm. Sie strich ihm über die Stirn und sagte, nichts sei so schlimm, wie ihn zu vermissen. Sie sagte auch, er sollte unbesorgt sein, sie würde an Uljan und ihn denken, jeden Tag aus der Ferne und jeden Tag aus der Nähe, denn dort, wo sie seien, da sei sie auch. Zum Abschied küsste die Mutter ihn und ihr Besuch war die Art von Traum, von dem man einen Funken mit in die Realität nimmt, damit er an den trüben Tagen das Leben heller macht.

2

Nach diesem Tag war das Eis zwischen den Männern der Eskorte und Vida gebrochen. Sie begann die Soldaten zu belagern, wann immer sie eine Rast einlegten, und die Soldaten ließen sich auf ihre Neugierde ein. Geromir brachte ihr das Messerwerfen bei, schnitt mit ihr Pfeile zurecht und zeigte ihr, wie man einen Bogen baute. Von Uljan lernte sie, mit dem Degen umzugehen und ihre Haltung im Sattel zu verbessern. Er war streng, ließ sich nicht unterbrechen und war zwischendurch so empört von ihren Widerworten, dass er sich einfach abwandte und davonging. Lenko hatte es am schwersten mit Vida. Er sah sie nicht als Frau und ein Kind war sie in seinen Augen auch nicht mehr, obwohl sie sich in seinen Augen sehr kindisch verhielt. Der Husar hatte permanent das Gefühl, dass sie ihn durchschaute. Um seine Fassade zu wahren und um sich nicht in Worten zu verheddern, brachte er ihr das Schachspiel bei und behauptete, es wäre eine der Regeln, dass man während des Spiels keine Fragen stellen dürfte. Respektvolles Schweigen war gefragt. Die weißen Figuren standen stets für die Bayern, die schwarzen waren mal die Schweden, mal die Spanier oder Kroaten. Das Schachspiel löste mit der Zeit Lenkos Unsicherheiten und machte ihn wacher. Sein Verstand kroch aus der dunklen Nische und trat ins Licht. Er begann über sein Leben zu reflektieren und plauderte über seine bayrische Heimat und das Dasein als Husar. Vida nannte ihn Husar Lenko, er nannte sie Mademoiselle.

Jeden Morgen waren Solomon und Vida als Erste wach. Sie schürten das Feuer, setzten Tee auf und sprachen halblaut miteinander, um die anderen nicht zu wecken. Solomon erfuhr, was Vida Neues gelernt hatte und wie ihre Gedanken aussahen. Es war ein wenig, als würden sie in ihrem alten Leben um den Küchentisch herum sitzen und darauf warten, dass der neue Tag begann. Solomon gefiel Vidas Entwicklung. Es tat ihr gut, in Gesellschaft zu sein, auch wenn die Gesellschaft drei Soldaten waren, die ihr Zuhause auf dem Schlachtfeld hatten und dafür bezahlt wurden, sie zu beschützen. Von außen wirkte es, als wäre Solomon entspannt, doch der Schein trog – er hatte nicht vergessen, dass die Kraljica nur darauf wartete, dass seine Tochter zur Frau wurde, um ihr die Seele zu rauben. Der Gedanke machte Solomon furchtbar nervös. Er erwartete jeden Tag, dass sich der Wind drehen und seine Tochter davontragen würde.

Auch die Schwestern waren sich der Gefahr deutlich bewusst.

Jeden Tag ging Eka für einige Stunden in eine tiefe Meditation. Ihre bevorzugte Wahl waren tagsüber Adler und während der Nacht Fledermäuse, weil sich diese zwei Tierarten die beste Übersicht verschaffen konnten. Eka wurde eins mit den Tieren, beobachtete die Umgebung und hielt Ausschau nach Gefahren von Seiten der Herrschaften. Auch wenn sie nicht glaubte, dass diese Vida nach den drei langen Jahren Refugium ausfindig machen konnten, war sie lieber vorsichtig. Als sich dann die Gefahr zeigte, kam sie letztendlich von ganz woanders her und wurde von Eka übersehen, weil selbst ein Vogel aus einer Höhe von fünfzig Metern nicht in die Tiefe einer Baumkrone schauen konnte.

3

Ivar der Grausame hatte kein Gramm Grausamkeit in seinem Körper. Er war listig und klug, aber grausam war er nicht. Den Beinamen hatte ihm seine Frau in Anlehnung an Zar Iwan den Schrecklichen gegeben, weil sie der Meinung war, dass ein Mann seines Ranges einen guten Beinamen brauche. Ivar der Grausame war ein ehemaliger Armeegeneral, der seinen Titel abgelegt hatte, seitdem er im Wald lebte. Er selbst hätte sich gerne Ivar Hood genannt, doch da in der Siedlung kaum jemand die Ballade von Robin Hood kannte, verwarf er die Idee und blieb fortan Ivar der Grausame. Der Name sollte seinen Männern Respekt einflößen, obwohl das überflüssig war, da sie alle wussten, was für einer Ivar war.

Ein Vertriebener, ein Verstoßener, ein Rebell.

Einer wie sie.

Sie wurden einst die Strelizen genannt. Seit ihrer Gründung als Palastgarde des Zaren im Jahre 1550 war ihre Zahl von einhundert auf zehntausend Mitglieder angewachsen. In den Städten hatten die Strelizen ihre eigenen Viertel bewohnt, wo sie die Feuerwehr und Polizei ersetzten. Sie waren ein Heer im Heer gewesen und dienten ihrem Heimatland, aber nicht dem Geldbeutel. So hatten sie sich der Machenschaften der Adligen erwehrt und schließlich begonnen, in die Politik einzugreifen. Dadurch stiegen sie zwar in der Gunst des Volkes, gleichzeitig aber sanken sie in der Gunst des Zaren. Auch wenn sich Peter der Große für die Modernisierung Russlands einsetzte, wollte er gleichzeitig den Adel nicht verärgern. So war es für niemanden verwunderlich, als es 1698 zu einem Aufstand kam, der in einem grausamen Höhepunkt endete: Nachdem die Strelizen von der neuen Leibgarde des Zaren niedergeschlagen worden waren, ließ Peter der Große über tausendachthundert ihrer Männer verhaften. Sie wurden öffentlich gefoltert und hingerichtet. Es war eine Grausamkeit, die der Zar bewußt einsetzte, um den Adel des Landes und insbesondere seinen eigenen Thron zu schützen. Auf diese Weise zerschlug er die Gemeinschaft der Strelizen, enteignete sie und vertrieb sie aus den Städten. Ein Teil der Männer lief zum Zaren über und wurde in seine neue Leibgarde integriert, der Rest verstreute sich in der russischen Weite und lebte mit der Hoffnung im Herzen, unentdeckt zu bleiben. Sie wurden zu Rebellen, die an einem Sturz des Zarenreichs schmiedeten.

Nicht Ivar der Grausame.

Er hatte während des Aufstandes seine Brüder und seinen Hof verloren. Neunzehn treue Männer waren ihm aus der Stadt aufs Land gefolgt, ihre Zahl war über die Jahre auf achtzig angestiegen. Sie alle hatten genug von den sinnlosen Kämpfen und lebten jetzt in dem mächtigen Wald Posnjiki Zlot, den sie ihr Zuhause nannten. Niemand befehligte sie hier und sie mussten niemandem Rechenschaft ablegen. Sie waren Wegelagerer, Bauern und Bienenzüchter zugleich. Sie teilten allesamt Ivars Desinteresse am Weltgeschehen. Nur ein Problem ließ sie nicht ruhen – der Frauenmangel war groß, denn kaum eine Frau wollte freiwillig inmitten der Wildnis in einem Wald leben. Auf die achtzig Männer kamen siebzehn Frauen, die in festen Händen waren und nichts von freier Liebe hielten. Für Ivar war das keine große Schwierigkeit, denn er war verheiratet. Sein Sohn Kasimir dagegen wurde von der Verzweiflung geplagt. Mit seinen siebenundzwanzig Jahren hatte er bisher nur mit zwei Witwen angebändelt, die vom Alter her seine Mutter sein konnten. Mehr Brautmaterial gab es zurzeit nicht in dem Wald, was die Männer in ihrer Isolation sehr unglücklich machte.

Aus diesem Grund war dieser Tag ein Fest.

Die Rebellen bereiteten sich seit den frühen Morgenstunden auf die Ankunft der Reisenden vor. Sie wuschen und kämmten sich, sie schnitten einander die Haare und holten mit ihren Messern den Dreck unter den Fingernägeln hervor. Ein jeder von ihnen zog seine besten Sachen an, sie flickten und stopften Löcher und bedauerten es, keinen vernünftigen Schneider in ihrer Siedlung zu haben.

Seitdem die Reisenden den Wald betreten hatten, wurden sie beobachtet. Die Rebellen hatten vier Frauen gezählt – drei von ihnen waren mittleren Alters und saßen in der Kutsche; die vierte war noch weit davon entfernt, eine Frau zu sein, um sie würde es unter den Jüngeren den größten Streit geben. Die Männer der Eskorte dagegen existierten in den Augen der Rebellen nicht. Mit ihnen würden sie kurzen Prozess machen, sie ihrer Kleidung und Waffen berauben, um dann ihre Leichen in eine der Erdspalten fallen zu lassen.

Achtzig Rebellen waren bereit, vier Frauen zu rauben.

4

Ivar der Grausame hatte sich ein Seidentuch umgebunden, das sein Gesicht bis auf die Augen verbarg. Auch das war die Idee seiner Frau gewesen, die es furchteinflößender fand, von einem Rebellen mit Maske überfallen zu werden, als von einem Mann, der einen weichen Mund hatte und zu viel lächelte. Das Seidentuch war eine störende Requisite, denn es erschwerte Ivars Atmen, aber er hörte auf seine Frau, und so saß er nach Luft schnappend auf einem gefällten Baum, der quer auf dem Weg lag und die Durchfahrt für die Reisenden versperrte. Die eine Hälfte seiner Männer war in den Baumkronen versteckt und hatte die Bögen gespannt, die andere Hälfte lag im Gestrüpp und hielt die Schwerter bereit. Ein Signal von Ivar und seine Rebellen würden die Eskorte mit gezielten Schüssen von den Pferden holen. Es war nicht das erste Mal, dass sie Reisenden auflauerten. Sie wussten, was sie taten.

Als der Vorreiter auf zwanzig Meter herangekommen war, brachte er sein Pferd zum Stehen und hob die Hand. Die Kutsche und der Karren hielten hinter ihm. Ivar konnte über den Rand des Seidentuches hinweg sehen, dass der Vorreiter in seinem Alter war, und für einen Moment glaubte er, etwas in der Haltung des Mannes wiederzuerkennen, das ihm vertraut war – die nach vorne geneigten Schultern, die immerzu eine schwere Last zu tragen schienen, und die Art, wie der Man sein Pferd zum Stehen brachte. Selbst die rote Samtjacke mit dem schwarzen Emblem über dem Herzen schien dem Rebellen vertraut. Bevor er dem Reiter zurufen konnte, dass sie umstellt waren, kam ihm dieser zuvor.

»Du Hundskerl lebst noch?!«

Ivar beugte sich vor und strengte seine Augen an.

»Generalleutnant?!«, fragte er verwirrt. »Generalleutnant Uljan, bist du das?«

»Wer sollte ich sonst sein?«

Ivar war so erschrocken, dass er den Generalleutnant erst mal beleidigen musste.

»Du Hurensohn bist vom Alter ja ganz grau geworden!«

»Das ist nicht das Alter«, antwortete ihm Uljan, »das ist die Trauer, dich in so einer Aufmachung zu sehen. Wo ist deine Uniform, Ivar? Und was soll die Maskerade? Bist du jetzt einer der Rebellen?«

Ivar wunderte sich, wie ihn der Generalleutnant trotz des Seidentuches erkennen konnte. Er wunderte sich auch, auf welche sonderbaren Wege sein Leben ihn führte, indem es ausgerechnet Generalleutnant Uljan durch diesen Wald reiten ließ. Dann schob er das Seidentuch herunter und hüstelte nervös. Er wollte nicht wirklich auf Uljans Frage antworten, also fragte er zurück:

»Und du? Bist du jetzt einer, der dem Zaren dient?«

Uljan spuckte aus.

»Ich reite nicht mehr im Namen des Zaren«, sagte er.

»In wessen Namen reitest du dann?«

»Im Namen der Großfürstin.«

»Also verdingst du dich als Söldner?«

»Ich habe einen Auftrag und leite im Namen der Großfürstin eine Eskorte, das ist nicht mit dem Dienst eines Söldners zu vergleichen. Und du hast meine Frage noch immer nicht beantwortet, Ivar.«

»Welche Frage mag das gewesen sein?«

»Bist du nun einer der Rebellen oder nicht?«

»Ich bin noch immer, wer ich zuvor war, Generalleutnant, wie steht es mit dir?«

»Ich dachte, das hätten wir geklärt?«

»Ich habe nicht das Gefühl, dass wir das geklärt haben.«

»Wie würdest du es gerne klären?«

»Vielleicht sagst du mir, wen du da eskortierst?«

»Ich denke, das spare ich mir, solange du mir eine richtige Antwort schuldig bist.«

»Wie war noch mal die Frage?«

Dieser pfefferige Dialog hätte noch stundenlang so weitergehen können, ohne dass einer der Männer irgendwas Elementares von sich preisgegeben hätte. Weil Uljan das kommen sah, verstummte er plötzlich. Er hatte viele Male an Ivars Seite gekämpft und die Entschlossenheit des Armeegenerals zu schätzen gelernt. Zusammen hatten sie gegessen und getrunken, dabei waren sie nie Freunde gewesen, aber Feinde waren sie auch keine. Natürlich wusste Uljan, wie schlecht der Zar mit den Strelizen umgegangen war, dennoch fand er, dass es keine Rechtfertigung war, ein Dasein als Rebell zu führen und andere Leute auszurauben, damit sie in dasselbe Elend gestürzt wurden. Also sagte er:

»Ich habe nur Schlechtes über diesen Wald gehört. Viele Händler nehmen einen Umweg in Kauf, der sie zehn Tage und mehr kostet, um den Rebellen hier zu entgehen. Wieso habt ihr meine Männer und mich nicht angegriffen, als wir vor Wochen hier durchgeritten sind?«

»Ihr hattet keine Frauen dabei.«

»Seit wann sind Rebellen auf Frauen angewiesen?«

»Seitdem die Kühe keine Milch mehr geben.«

Uljan verstand nicht.

»Wir sind in der Unterzahl«, erklärte Ivar. »Uns fehlt die weibliche Note.«

»Vielleicht wäre es klug, in die Zivilisation zurückzukehren.«

»Um dann vor Gericht gestellt und hingerichtet zu werden? Nein, danke, Generalleutnant.«

Sie betrachteten sich abschätzend, dann gab sich Uljan einen Ruck.

»Wollen wir uns nicht wie Kampfbrüder begrüßen?«, fragte er.

»Ich dachte, du fragst nie«, erwiderte Ivar erleichtert.

Uljan stieg von seinem Pferd und hinkte auf Ivar zu. Sie traten einander mit ausgebreiteten Armen entgegen, wie Kameraden, die wieder zusammengefunden hatten. Diese Umarmung endete dann doch ein wenig anders, denn ehe sich Ivar versah, war sein Rücken gegen Uljans Brust gepresst und eine Messerklinge drückte so fest auf den Kehlkopf des Armeegenerals, dass ihm ein quietschender Laut entwich. Uljans Stimme war nahe an seinem Ohr und hatte all ihre Freundlichkeit verloren.

»Sag, mein guter Freund, wie viele Männer haben ihre Pfeile auf uns gerichtet? Sind es zehn, sind es zwanzig? Und wie oft habt ihr das schon getan? Unzählbare Male?«

Es waren eine Menge Fragen, auf die Ivar nicht antworten konnte, da er kaum Luft bekam. Er glaubte auch nicht, dass Uljan eine Antwort erwartete. Der Generalleutnant drehte sich mit Ivar einmal im Kreis, damit die Rebellen auch sahen, wo genau die Messerklinge anlag.

»Sag ihnen, sie sollen den Baum wegräumen«, verlangte er.

»Ich ... ich kann nicht ... reden ...«

Uljan lockerte den Griff, die Klinge blieb aber an Ort und Stelle.

»Sie werden nicht auf mich hören«, brachte Ivar schließlich hervor.

»Seit wann hören deine Männer nicht auf dich?«

»Seitdem ich ihnen gesagt habe, dass kein Opfer zu teuer ist, wenn es darum geht, diesen Ort am Leben zu erhalten. Von mir wird nicht mehr viel erwartet. Ich bin alt. Lass es dir gesagt sein, mein Sohn würde liebend gerne meinen Platz einnehmen.«

»Der kleine Kasimir?«

»Er ist jetzt einen halben Kopf größer als ich.«

»Verdammt, was sind das für Zeiten!«

»Keine guten, Uljan, keine guten.«

»Dann, würde ich mal sagen, stecken wir in der Bredouille.«

»Nicht wirklich, denn ich hätte einen Vorschlag.«

»Ich höre.«

»Lass mich dir helfen, Uljan, der alten Zeiten wegen.«
»Wie könnte das aussehen?«
»Ich werde deine Männer ziehen lassen, wenn du uns die Frauen überlässt. Mehr verlange ich nicht.«
Der Generalleutnant lachte.
»Verrate mir lieber, wie viele Wege aus dem Wald führen?«
Ivar war verblüfft.
»Du denkst nicht einmal über mein Angebot nach?!«
»Das ist kein Angebot, Ivar. Ich sagte doch, ich habe einen Auftrag, und ich bin ein Mann meines Wortes und führe meine Aufträge immer aus, das solltest du wissen. Nun sprich, wie viele Wege führen aus dem Wald?«
Ivar war so erbost, dass er nach Luft schnappte.
»Hundert Wege, du Hurensohn«, sagte er, »aber dieser Weg hier ist der einzige, der sicher ist, alle anderen sind unpassierbar. Doch welchen Weg ihr auch nehmt, meine Männer werden euch folgen. Selbst wenn es euch gelingen sollte, den Wald zu verlassen, werden sie euch auf den Fersen bleiben.«
»So ist das also?«
»So und nicht anders.«
»Dann wirst du uns eine Geisel sein, denn ich bin mir sicher, dass deine Männer ihren Armeegeneral nie in Gefahr bringen würden.«
Mit diesen Worten gab Uljan ein schnalzendes Geräusch von sich, damit ihm sein Pferd folgte, ehe er den Anführer der Rebellen vor sich her zur Kutsche schob. Dabei wich die Klinge keine Sekunde von Ivars Kehle. Als Vida die zwei Männer näher kommen sah, hätte sie vor Aufregung beinahe gejuchzt.
»Wer ist das?«, fragte sie.
»Seine Name ist Ivar«, antwortete ihr Uljan. »Er spielt einen Rebellen.«
»Ich spiele nicht, mein Fräulein«, erklärte sich Ivar. »Wir leben in Zeiten der Not und---«

»Hör auf zu reden und leg die Hände auf den Rücken«, unterbrach ihn Uljan. Er steckte das Messer weg und löste das Seidentuch von Ivars Hals. Nachdem er ihm die Handgelenke gefesselt hatte, schob er ihn auf den Kutschbock, wo sich Ivar neben Solomon setzte.

»Hier gibt es Rebellen?«, fragte Solomon verwundert.

»Mehr, als du dir wünschen kannst«, antwortete ihm Ivar.

Lenko meldete sich vom Lastkarren.

»Mademoiselle, was passiert da vorne?«

»Uljan hat einen Rebellen gefangen«, rief Vida zurück und wäre vor Schreck beinahe vom Pferd gefallen, als ein Rotkehlchen vor ihr auf Rais Kopf landete. Der Hengst zuckte nicht einmal zusammen, sondern schielte nur nach oben, weil er sehen wollte, wer da zwischen seinen Ohren saß.

»Flieg lieber woandershin«, sagte Vida zu dem Rotkehlchen. »Hier gibt es gleich Ärger.«

Der Vogel schüttelte sein prächtiges Gefieder einmal durch und blieb, wo er war. In der Zwischenzeit hatte sich Ivar umgesehen und erkannt, wer zehn Meter hinter ihnen auf dem Karren saß.

»Ist das Lenko von Bornstein?«, fragte er überrascht. »Reitet der Husar etwa mit dir?«

»Lenko ist einer meiner Männer«, antwortete ihm Uljan, »so ist es.«

Ivar duckte sich auf dem Kutschbock, als er das hörte. Er kannte Lenko von einem Gelage in Moskau und empfand großen Respekt für den Bayern, dem Russland so viel zu verdanken hatte. Er wollte nicht, dass der Husar ihn in diesem Zustand sah.

»Scham?«, fragte Uljan.

»Rückenschmerzen«, log Ivar und blieb geduckt sitzen.

Geromir brachte sein Pferd neben Vida zum Stehen und betrachtete Ivar, wie man einen Baum betrachtet, der schief gewachsen ist.

»So sieht also ein Rebell aus«, sagte er.

»Nein, so sieht ein Mann aus, der sich vom Zaren nichts sagen lässt«, erwiderte Ivar.

»Ich habe kein gutes Gefühl«, stellte Solomon fest und schaute sich um.

»Du bist ein weiser Mann«, sagte Ivar. »Ihr seid von allen Seiten umzingelt und jeden Moment wird sich die Schlinge zuziehen, wenn ihr mich nicht gehen lasst. Euer Anführer wollte auf mein Angebot nicht eingehen, aber vielleicht---«

»Umzingelt?«, unterbrach ihn Geromir und schaute in die Baumwipfel, konnte aber niemanden entdecken.

Ein ratschendes Geräusch ließ sie alle zusammenschrecken und Geromir wäre beinahe in Deckung gesprungen. Aber es war nur das Fenster hinter dem Kutschbock, das Asha mit einem Ruck aufgeschoben hatte.

»Es fühlt sich nicht an, als wären wir in Sankt Petersburg angekommen«, sagte sie.

Bei Ashas Anblick bekam Ivar leuchtende Augen und richtete sich auf, um nicht wie eine Maus dazusitzen. Ein wenig war es, als würde er sie wegen ihres geschorenen Kopfes unbekleidet sehen – Ashas Gesicht war so eigen und fein, dass er nichts tun wollte, als seine Hände um ihre Wangen zu legen. Dann tauchte neben ihr Riva in dem Fenster auf und Ivar war restlos verloren. Trotz des feuerroten Haars und obwohl sie ihn verachtungsvoll betrachtete, brachte ihr Anblick sein Blut maßlos in Wallung. Ivar mochte Frauen mit Biss und bereute es sehr, seit zwanzig Jahren mit seiner Dunja verheiratet zu sein, die genug Biss für sechs Weiber besaß. An Asha und Riva vorbei entdeckte Ivar dann die dritte Frau. Eka lag schlafend auf der Rückbank, ihre Wange ruhte auf einer silbernen Hand und das dunkle Haar umfloss ihren Kopf. Ivar wusste, was auch immer hier geschah, für diese drei Frauen lohnte es sich, einen langen Krieg gegen Uljan und seine Männer anzuzetteln.

»Schau woandershin«, fuhr Riva den Rebellen an.

Ivar schaute wieder nach vorne, während Uljan die Situation für die Schwestern zusammenfasste und ihnen sein Vorhaben erläuterte. Asha und Riva waren nicht begeistert.

»Du willst fliehen?«, fragte Asha ungläubig.

»Weißt du wirklich, was du tust?«, fragte Riva.

»Ich denke nicht daran, einen Kampf herauszufordern«, gab Uljan zu. »In diesem Wald sind mehr als zwei Dutzend Rebellen. Wir können froh sein, dass sie ihren Hauptmann so schätzen, sonst wären wir schon längst tot.«

»Es sind keine zwei Dutzend«, korrigierte ihn Ivar. »Es sind achtzig Männer.«

»Ihr hört es«, sprach Uljan weiter. »Achtzig Männer sind es und sie werden alles tun, um euch Frauen als Beute nach Hause zu bringen. Da ich eure Leben schätze und sehr an meinem Leben hänge, könnt ihr davon ausgehen, dass ich ganz genau weiß, was ich hier tue. Uns bleiben nur die Flucht und eine Prise Hoffnung, unbeschadet aus diesem Wald herauszukommen.«

»Mit diesem Rebellen hier als Pfand?«, fragte Asha skeptisch.

»Ich war einst ein Armeegeneral«, sagte Ivar.

»Und jetzt sieh dich an, was aus dir geworden ist«, sagte Riva.

Sie wandten sich alle Ivar zu, der einige Erwiderungen auf der Zunge hatte, dann aber nur mit den Schultern zuckte, weil es ihm schwerfiel, sich mit einer Frau wie Riva anzulegen.

»Er hat Angst vor dir«, stellte Asha fest.

»Gut so«, sagte Riva, »er hat vor, uns zu entführen, da sollte er wissen, mit wem er sich anlegt.«

»Ich sehe einen«, meldete sich Vida und zeigte in die Baumkronen. Der Rebell saß mit dem Rücken gegen einen Ast gelehnt auf einem Baum und dachte, er sei unsichtbar. Er hatte den Bogen gespannt und zuckte zusammen, als Vida auf ihn zeigte. Vor Schreck verschoss er seinen Pfeil und wäre beinahe vom Baum gestürzt. Er verzog sich in die Baumkrone und wunderte sich, was das nur für ein Leben war – in Bäumen hocken und Rebell spielen.

Die zwei Schwestern sahen die Situation langsam in einem anderen Licht.

»Wir hören auf dich, Generalleutnant«, lenkte Asha ein.

Uljan bedankte sich und bat die Schwestern, das Fenster und die Vorhänge zu schließen. Die Schwestern dachten nicht daran, so wie Vida auch nicht daran dachte, sich in die Kutsche zu setzen.

»Sei vernünftig«, bat sie Uljan. »Es wird ruppig werden, und wenn ein Pfeil dein Pferd zu Fall bringt …«

Er sprach nicht zu Ende, denn Vida sah zu ihrem Vater und ihr Vater sagte, es sei alleine ihre Entscheidung. Daraufhin tätschelte Vida den Hals ihres Hengstes und beschloss, dass sie Rai nicht alleine lassen würde. Uljan seufzte und wandte sich an Ivar.

»Siehst du, wie schwer die Frauen uns das Leben machen?«

»Ich nehme dir gerne die Last ab.«

Der Generalleutnant und der Armeegeneral lachten, das Lachen hielt nicht lange an.

»Reden wir Tacheles«, sagte Uljan. »Jetzt haben wir zusammen gelacht und jetzt wissen deine Männer, dass du in guten Händen bist. Vielleicht denken sie, du hast einen Plan und willst uns überlisten. Lassen wir sie glauben, was sie wollen. Wohin führen die zwei Pfade da vorne?«

»Der rechte Pfad führt in unsere Siedlung.«

»Da will ich nicht hin.«

»Schade, wir haben Wein und guten Käse.«

»Und der andere Pfad, Ivar?«

»Er endet in einer Sackgasse.«

»Was für eine Sackgasse?«

»Ein Abgrund.«

»Wir könnten wenden und den Wald umreiten«, schlug Solomon vor.

Ivar schüttelte den Kopf.

»Könnt ihr nicht«, sagte er.

Solomon und Uljan schauten nach hinten. Da saß Lenko auf dem Karren und zwanzig Meter dahinter lag ein zweiter Baumstamm auf dem Pfad und versperrte ihnen den Rückweg.

»He, Leute, was passiert da vorne?«, rief Lenko erneut.

»Hast du eigentlich schon gesehen, dass hinter dir ein Baumstamm liegt?«, rief Solomon zurück.

Lenko drehte sich und hatte keine Ahnung, wie das möglich war. Er stieg von dem Karren und versuchte, den Baumstamm zu verschieben. Es war vergeblich.

»Uns bleibt keine Wahl«, sagte Uljan. »Wir nehmen den linken Pfad.«

Ivar dachte, sich verhört zu haben.

»Bist du noch bei Sinnen?«, fragte er. »Hast du nicht gehört, was ich eben gesagt habe?«

»Ich habe dich gehört.«

»Der linke Pfad ist eine Sackgasse, Uljan, er führt auf einen Abgrund zu. Du willst doch---«

»Verzeih, Kamerad«, unterbrach ihn Uljan, »aber ich glaube dir nicht.«

Ivar wurde rot im Gesicht.

»Was ist, wenn er die Wahrheit sagt?«, fragte Solomon.

Uljan zeigte in Richtung Westen.

»Wenn wir den rechten Pfad nehmen und in die Siedlung reiten, kommen wir nie wieder lebend aus diesem Wald heraus. Sie werden Fallgruben gelegt haben und vorbereitet sein. Ivar war nicht umsonst ein Armeegeneral. Er ist ein geborener Taktiker und so mancher Taktiker wird zum Lügner, wenn etwas Großes auf dem Spiel steht.«

»Ich lüge nicht«, sagte Ivar beleidigt.

»Ein wenig klingst du jetzt schon wie ein Lügner«, warf Vida ein.

»Ach, Mensch, ich lüge nicht, verdammt noch mal!«, empörte sich Ivar. »Ich will bloß nicht mit euch Idioten in diesen Abgrund stürzen, ist das so schwer zu verstehen?!«

Solomon sah auf den gefällten Baum, der ihnen den Weg nach vorne versperrte. Dann sah er von dem linken zum rechten Pfad und entschied sich, keinem Lügner zu trauen.

»Lass uns den linken Pfad nehmen«, sagte er.

»Mutter Gottes, rette uns«, sagte Ivar und hätte sich bekreuzigt, wenn ihm die Hände nicht auf den Rücken gefesselt gewesen wären.

Das Rotkehlchen schien nur auf diese Entscheidung gewartet zu haben. Es flog von Rais Kopf auf und verschwand den linken Pfad hinunter. Vida nahm das als ein gutes Zeichen. Solomon ruckte an den Zügeln und die Kutsche setzte sich in Bewegung.

»Und wenn der Pfad wirklich an einem Abgrund endet?«, fragte Geromir.

»Dann springen wir drüber«, antwortete ihm Vida und gab Rai die Zügel frei.

Sie kamen keine zehn Meter weit, ehe der erste Pfeil in das Holz des Kutschbocks einschlug. Dieser Pfeil war das Startzeichen – Solomon richtete sich auf und schwang die Peitsche, die Pferde waren wie aus dem Schlaf gerissen und stoben panisch los. Auch Lenko peitschte seine Gäule an, sodass sich der Lastkarren stöhnend und ächzend in Bewegung setzte. Einer nach dem anderen bogen sie in den linken Pfad ein. Auf den nächsten zweihundert Metern spickten unzählige Pfeile die Kutsche, aber es war eindeutig, dass die Rebellen es nicht wagten, den Reisenden Schaden zuzufügen, solange ihr Anführer auf dem Kutschbock saß.

»Bleib nahe an uns dran«, rief Solomon seiner Tochter zu.

Vida lag auf dem Rücken ihres Hengstes und genoss das Abenteuer. Auch wenn ihr Herz sich bei der Vorstellung verkrampfte, dass ein Pfeil Rai treffen könnte, glaubte sie nicht wirklich, dass dass möglich war. *So leicht sterben Pferde von Kriegerinnen nicht,* dachte sie und warf einen Blick nach rechts. Sie sah an Geromir vorbei durch das Kutschenfenster ihre Tanten, die sich an den

Griffen festhielten und durchgeschüttelt wurden. Nur Eka lag weiterhin auf der Bank und schlief unbeeindruckt. Vida riss sich von dem Anblick los, als Uljan einen lauten Jubelschrei ausstieß. Der Generalleutnant zeigte nach vorne, wo der Pfad nicht an einem Abgrund endete, sondern sich nach einer sonnenbeschienenen Lichtung im Wald fortsetzte.

»Ich wusste es doch!«, rief Uljan. »Ein Fuchs bleibt immer ein Fuchs.«

Hätte Generalleutnant Uljan in dem Moment nach hinten geschaut, wäre ihm Ashas verwirrtes Gesicht aufgefallen. Sie klammerte sich an den Fensterrahmen und bemerkte etwas, was dem Generalleutnant nicht aufgefallen war. Trotz der ruppigen Fahrt sah sie, dass die Perspektive falsch war – der Wald hinter der Anhöhe lag zu hoch. Es wirkte, als würde er schweben. Asha verstand nicht, wie das möglich war, sie dachte keinen Moment lang an eine optische Täuschung. Woher sollte sie auch wissen, dass sich zwischen dem Abhang und dem Waldstück dahinter gute fünfzig Meter Luftraum befanden. Vor Jahrhunderten hatte ein Erdbeben den Wald gespalten und eine Schlucht zurückgelassen, durch die sich ein Fluss schlängelte. Da die Pferde keine Ahnung von optischen Täuschungen hatten, ließen auch sie sich blenden und preschten munter den Pfad hinunter.

Ivar saß recht nervös auf dem Kutschbock und wunderte sich, warum ein so kluger Mann wie Uljan nicht auf ihn hörte. Die Schlucht hatte schon so manches verirrte Tier das Leben gekostet. Zweimal im Jahr trieben die Rebellen zur Balz Rudel von Wildschweinen über die Lichtung auf den Abhang zu, um dann später in aller Ruhe die toten Tiere aus der Schlucht aufzusammeln. Niemand konnte den dreihundert Meter tiefen Sturz überleben. Ivar wusste, es war an der Zeit, dass er sich selbst rettete.

Er sah nach links, wo Uljan sich am Rand der Kutsche festklammerte, er sah nach rechts, wo Solomon stand und die Pferde lenkte. Beide Männer waren auf den Waldpfad konzentriert, keiner von ihnen beachtete den Anführer der Rebellen, der zwar noch immer gefesselt war, doch das nahm er in Kauf.

Ivar kam flink auf die Beine und sprang an Uljan vorbei von der fahrenden Kutsche. Beinahe wäre er dabei unter die Hufe von Geromirs Pferd geraten, der das Leben des Rebellen rettete, indem er sein Tier nach links zog. Ivar schlug hart auf dem Boden auf und rollte in die Büsche. Er zerkratzte sich nicht nur das Gesicht, er brach sich zusätzlich die Nase und hätte beinahe noch ein Ohr an einem vorstehenden Ast verloren. Als er zum Liegen kam, erreichten die Pferde den Rand der Schlucht.

Jetzt sahen Solomon und Uljan, was vor ihnen lag, und sie schrien zugleich los. Riva und Asha bekamen große Augen, als sie den Schrei hörten. Dann begannen die Pferde über den Rand der Schlucht hinweg zu verschwinden und die Kutsche flog hinterher.

Asha dachte: *Ich wusste, da stimmt was nicht.*

Riva dachte: *Wieso ist Eka noch nicht wach?*

Auch Geromir und Vida ritten schnurgerade auf den Abgrund zu und plötzlich waren sie allesamt in der Luft und die Zeit schien für einen Moment zu erstarren, als hätte eine der Schwestern sie eingefroren, dann stürzten sie alle in die Schlucht.

Nur Husar Lenko blieb von dem Schicksal verschont.

Da Lenko mit der Last des Karrens erheblich langsamer vorankam als die anderen, gelang es ihm mit viel Rufen und Zerren an den Zügeln, die Pferde vor der Schlucht zum Halten zu bringen. Er sprang vom Karren und trat vorsichtig an den Rand. In der Tiefe sah er die Felsen und das schmale Band des Flusses, aber er suchte vergeblich nach den Überresten der Kutsche.

Vielleicht sind sie pulverisiert worden, dachte Lenko und sein Herz wurde schwer. Nach all dem Herumirren in seinem Leben hatte er das erste Mal nach langer Zeit das Gefühl gehabt, wieder er selbst zu sein. Er verdankte es Vidas Beharrlichkeit und ihren klaren Fragen, die kein Ausweichen zuließen. Und wie er dort stand und in die Tiefe schaute, bemerkte er eine Bewegung in der Luft.

Wenige Meter vom Husaren entfernt schwebte ein abgeschnittener Pferdeschweif und wurde vom Aufwind ergriffen, der die langen schwarzen Haare auffächerte und dann in die Schlucht hinunterzog. Lenko konnte jede Strähne deutlich erkennen und verstand dennoch nicht wirklich, was er da sah.

Er rieb sich die Augen und schaute zur gegenüberliegenden Seite der Schlucht, als wäre es der Kutsche, den Pferden und ihren Reitern vielleicht gelungen, den Sprung von fünfzig Metern zu schaffen.

Aber dort war natürlich niemand zu sehen.

Ein Meckern ließ den Husaren zusammenschrecken.

Einige Armlängen entfernt hing ein flatternder, nervöser Farbfleck in der Luft, der ihn ankeifte, als hätte der Husar die Hand nach seinem Nistplatz ausgestreckt. Lenko ignorierte das Rotkehlchen und sah wieder in die Schlucht. Was auch immer hier geschehen war, sie waren alle verschwunden und hatten ihn in diesem verfluchten Wald zurückgelassen. Seine Seele wurde schwer. Sein Mund bewegte sich und stellte eine leise Frage:

»Mademoiselle?«

5

Wenn wir jetzt einen kleinen Schritt in der Zeit zurückgehen, können wir sehen, dass Eka nicht wirklich geschlafen hat. Niemand schläft in solch einem Chaos.

Eka ist unterwegs gewesen.

Sie hat die Umgebung in der Gestalt eines Adlers erkundet und auf diese Weise lange vor den anderen den gewaltigen Wald in der Ferne entdeckt. Er erstreckte sich über eine Fläche von zehntausend Hektar und erinnerte an eine grüne Pfütze inmitten der kargen Landschaft. Eka wechselte in den Körper eines Rotkehlchens, da ein Adler für zu viel Unruhe im Wald gesorgt hätte. Außerdem gefielen ihr die Leichtigkeit und unbändige Energie des kleinen Vogels sehr. Sie folgte dieser Energie und tauchte kopfüber in das dichte Grün ein. Übermütig jagte sie von einer Lichtung zur anderen, sodass sie für eine Weile völlig vergaß, was sie hier eigentlich tat.

Bis sie auf die Siedlung der Rebellen traf.

Eka landete auf einem der Dächer und belauschte zwei Frauen, die vor einem der Häuser saßen und Hühner rupften. Sie erfuhr von dem geplanten Hinterhalt der Rebellen und den Fallen, die den Reisenden vor dem Ortseingang gelegt worden waren, sollte der Anschlag misslingen.

Eka zögerte nicht und flog zurück, doch als sie ihre Mitreisenden erreichte, saß der Anführer der Rebellen längst gefesselt zwischen Solomon und Uljan auf dem Kutschbock. Eka ließ sich auf Rais Kopf nieder und war erleichtert. Hätte Uljan den Pfad zur Siedlung der Rebellen gewählt, hätte sie eingegriffen, so aber flog sie der Kutsche voraus, als Solomon die Pferde auf den linken Pfad lenkte. Ihre Erleichterung hielt nicht lange an, als sie nach einem halben Kilometer über den Abgrund hinwegsegelte, der sich scheinbar aus dem Nichts im Boden geöffnet hatte. Eka drehte sich im Flug um und schrie und warnte, aber selbst wenn Solomon das aufgeregte Rotkehlchen gehört hätte, hätte es bei der Geschwindigkeit für ihn keine Möglichkeit gegeben, die Kutsche anzuhalten.

Sie rasten in den Abgrund, und Eka tat, was sie sich und ihren Schwestern über Jahrmillionen verboten hatte. Ein Gedanke reichte aus und das Portal öffnete sich in der Luft. Die Pferde verschwanden als Erste darin. Die Kutsche, Vida und Geromir folgten, wobei Geromirs Gaul zu sehr nach links auswich und sein Schweif vom Rand des Portals gekappt wurde.

Auf diese Weise verschwanden sie alle ohne einen Laut aus dem Wald.

Alle außer Lenko.

Eka sah, wie er den Karren zum Stehen brachte, absprang und zum Rand der Schlucht rannte. Sie konnte die Gefahr spüren, die den Husaren umgab. Sie rief ihm zu, er sollte sich verstecken, doch sie war nur ein Rotkehlchen, das die Luft ankeifte. Lenko ignorierte sie und starrte in den Abgrund, und wie er da so stand, konnte Eka beobachten, was für eine Trauer und Einsamkeit den Husaren befiel. Er fühlte sich von allen verlassen. Ein Knacken war hinter ihm zu hören. Lenko wandte sich um und konnte in seiner Abwehr nicht einmal eine Hand heben – der Pfeil traf ihn mitten ins Herz und die Wucht hob den Husaren einige Zentimeter vom Boden hoch, dann sank er am Rand der Schlucht nieder und tat seinen letzten Atemzug.

6

Die Rebellen blieben gute zwanzig Meter von der Schlucht entfernt stehen. Sie atmeten schwer und waren mies gelaunt. Sie hatten beobachtet, wie die Reisenden mitsamt der Kutsche in die Schlucht gestürzt waren, und die Enttäuschung ließ einige von ihnen aus Verzweiflung die Waffen auf den Waldboden werfen. Sie waren es nicht gewöhnt, ihrer Beute hinterherlaufen zu müssen, so wie sie es auch nicht gewöhnt waren, ihren Anführer als Geisel zu sehen. Allesamt gingen sie davon aus, Ivar wäre mit den Reisenden in die Schlucht gestürzt, sodass sie zusammenschreckten, als sich ihr Armeegeneral plötzlich aus den Büschen aufrappelte und angehumpelt kam. Das Blut lief ihm aus der gebrochenen Nase und er sah aus, als hätten die Reisenden ihn den gesamten Pfad hinter sich hergeschleift.

»Was starrt ihr so?«, wollte er wissen.

»Wir dachten, du seist tot«, sagte einer der Rebellen.

»Sehe ich aus wie einer, der einfach so stirbt?«

»Du siehst schön mitgenommen aus«, sagte ein anderer Rebell.

»Ich bin ja auch gefesselt von einer Kutsche gesprungen. Worauf wartet ihr, befreit mich endlich!«

Kasimir schnitt seinem Vater die Fesseln durch, danach wischte sich Ivar das Blut aus dem Gesicht und stellte sich an den Rand der Schlucht. Er betrachtete Lenkos Leichnam, der mit offenen Augen zum Himmel hochschaute.

»Armer Husar«, sagte er und beugte sich vor, um dem Husaren die Augen zu schließen. Und wie er da über dem Toten hockte, fiel ihm auf, dass Lenko unbewaffnet war. Die Wut stieg in Ivar hoch. Er drehte sich um und betrachtete seine Männer, die verloren auf dem Waldpfad standen und nicht wussten, was sie mit sich anfangen sollten, jetzt, wo die Jagd beendet war. Ivar zeigte auf den toten Husaren.

»Wessen Pfeil ist das?«, fragte er.
Kasimir trat vor.
»Deiner?«, fragte Ivar erstaunt.
»Ja, meiner.«
»Hat dich der Husar angegriffen?«
»Nein, Vater.«
»War er bewaffnet?«
»Ich … Nein.«
»Und wieso steckt dann ein Pfeil in seiner Brust?«
»Weil er sonst geflohen wäre.«
Ivar sah vom toten Husaren zu seinem Sohn.
»Der Mann stand vor einem Abgrund, du Idiot!«
»Und?«
»Wohin sollte er deiner Meinung nach fliehen?«
Darauf hatte Kasimir keine Antwort, also zuckte er bloß mit den Schultern. Er hatte längst schon begriffen, dass ihm ein Fehler unterlaufen war, und da half es auch wenig, dass es ein absichtlicher Fehler gewesen war. Bis zu diesem Tag hatte Kasimir im Schatten seinen Vaters gestanden und gehofft, mit dieser kleinen gemeinen Tat ein wenig ins Licht zu rücken. Kaum stand er aber im Licht, wollte er wieder in die Schatten zurückkehren. Die Männer um ihn herum wichen zur Seite, als Ivar auf seinen Sohn zukam. Er schlug ihm auf das Ohr, wie man es bei einem ungehorsamen Kind tat, das sich dem Willen der Eltern widersetzt hatte.
»Warum, Junge?«
Kasimir spuckte aus. Er hasste es, vor den Männern bloßgestellt zu werden.
»Weil mir danach war«, sagte er.
»Was?!«
Ivar wurde vor Wut kalkweiß im Gesicht und begann auf seinen Sohn einzuprügeln, der sich aber von seinem Vater nicht mehr verprügeln lassen wollte und zurückzuschlagen begann.

Die Rebellen scharten sich um die zwei Männer. Keiner von ihnen kam auch nur auf den Gedanken, in die Schlucht hinabzuschauen. Die Reisenden waren vergessen. Deswegen kam es als eine recht große Überraschung für sie alle, als inmitten der Prügelei eine Stimme sagte:

»Könnten die Herren sich beruhigen.«

Achtzig Männer erstarrten, achtzig Männer wandten sich dem Abgrund zu. Es war nicht der tote Husar, der gesprochen hatte. Es war eine Frau, die vor ihnen stand, als hätte sie dort schon eine Weile gestanden und nur darauf gewartet, dass ihr die Rebellen ihre ungeteilte Aufmerksamkeit widmeten. An ihrer Seite befand sich eine Gestalt, die nur sehr schwer als eine Frau bezeichnet werden konnte.

»Wer seid Ihr?«, fragte Ivar.

»Ihr seid nicht aus der Kutsche«, sagte Kasimir und hielt sich dabei sein Ohr.

»Nein, Ihr seid nicht aus der Kutsche«, stimmte ihm einer der Rebellen zu, der die Reisenden seit dem Betreten des Waldes beobachtet hatte.

»Also, wer seid Ihr?«, fragte Ivar nach.

Die eine Frau hob ihre Hand und hielt sie über ihre Stirn, um sich vor dem gleißenden Sonnenschein zu schützen. Sie trug ein grünes Kleid, das ihre Füße bedeckte und die linke Brust entblößte. Ihr Gesicht war wie aus poliertem Alabaster und die Augen eine mondlose Nacht, kurz bevor der Morgen anbricht. Die Blicke der Rebellen wanderten von der Brust zu ihrem Gesicht und wieder zurück zur Brust. Sie wussten nicht, was sie mehr faszinierte. Hingegen beachtete keiner die zweite Frau, die klatschnass war und an eine Bettlerin erinnerte, die eben aus der Gosse gekrochen war. Um ihre Füße waren Lumpen gewickelt, sie trug mehrere Lagen verschlissener Kleider übereinander und war so verdreckt, dass die Rebellen ihren bitteren Geruch selbst auf die Entfernung hin riechen konnten. Das Haar hing ihr in öligen Strähnen ins Gesicht, ein Auge war blind, das andere blutunterlaufen und entzündet. Es war an dem verlebten Gesicht schwer zu schätzen, wie alt die Frau war. Vielleicht vierzig, vielleicht siebzig. Doch wie gesagt, keiner der Rebellen schenkte ihr Beachtung. Sie alle hatten nur Augen für die Schönheit mit der entblößten Brust. Sie alle wollten sich vor ihren Füßen niederlegen.

»Ihr habt gefragt, wer ich bin? Ich bin eure Göttin«, antwortete ihnen Solea. »Und wie euch sicher aufgefallen ist, blendet mich die Sonne ein wenig. Außerdem ...«

Sie warf einen Blick über ihre Schulter und streckte dabei den Hals, sodass die Rebellen im Chor aufseufzten.

»... ist der Abgrund recht gefährlich. Ein paar Bäume wären hier passend, damit die Tiere nicht unsinnig hinabstürzen. Und wenn ich so darüber nachdenke, würden mir Linden gut gefallen. Tut was dafür.«

Keiner der Rebellen verstand, was er dafür tun sollte, aber die Entscheidung war ihnen längst abgenommen worden. Es war kein Wunsch, den die Göttin ausgesprochen hatte, es war ein Befehl. Von einem Moment zum anderen konnten sich die achtzig Männer nicht mehr rühren. Sie schauten auf ihre Stiefel hinab und spürten das Brennen und Ziehen und dann kam der Schmerz – als würden ihre Sohlen aufreißen und ihre Seele durch die Füße in den Erdboden entfliehen.

»So fühlt es sich an, wenn ein Mensch Wurzeln schlägt«, sagte die Göttin.

Die Rebellen durchfuhr ein Zittern, sie legten die Köpfe in den Nacken und öffneten ihre Münder, um nach Hilfe zu schreien, doch nur ein Rascheln entwich ihren Kehlen und diesem Rascheln folgten grüne Triebe, die aus ihrem Inneren emporwuchsen und die Körper der Rebellen zu strecken und zu recken begannen. Ihre Kleidung riss, ihre Arme öffneten sich und die Haut wurde zu Rinde. Sie wuchsen, sie wuchsen schnell. Nach zwei

Minuten konnte die Göttin ihre Hand herunternehmen, da die Sonne angenehm gefiltert durch das frische grüne Laub hindurchschien.

»So ist es besser«, sagte die Göttin.

Ein Lindenwald ragte in den Tag empor, seine Wipfel wiegten sich sanft im Wind und von den Ästen hingen Kleidungsstücke, die wie Gebetsfahnen flatterten. Solea fühlte sich an die Zeit erinnert, in der es noch kein Asien gab, in der die Welt nicht in Kontinente aufgeteilt war und einen Zusammenhang hatte.

Eine Welt, wo auch wir Schwestern eins waren, dachte sie und wollte sich eben abwenden, da bemerkte sie, dass nicht alle Rebellen sich verwandelt hatten.

Zwischen den Linden stand zitternd ein Junge von vierzehn Jahren. Er war noch kein Mann, er besaß nicht einmal einen Flaum in seinem Gesicht und statt einer Waffe hielt er einen Stock in der Hand. Die Göttin lachte.

»Wen haben wir da?«, fragte sie. »Etwa jemanden ohne einen Funken Bosheit in seinem Blut?«

Der Junge wusste nicht, wovon sie sprach. Er starrte die Göttin an, ohne ihre Schönheit zu sehen. Was er sah, war ein dunkler Fleck an einem strahlenden Frühlingstag. Und was er hörte, war nicht die Stimme einer Frau, es war das Scharren einer schwarzen Ewigkeit, die ihn auf der Stelle zermalmen konnte, wenn ihr danach war.

»Zu wem gehörst du?«, fragte die Göttin.

Der Junge hob eine zitternde Hand und zeigte auf eine der Linden.

»Möchtest du sein wie dein Vater?«

Der Junge schüttelte den Kopf, seine Zähne schlugen klappernd aufeinander, er wollte davonrennen und konnte sich nicht rühren.

»Wende dich ab und geh«, sagte Solea. »Aber von heute an sei vorbereitet und erwarte mich jeden Tag, denn das Böse wird bald schon Einlass in deine Seele finden, und wenn es ihn gefunden hat, werde ich zu dir kommen und dich neben deinen Vater pflanzen.«

Die Göttin winkte den Jungen fort und wandte sich der verwahrlosten Frau zu. Drei Jahre waren seit ihrem letzten Zusammentreffen vergangen und die Göttin stellte mit Zufriedenheit fest, dass jeder Tag für die Kraljica eine Qual gewesen war. Sie hatte das Damenhafte abgelegt und existierte nur noch am Rand eines elendigen Daseins, wie es ihr die Göttin prophezeit hatte, sollte sie das Mädchen nicht finden.

So viel war geschehen seit dem Tag, an dem das Schicksal die Herrschaften auf das Mädchen treffen ließ. Die Kraljica hatte zwar das Dorf zerstört, aber Vida nicht aufgespürt. Sie war ihres Amtes enthoben und auf die Straße gejagt worden. Auch ihre Kräfte besaß sie nicht mehr, sodass sie vollkommen wehrlos in der Stadt dahinvegetierte, die sie einst regiert hatte. Sie war die personifizierte Verachtung und die Herrschaften spuckten verächtlich auf sie herab, als würden sie ihr diese Emotion zurückzahlen wollen. Selbst von den niedrigsten Zegechem wurde sie schikaniert, und die Jahre in der Gosse begannen sich in ihrem Gesicht abzuzeichnen. Krankheiten plagten sie, Fieber schüttelte ihren Körper, sie verlor ihr linkes Auge und ihre Würde dazu. Ihr Körper war narbig und ihre schwarze Seele stand kurz vor dem Verlöschen.

Drei Jahre lang, und dann war heute die Göttin nach Tavolski Most zurückgekehrt. Sie fand die Kraljica an eine Hausmauer gelehnt, eine Hand zum Betteln ausgestreckt, eine Hand über den Augen, um ihre Scham zu verbergen. Die Göttin roch den Gestank von ungewaschener Haut und Urin. Sie ließ eine Magd nach draußen treten, damit sie einen Eimer Wasser über ihrer gestürzten Schöpfung auskippte. Die Kraljica schrak mit einem Schrei auf und verscheuchte dabei zwei Ratten, die sich unter ihrer Kleidung verkrochen hatten. Als sie aufblickte, stand die Göttin vor ihr. Es war für sie, wie aus einem langen, trostlosen Traum zu erwachen. Die Göttin ließ die Kraljica wissen, wofür sie gebraucht wurde, dann wandte sie sich ab und trat durch ein Portal. Die Kraljica zögerte nicht und rannte ihr sofort hinterher. Im nächsten Moment befand sie sich tausendsechshundert Kilometer entfernt am Rande einer Schlucht und wurde Zeugin, als die Göttin mit einem einfachen Befehl achtzig Männer in einen Lindenwald verwandelte. Jetzt stand die Kraljica am Abgrund und erkannte mit Mühe den zerklüfteten Boden der Schlucht, der von einem schmalen Flussband durchzogen wurde.

»Ich kann sie da unten nicht sehen«, sagte sie.

Die Göttin seufzte.

»Wie dumm du bist«, sagte sie. »Dachtest du wirklich, meine Schwestern stürzen in eine Schlucht und ich komme, um ihre Knochen herauszupicken?«

»Aber du hast gesagt---«

»Dass sie hier sind, und das sind sie noch immer.«

Die Göttin ließ einen Apfel in ihrer Hand entstehen und warf ihn über die Schlucht. Die Kraljica sah, wie der Apfel mitten in der Luft verschwand.

»Meine Schwestern sind nur einen Atemzug von uns entfernt«, sprach die Göttin weiter. »Sie müssen in großer Not gewesen sein, wenn sie so unachtsam waren, ihre Kräfte anzuwenden. Aber sie werden für diese Unachtsamkeit bezahlen, lass dir das gesagt sein. Ich habe lange auf diesen Tag gewartet, Adiana, endlich weiß ich, wo sie sich aufhalten. Du wirst zu ihnen gehen und beenden, was du vor drei Jahren verbrochen hast. Danach werden wir sehen, ob du mir noch nützlich sein kannst. Betrachte es als eine Gnade. Aber ...«

Sie maß die Kraljica mit ihren Blicken.

»... in deinem erbärmlichen Zustand kann ich dich ihnen nicht hinterherschicken. Du hast dich gehen lassen, meine Gute. Jede

Strafe sollte mit Würde ertragen werden. Sieh dich an, so nützt du mir nichts.«

Die Göttin machte eine Handbewegung und der Körper der Kraljica sank in sich zusammen, als hätte jemand bei einer Marionette alle Schnüre gekappt. Im selben Moment schnappte der tote Husar nach Luft und setzte sich auf. Er hustete und würgte. Blut stieg aus seinen Lungen auf und lief ihm aus dem Mund, er wischte es mit dem Jackenärmel weg.

»Wie ist es, ein Toter zu sein?«, fragte die Göttin.

»Widerlich«, antwortete die Kraljica mit der Stimme des Husaren und sah an sich hinab. »Wer bin ich?«

»Der Körper hat einem Husaren namens Lenko von Bornstein gehört. Meine Schwestern haben diesem Mann vertraut, so wird es dir ein Leichtes sein, sie zu täuschen. In seiner Erinnerung findest du alles, was du über ihn wissen musst. Du kannst dir denken, was ich von dir verlange. Ich will die Seele des Mädchens und nichts als ihre Seele, alles andere ist nicht akzeptabel, denn ihr Tod bringt mir nichts, weil er die Zukunft unberührt lässt. Hast du verstanden, was ich von dir erwarte?«

Die Kraljica nickte und kam auf die Beine, die Göttin las unverhohlen in ihren Gedanken.

»Der Wächter muss dich nicht kümmern«, sagte sie. »Ich gebe dir deine Kräfte zurück. Geh und finde das Mädchen, erfülle die Verdammung und zeig mir, dass du den Wert eines Wächters übertrumpfen kannst. Bring mir ihre Seele, und du kannst nach Tavolski Most zurückkehren, um deinen Platz als Kraljica wieder einzunehmen. Versage und das Leid wird nie wieder von deiner Seite weichen.«

Die Kraljica sank auf die Knie und küsste den Boden zu Füßen der Göttin.

»Danke, Gottmutter, danke.«

Die Dienerin schaute zu ihrer Herrin auf, die Herrin legte ihr die Hand auf den Kopf.

»Du fragst dich, wieso ich ihnen nicht selber folge?«

»Nein, ich---«

Die Hand der Göttin krallte sich in das kurze Haar des Husaren.

»Ich sehe selbst die Gedanken, die du nicht zu denken wagst, Adiana, also spiel nicht mit mir. Du denkst, ich fürchte meine Schwestern. Genau da täuscht du dich. Ich liebe sie, das ist die Wahrheit. Aber möchtest du sehen, was geschehen ist, als ich ihnen einmal persönlich gefolgt bin?«

Die Kraljica wollte den Kopf schütteln, aber es war zu spät. Sie bekam zu sehen und zu spüren, was der Göttin vor langer Zeit widerfahren war. Es war mehr Schmerz, als sie in Lenkos totem Körper ertragen konnte. Ein Schrei entwich ihr, die Göttin zog ihre Hand zurück und die Verbindung brach ab.

»Wie du gesehen hast, kommt die Gefahr nicht von meinen Schwestern allein«, sprach die Göttin weiter. »Die Gefahr geht auch von dem Mann an ihrer Seite aus. Ich habe dich schon einmal vor Solomon gewarnt. Bleib dem Vater des Kindes fern, er ist nicht der, der er zu sein scheint. Kümmer dich nur um das Mädchen, mehr verlange ich nicht von dir. Und solltest du denken, du wärst meinen Schwestern gleich, nur weil du als meine Schöpfung auf diese Welt gekommen bist, dann überschätzt du dich, Adiana. Dem Wächter ist derselbe Fehler unterlaufen und jetzt ist er unauffindbar. Zeige Demut.«

Mit diesen Worten ließ die Göttin die alten Kräfte der Kraljica zurückfließen. Der Körper des Husaren krümmte sich unter der Gewalt, während sich die Dunkelheit in seinem Inneren ausbreitete.

»Und jetzt«, sagte die Göttin, »steh auf und zeig mir, wie gut du springen kannst.«

Die Kraljica richtete sich auf und bewegte die Arme und Beine des Toten, um sich an seinen Körper zu gewöhnen, dann zog sie den Pfeil aus der Brust und trat vom Abgrund zurück, bis sie unter den Linden stand.

»Lauf!«

Die Kraljica lief los, sie pumpte mit den Armen und spürte die Muskeln des Toten erwachen. Dann erreichte sie den Rand des Abgrunds und stieß sich ab.

Und flog und flog und verschwand.

DAS MÄDCHEN, DAS ERWARTET WURDE

I

Der alte Gärtner stand neben dem jungen Soldaten und es fühlte sich an wie Abschied. Sie teilten sich eine selbst gedrehte Zigarette, die der Gärtner immer mit einem süßen Kraut verschnitt, das dem Soldaten besonders gut schmeckte. Sie sprachen über das Wetter und den übermäßig warmen Frühling, sie schauten eine Weile in die Wolken und wunderten sich, wie der Sommer wohl werden würde. Dabei gesellte der Tod sich zu ihnen und wartete, dass sie ihn bemerkten.

»Märzenschnee und Jungfernpracht dauern oft kaum über Nacht«, sagte der Gärtner.

Der Soldat lächelte über die Bauernweisheit.

»Wenn meine Katjuscha das hört«, sagte er, »wird sie mir den Umgang mit dir verbieten.«

Der Gärtner hob überrascht die Augenbrauen.

»Habe ich da was falsch verstanden? Deine Katjuscha ist doch keine Jungfrau mehr!«

»In ihrem Herzen schon«, antwortete der Soldat, und was wie ein Scherz klingen sollte, hatte die gegensätzliche Wirkung – das Lachen verschwand vom Gesicht des Soldaten und er starrte so konzentriert in die Wolken, als würde ihn sein Schicksal dort erwarten. Sein Name war Vladek. Im letzten Jahr hatte er sich bei einem seiner Rundgänge mit dem alten Gärtner angefreundet und verbrachte seitdem seine Pausen hinter der mannshohen Hecke, sodass ihn der wachhabende Leiter der Garnison nicht sehen konnte. Der Gärtner war für ihn wie ein Großvater, den er nie gehabt hatte. Also nannte er ihn seinen Deda. Für den Gärtner war der Soldat ein wissbegieriger Schüler, mit dem er über Pflanzen, das Leben und insbesondere die Frauen reden konnte. Am liebsten gab er aber seine vielen Bauernweisheiten zum Besten, die er stets neu erdichtete. Vladek hätte den ganzen Tag über mit dem Gärtner plaudern können, heute war aber einer der Tage, an dem er sich davor fürchtete, dem alten Mann in die Augen zu blicken.

»Was bedrückt dich, Junge?«

»Ach, Deda«, seufzte Vladek, »Katjuscha ist schwanger.«

»Oi!«

»Wieso ausgerechnet jetzt?«, fragte Vladek und klang dabei wie ein Kind, das die Gerechtigkeit der Welt anzweifelt. »Wieso hat sie nicht gewartet?«

»Vielleicht will sie dich nicht gehen lassen«, mutmaßte der Gärtner.

»Ja, vielleicht«, sagte Vladek und reichte die Zigarette zurück.

»Und wann ist es so weit?«

»Wie üblich in neun Monaten.«

Der Gärtner schlug dem Soldaten gegen den Hinterkopf.

»Du Dummkopf, das meinte ich nicht. Ich frage, wann geht es nach Schweden?«

Vladek wich erneut seinem Blick aus, der Tod rieb sich die Hände, endlich waren sie beim Thema.

»In sechs Wochen«, sagte Vladek leise.

Der Soldat hatte sich nach dem Weihnachtsfest freiwillig für den Fronteinsatz gemeldet, obwohl ihm der Gärtner davon abgeraten hatte. Der alte Mann fand, das Leben sei viel zu kurz, um es wegen eines unsinnigen Krieges zu verschenken. Insbesondere wenn man neunzehn Jahre alt war und noch nichts von der Welt gesehen hatte. Aber der Gärtner kannte auch nur die halbe Geschichte. Vladek trieb die Not an. Seine Mutter lebte mit zwei Cousinen und einer kränkelnden Großmutter in einer verfallenen Hütte am Stadtrand. Vladek wollte sie aus diesem Elend befreien, er verdiente aber nicht einmal genug, um sich mit seiner Katjuscha ein eigenes Zuhause zu leisten. Deswegen teilte er sich mit fünf Männern ein Zimmer in der Kaserne und sparte von seinem Sold jede Kopeke, die er Ende des Monats seiner Mutter schickte. Seit einer Weile ging das Gerücht um, der Krieg gegen Schweden werde in diesem Sommer zu einem Ende kommen. Also hatte sich Vladek gedacht, es wäre keine dumme Sache, an der Front zu sein, wenn die Schweden in die Knie gezwungen wurden. Er wollte mit Ruhm und ein paar Orden an seiner Uniform zurückkehren, er wollte mit einer guten Abfindung seiner Mutter helfen und seinem großen Traum näher kommen, eines Tages zum Husaren ausgebildet zu werden.

»Du kannst deine Ausbildung zum Husaren auch so beginnen«, las ihm der Gärtner die Gedanken vom Gesicht ab.

»Ja, aber etwas Ruhm hat noch niemandem geschadet.«

Der Gärtner zeigte auf die Büsche.

»Siehst du die Rosenhecke da?«

Vladek sah sie.

»Siehst du, wie gut sie wächst? Sie weiß nichts von Ruhm, denn sie wächst nach ihren eigenen Regeln und nach denselben Regeln blüht sie auch.«

»Und das heißt?«

»Das heißt, du solltest ihrem Vorbild folgen.«

»Aber, Deda, das tue ich doch!«

»Nicht, indem du aufs Kriegsfeld ziehst.«

Vladek wurde rot. Er hasste diese Wortduelle, sie ließen ihn immer dumm dastehen.

»Ich bin unerfahren«, sagte er. »Ich suche noch meinen Platz im Leben.«

»Junge, sieh auf den Boden zu deinen Füßen. Dein Platz ist hier in der Peter-und-Paul-Festung, Seite an Seite mit deinen Kameraden. Bald wirst du Vater. Hör auf mich, tu das deiner Katjuscha nicht an. Da draußen erwartet dich nur der Tod.«

Bei diesen Worten zuckte der Tod zusammen, als wäre ihm der Gärtner auf die Füße getreten.

»Was sagt Katjuscha dazu?«, hakte der Gärtner nach.

»Sie spricht nicht mehr mit mir. Sie hat gesagt, ich soll mich entscheiden, sonst will sie das Kind wegmachen lassen.«

Der Gärtner ließ die Luft zischend durch die Zähne entweichen.

»Weißt du, was dein Deda darüber denkt?«, fragte er.

Vladek musste lächeln.

»Na, was denkt mein Deda darüber?«, fragte er zurück.

»Dein Deda denkt, auf Frieden zu hoffen ist so naiv, wie das Ende des Regenbogens zu finden. Und mit diesen weisen Worten …«

Der Gärtner reichte Vladek den Zigarettenstummel.

»… verschwinde ich schnell hinter die Büsche.«

Vladek nahm einen letzten Zug von der Zigarette und blickte dem alten Mann hinterher, wie er im Watschelschritt über den gepflegten Rasen ging und dabei vor sich hinsummte.

Er hat recht, dachte Vladek, *es ist sehr blauäugig von mir, auf Frieden zu hoffen.*

Und wie er das dachte, bemerkte er mit einem Schreck den Tod, der die ganze Zeit geduldig im Schatten gewartet hatte. Der Anblick erschütterte Vladek sehr, seine Seele duckte sich und er fasste so schnell einen Entschluss, dass ihm die Worte regelrecht aus dem Mund schossen.

Der Gärtner war zehn Schritte entfernt und dabei, seine Hose aufzuknöpfen, als er Vladek rufen hörte:

»Ich werde hierbleiben und Vater sein!«

Was sagt man denn dazu, dachte der Gärtner und schaute über die Schulter, um Vladek sein Lob auszusprechen. Genau da materialisierte sich einige Meter über ihm eine Kutsche mit vier vorgespannten Pferden aus der Luft, und ehe er auch nur um Gottes Gnade bitten konnte, begrub ihn die Kutsche mit einem Donnern unter sich.

Vladek klappte der Mund auf, sodass der Zigarettenstummel zu Boden fiel. Er sah seinen Deda unter der Kutsche verschwinden, daraufhin brach die Vorderachse mit einem knallenden Laut, als die Räder auf dem Boden aufschlugen. Ein Rad löste sich und rollte davon, das Fahrzeug neigte sich zur Seite und grub eine tiefe Furche in den Boden, sodass die Erde hochschoss wie eine Bugwelle. Dreck sprühte in Vladeks offenen Mund und ließ ihn husten. Im Gegensatz zur Kutsche landeten die vier Pferde überraschend sicher auf ihren Hufen. Das Geschirr riss mit einem surrenden Laut und die Tiere waren frei und preschten davon.

Endlich konnte sich Vladek wieder rühren. Der Tod war längst von seiner Seite verschwunden und hatte sich den Gärtner geholt. Vladek bewegte sich keine Sekunde zu spät von der Stelle, denn Solomon und Uljan wurden mit Schwung vom Kutschbock geworfen und flogen an ihm vorbei. Sie rollten über den Rasen und blieben benommen liegen.

Zur gleichen Zeit stürzten Vida und Geromir drei Meter von der Kutsche entfernt aus der Luft. Sie umklammerten die Hälse ihrer Tiere, die so sicher auf ihren Hufen landeten, als hätten sie den Boden unter sich erwartet. Geromir erging es nicht so gut wie seinem Pferd, das nach wenigen Schritten stehen blieb, das kurze Gras beschnupperte und zu fressen anfing. Dem Major war so übel von der Reise, dass er sich zur Seite neigte und erbrach. Vida war zwar auch unwohl, doch die Aufregung ließ sie sich erstmal erstaunt umschauen. Selbst wenn sie noch nie ein Portal gesehen hatte, wusste sie, was eben geschehen war. Die

Schwestern hatten ihr erzählt, wie leicht es für sie früher gewesen war, um die Welt zu wandern.

Rai schnaubte, Vida lockerte den Griff um seinen Hals und rutschte von seinem Rücken. Die Knie waren ihr so weich, dass sie auf die Erde sank. Und wie sie dort saß, bemerkte sie ein Stiefelpaar, das unter der Kutsche hervorschaute. Sie beugte sich vor und sah den reglosen Körper des Gärtners. Seine linke Hand ruhte im kurz geschnittenen Gras wie ein Insekt, das sich sonnt.

»Was geschieht hier?«, hörte sie den Soldaten Vladek fragen.

Ein Flattern antwortete ihm und im nächsten Moment materialisierte sich das Rotkehlchen aus der Luft und landete auf dem Kutschendach. Es schien so verwirrt zu sein wie der Soldat. Der Vogel verstand nicht, wo sein Wald abgeblieben war, und wunderte sich, was er so nahe am Wasser verloren hatte, dann pickte er einmal auf das Dach und verschwand in den Tag hinein.

Die Türen der Kutsche wurden aufgestoßen und die Schwestern taumelten nach draußen.

»Das war ja was«, sagte Riva und brachte ihre Kleidung in Ordnung.

»Zwischendurch war ich mir sicher, wir fallen durch eines der Fenster nach draußen«, sagte Asha.

Eka folgte als Letzte und blieb im Eingang der Kutsche stehen. Sie war erschöpft, ihr Mund zitterte und sie wirkte, als hätte sie an Gewicht verloren. Da waren Schatten unter ihren Augen und Vida konnte die Äderchen durch ihre blasse Wangenhaut schimmern sehen. Selbst Ekas langes Haar schien energielos zu sein und hing müde auf ihren Rücken.

»Du hast das einzig Richtige getan«, beruhigte Asha sie.

Eka war sich dessen bewusst, es half aber nicht.

»Wo ist Vida?«, fragte sie.

»Ich bin hier!«

Die Schwestern wandten sich um und waren erleichtert zu sehen, dass ihre Nichte die Reise unbeschadet überstanden hatte.

Ein junger Soldat half ihr gerade auf die Beine. Riva hielt davon gar nichts, sie schob ihn beiseite und drückte Vida an sich, als hätten sie einander ein Jahr lang nicht gesehen.

Langsam richteten sich die Männer vom Boden auf. Geromir scherzte, dass er das nächste Mal lieber in der Kutsche sitzen wollte, denn außer Eka sah keine der Schwestern so mitgenommen aus, wie er sich fühlte. Solomon blickte sich suchend um. Er wusste, was Eka getan hatte und mit welchen Konsequenzen zu rechnen war. *Vielleicht ging es zu schnell,* dachte er. Und wie er das dachte, begriff er, wie albern dieser Gedanke war. Es gab keinen unachtsamen Moment für eine Göttin, die seit Jahrmillionen in Furcht vor seiner Tochter lebte.

»Kannst du aufstehen?«, fragte er Uljan.

»Ich brauche nur einen Moment«, antwortete der Generalleutnant und kam auf die Beine, die so sehr zitterten, dass er sich an Solomons Schulter festhalten musste. Uljan wusste, wo sie gelandet waren. Er hatte hier sechzehn Jahre lang Soldaten ausgebildet und der Duft des Hafens war ihm so vertraut, dass er ihn mit geschlossenen Augen überall wiedererkannt hätte. Uljan verstand nur nicht, wie das möglich war. Die Großfürstin hatte ihn zwar vorgewarnt, dass die Schwestern außergewöhnliche Kräfte besäßen, sie hatte aber nie erwähnt, dass die Kräfte so weit reichten, dass sie eine Kutsche durch Zeit und Raum transportieren konnten.

»Seid ihr das gewesen?«, fragte er,

»Es war die einzige Möglichkeit«, antwortete ihm Asha.

»Und ich glaube, wir werden dafür bezahlen müssen«, sagte Eka.

Geromir schirmte seine Augen gegen die Nachmittagssonne ab.

»Wir bekommen Gesellschaft«, sagte er.

Ein Trupp Soldaten marschierte in zwei Reihen mit den Gewehren im Anschlag heran und umstellte die Reisenden. Uljan sagte, er werde das übernehmen. Er trat den Soldaten entgegen, die sofort ihre Waffen senkten und Haltung annahmen. Wer den Generalleutnant nicht erkannte, war in der Garnison fehl am Platz.

»Wer ist hier zuständig?«, fragte er.

Ein übergewichtiger Mann trat vor und salutierte.

»Hauptmann Mekan, Herr Generalleutnant!«

Uljan zeigte mit dem Kinn auf die abgestürzte Kutsche.

»Wie Sie sehen können, haben wir hier ein Problem.«

»Ich sehe das, Herr Generalleutnant.«

»Kann mir der Hauptmann sagen, welcher arme Kerl da unter der Kutsche liegt?«

Hauptmann Mekan kniete sich hin und warf einen Blick unter die Kutsche; und wie er da so kniete, rollte ein Apfel auf den Rasen und blieb wenige Zentimeter von ihm entfernt liegen. Als sich der Hauptmann wieder aufrichtete, war er hochrot im Gesicht und hielt den Apfel in der Hand.

»Sie scheinen mit Übergewicht zu kämpfen«, stellte Uljan fest.

»Ein wenig, Herr Generalleutnant.«

»Halten Sie Ihren Körper in Form, Hauptmann Mekan, Sie sollten Ihren Männern immer ein Vorbild sein.«

»Ich habe verstanden, Herr Generalleutnant.«

»Wer liegt nun unter der Kutsche?«

»Ich bedauere sagen zu müssen, dass es sich um einen unserer Gärtner handelt.«

»Er war mein Deda«, meldete sich Vladek.

Uljan drehte sich um und hob fragend eine Augenbraue.

»Soldat Pomorow, Herr Generalleutnant«, stellte sich Vladek vor und nahm Haltung an.

»Ein Verlust in der Familie ist immer ein harter Schlag«, stellte Uljan fest und wandte sich wieder an den Hauptmann: »Holen Sie die Leiche des Gärtners unter der Kutsche hervor, danach kümmern Sie sich um unsere Pferde. Und Sie, Soldat Pomorow, kommen Sie in mein Blickfeld.«

Vladek trat vor den Generalleutnant.

»Sie sollten jetzt nicht untätig sein. Beschäftigung ist die beste Art und Weise, um mit Trauer umzugehen. Melden Sie der Großfürstin, dass wir von unserer Reise zurückgekehrt sind.«

»Jawohl, Herr Generalleutnant!«

Vladek salutierte und wandte sich ab. Er warf einen letzten Blick auf die Überreste des alten Gärtners, die zwei der Soldaten unter der Kutsche hervorzuziehen begannen, dann machte er sich im Eilschritt auf den Weg zum Winterpalast.

»Wir sind einer zu wenig«, stellte Geromir fest.

Sie blickten sich um.

»Wo ist Lenko abgeblieben?«, fragte Riva.

Eka wollte gerade sagen, dass sie den Husaren tot auf der Lichtung zurückgelassen hatten, als hinter ihnen ein Aufschlag erklang und Lenko einige Meter von der Kutsche entfernt über den Rasen rollte. Keiner rührte sich und nur drei der Soldaten hoben nach dem ersten Schreck ihre Waffen und wurden von ihrem Hauptmann angezischt, sie sollten die Gewehre wieder senken.

Der Husar stöhnte und rieb sich das Kreuz. Vida eilte zu ihm, doch als sie ihm aufhelfen wollte, sah er sie erschrocken an und wich zurück.

»Ich bin es doch nur«, sagte Vida beruhigend.

Lenko erwiderte ihr Lächeln zögerlich und ließ sich auf die Beine helfen. Eka runzelte die Stirn. Sie verstand nicht, was hier passierte. Sie hatte nicht nur gesehen, wie der Pfeil den Husaren in der Brust getroffen hatte, sie war sich auch sicher, dass sie das Portal hinter sich geschlossen hatte.

Lenko bemerkte ihr Stirnrunzeln.

»Es war knapp«, sagte er und legte die Hand auf die blutgetränkte Stelle über seinem Herzen, »aber ich hatte Glück. Der Pfeil wurde von meinem Lederwams aufgehalten. Ich habe sofort reagiert und bin euch hinterhergesprungen.«

»Was wären wir ohne das Glück der Narren«, sagte Uljan, der auch nicht verstand, wie das möglich war. Die Großfürstin lag mit ihren Vorhersagen nie falsch. Uljan blickte von Lenko zu Geromir und wieder zu Lenko und wusste, dass einer von ihnen nicht hier sein sollte.

2

Die Großfürstin hatte denselben Gedanken, während sie auf dem Balkon stand und durch das Fernrohr die Reisenden betrachtete, wie sie sich dem Palast näherten.

Einer von euch sollte nicht hier sein.

Sie sah die Eskorte, sie sah Solomon und die Schwestern.

Und natürlich sah sie Vida.

»Da bist du ja«, sagte sie laut.

Vier Schritte hinter ihr warteten Soldat Vladek und weitere zwei Schritte entfernt der Hofmarschall. Vladek wagte es nicht zu sprechen. Zum einen war er recht atemlos von seinem Lauf, zum anderen hätte er auch nicht gewusst, was er sagen sollte. Seitdem er der Großfürstin die Nachricht von der Ankunft der Reisenden überbracht hatte, wartete er darauf, dass sie ihn zur Festung zurückkehren ließ. Es beunruhigte ihn, sich im Winterpalast aufzuhalten und die kritischen Blicke des Hofmarschalls ertragen zu müssen. Vladek fragte sich, was er hier noch verloren hatte.

»Was hast du hier nur verloren?«, hörte er die Großfürstin sagen. Sie hatte sich auf die Zehenspitzen gestellt, um den Winkel am Fernrohr zu verändern. Vladek konnte nicht wissen, dass sie eben den Husaren entdeckt hatte.

»Bewahren Sie Haltung«, knurrte der Hofmarschall.

Vladek straffte den Rücken, konnte aber nicht davon loskommen, dass die Großfürstin seine Gedanken lesen konnte. Jetzt senkte sie das Fernrohr und wandte sich um. Die Großfürstin war eindeutig erstaunt, den Soldaten hinter sich stehen zu sehen. Es war ihr vollkommen entfallen, dass er ihr auf den Balkon gefolgt war.

»Wie ist dein Name?«, fragte sie.

»Soldat Vladek Pomorow.«

»Vladek«, sagte die Großfürstin, »ich habe eine Aufgabe für dich. Du wirst den Husaren für mich im Auge behalten.«

»Ich habe verstanden«, sagte Vladek und wollte an das Fernrohr treten.

»Nicht so«, sagte die Großfürstin und lachte ein Lachen, das den Soldaten an reife Kirschen denken ließ. »Folge dem Husaren zu Fuß, verlier ihn nicht aus den Augen und berichte mir, wohin er sich begibt.«

»Natürlich«, sagte Vladek und wollte sich abwenden.

»Eine Verbeugung wäre angebracht«, knurrte der Hofmarschall.

Vladek verbeugte sich auf dem Weg zur Tür viermal, dann war er verschwunden.

»Du bist zu streng«, sagte die Großfürstin.

»Ich tue mein Bestes«, sagte der Hofmarschall.

3

Während die Großfürstin durch das Fernrohr auf sie herabschaute und jeden ihrer Schritte beobachtete, erreichten die Reisenden die gegenüberliegende Uferseite der Newa, wo sie in Sichtweite des Winterpalastes stehen blieben. Vida war sprachlos.

»So habe ich mir den Palast nicht vorgestellt«, hörte sie Riva sagen.

Für Vida war es, als hätte jemand einen Berg genommen und zu einem Gebäude runterpoliert. Das gesamte Mauerwerk schien aus Mondstein gemacht zu sein und dazwischen funkelte so viel Glas, dass die gesamte Uferpromenade darin reflektiert wurde.

»Etwas pompös«, sagte Asha.

»Und die vielen Fenster«, sagte Eka, »wer soll die putzen?«

»Ich sag ja, so habe ich mir den Palast nicht vorgestellt.«

Die Schwestern lachten. Uljan ließ fallen, dass der Zar ihre Kommentare bestimmt nicht gerne hören werde, und Geromir stellte fest, dass der Zar ganz andere Probleme habe. Da räusperte sich Hauptmann Mekan und fragte, ob er zu seiner Kompanie zurückkehren dürfe. Er hatte die Reisenden begleitet, obwohl es unnötig gewesen war. Er tat es nur, um in der Nähe des Generalleutnants zu sein.

Uljan ließ ihn gehen. Der Hauptmann entfernte sich zwanzig Meter, ehe er im Schatten einer Kastanie stehen blieb, den Apfel aus seinem Mantel hervorholte und herzhaft hineinbiss. Als er die Bewegung in seinem Mund spürte, spuckte er sofort aus und sah auf den Apfel. Das Fruchtfleisch war voller sich windender Maden. Der Hauptmann würgte. Angewidert warf er den Apfel in die vom Schmelzwasser angeschwollene Newa und beschloss, das nächste Mal sorgfältig zu überlegen, ehe er etwas vom Boden aufsammelte.

Ein feuchtes Husten ließ sie alle Lenko ansehen. Der Husar hatte Blutstropfen auf den Lippen und wirkte wie das wandelnde Elend. Eine Hand hatte er so fest auf seine Wunde gedrückt, dass die Fingerknochen weiß durch die Haut schimmerten.

»Verzeiht«, sagte er, »die Reise endet hier für mich, es wird Zeit, dass ich einen Arzt aufsuche.«

Er verbeugte sich leicht in Richtung der Schwestern.

»Es war mir eine Freude, euch zu dienen und euer Begleiter zu sein.«

Er wandte sich an Vida.

»Bis zum nächsten Abenteuer, meine ...«

Er zögerte, als müsste er das Wort suchen.

»... Mademoiselle.«

Er gab Vida ein Lächeln, das durch die blutbesudelten Zähne unheimlich wirkte.

»Die Großfürstin hat bestimmt einen Arzt im Haus«, gab Eka zu bedenken.

»Ich weiß da schon den richtigen Mann, der mich des Öfteren schon zusammengeflickt hat«, lehnte Lenko ab. »Bitte, entschuldigt mich.«

Er lief über die Promenade in Richtung der Stadt, während sich hinter einem der Bäume eine Gestalt in einer Soldatenuniform löste, um dem Husaren wie ein Schatten zu folgen.

Geromir kratzte sich ratlos am Kopf.

»Es ist das erste Mal, dass ich zu hören bekomme, dass der große Husar Lenko jemals zuvor verletzt gewesen war. Ich dachte, der Glückspilz sei unverwundbar.«

»Wer einen Pfeil in der Brust überlebt, der *ist* unverwundbar«, gab Uljan zu bedenken.

Sie schritten weiter auf den Palast zu und Vida konnte spüren, wie sie mit jedem Schritt nervöser wurde. Sie hatte noch nie einer Adligen gegenübergestanden und überlegte, ob sie vielleicht deutlicher sprechen müsste, was ihr die Tanten über den richtigen Knicks beigebracht hatten und wie groß die Tochter des Zaren wohl sein mochte, wenn Peter der Große schon über zwei Meter groß war.

Vielleicht werde ich einen Hocker brauchen, dachte sie, *damit ich mit ihr auf einer Höhe bin.*

»Mach dir keine Sorgen«, flüsterte ihr Riva zu, »niemand wird im Palast auf dich herabschauen.«

»Da wäre ich mir nicht so sicher«, flüsterte Asha von der anderen Seite. »Nimm dich vor der ehemaligen Zarin in Acht, sie hat ein heftiges Temperament.«

»Ihr macht mir ja Mut«, sagte Vida.

»Dafür sind wir ja deine Tanten«, sagte Asha und küsste sie auf den Kopf und rümpfte sogleich die Nase. »Ein Bad könnte dir nicht schaden.«

Vida roch an ihrer Kleidung.

»Ich stinke fürchterlich«, sagte sie.

»Wir stinken alle fürchterlich«, beruhigte sie Eka.

Als sie sich der großen Eingangshalle näherten, öffneten zwei der Palastwachen die Türen für sie.

»Hier trennen sich auch unsere Wege«, sagte Uljan. »Falls ihr uns braucht, sind Geromir und ich jederzeit erreichbar. Die Großfürstin weiß, wo sie uns finden kann.«

»Wir wissen das aber nicht«, sagte Riva, ohne den Blick von Geromir zu nehmen.

Es war das erste Mal, dass sie seine kaum spürbaren Avancen erwiderte. Dem armen Geromir jagte ein Sturm durch die Seele, und wenn er gekonnt hätte, hätte er längst sein Notizheft aufgeschlagen und auf der Stelle ein Gedicht für Riva komponiert.

»Schaut doch morgen zum Frühstück vorbei«, sprach Riva weiter. »Ich bin mir sicher, die Großfürstin würde sich freuen, euch persönlich für die erfolgreiche Eskorte zu danken.«

»Das lässt sich bestimmt einrichten«, sagte Geromir und verbeugte sich leicht.

Rivas Haar schien in diesem Momet aufzuleuchten, Geromirs Körper schien sich ihr entgegenzustrecken, und wer weiß, was als Nächstes passiert wäre, wenn Uljan nicht genug von dem amourösen Unsinn gehabt hätte. Er nahm seinen Bruder am Arm und führte ihn fort vom Palast, sodass es aussah, als hätte er ihn wegen der kleinen Romanze festgenommen.

»Verdreh ihm nicht den Kopf«, warnte Eka.

»Und an meinen Kopf denkt keiner?«, fragte Riva zurück.

»Dein Kopf ist Millionen Jahre alt«, sagte Asha, »er sollte an sich selbst denken können.«

»Vielleicht wäre es angebracht einzutreten, bevor diese zwei Wachen nach Verstärkung rufen«, sagte Solomon.

Die Wachen sahen wirklich ein wenig unruhig aus, was auch daran lag, dass sie keine Ahnung hatten, wem genau sie da die Tür aufhielten.

»Die Großfürstin erwartet uns«, ließ sie Asha wissen.

Und so traten die Reisenden in den Winterpalast ein.

4

Die Eingangshalle war so gewaltig, dass Könige und Kaiser beeindruckt den Kopf senkten. Die Tapeten an den Wänden waren aus Samt, der von Goldfäden durchzogen war, der polierte Marmorboden glänzte wie eine Pfütze nach dem Regen. Als Vida senkrecht nach oben schaute, sah sie in einer Höhe von sechs Metern eine kunstvoll bemalte Decke, von der eine Schar Engel auf sie herabblickte.

»Wenn da mal mein Herz nicht vor Freude lacht!«

Die Stimme gehörte dem Hofmarschall Fennek, einem rüstigen Mann von vierundachtzig Jahren, der den Zarenhof seit über dreißig Jahren befehligte. Jeden Tag trug der Hofmarschall seidene, schwarze Kniebundhosen mit beigefarbenen Strümpfen und dazu weiße Hemden mit einer wattierten Weste darüber. Nur die Farbe der Westen variierte. Fennek hielt nichts von Veränderungen, so führte er auch den Winterpalast. Ihm waren jede Ecke und jede Nische vertraut, so wie ihm vorher jede Ecke und Nische des Terem-Palastes in Moskau vertraut gewesen waren, ehe der Zar beschloss, nach Sankt Petersburg zu ziehen. Der Hofmarschall hatte schon dem Vater des Zaren gedient und dessen Hof geführt. Es wurde gemunkelt, er hätte den Winterpalast seit seiner Fertigstellung vor sechs Jahren nicht mehr verlassen und würde zwei Zimmer bewohnen, die außer seiner Geliebten niemand betreten durfte. Ihm unterstanden dreihundertzwanzig Bedienstete, deren Lohn er verwaltete und die er mit Namen kannte. Nichts in dem Palast geschah ohne seine Zustimmung, jeden Silberlöffel und jedes Handtuch hatte er registriert. Er besaß ein exzellentes Gedächtnis und schien sich an jeden Menschen zu erinnern, der ihm in seinem Leben begegnet war. Es gab nicht viele, für die er wahre Sympathie empfand, deswegen war seine Freude sehr groß, als er die Schwestern erblickte.

»Fennek!«, rief Eka.

»Wie lange ist es nur her?«, rief Riva.

»Als wenn ihr das nicht wüsstet«, sagte Asha und dann traten sie alle drei auf den Hofmarschall zu und begrüßten ihn auf die dezente französische Art, indem sie ihn bei den Händen nahmen und schattenhaft links und rechts auf die Wange küssten.

»Wie ihr duftet«, sagte Fennek.

»Charmant wie immer«, sagte Eka.

»Wir stinken nach Schweiß und einer langen Reise«, sagte Riva und strich dem Hofmarschall über die Wange, »aber du scheinst dich für uns rasiert zu haben.«

Fennek errötete, denn kaum hatte er von ihrer Ankunft erfahren, hatte er den Barbier zu sich gerufen. Er bedachte die Schwestern mit einem ernsten Blick.

»Ich betrauere noch immer Yrmas Tod«, sagte er.

Solomon streckte ihm die Hand entgegen.

»Als wäre keine Zeit vergangen«, sagte er.

Sie schüttelten Hände, Fennek sprach Solomon sein Beileid aus, Vida versuchte, nicht hinzuhören. Dann ließ der Hofmarschall sie alle wissen, wie froh er war, dass sie die Einladung der Großfürstin angenommen hatten.

»Sie kann es kaum erwarten, euch zu begrüßen«, sagte er und wandte sich an Vida. »Ich nehme an, du bist die Dame, von der alle sprechen.«

Vida wusste nicht, wie sie darauf reagieren sollte. Sie wollte sich hinter ihre Tanten stellen, gab sich aber einen Ruck und antwortete mit der ruhigsten Stimme, die sie in ihrem Inneren finden konnte.

»Ich heiße Vida.«

»Nenn mich Fennek«, sagte der Hofmarschall und damit war die Begrüßung für ihn abgeschlossen. Er klatschte einmal in die Hände, aus einer Tür traten zwei Bedienstete und blieben in respektvollem Abstand zu den Reisenden stehen.

»Eure Zimmer stehen bereit«, sagte er. »Ich habe euch im Südflügel untergebracht. Miros und Bismar werden euch begleiten. Falls ihr etwas braucht, lasst es sie wissen. Sobald die Großfürstin so weit ist, wird sie euch empfangen.«

»Danke, Fennek«, sagte Asha und wischte ein paar Grashalme von Vidas Schulter. »Wie sieht es aus? Bist du bereit für deine Audienz bei der Großfürstin?«

Vida sah sie verwirrt an.

»Wie? Ihr kommt nicht mit?«

Die Schwestern lachten.

»Sieh uns an«, sagte Eka. »Wir müssen uns erst umziehen und den Staub der Reise abwaschen.«

»Und was ist mit mir?«, wollte Vida wissen.

»Was soll mit dir sein?«

»Ich stinke und sehe aus, als wäre ich vom Pferd gefallen.«

»Unsinn«, sagte Riva, »du bist wunderschön. Warte.«

Sie löste ihre Kette vom Hals und hängte sie Vida um. Die Kette war aus Silber und hatte einen Bernstein als Anhänger. Vida hatte den Anhänger schon oft bewundert. In dem Bernstein war eine Ameise gefangen.

»Warte«, sagte auch Eka und löste ein Samtband von ihrem Handgelenk. »Dreh dich um«, bat sie und steckte mit drei Griffen Vidas Haar hoch. »Jetzt siehst du aus wie eine Dame.«

»Sehr passabel«, stimmte ihr der Hofmarschall zu.

»Könnte ich nicht vorher ein Bad nehmen?«, fragte Vida.

Fennek schüttelte den Kopf.

»Dazu haben wir leider keine Zeit. Die Großfürstin besitzt eine recht ungeduldige Natur, sie kann es kaum erwarten, deine Bekanntschaft zu machen.«

Vida sah Solomon an.

»Sieh mich nicht so an«, sagte er. »Ich werde dich nicht begleiten. Mir ist noch recht übel von dem Portal. Ich werde an der frischen Luft auf dich warten.«

Vidas Schultern sanken ein wenig hinunter. Eka beugte sich vor und legte ihr die Hand an die Wange, und auch wenn Vida es nicht wollte, schmiegte sie sofort ihr Gesicht an die Hand ihrer Tante.

»Dein Leben ist an einem Wendepunkt angelangt«, sagte Eka. »Wir hoffen sehr, dass dir die Großfürstin eine Hilfe auf deinem Weg sein wird. Sie will dich alleine kennenlernen, Vida, also tu ihr den Gefallen und zeige ihr, dass du alt genug bist, um der Tochter des Zaren allein gegenüberzutreten.«

Vida sah von einer Tante zur anderen, dann nickte sie.

»Dann will ich die Großfürstin nicht warten lassen«, sagte sie und wandte sich an den Hofmarschall: »Denn ich weiß sehr gut, wie das ist, wenn man ungeduldig ist.«

Während die Schwestern den zwei Bediensteten zum Südflügel folgten und Solomon nach draußen trat, um sich auf eine Parkbank am Ufer der Newa zu setzen, blieb Vida alleine mit dem Hofmarschall zurück, der eine einladende Geste machte und sagte:

»Wenn mir die Dame bitte nach oben folgen würde.«

5

Sie hatten die Hälfte der Stufen hinter sich gebracht, als eine Dame in einem bodenlangen Pelzmantel auf dem obersten Treppenabsatz erschien. Sie war um die fünfzig Jahre alt und sehr korpulent. Dabei war sie nicht fett wie die dicke Annika aus Warrosch, die immer so viel aß, bis sie ohnmächtig wurde, diese Dame hier wirkte überhaupt nicht verfressen, sie erinnerte mehr an ein Flaggschiff, das ausschließlich dafür gebaut wurde, andere Schiffe zu versenken. Ihre Wangen waren mit Rouge bedeckt und die schmalen Lippen zweimal zu oft mit Lippenstift nachgezogen, sodass sie an eine Wunde erinnerten. Das Kinn floss in den Hals über und die Augen erinnerten an nasse Kieselsteine und schauten dementsprechend kalt. Selbst ihr Haar wirkte unnatürlich. Es war zu goldenen Locken gedreht und thronte auf ihrem Kopf wie eine erstarrte Springbrunnenfontäne. Es war die erste Allongeperücke, die Vida sah, und da sie nicht wusste, dass es eine Perücke war, klappte ihr vor Erstaunen der Mund auf. Genau so hatte sich Vida eine Großfürstin vorgestellt – vielleicht etwas schlanker, etwas weniger geschminkt und etwas jünger. Aber wie alt die Dame auch immer war, sie schien überhaupt nicht über den Besuch erfreut zu sein. Sie ignorierte Vida sogar und wandte sich an den Hofmarschall.

»Du kannst uns allein lassen, Fennek«, sagte die Dame.

»Sehr wohl, Eure Hoheit.«

Der Hofmarschall verbeugte sich knapp und ging an der Dame vorbei weiter nach oben. Erst als seine Schritte nicht mehr zu hören waren, ergriff die Dame das Wort. Sie sprach, ohne sich dabei von dem obersten Treppenabsatz wegzubewegen.

»Mein Name ist Praskowja Fjodorowna Saltykowa.«

Sie legte eine Pause ein, die Vida Zeit geben sollte, auf den Namen zu reagieren. Da Vida aber den Namen noch nie gehört hatte, gab es keine Reaktion von ihr und so sprach Praskowja Fjodorowna Saltykowa mit einem lauten Seufzer weiter:

»Ich bin die ehemalige Zarin und seit einigen Jahren zur Anstandsdame für die Kinder des Großfürsten degradiert worden. Deine Aufmachung ist etwas beschämend, aber ich habe nichts anderes erwartet. Aus welchem Dorf stammst du?«

»Warrosch.«

»Warrosch? Warrosch?«

Die ehemalige Zarin runzelte die Stirn, als hätte Vida den Namen falsch ausgesprochen.

»Liegt das noch im Zarenreich?«

»In Sibirien.«

»Ach, Sibirien!«

Die Stimme der ehemaligen Zarin klang abwertend. Sie blickte sich um, als hätte sich noch jemand auf der pompösen Treppe versteckt. Da sie niemanden entdeckte, seufzte sie noch einmal laut und wandte sich erneut Vida zu.

»Du bist doch nicht allein gekommen, oder? Wo hast du deine Tanten gelassen?«

»Sie sind auf ihre Zimmer gegangen, wir stinken alle von der Reise. Ich hätte gerne auch ein Bad genommen, aber der Hofmarschall–––«

Die ehemalige Zarin gab ein zischendes Geräusch von sich, das wohltemperiert war und dazu diente, jedes Gespräch zu unterbrechen. Vida verstummte.

»Ich hätte gerne gesehen, ob deine Tanten gealtert sind.«

»Sie sind es nicht. Auch mein Vater nicht. Sie sehen aus wie immer.«

Ein Blitzen trat in die Augen der ehemaligen Zarin.

»Solomon ist auch hier?«

»Er sitzt draußen auf einer Parkbank.«

Die ehemalige Zarin blickte an Vida vorbei die Treppe hinunter und errötete unter der Schminke. Wenn es nicht so unschicklich ausgesehen hätte, wäre sie wahrscheinlich rausgelaufen, um Solomon zu begrüßen. Vida sah das, sie sah auch, dass die ehemalige Zarin ein wenig aus dem Gleichgewicht geraten war – sie schwankte und fächelte sich mit der offenen Hand Luft zu.

»Du kennst meinen Vater?«, fragte Vida.

»*Ihr* kennt meinen Vater«, korrigierte sie die ehemalige Zarin.

»Was?«

»Du kannst mich nicht duzen.«

»Wieso nicht?«

»Weil ich Praskowja Fjodorowna Saltykowa bin und mir noch ein wenig von meiner Würde bewahren möchte, ehe sie mich ins Grab tragen. Aus diesem Grund sagst du *Ihr* zu mir, verstehst du das?«

»Verzeiht«, sagte Vida und machte einen Knicks, wie es ihr die Tanten beigebracht hatten.

Die ehemalige Zarin übersah die Ironie hinter der Geste und wedelte sich jetzt mit beiden Händen Luft zu. Auch wenn sie von der Großfürstin vorgewarnt worden war, hatte sie nicht damit gerechnet, dass die Begegnung mit diesem Mädchen so intensiv sein würde. Die ehemalige Zarin bereute es, dem Hofmarschall die Arbeit abgenommen zu haben, aber sie war furchtbar neugierig gewesen. Ihre Neugierde wurde belohnt: Ein Gefühl von Freude und Güte überschwemmte sie, was eine Novität für eine Frau ihres Standes war, die seit dem Tod ihres Mannes die Freude abgelegt und mit der Güte aus ihrem Herzen verbannt hatte.

»*Suivez-moi*«, sagte sie spitz und wandte sich ab, ehe Vida ihr all die wirren Gedanken vom Gesicht ablesen konnte.

6

Vida lief mit vier Stufen Abstand hinter der ehemaligen Zarin die Treppe hoch. Danach folgte sie ihr einen breiten Flur hinunter und wagte es, ein wenig aufzuholen und zu fragen, woher die ehemalige Zarin denn ihren Vater kannte.

Seitdem Vida erfahren hatte, wer ihre Mutter und ihre Tanten in Wirklichkeit waren, vermutete sie hinter jedem Menschen eine mystische Gestalt, die schon ein paar Millionen Jahre gelebt hatte. Die ehemalige Zarin gehörte jedoch nicht zu dieser Sorte von Menschen.

»Dein Vater und ich haben einmal zusammen getanzt«, antwortete sie und wollte es dabei belassen, aber die Worte sprudelten aus ihr heraus wie aus einer Quelle, die angebohrt worden war.

»Es ist jetzt achtzehn Jahre her«, sagte sie. »Damals ahnte ich nicht, dass es deine Mutter gab. Ich dachte, dein Vater wäre ein Offizier oder Major. Er war so stattlich. Ach. Und ich dachte, er wäre ledig. Mein Mann war gerade verstorben, Gott sei seiner Seele gnädig.«

Sie bekreuzigte sich und küsste einmal ihre Fingerspitzen, ohne dabei ihren Schritt zu verlangsamen.

»Plötzlich war ich eine Witwe. Genau da traf ich deinen Vater auf diesem Ball. Nach nur zwei Tänzen …«

Sie blieb stehen und drehte sich um, sie wollte es nicht sagen, ihr Stimme wurde zu einem Flüstern und dann sprach sie ihren Satz zu Ende.

»… wusste ich, dass ich deinen Vater zu meinem Gemahl haben wollte!«

»Oh weh«, sagte Vida.

»Ja, oh weh. Es knisterte regelrecht zwischen uns, dann kam deine Mutter und klatschte mich ab. Den ganzen Abend über sah ich den beiden beim Tanzen zu, und sie waren ein wunderbares Paar. Doch die Wunde war geschlagen und mein Herz zerbrach in tausend Stücke.«

»Das tut mir leid«, sagte Vida.

»Vergangenes ist Vergangenes«, stellte die ehemalige Zarin mit Wehmut in der Stimme fest und schob dann hinterher: »Deine Mutter ist gestorben, liege ich da richtig?«

»Bei meiner Geburt.«

»Wie traurig«, sagte die ehemalige Zarin ein wenig zu nonchalant.

»Dennoch glaube ich nicht, dass mein Vater dich jetzt heiraten würde«, sagte Vida.

»Euch.«

»Euch«, sagte Vida.

»Warum nicht, bitte schön?«

»Weil er meine Mutter nie vergessen wird.«

Die ehemalige Zarin gab ein verächtliches Schnauben von sich.

»Humbug«, sagte sie und dachte: *Liebe kommt, Liebe geht, was bleibt, ist die Erinnerung.*

»Aber ich könnte ihn fragen«, sagte Vida.

»Was willst du ihn fragen?«

»Ob er noch mal mit Euch tanzt.«

Es kam, wie es die ehemalige Zarin die ganze Zeit befürchtet hatte, seitdem sie dem Mädchen gegenübergetreten war – ihr Innerstes wurde überschwemmt von Emotionen und ihre Maske bekam feine Risse wie das Eis, wenn der Winter flieht und der Frühling barfuß über den Fluss tanzt. Vida erwartete, sie in Tränen ausbrechen zu sehen, doch so weit sollte es dann doch nicht kommen. Die ehemalige Zarin fand mit Mühe ihre Fassung wieder und sagte, sie dürften keine Zeit verschwenden, die Großfürstin warte.

7

Und wie die Großfürstin wartete.

Sie trank ihre dritte Tasse Tee und hatte schon sechs mit Marzipan gefüllte Petits Fours gegessen. Sie fühlte sich wie ein in Samt und Seide eingepacktes Konfekt, das dringend auf die Toilette musste. Um sich abzulenken, kniete sie sich vor dem Schrein nieder und sprach ein kleines Gebet. Danach trat sie ans Fenster und schaute auf die Promenade, danach setzte sie sich wieder und wartete.

Und aß ein Petit Four mit Nougatfüllung.

Und seufzte.

Der Hofmarschall trat ein.

»Die Großfürstin sollte nicht seufzen«, sagte er.

»Du hast meinen Seufzer durch die Tür gehört?«

»Bis zum Flurende hin.«

»Wo bleibt sie nur?«

»Paza hat sie abgefangen, sie bringt sie hierher.«

»Wie lange wird sie ...«

Die Großfürstin verstummte.

»Hörst du das?«

Der Hofmarschall nickte, Schritte kamen näher.

Die Großfürstin sprang so schnell von der Chaiselongue auf, dass es unschicklich war. Sie strich ihr Kleid zurecht und zupfte an ihrer Frisur, an der es nicht viel zu zupfen gab – das Haar war frisch frisiert und erinnerte an eine Sturmwelle, die auf ihrem Kopf eingefroren war. Zwei hauchdünne Locken hingen herab und berührten ihre Wangen. Die Großfürstin als süß zu bezeichen wäre eine Untertreibung gewesen. Sie wusste, sie sah entzückend aus, dafür frisierte sie die Coiffeuse auch jeden Morgen eine Stunde lang.

Plötzlich entwich der Großfürstin ein Lachen, das sie mit beiden Händen zu unterdrücken versuchte. Sie hätte am liebsten laut gerufen: *Es ist so weit! Es ist so weit!* Der Hofmarschall gab ein Tststs von sich, als auch schon die Doppeltüren aufschwangen.

»Vida!«

Die Großfürstin verlor jede Beherrschung. Ehe sich der Hofmarschall oder die ehemalige Zarin rühren konnten, hatte sie die Arme um Vida geworfen. Sie quietschte und kreischte dabei. Die ehemalige Zarin räusperte sich mahnend, der Hofmarschall begegnete ihrem Blick und rollte mit den Augen, sie kannten das schon. Euphorie war eine Tugend und zugleich ein Laster der Großfürstin. Sie schloss ihre Arme noch fester um Vida, während diese vollkommen überrumpelt dastand und auf den Kopf der Großfürstin hinunterschaute und sich große Mühe gab, würdevoll zu sein und keine Miene zu verziehen.

Es misslang ihr.

Vida lachte los.

8

Niemand nahm Anstoß daran, dass sie gelacht hatte.

Die ehemalige Zarin schaute recht pikiert auf einen Fussel an ihrem Ärmel, während der Hofmarschall so aufrecht stand, dass seine Rückenwirbel knackten. Die Großfürstin schickte sie beide weg. Die ehemalige Zarin sollte für den Abend ein Bankett planen und der Hofmarschall einem der Diener Bescheid sagen, dass das Ruderboot zum Ablegen bereit gemacht werden solle.

»Und, Fennek ...«

Der Hofmarschall wandte sich an der Tür um.

»... bitte doch Freda, dass sie ein Bad für unseren Gast vorbereitet. Ich glaube, meine neue Freundin wünscht sich nichts sehnlicher.«

»Woher weißt du das?«, fragte Vida.

»Oh, ich kann es riechen«, antwortete die Großfürstin und kicherte.

Der Hofmarschall schloss die Tür hinter sich.

»Endlich!«, rief die Großfürstin aus. »Endlich sind wir allein!«

Sie zog Vida auf die Chaiselongue.

»Seit ich reden kann, muss ich ihre strengen Blicke ertragen. Tante Paza ist wohl die schlimmste Gouvernante, die man sich vorstellen kann. Und der alte Fennek ist auch nicht besser mit seiner komischen Haltung, als hätte er einen Degen verschluckt. Aber Fennek ist ein sehr guter Hofmarschall. Manchmal denke ich, wenn meine Tante noch einmal heiraten müsste, wäre es klug, wenn sie Fennek nehmen würde. Auch wenn er uralt ist, ist es besser, als wenn sie alleine bleibt und mich unentwegt quält. Jeden Tag muss ich Gott darum bitten, dass mein Vater sicher nach Hause zurückkehrt. Wieso geht er überhaupt weg? Und ich muss auf komische Wallfahrten gehen und den Armen unter die Arme greifen.«

Sie kicherte über ihren Wortwitz.

»Und einmal, hörst du, einmal hatte ich Herzbrennen und sie zwang mich, meinen eigenen Urin zu trinken, weil sie der Meinung war, das sei die beste Heilmethode. Stell dir das mal vor!«

Vida konnte sich das nicht vorstellen, denn sie hatte ganz andere Sachen im Kopf und versuchte, über das Geplapper der Großfürstin hinweg zu verdauen, dass diese einen Kopf kleiner war als sie. Aber das war nicht das Einzige, das verdaut werden musste.

»Verzeiht, Großfürstin«, sagte sie vorsichtig, »aber wie alt bist du?«

»Acht.«

»Wie kannst du dann eine Großfürstin sein?«

»Wieso nicht?«

»Du bist acht!«

»Das heißt doch nichts.«

»Nicht?«

»Ich kenne Mädchen, die wurden schon mit sechs verheiratet.«

»Bist du schon verheiratet?!«

»Mein Vater arbeitet daran, aber es ist nicht leicht.«

»Weil du acht bist?!«

»Nein, weil ich unehelich geboren wurde.«

Vida klingelten die Ohren, sie hatte keine Idee, was hier passierte.

»Meine Eltern haben erst nach meiner Geburt geheiratet«, erklärte die Großfürstin. »Auch wenn mein Vater jetzt der Zar ist, ändert das nichts. Der Adel stellt sich immer komisch an, wenn es um uneheliche Kinder geht. Das kann er auch ruhig, denn ich habe nicht vor, zu heiraten. Willst du heiraten? Du hast bestimmt schon darüber nachgedacht, oder? Und sag bloß nicht Großfürstin zu mir. Sag Jelisa.«

»Jelisa?«

»Das ist die Kurzform für Jelisaweta. Die Diplomaten machen daraus einfach nur Elisabeth, aber das ist mir zu britisch, obwohl es meinem Vater sehr gefällt, dass es britisch ist, aber da ich eh nicht mache, was er will, sag doch bitte Jelisa zu mir. Und jetzt probier endlich.«

Seitdem sie auf der Chaiselongue Platz genommen hatte, hielt Vida einen Petit Four in der Hand, den ihr die Großfürstin mit spitzen Fingern gereicht hatte. Der Schokoladenüberzug war dabei zu schmelzen und lief ihren Daumen herab. Vida schob sich das Konfekt ganz in den Mund und biss zu. Eine zarte Marzipancreme floss über ihre Zunge und ließ sie so sehr lächeln, dass die Großfürstin vor Freude in die Hände klatschte. Auch wenn Vida nicht verstand, was hier geschah, mochte sie dieses kleine Mädchen sehr.

»Schmeckt es dir? Ich bekomme jeden Morgen eine Schachtel frisch von der Konditorei aus der Hogerta. Und im Winter schicken sie mir Stollen aus Dresden, und wenn ich will---«

»Entschuldige«, unterbrach sie Vida, »wieso hören alle auf dich?«

»Madame«, sagte die Großfürstin gespielt empört, »ich bin die Großfürstin!«

»Ja, aber du bist erst acht Jahre alt.«

»Ich bin zwar erst acht, aber ich besitze etwas, was sonst kein anderer besitzt.«

Sie zählte es an den Fingern ab.

»Ich bin klug, recht eloquent und ...«

Die Großfürstin machte eine Bewegung in der Luft, als würde sie eine Fliege verjagen.

»... ich sehe die Linien, die sich von hier nach da erstrecken. Deine, meine, unsere. Sie sind wie Fäden, die sich verweben und wieder trennen. Einige Linien sind blau, einige rot oder weiß, aber es gibt auch grüne und silberne.«

Sie zeigte über Vidas Kopf.

»Da ist deine. Sie ist golden. Meine ist grün.«

Vida schaute hoch und sah nichts.

»Was für Linien sind das?«

»Es sind die Lebenslinien.«

»Du siehst die Lebenslinien von *allen* Menschen?!«

»Nein, nur die, die mein Leben kreuzen.«

»Und seit wann siehst du sie?«

»Schon als Neugeborene sind sie mir aufgefallen, nur wusste ich damals nicht, was sie zu bedeuten hatten. Ich kann anhand der Linien sehen, wann ich wem begegne und wann ihre Linie endet. Wenn du so was siehst, steigt dein Wert ins Unermessliche. Kaiser und Könige bitten um eine Audienz, selbst mit Papst Clemens XI. habe ich schon Tee getrunken. Sie alle wollen wissen, wie lange sie noch leben werden. Bisher habe ich mich auch nur einmal getäuscht. Husar Lenko hätte auf der Reise sterben müssen, seine Linie endete in einem Wald, aber er ist mit euch zurückgekehrt, ich habe ihn vorhin durch das Fernrohr gesehen.«

»Er ist schwer verwundet«, warf Vida ein, »vielleicht stirbt er heute noch.«

»Alles ist möglich«, gab die Großfürstin zu. »Es macht mir aber keine Sorgen, ich bin acht, ich darf auch mal Fehler machen.«

»Wie großzügig von dir«, sagte Vida und grinste.

»Willst du gar nicht wissen, wie lange du noch leben wirst?«

Vida schüttelte den Kopf.

»Ich habe nicht vor, zu sterben.«

Die Großfürstin war beeindruckt, sie beugte sich vertraulich vor.

»So ist es auch«, sagte sie. »Deine Linie endet nicht und das macht mich so glücklich, das kannst du dir nicht vorstellen. Die Menschen haben so eine Furcht vor dem Tod. Mein Vater wollte auf keinen Fall wissen, wann er stirbt. Meine Mutter dagegen schon. Besonders hat es sie interessiert, ob meine Geschwister in Gefahr sind. Sie hat viel geweint, als ich ihr sagte, dass sie alle bald sterben werden. Und weil ich das alles sehen kann, bist du hier.«

Die Großfürstin war ein Bündel aus Energie und eilte vor sich hinsummend zu einem verzierten Sekretär. Vida fühlte sich mit ihren dreizehn Jahren regelrecht alt. Sie nutzte die Unterbrechung, um sich den nächsten Petit Four in den Mund zu schieben. Die Großfürstin kehrte mit einem Kalender zurück und ließ sich neben Vida auf die Chaiselongue fallen.

»Du hast Schokolade im Mundwinkel«, sagte sie.

Vida leckte die Schokolade weg und schaute auf den Kalender. Der Zeigefinger der Großfürstin lag auf dem 19. März. Vidas Name war in geschwungenen Buchstaben neben das Datum geschrieben. Als sie begriff, was sie da sah, bekam sie einen trockenen Mund.

»Und heute ist ...«

»... Samstag, der 19. März 1718«, beendete die Großfürstin für sie.

Vida strich mit dem Daumen über das Datum und konnte die Rillen spüren, die ihr Name in dem Papier hinterlassen hatte. Sie schaute von dem Kalender auf.

»Seit wann weißt du, dass ich heute komme?«

»Seitdem er mich vor drei Jahren besucht hat. Eines Morgens hörte ich ein Klopfen und er wartete auf dem Fensterbrett und sagte, ich solle mich nicht erschrecken, und wenn es mir nichts ausmachen würde, hätte er nichts gegen ein Frühstück einzuwenden. Also haben wir zusammen gefrühstückt. Er saß auf dem Tischrand, ich saß auf dem Stuhl, und es war, als hätte ich eine Märchengestalt zu Besuch. Er pickte hier ein wenig und da ein wenig herum, besonders die griechischen Oliven haben ihm---«

»Jelisa, von wem redest du?«, unterbrach sie Vida.

Die Großfürstin drückte sich für einen Moment die Hände auf den Mund.

»Oh, verzeih«, sagte sie. »Ich plappere hier vor mich hin und sage eigentlich nichts. Ich spreche natürlich von dem Architekten. Er war es, der mich besucht hat. Er sagte, die Welt werde sich bald zum Guten wenden und er brauche dafür meine Hilfe. Und dann hat er mir von dir erzählt. Er musste nur deinen Namen sagen und ich konnte sofort spüren, wie sich unsere Linien verbanden. Ich bin ein Teil deiner Zukunft, Vida, deswegen bist du hier, deswegen war der Architekt bei mir. Er hat mich wissen lassen, was meine Aufgabe ist. Kannst du es erraten? Ich allein bin es, die dafür sorgen wird, dass dir niemand deine Seele stiehlt. Ich bin das Gegengift zur Verdammung der Kraljica. Der Architekt sagte: *Nicht alles, was geschehen soll, soll wirklich geschehen, doch manchmal muss es geschehen, sonst gibt es keine Zukunft*. Du kannst dir wohl denken, wie ich geschaut habe, als ich das hörte. Ich war fünf Jahre alt, spielte noch mit Puppen und plötzlich sprach ich mit einem Raben, der an mein Fenster geklopft und eine Aufgabe für mich hatte. Stell dir vor, Vida, seit drei Jahren weiß ich, dass du heute hier ankommst! Es ist also kein Wunder, dass ich so ungeduldig bin.«

Die Großfürstin holte Luft.

»Ich soll dich von dem Architekten grüßen und dich bitten, dass du ihm verzeihst«, sprach sie weiter. »Er hätte dir nie deine Zukunft übergeben, wenn er geahnt hätte, dass du auf die Herrschaften triffst. Er hat versucht, dazwischenzugehen, und ist irgendwo im 12. Jahrhundert gelandet. Von ihm habe ich auch erfahren, wo ihr euch versteckt. Mein erster Brief erreichte deine Tanten, da warst du schon ein halbes Jahr in deinem Refugium. Ich habe ihnen von dem Besuch des Architekten und von meiner Gabe erzählt, die uns alle zusammenführen sollte. Dann habe ich euch alle nach Sankt Petersburg eingeladen, aber deine Tanten wollten Warrosch nicht verlassen, während du dich in deinem Refugium befandest. Das war nicht schlimm. Ich wusste ja, dass ich dir erst heute begegnen würde. Du kannst die Zeit nicht voranschieben. Zweieinhalb Jahre habe ich also geduldig gewartet. Als ich dann erfuhr, dass du erwacht bist, habe ich sofort die Eskorte losgeschickt. Und jetzt bist du hier und ich ...«

Ein Klopfen an der Tür unterbrach die Worte der Großfürstin, der Hofmarschall trat ein und meldete, dass das Boot bereit sei. Die Großfürstin bedankte sich und griff sich Vidas Hand.

»Komm, ich habe ein Geschenk für dich.«

Vida war ganz benommen von den Worten der Großfürstin und von ihrem Tempo, das sie ganz atemlos machte. Sie folgte ihr die Treppe hinunter, quer durch einen Saal, dann über den begrünten Innenhof, vorbei an ein paar sehr nervösen Flamingos, quer durch einen weiteren Saal, ehe sie auf der Rückseite des Winterpalastes nach draußen traten. Kaum hatten sie den Palast verlassen, stellte sich ein Diener mit einem Sonnenschirm an ihre Seite und spendete ihnen die hundert Meter zum Ufer der Moika Schatten.

»Wir hätten auch laufen können«, erklärte die Großfürstin, »aber die Moika ist ein wenig wie der Canal Grande, wenn man die Augen zukneift und in die Sonne blinzelt. Nicht dass ich schon einmal in Venedig war, aber Vater sagt immer, es sei hier genau wie in Venedig, also glaube ich ihm. Was denkst du, wohin wir fahren?«

Ehe Vida auch nur darüber nachdenken konnte, gab ihr die Großfürstin die Antwort.

»Wir fahren zum Sommergarten, denn dort erwartet dich dein Geschenk. Auch deswegen bist du hier, denn mit deinem Geschenk nimmt alles seinen Anfang, Vida. Von jetzt an gibt es kein Ende mehr für dich. Stell dir vor, deine Lebenslinie hätte dich erst nach Frankreich oder Persien geführt! Da wäre mein ganzes Leben anders verlaufen. Nein, Russland verdient seinen Vorrang.«

Die Fahrt mit dem Boot dauerte knapp fünf Minuten, dann hielten sie an einem Steg, und ehe der Diener das Boot anbinden konnte, sprang die Großfürstin an Land und reichte Vida erneut die Hand. Seite an Seite schritten sie zwischen den wuchtigen Bäumen der Parkanlage hindurch, wobei ihre Kleider sich auffächerten wie schlaftrunkene Blumen. Sie kamen an ein paar Gymnasten und einer Gruppe von Boule-Spielern vorbei, sie kreuzten den Weg von Spaziergängern, die höflich grüßten und zur Seite traten, als sie die Großfürstin kommen sahen. Da waren auch ein Tisch mit Kriegsveteranen, die vor sich hinmurmelnd Zeitung lasen und Schach spielten, und ein Teekuli mit einem Rollwagen, der Getränke servierte. Die Kriegsveteranen kamen auf die Beine und salutierten. Vida hatte keine Ahnung, was sie hier verloren hatte.

»Gleich hören wir ein wenig Musik«, sagte die Großfürstin.

»Hast du das alles geplant?«

»Natürlich.«

Sie führte Vida einen dicht bewachsenen Pfad entlang, danach öffnete sich ihnen der Sommergarten und da warteten zwei Violonistinnen und ein Cellist, die bei ihrem Anblick aufspielten und von einer Oboe begleitet wurden.

»Die Oboe, ach, wie ich sie liebe!«, rief die Großfürstin entzückt und lauschte kurz, aber andächtig den Musikern, woraufhin sie sich bei Vida einhakte und die beiden den Spaziergang fortsetzten.

»Schau, da sind wir schon, da drüben ist es!«

Vida verlangsamte ihren Schritt. Es war, als würde sie etwas sehen, was sie schon seit langer Zeit kannte.

»Tritt ruhig näher«, sagte die Großfürstin. »Er gehört dir.«

Der Turm hatte eine Höhe von dreißig Metern und bestand aus weißen, grob gehauenen Steinen, die von innen zu leuchten schienen. Die Fenster waren rund und es wirkte, als wären sie wahllos in das Mauerwerk eingesetzt worden. Zumindest sah Vida keinen Sinn hinter der Aufteilung. Die hölzernen Fensterläden waren die einzigen Farbflecken in dem schneeweißen Gemäuer. Sie waren dunkelgrün gestrichen und geschlossen.

Vida war vollkommen perplex.

»Ein Leuchtturm?«, sagte sie.

»Unsinn, was würde dir ein Leuchtturm bringen?«, fragte die Großfürstin zurück.

Als Vida an dem Turm hochschaute, sah sie die Wolken über den abendlichen Himmel ziehen und hatte das Gefühl, das Gebäude würde zu ihr herabschauen. Eine Windböe strich um ihre Beine und bewegte das Gras zu ihren Füßen, Vida senkte den Blick. Der Wind blies dem Turm entgegen und wehte unter ihm hindurch. Vida hockte sich hin, um zu sehen, wie das möglich war – zwischen dem Gras und dem Fundament befand sich eine gute Handbreit Luft.

»Der Turm schwebt!«, stellte sie verblüfft fest.

»So ist das mit Gebäuden, die nie lange an einem Ort bleiben«, sagte die Großfürstin. »Lass uns den Eingang finden, ich kann es kaum erwarten zu sehen, wie er von innen aussieht.«

»Du warst noch nie in dem Turm?«

»Wie sollte ich?«, erwiderte die Großfürstin. »Der Turm hat sich hier noch nie blicken lassen.«

Vida entdeckte den Eingang als Erste. Der Rundbogen war zwei Meter hoch und aus dem gleichen weißen Stein gehauen wie die Fassade. Es gab keine Klinke, es gab keinen Knauf, nur ein schmaler Riss im Stein deutete darauf hin, wo sich der Eingang befand. Vida tippte dagegen und die Tür schwang lautlos nach innen auf, als wäre sie aus Daunenfedern gemacht. Vida wollte der Großfürstin den Vortritt lassen, diese schüttelte aber nur den Kopf.

»Wenn du nicht vorgehst, kann ich nicht eintreten.«

Vida ging vor.

9

Der Turm war ein einziger hoher Raum, in dessen Wände vom Boden bis zur Kuppel Regale eingelassen waren. In den Regalen standen Bücher, Folianten und Pergamentrollen; sie nahmen jeden Zentimeter Platz ein, sodass der helle Mauerstein von innen nicht zu sehen war. Links und rechts von der Eingangstür führten gewundene Treppen nach oben und endeten auf einer schmalen Galerie, die zu weiteren Treppen führte, über die man zur nächsten Galerie gelangen konnte.

Vida sah hoch und zählte.

Der Turm war sieben Etagen hoch und von tropfenförmigen Öllampen beleuchtet. Die Lampen verströmten ein Licht, das sie an die frühen Morgenstunden in der Schmiede erinnerte. Ob Sommer oder Winter, Solomon hatte zu jedem Frühstück Bienenwachskerzen angezündet, die mit ihrem warmen Licht die Schatten vertrieben und selbst die grauesten Tage in etwas Besonderes verwandelten. Vida atmete tief ein, als könne sie das Bienenwachs riechen, doch in der Luft lag nur das schwere Parfum der Vergangenheit. Es duftete nach Papier und Leder, Tinte und Pergament.

»Tretet näher«, sagte eine Stimme.

Im Mittelpunkt des Turmes waren vier Sessel um einen niedrigen Beistelltisch angeordnet. Neben dem Tisch war ein Hocker, auf dem ein Samowar vor sich hinsummte. Das kräftige Teearoma vermischte sich mit dem Parfum der Vergangenheit und ließ Vida eine tiefe Sehnsucht verspüren. Da war wieder dieses Gefühl von Vertrautheit, als sie den Turm das erste Mal gesehen hatte. Als hätten das Licht und der Geruch der Bibliothek eine Erinnerung an einen Moment wachgerufen, der noch nicht gelebt worden war. Und wie Vida das dachte, löste sich aus einem der Sessel eine Gestalt und trat auf sie zu.

Der Mann war einen Kopf größer als Vida und sehr zierlich gebaut, als wäre sein Körper zu schnell in die Höhe geschossen. Er trug dunkle Hosen, ein weißes Hemd und darüber ein Wams aus schwarzem Samt. An seinen Füßen waren Schuhe, die vorne spitz zuliefen und hinten eckig endeten. Der Mann wirkte alterslos. Seine Haut war karamellfarben und der Kopf kahl geschoren. Von ihm gingen eine Wachheit, Wärme und Sympathie aus, wie sie Vida noch nie bei einem Menschen empfunden hatte. Auf seiner Nase saß eine runde Brille, durch die seine Pupillen winzig klein wirkten. Er verneigte sich, küsste die Hand der Großfürstin und stellte sich dann Vida vor.

»Herzlich willkommen«, sagte er, »mein Name ist Terzin und ich bin dein ganz persönlicher Bibliothekar. Alles, was du wissen musst, alles, was du wissen willst, und alles, was du brauchst – die Bibliothek und ich sind immer für dich da.«

»Immer für mich da?«, sagte Vida, als wäre sie ein Echo.

»Jedes Jahr, jeden Tag, jede Minute.«

Terzin legte den Kopf schräg.

»Du hast viele Fragen, ich kann das sehen. Bitte, frag mich ruhig.«

»Wieso schwebt die Bibliothek über dem Boden?«

»Weil sie nie gebaut wurde. Sie ist ohne Wurzeln gewachsen.«

Vida runzelte die Stirn.

»Häuser wachsen nicht von allein.«

»Dieser Turm schon. Aber um ehrlich zu sein, er ist nicht wirklich von allein gewachsen, es war …«

Der Bibliothekar hob einen Finger.

»… ein Gedanke nötig. Dieser Gedanke hat den Grundstein gelegt. Aus ihm wuchsen das Mauerwerk, die Fenster und die Regale. Die Bibliothek ist ein wenig wie eine Geschichte, die einer einzigen Idee entspringt und plötzlich zu einem Roman wird, der kein Ende findet. Aus diesem Grund ist der Turm auch ohne Wurzeln. Er wandert von einem Kontinent zum anderen und steht nie lange still. Vielleicht einen Tag, höchstens zwei, manchmal sind es nur Stunden oder Minuten.«

Die Großfürstin und Vida sahen auf den Boden zu ihren Füßen.

»Jetzt steht die Bibliothek natürlich still«, sagte Terzin, »doch niemand weiß ihre Koordinaten im Voraus, sie hat kein Ziel und kein Zuhause, und sie ist ohne Eile. Aber wo auch immer sie sich zeigt, wird sie von Historikern und Philosophen, Physikern und Mathematikern erwartet, die ihre Bücher und Abhandlungen dem Archiv anvertrauen wollen. Ich kann euch nicht sagen, wie sie wissen, wann und wo sich die Bibliothek zeigt, ich kenne das Prinzip dahinter nicht und bin selbst erstaunt, wohin sie mich führt. Eines Morgens bin ich am Fuß des Mount Everest, zum Mittag nehme ich auf einer Insel am Pazifik Bücher entgegen und am Abend schaue ich auf die verschneite finnische Landschaft hinaus, wo mir ein übermüdeter Philosoph seine handgeschriebenen Notizen überreicht und mich bittet, gut darauf zu achten. Ich muss mich auch nicht mit den Koordinaten abgeben. Die Aufgabe der Bibliothekare ist es, immer genug Öl in den Lampen und genug Wasser im Samowar zu haben, die Bücher entgegenzunehmen und zu katalogisieren. Und natürlich auf dich zu warten, Vida, denn ein jeder von uns ist ein Teil dieses Wissens geworden, das von einem zum anderen weitergereicht wird, um dir zu assistieren.«

»Mir?«

»Dir allein.«

»Also bist du nur wegen mir hier?«

»Richtig. Dieser Ort ist mein Zuhause, mein Leben und meine Bestimmung.«

Er ist nur wegen mir hier, dachte Vida.

»Ich hätte auch eine Frage«, sagte die Großfürstin. »Von wem kam dieser erste Gedanke, die Bibliothek entstehen zu lassen?«

»Er kam von Marra«, antwortete ihr Terzin und sah Vida an. »Weißt du, wer Marra ist?«

»Eine meiner Tanten, sie lehrte die Zukunft.«

»Als deine Tante Marra sah, dass die Zukunft sich auf dich zubewegte und von dir geformt werden wollte, wurde ihr bewusst, dass du alle Hilfe der Welt brauchen würdest, um nicht von deinem Kurs abzukommen.«

Terzin machte eine allumfassende Geste.

»All das ist deinetwegen entstanden, Vida. Es war Marras Gedanke, der den Anstoß gab, danach kam ein Stein nach dem anderen hinzu. Seitdem wächst die Bibliothek und wird fast täglich mit Büchern angefüllt, die alle darauf warten, dass du durch diese Tür trittst und deine Arbeit beginnst.«

Vida sah sich um und sah das Innere der Bibliothek mit anderen Augen. Sie spürte, wie sie schon seit einer Weile flach atmete. Sie hatte das Gefühl, als wäre die Bibliothek ein Ozean, in den man sie geworfen hatte, und jetzt saß sie auf seinem Grund und durfte erst wieder auftauchen, wenn sie den Ozean leer getrunken hatte. *Ich werde eine Ewigkeit brauchen, um all diese Bücher zu lesen,* dachte sie und spürte ein Lachen in sich aufsteigen.

»Aber was mache ich nur mit all den Büchern?«, fragte sie.

»Du liest und lernst natürlich«, antwortete Terzin, ein wenig verblüfft über die Frage.

»Aber …«

Da war Vidas Lachen, es klang verunsichert.

»… die kann ich doch niemals alle lesen, das sind doch bestimmt tausend Bücher!«

»Es sind *einige* Tausend«, korrigierte sie Terzin, »doch sei unbesorgt, du wirst schon die Zeit finden. Alles, was du hier siehst, sind deine Werkzeuge. Du setzt sie ein, wie es dir beliebt. Sie werden dir helfen, deine Bestimmung zu erfüllen.«

Die Großfürstin tätschelte Vidas Arm.

»Ganz sicher kannst du ein, zwei Bücher überspringen.«

»Das lässt sich machen«, stimmte ihr der Bibliothekar zu.

Sie lachten das erste Mal zu dritt, es war ein befreiendes Lachen. Dann erzählte Terzin, wer die Bibliothek vor ihm geleitet hatte, und wies darauf hin, dass die Namen der Bibliothekare im Archiv zu finden seien. Vida und die Großfürstin nickten, als würden sie da gleich nachschauen wollen.

»Und wenn die Regale voll sind?«, fragte die Großfürstin. »Was passiert dann?«

»Dann wächst die Bibliothek ein Stockwerk in die Höhe.«

Kaum hatte er das gesagt, wurde Terzin ernst und sagte mit Bedauern in der Stimme, dass es ihm das Herz gebrochen habe, als er zu hören bekam, dass Vidas Mutter gestorben war.

»Yrma wird bei uns zu Hause über alle Maßen verehrt«, sprach er weiter. »Meine Familie stammt aus dem Südosten Tibets. Wir entspringen dem Zweig von Yeshe Tsogyal, die eine der erleuchteten Meisterinnen war. Yeshe lebte in dem Kloster, das deine Eltern im Jahr 816 auf ihrer Flucht aufgesucht haben. Yrma lehrte sie das Wissen über die Toten, und Yeshe schrieb ihre Worte auf und so entstand das Tibetische Totenbuch, in dem die Lehren deiner Mutter gesammelt sind. Ohne den Besuch deiner Eltern in Tibet hätten sich unsere Wege nie gekreuzt. Deine Mutter teilte ihr Wissen und ihr Leben für eine Weile mit uns, wie sie ihr Leben und ihr Wissen mit vielen Familien teilte. Aus Dankbarkeit wählte jede Generation für sie eines ihrer Kinder aus, das sie zu einem Bibliothekar erzog. Ich bin aus der 8. Generation der Pnuhik und in diesem neuen Jahrhundert hat unsere Familie das unermessliche Glück gehabt, dass du geboren wurdest und dass das Los auf uns fiel. Ich bin der Sohn, der mitwandern darf. Auch wenn ich jetzt schon zu einem Mann herangewachsen bin, ist mein Herz mit kindlicher Freude erfüllt. Ich bin so unfassbar stolz, dir begegnen zu dürfen, Vida, dass ich weinen könnte.«

Er hatte Tränen in den Augen, was recht merkwürdig aussah, da er breit lächelte.

»Genug davon«, sagte er, »denn ich soll dir nicht nur die besten

Grüße von meiner Familie bestellen, ich soll dir auch einen Gruß von deiner Mutter ausrichten.«

Vida glaubte sich verhört zu haben.

»Meine Mutter *grüßt* mich?«, stammelte sie.

»So ist es, ihr Gruß wurde von Generation zu Generation weitergegeben.«

»Ihr habt euch *gemerkt,* was meine Mutter gesagt hat?!«

»Nein, sie hat den Gruß für dich aufgeschrieben.«

Vida konnte den Herzschlag in ihrem Hals spüren.

»Bestimmt ist die Nachricht auf Sumerisch«, sagte sie.

Der Bibliothekar war überrascht.

»Woher weißt du das?«

Vida zuckte mit den Schultern, was ihre Aufregung kaschieren sollte, aber niemanden täuschte.

»Sumerisch ist nicht meine Stärke«, sagte sie.

»Wer spricht schon Sumerisch«, sagte die Großfürstin.

»Wenn du möchtest, übersetze ich die Nachricht für dich«, bot Terzin an.

Vida wollte laut und deutlich Ja rufen, brachte aber nur ein Nicken zustande.

»Nehmt doch in der Zwischenzeit Platz, während ich die Nachricht hole«, sagte Terzin und stieg in das erste Stockwerk hoch.

Vida und die Großfürstin setzten sich in die Sessel und folgten jedem Schritt des Bibliothekars mit den Augen. Die Wendeltreppe knarrte nicht unter seinen Schuhen, keine der Holzbohlen gab einen Laut von sich. Es war, als wäre Terzin gewichtslos. Als er zurückkam, hatte er eine in Leder gewickelte Platte in der Hand. Vida und die Großfürstin waren so aufgeregt, dass sie ihre Handflächen auf die Knie drückten, um das Zittern in ihren Beinen zu beruhigen. Der Bibliothekar setzte sich und befreite die Platte aus dem Leder. Jetzt konnten sie sehen, dass sie aus Silber war. Eine Keilschrift zog sich wie ein feinmaschiges Netz aus Pfeilen und Gittern über das Metall. Vida beugte sich vor und strich mit den Fingern über die Schrift. Sie dachte: *Jedes Zeichen hat meine Mutter gesetzt.* In der silbernen Fläche sah sie ihre eigene Spiegelung und wurde an die Zeichnung erinnert, die Ljod von ihrer Mutter gemacht hatte. Da waren jetzt die ersten markanten Züge von Yrma in ihren eigenen Gesichtszügen versteckt, da waren der Schwung ihres Mundes und ein Funkeln, als hätte sich ihre Mutter als fernes Leuchten im Augenwinkel ihrer Tochter niedergelassen.

Terzin begann vorzulesen und deutete dabei mit seinem Zeigefinger auf die Schrift, damit Vida auch wusste, an welcher Stelle er sich befand.

Meiner Tochter, meinem Engel, meinem Sein,
dir allein schicke ich diesen Gruß aus einer Ferne,
die dir unerreichbar scheint,
die dir aber dennoch so nahe ist, wie ich es immer bin,
auch wenn du mich nicht siehst, so spürst du mich, das weiß ich.
Wir verlieren uns nie, denn wir sind für immer eins
im Geiste und im Körper, im Fühlen und im Denken,
im Hier und Jetzt.
Und weil wir uns nicht verlieren können,
treffen wir immer wieder aufeinander,
wie das Meer auf das Land, uns kann nichts trennen.
Deswegen vertraue auf das Licht deiner Seele,
denn so wie ich Licht bin, so bist auch du Licht
und zusammen sind wir alles.
In Liebe, meine Tochter, in Erwartung, mein Engel,
mit Sehnsucht, mein Sein,
grüßt dich deine Mutter Yrma

Vida saß ganz still da, als wolle sie den Klang der Worte nicht stören. Genauso still weinte sie in sich gekehrt und war dabei wie eine Wüstenlandschaft, die nach einer langen Dürre den ersten Regenguss erlebt. Die Sehnsucht füllte ihre Brust. Ihre Mutter war ihr plötzlich so nahe, wie sie es noch nie gewesen war.

Nachdem der Bibliothekar zu Ende gelesen hatte, schaute er auf und begegnete Vidas Blick und brauchte keine Worte – er begann die Nachricht erneut vorzulesen, ohne dass ihn Vida dazu auffordern musste. Er tat es viermal, bis Vidas Tränen versiegt waren und ihre Knie nicht mehr zitterten.

Die Großfürstin reichte Vida ein besticktes Taschentuch und Terzin bot ihr an, eine Abschrift von der Übersetzung zu machen. Vida schnäuzte sich und nickte, dann lehnte sie sich in dem Sessel zurück und schaute in den hohen Raum der Bibliothek, als würden dort oben ihre Gedanken herumflattern. Terzin umwickelte die silberne Platte mit dem Leder und legte sie beiseite. Danach goss er ihnen Tee ein und reichte jeder einen Becher. So saßen sie dann umschlossen von dem Wissen der ganzen Welt, nippten von ihren Bechern und schwiegen.

Es ist der richtige Moment, um sich wieder als Erzähler zu melden.

Tief in seinem Herzen weiß jeder Erzähler, wann seine Geschichte sich ihrem Ende nähert. Ich weiß es, ich weiß es viel zu gut und wünschte, ich könnte das Ende aufhalten und nach Vida greifen. Ich würde die Kuppel der Bibliothek abnehmen und Vida aus dem Sessel heben, ich würde sie aus dieser Geschichte retten und mich dann an dich wenden, lieber Leser, und zu dir sagen: *Danke für das Lesen, jetzt tu aber mal was anderes, schau einen Film, geh tanzen oder hau dir ein paar Bohnen in die Pfanne.*

Ich wünschte, so was wäre mir möglich. So wie ich mir auch wünschte, ich hätte den Bären vor den Jägern retten können. Vielleicht wäre dann alles anders gekommen. Ein Pfeiler, der das ganze Gebäude zum Schwanken bringt. Aber manche Schicksale sind unverrückbar miteinander verwoben, wohingegen andere nur darauf warten, dass man sie umlenkt und ihnen eine neue Form gibt. Ich bin nicht der Architekt der Zeit, ich bin auch keine Schöpfung der Göttin. Ich bin ein Mann, der im Labyrinth der Zeit mehrmals beinahe verloren gegangen wäre und euch diese Geschichte erzählt, weil er hofft, dass ihr ihm am Ende sein Versagen verzeiht. Aber manchmal müssen wir gnadenlos versagen, um den Sieg davonzutragen.

Ich setze die Geschichte jetzt mit dem Bären und dem Äffchen fort, denen ich nur einmal begegnet bin und die mir für immer in Erinnerung geblieben sind, weil auch sie kläglich versagt haben.

DAS MÄDCHEN, DAS SICH SEINEM ENDE NÄHERTE

I

Nachdem ihnen der Junge mit der Feder die Richtung gewiesen hatte, verbrachten der Bär und das Äffchen das letzte Jahr von Vidas langem Schlaf in Sankt Petersburg. Es wurde eine erstaunlich gute Zeit für die beiden. Sie waren der stumme Mönch und sein verrücktes Äffchen, sie waren eine Botschaft, die keiner verstand, die aber alle verstehen wollten – somit genau das richtige Rätsel für die Bewohner der russischen Hauptstadt, die sich auf jede noch so kleine Sensation stürzten.

Wohin die zwei Freunde auch kamen, ihnen wurden fraglos Essen und Trinken hingestellt. So mancher Stadtbewohner vermutete unter der Kutte einen verunstalteten Mann, der sich in den Glauben geflüchtet hatte, weil er von seiner Kirche verstoßen worden war. Doch was die Leute auch vermuteten, niemand wagte sich so nahe an den Bären heran, um seine Kapuze zurückzuschlagen.

Nur einmal trat ein Priester an ihre Seite, um sich zu erkundigen, zu welchem Kloster der Bär gehöre und wohin er unterwegs sei. Es wurde ein sehr kurzes Gespräch. Der Bär knurrte und ahmte Laute nach, die er während seines Daseins als Bestie des Schaustellers gehört hatte. Dabei klang er wie ein morscher Eichenschrank, dessen Türen nicht mehr richtig schlossen. Der Priester verstand kein Wort und folgerte daraus, der stumme Mönch sei nicht wirklich stumm, sondern mehr oder weniger sprachbehindert und somit ungefährlich, denn nur die Dummen können nicht reden. Da der stumme Mönch keine Almosen erbettelte und niemandem das Himmelreich versprach, ließ ihn der Priester in Ruhe und meldete dem Bischof, er sollte unbesorgt sein, der Mönch sei nur eine Kuriosität und würde keine Gefahr für die Kirche darstellen.

Nachts schliefen der Bär und das Äffchen in einem Stall, den ihnen ein Bauer zur Verfügung gestellt hatte. Der Bauer war eine von den guten Seelen, und als er die zwei Freunde während ihrer ersten Tage in Sankt Petersburg im Regen sitzen sah, führte er sie zu einem alten Stall und zeigte ihnen die Nische, in der sie nächtigen konnten. Der Bauer erwartete keine Bezahlung, er verspürte einfach nur das tiefe Bedürfnis, etwas Gutes zu tun. Auch erwartete er keine Dankbarkeit und bekam sie auch nicht – der kleine Satan kicherte, als hätte er dem Bauern sein letztes Brot gestohlen, während der Bär ein Murren von sich gab und den Bauern fortwinkte wie einen Bediensteten, der den Nachmittag freinehmen durfte.

Auf diese Weise wurden die zwei Freunde ein Teil des Petersburger Stadtbildes.

Die Nächte verbrachten sie in der Kornkammer, die Tage spazierten sie von einem Viertel zum anderen, und wo sie auch hinkamen, wählten sie sich ein gemütliches Plätzchen und ließen sich dort nieder, um das Geschehen um sich herum zu beobachten.

Der Bär hielt Ausschau nach dem Mädchen.

Das Äffchen hielt Ausschau nach den besten Leckerbissen.

An diesem späten Nachmittag saßen die zwei Freunde nahe am Brunnen des Progorski-Marktes in der Frühlingssonne und genossen den Tag, während sie dem Kreischen der Marktweiber lauschten, die im Wettstreit mit den Fischhändlern standen, sodass der Marktplatz von ihren Stimmen erfüllt war. Hin und wieder legte jemand den zwei Freunden Obst oder Brot vor die Füße, und hin und wieder sprang der kleine Satan auf, hüpfte über die Cafétische, hangelte sich den Fahnenmast hinauf und kam ihn kopfüber wieder runtergerannt, ehe er sich dem Bären wieder auf die Schulter setzte und zufrieden an seinem Geschlecht herumzupfte. Die Bewohner des Viertels ertrugen diese Verrücktheiten, ohne sich auch nur mit einem Wort zu beschweren. Es war ein Spaß, von dem die zwei Freunde nicht genug bekamen.

Ohne dass sie es wussten, verfolgte das Schicksal mit ihnen seinen ganz eigenen Plan. Dieser Plan schien manchmal sinnlos und so launisch zu sein wie ein Dreijähriger, der sein Spielzeug fallen lässt, um nach einem anderen Spielzeug zu greifen. Aber das Schicksal konnte auch brillant und elegant vorgehen, was es an diesem Tag bewies, als es einen recht stattlichen Mann mit einem Loch im Herzen an dem Marktbrunnen vorbeilaufen ließ – keine fünf Meter entfernt von unseren zwei Freunden.

Der Bär war gerade dabei gewesen, einen geräucherten Fisch zu verspeisen, den das Äffchen angewidert von sich weggeschoben hatte, als er über den würzigen Duft hinweg einen anderen Geruch wahrnahm, der ihn in der Bewegung erstarren ließ. Der Fisch fiel dem Bären aus den Tatzen und er streckte die Schnauze in die Luft, sodass sie aus der Kapuze der Kutte hervorragte.

Es gab keinen Irrtum, der Geruch kam von dem Mann, der eben in der Menge verschwunden war.

Aber der Mann war nicht die Quelle.

Der Bär kam auf die Hinterbeine und richtete sich zu seiner

vollen Größe auf. Das Äffchen schwang sich auf seine Schulter und so schoben sich die zwei Freunde durch die Menge.

Aber nicht dem Mann hinterher.

Der Geruchssinn des Bären war exquisit und es hätte ihm wenig gebracht, den Mann zu verfolgen, denn dieser entfernte sich von der Quelle des Duftes. Der Bär nahm die Spur auf, die der Mann zurückgelassen hatte. Er marschierte über den Lominski-Platz und überquerte die Kiyevskaya, dann bog er scharf nach links in den Moskovsky-Prospekt, den er Richtung Norden hochlief.

Über drei Jahre waren vergangen, seitdem ihn das Mädchen aus dem See gezogen hatte; und genau ein Jahr war vergangen, da hatte der Bär an einer Feder gerochen, der eindeutig der Duft des Mädchens angehaftet hatte. Seitdem war er mit dem Äffchen auf der Schulter quer durch Russland marschiert, um viertausend Kilometer entfernt in Sankt Petersburg erneut auf diesen Geruch zu treffen. Es war also kein Wunder, dass der Bär plötzlich so zielstrebig war wie nie zuvor. Seine Mönchskutte flatterte und er war wieder das Bärenjunge, das gerade in einen See gestürzt war und seine Mutter verloren hatte. Seine Sinne erwachten mit jedem Schritt zu neuem Leben, sodass er beinahe wieder auf allen vieren gelaufen wäre. Der einzige Zweifel, der den Bären plagte, war ein Zweifel, dem sich sonst kaum ein Tier stellt, wenn es an einen Menschen denkt – er fragte sich, ob ihn das Mädchen nach der langen Zeit wiedererkennen werde. Der Bär hatte das Gefühl, sollte sie ihn nicht erkennen, dann wäre es, als wäre er nie gewesen.

2

Während der Bär in Richtung des Winterpalastes lief, folgte ein unauffälliger Schatten dem stattlichen Mann mit dem Loch im Herzen, dem Vidas Geruch anhaftete. Zwei Stunden war Soldat Vladek jetzt dem Husaren quer durch die Stadt auf den Fersen geblieben und konnte vor Hunger kaum noch gerade stehen. Er hatte die fatale Wunde gesehen, die Lenko geschlagen worden war, und fragte sich, woher der Husar die Energie nahm, so lange auf den Beinen zu bleiben.

Als hätte Lenko seine Gedanken gehört, ging er auf ein Badehaus zu und trat ein.

»Endlich«, sagte Vladek laut vor Erleichterung und hockte sich auf den gegenüberliegenden Bürgersteig, um sich zu erholen. Er dachte an seine Katjuscha und das Kind, das in ihrem Bauch heranwuchs; und er dachte an seine Mutter und das neue Häuschen, dessen Tür er mit den Worten *Hier ist dein neues Zuhause, Mütterchen* für sie öffnen wollte. Er wusste, die Großfürstin würde ihn für diesen Auftrag gut entlohnen, vorausgesetzt, er führte ihn richtig aus. Gleichzeitig war ihm unwohl, da er den Husaren bewunderte und sich ein wenig wie ein Spion fühlte, der seinem Idol nachstellte.

Sechs Jahre war es her, aber es fühlte sich an wie gestern.

Vladek war vierzehn gewesen, als das erste russische Husarenregiment aus dem Boden gestampft wurde und Lenko sich einen Namen in der Armeewelt gemacht hatte. Vladek hatte auf den Schultern seines Vaters gesessen und die Parade bejubelt, bis er heiser war. An diesem Tag hatte er sich vorgenommen, selbst ein Husar zu werden und alles dafür zu tun, damit er die Uniformjacke mit den eleganten Verschnürungen tragen durfte. Jetzt befand er sich im zweiten Jahr seines militärischen Dienstes und sein Vater lebte seit vier Jahren nicht mehr. Vladek arbeitete täglich an seiner Fechtkunst, versuchte trinkfest zu werden und gab sich Mühe, vor seinen Vorgesetzten mit Mut und Ausdauer zu glänzen. Der alte Gärtner hatte recht gehabt. Es war eine übermütige Dummheit gewesen, sich für die Front zu melden. Vladek hatte nicht gesehen, was vor ihm lag, er hatte versucht, das Jetzt zu überspringen und in eine leichtere Zukunft zu fliehen.

Es gibt keine leichtere Zukunft, dachte er, *es gibt nur diese Gegenwart, aus der wir das Beste machen müssen.* Und wie Vladek das dachte, begriff er, dass er aus dem gleichen Holz geschnitzt war wie die Männer, die er bewunderte. Deswegen zögerte er nicht mehr und betrat das Badehaus, in dem er sich hastig entkleidete, um seinem Idol nackt auf den Fersen zu bleiben.

Jeder Husar hätte an meiner Stelle dasselbe getan, sagte er sich.

Zvobas Bani hatte schon bessere Zeiten gesehen. Viele der Bodenfliesen waren locker und die Sauna erreichte nur noch mit Mühe die richtige Temperatur. Jede Woche machte der Besitzer des Badehauses eigenhändig Jagd auf Ratten und streute Gift gegen die Flut von Kakerlaken, die unter den wackligen Bodenfliesen hervorkrochen und ihre Nistplätze zwischen den Handtüchern suchten. Die Kunden bekamen von den Ratten und dem Gift nichts mit, hin und wieder hatten sie Kopfschmerzen oder Blut im Urin, doch das waren Ausnahmen, die keiner zum Badehaus zurückverfolgen konnte.

Um zehn Uhr morgens öffnete Zvoba und um den Nachmittag herum war das Badehaus gut besucht und die Kunden in bester Laune. Zvoba begrüßte sie wie seine nahesten Verwandten und erkundigte sich nach ihrer Gesundheit, er klopfte Schultern und machte anzügliche Witze. Er lobte, wo es was zu loben gab, und nickte wissend, wenn er etwas nicht verstand.

Jeder Tag war der gleiche: Nachdem die Kunden ihren Obulus entrichtet und ihre Kleidung abgelegt hatten, stärkten sie sich im Erholungsraum mit Wodka und Blinis, saßen danach eine

Stunde lang in der Sauna, um ihre Sorgen auszuschwitzen, ehe sie lächelnd in den Wannen versanken. Das Badehaus war ihr Hafen in Zeiten der Not, genau so fühlte es sich auch für den Soldaten Vladek an. Obwohl er noch nicht in diesem speziellen Badehaus gewesen war, kam es ihm vor wie eine Reise in seine Kindheit. Das Klatschen der Birkenzweige auf den Rücken der Männer erinnerte ihn an seinen Vater, mit dem er jeden Donnerstag das große Badehaus am Hirschelpark aufgesucht hatte. Nicht nur der Geruch, sondern auch die blaue Farbe der Wände weckten seine Erinnerung.

Vladek steckte das Handtuch um seine Hüfte herum fest, nickte den anderen Besuchern zu und stopfte sich drei Blinis in den Mund, ohne sie zu schmecken. Er war zu aufgeregt, um vernünftig essen zu können, und er wollte nicht zu lange auf einer Stelle stehen bleiben und dadurch den Husaren aus den Augen verlieren. Den Wodka lehnte er dankend ab, was den Besitzer des Badehauses dazu veranlasste, überrascht die Augenbrauen hochzuziehen. Der Junge war ihm suspekt.

Zvoba hielt ihm erneut ein Glas entgegen, erneut wehrte Vladek ab.

»Es ist noch ein langer Tag«, erklärte er.

»Kein Grund, ihn noch länger zu machen«, sagte Zvoba.

Auch das dritte Angebot wurde nicht angenommen, stattdessen schnappte sich der Soldat ein Bündel Birkenzweige, deren gut eingeweichte Blätter sich so lebendig anfühlten, als wären sie eben erst gepflückt worden. Während sich Vladek selbst peitschte, schaute er sich unauffällig um, doch wo er auch schaute, er entdeckte den Husaren nicht, dafür umgab ihn sehr schnell der angenehme Birkenduft und für einen Moment vergaß er, was er hier tat, und schloss die Augen. Es war, als würde sein Vater neben ihm sitzen, als wäre er wieder Kind und stolz, einer von den Männern zu sein, die schwitzend zusammensaßen, scherzten und lachten.

Ein Niesen brachte den Soldaten zurück in die Realität. Er öffnete die Augen und sah einen der Kunden, der sich den Daumen an einen Nasenflügel hielt und einen Klumpen Rotz auf den Boden schneuzte, ehe er den Raum verließ und in die Sauna wechselte.

Vladek folgte ihm.

In dem anliegenden Gewölbe saßen die Männer in niedrigen Holzkabinen auf vier Ebenen verteilt, aber auch hier war der Husar nicht zu finden. Vladek überkam eine leichte Unruhe. Er fragte sich, was er unternehmen sollte, wenn Lenko seine Anwesenheit schon auf der Straße bemerkt und ihn mit dem Badehaus in die Irre geführt hatte. Vielleicht gab es einen Hinterausgang und der Husar war längst verschwunden, während Vladek hier mit einem Handtuch bekleidet in der Gegend herumstand. Er müsste dann mit gesenktem Kopf zur Großfürstin zurückkehren und ihr gestehen, dass er ausgetrickst worden war. Es wäre die größte Schmach und nicht der Rubelregen, den sich Vladek erträumt hatte.

Zu seiner Erleichterung entdeckte er den Husaren in einem der Wannenräume, die auf die Sauna folgten. Sechs große hölzerne Wannen waren in einem Kreis aufgestellt und neben jeder der Wannen befand sich ein Beistelltisch mit Seifen, Schwämmen und Bürsten. Auf einem Regal waren die Handtücher gestapelt und durch eine Verbindungstür wurde das heiße Wasser gebracht.

Vier der Wannen waren belegt.

Vladek zögerte, weil er nicht wusste, wie weit er sich dem Husaren nähern konnte. Sie waren sich nie persönlich begegnet, aber ein Soldat war ein Soldat – die Haltung und der Haarschnitt verrieten ihn.

Aber wieso sollte ein Soldat nicht in ein Badehaus gehen?, fragte sich Vladek.

Sein Zögern fand ein Ende, als der Besitzer des Badehauses

neben ihm auftauchte und ihm Handtuch, Schwamm und eine Bürste in die Arme drückte. Zvoba war der Soldat noch immer suspekt. Er war ihm von einem Raum zum anderen gefolgt und sein Verdacht verstärkte sich nur. Der Soldat war zu nervös. Wenn die Gäste nicht unbekleidet gewesen wären, hätte Zvoba ihn für einen Dieb gehalten.

Wer überspringt schon die Sauna, wenn nicht ein Gauner?, fragte er sich. *Und wieso steht der Kerl vor mir, als wüsste er nicht, was er mit den Badesachen anfangen soll?*

Zvoba grinste über seine eigenen Gedanken und fragte Vladek vollkommen zusammenhanglos, ob er noch Junggeselle sei. Zwei der Männer lachten so sehr über die Frage, dass das Wasser aus ihren Wannen schwappte. Vladek lachte notgedrungen mit, und wie sie alle so vor sich hinlachten, schob sich ein Greis vorbei und legte sich in die Wanne neben dem Fenster. Er versank seufzend in dem dampfenden Wasser und starrte in den Petersburger Himmel, als würde er jeden Moment darauf warten, von Gott zu einer Audienz eingeladen zu werden.

»Wenn du noch länger zögerst«, stellte Zvoba fest, »stiehlt dir jemand die letzte Wanne und dann stehst du aber dumm da.«

Vladek trat in den Raum und legte Handtuch, Schwamm und Bürste auf den einzigen freien Hocker, danach versank er in der Wanne und seufzte vor Erleichterung. Er ließ ganze fünf Minuten verstreichen, die er im Kopf runterzählte, ehe er es wagte, einen Blick nach rechts zu werfen.

Der Husar hatte nicht einmal mitbekommen, dass der Soldat den Raum betreten hatte. Sein Hinterkopf ruhte auf dem Wannenrand und seine offenen Augen starrten an die Mosaikdecke, was ihn ein wenig wie einen Toten aussehen ließ. Vladek hätte in dem Moment viel dafür gegeben, die Gedanken des Husaren zu hören.

Es hätte ihm nicht gefallen.

Es hätte ihn aufspringen und panisch davonlaufen lassen.

3

Die Kraljica war ausgesprochen ratlos, wie sie da im Wasser lag und nachdachte. Sie hatte keine Ahnung, was sie mit dem Körper des Husaren anfangen sollte. Die Wunde in dem Herzen schloss sich nur langsam und blutete nach, obwohl das Herz längst aufgehört hatte zu schlagen. Und dann war da dieser Gedankenfluss. Er war so furchtbar zäh, wie alle Gedanken zäh sind, nachdem das Gehirn aufgehört hat zu funktionieren. Es war schwierig in dem toten Geist einen klaren Kopf zu bewahren, und sie musste viel Energie investieren, damit der Körper des Husaren nicht zusammenbrach.

Aber ich habe das Mädchen gesehen, dachte die Kraljica.

Und ich habe sie berührt, oh, und wie ich sie berührt habe.

Es war zwar nur ein kurzer Kontakt gewesen, als das Mädchen den Husaren von dem Rasen aufgeholfen hatte, doch dieser Kontakt genügte völlig, um die Verbindung zu schaffen. Seitdem hing die Kraljica wie eine Zecke an dem Bewusstsein des Mädchens und beobachtete jeden seiner Schritte und sah und hörte, was um es herum geschah.

Dennoch war Geduld gefragt.

Die Kraljica hatte die Worte der Göttin nicht vergessen. Da waren ein tiefer Respekt vor den Schwestern und eine Furcht vor dem Vater. Die Kraljica wollte eine Begegnung um jeden Preis vermeiden, es war also angeraten, den Weg des geringsten Widerstandes zu gehen, und deswegen war sie zwei Stunden durch Sankt Petersburg gelaufen und hatte gelauscht und innerlich gelacht, als sie hörte, dass die Großfürstin die Seele des Mädchen vor ihr beschützen wollte. Sie war mit dabei, als die Großfürstin das Mädchen zu der Bibliothek geführt und sich danach mit ihr eine Tüte gebrannte Maronen geteilt hatte. Die Kraljica blieb geduldig, ein kleiner Hinweis würde ihr genügen, mehr brauchte sie nicht. Als der Hinweis dann kam, kehrte die Kraljica im erstbesten Badehaus ein.

Jetzt war nur noch ein wenig Kreativität gefragt.

»Sie bluten«, stellte eine Stimme fest.

Die Kraljica nahm den Blick von der Mosaikdecke. Der Badehausbesitzer stand mit einem Stapel Handtücher neben der Wanne und deutete mit dem Kinn auf das Wasser. Die Kraljica schaute an sich herab und sah den ausgestreckten muskulösen Körper des Husaren – die dichte Behaarung und das blutige Wasser, das sie an trüben Borschtsch denken ließ und die Wunde über dem Herzen umschwebte, als wollte es sie verbergen.

»Es ist eine alte Verletzung, die nicht heilen will«, sagte die Kraljica mit der rauen Stimme des Husaren. »Wer seinem Land dient, darf ja wohl seine Wunden offen tragen.«

»Natürlich, natürlich«, stimmte ihm Zvoba zu. »Möchte der Herr vielleicht, dass ich sein Wasser wechsle?«

»Genau das möchte der Herr«, antwortete die Kraljica.

Zvoba trat auf einen Hebel am Boden und die Wanne begann sich gluckernd zu entleeren. Dann verschwand er durch die Seitentür und die Kraljica hörte ihn rufen, er brauchte heißes Wasser. Die Tür fiel hinter ihm zu und die Kraljica lehnte den Kopf an den Wannenrand und starrte weiter an die Mosaikdecke. Sie war bereit, ein wenig kreativ zu sein.

4

Wenn es nach dem Bären gegangen wäre, hätte ihn nichts aufhalten können. Er war wie eine Motte und der Duft des Mädchens lag als leuchtende Spur in der Luft und lockte ihn quer durch Sankt Petersburg zum Winterpalast. Der Bär wäre direkt hineinmarschiert – an den Wachen, den Bediensteten und der Leibgarde vorbei. Keine verschlossenen Türen oder Fenster hätten ihn halten können. Es war also sehr gut, dass der kleine Satan nicht von seiner Seite wich. Das Äffchen war sehr rigoros, wenn es darum ging, den Bären zu beschützen. Kaum waren sie in Sichtnähe des Winterpalastes, brachte es seinen Freund zur Vernunft, indem es an seinen Ohren zerrte, ihm die Augen zuhielt und ihm so lange auf die Schnauze schlug, bis das gewaltige Tier einlenkte.

Der Bär ließ sich in den Park lotsen, der an die Westseite des Winterpalastes angrenzte und üblicherweise von flanierenden Familien frequentiert wurde. Um diese Uhrzeit aber war der Park verlassen und der Bär ließ sich unter einen Baum fallen und lehnte den Rücken gegen den Stamm. Das Äffchen verschwand von seiner Seite und nahm Kurs auf den Palast. Niemand musste dem Bären erklären, was jetzt passierte.

Das Äffchen brauchte eine gute Stunde, ehe es alle Möglichkeiten erkundet hatte, in den Palast zu gelangen. Es entschied sich für eine Kohleklappe, durch die es problemlos hineinschlüpfen konnte. Doch als der kleine Satan sich im Palast umsehen wollte, rannten so viele Bedienstete herum, dass er es nicht wagte, aus dem Keller hochzusteigen.

Die Vorbereitungen für das Bankett liefen auf Hochtouren.

Der kleine Satan wartete, bis der Strom der Bediensteten nachließ, erst dann flitzte er vom Keller aus die Seitentreppe hoch.

Es war ruhig im obersten Stockwerk des Palastes, was daran lag, dass hier zum einen nur die Bediensteten untergebracht waren und zum anderen der Hofmarschall ein strenges Regiment führte und nichts davon hielt, dass seine Angestellten für eine Pause nach oben verschwanden. Der kleine Satan entdeckte eine unverschlossene Kammer mit Blick auf den Park. Er öffnete den Fensterflügel und winkte dem Bären. Der Bär bekam das nicht mit. Er hatte sich Mühe gegeben, geduldig auf das Äffchen zu warten, dabei war er unter dem Baum eingeschlafen.

Der kleine Satan klopfte dem Bären so lange auf dem Kopf herum, bis der sich aufrichtete und um sich schlug. Das Äffchen kannte das schon und umfasste den Hals des Bären mit beiden Armen und ließ sich ein wenig herumschleudern, dann hatte der Bär sich beruhigt und der kleine Satan führte ihn zum Palast.

Sie blieben vor der Fassade stehen und schauten am Mauerwerk hoch. Im zweiten Stockwerk wartete das offene Fenster, von dem aus das Äffchen herabgestiegen war. Es war für einen Bären der beste Zugang zum Palast. Jetzt musste er nur noch zeigen, wie gut er klettern konnte.

Der Bär zögerte, denn er dachte an den Tag, an dem seine Mutter in den See gestürzt war. Wenn er hier fiel, landete er auf Kopfsteinpflaster. Nein, er schüttelte den Kopf, er dachte nicht daran, an der Fassade hochzuklettern.

Mit einem Schnaufen setzte er sich auf den Boden und schob die Kapuze von seinem Kopf. Hätte er heulen können, hätte er in dem Moment geheult.

Der kleine Satan stieß ihn an, der Bär rührte sich nicht, also verschwand das Äffchen von seiner Seite und blieb keine zwei Minuten verschwunden, dann waren plötzlich Rufe und Stimmen zu hören und der kleine Satan kam um die Ecke geschossen – die Stimmen gehörten vier Palastwachen, die das Äffchen bemerkt hatten und ihm gefolgt waren.

Der Bär kam sofort auf die Beine. Die Verzweiflung durchflutete ihn. Er wollte nicht noch einmal von dem Mädchen getrennt werden, und da war die Erinnerung an die Jäger, die ihn mit einem Netz gefangen genommen hatten. Kurzentschlossen riss er die Kutte von seinem Körper und begann so schnell am Mauerwerk hochzusteigen, dass es ihn selbst erstaunte. Er griff nach Vorsprüngen und zog sich hoch und höher, bis er sich im zweiten Stockwerk über das Fensterbrett wälzte und mit einem dumpfen Laut in das Zimmer hineinfiel, wo ihn das Äffchen schon erwartete.

War doch nicht so schwer, dachte das Äffchen und grinste.

Ich hasse dich, dachte der Bär und grinste zurück.

Unter ihnen blieben die Palastwachen verwundert stehen und fragten sich, wo das Äffchen abgeblieben war und welcher Mönch wohl seine Kutte hier verloren hatte. Sie blickten keine Sekunde nach oben, denn zwischen den Falten der Kutte glänzte etwas Goldenes hervor. Eine der Palastwachen hob das Kreuz auf und steckte es ein. Er wusste schon, bei welchem Hehler er es verkaufen konnte. Das Kreuz würde seinen und den Lohn seiner Kollegen gut auffrischen.

Die Palastwachen kehrten auf ihre Posten zurück und waren sehr zufrieden mit sich.

Die Bedienstete Freda zuckte zusammen, als es über ihr rumpelte. Nachdem sie vom Hofmarschall den Auftrag erhalten hatte, Vida ein Bad einzulassen, wartete sie geduldig, dass der gewaltige Kupferkessel im Keller eingeheizt wurde. Eben war Freda dabei, an den Badeölen zu schnuppern und eine Auswahl zu treffen, als sie das Rumpeln über sich hörte.

Freda lauschte. Wie alle Bediensteten stand sie unter der Aufsicht des Hofmarschalls und wusste, dass er Ausreden verabscheute. Wenn es ein Problem gab, war es ein Problem, das alle betraf.

Freda verließ das Bad und ging ein Stockwerk höher. Sie entdeckte die offene Kammer, in der die Leinenwäsche untergebracht war. Eines der Fenster stand offen und ein Hocker lag auf dem Boden. Freda schloss das Fenster und stellte den Hocker an seinen Platz zurück. Sie bemerkte das Äffchen nicht, das sich eng an den Bären klammerte, der noch enger hinter einen Schrank gequetscht war.

Freda schaute sich ein letztes Mal um, verließ das Zimmer und schloss die Tür hinter sich.

Es gab ein leises Klacken, als der Riegel nach unten fiel.

5

Zur gleichen Zeit saßen die drei Schwestern im begrünten Innenhof des Winterpalastes, tranken Champagner und bewunderten eine Gruppe Flamingos, die, wie in einem Traum gefangen, über die Wiese stolzierten, und bei jedem Geräusch erstarrten, ehe sie ihren Weg zögerlich fortsetzten. Ihr leuchtendes Gefieder ließ die Schwestern an die Orangen denken, die sie während eines Besuchs in Karthago gepflückt hatten.

»Das waren andere Zeiten«, sagte Eka.

»Das waren andere Welten«, sagte Riva.

»Und andere Leben«, schloss Asha.

Sie waren gebadet und ausgeruht, jetzt erst spürten sie nach der langen Zeit der Sorge eine Erleichterung, die sie in Verbindung mit dem eisgekühlten Champagner sehr entspannte. Obwohl sie wussten, was für ein Risiko Eka mit dem Öffnen des Portals eingegangen war, tat es ihnen gut, sich ihrer Kräfte wieder bewusst zu werden. *Wir sind wie die Flamingos gewesen,* dachte Asha, *wir bewegten uns so vorsichtig durch die Zeit, als wären wir kein Teil von ihr, als wollten wir nicht auffallen.*

Die Furcht, entdeckt zu werden, war ein alter Bestandteil ihres Lebens, aber die Vorstellung, Soleas prüfendem Auge für einen Moment entkommen zu sein, sorgte für Genugtuung und eine Spur Hoffnung.

»Dennoch macht mich der Husar nervös«, sagte Eka. »Ich habe gesehen, wie ihn der Pfeil durchbohrt hat. Und ich weiß, dass ich das Portal geschlossen hatte, nachdem ich durchgeflogen bin. Es ist mir ein Rätsel, wie er hinterherspringen konnte.«

Riva nippte von ihrem Glas und dachte nach.

»Du warst aufgeregt«, sagte sie. »Es ist so lange her, dass du ein Portal geöffnet hast. Fehler unterlaufen uns allen.«

»Vielleicht ist das so«, lenkte Eka ein.

»Wie auch immer es ist«, sagte Asha, »wir sollten den Husaren auf jeden Fall im Auge behalten.«

»Denkst du, Solea hat ihn uns geschickt?«

»Alles ist möglich«, gab Asha zu.

Eka zeigte mit dem Kinn zu einer der Türen, die in den Palast führte.

»Seht, wer da kommt«, sagte Eka.

Die ehemalige Zarin war kein Flaggschiff mehr, sie hatte jetzt elegant die Segel gesetzt und näherte sich mit Rückenwind. Ihr Kleid bauschte sich, von ihren Armen hingen rote Schleier und ihr Haar thronte gleich einem Mast auf ihrem Kopf, sodass sie eine absurde Höhe von zwei Metern erreichte.

»Ihr seht aus wie immer«, sagte die ehemalige Zarin zur Begrüßung.

»Und du erinnerst an eine Königin«, sagte Eka.

»Ihr meint das Kleid?«

Die ehemalige Zarin drückte sich überrascht eine Hand auf ihre Brust und schaute an sich herab.

»Ach, das. Ich habe es mir nur schnell übergeworfen.«

Sie küssten einander auf die Wangen, dann setzte sich die ehemalige Zarin mit einem Seufzer und trank ein Glas Champagner, ohne mit der Wimper zu zucken. Nein, niemand musste nachfragen, sie war eindeutig schlecht gelaunt. Die ehemalige Zarin zeigte auch keine Reaktion, als Riva ihren alten Kosenamen benutzte.

»Jetzt mal ehrlich, Paza, wir kennen uns seit knapp vierzig Jahren. Es scheinen sich in dieser Zeit eine Menge Ressentiments zwischen uns aufgebaut zu haben. Was ist es jetzt?«

»Es sind keine Ressentiments, meine Liebe«, antwortete die ehemalige Zarin pikiert und warf ihr einen Seitenblick zu. »Ihr Damen habt gut reden in eurer Unvergänglichkeit, aber seht mich an. Nein, keine Ressentiments, das wäre ja zum Lachen. Haha.«

»Was ist es dann?«, fragte Eka.

Das Lachen der ehemaligen Zarin verstummte. Wer ihr in diesem Moment genauer in die Augen geschaut hätte, hätte gesehen, dass der Grund für ihre miese Laune ein Mann war. Aber wie man auch schaute, sie dachte nicht einmal daran, seinen Namen zu denken.

Kaum hatte die ehemalige Zarin Vida und die Großfürstin allein gelassen, eilte sie auf ihr Zimmer und läutete nach ihrer Kammerzofe und ihrer Coiffeuse. Sie ließ sich in Windeseile ihre Perücke neu frisieren und wechselte viermal das Kleid, ehe sie aus dem Palast trat, um rein zufällig auf Solomon zu treffen, der auf der Parkbank eingeschlafen war. Der Schmied machte es ihr nicht leicht. Die ehemalige Zarin räusperte sich mehrmals, was wenig brachte, Solomon schlief weiter, also zupfte sie ein parfümiertes Taschentuch aus ihrem Ärmel und strich damit so lange über sein Gesicht, bis er kaum noch Luft bekam. Solomon schrak hoch und sah sich verwirrt um. Vor ihm stand eine wohlbeleibte Dame, die ein wenig zitterig lächelte und fragte, ob er sich nicht an sie erinnern würde. Solomons Reaktion war ein Schlag in ihr hoffnungsvolles Gesicht. Er hatte keine Ahnung, wer sie war.

»Aber ich bin es doch, die Paza!«

Solomon lächelte gequält.

»Paza? Nein, es tut mir leid, ich erinnere mich nicht.«

»Wir haben zusammen getanzt.«

»Und wie lange soll das her sein?«

»Was ist schon Zeit«, sagte die ehemalige Zarin und machte auf dem Absatz kehrt. Ohne einen Blick zurückzuwerfen, stürmte sie in den Palast. Kaum in ihrem Gemach angekommen, riss sie ihr Kleid herunter, warf sich auf ihr Bett und heulte zwei Kissen nass. Danach entließ sie ihre Coiffeuse, um sie nach einer Minute wieder zu sich zu rufen, damit sie ihr die Perücke neu richte. Sie musste heute Abend repräsentabel sein und Solomon ohne

Scham in die Augen blicken können. *Nur wer aufgibt, hat verloren,* wiederholte sie immer wieder, und genau dieselben Worte gingen ihr durch den Kopf, als sie jetzt den drei Schwestern gegenübersaß und von dem ersten Glas Champagner schon leicht angetrunken war. Wie sehr sie auch fragen sollten, die ehemalige Zarin hatte beschlossen, ihre Begegnung mit Solomon den Schwestern gegenüber mit keinem Wort zu erwähnen.

»Oje«, sagte Eka, »es ist wegen Solomon.«

»Du hast ihn gesprochen«, sagte Asha.

»Er hat dich nicht erkannt«, sagte Riva.

Die ehemalige Zarin bekam einen Schluckauf.

»Woher wisst ihr das?!«, brachte sie hervor.

Asha legte ihr eine Hand auf das Knie.

»Wir Frauen sehen die Wunden, die ein Mann hinterlässt«, sagte sie. »Außerdem haben wir dich vom ersten Tag an wissen lassen, dass Solomons Herz unserer Schwester gehört. Daran ändert auch ihr Tod nichts, Paza. Solomon hat dich also nicht wirklich vergessen, wie sollte dich jemals jemand vergessen?«

»Ja, wie?«, fragte Eka. »Mit solch einem Volumen bist du ja ein Gegenmittel für das Vergessen.«

Erst war die ehemalige Zarin verwirrt von der Aussage, als sie sich aber vorstellte, wie jemand ihr Volumen als Gegenmittel für das Vergessen einsetzte, gefiel ihr das und sie ließ sich ihr Glas nachfüllen.

Niemand sollte behaupten, sie hätte keinen Humor.

Irgendetwas hatte sich mit diesem kurzen Gespräch in ihr gelöst. Vielleicht war es die Gesellschaft der Schwestern oder einfach nur das vertraute Gefühl, alten Bekannten begegnet zu sein. Auf jeden Fall entspannte sich die Atmosphäre im Pavillon und die Frauen prosteten einander zu. Sie feierten das Leben, und dann kam das Leben in einem Ruderboot den Kanal hochgefahren und legte am Ufer an. Es sprang an Land, erblickte seine Tanten durch den Torbogen im Innenhof und rannte ihnen entgegen.

Die Schwestern erkannten ihre Nichte kaum wieder. Vidas Gesicht strahlte, die Dunkelheit der letzten Jahre schien völlig von ihr abgefallen zu sein. Auf ihrem Rücken hatte sie eine Papierrolle, die von einem roten Samtband gehalten wurde, das sich über ihrer Brust kreuzte. Mit der Hand zog sie ein kleines Mädchen hinter sich her, das sehr besorgt aussah.

»Welche junge Dame hast du denn da kennengelernt?«, fragte Eka interessiert.

Vida lachte.

»Das ist doch keine junge Dame«, sagte sie, »das ist die Tochter des Zaren. Wir dürfen aber Jelisa sagen, denn sie mag es nicht, Großfürstin genannt zu werden.«

Die Schwestern froren regelrecht ein, sie betrachteten die Großfürstin, als hätten sie noch nie ein Kind gesehen. Vida schaute von ihren Tanten zur Großfürstin, die auch wie erstarrt war. Sie verstand nicht, was hier geschah. Riva fand als Erste ihre Fassung wieder. Sie wandte sich aber nicht an Vida oder die Großfürstin, sondern an die ehemalige Zarin.

»Paza, soll das ein Scherz sein?«

»Ich verstehe nicht, was du meinst.«

»Wo sind die anderen Töchter des Zaren?«

Die ehemalige Zarin schaute verwirrt.

»Meine Lieben, ihr seid wirklich lange weg gewesen. Keines der Kinder lebt noch. Möge Gott ihren Seelen gnädig sein. Nur Jelisa und Anna sind der Familie noch geblieben.«

»Und Anna ist ...«

»... ein Jahr älter als Jelisa.«

In dem Moment begriff Vida, was die Großfürstin getan hatte.

»Du hast ihnen *nicht* gesagt, wie alt du bist?«

»Sie haben nie nachgefragt«, erwiderte die Großfürstin leise. »Außerdem ...«

Sie biss sich auf die Unterlippe, dann hob sie ratlos die Schultern.

»… hätten sie mich nicht ernst genommen, wenn ich ihnen geschrieben hätte, ich sei erst fünf.«

»Natürlich hätten wir dich nicht ernst genommen«, sagte Riva empört. »Wie ist es dir überhaupt gelungen, diese Brief zu verfassen? Du hast nicht wie eine Fünfjährige geklungen. Auf keinen Fall war das deine Handschrift.«

»Der Hofmarschall hat mir beim Schreiben und Verfassen der Briefe geholfen«, gab die Großfürstin zu.

Als sie das hörte, fiel der ehemaligen Zarin das Glas aus der Hand.

»Was?! Und ich wusste nichts davon?«

»Du hättest es mir doch verboten«, sagte die Großfürstin.

»Selbstverständlich hätte ich es dir verboten. Wie kam Fennek dazu, dir zu helfen?«

»Ich habe ihn darum gebeten«, antwortete die Großfürstin. »Er glaubt an meine Gabe.«

Eka stand auf und hockte sich vor die Großfürstin, um mit ihr auf Augenhöhe zu sein.

»Niemand zweifelt deine Gabe an«, sagte sie. »Ich bitte dich, lass uns noch einmal von vorne anfangen. Ich bin Eka, das sind meine Schwestern Asha und Riva. Bitte, verzeih uns, dass wir etwas vor den Kopf geschlagen sind, Jelisa. Es ist eine Überraschung, aber wir können mit Überraschungen leben.«

Eka lächelte, die Großfürstin erwiderte vorsichtig ihr Lächeln.

»Alles ist, wie ich es euch geschrieben habe«, sagte sie. »Ich kann seit meiner Geburt Lebenslinien sehen. Nachdem der Architekt mich aufgesucht hatte, erfuhr ich von Vida und wer sie ist. Ich sah sofort, dass meine Linie ihre kreuzen wird. Deswegen seid ihr hier.«

»Nein«, widersprach ihr Eka, »wir sind hier, weil du uns geschrieben hast, dass du Vida helfen kannst.«

»So ist es auch, ich kann das.«

»Und wie sollen wir uns deine Hilfe vorstellen?«

»Die Kraljica will Vida ihre Seele rauben. Ich bin es, die ihre Seele beschützen wird, denn das ist meine Aufgabe.«

Riva schüttelte ungläubig den Kopf.

»Wie willst du das anstellen?«, fragte sie.

»Ich weiß es noch nicht«, gab die Großfürstin zu. »Ich weiß nur, dass ich ein Teil von Vidas Zukunft bin. Solange ich an ihrer Seite bin, wird es der Kraljica nicht gelingen, ihr die Seele zu stehlen. Deswegen habe ich euch herholen lassen, denn wie soll ich Vida beschützen, wenn sie sich irgendwo in Sibirien befindet? Der Architekt hat gesagt---«

»Verzeih, wenn ich dich unterbreche«, sagte Riva, »aber der Architekt ist ein verwirrter alter Mann, dem es schwerfällt, den Tag von der Nacht zu unterscheiden. Er hat uns das alles eingebrockt und es ist nicht sehr klug, sich auf ihn zu berufen. Wenn ich ganz ehrlich sein soll, weiß ich nicht, was ich von deinem Schutz halten soll. In meinen Augen ist es recht naiv, diese wichtige Aufgabe einer Achtjährigen in die Hände zu geben. Selbst wenn dieses Kind den ganzen Zarenhof hinter sich stehen hat.«

Die Großfürstin hielt Rivas Blick stand.

»Es ist meine Aufgabe«, wiederholte sie.

»Das reicht mir nicht als Antwort«, sagte Riva. »Ich bezweifle sehr, dass Vida hier im Palast in Sicherheit ist. Du weißt ja nicht, mit wem wir es hier zu tun haben. Für mich fühlt sich das alles wie eine Falle an. Ich bin dafür, dass wir weiterreisen und uns---«

»Hier seid ihr!«

Solomon war an der Seite des Hofmarschalls aus dem Winterpalast getreten. Er war gebadet und rasiert, trug eine Wollhose und ein Hemd. Er erinnerte nicht mehr an einen Schmied, sondern war wie der Sommer höchstpersönlich. Die ehemalige Zarin errötete so sehr, dass sie in die andere Richtung schauen musste. Der Hofmarschall blieb am Rande des Innenhofs stehen, weil er an den Blicken der Schwestern sehen konnte, dass sie nicht gut auf ihn zu sprechen waren. Auch Solomon bekam das mit.

»Was ist geschehen?«, fragte er.

»Am besten fragst du unseren ehrenwehrten Hofmarschall, denn er war es, der die Briefe an uns geschrieben hat«, antwortete ihm Riva. »Die Großfürstin bietet uns zwar ihren Schutz an, aber sie weiß nicht wirklich, wie man die Verdammung auflösen kann.«

Solomon taumelte einen Schritt zurück.

»Und wo ist diese Großfürstin?«, fragte er.

Das kleine Mädchen an Vidas Seite hob eine Hand.

»Hier«, sagte sie leise.

Solomon runzelte die Stirn, dann sah er die Schwestern an.

»Scherzt ihr?«

»Wir scherzen nicht.«

Genau in dem Moment platzte etwas in Vida. Sie fand alles an dieser Situation falsch – das Misstrauen der Tanten, die Furcht im Gesicht der Großfürstin und dass sie selbst danebenstand und nichts unternahm.

»Hört ihr denn nicht, was Jelisa sagt?«, fragte sie plötzlich laut und mit einer Energie in der Stimme, die alle zusammen aufschrecken ließ. »Sie weiß, ich *muss* hier sein. Alles, was sie getan hat, hätte ich an ihrer Stelle genau so getan. Es ist richtig, sie ist ein Teil meiner Zukunft, ich kann es spüren.«

Asha sprach das erste Mal, seitdem Vida und die Großfürstin den Innenhof betreten hatten.

»Ich kann es auch spüren«, sagte sie, »aber ich spüre auch etwas anderes. Da ist eine sich nahende Gefahr. Ich kann sie in der Luft schmecken. Wir sind hier nicht sicher.«

»Ich spüre die Gefahr auch«, sagte Eka.

»Wenn Riva recht hat«, sprach Asha weiter, »und wir in eine Falle gelaufen sind–––«

»Es ist keine Falle«, unterbrach sie Vida, »denn was für eine Falle wäre das, in der mir Marra ein Geschenk macht. Nicht einmal Solea kann sich so was ausdenken.«

Das brachte Asha zum Verstummen.

»Von was für einem Geschenk redest du?«, fragte Solomon.

Vida erzählte ihnen von der schwebenden Bibliothek und von dem Bibliothekar, sie erzählte, dass Terzins Familie aus Tibet stammte und ihren Eltern vor gut tausend Jahren Unterschlupf gewährt hatte. Zum Schluss nahm sie die Schriftrolle von ihrem Rücken. Auf dem Papier war die schnörkellose Handschrift des Bibliothekars zu sehen. Vida begann die Übersetzung vorzulesen. Alle wurden still, und für einen schönen Moment hatte Vida das Gefühl, als würde die Stimme ihrer Mutter direkt aus ihr heraus sprechen.

Als sie zu Ende gelesen hatte, rollte sie das Papier zusammen. Sie spürte es. Alles war richtig. Der Tod jagte ihr keine Furcht ein, denn sie hielt die Hoffnung in der Hand, und wann immer sie wollte, konnte sie die Hoffnung sprechen lassen. Sie spürte es bis tief in ihre Knochen.

»Ich erinnere mich«, sagte Solomon. »Ich kann dir sogar sagen, wie es zu dieser Nachricht kam. Wir waren zu Besuch in einem der Klöster und trafen auf einen Schriftmeister, der mit Silberplatten arbeitete. Er hat deiner Mutter beigebracht, wie man darauf eine Niederschrift vorbereitet. Wo wir uns auch niederließen, hat sie dir kleine Botschaften geschrieben. Mal auf Papyrus, Papier oder Pergament. In Amerika findest du sogar eine Nachricht an dich in einen Fels des Grand Canyon geritzt.«

Solomon verstummte. Plötzlich war die Luft mit der Anwesenheit seiner verstorbenen Frau erfüllt, und die Sehnsucht umschlich ihn wie ein Dieb, der seine Erinnerung stehlen wollte.

»Warum hast du mir das nie erzählt?«, fragte Vida.

»Weil ich deine Hoffnung nicht wecken wollte. Du hättest dich sofort auf die Suche gemacht und die Welt aus den Angeln gehoben, um ihre Nachrichten zu finden. Und ich wollte dich nicht gehen lassen. Warrosch war bis zu dem Tag, an dem dich der Architekt gesehen hatte, ein sicheres Zuhause.«

Vida nickte, sie verstand das, sie wandte sich an alle.

»Ich will, dass ihr wisst, dass ich mich nicht vor der Verdammung fürchte. Und ich will, dass ihr Jelisa vertraut, denn sie hat richtig gehandelt. Ihr habt immer gesagt, dass ich meinen Weg finden muss, dass jeder eine Bestimmung hat. Mich hierherzuholen war Jelisas Bestimmung, so wie es auch eure Bestimmung war, mich hierherzubringen. Jelisa war fünf Jahre alt, als ihr der Architekt die Aufgabe gab, meine Seele zu beschützen. Natürlich hat sie sich Hilfe vom Hofmarschall geholt, was sollte sie sonst tun? Ich hätte dasselbe getan. Und ihr seht doch, was daraus geworden ist: Ohne Jelisa hätte ich die Bibliothek nicht betreten, und ohne sie hätte ich die Nachricht meiner Mutter nicht gelesen. Seht ihr nicht, was alles Gutes passiert ist, seitdem wir hier sind? Wie soll ich mich da vor der Kraljica fürchten? Ich bin doch ein Teil dieser Welt, ihr könnt mich nicht für immer verstecken. So wie Jelisa ihre Bestimmung kennt, kenne ich jetzt meine – ich will gegen die Dunkelheit in den Kampf ziehen und ich will es ohne Furcht tun, denn ich tue es für meine Mutter, die für mich ihr Leben gelassen hat, damit diese Erde wieder der Ort wird, den sie mit euch geschaffen hat. Ich weiß das alles, und wenn ich das weiß und mich da noch fürchtete, wäre das beschämend. Ich bin jetzt dreizehn Jahre alt und mir meiner Schwächen bewusst, aber das heißt nicht, dass ich mir einfach so die Seele rauben lasse. Nicht, wenn ich mich dagegen wehren kann.«

Sie schwiegen, keiner hatte darauf eine Erwiderung, denn da brannte ein Feuer in Vidas Augen, das nichts mehr mit der Sturheit eines Kindes zu tun hatte. Hier sprach ein Wesen, das sich seiner sicher war und keinen Widerspruch duldete.

»Gut«, schloss Asha, »dann brechen wir heute Nacht noch auf.«

Vidas Schultern sackten herunter.

»Aber«, stammelte sie, »hast du nicht gehört, was ich eben gesagt habe?«.

»Ich habe dich gehört, und du hast recht. Jedes deiner Worte ist wahr. Ich bewundere Jelisas Mut und ihre Entschlossenheit, wir tun es alle, denn sie hat recht, wir hätten gezögert, wenn wir gewusst hätten, wie alt sie wirklich ist. Dennoch heißt das nicht, dass wir deswegen länger in Sankt Petersburg bleiben sollten. Irgendwas stimmt nicht an diesem Ort, mit jeder Minute, die wir hier verbringen, wird es deutlicher, als würde sich eine Schlinge zuziehen. Eine Gefahr liegt in der Luft und es ist eine Gefahr, die sich uns nähert.«

»Und wenn ich nicht gehen will?«, fragte Vida.

»Ich denke, du kennst meine Antwort«, sagte Asha.

»Vida, es ist keine Frage des Willens«, sagte Solomon. »Es ist eine Frage des Verstandes.«

Die Tochter sah ihren Vater an, ihre Unterlippe zitterte.

»Glaubst du auch, dass ich hier nicht sicher bin?«

»Um ehrlich zu sein, weiß ich nicht, wo du sicher sein kannst. Noch bist du keine Frau, noch kann dir die Kraljica nichts. Das Letzte, was ich will, ist, wieder auf der Flucht zu sein, aber ich verstehe deine Tanten. Solange die Verdammung über dir hängt, dürfen wir kein Risiken eingehen. Auch wenn es die Bestimmung der Großfürstin ist, deine Seele zu beschützen, heißt das nicht, dass wir alle Vorsicht niederlegen. Wenn deine Tanten eine Gefahr spüren, dann würde ich auf sie hören. Deine Mutter hätte das genauso gesehen.«

Ein Grollen unterbrach seine Worte, der Himmel verdüsterte sich und die Wolken zogen einen Strich durch die Abenddämmerung. Sie alle schauten für einen Moment nach oben, dann hörten sie Schritte über den Kiesweg näher kommen.

»Verzeiht«, sagte Freda und blieb an der Rasenkante stehen. »Ich wollte nur höflichst Bescheid sagen, dass das Bad für die Dame bereit ist.«

»Danke, Freda«, sagte die Großfürstin, »aber wir werden es nicht mehr brauchen, unsere Gäste reisen wieder ab.«

»Wie schade«, sagte Freda und wollte sich abwenden.

Vida hielt sie zurück.

»Warte, ich komme mit dir.«

Sie wandte sich an ihren Vater und ihre Tanten.

»Ich verstehe, was ihr gesagt habt, und ich füge mich. Aber ihr alle hattet euer Bad, ihr duftet und seid sauber. Ich wünsche mir im Moment nichts mehr, als mich auch zu waschen, denn ich stinke furchtbar. Danach können wir abreisen, wenn das euer Wunsch ist.«

Die Schwestern nickten, so sollte es sein.

6

Die Hitze machte dem Soldaten zu schaffen. Vladek hätte mehr als nur drei Blinis essen sollen, er fühlte sich ausgelaugt und war am Verdursten und wusste nicht, wie lange er es noch in der Wanne aushalten würde. Zweimal hatte der Besitzer des Badehauses schon Wasser nachgegossen, als er ein drittes Mal kam, hielt ihn Vladek mit einem Kopfschütteln davon ab. Keiner der Besucher blieb länger als eine Viertelstunde im Wannenraum, natürlich musste ausgerechnet Husar Lenko die Ausnahme sein. Da lag er und starrte an die Mosaikdecke und schien alle Zeit der Welt zu haben. Er wusch sich nicht oder rieb sich mit dem Schwamm ab, er starrte einfach nur nach oben und bemerkte nicht einmal die Blicke, die ihm Vladek unverhohlen zuwarf.

Minute um Minute verging.

Nach einer weiteren halben Stunde geschah es dann.

Husar Lenko runzelte die Stirn, als hätte er etwas gehört.

Vladek setzte sich sofort aufrecht hin.

Und dann glitt der Husar unter die Wasseroberfläche.

Und dann tauchte er nicht wieder auf.

7

Das Badezimmer war ein hoher Raum mit Deckenstuck und einer ausladenden Wanne, die auf vier Adlerkrallen stand. Er wurde durch Öllampen erhellt, die hinter einem Schirm aus Buntglas brannten und in verschiedenen Höhen von der Decke herabhingen. Durch das offene Fenster wehte immer wieder Wind herein, der den Duft eines nahenden Gewitters mit sich brachte und die Kerzenflammen links und rechts des Spiegels flackern ließ. Die Bodenfliesen erinnerten an einen wolkenlosen Himmel und das klare Weiß des Porzellans war wie der erste Schneefall am Morgen.

Vida lag jetzt schon seit einer Viertelstunde in der Wanne und teilte hin und wieder das milchige Wasser mit ihren Händen. Die Bedienstete hatte in den Aufguss nicht nur Sahne, sondern auch Öle aus Sandelholz und Vetiver gemischt. Vidas Körper verlor sich völlig in der Hitze und ihre Gedanken kamen zur Ruhe. Sie war wütend, enttäuscht und glücklich zugleich. Wenn sie die Augen schloss, sah sie die Bibliothek vor sich, wenn sie in Gedanken die Bibliothek betrat, sah sie die Nachricht ihrer Mutter und wie die silberne Platte ihr Gesicht gespiegelt hatte. Die Übersetzung des Bibliothekars lag jetzt auf ihrer Kleidung und wartete darauf, erneut gelesen zu werden.

Ich gehe jetzt einen Weg, den ich vorher nicht gegangen bin, dachte sie, *und am Ende dieses Weges wird mich meine Mutter erwarten.*

Es war für sie ein neuer und selbstverständlicher Gedanke. Sie würde eines Tages mit ihrer Mutter zusammen sein und von da an würden sie sich nie wieder verlieren – sie mussten einander jetzt nur noch finden.

Ein Plätschern riss sie aus ihren Gedanken und etwas Weiches strich an der Innenseite ihres Beines entlang, Haut rieb an Haut, das Wasser bewegte sich und dann spürte Vida, wie es zu steigen begann und ihr Kinn berührte.

Als sie die Augen öffnete, war sie nicht mehr alleine in der Wanne.

8

Der Soldat hielt es nicht mehr aus. Seit Minuten starrte er schon auf die Wanne des Husaren und der Mann tauchte einfach nicht auf. *Niemand kann so lange die Luft anhalten,* dachte Vladek und stieg aus dem Wasser. Er wickelte sich sein Handtuch um die Hüfte und trat auf Lenkos Wanne zu. Keiner der anderen Badenden schenkte ihm Beachtung. Zwei Männer hatten nasse Lappen über den Gesichtern, einer schnarchte und der vierte las Zeitung. Vladek blieb vor der Wanne stehen und sah Lenko in einer rostfarbenen Brühe liegen. Der Husar hatte die Knie leicht angewinkelt und seine Augen waren unter Wasser geöffnet. Vladek schreckte zurück, aber der Blick galt nicht ihm, er war leblos und in eine Ferne gerichtet, die nichts mit diesem Dasein zu tun hatte. Einen Moment lang betrachtete Vladek die klaffende Wunde über dem Herzen des Husaren und wunderte sich, wie er diese Verletzung überleben konnte. *Falls er noch lebt,* dachte er und klopfte an den Wannenrand, sodass winzige Wellen über die Oberfläche wanderten.

Der Husar reagierte nicht.

»Kann ich Ihnen helfen, mein Herr?«, fragte eine Stimme hinter Vladek.

»Ich bin mir nicht sicher«, erwiderte er.

Zvoba trat zu ihm an die Wanne und sah auf den Husaren hinab.

»Was tut er?«

»Er liegt da.«

»Seit wann?«

»Seit einer Weile.«

Zvoba rieb sich den Hinterkopf.

»Lebt er noch?«

»Ich bin mir nicht sicher.«

»Ich kannte einen, der hielt es drei Minuten aus.«

»Dieser Mann liegt dort länger als fünf Minuten.«

Zvoba wedelte mit der Hand über der Wasseroberfläche, Lenkos offene Augen blinzelten nicht, sein starrer Blick blieb derselbe.

»Vielleicht ist er tot«, sagte Zvoba.

»Vielleicht sollten wir ihn rausholen«, sagte Vladek und wollte ins Wasser greifen.

Zvoba hielt ihn zurück.

»Nicht so schnell, mein Herr, Regeln sind Regeln. Lassen Sie mich lieber machen, meine Kundschaft ist da sehr eigen, wer sie anfasst.«

Zvoba krempelte die Ärmel seines Hemdes hoch. Hin und wieder geriet er an Opiumraucher oder hatte Gäste, die nach Haschisch stanken und vergaßen, dass sie unter Wasser nicht atmen konnten.

»Ich weiß schon, was ich tue«, sagte Zvoba. »Bitte treten Sie zurück.«

Vladek trat zurück, Zvoba griff ins Wasser.

Es sollte die dümmste Entscheidung sein, die der Besitzer des Badehauses in seinem ganzen Leben getroffen hatte.

9

Vida gegenüber lag am anderen Ende der Wanne eine Frau in derselben Position wie sie. Auch sie hatte die Arme im Wasser und den Kopf schräg gegen das Porzellan gelehnt, als würde sie ausruhen. Für einen Moment glaubte Vida, sich selbst in der Zukunft zu sehen – der Ansatz der Brüste, der ein wenig aus dem Wasser ragte, die schmale Nase, die leicht nach oben zeigte, und dann waren da die Schultern mit den Sommersprossen. Nur das goldene, lockige Haar passte nicht zu ihr.

Der Moment verging mit einem Schlag, als Vida begriff, wer da mit ihr in der Wanne lag. Das Gesicht sagte ihr zwar nichts, aber das Haar würde sie nie vergessen. Sie hatte es vor über drei Jahren zum ersten Mal in einer verschneiten Gasse gesehen, bevor sie einer Dame den Schleier vom Gesicht riss.

»Ich werde nicht lange bleiben«, sagte die Kraljica.

Vida überfiel die vertraute Starre – sie konnte sich nicht rühren, sie bebte aber innerlich so sehr, dass das Wasser um sie herum in zittrigen Wellen gegen den Wannenrand zu schlagen begann. Jeder Muskel in ihrem Körper war verkrampft und ihre Zähne klapperten.

Die Kraljica nahm die Reaktion mit Genugtuung auf und schaute sich um.

»Schön hast du es hier. So wie es sich für ein Mädchen deines Ranges gehört.«

Ihr Blick kehrte zu Vida zurück.

»Was ist, Tochter von Yrma? Bist du etwa überrascht, mich zu sehen? Habe ich dir nicht versprochen, dass wir uns erneut begegnen werden? Denkst du, jemand wie ich hält seine Versprechen nicht? Ich habe gehört, dass du dich nicht mehr vor meiner Verdammung fürchtest. Das waren sehr tapfere Worte. Und jetzt schau, was passiert, wenn man übermütig den Mund aufreißt.

Hier bin ich, denn ich hatte Sorge, dass du mich vergisst. Du fragst dich bestimmt, auf welchem Weg ich dich in dieser Wanne gefunden habe. Kannst du es dir nicht denken? Ich sitze gleich einer neugierigen Zecke in deinem Kopf und nasche von deinem Wissen. Ich weiß alles. Auch von deiner kleinen Freundin, die dir die Bibliothek übergeben hat. Und auch von ihrer Lüge. Dachtest du wirklich, irgendjemand besitzt die Macht, eine Verdammung wie meine aufzulösen? Sie sitzt nicht nur in deinem Fleisch, sie ist tief in deinen Knochen verankert. Sag, fehlen dir etwa die Worte? Möchtest du etwas sagen?«

Vida konnte nicht, die Starre umschloss sie wie ein Mantel aus Stahl, sodass sie kaum Luft bekam.

»Erinnerst du dich an dieses Gefühl, als wir uns das erste Mal in Tavolski Most begegnet sind? Weißt du noch, wie hilflos du gewesen bist? Hilflos und klein. Und jetzt sieh dich an! Du bist zwar älter geworden, aber die Hilflosigkeit hängt wie ein klobiges Diadem um deinen Hals. Verrate mir, wie hast du dich der Toten entledigt? Du musst sehr stark sein, doch was hat es dir genützt? Jetzt liegst du hier mit mir in einer Wanne und bist starr vor Angst. Wo sind deine Kräfte nur hin? Kannst du ein Portal erschaffen, wie es deine Tanten getan haben? Kannst du vielleicht fliehen oder mich verbannen? Ich glaube nicht.«

Sie bewegte sich wohlig in der Wanne, das milchige Wasser schwappte, Vida konnte spüren, wie die Beine der Kraljica sich an ihrer Haut rieben. Ihre Stimme war erschreckend samtig, als sie weitersprach.

»Ich bin hier, um dich an dein Schicksal zu …«

Die Kraljica verstummte und senkte den Blick.

»Was ist das?«

Sie schaute auf das Wasser zwischen ihnen, das sich rosa verfärbt hatte.

»Blut?«

Die Kraljica lächelte.

»Mein Blut ist es nicht«, sagte sie, »das heißt …«

Ihr Gesicht war so verwundert, dass es beinahe freundlich wirkte. Dann lachte die Kraljica laut auf und da war wieder die Hinterhältigkeit, die Schmerz und Leid zufügen wollte.

»… du bist eben zur Frau geworden, Tochter von Yrma! Oh, ich gratuliere. Wie aufregend das ist! Schau, so was macht die Furcht mit einem. Sie übt Druck aus, bis wir nur noch jammernde Haufen sind, die darum bitten, dass unser Elend ein Ende findet. Wer hätte gedacht, was so ein kleiner Besuch für Auswirkungen auf dich hat. Wenn ich mir jetzt deine Seele hole, wird es sich anfühlen, als würde ich dir jeden Muskel von den Knochen abziehen. So einen Schmerz hast du noch nie empfunden. Es wird dir eine Lehre sein, die du mit in deinen Tod nehmen darfst – du solltest immer Respekt vor denen haben, die über dir stehen.«

»Du … stehst … nicht über mir«, brachte Vida hervor.

Die Kraljica sah sie an, als wäre Vida ein verwundetes Tier.

»So sei es dann«, sagte sie. »Setz dich auf und neige deinen Kopf, damit du siehst, wie weit ich über dir stehe.«

Vida setzte sich auf und ihr Oberkörper begann sich entgegen ihrem Willen vorzubeugen.

»Wenn ich dich wieder allein gelassen habe«, sprach die Kraljica weiter, »werden sie dich hier in der Wanne finden. Leblos und kalt und mit Lungen voller Wasser. Aus reiner Dummheit ertrunken, werden sie denken und keinen Moment erahnen, dass nicht Dummheit, sondern fehlende Demut dein Fehler war. Tiefer, Tochter von Yrma, küss das Wasser.«

Vidas Kopf sank tiefer, sie wollte die Arme heben und sich wehren, doch ihre Arme waren wie tote Äste und ihr Körper bog sich von allein nach unten. Ihre Lippen durchbrachen die Oberfläche und sie sah durch das trübe Wasser ihr eigenes Blut in dünnen Fäden aufsteigen. Die Finger der Kraljica wanderten über Vidas Haar wie eine Tarantel, die sich gemächlich ihrer Beute nähert.

»Und jetzt …«

Die Finger kamen auf ihrem Nacken zum Liegen und drückten ihr Gesicht tiefer. Vidas Nase füllte sich mit Wasser, das ölige Wasser brannte in ihren Augen, sie wollte schreien und um sich schlagen. Es kam kein Laut aus ihrem Mund. Sie spürte nur, wie sich die Finger der Kraljica in ihren Nacken verkrallten. Ein Sog entstand in ihrem Inneren und dann fuhr ein Windzug über ihre nackte Haut und ihr Körper schnellte zurück, sodass ihr Kopf aus dem Wasser auftauchte und sie mit dem Rücken hart auf den Wannenrand traf. Vidas Hände schossen hoch, ihre Fäuste waren harte Knoten und bereit, sie zu verteidigen, aber wohin sie auch schaute, es gab keine Spur von der Kraljica.

Vida saß allein in der Wanne.

10

Zvoba packte den Husaren unter den Achseln, sagte laut »Hau ruck« und zog seinen Körper aus dem Wasser. Was folgte, war eine regelrechte Explosion. Vladek musste an eine Schlange denken, die zornig aus ihrer Winterstarre erwacht – kaum hatte Zvoba den Husaren angehoben, packte dieser zu und plötzlich war Lenko nicht mehr in der Wanne, sondern stand außerhalb, während Zvoba selbst sich im Wasser befand und um sein Leben kämpfte.

Die anderen Gäste stürzten aus ihren Wannen, um den Raum hastig zu verlassen. Nur Vladek wich nicht. Er versuchte, den Husaren an den Schultern zu packen, um ihm zu erklären, das sei alles ein Missverständnis und sie hätten gedacht, er wäre am Ertrinken. Aber Lenko verlangte es nach keiner Erklärung. Sein Ellenbogen bohrte sich in Vladeks Magen, sodass der Soldat zusammenklappte und zu Boden stürzte.

Für Sekunden kam Zvoba prustend an die Oberfläche und gab einen schrillen Hilfeschrei von sich, dann stürzte sich der Husar wieder auf ihn und nur noch ein träges Gurgeln war aus der Wanne zu hören.

Lenkos Wut war lautlos.

Zvoba strampelte ein letztes Mal, dann brach sein Genick und sein Körper erschlaffte. Der Husar ließ von dem toten Besitzer des Badehauses ab und wandte sich dem Soldaten zu, der nach Luft schnappend auf dem Boden lag.

»Herr, verzeiht, wir … wir dachten … Sie wären am Ertrinken«, stammelte Vladek.

Der Husar wischte seine Worte mit einer knappen Handbewegung weg.

»Du bist Soldat, nicht wahr?«, sagte er.

Vladek nickte und fühlte sich erkannt und durchschaut.

»Ein Soldat sollte nicht denken«, ließ ihn der Husar wissen und mit diesen Worten verließ er den Wannenraum, ohne Vladek oder den armen Besitzer des Badehauses eines weiteren Blickes zu würdigen.

II

Vida stand nackt neben der Wanne und hielt ihr Messer in der Hand. Ihr Arm war verkrampft, sie atmete panisch durch den Mund, als wäre sie eben aus einem Albtraum erwacht. Das Badezimmer fühlte sich nicht mehr an wie der sicherste Ort der Welt, jeder Winkel war von dem Auftauchen der Kraljica verschmutzt, selbst das Licht der Öllampen verbreitete einen dreckigen Schein, der trübe von den Fliesen reflektiert wurde.

Seit wann stehe ich hier?

Vida hatte keine Erinnerung daran, aus dem Wasser gestiegen zu sein und ihr Messer aus dem Stiefel geholt zu haben. Es fühlte sich an, als würde sie seit Stunden auf die trübe Wasseroberfläche starren und warten, dass die Kraljica zurückkam.

Ihre Augen brannten vor Konzentration.

Schon seit einer Weile hörte sie ein Poltern über sich, doch als sie den Blick an die Zimmerdecke hob, verstummte das Poltern plötzlich, als wäre es nur ihrer Einbildung entsprungen. Vida sah an sich herab. Ihr Körper war trocken und etwas Blut hatte sich um ihren linken Fuß gesammelt. Die Tanten hatten ihr erzählt, was geschehen würde, wenn sie zur Frau wurde; sie wusste, was sie zu tun hatte.

Vida wandte sich von der Wanne ab, schnitt eines der Leinenhandtücher in Streifen und faltete sie. Danach zog sie ihre Unterwäsche an und legte die Einlage in den Schritt. Es war unangenehm, aber Vida wusste, sie würde sich daran gewöhnen.

Ich gewöhne mich an alles.

Aus den vier Kleidern, die ihr die Bedienstete hingehängt hatte, wählte Vida ein dunkelgraues aus. Es glitt wie ein kühler Regenschauer über ihren angespannten Körper. Und für einen Moment stand Vida einfach nur mit geschlossenen Augen da und vollführte eine Formation von Mudras, die sie wie ein Schild umschlossen. Sie wartete, bis die Energie wieder ungehindert durch sie hindurchfloss, dann setzte sie sich und zog ihre Stiefel an. Zwei Paar neue, sehr damenhafte Schuhe warteten, aber Vida trug lieber ihre alten Stiefel mit dem hohen Schaft, in dem sie das Messer verstauen konnte. Zum Schluss wagte sie sich zurück in das Bad und flocht ihr Haar vor dem Spiegel zu einem Zopf. Sie vermisste ihre Feder sehr. Erst als der Zopf geflochten war, begegnete sie ihrem eigenen Blick im Spiegel. Sie erkannte sich kaum wieder. Sie wirkte älter und entschlossener, ihr Gesicht war so klar, als hätte jemand mit einer Bürste alle Emotionen weggeschrubbt. Hinter sich sah sie die Badewanne und wünschte sich, die Kraljica würde sich ihr noch einmal zeigen.

Nur für einen kurzen Moment.

Jetzt war Vida vorbereitet.

Ich muss wachsamer sein.

Jetzt würde die Kraljica kein leichtes Spiel mehr mit ihr haben.

Das Klopfen an der Tür ließ sie sofort nach ihrem Messer greifen.

12

Der Bär hatte getobt, das Äffchen hatte gekreischt.

Die Tür blieb verschlossen.

Der Bär fühlte sich so sehr an den Käfig erinnert, dass er nicht klar denken konnte.

Die Tür ließ sich nicht öffnen.

Der Bär rannte gegen sie an.

Die Tür blieb zu.

Das Eichenholz dröhnte und ächzte unter den Stößen.

Die Tür gab nicht nach.

Der Bär verstand das nicht. Er wandte alle seine Kräfte an und stieß und rammte und kam keinen Moment darauf, dass die Tür nur nach innen aufging.

Das Äffchen war ein wenig klüger und zog an dem Griff, aber die Tür schwang auch nicht nach innen auf. Der Riegel war eingerastet und bebte unter den Stößen des Bären.

Die Tür blieb zu.

Das Äffchen wollte durch das Fenster fliehen, der Bär dachte nicht daran. Er war unvernünftig, er wollte nur durch die Tür raus und rammte und rammte und rammte sie in all seiner Unvernunft. Sie musste irgendwann nachgeben, denn alles gab irgendwann nach.

Auch ein Käfig, auch eine Gefangenschaft, alles.

Er wollte zu dem Mädchen, er wollte doch nur zu dem Mädchen.

Das Äffchen setzte sich auf den Boden und verbarg den Kopf in den Händen.

13

Vladek stürmte aus dem Badehaus und knöpfte sich dabei sein Hemd zu. Der Abend war angebrochen, und obwohl sich der Himmel zugezogen hatte und es nach Regen roch, waren die Straßen und Bürgersteige plötzlich mit Passanten überfüllt, als hätte sich innerhalb der letzten Stunde eine Menschenflut in die Stadt ergossen. Sie kamen aus den Manufakturen, den Schreibstuben und von den Baustellen, die die Stadt wie eine fleckige Krankheit bedeckten. Aus der Schokoladenfabrik wehte der Duft von gerösteten Kakaobohnen herüber, er mischte sich mit dem würzigen Geruch der Würste, die die Schlachter auf Feuerstellen vor ihrem Geschäft anboten. Der Frühlingsabend war mild und lud zum Flanieren ein, kaum jemand ging nach der Arbeit direkt nach Hause. Wo vorher ein verlassener Bürgersteig zu sehen war, standen jetzt Tische und Stühle vor den Restaurants und Confiserien. Die Samoware waren angefeuert und das Aroma von Tee und Kaffee hing über den Köpfen der Passanten und ließ sie die Nasen nach oben recken. Für Vladek waren es zu viele Menschen. Er stellte sich auf die Zehenspitzen und versuchte, in der Menge den Husaren auszumachen. Für einen Moment bemerkte er in der Spiegelung eines Frisiersalons das Aufblitzen der Uniformjacke mit den goldenen Schulterkappen, dann war das Blitzen um die Ecke verschwunden und Vladek folgte ihm.

Der Soldat hielt zehn Meter Abstand und musste sich nicht sorgen, denn Lenko sah sich kein einziges Mal um. Drei Straßen weiter fiel Vladek auf, dass er nicht der Einzige war, der dem Husaren zu folgen schien. Frauen und Männer blieben stehen, wandten sich um und liefen in dieselbe Richtung wie der Husar.

Und mit jeder Straßenecke wurden es mehr.

Der Soldat begriff erst, was da vor sich ging, als er mitbekam, wie Lenko eine Bäuerin streifte. Die Frau lief mit einem Sack Kartoffeln auf der Schulter an ihm vorbei. Die Berührung war knapp und konnte zufällig gewesen sein, was auch immer sie wirklich war, sie änderte den Kurs der Frau – nach wenigen Schritten ließ sie den Kartoffelsack fallen, krümmte sich zusammen, als hätte ihr jemand ein Messer in den Magen gejagt, dann schüttelte sie sich, ehe sie auf dem Absatz kehrtmachte und dem Husaren folgte.

Mehr und mehr Menschen hefteten sich Lenko auf diese Weise an die Fersen.

Als Vladek zu ahnen begann, wohin der Husar unterwegs war, tat er, was er noch nie in seinem Leben getan hatte, und beging seinen ersten Diebstahl. Ein Mann führte einen Ackergaul neben sich her, während er einen gefüllten *chworost* aß. Vladek schlug ihm gegen die Hand, und als der Mann erschrocken dem davonfliegenden Gebäck hinterherschaute, schwang sich Vladek auf den Rücken des Gaules und trieb ihn an. Er ritt vorbei an den dahinströmenden Menschen und vorbei an dem Husaren, der zur Seite sprang, als Vladek einen Aufschrei von sich gab, der jedem Kosaken Konkurrenz gemacht hätte. Bei jedem zurückgelegten Meter hatte Vladek das Gefühl, die leblosen Augen des Husaren würden sich in seinen Rücken brennen und ihn vom Gaul ziehen.

14

Die Kraljica wütete innerlich. Sie konnte es nicht fassen, dass der Besitzer des Badehauses sie davon abgehalten hatte, sich die Seele des Mädchens zu holen. Sie war ihrem Ziel so nahe gewesen, sie hatte dem Mädchen solch eine Furcht gemacht, dass ihre Blutung einsetzte. Das Nackenchakra war schon geöffnet gewesen und die Kraljica hatte die Nähe der Seele spüren können.

Und dann holt mich dieser Idiot aus dem Wasser.

Die Kraljica hatte sich schon in Tavolski Most gesehen. Auf ihrem Thron und mit Dohos vor sich kniend. Sie wollte nicht mehr kreativ sein oder sich durch irgendein Medium mit dem Mädchen verbinden. Die Gottmutter sollte sehen, dass sie dem Wächter in seiner Macht gleich war.

Also legte sich die Kraljica eine Gefolgschaft zu.

Sie berührte Männer und Frauen im Vorbeilaufen, sie tat es wahllos und würdigte die Menschen dabei kaum eines Blickes. Jedem wurde eine Last aufgeladen, unter der viele zu taumeln begannen, denn jede Berührung holte einen Zegechem aus den Schatten. Sie huschten aus den Gassen und Kellern heran, sie sprangen den Passanten auf die Rücken und krallten sich fest. Jede ihrer Berührungen ließ den Willen in den Menschen flackern und verlöschen. Körper und Denken wurde erfüllt von Gehorsamkeit und dem Befehl, der Kraljica zu folgen. Einige Passanten rannten vor und machten der Kraljica den Weg frei, andere blieben in respektvollem Abstand zu ihr auf einer Höhe. Es war ein gutes Gefühl, die Kontrolle zu haben.

»KIJAAA!«

Die Kraljica wich zur Seite, als sie den Schrei hörte, im selben Moment preschte ein Ackergaul mit weit aufgerissenem Maul an ihr vorbei. Auf seinem Rücken saß der Soldat aus dem Badehaus.

Ihre Blicke trafen sich kurz. Als der Soldat sich dreißig Schritte entfernt hatte, dachte die Kraljica, dass er ihr Bote sein durfte, der die Furcht verbreitet. Im selben Moment erklang ein Donnern, als wäre der Himmel nicht zufrieden mit ihrer Entscheidung. Ein Blitz zuckte blendend über die Dächer der Stadt hinweg und die ersten Topfen stürzten herab.

Die Kraljica überlegte es sich anders.

Sie wollte den Moment der Überraschung nicht verschenken.

Ein knapper Ruck mit dem Kinn reichte und ihr Gefolge versperrte dem Gaul den Weg, hängte sich an seine Mähne und brachte das Tier zum Stehen. Finger krallten sich in die Kleidung des Soldaten und zogen ihn herunter, Fäuste hoben und senkten sich, der Ackergaul wieherte und trat aus und befreite sich aus der Menge, dabei riss er zwei Cafétische um und stieß gegen einen Teewagen, der seinen Inhalt dampfend auf die Straße ergoss. Ein zweites Donnern erklang. Die Kraljica wich dem Tumult aus und wählte eine der Seitenstraßen. Sie setzte ihren Marsch zum Winterpalast ungestört fort, während sich hinter ihr die Gefolgschaft wie ein Bienenschwarm versammelte, der seiner Königin blindlings überallhin folgt.

Und in all ihren Köpfen summte dasselbe Lied.

Tochter von Yrma, wir kommen.

15

Nachdem sich der Himmel wie eine wütende Faust zusammengezogen hatte und die ersten Regentropfen herabgekommen waren, verließen sie den Innenhof und zogen in den Kartensaal des Zaren um. Der Kartensaal befand sich im Nordflügel des Palastes und hatte eine Länge von dreißig und eine Breite von zwanzig Metern. Auf der einen Wandseite war ein Kamin in das Mauerwerk eingelassen, auf der gegenüberliegenden Seite führte eine gewundene Treppe zu einer breiten Galerie hinauf, die den gesamten Saal umspannte. Die Galerie war aus Mahagoni gebaut und mit Sitzgruppen ausgestattet, die der Zar oft frequentierte, wenn er seine Ratgeber versammelt hatte oder eine private Audienz gab. Unten im Saal wurden die gegenwärtigen Landkarten aufbewahrt, während oben die historischen Atlanten und Rollen mit Seekarten zu finden waren. In einer Ecke stand der berühmte Globus Blaeu, der mit seinen fast zwei Metern Durchmesser eine ganze Ecke der Galerie ausfüllte und auf dessen Anschaffung der Zar ungemein stolz war.

Das Bankett war abgesagt, die Stimmung angespannt.

Der Hofmarschall hatte ihnen Getränke angeboten und sich dann vor der Tür postiert. Er hatte die Atmosphäre in dem Saal nicht deuten können. Die Schwestern wirkten enttäuscht, die Großfürstin nervös und Solomon nachdenklich. Was die ehemalige Zarin empfand, war für Fennek unlesbar, da sie innerhalb kürzester Zeit den vierten Champagner getrunken hatte und sich verhielt, als würde sie noch immer auf dem Thron sitzen. Dem Hofmarschall war bewusst gewesen, dass die Schwestern nicht erfreut sein würden, wenn sie erführen, dass es ein fünfjähriges Kind gewesen war, das ihnen die Briefe geschrieben und sie nach Sankt Petersburg eingeladen hatte. Wenn Fennek ehrlich war, hatte er schlimmere Täuschungsmanöver erlebt. In seinen

Augen war die Großfürstin schon lange kein Kind mehr. Nicht nur hatte ihre Gabe sie mit jedem neuen Lebensjahr verändert, er fand auch, dass sich die Großfürstin in vielen Fällen erwachsener verhielt als so mancher Diplomat, dem er begegnet war.

Während sie alle auf Vida warteten, war Solomon die Wendeltreppe zur Galerie hochgestiegen, um sich die Sammlung von Atlanten näher anzusehen. Er liebte Kartografie und hätte dort oben Tage verbringen können, doch nachdem er eine Viertelstunde in der letzten Ausgabe des *Theatrum Orbis Terrarum* von 1612 geblättert hatte, baten ihn die Schwestern, wieder herunterzukommen, weil es unhöflich war, sich so lange von den Damen zu entfernen.

Die Schwestern saßen mit der Großfürstin und der ehemaligen Zarin vor dem Kaminfeuer und lauschten dem Platzregen, der wie eine göttliche Rache auf Sankt Petersburg herabkam und den Wasserspiegel der Newa innerhalb kürzester Zeit um einen Meter anhob. Mehrmals hatte die Großfürstin vergeblich versucht, die Schwestern von der Abreise abzuhalten. Ihr letzter Versuch war ein Kompromiss.

»Ich werde euch nicht alleine gehen lassen«, sagte sie. »Ihr wisst nicht, wohin, ihr habt kein Gepäck und ihr seid ohne Kutsche. Habt ihr vor, wie Wegelagerer auf der Straße zu nächtigen? Wenn ihr schon nicht in der Sicherheit des Palastes bleiben wollt, dann solltet ihr mein Angebot annehmen. Vier Stunden von hier entfernt besitzt mein Vater ein Strandhaus, das so entlegen ist, dass nur wenige den Weg dorthin kennen. Lasst mich Generalleutnant Uljan bitten, euch zu begleiten.«

Auf dieses Angebot gingen die Schwestern schließlich ein, woraufhin die Großfürstin sich entschuldigte und den Kartensaal verließ. Sie hätte den Hofmarschall auch zu sich bitten können, doch sie war recht froh, der bedrückenden Stimmung ein wenig zu entkommen. Nachdem sie die Tür hinter sich geschlossen hatte, atmete sie durch.

»Sie scheinen nicht gut gelaunt zu sein«, sagte Fennek.

»Sie werden darüber hinwegkommen, ich habe nichts falsch gemacht.«

»So sehe ich das auch.«

Die Großfürstin schaute zu ihm auf und streckte plötzlich die Arme hoch. Fennek beugte sich vor und ließ sich von ihr umarmen. Die Großfürstin hatte so etwas noch nie getan und es war dem Hofmarschall sehr unangenehm. Er war froh, dass niemand sonst diesen Moment mitbekam.

»Danke, dass du mich nie angezweifelt hast«, sagte sie.

»Gern geschehen«, sagte er und tätschelte ihr den Rücken. »Dein Vater wäre stolz auf dich.«

»Glaubst du wirklich?«

»Ich bin mir dessen sicher.«

Sie lösten sich wieder voneinander und die Großfürstin ließ ihren Hofmarschall wissen, dass sich ein Bote auf den Weg zu Uljan machen solle. Fennek wollte die Tür wieder für sie öffnen, aber die Großfürstin hatte nicht vor, in den Kartensaal zurückzukehren.

»Ich werde nach Vida schauen.«

Der Hofmarschall ging mit der Großfürstin an seiner Seite den Flur hinunter, an der Treppe trennten sich ihre Wege. Er stieg die Stufen hinab, sie stieg sie hinauf und fand im Südflügel Vidas Zimmer. Sie klopfte und sofort schwang die Tür auf und da stand Vida mit einem Messer in der Hand. Das Lächeln im Gesicht der Großfürstin verschwand. Sie schlug sich erschrocken die Hände vor die Augen und wich zurück.

»Jelisa, was hast du?«

Vida versuchte, ihr die Hand von den Augen zu nehmen, die Großfürstin ließ es nicht zu und wich so weit zurück, bis sie mit dem Rücken gegen die Flurwand stieß. Erst da kam sie zur Ruhe, erst da nahm sie die Hände herunter und sah Vida erneut an. Ihre Augen waren groß und mit Tränen gefüllt.

Sieht sie etwa, was mir widerfahren ist?, fragte sich Vida.

»Du Arme«, sagte die Großfürstin und trat auf sie zu und drückte sich an Vida. »Es tut mir so leid.«

»Was tut dir …«

Vida verstummte, sie schaute auf den Kopf der Großfürstin hinab und begriff, was die Großfürstin gesehen haben musste, als sie ihr die Tür aufgemacht hat. Sie packte Jelisa an den Schultern und hielt sie auf Armeslänge von sich weg.

»Du siehst, dass ich sterben werde, nicht wahr?«

»Vida, ich---«

»Wann, Jelisa?«

Die Großfürstin sah Vida nur an.

»Heute?«, fragte Vida.

Die Großfürstin schüttelte den Kopf.

»Morgen?«

Die Großfürstin nickte.

Vidas erste Reaktion war nicht Furcht, sondern die Erinnerung an Tante Asha und wie sie einmal zu Vida gesagt hatte, sie sollte den Tod niemals fürchten, weil der Tod wie ein Stück fruchtbare Erde war, die umgegraben werden musste, ehe neues Leben gepflanzt werden konnte. Damals wie heute hatte Vida denselben Gedanken: *Ich will nicht neu gepflanzt werden.*

»Das kann nicht sein«, widersprach sie. »Als ich hier ankam, war noch alles gut. Jelisa, du hast meine Linie gesehen, sie ging ins Unendliche und …«

Vida verstummte, ihre eigenen Gedanken holten sie ein.

Da hat mich die Kraljica auch noch nicht aufgespürt.

Da habe ich nicht geblutet.

Da war ich noch ein Kind.

16

Ein Stockwerk unter ihnen stieg Solomon von der Galerie und setzte sich neben die ehemalige Zarin, die ihm ein Glas Champagner anbot, das er dankend ablehnte. Er machte ihr ein Kompliment zu ihrem Kleid, woraufhin sich die ehemalige Zarin innerhalb von einer Sekunde in eine beschwipste Sechzehnjährige verwandelte – sie errötete und kicherte und tat, als hätte sie ihn nicht gehört.

»Wie bitte?«

»Ich sagte, Euer Kleid hat einen famosen Schnitt.«

»Welches Kleid? Dieses Kleid?«

Sie berührte seinen Arm.

»Ach, Solomon, hört doch auf, das ist doch nur ein Kleid!«

Der Regen prasselte gegen die Fenster und verwandelte die Dunkelheit dahinter in einen schlierigen Traum. Die Schwestern waren recht nervös. Sie spürten die Gefahr, die sie umgab. Eka überlegte, sich in der Gestalt eines Vogels außerhalb des Palastes umzusehen, Riva schlug vor, sich zu bewaffnen, während Asha um etwas mehr Logik bat. Sie erwarteten nicht, dass die Kraljica an den Wachen vorbeimarschierte und Vida angriff. Alle drei befürchteten, dass es viel schlimmer sein könnte.

Als Riva eben aufstehen wollte, um ein Holzscheit nachzulegen, trat Vida Hand in Hand mit der Großfürstin ein. Ein Blick genügte und sie wussten, dass sich alle ihre Befürchtungen erfüllt hatten. Die Gespräche verstummten und alle wandten sich Vida zu. Sie war blass im Gesicht und die Finger ihrer rechten Hand bewegten sich, als würde sie ein unsichtbares Instrument spielen. Solomon wollte zu ihr gehen, Asha hielt ihn am Arm zurück.

»Nicht«, sagte sie.

Vida löste sich von der Großfürstin und blieb mit dem Rücken vor dem Feuer stehen, ohne die Hitze zu spüren. Ihre Füße waren wie gefroren, ein eisiger Nebel schien sie zu umschließen und es fühlte sich an, als wäre die Temperatur im Raum um zehn Grad gesunken. Keiner fragte, was geschehen war, sie alle warteten. Als Vida schließlich zu sprechen begann, war ihre Stimme nur ein Flüstern, sodass sie über dem Knacken des Feuers kaum zu hören war. Es war leicht gewesen, es der Großfürstin zu erzählen, vor ihrem Vater und ihren Tanten fühlte sich das Erlebte wie ihr persönliches Versagen an. Vida räusperte sich und setzte neu an und erzählte von dem Auftauchen der Kraljica in der Wanne. Zum Schluss fügte sie mit leiser Stimme hinzu, das sei noch nicht alles.

»Ich habe zu bluten angefangen. Es tut mir leid, ich konnte nicht ...«

Sie verstummt. Eka trat auf sie zu, Vida wich unmerklich zurück.

»Dir hat nichts leidzutun, hörst du?«, sagte Eka.

»Aber ich hätte das selbst schaffen müssen«, unterbrach sie Vida. »Ihr habt mir so viel beigebracht, und ich liege da in der Wanne und rühre nicht einen Finger. Die Kraljica hatte mich vollkommen in ihrem Bann. Ihr wisst gar nicht, wie sehr ich es hasse, schwach zu sein.«

»Du bist nicht schwach«, widersprach ihr Asha.

»Ich *bin* schwach, denn ich habe mich nicht gewehrt.«

Vida griff sich an den Nacken, als würde sie dort noch immer die Finger der Kraljica spüren.

»Sie hat versucht, mir die Seele zu nehmen, und ich saß nur da und habe es geschehen lassen. Wenn das keine Schwäche ist, was ist es dann?«

»Es ist eine Macht, der du dich zu erwehren lernen musst«, sagte Asha.

Vida sprach weiter, ohne Ashas Worte gehört zu haben.

»Als die Kraljica aus der Wanne verschwunden war, habe ich einfach nur dagestanden und hielt mein Messer in der Hand. Ich habe gehofft, dass sie zurückkommt, denn ich wollte sie stellen, ich wollte sie …«

Ihr traten Tränen in die Augen, sie wischte sie weg und sah auf ihre Hand, die zitterte.

»Dann kam Jelisa und …«

Sie sah zur Großfürstin.

»… hat gesehen, dass die Verdammung meine Zukunft gebrochen hat. Ich werde morgen hier sterben. Meine Lebenslinie endet hier.«

Die Nachricht schnitt durch das Bewußtsein der Schwestern wie eine dünne Klinge, die alle Gedanken kappt. Alle drei wichen unmerklich zurück, ihre Hände zuckten und wollten ein Mudra formen, doch ihr Denken war unfokussiert, sodass die Schwestern nicht reagieren konnten. Solomon dagegen saß vorgebeugt und starrte auf eine Stelle zwischen seinen Stiefeln. Er konnte es nicht fassen, dass er hier unten gesessen und Folianten durchgeblättert hatte, während die Kraljica dabei gewesen war, seiner Tochter die Seele zu entreißen. Er biss die Zähne so fest aufeinander, dass ihn die Kiefer schmerzten. Für einen erschreckenden Moment hatte er Yrma vor Augen, wie sie im Bett lag und ihren letzten Atemzug tat. Er verspürte dieselbe Hilflosigkeit, wie er sie damals empfunden hatte. Es verschlug ihm die Sprache. Er konnte Vida nicht einmal ansehen. *Mein Kind stirbt morgen,* dachte er, und obwohl er die Worte verstand, machten sie keinen Sinn. Seine Tochter war zur Frau geworden und es gelang ihm nicht, sich darüber zu freuen, weil die Verdammung der Kraljica die Zähne bleckte und ihr mit dem Tod drohte.

»Papa?«

Solomon schaute auf.

»Was denkst du?«

Solomon konnte die Scham in ihren Worten hören.

Sie glaubt wirklich, sie hat versagt.

Er wollte sich seine Tochter greifen und mit ihr davonrennen, er wollte sie in einem entlegenen Dorf verstecken und so lange verbergen, bis die Welt vergessen hatte, wer sie war und was für eine Aufgabe sie erwartete. Er wusste, wie albern diese Gedanken waren. Wenn er seine Tochter ansah, sah er seine Frau in ihren Augen, sah er sich selbst in ihrer Hilflosigkeit.

»Du bist nicht schwach«, sagte er bestimmt, »und du hast nicht versagt. Was auch immer heute geschieht, ich werde alles tun, damit der Tod nicht in deine Nähe kommt. Du darfst die Kraljica und ihre Verdammung nicht fürchten, denn du besitzt die Kraft, ihr Widerstand zu leisten. Du musst dir dieser Kraft nur bewusst werden, sie wecken und darauf vertrauen, dass sie dich zu deinem Ziel führt.«

»Und wenn ich das nicht kann?«

»Du kannst das.«

»Was macht dich so sicher?«

»Du bist die Tochter deiner Mutter, mehr Sicherheit gibt es auf der ganzen Welt nicht.«

Vida nickte, *diese* Worte nahm sie an, *diese* Worte hörte sie.

»Ich hätte eine Frage«, meldete sich die ehemalige Zarin zu Wort. »Ich habe ja keine Ahnung, was hier gespielt wird, aber wie ist es dieser Kraljica bitte schön gelungen, an Vida heranzukommen? Wir haben hier genug Wachen. Wie taucht so jemand einfach in der Wanne auf und wie verschwindet er wieder?«

Während die ehemalige Zarin sprach, erinnerte sich Vida an die Worte der Kraljica.

»Sie hat gesagt, sie sitzt einer Zecke gleich in meinem Kopf.«

Die Schwestern wechselten einen Blick, Vida wollte weitersprechen, da legte sich Eka einen Finger auf die Lippen und brachte Vida zum Verstummen. Im selben Moment kamen Riva und Asha auf die Beine. Asha postierte sich so nah hinter Vida, dass sich ihre Körper beinahe berührten, während ihre Schwestern die Fenster, die doppelflügelige Tür zum Kartensaal und zur Terrasse sicherten.

Innerhalb einer Minute war der Saal versiegelt.

»Was tun sie?«, flüsterte die ehemalige Zarin.

»Sie sichern den Saal«, antwortete ihr Solomon.

»Damit keiner reinkommt?«

»Nein, Tantchen«, sagte die Großfürstin, »damit nichts rauskommt.«

»Verstehe einer diese Welt«, sagte die ehemalige Zarin darauf.

Asha legte Vida von hinten eine Hand auf die Stirn.

»Atme ganz ruhig«, bat sie.

Mit der anderen strich sie über Vidas Bauch und bedeckte ihren Solarplexus. Langsam zog sie Vida näher zu sich heran, bis ihr Rücken gegen Ashas Brust lehnte.

»Atme in meine Hände hinein«, sagte sie.

Vida konzentrierte sich und lenkte jedes Ausatmen in die Hände ihrer Tante, wie es ihr beigebracht worden war. Sie wusste, auf diese Weise ließen sich Schmerzen ausleiten und Wunden heilen. Beim sechsten Ausatmen spürte Vida, wie sich etwas in ihr in Bewegung setzte. Direkt in ihrem Kopf. Es zuckte und zog sich zusammen, es stach an ihrem Scheitel, es tobte hinter ihren Augen und wich aus und kam doch nicht davon.

»Spürst du es?«, fragte Asha.

Vida nickte unmerklich.

»Lass es gehen.«

Vida entspannte sich und kappte alle Verbindungen zu dem ungebetenen Gast. Es war, als würde sie in ihrem Inneren stürzen. Asha gab ihr Halt, dann zog sie plötzlich ihre Hände weg, als hätte sie sich verbrannt. Vida schwankte und fand ihr Gleichgewicht. Sie drehte sich um und sah ihre Tante auf den Kamin zutreten und in die Flammen spucken. Ihr Speichel verdampfte mit einem Zischen und etwas Dunkles versuchte sich davonzustehlen, ehe die Flammen es verbrannten. Vida konnte die Veränderung sofort spüren, der eisige Nebel war aus ihrem Körper verschwunden, die Wärme begann sich in Armen und Beinen auszubreiten, es war ein Gefühl, als würde sie jetzt erst den Boden unter ihren Füßen spüren.

»Die Verbindung existiert nicht mehr«, sagte Asha. »Deine Gedanken gehören wieder dir allein. Und du hast recht gehabt, Eka.«

Sie wandte sich an ihre Schwester.

»Der Husar war schon vor dem Sprung durch das Portal nicht mehr am Leben. Das hier ist Soleas Arbeit. Sie hat uns die Kraljica in Lenkos Gestalt hinterhergeschickt, weil wir ihm vertrauen. Zumindest wissen wir jetzt mit Bestimmtheit, in welchem Körper sich die Kraljica versteckt.«

»Dann ist uns Solea auch gefolgt?«, fragte Vida.

Asha schüttelte den Kopf.

»Ihr ist zwar alles zuzutrauen, aber so, wie wir sie fürchten, fürchtet auch sie uns. Nie würde sie es wagen, uns zu nahe zu kommen. Besonders nicht Solomon.«

Vida sah zu ihrem Vater und bemerkte eine Kälte in seinen Augen, die sie noch nie zuvor gesehen hatte. Er hatte sich vorgelehnt und die Unterarme auf die Knie gestützt. Seine Hände waren ineinander verschränkt, es kostete ihn viel Disziplin, so still zu sitzen.

»Wo auch immer sich die Kraljica jetzt aufhält«, sagte er, »sie wird nicht ruhen, ehe sie deine Seele in ihren Händen hält. Sie weiß jetzt, wo sie dich finden kann. Bis eben war ich mir sicher, dass es das Klügste sei, sich so weit wie möglich von Sankt Petersburg zu entfernen. Dass sich die Kraljica jetzt im Körper des Husaren versteckt, ändert alles. Wir sollten sie stellen, so wie ihr Schwestern den Wächter gestellt habt. Wir sind nicht dazu gemacht, wie Hasen zu fliehen. Yrma hat mich zu einem Krieger ausgebildet und ihr selbst habt Kräfte, die viel zu lange im Verborgenen gelegen haben. Ich sage, es reicht. Wir alle sind hier, um Vida zu beschützen, auch du, Jelisa. Wir sollten nicht weichen, was auch geschieht, wir sollten uns darauf vorbereiten, der Kraljica ...«

Als hätten sich seine Worte selbstständig gemacht, wurde die doppelflügelige Tür aufgestoßen und schlug mit einem Knall gegen die Wand, sodass alle zusammenschraken. Ein klatschnasser Soldat taumelte herein und brachte den Geruch von Gewitter, Pferdeschweiß und Birkenlaub mit sich. Seine Kleidung war zerrissen und aus einer Kopfwunde lief ihm Blut über das Gesicht. Er tat drei Schritte in den Saal hinein, ehe er zusammenbrach und ohnmächtig zu Boden stürzte.

Die Einzige, die den Soldaten sofort wiedererkannte, war die Großfürstin.

17

Vladek sah sehr mitgenommen aus, seine Arme und sein Gesicht waren mit Kratzwunden bedeckt, seine Uniform eingerissen und er hatte eine Platzwunde an der Stirn. Nachdem das Gefolge des Husaren ihn von dem Ackergaul gezerrt und auf ihn eingeschlagen hatte, kam es zu einem plötzlichen Wandel – die Männer und Frauen wandten sich ab und folgten dem Husaren, der in eine Seitenstraße abgebogen war. Vladek hatte sich aufgerappelt und nicht gezögert. Er schwang sich wieder auf das Pferd und trieb es an. Als er eine Viertelstunde später den Winterpalast erreicht hatte, verwehrten ihm die Wachen den Einlaß. Er wirkte mit seiner Kopfwunde und dem panischen Blick wie ein Verrückter, der Soldat spielte. Erst als der Hofmarschall nach draußen trat und Vladek wiedererkannte, traten die Wachen zur Seite. Der Hofmarschall wollte den Soldaten zur Großfürstin begleiten, doch das ging Vladek alles viel zu langsam. Er rannte los und dieser kleine Sprint kostete ihn seine letzten Kräfte. Zweimal riss er die falsche Tür auf und beim dritten Mal taumelte er vollkommen erschöpft in den Kartensaal, versuchte, etwas zu sagen, und wurde prompt ohnmächtig. Ein Hauch Riechsalz und ein paar tätschelnde Schläge ins Gesicht brachten ihn schnell wieder zu Bewusstsein. Vladeks erste Worte waren:

»Großfürstin, Husar Lenko ist auf dem Weg hierher.«

Er berichtete von den Geschehnissen in dem Badehaus und dem Mord, den er hilflos hatte mit ansehen müssen. Zum Schluss beschrieb er, wie er Husar Lenko auf den Fersen geblieben war und dabei zu sehen bekommen hatte, wie jeder Passant, mit dem der Husar in Berührung kam, ihm zu folgen begann.

»Die Menschen waren wie verwandelt, sie haben mich angegriffen, aber ich konnte mich befreien.«

»Und wie groß war dieses Gefolge?«, fragte Solomon.

»Ich konnte sie nicht zählen«, gab Vladek zu. »So viele waren es.«

Fünf Minuten später erreichte Uljan mit Geromir an seiner Seite den Palast. Zehn Minuten darauf kam keiner mehr in den Palast hinein oder aus dem Palast heraus.

18

Niemand in Sankt Petersburg verstand, was auf den Straßen vor sich ging – mehr als hundert Männer und Frauen waren auf der belebten Ulica Loskoskjawa in ihrem Schritt stehen geblieben, hatten sich umgewandt und eine neue Richtung eingeschlagen. Erst dachten die Bewohner, irgendwo wäre ein Feuer ausgebrochen, dann vermuteten sie, die Newa sei erneut über die Ufer getreten und die Freiwilligen würden sich versammeln, um eine Kette zu bilden und Sandbänke zu errichten. Es brauchte eine Weile, ehe ein Laternenanzünder richtig kombinierte und feststellte, dass die Männer und Frauen allesamt einem Husaren folgten würden, der sich auf den Winterpalast zubewegte. Sofort wurde gemutmaßt, ein Aufstand wäre im Gange, vielleicht die Rückkehr der Strelizen oder sogar der Sturz des Zaren, der sich zwar gegenwärtig nicht im Land befand, aber gab es eine bessere Zeit für einen Putsch als diese?

Die Furcht ließ sich in Sankt Petersburg nieder und streckte ihre Tentakel in alle Richtungen aus. Die Kinder wurden in Sicherheit gebracht und Türen und Fensterläden geschlossen. Es wurde von einem Attentat geflüstert, und so mancher behauptete, das Gefolge des Husaren wäre in Wahrheit eine geheime Armee, die lange im Untergrund gelebt hatte und jetzt ans Tageslicht getreten war.

Innerhalb einer halben Stunde schwelten die Gerüchte bis in die hinterste Ecke der Hauptstadt und entzündeten Brände der Panik. Geschäfte wurden geplündert, Kaufleute mitten auf der Straße ausgeraubt und so mancher Bürger raffte seine Habseligkeiten zusammen und floh zu Verwandten aufs Land. Der Großteil der Bürger aber brodelte vor Neugierde und schloss sich der Gefolgschaft an, denn niemand wollte einen Putsch verpassen oder abwesend sein, wenn die Geschichte Russlands neu geschrieben wurde.

Auf der Hälfte des Weges verlor die Kraljica ihre Verbindung zu Vida. Es geschah ohne Vorwarnung. Der Verlust peitschte durch den toten Körper des Husaren und ließ die Kraljica taumeln. Sie war fassungslos und wusste nicht, wohin mit ihrer Enttäuschung. Kurz entschlossen griff sie sich den erstbesten Mann, an dem sie vorbeikam. Er brach unter ihrer Berührung zusammen, seine Haut wurde grau und seine Seele verlosch mit einem Flackern. Die Kraljica widmete ihm keinen zweiten Blick und setzte ihren Marsch fort.

Die Gerüchte überholten den Husaren und sein Gefolge. Am Admiralsufer war der Weg völlig verstopft, aber sobald man Lenko kommen sah, wurde eine schmale Gasse frei gemacht. Die Bewohner stießen und schrien, sie standen im pladdernden Regen und drängten sich und stürzten, von den nachrückenden Neugierigen weggedrängt, hilflos in die Fluten der Newa, wo sie kläglich herumschwammen und das gegenüberliegende Ufer zu erreichen versuchten, weil sie auf der Palastseite keine freie Stelle fanden, an der sie aus dem Fluss steigen konnten.

Die Kraljica ignorierte den Pöbel, der sie wie ein nervöser Ameisenschwarm umdrängte. Sie hielt zwanzig Meter vom Winterpalast entfernt an und ihr Gefolge postierte sich in zwei langen Reihen links und rechts von ihr. Die Gaffer und die Mitläufer blieben auf der Promenade zurück. Keiner von ihnen wagte es, einen Fuß auf den Vorplatz des Palastes zu setzen, weil sie die Reichweite der Gewehre der Wachsoldaten fürchteten und nicht in den Verdacht kommen wollten, sich auf die falsche Seite des Gesetzes gestellt zu haben. Es war nicht die erste Revolte in diesem Land und die Bewohner hatten noch gut in Erinnerung, wie der Zar den Aufstand der Strelizen niedergeschlagen hatte.

Nein, ein vernünftiger Abstand war angeraten.

Ein letztes Donnern wanderte über den Himmel und der Regen endete so abrupt, wie er begonnen hatte. Durch die Wolkenwand schob sich der Mond und badete den Palast in ein eisiges Licht. Ein Oh und Ah ging durch die Reihen. Der Pöbel legte bewundernd den Kopf in den Nacken, als hätte er den Mond schon lange nicht in seiner vollen Pracht gesehen. Nur das Gefolge des Husaren stand reglos da und schaute nicht auf. Für sie existierten der Mond und der Palast nicht, für sie gab es nur diesen eingefrorenen Moment, in dem sie sich nicht rühren durften.

Die Kraljica konnte spüren, wie die letzten Regentropfen sich an ihren Fingerspitzen sammelten. Das hier war auf jeden Fall besser, als in Tavolski Most in einer Gasse zu liegen und sich vom Adel bespucken zu lassen. Die Kraljica lächelte, sie gefiel sich sehr im Gewand des Husaren. Sie wünschte sich nur, sie hätte eine Axt.

19

Sie hatten sich auf dem Balkon versammelt und beobachteten, wie sich die Gefolgschaft neben dem Husaren aufreihte. Niemand hatte damit gerechnet, dass ihre Zahl so groß sein würde.

»Wie viele Gardisten befinden sich im Palast?«, fragte Uljan.

»Ein Dutzend«, antwortete der Hofmarschall.

»Ein Dutzend ist nicht viel«, stellte Solomon fest und dachte dasselbe wie Uljan – die Garnison war zweihundert Meter entfernt, aber dazwischen lagen drei Brücken und eine menschenüberfüllte Uferpromenade. Beide wussten, es würde ein Massaker geben, wenn die Garde sich einen Weg durch die Menge bahnen müsste.

»Vielleicht gibt es einen einfacheren Weg«, sagte Uljan und wandte sich an den Hofmarschall. »Ich denke, Sie kennen alle Zugänge, die man kennen muss, wenn man den Palast leitet.«

»Davon können Sie ausgehen, Generalleutnant.«

»Wissen Sie auch, dass seit dem Bau des Palastes in der Garnison ein Gerücht kursiert?«

»Welches Gerücht könnte das sein?«

»Da ist die Rede von einem geheimen Gang, der den Palast mit der Garnison verbindet.«

»Dieses Gerücht könnte wahr sein«, gab Fennek zu.

»Was meinen Sie, wollen wir uns den Gang anschauen?«

Der Hofmarschall machte eine Geste zur Tür.

»Wenn die Herren mir folgen würden.«

Der Geheimgang war vor sieben Jahren während des Baus des Winterpalastes angelegt worden und führte vom Weinkeller des Zaren unter der Newa hindurch zum Kommandoraum der Garnison. Geromir hatte sich freiwillig gemeldet und mit einer Fackel bewaffnet auf den Weg gemacht. Er hatte Spinnweben zur Seite gewischt, Ratten verscheucht und sich mehr als einmal gefragt, wieso er so dumm gewesen sein konnte, sich freiwillig zu melden, obwohl er enge Räume hasste. Die Antwort fiel ihm dann doch leicht. Die Zeit der Gedichte und Lieder war vorbei, er wollte Riva als Mann beeindrucken und ein wenig fühlte er sich auch seinem Bruder gegenüber schuldig. Geromir wusste, dass er ein Teil der Eskorte gewesen war, weil Uljan ihren Eltern versprochen hatte, sich um ihn zu kümmern. So war es schon immer gewesen, als sie Kinder waren, so war es bis heute. Familie beschützte Familie. Geromir wollte, dass sein älterer Bruder sah, dass er sich einsetzte, auch wenn der Einsatz nur darin bestand, dass er mit einer Fackel bewaffnet unter der Newa hindurchrannte, um Verstärkung zu holen.

Als Geromir das Ende des Ganges erreicht hatte, stieß er eine Luke auf und befand sich im Herzen der Garnison. Er begann unverzüglich, alle verfügbaren Gardisten zusammenzutrommeln. Zehn Minuten darauf erbebte der Geheimgang unter der Newa – sechzig Stiefelpaare hämmerten über den Erdboden, sechzig Gardisten bewaffnet mit Gewehren und Armbrüsten eilten durch die Dunkelheit und folgten dem flackernden Licht von Geromirs Fackel. Sie alle hatten keine Ahnung, was sie am anderen Ende erwartete.

Jetzt standen die Gardisten im Weinkeller des Zaren, machten ein paar nervöse Scherze über die Regale voller verstaubter Flaschen, ehe sie Geromir zur Ordnung rief und die Treppe hochmarschieren ließ.

Sie sollten sich bei Uljan melden, der sie in der Eingangshalle erwartete.

Der Generalleutnant teilte die Gardisten in zwei Gruppen auf – eine Gruppe schickte er nach oben, damit sie sich vor dem Kartensaal postierte, die zweite Gruppe blieb mit Uljan in der Eingangshalle. Auf die Frage hin, um was es denn überhaupt gehen würde, hatte Uljan den Gardisten geantwortet, der Husar hätte eine Revolte angezettelt und würde versuchen den Palast zu stürmen. Keiner der Gardisten glaubte ihm. Sie tauschten nervöse Blicke aus. Es machte keinen Sinn.

20

So mancher könnte sich fragen, was in Vladek gefahren war und ob er keine Ruhepause brauchte. Die Kratzer in seinem Gesicht standen wie Narben vor, dunkelblaue Flecken zogen sich von den Schlägen der Gefolgschaft über seine Brust und seinen Rücken, ansonsten aber waren seine Augen wieder hellwach und die Schwäche war einem neuen Mut gewichen. Obwohl ihn keiner danach gefragt hatte, war er an Uljan herangetreten und hatte ihn darum gebeten, den Wachdienst vor dem Palast zu übernehmen.

»Stellen Sie mich vor den Eingang, damit ich diesem Unwesen ins Gesicht sehen kann«, bat er Uljan. »Wer auch immer den Körper des Husaren im Besitz hat, ich will ihm eine Warnung sein. Er wird sich vom Badehaus an mich erinnern und er soll wissen, dass ich jemand bin, der ihm auf den Fersen ist.«

Uljan ließ ihn drei Soldaten auswählen, seitdem stand Vladek vor dem Haupteingang des Palastes und hielt das Gewehr mit beiden Händen umklammert, als wäre es ein Anker, der ihn an den Palast band. Er wusste, was die Männer neben ihm dachten. Keiner von ihnen sah die Gefahr, die von dem Husaren ausging. Lenko war immer ein angenehmer Kamerad gewesen, der nie auf die Wachen herabschaute und sich nie zu schade war, mit dem gemeinen Soldaten ein Glas zu trinken. Kein Wachsoldat konnte das von Generalleutnant Uljan behaupten.

Vladek fand die Täuschung perfekt. Er ließ den Husaren nicht aus den Augen, der einen Steinwurf von ihm entfernt stand und den Palast betrachtete, als würde er ihn mit seinen Blicken abmessen. Der Husar und sein Gefolge waren unbewaffnet. Das gab Vladek zu denken.

»Vielleicht sollten wir mit dem Husaren reden«, schlug einer der Wachsoldaten vor.

»Ich denke nicht, dass er mit uns reden wird«, erwiderte Vladek. »Ich war dabei, als ...«

Er verstummte, er spürte, wie die Wachsoldsaten um ihn herum zusammenrückten.

»Was passiert?«

»Ich habe keine Ahnung«, gab Vladek zu.

Das Gefolge des Husaren war in Bewegung gekommen. Die Männer und Frauen fächerten sich auf. Ohne ein Wort zu sprechen oder sich abzustimmen, begannen sie sich in einem Abstand von zehn Metern um den Palast herum aufzustellen. Hätte Vladek von oben runtergeschaut, hätte er sehen können, dass die Linie um alle vier Flügel des Winterpalastes herumlief und sich so perfekt schloss, als hätte sie jemand mit einem Lineal gezogen.

Und noch immer rührte sich der Husar nicht.

21

Der Kartensaal im ersten Stockwerk wurde ihr Rückzugsort, dort standen sie auf dem Balkon und beobachteten, wie der Regenfall endete und das Gefolge des Husaren den Palast umstellte. Nachdem die Männer und Frauen in Position gegangen waren, rührten sich diese nicht mehr, aber ihre Hände zuckten und ihre Gesichter zitterten, sie hatten weit aufgerissene Augen und einige von ihnen weinten.

»Was geschieht mit ihnen?«, fragte die ehemalige Zarin.

»Sie leiden unter der Last«, sagte Asha.

»Unter welcher Last?«

Asha antwortete nicht.

»Und worauf warten sie?«

»Sie warten nicht«, sagte Riva. »Es ist die Kraljica, die wartet.«

»Wahrscheinlich will sie, dass wir vor Furcht in die Knie gehen«, sagte Eka.

»Oder sie überlegt sich noch, wie genau sie uns angreift«, sagte Riva.

Die ehemalige Zarin gab ein empörtes Geräusch von sich.

»Und wir warten also, bis das geschieht? Wieso schießt keiner? Soldat Geromir, Sie sind doch ein guter Schütze. Wieso schießen Sie nicht? Dieser Pöbel ist doch die perfekte Zielscheibe. Ich verstehe das nicht, wir haben jetzt über siebzig Gardisten im Palast, wieso greifen *wir* nicht an?«

»Weil die Männer und Frauen da unten nicht unser Problem sind«, erklärte ihr Eka.

Die ehemalige Zarin sah sie verwundert an.

»Sie haben den Palast umstellt, das sehe ich schon als ein Problem.«

»Liebes Tantchen«, schaltete sich die Großfürstin ein, »bitte, halte dich zurück.«

»Liebes Kindchen, ich halte mich zurück, wie es meiner Position gebührt, aber das hier ist doch eine Unverschämtheit. Wir sind doch keine Gaststätte, wir sind der Palast und der Pöbel da draußen hat hier nichts verloren. Wenn das eine Revolte ist---«

»Es ist keine Revolte«, unterbrach sie Riva. »Und jetzt reiß dich zusammen, Paza. Diese Menschen stehen unter dem Einfluss einer Macht, die sie zu Marionetten macht. Du möchtest doch nicht auf Unschuldige schießen?«

Die ehemalige Zarin zuckte mit den Schultern.

»Wer mich bedroht, der ist schuldig«, sagte sie kurz und knapp.

Die Großfürstin sah zu ihrer Tante auf und dachte: *Ich habe schon lange nicht so was Dummes gehört.*

»Sieh woandershin«, fuhr sie die ehemalige Zarin gereizt an und starrte demonstrativ auf das Ufer der Newa, das von neugierigen Zuschauern überlaufen war. Die Großfürstin hörte auf ihre Tante und wandte den Blick ab. Sie betrachtete das Gefolge des Husaren mit traurigen Augen, denn sie konnte sehen, dass viele von ihnen heute ihren Tod finden würden. Ihre Lebenslinien waren am Verlöschen und glimmten nur noch über ihren Köpfen.

»Viele werden sterben«, sagte sie laut.

Keiner auf dem Balkon fragte, ob er zu diesen vielen gehören würde. Besonders nicht die ehemalige Zarin, die am liebsten zu Fuß aus dem Palast geflohen wäre, wenn da nicht der ganze Pöbel gestanden hätte. Sie wollte nicht in der Luft zerrissen werden; und sie konnte einfach nicht den Mund halten.

»Wenn wir ... oh.«

Solomon hatte sie am Arm berührt, als wären sie auf einem Ball, als wollte er sie jeden Moment auf die Tanzfläche führen. Die ehemalige Zarin wurde ganz weich und hätte sich am liebsten an ihn gelehnt.

»Sei ohne Sorge«, sagte Solomon, »hier oben sind wir in Sicherheit.«

»Wirklich?«, fragte sie kokett zurück.

»Ich verspreche es dir.«

Die ehemalige Zarin zog einen Fächer aus ihrem Kleid und kühlte ihr Gesicht. Sie wandte Solomon den Rücken zu, weil sie es nicht ertragen konnte, dass er sie länger ansah.

Solomon legte seiner Tochter die Hand auf die Schulter.

»Kannst du sie sehen?«, fragte er.

Vida wusste, dass ihr Vater nicht die Frauen und Männer da unten meinte.

»Siehst *du* sie?«, fragte Vida zurück.

»Leider«, antwortete Solomon. »Als mich deine Mutter die Zegechem zum ersten Mal sehen ließ, war ich mir sicher, es sei eine Sinnestäuschung. Zu wissen, dass sie immer da sind und sich nach Belieben in die Leben der Menschen schleichen können; zu wissen, dass sie tun, was sie tun, und dabei unbemerkt bleiben, ist eine der großen Grausamkeiten, die es auf dieser Welt gibt. Du darfst dich nicht vor ihrem Anblick fürchten, Vida, denn sie ernähren sich von dieser Furcht. Erinnere dich, was dir deine Tanten beigebracht haben.«

Vida schloss die Augen und da war sofort der Baum und da war der Sturm, der ihn beugte, dann ließ der Sturm nach und der Baum stand wieder aufrecht und Vida öffnete die Augen und sah das erste Mal, was ihre Tanten und ihr Vater meinten, wenn sie von den Zegechem sprachen.

»Du wirst dich an den Anblick gewöhnen«, hörte sie Solomon sagen.

Vida bezweifelte das sehr.

Die Zegechem zeigten sich in verschiedenen Formen und Größen, manche erreichten gerade mal eine Höhe von einem Meter, andere ragten weit über die Opfer hinaus, die sie sich ausgewählt hatten. Ihre Körper waren verzerrt, als würden sie zwischen Traum und Realität festhängen. Sie waren eine Kreuzung aus Reptilien, Vögeln und Fischen. Mit Klauen und Fühlern, Schuppen und Federn. Fleischige Dornen spannten sich über ihre Mäuler und woben sich zu Mustern auf ihren Rücken. Ihre Pranken endeten in Klauen, mit denen sie sich an ihre Opfer klammerten, und ihre Zähne ragten wie Hauer aus den fratzenhaften Gesichtern hervor. Die Haut war ledrig und leuchtete, als würde ein dunkler Mond in ihrem Inneren strahlen. Ihre Augen hatten das kalte Blau, das Vida an den Herrn denken ließ, dem sie in Tavolski Most begegnet war. Die Zegechem saßen den Männern und Frauen auf den Rücken, sie hatten ihre spinnenartigen Beine um die Oberkörper geschlungen und ihre Klauen tief in ihrer Brust vergraben. Sie zerrten an den Organen und bemächtigten sich der Seelen, die sie dann quälten und peinigten. Sie pflügten mit ihren Krallen durch die Emotionen und peitschten die Wut der Menschen an. Lüstern schoben sie ihre Schnauzen in ihre Ohren und raunten ihnen Grausamkeiten zu. Ein anhaltendes Wispern war zu hören, ein Raunen und Schnattern. Es war ein unsäglich trauriges Bild, weil die Männer und Frauen nicht wussten, was sie plagte und malträtierte. Sie spürten nur, dass da was war, und zweifelten an ihrem Verstand, der sich im Griff der Zegechem befand.

»Ich wünschte, ich könnte sehen, was ihr seht«, sagte Geromir.

»Nimm dich in Acht, Major«, sagte Riva. »Du weißt nie, wann deine Wünsche in Erfüllung gehen.«

Sie gab ihm ein breites Lächeln, sein Herz schmolz sofort weg. Er wollte sie gerade fragen, was sie damit meine und ob sie ihn nicht erneut so anlächeln könne, da erklang ein Räuspern und sie wandten sich um. Der Hofmarschall stand im Rahmen der Balkontür.

»Großfürstin, ich soll von Generalleutnant Uljan ausrichten, dass die Gardisten im Erdgeschoss in Position gegangen sind. Die andere Hälfte seiner Männer hat vor dem Kartensaal Stellung bezogen und wartet auf Eure Befehle. Falls ich nachfragen darf …«

»… ich bin mir noch immer sicher, dass du gehen kannst«, führte die Großfürstin seine Frage zu Ende.

Der Hofmarschall überlegte kurz, wie er darauf reagieren sollte. Er verschränkte die Hände hinter dem Rücken, als er die Großfürstin wieder ansah, war sein Blick unlesbar.

»Darf ich zu bedenken geben, dass ein Hofmarschall in der Stunde der Not immer seinem Hof treu bleiben sollte.«

»Darf ich zu bedenken geben, dass eine Großfürstin immer weiß, was sie tut«, sagte die Großfürstin.

Der Hofmarschall zog erstaunt die Augenbrauen hoch. Die Großfürstin kannte ihn besser, als er dachte. Sie wusste, dass Fennek den Palast so schnell wie möglich verlassen wollte. Der Hofmarschall war loyal und hätte für die Großfürstin alles getan, aber sein Herz schlug nicht mehr für den Kampf. Er war in seiner Armeezeit in unzähligen Schlachten gewesen und wollte nur noch zu seinen Enkelkindern nach Hause, um erst dann wieder vor die Tür zu treten, wenn Frieden in den Palast eingekehrt war.

»Nimm den Geheimgang unten in der Küche, der zum Kloster führt«, riet ihm die Großfürstin.

Der Hofmarschall verbeugte sich und verließ den Kartensaal.

»Also wirklich«, empörte sich die ehemalige Zarin. »Wie kannst du ihn gehen lassen? Erst schickst du die Bediensteten weg, dann unseren Hofmarschall. Was glaubst du, wer uns morgen früh den Tee bringen wird?«

»Ach, wie dumm von mir«, sagte die Großfürstin.

»Und du weißt, dass es ungehörig ist, sich als Dame mit einem Messer zu bewaffnen.«

»Du hast doch selbst einen Dolch.«

»Ich bin auch eine ehemalige Zarin und kein Kind.«

Sie waren alle bewaffnet. Der Hofmarschall war mit Solomon zur Waffenkammer gegangen, aus der sie mit einer Auswahl von Waffen zurückgekehrt waren. Solomon hatte sich als Einziger eines der Schwerter umgeschnallt, Geromir entschied sich für einen Bogen, während sich jede der Schwestern einen Degen umband. Die ehemalige Zarin bestand auf einem Dolch, der mehr ein Brieföffner als eine Waffe war. Vida hatte ihr Messer im Stiefelschaft und brauchte nichts, während die Großfürstin auf einem vernünftigen Dolch bestand, der zu mehr als nur zum Briefeöffnen gedacht war. Geromir bot ihr sein Messer samt Lederfutteral an, das sie sich um die Hüfte band.

»Ich muss der ehemaligen Zarin recht geben«, sagte Geromir. »Ich könnte Lenko mit einem der Gewehre niederstrecken. Ihr müsst es nur befehlen, ein Schuss und der Mann ist nicht mehr.«

»Es würde nichts nützen«, sagte Eka. »Lenko lebt schon längst nicht mehr. Wenn du ihn zu Fall bringst, sucht sich die Kraljica einen neuen Wirtskörper, ehe du das Gewehr nachgeladen hast. Jetzt wissen wir zumindest, wo sie ist, lass uns diesen Vorteil nicht verschenken. Wenn wir sie im Körper des Husaren bannen, haben wir eine viel größere Chance, ihr Dasein zu beenden.«

Geromir stützte die Unterarme mit einem Seufzer auf das Balkongeländer. Er warf einen Blick auf Riva, dann sah er die Reihe des Gefolges entlang und konzentrierte sich auf den Husaren, der zwanzig Meter entfernt einsam und allein vor dem Palast stand und kein Mensch mehr war.

»Ich hasse es, untätig zu sein«, sagte er.

»Du kaschierst es nicht besonders gut«, sagte Riva.

»Wir sollten unsere Verteidigung vorbereiten«, sagte Solomon und bat Geromir, ihm in den Flur zu folgen.

22

Die zwanzig Gardisten standen an den Fenstern, rauchten und betrachteten das wartende Gefolge des Husaren, das ihnen so gefährlich vorkam wie eine Gruppe von Schulkindern. Als Geromir und Solomon den Kartensaal verließen und in den Flur traten, nahmen die Männer sofort Haltung an. Geromir wünschte sich, Uljan wäre an seiner Seite und nicht ein Stockwerk darunter. Er hatte vom Rang her zwar die Führung der Gardisten, aber er war es nicht gewohnt, Befehle zu erteilen.

Geromir pickte einen Gardisten heraus, den Uljan schon seit Jahren protegierte. Der Gardist hieß Rurik und verblüffte sie alle, weil er längst durchdacht hatte, wie sie auf einen möglichen Angriff reagieren sollten.

»Die Chancen sind sehr gering, dass es dem Gefolge des Husaren gelingen wird, in das erste Stockwerk durchzudringen«, sagte er. »Husar Lenko ist meines Wissens kein großer Taktiker. Nach meiner letzten Zählung umstellen da draußen hundertsechzig Männer und Frauen den Palast. Ihr Vorteil ist die Überzahl. Unsere Vorteile sind unsere Erfahrung und dieses recht limitierte Terrain, das wir gut kontrollieren können. Wir sollten auf keinen Fall nach draußen treten oder den ersten Angriff ausführen. Wir würden damit unsere Position schwächen. Wir sind gut bewaffnet, wohingegen Lenkos Gefolge keine sichtbaren Waffen mit sich führt, und wir haben allesamt eine exzellente Ausbildung, womit wir den Vorteil ihrer Überzahl wettmachen werden können.«

»Und wie sieht dein Plan aus, Gardist?«, fragte Solomon.

»Wir errichten eine Barrikade vor dem Kartensaal und sichern damit den Saal vor Angriffen aus dem West- und dem Ostflügel. Auf diese Weise wird die Großfürstin in Sicherheit sein, selbst wenn wir aus beiden Richtungen unter Beschuss stehen.«

Was würden diese Männer sagen, fragte sich Solomon, *wenn sie wüssten, dass es hier nicht um die Tochter des Zaren geht, sondern um meine Vida?*

»Der Plan klingt vernünftig«, stellte Geromir fest.

»Lasst uns beginnen«, sagte Solomon.

Sie schleiften Kommoden und Tische aus dem Saal in den breiten Flur. Als die Barrikade eineinhalb Meter hoch war, postierten sich die Gardisten in beiden Richtungen. Keiner von ihnen glaubte, dass das Gefolge des Husaren es bis in das erste Stockwerk schaffen würde. Die Hälfte von ihnen war schon bei einem Aufstand dabei gewesen und so mancher hatte inmitten einer Meute gestanden und um sein Leben gebangt. Sie hatten Respekt vor der Masse, gleichzeitig aber wussten sie, dass Generalleutnant Uljan kein Mann war, den man einfach so überrannte. Insbesondere nicht, wenn vierzig Gardisten an seiner Seite standen. Nein, sie erwarteten, dass der Kampf schnell beendet sein würde, und bereuten es ein klein wenig, ein Stockwerk darüber untätig herumzustehen und Wache vor dem Kartensaal schieben zu müssen.

»Wahrscheinlich dürfen wir danach die Toten wegschaffen«, frotzelte einer der Gardisten.

»Oder den Damen die Hand zur Beruhigung halten«, sagte ein anderer.

Die Männer lachten und verstummten mit einem Mal, als sie Eka bemerkten, die aus dem Saal getreten war. Sie hatten natürlich von dem Besuch aus Sibirien gehört, aber niemand hatte sie vorgewarnt, dass eine dunkelhaarige Schönheit mit weißen Haarspitzen und einer Metallhand auf sie zutreten und sagen würde:

»Lasst mich eure Waffen segnen.«

»Was?!«, rutschte es den Gardisten heraus.

»Ich dachte, nur Priester dürfen das«, sagte einer von ihnen.

»Es ist keine solche Segnung«, erklärte ihm Eka. »Wenn fünf

von euch den Angriff heute überleben, dann will ich am Ende des Tages sagen können, dass mein Segen diesen fünf das Leben gerettet hat.«

Die Männer streckten ihre Waffen kommentarlos vor.

23

Vida rührte sich die ganze Zeit über nicht vom Balkon. Sie hatte das Gefühl, dass sie die Gefahr auf Abstand halten konnte, wenn sie die Kraljica nicht aus den Augen ließ. Natürlich begriff sie, dass das Unsinn war. Wahrscheinlich wusste die Kraljica auf die Entfernung hin nicht einmal, dass Vida auf dem Balkon stand und sie beobachtete. Dennoch rührte sich Vida nicht von der Stelle. Hin und wieder flüsterte sie mit der Großfürstin, die sich einen Stuhl herangezogen hatte, damit sie nicht andauernd auf Zehenspitzen stehen musste.

»Dann hast du dich doch nicht getäuscht«, sagte Vida nach einer Weile und ihre Stimme klang schwer und verloren, »der Husar lebt schon lange nicht mehr.«

»Ich weiß, es tut mir leid.«

Sie schwiegen, sie betrachteten die Kraljica.

»Dennoch«, sagte Vida.

»Dennoch«, stimmte ihr die Großfürstin zu. »Außerdem muss die Kraljica erst einmal an mir vorbeikommen.«

Vida lächelte.

»Und wie genau willst du sie aufhalten?«, fragte sie.

Die Großfürstin klopfte gegen das Futteral, das ihr Geromir umgebunden hatte.

»Ich habe jetzt ein Messer.«

»Und ich habe eines in meinem Stiefel.«

»Dann fehlen nur noch ein Schwert und eine Axt.«

Vida sah die Großfürstin schief an.

»Du könntest ein Schwert nicht einmal anheben.«

»Und du?«

»Wenn ich beide Hände nehme.«

»Und die Axt?«

»Die kannst dann du tragen.«

Die Großfürstin grinste.

»Wir sind unschlagbar«, sagte sie plötzlich mit tiefer Ernsthaftigkeit. »Die Zukunft wird sich noch ganz schön wundern.«

»Lass das nur nicht meinen Vater hören«, bat sie Vida. »Er nennt das Übermut.«

»*Wer im Übermut badet, kann in einer Pfütze ertrinken*«, zitierte die Großfürstin und verdrehte die Augen. »Meine Tante predigt das immer.«

»Ihr wisst, dass ich euch hören kann«, sagte die ehemalige Zarin pikiert.

»Oh«, sagte die Großfürstin und kicherte, »wie unangenehm.«

Zu ihrer Überraschung lachte die ehemalige Zarin mit ihnen. Sie stand drei Meter entfernt an das Balkongeländer gelehnt und nippte an einem Glas Champagner.

»Du bist mir meine liebste Göre«, sagte sie.

Die Großfürstin hörte auf zu kichern und war verblüfft.

»Und warum zeigst du mir das nie?«

Die ehemalige Zarin zuckte mit den Schultern, dann gähnte sie ausgiebig und natürlich trat genau da Solomon nach draußen und sie verschluckte ihr Gähnen und hustete los.

»Alles wie immer?«, fragte Solomon.

»Keine Veränderungen«, sagte Vida.

Solomon tätschelte der ehemaligen Zarin den Rücken. Auch die Schwestern traten nach draußen und sagten Bescheid, dass die Türen und Fenster doppelt gesichert seien. Vida konnte spüren, wie angespannt sie alle waren.

Eine pechschwarze Dunkelheit begann die Stadt zu ersticken und breitete sich auch auf dem Balkon aus. Keiner dachte daran, Fackeln zu holen. Vida fror und wollte kurz hineingehen und sich vor den Kamin stellen, da setzte sich die Kraljica in Bewegung, als hätte sie gemerkt, dass Vidas Aufmerksamkeit nicht mehr auf sie gerichtet war.

»Es beginnt«, sagte Asha.

Die Kraljica trat auf die Wachen am Haupteingang zu, dann war sie vom Balkon aus nicht mehr zu sehen. Zurück blieb ihr Gefolge, dass in seelischer Pein weinend den Winterpalast umringte und dabei den Blick gesenkt hielt.

24

Die Wachsoldaten seufzten vor Erleichterung, als der Husar auf sie zukam. Über eine Stunde war vergangen, in der sie seine borenden Blicke ertragen mussten. Sie hätten am liebsten ihre Gewehre angelegt und geschossen. Vladek hatte es ihnen verboten, weil es ihm Uljan verboten hatte. Ihre Wachsamkeit verwandelte sich mit jeder Minute des Wartens in eine beklemmende Furcht. Es war genau das, was die Kraljica erreichen wollte.

Erst in der Furcht sind die Menschen schwach, dachte sie, *erst in der Furcht lassen sie sich brechen wie trockene Zweige.*

Mit diesem Gedanken trat die Kraljica auf die Wachsoldaten zu und der Mond verbarg sich schnell hinter einer Wolkenwand und selbst die Sterne wandten sich ab, als wüssten sie, was gleich geschehen würde.

Der Platz vor dem Palast glänzte kohlrabenschwarz nach dem Regen und der Körper des Husaren war wie ein Scherenschnitt, der von einer Pfütze zur anderen sprang. Selbst die Gaffer auf der Promenade schwiegen und eine gespensterhafte Ruhe legte sich über das Ufer. Die Wachsoldaten rückten zusammen und die Nervosität ließ sie auf den Fußballen wippen. Die Kraljica kam Meter vor ihnen zum Stehen. Ihr Gesicht war jetzt im Licht der Fackeln deutlich zu erkennen und schien sich zu bewegen und zu verwandeln, als würde jeder Muskel zucken.

»Wenn das mal nicht der tapfere Soldat ist, der zu viel denkt«, wandte sich die Kraljica an Vladek. »Ich bin davon ausgegangen, wir hätten uns im Badehaus das letzte Mal gesehen. Dann erkannte ich dich auf dem Ackergaul. Und jetzt begegne ich dir hier. Es scheint, ich habe mich mehr als einmal getäuscht.«

»Husar Lenko«, sagte Vladek mit enger Kehle und musste sich räuspern, »was geschieht hier?«

»Du weißt schon, was hier geschieht, Soldat. Ich kann es deinen nervösen Blicken ansehen. Du weißt auch, wer ich bin und wer ich nicht bin. Es steht dir in die Augen geschrieben. Also weißt du auch, was ich hier tue. Ich komme, um die Seele des Mädchens zu holen, Soldat, *das* geschieht jetzt, und du …«

Die Kraljica beugte sich vor, um Vladeks Geruch tief einzuatmen.

»… ah, du warst schon in ihrer Nähe. Über den Pferdegestank und deine Furcht hinweg kann ich sie riechen. Wie süß, wie warm.«

Die Kraljica richtete sich wieder auf.

»Ich werde jetzt den Palast betreten, und soll ich dir was verraten? Ich könnte deine Hilfe brauchen.«

»Ich denke, das ist nicht möglich«, sagte Vladek.

»Oh, da denkst du mal wieder falsch. Ich kann heraushören, dass das Denken nicht deine Stärke ist. Ich erwarte ja nichts Unmögliches von dir, aber du könntest mir zum Beispiel die Tür aufhalten, wie es sich für einen Diener gehört, denn wie du es auch drehst und wendest …«

Die Kraljica senkte ihre Stimme, Vladek beugte sich vor, um sie besser zu verstehen.

»… auch du gehörst zu mir.«

Vladek sah die Hand nicht kommen. Es war, als würde ihn der Flügel einer Motte streifen. Sein Blutfluss fror ein, der Mund klaffte auf und etwas Schweres landete auf seinem Rücken.

Der Zegechem kam in der Form eines Hundes mit dem lang gezogenen Kopf eines Hechtes. Er schob Vladek die Zunge ins Ohr und begann sofort zu saugen. Seine Kehle bewegte sich dabei in zuckenden Schluckbewegungen, während er die Energie des Soldaten wie reinen Nektar in sich hineinschlürfte. Dann brach der Schmerz in Vladeks Kopf aus, er krümmte sich, sank auf ein Knie, und als er sich wieder aufrichtete, war sein Blick leer und verloren.

»Sei mir ein guter Soldat«, sagte die Kraljica.

Der Zegechem riss Vladek an den Haaren herum, ließ ihn das Gewehr heben und auf die Wachsoldaten richten. Sie hoben alle drei erschrocken die Hände. Vladek schoss dem Soldaten links von sich in die Brust, und ehe die anderen beiden Männer reagieren konnten, hatte Vladek sein leer geschossenes Gewehr umgedreht und schlug die Wachen mit dem Kolben bewusstlos. Danach stand er verwirrt über ihnen und starrte auf den Toten und wunderte sich, was er getan hatte. Die Verwunderung hielt keine Sekunde an, dann war da wieder der Griff des Zegechem, der sich in Vladeks Augenwinkeln verkrallte und seinen Kopf schmerzhaft der Kraljica zuwandte.

»Und jetzt sei mir ein guter Diener«, sagte sie.

Vladek trat auf die Eingangstür und öffnete sie.

»Hier ist, was du als Nächstes tust: Du lädst dein Gewehr nach und nimmst dir auch die Waffen deiner Kollegen. Du tötest jeden, der sich dem Palast nähert. Du kennst keine Gnade und dein eigenes Sterben fürchtest du auch nicht, hast du verstanden?«

»Ich habe verstanden.«

Die Kraljica trat in den Winterpalast ein und kam keine vier Schritte weit, da bellte ihr auch schon Uljans Stimme entgegen. Die Gardisten bildeten vor dem Treppenaufgang zwei Reihen. Ihre erste Reihe war mit Gewehren bewaffnet und kniete, ihre zweite Reihe hatte Armbrüste angelegt. In ihrem Zentrum stand Generalleutnant Uljan und erinnerte an einen Fels. Nichts in seinem Gesicht regte sich, nur die Augen blitzten vor Zorn.

»Noch einen Schritt weiter, Husar, und du bist nicht mehr!«

»Als wenn ich noch wäre«, erwiderte die Kraljica.

»Generalleutnant«, meldete sich ein Gardist aus der ersten Reihe, »seid ihr euch sicher, dass Husar Lenko---«

»Lasst euch nicht täuschen, Männer«, unterbrach ihn Uljan mit lauter Stimme, »vor euch steht nicht der Husar, den ihr kanntet, seht ihn euch genauer an, seht ihm in die Augen, vor euch steht ein Geist, der nicht mehr atmet und dessen Herz schon vor einer Weile aufgehört hat zu schlagen. Er ist nur noch eine Hülle.«

»Eine Hülle?«, wiederholte die Kraljica enttäuscht und riss ihre stahlblauen Augen weit auf. »Ich bin keine Hülle. Ich bin aber auch nicht mehr euer Husar, da gebe ich eurem Generalleutnant recht. Ihr kennt mich unter einem anderen Namen.«

»Und wie lautet dieser Name?«, wagte einer der Männer zu fragen.

»Ich bin eure Gorska Majka.«

Die Gardisten atmeten zischend ein. Sie wären wohl zurückgewichen, wenn sie nicht in Formation gestanden hätten. Ein jeder kannte die grausamen Märchen, die man sich über die Gorska Majka erzählte. Sie zog als Unwesen durch die Dörfer und stahl die Neugeborenen, die sie in ihr langes strähniges Haar verwebte und die sich nicht befreien konnten und deswegen unaufhörlich schrien. Das Grauen breitete sich unter den Gardisten aus. Es wurde gesagt, die Gorska Majka könne jede Menschengestalt annehmen. Die Gardisten sahen nicht mehr den Husaren, sie sahen jetzt das Wesen dahinter und es schauderte sie.

»Falls euch dieser Name nicht liegt«, sprach die Kraljica weiter, »dann nennt mich eure Kraljica und beugt euer Haupt und dient mir, denn ich bin alles Dunkle, ich bin der Albtraum, der euch in der Nacht aus den Betten zerrt und das Blut eurer Kinder trinken lässt. Kniet also nieder oder ...«

Die Kraljica hob eine Hand. Ein tiefes, langes Schweigen folgte.

»Oder was?«, fragte Uljan.

»... die Flut wird euch überrollen.«

Uljan zwang sich, nicht nachzufragen, welche Flut sie meinte.

»Und?«, fragte die Kraljica. »Was erwartet ihr jetzt, meine tapferen Gardisten?«

Niemand antwortete ihr, sie sahen auf die erhobene Hand des Husaren, selbst Uljan war sich plötzlich unsicher, was hier geschah. Er hatte die Kontrolle verloren, die gesamte Macht lag in dieser erhobenen Hand.

»Ich weiß, was ihr auf keinen Fall erwartet«, sagte die Kraljica.

Die Hand kam herab wie ein Fallbeil.

Die Flut brach herein.

25

Sie zuckten auf dem Balkon zusammen, als ein schriller Aufschrei der Qual durch die Reihen der Männer und Frauen ging. Das Signal der Kraljica sprang als lautloses Zeichen von einem zum anderen. Die Zegechem umschlangen die Körper ihrer Opfer fester und verbissen sich in ihren Schultern; sie zerrten an ihren Haaren und Ohren, rissen ihnen die Köpfe in den Nacken und trieben sie wie Pferde an.

Das Gefolge setzte sich in Bewegung.

Mit weit aufgerissenen Augen rannten sie auf den Palast zu. Ein einstimmiges Jammern der Furcht entwich ihren Mündern. Zehn Meter trennten sie vom Palast und auf diesen zehn Metern wurden sie schneller und schneller, hoben die Arme über Kreuz und verschränkten sie vor ihren Gesichtern. Und so brachen sie wie eine einzige Sturmwelle durch die Fenster in den Palast ein.

Es war, als würde der Himmel in eine Million Teile zerbrechen.

Es war Musik in den Ohren der Kraljica.

26

Generalleutnant Uljan war fassungslos. Er konnte nicht glauben, wie einfach das Gefolge der Kraljica in den Palast eingebrochen war. Keinen Moment lang hatte er gedacht, dass die hundertvierundvierzig bodentiefen Fenster im Erdgeschoss eine Schwachstelle sein könnten. Dieser Gedanke half jetzt wenig, denn das Gefolge befand sich im Palast und rannte durch die Flure, um die Gardisten und den Generalleutnant zu umstellen. Jegliches Gefühl der Zuversicht löste sich in nichts auf. So mancher der Gardisten wandte nervös den Kopf, um die näher kommenden Männer und Frauen im Auge zu behalten. Das Gefolge weinte nicht mehr, ihre Gesichter waren blank, nicht einmal Blinzeln taten sie. Viele von ihnen hatten Wunden von dem zerbrochenen Glas davongetragen, doch kein Jammern entwich ihnen und es schien sie auch nicht zu kümmern, dass sie auf den Marmorboden bluteten.

»Jetzt«, hörte Uljan die Kraljica sagen. »Jetzt ist der Palast eingenommen.«

Der Generalleutnant tat, was er von Anfang an hätte tun sollen – er hob sein Gewehr und drückte ab. Die Kugel riß dem Husaren den Bauch auf und ließ ihn schwanken, dann öffnete sich sein Mund und die Kraljica stieß ein bellendes Lachen aus. Die Kugel war aus ihrem Rücken wieder ausgetreten, doch kein Blutstropfen war zu sehen. Drei der Gardisten waren so erschrocken darüber, dass sie ihre Gewehre fallen ließen und nach draußen flohen. Ehe Uljan den restlichen Männern befehlen konnte, dass sie die Position halten sollten, war die Kraljica schon auf ihn zugetreten und hatte ihn mit einer Hand an der Kehle gepackt. Es fühlte sich für sie das erste Mal gut an, im Körper eines Mannes zu sein und seine Kräfte zu spüren.

»Du hättest höher schießen sollen«, sagte sie. »Ein Toter stirbt erst, wenn sein Denken zerstört ist. Aber dieses Wissen hilft dir jetzt auch nicht mehr.«

Mit diesen Worten hob sie den Generalleutnant an, als wäre er gewichtslos, und trug ihn vor sich her. Die Gardisten wagten es nicht zu schießen, eine Kugel hätte auch Uljan treffen können, der jetzt um sich zu schlagen begann und die Kraljica mit den Fäusten im Gesicht traf – die Nase brach und Zähne wurden ausgeschlagen, doch mehr erreichte der Generalleutnant nicht, ehe er gegen eine Tür gedrückt wurde. Seine Beine berührten den Boden nicht. Die Kraljica hielt ihn wie ein gefangenes Kaninchen fest, mit der anderen Hand zog sie den Degen aus seinem Gürtel.

»Falls es eine Hilfe ist«, sagte sie, »für den Husaren warst du immer nur ein Schnösel.«

Sie durchbohrte den Generalleutnant mit seiner eigenen Waffe und ohne dabei den Blickkontakt abzubrechen. Für Sekunden war da noch der Lebenswille in Uljans Augen zu sehen, dann sanken seine Arme herab und die Augen schauten verblüfft, als er seinen letzten Atemzug tat.

Die Kraljica ließ ihn an der Wand hängen und wandte sich den Gardisten zu, die aus ihrer Starre erwacht waren und ihre zitternden Waffen auf sie gerichtet hielten.

»Selbst wenn ihr könntet, werdet ihr nicht schießen«, sprach die Kraljica. »Ihr habt ganz andere Probleme. Also lasst uns doch lieber sehen, wie ihr der Flut widerstehen könnt.«

Keiner der Männer wusste, was das hieß, sie bekamen es aber sehr schnell mit, als das Gefolge den Kreis um sie herum schloss. Erst war es nur ein Gardist, der sich von der Kraljica abwandte und das Feuer eröffnete, dann folgten die anderen und eine blaugraue Wolke aus Schießpulver stieg zur hohen Flurdecke auf.

Nichts ist unüberwindbar, dachte die Kraljica und wischte sich das Blut aus dem Gesicht. Danach setzte sie sich auf die Treppe zum Obergeschoss und beobachtete, wie die Flut Uljans Männer davonschwemmte.

27

Der Kampflärm aus dem Erdgeschoss war so laut, dass er die Treppe bis zum Kartensaal hochhallte und so mancher der Gardisten sich die Ohren zuhalten wollte. Sie standen Schulter an Schulter hinter der Barrikade und waren konzentriert, keiner rauchte oder scherzte mehr. Ihre Waffen waren auf die zwei Flurenden gerichtet und die Männer fragten sich, was da auf sie zukam.

Geromir und Solomon verließen den Kartensaal.

Solomon hatte den Schwestern das Versprechen abgenommen, dass sie die Tür nur öffnen sollten, wenn sie mit Sicherheit wussten, dass Geromir oder er hereinwollten. Geromir war eben dabei, die Flügeltür hinter sich zu schließen, da hielt ihn Riva zurück.

»Ich will dich so nicht rausschicken«, sagte sie und zog ihn zur Seite.

Geromirs Herz begann schneller zu schlagen. Er stand Riva so nahe, dass er ihren Duft wahrnehmen konnte. Eine Mischung aus Badeölen und Herbstlaub. Geromir wusste nicht, was ihn erwartete, er hoffte aber sehr, dass es mehr als nur ein paar mutige Worte waren.

»Ihre Stärke ist nicht ihre Überzahl«, sprach Riva weiter, »ihre Stärke ist, dass sie unsichtbar sind. Wir Schwestern können zwar nicht für euch kämpfen, wir können euch aber zur Seite stehen. Auf unsere Weise. Du hast Vida das Bogenschießen beigebracht, also nehme ich an, dass du ein Mann des Bogens bist?«

Geromir nickte.

»Dann wirst du unser Schütze sein.«

Sie trat nahe an ihn heran, ihre Hand legte sich um seinen Nacken, Geromir spitzte fast schon automatisch ein wenig den Mund und war bereit für einen Kuss.

»Schließ die Augen.«

Geromir schloss die Augen, Riva drückte ihre Stirn gegen seine, so dass er ihre Hitze spürte. *Als würde ich vor der Sonne stehen,* dachte er. Riva nahm ihre Hand von seinem Nacken und sagte, das sei es gewesen. Geromir sah sie ein wenig enttäuscht an und schrak dann zurück. Rivas Pupillen hatten sich in nichts aufgelöst. Ihre Augen erinnerten mit ihren weißen Augäpfeln an die blind geborenen Mädchen, die immer vor der Pauluskirche bettelten.

»Was … was hast du getan?!«

»Ich habe dir ein Geschenk gemacht«, sagte Riva. »Erinnerst du dich, was du dir vorhin gewünscht hast?«

Geromir schüttelte den Kopf, was ungemein dumm war, wenn jemand blind ist.

»Du wolltest sehen, was wir sahen«, sprach Riva weiter. »Dein Wunsch ist hiermit in Erfüllung gegangen. Und sei unbesorgt, ich bin immer bei dir, was du siehst, sehe ich auch. Und jetzt geh. Eka hat deinen Bogen und die Pfeile schon gesegnet. Gehe und halte diese Brut auf.«

Mit diesen Worten schob sie Geromir aus dem Kartensaal, schloss die Tür hinter ihm und lehnte sich dagegen. Der Schweiß stand ihr wie eine zweite Haut auf der Stirn und ihre Knie waren vor Schwäche ganz weich.

»Jetzt weißt du, wie es mir ergangen ist, nachdem ich das Portal geöffnet habe«, sagte Eka.

»Es ist furchtbar, ich werde mich nie an diese Schwäche gewöhnen«, erwiderte Riva und schlug sich mit der Faust gegen die Brust. »Wie ich mich auch nie an diese verfluchten Emotionen gewöhnen werde. Ich wünschte, ich könnte reingreifen und sie rauszerren.«

Was den Schwestern früher spielerisch leichtgefallen war, kostete sie jetzt viel Kraft. Die negativen Emotionen waren eine Gegenströmung zu ihren Energien, die sie davon abhielt, ihre Kraft richtig einzusetzen. Asha nahm ihre Schwester am Arm und führte sie zu einem der Sessel.

»Wie ist es, durch die Augen eines Mannes zu sehen?«, fragte sie.

»Sehr unangenehm. Ich sehe zwar alles, was er sieht, aber das heißt auch, ich kann sein Denken und Fühlen nicht ausschalten. Er ist ein Mann, der sehr verwirrt ist.«

»Was wahrscheinlich an dir liegt.«

»Sehr wahrscheinlich.«

»Du weißt, was geschieht, sollte er sterben?«

»Natürlich weiß ich das«, erwiderte Riva. »Marra war eine gute Lehrerin, ich kenne die Regeln, aber ich habe nicht vor, mein Augenlicht zu verlieren. Geromir wird nicht sterben.«

»Was macht dich so sicher?«

»Ich habe die Großfürstin gefragt.«

Asha lächelte.

»Darauf hätte ich auch kommen können.«

»Verzeiht, dass ich euren Plausch störe«, meldete sich die ehemalige Zarin, »aber ich bin mir nicht sicher, ob ich wirklich hier sein will.«

»Glaub mir«, sagte Eka, »keine von uns will gerade hier sein.«

»Wieso fliehen wir dann nicht? Wir können uns unbemerkt aus dem Palast schleichen. Hier sind überall geheime Tunnel, niemand würde es mitbekommen. Wir könnten dem Hofmarschall zum Kloster folgen und in Windeseile---«

»Paza«, unterbrach sie Asha, »wir bleiben, denn das hier ist unsere Chance, der Verdammung ein Ende zu setzen.«

»Indem ihr euch verbarrikadiert?«

»Nein, indem wir die Kraljica kommen lassen.«

Die ehemalige Zarin dachte nach.

»Ich könnte doch die Kinder nehmen. Ich---«

»Wir trennen uns nicht«, sagte Asha ruhig, »und wir rennen nicht weg.«

Die ehemalige Zarin hob trotzig das Kinn.

»Und was ist, wenn ich gehe?«

»Dann bist du auf dich allein gestellt.«

Die zwei Frauen sahen sich an, die ehemalige Zarin wandte als Erste den Blick ab.

»Und du«, sprach Asha weiter, ohne dabei zu der Galerie hochzuschauen. »Du weißt, dass es unhöflich ist, so offensichtlich zu lauschen, oder?«

»Es ist auch unhöflich, mich hier oben abzusetzen, als wäre ich ein Kleinkind«, antwortete ihr Vida.

»Was sollen wir tun?«, fragte Asha zurück. »Du *klingst* wie ein Kleinkind.«

Vida stampfte auf, dass die Bohlen unter ihren Füßen erbebten, was so erwachsen wirkte wie die zwei Zöpfe, die sie getragen hatte, als sie vier Jahre alt war. Die Großfürstin tätschelte ihr den Arm. Vida hätte am liebsten geschrien. Sie fühlte sich hilflos, wie sie da am Geländer lehnte und hinunterschaute, dabei hatte sie nach dem Auftauchen der Kraljica in der Wanne beschlossen, sich nie wieder irgendeiner Hilflosigkeit auszuliefern. Ausgerechnet von ihrem Vater war die Idee gekommen, dass sie sich mit der Großfürstin auf der Galerie in Sicherheit bringen sollte.

»Wer sagt, dass ich da oben sicher bin?«, hatte sie wissen wollen. »Von dort kann ich überhaupt nichts tun. Ich bin kein Feigling, der sich versteckt.«

»Es macht keinen Feigling aus dir, wenn du ein wenig vorsichtig bist«, hatte ihr Solomon widersprochen.

»Was macht es dann aus mir?«

»Jemanden, der klug ist.«

»Aber ich kann doch helfen.«

»Wie willst du helfen?«

»Ich kann die Gewehre nachladen, und ich kann Ausschau halten.«

Solomon hatte den Kopf geschüttelt.

»Vida, das ist keine Übung. Die Zegechem sind im Palast und sie sind nur wegen dir hier. Alle. Wegen dir allein, begreifst du das? Wir können dich nicht mit einem Degen in der Hand hinter die Barrikade stellen. Du wärst wie ein Magnet, der die Dunkelheit anzieht. Für die Kraljica und ihre Zegechem musst du unsichtbar bleiben.«

Vida fand das unsinnig.

»Aber wenn ich---«

»Vida, es reicht!«

Es war wie ein Schlag in ihr Gesicht gewesen. Es war der Ton, in dem ihr Vater mit ihr gesprochen hatte. Als würde er mit einem Kind reden, als gäbe es nur diese eine Entscheidung und keine andere. Seine Worte schmerzten Vida. Es war die Scham, zurechtgewiesen zu werden, befehligt zu werden und keine Widerworte geben zu können.

»Geh mit Jelisa nach oben auf die Galerie«, hatte Solomon abschließend gesagt und seine Stimme klang wieder sanft. »Geh und rühr dich bitte nicht weg, bis deine Tanten es dir erlauben.«

Seitdem stand Vida neben der Großfürstin auf der Galerie und ihre Nägel kratzten winzige Rillen in das polierte Holz des Geländers. Dieser Platz schien ihr wie ein Planet zu sein, von dem aus sie auf ihre Tanten hinabschaute, die zwar nur zwanzig Meter entfernt waren, sie hätten sich aber genauso gut auf einem anderen Sonnensystem befinden können.

»Warum hast du Geromir dein Augenlicht gegeben?«, fragte sie Riva.

»Was denkst du, warum?«, fragte Riva zurück.

Vida hatte keine Idee. Sie sah die Großfürstin an.

»Weißt du es?«, fragte sie.

»Natürlich.«

28

Der Flur bot ein gespenstisches Bild. Die Öllampen flackerten an den Wänden und die Gemälde hingen daneben, als würden sie im Tanz der Schatten eine Verschwörung planen. Keiner rührte sich, keiner sprach, nur die Schreie und Schüsse aus dem Erdgeschoss waren zu hören. Geromir hielt den Bogen an seine Seite gepresst, während er mit Daumen und Zeigefinger der anderen Hand einen Pfeil von links nach rechts drehte. Er wagte es nicht, den Bogen zu heben, weil er wusste, dass er ihn dann nicht mehr senken würde.

Auch Solomon hatte sich in Vorbereitung auf den Angriff mit Pfeil und Bogen ausgerüstet. Ihm wäre das Schwert lieber gewesen, doch auf die hundert Meter bis zum Flurende wäre es albern gewesen, mit einem Schwert herumzufuchteln. Er war kein so guter Schütze wie Geromir, aber er ging davon aus, dass er genug Schaden anrichten konnte, ehe sie überrannt wurden.

Die Gardisten hatten sich in zwei Gruppen aufgeteilt, die Rücken an Rücken standen und die beiden Flure im Auge behielten. Ihre Gewehre und Armbrüste waren auf die Tische und Kommoden vor ihnen gestützt. Ihre Beine waren unruhig und die Nacken angespannt. Der Gestank der Furcht stieg von ihren Körpern auf wie der Duft einer überreifen Frucht. Sie hörten von unten keinen einzigen Triumphruf und auch nicht Uljans Befehle. Da waren nur Schreie und Schüsse und noch mehr Schreie.

»Was geschieht da nur?«, sagte einer der Gardisten.

»Sieh es dir doch an«, sagte ein anderer.

Niemand rührte sich, schließlich gab sich einer der Männer einen Ruck und schlich den Flur hinunter. Er schaute um die Ecke und verschwand aus ihrem Blickfeld. Nachdem er die Treppe nach unten erreicht und einen Blick auf das Gefecht geworfen hatte, kehrte er zurück und war kalkweiß im Gesicht. Er hatte keine Worte, er schüttelte nur den Kopf. Daraufhin bestanden einige der Gardisten darauf, sofort nach unten zu eilen, um ihren Kameraden zur Seite zu stehen, aber Geromir befahl ihnen mit eiserner Stimme, dass sie sich nicht zu rühren hatten.

»Es ist der Befehl des Generalleutnants«, sagte er.

Die Männer gehorchten und behielten den Flur im Auge. Ihre Muskeln begannen unter der Anspannung zu zittern, der Schweiß lief ihnen über die Gesichter. Im Schein der Öllampen wirkten sie wie Fieberkranke, denen es nicht gelang, aus einem Albtraum zu erwachen.

29

Die Wut der Kraljica kam wie ein Fegefeuer über das Erdgeschoss. Sie wanderte mit gebleckten Zähne durch die Flure, leckte die Wände hoch und stürzte sich von der Decke auf die verwirrten Seelen der Gardisten herab, die keine Ahnung hatten, was ihnen da widerfuhr. Sie sahen nur das unbewaffnete Gefolge auf sich zustürmen und schossen die erste Reihe nieder. Es war bedauernswert einfach und es verwirrte die Gardisten, dass die Männer und Frauen keine Gegenwehr zeigten. Nach dem grausamen Tod ihres Anführers ließ es sie Hoffnung schöpfen. Sie waren nicht umsonst Gardisten. Sie wussten sich zu erwehren.

Dann aber rollte das Verderben gnadenlos über sie hinweg.

Der Kopf des ersten Gardisten schnellte ohne sichtlichen äußerlichen Einfluss in den Nacken und plötzlich spuckte er Blut und fiel um. Der Kamerad daneben schrak zurück und spürte ein Ziehen an seiner Schulter. Als er an sich hinabschaute, sah er, wie sein Arm herabfiel.

Von da an war das Chaos nicht mehr aufzuhalten.

Die Gardisten gerieten in Panik und schossen mit Armbrüsten und Gewehren auf alles, was sich bewegte, aber was sie auch taten, ihre wahren Angreifer trafen sie nicht, denn sie blieben für sie unsichtbar – die Zegechem breiteten Flügel und Krallen aus, sie sprangen von den Rücken der Gefolgschaft und fielen über die Gardisten her wie Wölfe über Lämmer. Sie umschlangen ihre Kehlen, quetschten sich in ihre Münder und raubten ihnen den Atem.

Die Zegechem waren in einem Rausch, denn es war das erste Mal seit langer Zeit, dass ihnen die Zügel freigegeben wurden. Sie konnten zwar die Seelen der Menschen malträtieren, ihre Gefühle zerfetzen und sie mental peinigen, aber es war ihnen unmöglich, körperlich an die Menschen heranzukommen. In dieser Nacht machte es die Kraljica möglich. Sie manifestierte ihre Krallen und Mäuler, sodass die Zegechem weiterhin unsichtbar waren, während sie nach allen Richtungen Wunden schlagen konnten. Sie verbissen sich in Arme und Beine, brachen Rippen auf und holten sich die Herzen der Männer.

Innerhalb einer halben Stunde war Uljans gesamte Verteidigung ausgelöscht und keiner der Gardisten lebte mehr. Sie lagen mit offenen Augen und Mündern auf dem Boden und bedeckten den Eingangsbereich wie ein Teppich, den ein Wahnsinniger gewebt hatte. Von dem Gefolge des Husaren selbst war gerade mal ein Drittel gefallen. Die Zegechem trieben die Männer und Frauen wie Vieh zusammen, sodass sie sich um die Kraljica herum versammelten. Und dort standen sie dann mit gesenkten Köpfen und waren blank in ihrem Dasein. Sie erinnerten sich nicht, dass sie vor wenigen Stunden noch durch die Straßen von Sankt Petersburg spaziert waren, Kaffee getrunken und sich mit ihren Nachbarn unterhalten hatten. Dieses Leben schien nie gewesen zu sein. Sie erinnerten sich nicht einmal an das Sterben der Gardisten.

Die Kraljica legte sich einen Zeigefinger an die Lippen.

Es wurde still im Erdgeschoss, keiner von dem Gefolge rührte sich mehr, sie hörten auf zu atmen, damit die Stille rein war. Selbst die Zegechem erstarrten und hatten nur Augen für ihre Herrin.

Die Kraljica schaute an die Decke, dann nahm sie den Finger von ihrem Mund und lächelte.

»Hört ihr das?«

Sie lauschten, sie hörten es.

Ein Stockwerk über ihnen befand sich das Mädchen und in der Stille war ihr aufgeregter Herzschlag deutlich zu hören.

30

Das Äffchen setzte sich auf, als es die Schritte hörte.

Da draußen rannte jemand den Flur entlang.

Der kleine Satan stieß den Bären an, der Bär kam auf die Beine und lauschte.

Die Schritte eilten vorbei und wurden leiser.

Der Bär hämmerte gegen die Tür.

Wieder und wieder.

Und lauschte.

Und lauschte.

Die Schritte kehrten zurück.

Ein klackendes Geräusch erklang, der Riegel war umgelegt worden.

Der Bär wich überrascht einen Schritt zurück. Das Äffchen stieg ihm den Rücken hoch und setzte sich auf seine Schulter.

Die Tür schwang nach innen auf und davor stand ein kleines Mädchen in einem eleganten Kleid und roten Stiefeln. Zwei gedrehte Locken hingen wie ein blonder Baumschmuck von ihrer Frisur herab und ihre Wangen waren so sehr gerötet, dass sie perfekt zu dem Leder ihrer Stiefel passten. Das Mädchen riss die Augen erschrocken auf, als es den Bären und das Äffchen im Halbdunkel erkannte. Der Bär ahmte sie unbewusst nach und das Äffchen gab einen zischenden Laut von sich, der an einen Samowar erinnerte, in dem das Wasser zu schnell verdampfte.

Aber das geschieht nicht jetzt, das geschieht erst in einer Stunde.

31

Als der Kampflärm aus dem Erdgeschoss plötzlich verstummte, waren die Gardisten so unvorbereitet auf die Stille, dass einer von ihnen den Abzug seiner Armbrust durchzog. Der Bolzen traf die hundert Meter entfernte Wand am Ende des Flures und spießte eines der Gemälde auf. Niemand machte einen Scherz darüber, niemand rührte sich. Der Gardist lud hastig nach.

Aus dem Erdgeschoss war noch immer kein Laut zu hören.

»Soll ich schauen gehen?«

Geromir wusste nicht, wer die Frage gestellt hatte. Er wechselte einen fragenden Blick mit Solomon, der den Kopf schüttelte. Er hatte das Gefühl, dass die Stille nicht lange anhalten würde.

So war es auch.

Die ersten Schritte waren zu hören, die ersten Schatten huschten über die Wände und dann verwandelten sich die Schritte in das Trampeln von über hundert Füßen. Niemand musste es aussprechen, sie alle wussten, dass da nicht ihre Kameraden die Treppe hochgerannt kamen. Ein Murmeln entwich den Mündern der Gardisten, sie flüsterten ein Gebet und baten um Gnade.

Auch Geromir schickte ein Gebet hinaus, es war aber an seine Mutter gerichtet und er bat um Schutz für sich und seinen Bruder, dann setzte er den ersten Pfeil an den Bogen und fokussierte sich. Er konnte Rivas Anwesenheit in seinem Bewusstsein spüren, und ein Teil von ihm wollte sie beeindrucken. Mit ruhiger Hand spannte er die Sehne und atmete flach in seinen Bauch.

Das Trampeln wurde lauter und da kamen sie auch schon um die Ecke gerannt.

Männer und Frauen und …

Geromir verlor seinen Fokus, als er sah, wer der wirkliche Feind war. *Ihre Stärke ist nicht ihre Überzahl,* hatte Riva gesagt, *ihre Stärke ist, dass sie nicht sichtbar sind.*

Jetzt erst begriff Geromir, was für ein Geschenk sie ihm gemacht hatte. *Falls es ein Geschenk ist,* dachte er und konnte spüren, wie ihm Solomon zur Beruhigung eine Hand auf den Rücken legte.

»Fürchte dich nicht«, hörte ihn Geromir sagen.

Er löste den ersten Pfeil.

Ein Zegechem in der Gestalt einer Katze mit Spinnenbeinen brach zusammen und riss den Körper des Mannes mit sich, den er angepeitscht hatte. Ehe beide auf dem Boden aufschlagen konnten, hatte Geromir schon den nächsten Pfeil auf der Sehne. Im selben Moment erwachten die Gardisten aus ihrer Starre und eröffneten das Feuer. Die vorderste Reihe des Gefolges ging zu Boden, aber kein einziger Zegechem wurde getroffen.

Tötet die Gefolgschaft nicht, verwundet sie nur, wollte Solomon rufen, denn es tat ihm in der Seele weh, dass die unschuldigen Männer und Frauen die Opfer waren. Er spürte eine kalte Wut in sich aufsteigen und löste Pfeil auf Pfeil. Es kostete ihn große Selbstbeherrschung, sein Schwert nicht zu ziehen und über die Barrikade zu springen. Aber er wusste, er würde in das Schussfeuer geraten, und damit wäre auch niemandem geholfen.

Geromir gab sich Mühe, sich von dem dichten Pulverdampf nicht irritieren zu lassen. Solomon und er waren die Einzigen, die nur die Zegechem im Visier hatten. Auf diese Weise trieben sie zwar die Gefolgschaft nicht zurück, aber ihre Pfeile sorgten dafür, dass die erste Reihe der Zegechem gestürzt wurde und der Ansturm ins Stocken geriet. Jeder Pfeil erlegte nicht nur einen Zegechem, er befreite mit dem Tod des Dämons auch den Menschen, den er befallen hatte. Die erlösten Männer und Frauen standen für einen Moment verwirrt im Flur und verstanden nicht, wie sie in dieses Chaos hineingeraten waren, ehe sie die Flucht ergriffen.

Die Kraljica wartete am Flurende und konnte sehen, dass sie auf diese Weise nicht vorankam. Sie hatte zwar ihren Zegechem eine feste Form gegeben, damit sie frei morden konnte, was aber auch hieß, dass die Dämonen dadurch selbst angreifbar wurden. Wie auch immer es diesen beiden Bogenschützen gelang, sie dezimierten die Zegechem mit solch einer Präzision, dass die Kraljica nur verwundert den Kopf schütteln konnte.

Sie sehen meine Lakaien, dachte die Kraljica und beschloss einen anderen Weg zu gehen. Sie hatte nicht vor, bis zum Morgengrauen gegen diese Gardisten anzukämpfen, und da sie ganz richtig annahm, dass die Barrikade nicht umsonst an dieser Stelle errichtet worden war, ballte sie ihr Gefolge, wie man eine Faust ballt.

Die Kraljica holte aus und schlug zu.

Das Gefolge sammelte sich, Arme nach vorne gestreckt und die Köpfe zwischen den Schultern. Es kümmerte die Kraljica nicht, ob auf die Männer und Frauen geschossen oder eingestochen wurde – ihr Gefolge hatte sich in einen Schutzschild verwandelt, hinter dem sich die Zegechem ducken konnten, um den Pfeilen der zwei Bogenschützen zu entgehen.

Als die willenlosen Männer und Frauen im Gleichschritt vortraten und auf die Barrikade trafen, stemmten sie ihr gesamtes Gewicht dagegen und die Gardisten begannen unter der geballten Macht über den Flurboden zu rutschen. Ein Aufschrei ging durch ihre Reihen, die Gardisten versuchten Widerstand zu leisten, doch der Flur war zu eng, sie konnten nicht zur Seite ausweichen. Nach wenigen Minuten war die Barrikade um vier Meter nach hinten verschoben worden und die Flügeltür zum Kartensaal lag frei.

Die Kraljica ließ das Gefolge die Position halten, während sie ihren Zegechem befahl, die freigelegte Flügeltür des Kartensaals zu öffnen. Sie sah sich schon eintreten, sie sah das erstaunte Gesicht des Mädchens und genau da endete ihre Fantasie auch schon, denn die Zegechem flammten bei der Berührung mit dem Türholz in einem gleißenden Licht auf und zerfielen zu Staub. Ihre Schreie waren so markerschütternd, dass die Kraljica sich die Ohren zuhalten musste.

Versiegelt, dachte sie, *diese verdammten Mütter haben diese Tür versiegelt!*

Sie verharrte einen Moment lang und ignorierte den Kampflärm und die Wutschreie der Gardisten, die von der Barrikade aus wieder angriffen. Eine Kugel traf den Husaren im Bein, ein Pfeil riss ihm das Ohr weg. Es ließ die Kraljica unberührt, der Husar war nur ein Körper mehr oder weniger. Sie stand einfach nur da und spürte Vidas Nähe. Sie glaubte das Mädchen auf ihrer Zunge zu schmecken.

Du bist mein, dachte sie und spuckte gegen die Flügeltür, um sie auf ihre eigene Weise zu versiegeln. Was die Mütter konnten, konnte sie schon lange. Sie wollte eben die Zegechem neu formieren, als sich der Zorn eines wütenden Vaters auf sie richtete und über sie hinwegrollte.

Bis eben hatte Solomon mit den Gardisten hinter der Barrikade gehockt und versucht dem Ansturm des Gefolges standzuhalten, bis eben hatte er nicht verstanden, was die Kraljica mit diesem Manöver beabsichtigte, bis er die Schreie der Zegechem hörte und über die Barrikade hinweg sah, wie sie an der Flügeltür zum Kartensaal verendeten. Solomon war fassungslos, wie er so naiv gewesen sein konnte, den Plan der Kraljica nicht zu durchschauen. Alle Zurückhaltung wich und der Zorn wallte in ihm auf. Er war ein allmächtiges Wesen, das in Solomons Inneren hauste und vor dem sich nicht nur seine Feinde duckten, sondern das auch Solomon selbst Furcht einjagte. In diesem Moment brauchte er die absolute Kontrolle über dieses Wesen, um Vida zu schützen. Viel zu oft war der Zorn aus ihm ausgebrochen, viel zu oft musste Yrma ihn wieder bändigen, denn wenn dieses Wesen seinen eigenen Weg gehen würde, würde Solomon in einen Blutrausch verfallen. Jahrtausendelang hatte der Zorn jetzt geruht. Solomon weckte ihn, indem er sein Schwert zog.

»Was tust du?«, fragte Geromir.

»Ich bringe es zu einem Ende«, antwortete Solomon.

»Sei nicht verrückt, es sind zu viele, sie werden …«

Weiter kam Geromir nicht, denn Solomon hatte sich über die Barrikade geschwungen. Er stieg über das Gefolge hinweg, als wären sie Steine, die ihm im Weg lagen, und nahm direkten Kurs auf die Kraljica.

Sie waren über siebzig Zegechem, er war ein Mann allein. Sie hatten die Kraljica an ihrer Seite, er hatte seinen Zorn. Sie dachten, sie hätten leichtes Spiel, sie hätten sich nicht schlimmer täuschen können. Solomon strich über sie hinweg wie eine Sense, die trockenes Gras niedermäht. Er wich ihren Krallen aus und schien jeden Angriff vorauszusehen. Einen Zegechem nach dem anderen schlug er nieder, ihre Schreie stachen in seinen Ohren, sie zerfielen und stiegen ihm als Staub in Nase und Mund. Mit jedem Schwerthieb, begann er sich der Kraljica weiter zu nähern. Natürlich verwundeten sie ihn, doch die Wunden waren nur oberflächlich; natürlich wich er zurück, aber umso heftiger griff er wieder an.

Die Kraljica begann unruhig zu werden. Als die Zahl ihrer Zegechem auf die Hälfte reduziert war, beschloss sie, sich zurückzuziehen. Sie hatte die Warnung der Göttin deutlich in ihren Ohren. Der Krieger war erwacht und er würde so lange nicht zur Ruhe kommen, bis er sein Ziel erreicht hatte. Damit ihr Solomon nicht folgte, zog die Kraljica den Rest der Gefolgschaft von der Barrikade ab und ließ sie auf ihn einstürmen. *Niemals würde er sein Schwert gegen Menschen erheben,* dachte sie und sollte recht behalten. Die Männer und Frauen fielen Solomon in den

Rücken, sie waren ein Schwarm aus Armen und Beinen, zogen und zerrten an seinem Körper und begruben ihn unter sich, während sich die Kraljica mit den Zegechem zurückzog. Als sie um die Flurecke verschwunden waren, ließ das Gefolge von Solomon ab und folgte ihr.

32

Der Kampfeslärm aus dem Flur verstummte plötzlich und es war, als würde die Ruhe durch die Ritzen der Flügeltür in den Kartensaal schleichen und sich gleich einem dichten Bodennebel ausbreiten. Niemand sprach oder rührte sich. Vida hatte einen Arm um die Großfürstin gelegt. Asha war mit Eka zusammengerückt. Auch wenn die Schwestern alle Eingänge gesichert hatten, schauten sie nervös von der Tür zur Fensterfront und zurück zur Tür, als würden sie einen Angriff aus beiden Richtungen erwarten. Kein Laut drang von draußen herein.

Es war ein leises Wimmern, das die Stille beendete. Das Wimmern entwich der ehemaligen Zarin, die sich hinter einem der Vorhänge versteckt hatte, als der Lärm im Flur ausgebrochen war. Dort kauerte sie jetzt und umklammerte den Samtstoff mit beiden Händen, als wäre er ein Rettungsseil.

»Paza, sei still!«, zischte Eka.

»Riva, was kannst du durch Geromirs Augen sehen?«, fragte Asha.

»Der Flur ist verlassen.«

Sie lauschten und zuckten zusammen, als aus weiter Ferne ein Hämmern erklang, das von den Mauern bis in den Kartensaal getragen wurde. Vida blickte nach oben, sie schaute zur Fensterfront, nein, das Hämmern kam woandersher.

»Was ist das?«, fragte die Großfürstin.

»Irgendwas stimmt hier nicht«, sagte Eka und trat auf die Tür zu.

Eine Stimme ließ sie auf halbem Wege erstarren.

»Ich bin es«, hörten sie Solomon von draußen sagen

Das Misstrauen war so groß, dass sie nicht glaubten, dass Solomon zu ihnen sprach.

»Kannst du sehen, wer da draußen steht?«, fragte Eka.

Riva schüttelte den Kopf.

»Geromir hat den Blick auf den Flur gerichtet.«

»Wir sind hier draußen allein«, hörten sie Solomon sagen.

»Was heißt, ihr seid allein?«, fragte Eka zurück.

»Wir haben sie zurückgeschlagen.«

Eka wechselte einen Blick mit Asha.

»Bitte ihn rein«, sagte Asha

»Dann komm doch rein«, rief Eka.

Die Klinke wurde runtergedrückt, ein Schrei war von der anderen Seite zu hören, dann rannte jemand gegen die Tür an, es gab einen zweiten Aufschrei und dann war es im Flur wieder still.

Keiner rührte sich in dem Saal. Aufgeregte Stimmen erklangen aus dem Flur, dann war wieder das entfernte Hämmern zu hören und es schien näher zu kommen.

»Die Tür ist gesichert«, hörten sie Solomon von draußen sagen.

»Das wissen wir«, sagte Eka, »wir haben sie---«

»Nicht von euch«, unterbrach sie Solomon, »von der Kraljica.«

Eka trat einen Schritt von der Tür zurück.

»Wir werden sie jetzt aufbrechen«, sagte Solomon, und er sagte noch mehr, aber Eka verstand ihn nicht mehr, niemand im Saal verstand ihn, weil das Hämmern jetzt nahe und dröhend unter der Galerie erklang, auf der Vida und die Großfürstin standen. Zwei Kupferstiche fielen von der Wand und mit jedem Hämmern stürzten mehr und mehr Bücher aus den Regalen.

Vida und die Großfürstin liefen die Galerie entlang und an der Wendeltreppe vorbei, bis sie mit dem Rücken zur Fensterfront standen. Sie hatten jetzt einen freien Blick auf die Wand, hinter der das Hämmern zu hören war. Es verstummte, als müsste es zu Atem kommen, ehe es mit doppelter Kraft wieder einsetzte. Sie konnten das Hämmern durch ihre Körper vibrieren spüren, die ganze Galerie erbebte und die ersten Risse zeigten sich im Holzpaneel der Wand. Was auch immer da hämmerte, es wollte hereinkommen.

»Ihr rührt euch da oben nicht«, rief Asha zu ihnen hoch.

»Ihr gebt keinen Laut von euch«, mahnte sie Eka.

Vida und die Großfürstin nickten.

»Und ich sitze hier dämlich herum und tue nichts?«, fragte Riva.

»So ist das, wenn man seine Augen weggibt«, erinnerte sie Eka. »Kannst du sehen, was im Flur geschieht?«

»Sie versuchen, die Flügeltür aufzubrechen.«

»Und die Kraljica?«

»Ich sehe keine Spur von ihr.«

Asha und Eka traten auf die Wand zu und zogen ihre Degen.

Das Hämmern verstummte und holte Atem.

33

Solomon wandte sich von der Flügeltür ab.

»Brich sie mit deinen Männern auf«, sagte er zu Geromir, »seid aber vorsichtig und berührt das Türholz auf keinen Fall.«

»Und was hast du vor?«, fragte Geromir.

»Ich werde herausfinden, wohin die Kraljica mit ihrem Gefolge verschwunden ist«, antwortete ihm Solomon und lief den Flur hinunter.

34

Nachdem die Kraljica um die Flurecke getreten und bis zur Treppe zurückgekehrt war, hatte sie eine der Wände ausgesucht, von der sie hoffte, daß sie sie zum Kartensaal führen würde. Die Wand war mit einem dicken Stoff tapeziert, und als das Gefolge die Tapete wegriss, traf es auf Backstein. Die Kraljica schickte die Gewalt der Zegechem vor. Sie hämmerten auf den Stein ein, sie trafen ihn mit ihrem vollen Gewicht und die Wirkung war bald schon zu sehen – nach jedem Ansturm zeigte die Wand mehr und mehr Risse, die bald bis zur Decke reichten. Dann erklang ein lautes Krachen und die Wand brach nach innen auf.

Die Gardisten schlugen mit einem Stuhl auf die Tür ein, bis der Stuhl auseinanderfiel, sie traten gegen das Schloss und ließen es bald sein, denn sobald einer von ihnen die Tür berührte, wurde er wie betäubt zurückgeworfen.

Es musste einen anderen Weg geben.

»Wir brauchen einen Rammbock«, sagte Geromir.

Sie lösten die Barrikade auf und befreiten einen drei Meter langen Tisch, der so massiv war, dass sie ihn nur zusammen anheben konnten. Fünf Männer standen auf der einen, vier auf der anderen Seite, mehr Gardisten waren nicht übrig geblieben. Sie schwenkten den Tisch vor und zurück, bis sie ausreichend Schwung hatten, dann rammten sie die Tür.

Es war wie ein Donnerschlag.

Die Flügeltür erbebte.

Die Wand brach nach innen ein und die Zegechem ergossen sich durch das Loch in einen verlassenen Saal. Es war das große Musikzimmer, das bei festlichen Veranstaltungen für Konzerte bestuhlt wurde. Die Kraljica durchschritt den Raum und blieb vor der nächsten Wand stehen. Sie legte eine Hand auf die Tapete. Sie konnte es spüren, sie war ihrem Ziel so nahe. Die Kraljica trat einen Schritt zurück. Die Zegechem erhoben ihre Stimmen zu einem Kreischen und stürmten das Mauerwerk.

Es donnerte, es knallte.

Die ersten Risse zeigten sich in dem Holz der Flügeltür. Die Männer waren so erschöpft, dass sie eine Pause einlegen mussten. An ihren Händen hatten sich blutige Blasen gebildet und ihr Schweiß tropfte auf das polierte Holz des Tisches, in dem die Spiegelungen ihrer müden Gesichter zu sehen waren. Sie kämpften nicht gegen das Holz an, sie versuchten die Kräfte der Kraljica zu brechen und es schien unmöglich zu sein. Langsam begann auch Geromir daran zu zweifeln, ob das der beste Weg war, um Einlass in den Saal zu finden. Sie packten den Tisch erneut an und rammten ihn gegen die Tür.

Auch dieses Mauerwerk gab schnell nach, ein mannsgroßes Loch öffnete sich in der Wand zum Kartensaal. Die Zegechem stürmten durch den Riss wie eine faulige Flut aus Krallen und Zähnen, ehe sie instinktiv zum Stehen kamen und zurückwichen, als sie den zwei Schwestern gegenüberstanden.

Asha und Eka zeigten keinen Moment, dass sie überrascht waren. Die Degen lagen ruhig in ihrer Hand, sie wirkten konzentriert und emotionslos. Hinter ihnen saß Riva in ihrer Blindheit auf einem der Sessel und wob mit den Händen einen Schutz um die Schwestern herum.

Für Vida war es ein unheimliches Bild, die Horde von Zegechem aus der unmittelbaren Nähe zu sehen. Es wirkte aussichtslos, niemals würden sich ihre Tanten dieser Flut erwehren können.

Für die Großfürstin dagegen geschah im Saal rein gar nichts – sie sah zwei Frauen mit gezogenen Degen, die eine aufgebrochene Wand anstarrten, aus der nichts und niemand hervortrat.

»Was passiert da unten?«, flüsterte die Großfürstin.

»Wir sind nicht mehr allein«, flüsterte Vida zurück.

Ein Zegechem legte seinen Hyänenkopf schräg und lauschte auf, er hatte ihre Stimmen gehört und blickte sich um und wurde von der ehemaligen Zarin abgelenkt, die hinter dem Vorhang hervorschaute und fragte, was denn los sei.

»Bleib, wo du bist«, befahl ihr Asha.

»Red nicht so mit mir«, erwiderte die ehemalige Zarin pikiert.

»Paza, wenn dir dein Leben lieb ist, ziehst du sofort den Vorhang zu, hast du verstanden?!«

Die Dringlichkeit von Ashas Worten tat ihre Wirkung, die ehemalige Zarin verschwand hinter dem Vorhang, doch der Zegechem mit dem Hyänenkopf hatte sich schon in Bewegung gesetzt. Eka versperrte ihm den Weg, ein Hieb öffnete ihm die Kehle, ein Stich durchbohrte sein Herz und der Zegechem gab ein Heulen von sich, ehe er zu Staub zerfiel.

Die nachrückenden Zegechem brauchten keine Aufforderung mehr, sie gingen zum Angriff über.

Vida hatte ihre Tanten noch nie fechten sehen. An der Technik der Schwestern war nichts Übernatürliches. Sie führten die Degen sicher, kein Stich wurde verschenkt und die Deckung nur geöffnet, wenn es eine Möglichkeit gab, das Ziel zu treffen. Die Schwestern waren nicht auf Angriff aus, ihnen ging es nur darum, sich so lange zu verteidigen, bis die Verstärkung aus dem Flur durch die Tür brach.

Als die Zegechem begriffen, dass der direkte Weg nicht funktionierte, zogen sie sich zurück, teilten sich neu auf und begannen an den Wänden hochzulaufen.

Vidas Hände waren zu Fäusten geballt. Sie wollte ihren Tanten zur Seite stehen, sie wollte nicht hilflos von der Galerie aus zusehen, wie der Kampf ausging. Selbst die augenlose Riva tat etwas. Vida zog ihr Messer aus dem Stiefel.

»Ich gehe jetzt runter«, sagte sie.

Die Großfürstin versperrte ihr den Weg.

»Nicht, Vida. Du darfst dich nicht in Gefahr begeben, das wäre dumm.«

»Aber du hast gesehen, dass ich heute nicht sterbe ...«

»... und wenn sie dich verwunden und du morgen wegen deiner Wunden stirbst?«

»Aber ...«

Vida verstummte, als sie an der Großfürstin vorbei sah, wie ein Zegechem Eka von hinten ansprang. Der Dämon hatte einen schwarzen Rückenpanzer, der mit Dornen bestückt war. Von seinen scherenartigen Mandibeln tropfte Speichel herab, der zischend auf dem Boden und Ekas Kleid landete. Sie stach mit dem Degen zu, aber der Panzer des Dämons war so hart, dass die Klinge mit einem klirrenden Laut abrutschte. Eka wurde von seinem Gewicht umgeworfen und rollte mit dem Zegechem über den Boden. Der Dämon verbiss sich in ihrer Schulter, während seine Vorderbeine ihren Hals hochtasteten und ihn umschlangen. Eka verlor ihren Degen und schrie auf, als der Speichel ihre Haut berührte. Der Zegechem hob den Kopf, um ihr die Kehle aufzureißen, seine Mandibeln zerbrachen an dem silbernen Arm, den ihm Eka in das Maul gerammt hatte.

»Fang!«

Ashas Dolch flog durch die Luft und landete in Ekas wartender Hand. Sie holte aus und rammte das Messer bis zum Griff in die weiche Stelle zwischen dem Panzer und dem kantigen Schädel. Der Dämon bäumte sich auf, rollte von ihr und verendete mit einem Kreischen. Eka wollte sich ihren Degen zurückholen, da sprang ein Zegechem mit spindeldürren Armen und dem hageren Körper einer Heuschrecke im Zickzack auf sie zu. Asha kreuzte seinen Weg. Ehe der Zegechem seinen Angriff abbremsen konnte, traf ihn Asha mit Wucht von der Seite. Er rollte benommen gegen die Wand, und bevor er sich aufrichten konnte, hatte ihm Asha den Kopf abgeschlagen.

Danke für die Hilfe.

Wozu sind wir Schwestern, wenn wir---

Weiter kam Asha nicht in ihren Gedanken.

Sie erstarrte und spürte die Gefahr, ohne zu wissen, woher sie kam.

»Über dir!«, rief Vida.

Asha sah auf. Die zwei Zegechem fielen wie schwarze, teerige Pfützen von der Zimmerdecke herab. Asha warf sich zur Seite und die Dämonen landeten mit einem dumpfen Laut an der Stelle, an der sie eben noch gestanden hatte. Die Körper der Zegechem waren identisch – eine Mischung aus Qualle und Vogel. Einer von ihnen breitete seine Flügel aus, um seinen Flug zu korrigieren, und wurde von Eka erlegt, während Asha den anderen Dämon in zwei Hälften teilte, bevor er seinen Körper wie einen Mantel um sie herum schließen konnte.

Doch das interessierte die restlichen Zegechem nicht mehr. Sie waren allesamt herumgeschnellt, als sie Vidas Warnruf gehört hatten. Keiner musste es ihnen sagen, sie wussten sofort, dass sich ihr wahres Ziel auf der Galerie befand. Aber sie stürmten nicht die Wendeltreppe hoch, sondern versperrten den Schwestern den Weg zu ihrer Nichte und schienen geduldig auf etwas zu warten.

Schritte näherten sich, der Mörtel knirschte unter den Stiefeln des Husaren und dann trat die Kraljica durch das Loch in der Wand und betrat den Saal wie eine Königin, die in die Haut eines Mannes gekleidet war.

Und sie kam nicht allein.

An ihrer Seite war Solomon.

Und die Gardisten ruhten aus.

Und sie hoben den Tisch an.

Keiner von ihnen glaubte noch daran, dass die Tür jemals nachgeben würde.

Vielleicht hätten wir Solomon folgen sollen, dachte Geromir.

Solomon war den Flur hinuntergerannt und in den Westflügel des Palastes eingebogen, wo er nach fünf Metern schlitternd zum Stehen kam, als er das Gefolge der Kraljica vor dem Durchbruch in der Wand stehen sah. Das Mauerwerk war auf einer Breite von drei Metern aufgerissen, und das Gefolge schien davor Wache zu halten. Sie hatten ihre Gesichter mit den Händen bedeckt und erinnerten Solomon an die Statuen von flügellosen Engeln. Sie reagierten nicht auf seine Anwesenheit, denn ohne die Zegechem waren sie einfach nur verlorene Seelen, die auf Befehle warteten. Dennoch trat Solomon mit erhobenem Schwert näher, denn jeden Moment konnte einer der Zegechem aus dem Loch stürmen. Aber nichts geschah. Als Solomon vor dem Durchbruch in der Wand stand, erblickte er das Innere des Musikzimmers und weiter in der Ferne ein zweites Loch, das zum Kartensaal führte.

Solomon zögerte nicht, er umfasste das Schwert fester und wollte eben das Musikzimmer betreten, als er eine Berührung an seinem Nacken spürte. Ehe er herumschnellen konnte, landete das Gewicht auf seinem Rücken und die Krallen bohrten sich in seine Brust. Solomon taumelte und schnappte nach Luft. Er lehnte sich an die Wand und drehte sich um. Hinter ihm stand der Husar in einen Filzmantel gekleidet und lächelte ihn an.

Die Kraljica hatte sich den Mantel von einem der Männer aus der Gefolgschaft übergeworfen, sodass die Uniform des Husaren darunter verborgen war. Solomon hatte sie keines Blickes gewürdigt, als er an der Gefolgschaft vorbeigegangen war.

»Ich wusste, dass du mir folgen würdest«, sagte die Kraljica.

»Ich wusste auch, dass dir das Auge für die Details fehlen würde. Der Zorn tobt in dir und macht dich blind. Er bringt dein Blut in Wallung und macht einen großen Krieger aus dir. Du solltest jeden Abend aus Dank zu ihm beten. Ich kenne dich. Du bist der, den selbst die Gottmutter fürchtet, und ich wünschte, sie könnte dich jetzt sehen. Sei mir ein guter Diener, lass uns hineingehen. Deine Tochter soll sehen, was ich dir antue.«

Jetzt stand Solomon neben der Kraljica und sah alles und sah nichts – nicht die Schwestern und nicht seine Tochter, die über das Geländer der Galerie lehnte und hoffte, er würde ihren Blick erwiedern. Solomon war völlig in sich verloren. Auf seinem Rücken hatte sich ein Zegechem mit dem Körper eines Marders und dem Kopf einer Kröte festgekrallt und Solomons Hals mit einer Klaue umschlossen, während er ihm mit der anderen Fetzen aus seinem Arm riss und an sich selbst verfütterte. Solomons Blut tröpfelte wie ein beständiger Regenfall auf das Parkett und an dem Schwert vorbei, das er auf den Boden gerichtet hatte.

»Du siehst, was ich sehe?«, fragte die Kraljica laut.

Sie sprach nicht zu den Schwestern, sie sprach direkt zu Vida, ohne sie anzusehen, und als sie dann zu ihr hochschaute, trafen sich ihre Blicke wie zwei verhasste Wesen und Vida antwortete:

»Ich sehe es.«

»Dann verstehst du auch, was ich hier tue«, sprach die Kraljica weiter und gab mit einer knappen Kinnbewegung den Befehl, woraufhin der Zegechem Solomons Kopf mit einem Ruck nach hinten zog. Solomon verdrehte vor Schmerz die Augen und gehorchte. Er hob sein Schwert und richtete die Klinge auf sich selbst, bis die Spitze unter seinem Kinn anlag.

»Tiefer«, sagte die Kraljica.

Solomon erhöhte den Druck. Die Klinge drang tiefer in das weiche Fleisch ein und das Blut floss am Stahl herab und vermischte sich mit dem Blut aus seinem aufgerissenen Arm.

»Wir hätten die Situation jetzt geklärt«, sagte die Kraljica. »Nun möchte ich, dass deine Tanten ihre Waffen niederlegen, oder dein Vater wird sein eigenes Gehirn durchbohren.«

Sie wandte sich an die Schwestern.

»Haben wir uns verstanden, Mütter?«

»Wage es nicht, unseren Titel in deinen Mund zu nehmen«, sagte Asha.

»Oder was?«

»Oder ich werde dir deine Zunge ausreißen. Und ich meine nicht die Zunge des Husaren.«

»Tiefer«, sagte die Kraljica.

Die Bewegung war unmerklich, Blut begann Solomon über die Lippen zu fließen.

Die Schwestern legten ihre Wafffen nieder.

»Auch du«, sagte die Kraljica, »beende das Mudra.«

Rivas Hände kamen zur Ruhe.

»Ich weiß zwar, dass ihr unsterblich seid«, sagte die Kraljica, »aber etwas Leid und Erniedrigung können euch nicht schaden, damit ihr wisst, wem ihr hier Widerstand geleistet habt.«

Sie wandte sich an die Zegechem.

»Holt mir ihre Herzen.«

Die Zegechem stürzten sich auf die Schwestern, die ihre Arme schützend hoben und sich unter dem Ansturm zusammenkrümmten. Die Pranken droschen auf sie ein, rissen und zerrten und versuchten durch den Schutz an die Herzen der Schwestern heranzukommen.

»Schau genau hin«, sagte die Kraljica zu Vida, »deine Seele soll sich das merken, sie soll nicht vergessen, wie ich deine Familie direkt vor deinen Augen vernichtet habe, während du hilflos zusehen musstest. Das ist der Preis, den sie für deine Existenz zahlen. Sieh ihre Qual, Tochter von Yrma ...«

Die Kraljica begann die Wendeltreppe hochzusteigen.

»... denn sie leiden nur für dich, du kleine ...«

Die Kraljica hielt zwischen der fünften und sechsten Stufe mitten im Schritt an.
Weiter kam sie nicht.

Es war zu viel auf einmal.
Vida sah ihren Vater, sie sah den Angriff der Zegechem auf ihre Tanten und wusste tief in ihrem Innersten, dass Hass die falsche Waffe war. Sie besaß aber keine andere. Sie war mit so viel Hass erfüllt, dass er ihr als bleierner Geschmack aus dem Magen hochstieg und ihren Mund füllte. Sie wollte ausspucken, sie wollte würgen. Da war das Messer in ihrer Hand, da war die geballte Faust, doch was konnte sie damit schon anrichten? Vida wollte sich über das Geländer stürzen und die Kraljica in Fetzen reißen, sie wollte sich in ihrem Hals verbeißen und brutal wie die Zegechem sein ...
Sei du.
Was?
Sei du selbst.
Ashas Stimme war ihr so nahe, als würde sie neben ihr stehen.
Hörst du, sei du selbst.
Und Vida verstand und wurde Vida.
Sie ließ das Messer fallen und legte die Hände zusammen.
Die Zegechem froren in ihrem Angriff ein.
Solomons Blutfluss erstarrte in der Luft.
Die Kraljica kam nicht dazu, Vida eine kleine Göre zu nennen.
Der Stillstand war perfekt.
Vida hielt das Mudra mit beiden Händen auf Höhe ihres Bauchnabels. Es war ihr vorher nie gelungen, sie hatte geübt und geübt und immer wieder versagt. Asha hatte ihr auf der Fahrt nach Sankt Petersburg zwar alle wichtigen Mudras beigebracht, aber das Mudra der Zeit wollte sich einfach nicht beherrschen lassen. Dementsprechend konnte Vida nicht die Augen von ihren eigenen Händen nehmen. Ein Fehler, eine falsche Bewegung, und

der Stillstand würde in sich zusammenbrechen und das wäre es gewesen.

Denke nicht, hörte sie Ashas Stimme.

Blick auf, hörte sie Eka sagen.

Vida schaute auf.

Die Augen ihrer Tanten waren auf sie gerichtet, sodass Vida die nackte Qual in ihren Blicken sehen konnte – ein Zegechem hatte sich in Ashas Bein verbissen, während ein zweiter seine Schnauze in ihrem Magen vergraben hatte. Auf der anderen Seite des Saals wurde Eka an den Haaren hinter einem der Zegechem hergezerrt, während ein Zegechem zwei Furchen über Rivas Rücken zog, als wollte er so an ihr Herz kommen.

Wieso höre ich euch?, fragte Vida zurück.

Weil wir auf einer Ebene sind, sagte Eka.

Du musst verschwinden, sagte Asha.

Was?! Ich gehe nicht ohne euch!

Genau das wirst du tun.

Aber Papa ...

... dein Vater hat gelebt, Vida, so wie wir in vollen Zügen gelebt haben. Wir kommen wieder, wir kommen immer wieder, hörst du? Dir aber steht deine Zeit noch bevor, so vieles wird von dir erwartet, was wir nicht einmal ansatzweise zu bieten haben. Wir wollen nicht dein Opfer, wir wollen, dass du in Sicherheit bist. Deswegen musst du jetzt verschwinden. Du kannst dich als Einzige durch das Mudra bewegen, tu es.

Ich ...

Vida spürte die Tränen, sie spürte den Schmerz, ihre Hände begannen zu zittern, für eine Sekunde flackerte das Gewebe der Zeit, dann hatte es Vida erneut im Griff.

Wir werden uns wiederfinden, meldete sich Eka, *es ist alles so, wie es deine Mutter geschrieben hat. Vergiss nie ihre Worte. Wir sind dazu gemacht, Licht zu sein, und als Licht gehören wir zusammen, deswegen werden wir uns nie verlieren.*

Erweitere das Mudra auf den gesamten Palast, meldete sich Riva, *halte es aufrecht, bis du dich im Schutz der Bibliothek befindest. Sieh auf keinen Fall zurück und …*

Rivas Gedanken verstummten, da war ein Knarren, wo kein Knarren sein sollte.

Vida lauschte, sie hätte sich auch täuschen können, da kam aber auch schon das nächste Knarren. Jetzt sah sie, was geschah. Die Kraljica hatte sich bewegt und den Fuß auf die nächste Stufe gesetzt.

Wieso kann sie das?!, fragte Vida panisch.

Es ist ihr Wille und ihre Macht, antwortete Asha, *es interessiert sie nicht, was mit ihrem Körper geschieht. Sie bricht die Zeit und opfert ihren Wirtskörper dafür. Geh endlich.*

Da auch das Holz der Treppe im Gewebe der Zeit gefangen war, riss und splitterte es unter den Schritten der Kraljica. Sie war zwanzig Stufen von der Galerie entfernt gewesen, als das Mudra gegriffen hatte, und sie konnte es nicht fassen, wie schwer es ihr dieses Kind machte, an ihr Ziel zu gelangen. All ihre Kraft floss in den nächsten Schritt, all ihre Macht fokussierte sich darauf, der Zeit die Stirn zu bieten. Egal um welchen Preis. Die Kraljica biss die Zähne so fest zusammen, dass sie brachen. So kam sie zwar voran, doch der Körper des Husaren unterlag dem Gewebe der Zeit, das ihn nicht durchlassen wollte – seine Haut ertrug die Reibung nicht und wurde Schicht um Schicht weggeschält, seine Augen bluteten und die Muskulatur verschob sich, sodass Sehnen rissen und Knochen brachen. Das Gesicht des Husaren bewegte sich wie eine schmelzende Wachsschicht. Aber nichts hielt die Kraljica auf, sie schritt weiter die Treppe hoch.

Vida, mach, dass du wegkommst.

Aber …

Und dann war die Kraljica nur noch fünf Stufen von der Galerie entfernt und schwankte. Vida konnte sehen, dass Knochen durch die Kleidung gebrochen waren. Nichts mehr in dem Gesicht erinnerte an den Husaren. Die Kraljica hob den Fuß, noch vier Stufen. Sie versuchte zu sprechen, ihre Lippen rissen auf, das Zahnfleisch wurde entblößt, dann gab es einen lauten Knall, der aber nicht von der Kraljica kam.

Die doppelflügelige Tür war nach innen aufgeflogen.

Sie glaubten es nicht, sie waren so verblüfft von ihrem Erfolg, dass sie den schweren Tisch noch immer hielten und mit zitternden Knien und gebeugten Rücken in den Saal schauten.

Es war ein absurdes Bild, das sich ihnen bot.

Eine reine Starre.

Eka lag mit aufgefächerten Haaren auf dem Boden, als wollte sie wegkriechen, Riva war vom Hals bis zu den Stiefeln blutig und Asha schien im Sturz erstarrt – ihr Körper schwebte einige Zentimeter über dem Boden und sie streckte sich nach ihrem Degen. Solomon starrte kniend an die Decke und hatte sich die Schwertspitze unter das Kinn geschoben.

»Was tun sie?«, fragte einer der Gardisten.

Da Geromir als Einziger die Zegechem sah, sparte er sich eine Antwort. Der Tisch knallte auf den Boden. Geromir wollte den Männern eben befehlen, dass sie den Saal stürmten sollten, da hörte er Rivas Stimme in seinem Kopf.

Kommt nicht ...

Rivas Warnung war nicht zu Ende gesprochen, da trat auch schon der erste Gardist in den Saal, machte zwei Schritte und erstarrte mitten in der Bewegung.

... herein.

»Wartet!«

Geromir breitete die Arme aus und hielt die restlichen Männer davon ab, den Saal zu betreten. Und wie er das tat, sah er die einzigen zwei Bewegungen im ganzen Saal. Die eine Bewegung kam von der Kraljica, die zwei Stufen vom obersten Treppenabsatz entfernt war, die andere Bewegung kam von Vida, die das Mudra mit ihren Händen aufrechterhielt und vor Konzentration zu vibrieren schien.

Du hast nicht mehr viel Zeit, hörte Geromir Rivas Stimme.

»Zeit wofür?«, fragte er laut.

Seine Männer sahen ihn verwirrt an.

Ich höre deine Gedanken, ließ ihn Riva wissen, *du musst nicht laut sprechen.*

Was soll ich tun?

Riva sagte es ihm. Geromir nahm den Bogen von der Schulter, legte den ersten Pfeil an und spannte die Sehne. Er musste sehr präzise sein, er musste bei jedem Schuss vorausdenken. Geromir fand seinen Fokus und richtete den ersten Pfeil auf den Zegechem, der auf Solomons Rücken hockte. Der Schuss löste sich mit einem Sirren und der Pfeil erstarrte nach zwei Metern in der Luft. Geromir legte den nächsten Pfeil an. Die Männer um ihn herum waren verstummt. Der zweite Pfeile machte sich auf die Reise, dann der nächste, dann der nächste. Sie alle erstarrten im Flug. Nach einer Minute hatte Geromir sechs Pfeile auf die Reise geschickt und richtete den letzten Pfeil auf die Kraljica.

Der Kopf, ließ ihn Riva wissen, *nur der Kopf.*

Geromir ließ die Sehne los.

Sieben Pfeile waren im Gewebe der Zeit erstarrt.

Lass los, Vida, sagte Riva.

Aber---

Lös das Mudra auf, tu es sofort, bevor sich die Kraljica bewegt!

Vidas Hände sanken herab.

Das Gewebe der Zeit löste sich auf.

Die Pfeile setzten ihre Reise fort.

Vier der Pfeile trafen ihr Ziel, wie es Geromir berechnet hatte. Einer der Zegechem wurde nur am Hals gestreift und stürzte zu Boden. Asha erreichte mit Mühe ihren Degen und tötete den Dämon, der sich in ihren Magen gebohrt hatte. Der Zegechem auf Solomons Rücken verschluckte sich an dem Pfeil, der mit einem dumpfen Laut in seinem Maul verschwand, was aber nicht dazu führte, dass er starb. Er würgte und spuckte, er versuchte, mit seinen Flügeln aufzusteigen, dabei löste er den Griff von Solomon und ließ ihn frei. Solomon sank auf die Knie, das Schwert glitt ihm aus der Hand und er fiel zur Seite, wo er benommen liegen blieb und nach oben schaute, wo der Zegechem mit dem Pfeil im Maul durch die Decke zu fliehen versuchte, ehe er aufgab und tot zu Boden sank.

Geromirs letzter und wichtigster Pfeil verfehlte sein Ziel, weil Vida eine Sekunde gezögert hatte, ehe sie das Mudra der Zeit auflöste. Der Pfeil schrammte über die Schläfe des Husaren und brachte ihn aus dem Gleichgewicht. Die Kraljica stürzte die Wendeltreppe hinunter, ehe sie sich auf halbem Weg am Geländer festkrallte und wieder auf die Beine kam. Frei vom Gewebe der Zeit, war der malträtierte Körper des Husaren zwar gebrochen und zerschunden, doch Schmerzen hatten keine Bedeutung für die Kraljica. Sie war geschmeidig, weil sie geschmeidig sein wollte, und so eilte sie mit neuer Energie die Treppe wieder hoch und sah hinter sich Solomon, der sich aus seiner Starre befreit hatte und ihr auf den Fersen war. Entfernt hörte sie die Schwestern nach Vida rufen und duckte sich gerade rechtzeitig, als die nächsten zwei Pfeile an ihr vorbeischossen, dann war sie auf der Galerie und bereit, dem Mädchen die Seele aus dem Körper zu reißen – aber Vida war nicht dort, wo sie gestanden hatte.

Die Kraljica eilte um die gesamte Galerie, warf Sessel und Regale um, schaute in Nischen und Ecken, und als sie am anderen Ende der Galerie angelangt war und noch immer keine Spur von Vida gefunden hatte, drehte sie sich verwirrt um und wurde von Solomon erwartet.

35

Als das Mudra der Zeit aufgelöst wurde und die Großfürstin sich wieder frei bewegen konnte, sah sie, wie ein Pfeil die Kraljica an der Schläfe streifte und die Treppe hinunterstürzen ließ. Sie zögerte nicht, packte Vida an der Hand und zog sie hinter sich her – weg von der Treppe zum anderen Ende der Galerie, wo in einer Ecke der gewaltige Globus stand. In den Boden dahinter waren Lüftungsschlitze eingelassen, unter denen sich die Großfürstin an so manchem langweiligen Regennachmittag versteckt hatte, um sich die Gespräche ihres Vaters mit den hohen Männern aus der ganzen Welt anzuhören. Der Zar wusste, dass sie lauschte. Er war der Meinung, so würde seine Tochter am besten lernen, wie ein Land geführt wird.

Die Großfürstin drückte eines der Holzpaneele, sodass der Globus zur Seite schwang und eine Steintreppe im Boden freigab. Acht Stufen später befanden sie sich in einem Gang, der so eng war, dass sie nicht nebeneinander stehen konnten. Die Großfürstin schob einen vorstehenden Ziegel nach links und der Zugang über ihnen schloss sich lautlos. Innerhalb weniger Sekunden waren sie verschwunden. Es wurde dunkel um sie herum, nur durch die Lüftungsschlitze schien ein wenig Licht auf sie herab.

»Ich will nicht wegrennen«, sagte Vida.

»Du *musst* wegrennen.«

»Aber wenn wir …«

Die Großfürstin brachte Vida zum Verstummen, indem sie ihr die Hand auf den Mund drückte. Ein Schatten bewegte sich über die Lüftungsschlitze hinweg, die Stimme der Kraljica war zu hören.

»Komm zu mir, du verdammte Seele. Hör auf mit dem Spiel, denn du bist hier und ich bin hier und wir sollten es zu einem

Ende bringen, denn ich will endlich nach Hause, hörst du mich, du kleines Miststück? Ich kann dich riechen, ich kann deine Nähe spüren, mach es mir nicht so schwer.«

Der Schatten zog vorbei, die Großfürstin nahm die Hand von Vidas Mund.

»Wir rennen nicht weg«, flüsterte sie, »wir bringen dich in Sicherheit. Denn dafür bin ich da, erinnerst du dich? Es ist meine Aufgabe, deine Seele zu schützen, und ich nehme alle meine Aufgaben ausgesprochen ernst.«

Mit diesen Worten ergriff sie Vida an der Hand und zog sie hinter sich her.

36

Die Kraljica war nicht wirklich überrascht, Solomon hinter sich stehen zu sehen.

»Kannst du es spüren?«, fragte sie ihn. »Kannst du spüren, wie sehr ich nach der Seele deiner Tochter hungere---»

Weiter kam sie nicht, das Schwert durchschnitt waagerecht die Luft und trennte den Kopf des Husaren vom Rumpf, sodass er über die Galerie rollte und mit einem dumpfen Laut gegen den Globus schlug.

Solomon zitterte. Er fühlte sich, als wäre er gegen eine Wand gerannt. Wo war Yrma nur, um ihn zu bremsen? Jemand musste es tun, sonst kam er nicht zur Ruhe. Der Zorn in seinem Inneren war noch nicht gesättigt, er verlangte nach mehr. Solomon ließ das Schwert sinken. Die Schwestern hatten vorgehabt, die Kraljica im Körper des Husaren zu bannen, und was hatte er getan?

Vielleicht ist es noch nicht zu spät, dachte Solomon und hockte sich nieder, als würde noch ein Überrest der Kraljica in Lenkos Körper festhängen.

Da kannst du lange suchen, dachte die Kraljica und bereute ihren Verlust nicht. Der Körper des Husaren war über alle Maßen beschädigt gewesen und kaum noch was wert. Die Kraljica wäre aber gerne vorgewarnt worden, dann hätte sie sich rechtzeitig um einen Ersatz kümmern können. Jetzt schwebte ihre Wesenheit unter der Saaldecke und war ein Flimmern und ein Beben in der Luft, das nur diejenigen sehen konnten, die sie dort vermuteten. Ihr blieb nicht viel Zeit. Vollkommen körperlos begann ihr altes Dasein an ihrer Wesenheit zu zerren. Ihr Körper lag noch immer in dem Wald am Rand der Schlucht und wartete, dass sie zurückkehrte. Ohne einen Wirtskörper nahm die Anziehungskraft mit jeder Sekunde zu und zerrte sie weg von dem Palast. Die Kraljica hielt zwar dagegen, doch lange würde das nicht gutgehen. In ihren Körper zurückzukehren, war das Letzte, was sie jetzt wollte.

Sie blickte sich um.

Die drei Mütter konnte sie nicht anrühren, sie durfte ihnen spirituell nicht einmal zu nahekommen und befürchtete, dass eine von ihnen einen Blick nach oben warf und sie entdecken könnte. Auch die Gardisten kamen nicht in Frage, sie waren zu roh und wertlos. Von Solomon hielt sie sich fern. Sie hatte schon einmal einen Zegechem auf ihn angesetzt, er würde die Anwesenheit eines fremden Geistes sofort wiedererkennen. Die Kraljica brauchte jemanden, der ihr Sicherheit bot. Ihr Blick fiel auf Geromir. Ihr gefielen seine Energie und der starke Wille.

Wenn nicht jetzt, wann dann?, fragte sie sich und nahm Kurs auf den Major.

37

Im Erdgeschoss hatte ein einziger Soldat überlebt, und das lag nur daran, dass er vor dem Palast gestanden hatte. Vladek war auf dem Boden liegend und mit Schmerzen am ganzen Körper erwacht. Ihm fehlte jegliche Erinnerung – er sah die toten Wachsoldaten um sich herum und verstand nicht, was ihnen widerfahren war. Sein Kopf dröhnte und etwas Blut floss aus seinem Ohr.

Vladek zog die Türen auf und betrat den Palast und stand schockiert im Eingangsbereich. Es war vollkommen still, keine Schritte, keine Schreie, nur die Ruhe der Toten lag in der Luft und ließ Vladek keuchend nach Luft schnappen. Er hatte noch nie so viele Leichen auf einem Haufen gesehen. Niemand rührte sich, kein Blut floss, der Tod hatte gewütet und den Palast zufrieden verlassen.

Die Tür hinter Vladek ging auf und der Hofmarschall stellte sich neben ihn. Er war ein absonderlicher Anblick in seiner zivilen Kleidung – ein alter Mann, der am Abend noch einen Spaziergang macht, um seine Verdauung zu fördern.

»Ich hatte so eine Ahnung, dass man mich brauchen könnte«, sagte er. »Sind sie alle tot?«

»Ich denke schon.«

Sie standen da und hofften, dass sich jemand bewegen würde. Die Toten blieben die Toten. Vladek entdeckte Uljans Leiche und sah schnell weg.

»Seht Ihr den armen Generalleutnant?«, fragte er.

»Wir sollten ihn von seinem Elend befreien«, sagte Fennek.

Doch bevor sie sich rühren konnte, waren von oben Schritte zu hören. Ein Gardist tauchte auf dem obersten Absatz auf und starrte erschrocken zu ihnen hinunter.

»Es ist vorbei«, sagte er. »Der Husar ist tot und seine Gefolgschaft hat den Palast verlassen. Seid ihr die einzigen Überlebenden?«

Vladek und der Hofmarschall sparten sich eine Antwort. Sie nahmen Uljans Körper von der Tür und trugen ihn nach draußen. Danach begannen sie mit Hilfe des Gardisten eine Leiche nach der anderen auf den Platz vor den Palast zu tragen – die Gardisten rechts, die Zivilisten links.

38

Riva richtete sich mühevoll auf. Ihr Körper war voller blauer Flecken, es war ein Albtraum gewesen, angegriffen zu werden und die Angreifer nicht zu sehen. Sie bat Geromir zu sich, und als er vor ihr stand, umfasste sie seinen Nacken und drückte ihre Stirn gegen seine. Auf diese Weise bekam sie ihr Augenlicht zurück.

»Ich bin dir sehr dankbar für deine Hilfe«, sagte sie.

»Ich habe dir zu danken«, erwiderte Geromir. »Was waren das nur für Wesen, die …«

Riva küsste ihn auf den Mund,

»Nicht jetzt«, sagte sie.

Solomon hatte in der Zwischenzeit die gesamte Galerie abgesucht, jedes Möbelstück verschoben und selbst einige der großformatigen Atlanten aus den Regalen genommen, ohne auf eine Spur von Vida oder der Großfürstin zu treffen. Als Asha zu ihm nach oben kam, entschuldigte er sich, den Husaren geköpft zu haben.

»Ich weiß von deinem Zorn«, sagte Asha beruhigend und hockte sich neben die Leiche des Husaren. Sie war auf Lenkos Seele konzentriert, die in Fetzen gerissen im Gewebe seines Körpers festhing. Sie wollte sichergehen, dass sich die Kraljica nicht dahinter verbarg.

»Sie ist weg«, sagte sie und richtete sich wieder auf.

Ihr Arm blutete, sie hatte Schnitte im Gesicht und ein Teil ihres Kleides war aufgerissen, sodass Solomon die tiefe Wunde in ihrem Bauch sehen konnte. Asha schien davon unberührt zu sein. Sie blickte sich prüfend im Saal um, denn vielleicht verweilte die Kraljica noch bei ihnen und suchte einen neuen Wirtskörper.

»Es hätte keinen Unterschied gemacht, ob du sie lebend gefangen hättest«, sagte sie. »Die Kraljica ist geschickt, sie wäre nie so dumm gewesen, sich in ihrem Wirtskörper bannen zu lassen. Du fängst einen Windhauch nicht mit einem Netz ein, selbst uns wäre das nur mit viel Glück gelungen. Wahrscheinlich ist sie längst in ihren eigenen Körper zurückgekehrt. Hast du eine Spur von Vida und der Großfürstin entdeckt?«

Solomon schüttelte den Kopf.

»Wenn ich es nicht besser wüsste«, sagte er, »würde ich sagen, dass sie ein Portal geöffnet hat. Aber das ist unmöglich, sie ist viel zu jung, um diese Gabe anwenden zu können.«

»Sie hat auch das Mudra der Zeit gehalten«, gab Asha zu bedenken.

»Ich weiß, wo sie sich verstecken«, meldete sich eine Stimme.

Asha und Solomon sahen nach unten, wo die ehemalige Zarin noch immer hinter dem Vorhang hockte und zwischen den Falten hervorschaute, als würde sie dem Frieden nicht trauen.

»Wie wäre es, wenn du erst mal hinter dem Vorhang hervorkommst?«, fragte Asha.

Die ehemalige Zarin befreite sich aus dem dicken Samtstoff. Ihre Perücke war verrutscht und ihr Blick erinnerte an einen panischen Vogel, der seinen Käfig verlässt und nicht weiß, was er mit seiner Freiheit anfangen soll.

»Jelisas Vater ist schuld«, sagte sie, »er erlaubt ihr alles.«

Die ehemalige Zarin wedelte sich mit der Hand vor dem Gesicht herum, das schweißgebadet war.

»Im Palast gibt es drei Geheimgänge, die sich durch den ganzen Palast winden und miteinander verbunden sind. Obwohl ich es ihr strikt verbiete, liebt es Jelisa, diese Gänge zu erforschen. Oben in der Galerie findet ihr unter dem Globus einen der Zugänge. Er lässt sich durch ein Paneel in der Wand öffnen, aber er ist so schmal, dass da nur ein Kind hindurchpasst. Diesen Gang werden sie wohl genommen haben, anders kann ich mir ihr Verschwinden nicht erklären. Er führt zu einer Kreuzung im Keller, wo er sich mit den anderen Gängen verbindet. Ein Gang führt zur Festung, einer zum Kloster und einer zu der Papierkammer des Majorski-Prospekt. Wenn ihr mich fragt, werden wir sie an einem dieser Orte finden.«

»Worauf warten wir dann noch?«, fragte Solomon.

Sie verließen den Kartensaal und es war das erste Mal, dass die Schwestern das Chaos im Flur sahen, das die Zegechem zurückgelassen hatten.

Im Erdgeschoss hatten sich die übrigen Gardisten aus dem Obergeschoss versammelt und halfen Vladek und dem Hofmarschall, die Toten auf den Platz rauszutragen. Sie waren blutverschmiert und ihre Gesichter erinnerten an Masken. Als sie sahen, wer von oben herunterkam, hielten sie in ihrer Arbeit inne.

»Wo ist die Großfürstin?«, wollte Fennek wissen.

»Das werden wir gleich herausfinden«, antwortete ihm Eka.

Geromir sah sich zwischen den Toten um, Vladek ahnte, nach wem er Ausschau hielt.

»Wir haben den Generalleutnant nach draußen getragen«, sagte er.

Geromir verließ den Palast und trat auf die Leichen zu. Als er seinen Bruder zwischen den Gardisten liegen sah, kniete er sich neben ihm nieder. Selbst im Tod wirkte Uljan angespannt, die Stirn war gerunzelt und der Mund ein mürrischer Strich, der sich nach unten neigte, als würde er etwas Bitteres schmecken. Geromir strich ihm über die Wangen, er tat es mehrmals, bis sich wie durch ein Wunder eine Weichheit in das leblose Gesicht seines Bruder schlich. Die Runzeln verschwanden, der Mund wurde sanft. Erst da konnte Geromir ihn gehen lassen.

In der Zwischenzeit hatte die ehemalige Zarin Solomon und die Schwestern in das Kellergewölbe geführt und jetzt standen sie an der Gabelung, an der die Geheimgänge zusammenliefen.

»Ich kann mir nicht vorstellen, dass Vida weggerannt ist«, sagte Solomon.

»Es kann nicht schaden, wenn wir nachsehen«, sagte Riva.

Solomon wählte den Tunnel zur Festung, Riva nahm den Gang zum Kloster, während Asha und Eka sich auf den Weg zur Papierkammer machten. Jeder von ihnen entzündete eine Fackel und so verschwanden sie in der Dunkelheit. Zurück blieb die ehemalige Zarin, die ihnen Glück wünschte und hinterherschaute, bis die Lichter nur noch Punkte waren.

»Sind sie schon in den Gängen?«, hörte sie Geromir hinter sich fragen.

Die ehemalige Zarin wandte sich ihm zu.

»War Euch Uljan ein guter Bruder?«, fragte sie.

»Ein sehr guter«, antwortete Geromir.

»Wir verlieren und wir gewinnen«, stellte darauf die ehemalige Zarin weise fest und hielt Geromir ihren Arm entgegen. »Könntet Ihr so freundlich sein, Herr Major? Ich bin ermattet und möchte mich schlafen legen, es war eine sehr aufregende Nacht und ich hoffe sehr, dass morgen früh das Chaos geordnet und die Dienerschaft an ihren Platz zurückgekehrt ist.«

»Sollten wir nicht---«

»Ach, sie werden die Mädchen auch ohne uns finden, jetzt, wo die Gefahr vorbei ist«, unterbrach ihn die ehemalige Zarin. »Wir sind doch alle alleine mit unserer Trauer. Ihr und ich und die Menschen, die heute ihr Leben verloren haben. Lassen wir doch unsere Ängste für einen Moment ruhen.«

Geromir wollte ihr widersprechen, es fühlte sich nicht an, als wäre die Gefahr vorbei, aber er war ein Gentleman und so nahm er ihren Arm. Seite an Seite stieg er mit der ehemaligen Zarin die Stufen zum Palast hoch.

39

Vida bewegte sich vollkommen blind durch die Dunkelheit des Geheimganges, und wäre die Hand der Großfürstin nicht gewesen, wäre sie längst an einer der Abzweigungen verloren gegangen. Jelisa stieß trotz der Finsternis kein einziges Mal gegen die Wände. Als sie dann auf Stufen trafen, gab es einen ersten Lichtschein, der durch Ritzen und Spalten in den Wänden fiel. Es war wenig Licht, aber für Vida fühlte es sich an wie der reine Sonnenschein. Eine Treppe führte nach oben, eine hinunter. Sie stiegen die Stufen hoch, bis sie in einem schmalen Raum standen. Jetzt erst wagte es Vida zu sprechen.

»Jelisa, wo sind wir hier?«

»In meinem zweiten Zuhause.«

Die Großfürstin drückte gegen eine der Wände, die mit einem Klicken aufschwang. Hätte Vida das Gesicht der Großfürstin in diesem Moment gesehen, wäre sie überrascht gewesen, wie zufrieden diese mit sich war. Die Großfürstin hatte nie vorgehabt, aus dem Palast zu fliehen, weil sie wusste, dass die Kraljica genau das von ihnen erwarten würde.

»Wir sind jetzt im obersten Stockwerk«, sagte sie, »niemand wird uns hier vermuten.«

Vida trat an eines der Fenster, das auf die Westseite des Palastes hinausging. Sie konnte aus der Höhe nur den Park und weiter entfernt die Lichter von Straßenlaternen erkennen.

»Hier sind die Bediensteten untergebracht, wenn der Palast nicht gerade belagert wird«, erklärte die Großfürstin.

Der Flur vor ihnen war angelegt wie der Flur im ersten Stockwerk, nur war er nicht so imposant eingerichtet. Keine der Öllampen brannte und nur das fahle Mondlicht schien durch die Fenster und hinterließ helle Rechtecke auf dem Boden. Die Großfürstin nahm Vida bei der Hand und zusammen liefen sie auf das

Ende des Nordflügels zu. Als sie um die Ecke bogen, hörten sie hinter sich ein Hämmern und kamen zum Stehen. Für einen erschreckenden Moment erwartete Vida, dass eine der Wände aufbrechen und die Schnauze eines Zegechem sich hindurchschieben würde.

Sie schauten den Flur zurück, dann ließ die Großfürstin Vidas Hand los und sagte:

»Warte hier.«

Vida rührte sich nicht, sie protestierte nicht einmal, während sie der Großfürstin hinterherschaute, wie diese um die Ecke verschwand. Vida wurde in diesem Moment bewusst, dass sie in dieser letzten Viertelstunde vollkommen bedingungslos auf eine Achtjährige gehört hatte, die sie gerade mal einen halben Tag lang kannte und die ihr den Tod prophezeit hatte. Allmählich konnte sich Vida vorstellen, dass die Großfürstin eines Tages auf dem Thron sitzen würde. Ihre stärkste Waffe war ihre Überzeugungskraft – es war schier unmöglich, Nein zu ihr zu sagen.

Dennoch hörte Vida nicht auf sie und schaute um die Ecke.

Die Großfürstin stand vor der verschlossenen Wäschekammer. Das Hämmern setzte wieder ein, das Holz bebte unter den Schlägen.

»Wer klopft da?«, fragte die Großfürstin laut.

Das Hämmern verstummte. Die Großfürstin streckte sich und legte den Riegel um, dann zog sie die Tür mit einem Ruck auf. Ein Bär und ein Äffchen sahen sie überrascht an. Die Großfürstin riß die Augen weit auf, wandte sich ab und rannte panisch auf Vida zu.

»Lauf, lauf!«, rief sie. »Da sind ein Bär und ein Äffchen!«

Die Großfürstin sprintete mit wehenden Kleidern an Vida vorbei und riss den Vorhang von einem der Fenster auf, sodass eine an der Wand befestigte Leiter freigelegt wurde. Die Sprossen begannen auf einer Höhe von eineinhalb Metern. Die Großfürstin zog einen Vasentisch unter die Leiter und kletterte auf den Tisch, von da aus erreichte sie problemlos die erste Sprosse und begann hochzusteigen, mittendrin zögerte sie plötzlich und sah nach unten. Vida war ihr nicht gefolgt. Sie stand noch immer an der Ecke des Flurs und konnte die Augen nicht von der offenen Tür der Wäschekammer nehmen. Sie glaubte nicht wirklich, dass sich dahinter ein Bär und ein Äffchen versteckten.

»Worauf wartest du?«, rief die Großfürstin.

»Da sind kein …«

Vida verstummte.

Ein Bär mit einem Äffchen auf der Schulter war nach draußen getreten. Das Äffchen auf seiner Schulter zeigte auf Vida und begann zu kreischen, woraufhin der Bär die Luft schnupperte und sie dann anschaute. Auch wenn Vida seit ihrer letzten Begegnung gewachsen war, so hatte der Bär keine Zweifel, wer da am Ende des Flurs stand. Kein Geruch glich dem anderen.

Der Bär ließ sich auf alle viere fallen und begann auf sie zuzurennen.

Vida dagegen erkannte den Bären überhaupt nicht wieder. Sie dachte auch keine Sekunde an das Bärenjunge, das sie aus dem See gerettet hatte. Sie sah nur ein gewaltiges Tier, das auf sie zugeprescht kam.

Wenn das mein Tod ist, dachte Vida, *dann wäre es ein dummer Tod.*

Noch nie war sie so schnell gewesen.

Plötzlich stand sie auf dem Vasentisch, der unter ihrem Gewicht bedrohlich zu knacken begann, dann stieg sie die Sprossen hoch, wo sie eine offene Dachluke erwartete, durch die sie hindurchschlüpfte.

Die Luke knallte hinter ihr zu.

Sie war gerettet.

40

Der kupferne Dachfirst führte von einem Schornstein zum anderen und verband die vier Flügel des Winterpalastes miteinander. Er glänzte feucht von dem Regen und reflektierte das Mondlicht, sodass das Dach wie beleuchtet schien. Vida konnte aus der Höhe sehen, dass der Palast ein Quadrat bildete, in dessen Mitte sich die grüne Oase des Innenhofes befand. Sie setzte sich neben Jelisa auf das kalte Metall und atmete die frische Luft tief ein.

»Hier bin ich immer, wenn mir danach ist«, sagte die Großfürstin. »Natürlich darf ich nicht auf das Dach steigen, meine Tante Paza hat es mir streng verboten. Zweimal hat sie mich dabei schon erwischt. Aber was will sie machen, ich bin die Großfürstin. Ein Schornsteinfeger hat mir gezeigt, wo die Leiter befestigt ist. Niemand wird hier nach uns suchen.«

Vida nickte und wünschte sich, ihr Vater und ihre Tanten wären bei ihnen.

»Wie kommen ein Bär und ein Äffchen in den Palast?«, fragte sie.

»Ich habe keine Ahnung«, gab die Großfürstin zu und lachte.

Sie schauten auf die Uferpromenade, wo die Menschen noch immer dicht gedrängt standen.

»Glaubst du, sie können uns hier oben sehen?«, fragte Vida.

»Niemals.«

Vida lief ein plötzlicher Schauer über den Rücken. Im flackernden Schein der Gaslaternen erinnerten sie die Menschen auf der Promenade ein wenig an die Toten, die sie vor drei Jahren geplagt hatten. Eine alte Furcht stieg in ihr auf, dass die Toten zurückgekehrt waren und nach ihrer Hilfe verlangten.

Ich will kein offenes Tor mehr sein, dachte sie, als im selben Moment die Glocken zur Mitternacht schlugen und die Menschenmenge sich wie auf einen Befehl abwandte und die Uferpromenade verließ.

»Wieso gehen sie alle?«, fragte Vida.

»Mitternacht ist Sperrstunde in Sankt Petersburg. Wer nach Mitternacht auf der Straße ist, der wird entweder festgenommen oder schlimmer.«

»Du meinst, dein Vater bestraft die Leute, die in der Nacht draußen sind?!«

»So ist das Gesetz.«

»Das macht doch keinen Sinn. Warum macht dein Vater solche Gesetze?«

»Er macht sie nicht, er unterschreibt sie bloß.«

»Und woher kommen die Gesetze?«

»Er hat Berater. Nicht die besten, wenn du mich fragst.«

»Wird es eine Sperrstunde geben, wenn du Zarin bist?«

Die Großfürstin schüttelte den Kopf.«

»Von mir aus dürfen die Leute rumlaufen, wann sie wollen und solange sie wollen.«

»Weiß dein Vater, dass du seine Gesetze verändern willst?«

»Ich glaube, er erwartet es von mir.«

Vida legte einen Arm um die schmalen Schultern der Großfürstin und drückte sie an sich.

»Danke, dass du mich vor der Kraljica gerettet hast«, sagte sie. »Ich wäre nicht von der Stelle weggekommen. Hast du gesehen, was sie Lenko angetan hat? Ich wünschte, ich wäre stärker und könnte ein Schwert führen und mich ihr stellen. Es ist schrecklich, seine eigenen Kämpfe nicht selbst kämpfen zu können.«

»Du hast was getan, du hast die Zeit eingefroren.«

»Ja, aber die Kraljica hat sich dennoch bewegt.«

Vida schaute auf ihre Hände und lächelte plötzlich.

»Mir ist es noch nie gelungen, das Mudra der Zeit zu halten. Ich kann fühlen, wie die Ewigkeit noch immer durch mich hindurchfließt.«

»Ich fühle es auch«, sagte die Großfürstin und lehnte sich an Vida.

»Wenn wir diese Nacht zusammen überstanden haben«, sprach Vida weiter, »dann überstehen wir auch den nächsten Tag zusammen. Meine Tanten werden die Kraljica verbannen, wie sie den Wächter verbannt haben. Und wenn du mich dann ansiehst, wird meine Lebenslinie wieder da sein, ich weiß das.«

Die Großfürstin hätte Vida in dem Moment gerne angesehen, sie fürchtete sich aber, den Kopf zu heben.

»Wie kannst du nur so mutig sein?«, fragte sie.

»Ich bin nicht mutig, ich habe nur keine Angst.«

»Ist das nicht dasselbe?«

»Nicht für die, die sich fürchten.«

»Zweifelst du nie?«

»Natürlich habe ich Zweifel, aber meine Hoffnung ist größer. Und sie ist stärker. Außerdem bist du jetzt an meiner Seite, um mich zu beschützen. Da wäre es albern, Zweifel zu haben.«

»Das ist wahr«, sagte die Großfürstin mit Stolz in der Stimme.

Und so saßen sie noch ein paar Minuten nebeneinander, dann gab sich die Großfürstin einen Ruck und sah Vida an und sagte, jetzt wäre es wohl an der Zeit, dass sie ihr die Stadt zeigte.

Sie liefen hintereinander über den schmalen Dachfirst zur Ostseite des Palastes, von der aus sie Sankt Petersburg am besten überblicken konnten. Die Großfürstin benannte die verschiedenen Stadtviertel, die im Mondlicht an schlafende Schildkröten erinnerten, auf deren Rücken man Häuser errichtet hatte. Hier und da waren vereinzelte Alleen von Gaslaternen erleuchtet, aber der Großteil von Sankt Petersburg lag im Dunkeln. Die Großfürstin erzählte von ihrer Stadt, und Vida hatte das Gefühl, sich in einer vollkommen anderen Geschichte zu befinden. Einer Geschichte, in der sie von keiner Kraljica gejagt wurde, in der es keine Zegechem gab, die Menschen versklavten, noch einen Husaren, der dafür gestorben war, dass er Vida beschützt hatte.

Und weil sich das für Vida alles unwirklich anfühlte, breitete der Tod in der Ferne seine Flügel gemächlich aus und brachte die Wirklichkeit mit sich. Er glitt im Gefieder eines Habichts durch die Nacht und machte sich bereit, Vidas Seele aus der Luft zu pflücken.

41

Der Bär stand unter der Dachluke und konnte sein Unglück im Glück nicht fassen.

Da war das Mädchen gewesen und dann verschwand sie.

Da war nur diese Leiter und weit oben eine Luke.

Der Bär verstand das Konzept von Leitern nicht.

Das Äffchen machte ihm vor, wie es funktionierte.

Der Bär rieb sich die Schnauze und wagte sich näher heran. Er richtete sich auf und legte seine Pranke auf die unterste Stufe und war bereit, sich hochzuhieven, als ein Licht den Flur erhellte und Schritte hinter ihm erklangen. Er kam gerade noch dazu, sich umzudrehen, da hämmerte der Pfeil in seine Brust. Der Schmerz war fürchterlich und wurde um das Zehnfache verstärkt, weil sich der Bär an seine Gefangenschaft in der Menagerie des Schaustellers erinnert fühlte, der ihn tagtäglich mit einem Speer gepiesackt hatte, um sich den Bären untertan zu machen.

Der Bär brüllte vor Panik und schlug sich mit der Pranke auf die Wunde, sodass der Pfeil abbrach, dann sah er den Mann mit dem Bogen und die Frau mit der Laterne an, die hinter ihm im Flur standen. Der Mann hatte schon den nächsten Pfeil auf der Sehne.

Der Bär sank auf alle viere und tat etwas, das gegen alles ging, zu dem er sich entwickelt hatte. Seine Instinkte versagten. Er war kein Mönch, er war kein Freund, er war kein Bär mehr. Jetzt war er nur noch ein Feigling, der die Flucht ergriff. Der Schmerz in seiner Brust war erträglich, er hatte Schlimmeres erlebt, aber die Furcht, erneut in Gefangenschaft zu geraten, wuchs zu solch einer Größe heran, dass sie die Sehnsucht nach dem Mädchen in den Schatten stellte und den Bären davonrennen ließ. Es zerriss ihn innerlich. Er hatte vorgehabt, nie wieder zu fliehen. Er wusste, dass Flucht keine Lösung war. Wer floh, der stürzte ins Wasser und starb. Wer floh, verlor sich und war einsam. Er konnte nicht anders. Er war dem Mädchen so nahe und konnte dennoch nicht anders. Es war eine seelische Qual, dieser Furcht nachgeben zu müssen, aber er tat es und rannte und verschwand in den Tiefen des Palastes.

Erst das verzweifelte Zerren des Äffchens an seinen Ohren ließ ihn langsamer werden.

Der Bär wusste nicht mehr, wo er war. Sein ganzer Körper bebte vor Furcht.

Das Äffchen begann ihm beruhigend über den Kopf zu streicheln und lenkte den Bären zu der Kammer zurück, über die sie den Palast betreten hatten. Der kleine Satan öffnete das Fenster und der Bär hängte den Kopf raus und schnappte nach der frischen Luft, als wäre er am Verdursten.

Er hatte versagt und schämte sich.

42

Vida und die Großfürstin hatten den Dachfirst einmal umschritten und standen wieder auf der Uferseite, als zehn Meter von ihnen entfernt die Luke aufgestoßen wurde.

»*Quelle surprise*«, hörten sie eine Stimme sagen.

Die Frau war nur ein Schatten, als würde das Mondlicht ihr ausweichen. Ihr Volumen war der einzige Hinweis, um wen es sich handelte.

»Tantchen?!«, sagte die Großfürstin erstaunt.

»Wer soll ich sonst sein, meine Liebe?«, fragte die ehemalige Zarin zurück. »Wir suchen euch überall, die Gefahr ist vorbei, ihr müsst euch nicht mehr verstecken. Ich habe mir schon gedacht, dass ihr hier oben seid, denn ich kenne ja meine Jelisa und ihr Aufbegehren. Sag, Kleines, dachtest du, ich finde dich nicht?«

Vida hatte das Gefühl, dass der letzte Satz ihr galt. Jetzt sah sie, dass die ehemalige Zarin nicht allein gekommen war. Ein Mann mit einem Bogen über der Schulter stieg aus der Luke. Vida war so froh, ihn zu sehen, dass sie seinen Namen laut ausrief.

»Geromir!«

Der Major reagierte nicht.

»Kommt zu mir«, sagte die ehemalige Zarin. »Die anderen warten unten auf euch.«

Die Großfürstin trat einen Schritt auf ihre Tante zu, Vida hielt sie zurück.

»Das ist nicht deine Tante«, sagte sie, »das ist die Kraljica.«

Die ehemalige Zarin lächelte, das Weiß ihrer Zähne blitzte auf.

»Wenn ihr nicht zu mir kommen wollt«, sagte sie, »dann komme ich eben zu euch.«

Sie machte einen Schritt auf die Mädchen zu.

Die Mädchen wichen zurück.

Die Kraljica blieb stehen.

»So wollt ihr das also spielen«, stellte sie fest.

Es war kein Befehl nötig, die Feststellung reichte aus. Geromir nahm den Bogen von seiner Schulter und legte einen Pfeil an die Sehne. Seine Bewegungen waren fließend, er schien nicht einmal zu zielen. Der Pfeil löste sich und schoss auf Vida zu.

Die Kraljica hatte es sich in der letzten Sekunde anders überlegt. Sie hatte sich von Geromir abgewandt, als sie die ehemalige Zarin hinter dem Vorhang hervorkommen sah. Geromir wäre zwar ein perfekter Wirtskörper gewesen, aber die ehemalige Zarin passte ihr viel besser. Sie kannte den Palast nicht nur in- und auswendig, sie hatte auch eine Vermutung, wo sich ihre Nichte mit Vida verstecken könnte. Danach war es ein Kinderspiel gewesen, Solomon und die Schwestern in die falsche Richtung zu schicken und sich den Major zu eigen zu machen.

Als er sie bis zum Südflügel begleitet hatte, tätschelte sie ihm die Hand und lud mit dieser Berührung einen Zegechem ein, der Geromir so schnell einnahm, dass die Kraljica dem Dämon beinahe applaudiert hätte. Es war eine Wohltat, dem Bogenschützen heimzuzahlen, was er ihrer Brut angetan hatte. Danach folgte die Kraljica dem Wissen der ehemaligen Zarin in das oberste Stockwerk und zu der Leiter, die auf das Dach hochführte. Sie hatte in dem Moment mit einer Menge gerechnet, aber nicht mit einem Äffchen, das einem Bären auf der Schulter saß.

Woher das Äffchen und der Bär auch immer kamen, ein Pfeil reichte aus, um sie zu verjagen.

So wie ein Pfeil ausreichte, um Vida an Ort und Stelle zu bannen.

Ein verletztes Tier ist ein verlorenes Tier, dachte die Kraljica und setzte sich in Bewegung.

Vida schrie nicht, sie kam nicht dazu, denn der Schmerz ging über jegliches Schreien hinaus. Sie taumelte auf dem schmalen Dachfirst und landete auf ihrem Hintern und starrte fassungslos auf ihr Bein und den Pfeil, der aus ihrem Oberschenkel hervorragte.

Die Großfürstin kniete sich neben ihr nieder.

»Soll ich den Pfeil rausziehen?«, fragte sie.

Vida schüttelte den Kopf, grelle Lichtpunkte tanzten vor ihren Augen, sie wusste, es war sicherer, den Pfeil vorerst in der Wunde zu lassen. Ihre zitternden Hände versuchten, das Mudra der Beruhigung aufzubauen. Es gab auch ein Mudra, das den Blutfluss verzögerte, doch ihre Finger verloren sich und beide Gesten misslangen ihr.

»Hilf mir auf!«

Die Großfürstin zog sie hoch. Hinter ihr näherte sich die Kraljica mit vorsichtigen Schritten, denn das Gewicht der ehemaligen Zarin machte es ihr nicht leicht, voranzukommen. Sie hatte die Arme ausgebreitet, um das Gleichgewicht zu halten. Jetzt war ihr Gesicht im Mondlicht deutlich zu erkennen. Die Augen brannten in einem unnatürlichen Feuer.

Vida hörte ein leises Gluckern, und als sie hinabsah, lief der linke Stiefel von ihrem Blut über und ein schwarzer Fluss wanderte in Biegungen die Dachziegel hinunter. Vida wollte sich wieder setzen und die Augen schließen und warten, dass ihr Vater kam und sie auf den Armen in ihr Zimmer trug, wo sie dann so lange schlafen würde, bis die Tanten nach ihr riefen, damit sie ...

»Vida, bleib wach!«

Sie schrak zusammen und riss die Augen auf, sie stand noch immer auf dem Dachfirst, die Großfürstin schob sie vor sich her. Ohne dass sie es mitbekommen hatte, hatten sie sich zwanzig Schritte von der Kraljica entfernt.

»Bleib nicht stehen«, sagte die Großfürstin.

»Jelisa, ich kann nicht---«

»Wir können sie abhängen, sie ist fett, sie wird uns niemals einholen.«

Als hätte der Major ihre Worte gehört, setzte sich Geromir im selben Moment in Bewegung und näherte sich aus der anderen Richtung. Vida blieb stehen. Die Müdigkeit und Resignation legten sich wie ein schwerer Mantel um ihre Schultern, der Blutverlust machte jede ihrer Bewegungen bleiern schwer.

»Jelisa, ich kann nicht mehr.«

»Sag das nicht«, bat die Großfürstin und spürte, wie ihr die Tränen kamen. »Wir beide geben nicht auf, hörst du?«

»Ich glaube ...«

Vida knickte ein, die Großfürstin fing sie auf und wäre mit ihr beinahe vom Dach gestürzt.

»... du musst mich jetzt retten.«

»Das mache ich doch.«

Die Großfürstin umklammerte Vidas Hüfte.

»Siehst du, das mache ich doch. Halt dich an mir fest.«

Und da standen die zwei Mädchen und hielten sich aneinander fest, während sich Geromir von der einen und die Kraljica von der anderen Seite näherten.

Die Großfürstin löste sich aus der Umarmung.

Vida schwankte.

»Ich kann nicht mehr weglaufen«, sagte sie. »Ich kann kaum gerade stehen.«

»Ich weiß, wir laufen auch nicht mehr weg.«

Die Großfürstin schaute über ihre Schulter, als ihr Blick zu Vida zurückkehrte, war er voller Trauer.

»Vertraust du mir?«, fragte sie.

»Wieso fragst du?«

»Sag, bist du meine Freundin?«

Wäre der betäubende Schmerz in ihrem Oberschenkel nicht gewesen, hätte Vida jetzt aufgelacht. Da stand dieses achtjährige Mädchen im Moment der größten Gefahr mit ihr auf einem Dachfirst und fragte, ob sie Freundinnen seien.

»Ich hatte zwar noch nie eine Freundin«, gab Vida zu, »aber ich denke mal, wenn wir was sind, dann sind wir Freundinnen.«

Die Großfürstin lächelte, es sah gleichzeitig traurig und erleichtert aus.

»Also vertraust du mir?«

»Ich vertraue dir.«

»Dann versprich, dass du mir verzeihst.«

»Was soll ich dir verzeihen?«

»Das hier«, sagte die Großfürstin und stieß Vida vom Dach.

Die Kraljica war fassungslos. Sie hörte Vidas Schrei und sah sie über die Ziegel rollen und dann über den Dachrand verschwinden. Die Kraljica hätte beinahe selbst losgeschrien. Sie konnte es einfach nicht glauben und sprang, ohne zu zögern, hinterher.

Auch der Bär hörte den Schrei und blickte auf.

Das Mädchen flog an dem Fenster vorbei.

Das Mädchen flog an ihm vorbei.

Er hätte nur die Pranke ausstrecken brauchen.

Er hätte sie berühren können.

Das Mädchen flog einfach vorbei.

Vida fiel und fiel.

Und der Tod strich an der Fassade hoch und streckte seine Klauen aus.

Die Kraljica landete zwar sicher mit beiden Füßen auf dem Kopfsteinpflaster, aber die Wucht war zu viel für den korpulenten Körper der ehemaligen Zarin – beide Knöchel, der Beckenknochen und die Hüfte brachen beim Aufschlag mit einem knallenden Laut. Die Kraljica kümmerte der Schmerz nicht, sie richtete sich auf und humpelte zu Vida, die reglos auf dem Kopfsteinpflaster lag. Eine Blutpfütze hatte sich um ihren Kopf herum gebildet und ihre Augen waren nur einen schmalen Spalt geöffnet, als wäre sie eben erst erwacht.

Die Kraljica sank neben ihr auf die Knie.

»Du wirst mir das nicht antun, Tochter von Yrma«, sagte sie. »Du wirst mir das nicht antun, hast du mich verstanden? Ich sage, wann es vorbei ist. Ich allein!«

Sie packte Vida mit einer Hand um den Nacken, die andere legte sie auf ihr Sonnengeflecht. Sie suchte und suchte. Da war nichts. Sie drückte den Mund auf Vidas Lippen. Ihr saugender, hungriger Atem suchte nach der Seele. Auch dort verbarg sie sich nicht.

Angewidert richtete sich die Kraljica wieder auf und spuckte aus. Sie war zu spät, sie war um Sekunden zu langsam gewesen und starrte fassungslos zum Dachrand hoch, als könne sie dem Sturz der Seele folgen und entdecken, wie diese noch am Mauersims hing.

Genau da sah sie den Tod seine Kreise über dem Palast ziehen, ehe er auf das Mondlicht zuflog und darin verschwand. Hätte sie gekonnt, wäre ihm die Kraljica gefolgt und hätte ihn aus der Luft gepflückt, um ihm die Seele des Mädchens zu entreißen.

So blieb sie einfach nur auf dem Boden knien und bebte vor Wut. Erst als Schritte aus der Ferne erklangen, schaute sie sich um.

Die Schwestern und Solomon hatten die Suche aufgegeben, da außer dem Geheimgang zur Garnison die anderen Gänge mit Spinnweben verhangen und offensichtlich seit Jahren nicht betreten worden waren. Jetzt kamen sie alle angerannt – die Schwestern mit wehenden Kleidern und Solomon mit einer Handvoll Gardisten an seiner Seite.

Die Kraljica richtete sich mühevoll auf und schwankte, der gebrochene Körper der ehemaligen Zarin verlor langsam sein Gleichgewicht. Es war gleich, denn die Kraljica hatte kein Interesse mehr daran, an diesem Ort zu bleiben. Sie löste die Verbindung und die ehemalige Zarin sank in sich zusammen und stürzte bewusstlos zu Boden.

In derselben Sekunde erwachte der Körper der Kraljica tausendvierhundert Kilometer entfernt am Rand der Schlucht, und er erwachte mit einem Schrei. Die Kraljica schrie vor Wut, sie lag auf der Erde und schrie ihre Wut und Enttäuschung in die Schlucht hinunter und erst, als ihre Lungen brannten und ihr der Atem wegblieb, kam sie auf die Beine und schaute auf die vom Mondlicht beschienenen Linden, die einst Rebellen gewesen waren. Sie fragte sich, ob es nicht klüger wäre, sich in die Schlucht hinabzustürzen, um ihrem Leid endlich ein Ende zu setzen. Die Göttin würde ihr dieses Versagen niemals verzeihen. Sie würde ihr die Kräfte nehmen und sie erneut auf die Straße jagen. Dann aber schaltete sich das wahre Wesen der Kraljica ein. Sie war die Verachtung, und die Verachtung konnte den Respekt und Gehorsam beiseiteschieben und mit klarem Kopf agieren. Sie war so weit gekommen, sie hatte einfach nur etwas Pech gehabt, und wenn sie sich das immer wieder sagte, würde es wahr werden, denn sie war die Kraljica, und die Kraljica war unberechenbar und stellte die Regeln auf. Und sie ließ sich von niemandem Befehle erteilen.

Von niemandem, dachte sie und lächelte, denn dieser letzte Gedanke gefiel ihr besonders gut.

Sie wandte der Schlucht den Rücken zu und durchquerte den Lindenwald. Sie hatte nicht vor, erneut in der Gosse zu landen. Es gab für alles einen Weg, und sie würde einen finden, der sie wieder auf den Thron zurückführte. Zeit zum Nachdenken hatte sie genug und zu verlieren hatte sie außer ihrem kläglichen Dasein nicht sehr viel. Ein Fußmarsch von drei Monaten stand ihr bevor, und bei jedem Schritt würde sie sich fragen, wie unberechenbar sie sein konnte.

43

Die Schwestern knieten um Vida herum, Solomon war drei Schritte entfernt und konnte nicht näher treten. Er sah auf den leblosen Körper seiner Tochter, er hörte das Weinen der Tanten und ihre Trauer, die sie in einer Sprache ausdrückten, die er nicht verstand. Dann schob sich eine kleine Hand in seine, und für einen Moment wusste er, dass es Vida war, die echte Vida und nicht der Körper, der dort lag und tat, als wäre er tot.

»Es tut mir leid«, sagte die Großfürstin.

Solomon konnte nichts darauf erwidern. Er hörte ihr Schluchzen und hob sie auf den Arm. So standen sie und warteten, dass die Tanten sich wieder aufrichteten. Keiner der Gardisten kam näher, sie schwiegen und dann begannen sie unruhig zu werden.

Solomon wandte sich um.

Erst dachte er, sie hätten Geromir Platz gemacht, der vom Dach heruntergestiegen und mit Vladek und dem Hofmarschall zusammen zu ihnen getreten war, dann aber sah er den Bären, der auf sie zukam. Sein Fell war blutbesudelt und aus seiner Brust ragte der abgebrochene Schaft eines Pfeils. Ein Äffchen saß auf seinem Rücken und tätschelte den Kopf des Bären bei jedem Schritt. Von den beiden Tieren ging solch eine Trauer aus, dass keiner der Gardisten daran dachte, seine Waffe zu heben oder ihnen den Weg zu versperren. Als der Bär vor Solomon stand, sahen sich Mensch und Tier an und ein Funke Erinnerung flammte in Solomons Kopf auf – da war der Regentag vor vier Jahren, da waren die Jagdgesellschaft und das gefangene Tier, das verkehrt herum an einem Baumstamm gehangen und ihn Hilfe suchend angesehen hatte. Es war an genau diesem Tag, dass der Architekt sich gezeigt und Vida ihre Zukunft gebracht hatte, es war genau an diesem Tag, dass der Abstieg begann, der zu Vidas Begegnung mit den Herrschaften führen sollte.

»Du bist das«, sagte Solomon verblüfft.

Der Bär wandte den Blick ab und trat näher an Vida heran.

Die Schwestern richteten sich auf. Ihre Augen waren voller Tränen. Sie sprachen zu Solomon, als wäre der Bär nicht anwesend.

»Wir können nichts mehr tun«, sagte Asha.

»Und ihre Seele?«

»Sie ist in Sicherheit.«

Solomons Knie wurden weich, er drückte die Großfürstin fester an sich, als hätte sie ihm die gute Nachricht überbracht. Endlich kamen die Tränen, endlich konnte er den Schmerz und die Trauer loslassen.

»Wird sie …«

Solomon konnte nicht zu Ende sprechen, die Schwestern nickten.

»Sie hat noch so viel zu tun«, sagte Riva.

»Wir können sie gehen lassen«, sagte Asha.

»Denn sie wird zurückkommen«, sagte Eka.

Sie sahen die Großfürstin an.

»Wir haben es allein dir zu verdanken, Jelisa, du hast deine Bestimmung erfüllt«, sagte Asha, und mit diesen Worten traten die Schwestern zur Seite und machten dem Bären Platz. Er blieb gebeugt über Vida stehen, stieß sie mit der Schnauze an und roch an ihr, dann schob er seine Pranken unter ihren Körper und hob sie hoch. Er richtete sich auf die Hinterbeine auf und ging davon, als wäre das schon seit Langem seine Bestimmung. Weg von den Menschen und weg vom Palast, durch den Park und von da an Richtung Osten und quer durch Sankt Petersburg.

Wo auch immer der Bär in dieser Nacht vorbeikam, wurden die Lampen in den Fenstern entzündet und die Dunkelheit verwandelte sich in Licht. Kinder traten aus den Häusern und standen mit im Schoß verschränkten Händen am Straßenrand, Frauen und Männer kamen dazu und zollten einem toten Mädchen Tribut, ohne zu wissen, wer sie war und weswegen sie von einem Bären durch die Nacht getragen wurde. Sie alle empfanden dasselbe – als wäre ihnen die Hoffnung für einen Moment verloren gegangen, als wäre die Zukunft dunkel und unwegsam geworden. Diese Furcht schmiedete sie zusammen und machte aus ihnen eine Gemeinschaft, die trauerte.

Erst als der Bär die Stadt verlassen hatte, erst als er einen Hügel erreichte, von dem aus er die ganze Landschaft überblicken konnte, kam er zum Stehen. Der kleine Satan sprang von seiner Schulter und beschnupperte den Boden, um die richtige Stelle zu finden. Als er seine Entscheidung getroffen hatte, legte der Bär das Mädchen an der Stelle nieder und begann mit dem Äffchen Steine zu sammeln. Langsam wuchs ein niedriges Grab empor, das nach einer Weile Vidas Körper vollkommen verbarg. Der Bär setzte sich neben den Steinhaufen, das Äffchen nahm wieder auf seiner Schulter Platz. So schauten sie über die Landschaft und sahen den Morgen anbrechen und waren beide in tiefer Trauer. Sie wussten, dass ihr verrücktes Leben hier zu Ende ging und gleichzeitig neu begann, so wie alles, was ein Ende findet, unweigerlich einen Neuanfang sucht.

So wie diese Geschichte.

So wie der Erzähler dieser Geschichte.

Dreihundert Jahre später lernte ich Vida kennen.

MEIN DANK GEHT AN

Gregor, der unermüdlich unermüdlich ist
und die Schatten zurückweichen lässt

Matthea, die sich eine Rüstung anzog
und an meiner Seite in den Kampf zog

Petra, die mich in ihr Zuhause einlud
und mir ihr Vertrauen schenkte

Richard, der Licht und Wissen
in mein Leben gebracht hat

Hans Bemman, David Gemmell, Halldor Laxness
ohne eure Stimmen, ohne eure Ideen, ohne eure Eleganz
würde es viel weniger Wunder auf dieser Welt geben

Jay-Jay Johanson, In Gowan Ring, Flotation Toy Warning,
eure Musik holt mich immer wieder aus der Tiefe
und lässt mich freier denken und atmen

Corinna, weil du alles weißt,
weil du mein Hafen bist,
der jedem Sturm trotzt

© Corinna Bernburg

Zoran Drvenkar

Zoran Drvenkar wurde 1967 in Kroatien geboren und zog als Dreijähriger mit seinen Eltern nach Berlin. Seit dreißig Jahren arbeitet er als freier Schriftsteller und schreibt Romane, Gedichte, Theaterstücke und Drehbücher für Kinder, Jugendliche und Erwachsene. Er wurde für seine Bücher mit zahlreichen Preisen ausgezeichnet und lebt in der Nähe von Berlin in einer ehemaligen Kornmühle.

Antje Wagner

Hyde

Roman, 408 Seiten (ab 14), Gulliver TB 75535
Ebenfalls als E-Book erhältlich (74680)
Phantastikpreis der Stadt Wetzlar

Seit sie denken kann, ist Hyde Katrinas Zuhause gewesen. Hier ist sie aufgewachsen, mit ihrer Schwester Zoe und ihrem Vater. Jetzt ist Hyde verschwunden – und Katrina auf sich allein gestellt. Von dem was geschehen ist, weiß sie nur noch Bruchstücke. Ihre Suche nach der Wahrheit führt sie auf die Spur eines ungeheuren Geheimnisses. Ist sie überhaupt diejenige, die sie glaubt zu sein?

Sue-Ellen Pashley

Am Abgrund des Himmels

Aus dem Amerikanischen von Claudia Max
Roman, 376 Seiten (ab 14), Gulliver 74923
Ebenfalls als E-Book erhältlich (74911)

Das Letzte, was Grace nach ihrem Umzug von Sydney nach Bruny Island will, ist, sich neu zu verlieben. Der Faszination des Nachbarsjungen Nick kann sie sich jedoch nicht entziehen. Als er Grace vor dem sicheren Tod bewahrt, offenbart sich sein Geheimnis: Nick ist ein Gestaltwandler – er kann sich in einen Adler verwandeln. Aber er darf keine Beziehung mit einem gewöhnlichen Menschen eingehen. Ist ihre Liebe zum Scheitern verurteilt? Weder Nick noch Grace wollen das akzeptieren …

GULLIVER www.beltz.de
Beltz & Gelberg, Postfach 10 01 54, 69441 Weinheim

Steven Herrick
Wir beide wussten, es war was passiert

Aus dem australischen Englisch von Uwe-Michael Gutzschhahn
Roman in Versform, 207 Seiten (ab 14), Gulliver 74962
Nominiert für den Deutschen Jugendliteraturpreis

Das ist die Geschichte von Billy, Caitlin
und Old Bill.
Darüber, was passiert, wenn sich Wege
überschneiden.
Es ist eine Geschichte über Freiheit.
Über Freundschaft und die Liebe.
Und über die vielen kleinen Dinge, die
dem Leben einen goldenen Schimmer verleihen.

Lea-Lina Oppermann
Fürchtet uns, wir sind die Zukunft

Roman, 294 Seiten (ab 14), Beltz & Gelberg 75580
Ebenfalls als E-Book erhältlich (75581)

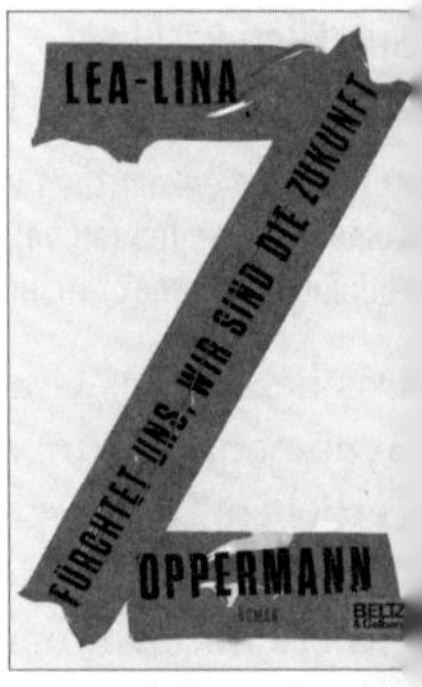

Als der Klavierstudent Theo auf die charismatische Aida trifft, stürzt sein Weltbild in sich zusammen. Aida kämpft mit der ZUKUNFT gegen die Machtstrukturen an der Akademie. Die Studenten prangern Missstände an, wollen wachrütteln und das Leben feiern. Fasziniert lässt sich Theo von Aidas feurigen Reden mitreißen und folgt den waghalsigen Aktionen der ZUKUNFT. Bis er etwas Ungeheuerliches erfährt …

GULLIVER www.beltz.de
Beltz & Gelberg, Postfach 10 01 54, 69441 Weinheim